MORGENNES

DU MÊME AUTEUR

Chez le même éditeur

Les Chevaliers du Royaume, 2005

Chez d'autres éditeurs

Les Sous-marins fantômes des profondeurs
(en collaboration avec Alexandre Sheldon-Duplaix),
« Découvertes », Gallimard, 2006

DAVID CAMUS

MORGENNES

Le Roman de la Croix

**

roman

ROBERT LAFFONT

AVERTISSEMENT

Morgennes
est le deuxième tome d'une fresque en cinq volumes intitulée
Le Roman de la Croix.

L'action de *Morgennes* se déroule avant celle
des Chevaliers du Royaume.

Cependant, chaque volume peut être lu indépendamment des autres.
Et dans n'importe quel ordre.

ISBN 978-2-221-10482-8

Pour Robert

« Le proverbe du vilain nous enseigne que chose qu'on dédaigne vaut souvent mieux qu'on ne le pense. »

(Chrétien de Troyes, *Érec et Énide.*)

LEO
VIRGO
LIB
TAVRVS
ARIES
Arras
Beauvais
Paris
Venise
Rome
Tanjeh
Mer Médit
Libya interi
Aethiopia Interior

AQVARIO · PISIS
Mer Noire
Constantinople
Athena
Monts Caspiens
Krak des chevaliers
Tyr
Lydda
Damas
Jerusalem
Alexandrie
Damiette
Le Caire
Bilbais
Nil
Arabia
Crocodilopolis
Mer Rouge
Terres Brulées
Mont de la lune
GEMIN

I

HISTOIRE D'ŒUFS

1

> « L'heure est proche, elle sera bientôt là, où il vous faudra accoucher et vous délivrer de votre enfant. »
>
> (CHRÉTIEN DE TROYES, *Guillaume d'Angleterre.*)

Tout commença, non pas lors de cette fameuse nuit, lorsque des cavaliers – des croisés – s'attaquèrent à tes parents, mais une dizaine d'années plus tôt. Et même un peu avant cela, si l'on considère que la vie débute avant la naissance, ce qui dans ton cas est certainement vrai.

Ton père et ta mère n'avaient pas d'enfants, n'arrivaient pas à en avoir – et ne s'en consolaient pas. Un soir, après un long et fabuleux périple au cours duquel il parcourut le monde entier, ton père revint enfin chez lui. Il rapportait de son voyage une poignée d'herbes inconnues, dont il fit un brouet qu'il donna à sa femme. Quelques semaines plus tard, le sang de ta mère s'arrêta de couler.

Elle était enceinte. Ils s'en réjouirent, et tandis que ta mère caressait son ventre, ton père y posa l'oreille, à l'affût des premiers signes de vie, et le couvrit de baisers – car c'était un homme aimant, bien différent des autres pères que je connais.

Tout allait pour le mieux, et l'accouchement était prévu pour la Noël, lorsque au début de l'automne ta mère dit :

— J'ai fait un rêve.

— Moi aussi, dit ton père. J'ai rêvé de nos enfants.

— Ils étaient deux, dit ta mère.

— Non, dit ton père. Ils *sont* deux. Des enfançons éclatants de santé, qui feront notre joie et notre fierté.

Ta mère eut un sourire, mais il était bien pâle, bien énigmatique. Pressentait-elle ce qui allait se produire ? C'est possible. Deux mois avant le terme, elle fut saisie de nausées. Elle s'en alla vomir son dîner, et avec lui des caillots de sang. Une odeur immonde emplit la pièce, et ton père annonça, sur un ton inquiet :

— Je vais chercher le rebouteux.

Le rebouteux. Ce n'était pas sans risque. Cependant, pour eux, c'était encore ce qu'il y avait de mieux : les vrais médecins étaient trop loin. D'ailleurs, ils ne se seraient jamais déplacés. Pas pour des gens comme tes parents...

Alors ton père s'en alla. C'était la nuit. Le vent soufflait, à l'avant-garde d'un de ces hivers implacables où les loups rôdent, où tout fait proie.

Il n'aurait jamais dû sortir. Mais pour vous deux, il affronta les loups et leurs coups de dents, se frayant un chemin parmi leurs corps étiques à l'aide de sa dague. Enfin, il parvint à la demeure du rebouteux. Là, à force de prières, et parce qu'il avait dans sa forge un peu d'argent caché et quelques herbes de valeur, il parvint à le convaincre de l'accompagner chez vous – et le voyage du retour se déroula tel qu'à l'aller. Le rebouteux examina ta mère, lui palpa le ventre, glissa la main entre ses cuisses, puis prit une mine grave et s'en alla trouver ton père. Ce qu'il avait à lui dire, il ne voulait pas que ta mère l'entende, aussi murmura-t-il :

— Le travail a déjà commencé...

Mais, avant que ton père ait eu le temps de se réjouir, le rebouteux se hâta d'ajouter :

— Oubliez vos enfants, ou votre épouse mourra.

Une plainte, un long gémissement, s'éleva de la couche où ta mère était allongée. « Noooon », criait-elle. « Noooon ! »

Savait-elle ? Avait-elle l'ouïe incroyablement fine ? Ou ressentait-elle dans sa chair que le destin de ses enfants était en train de se jouer ? Toujours est-il que ton père s'approcha de sa femme. Et, lui prenant la main, il lui fit cette promesse :

— Je ne les oublierai pas ! Jamais !

Ensuite, il se tourna vers le rebouteux, et l'implora :

— Sauvez-les. Je vous donnerai plus d'or que n'en rêvent les rois !

— Vous n'avez presque rien !

— J'ai été riche, autrefois... (La voix de ton père avait baissé d'un ton, lorsque soudain il ajouta :) S'il le faut, pour mes enfants, je puis reprendre mon ancien métier.

Sans savoir à quoi il faisait allusion, le rebouteux se caressa la barbichette.

— Malheureusement, l'or n'est pas le problème..., souffla-t-il.

— Alors, quel est-il ? demanda ton père.

— Le problème, fit le rebouteux doucement, presque honteusement, le problème c'est Dieu...

Ton père n'eut pas le temps de répondre que déjà ta mère lançait, d'une voix que la colère emplissait de haine :

— Oubliez Dieu ! Faites-le ! Faites ce qu'il faut, prenez ma vie, mais par pitié, sauvez-les ! Tant pis si nous sommes damnés... De toute façon, nous le sommes déjà.

Puis elle s'évanouit.

Le rebouteux, profondément ému par la détresse et le courage de ce couple, posa les mains sur les épaules de ton père, et lui dit :

— Ce que j'ai à vous proposer, je ne l'ai jamais pratiqué. Je n'en connais que la théorie, et votre femme peut mourir, ainsi que vos deux enfants. Êtes-vous prêt à prendre ce risque ?

— Oui, répondit ton père. Nous sommes prêts. Tous les quatre.

Et il insista sur ce dernier mot, car pour lui vous étiez déjà quatre, les quatre membres d'une même famille.

— Alors, menez-moi à votre forge...

Les deux hommes se rendirent à l'atelier, où le rebouteux choisit quelques outils dont ton père n'aurait jamais pensé qu'ils puissent servir à travailler la chair. Tordre le fer, l'aplatir, le courber, oui. Mais le ventre d'une femme était-il en métal, pour qu'on le scie et l'ouvre ainsi ? Il eut un moment d'hésitation, mais le rebouteux avait si bonne réputation, c'était un homme tellement sage – qui avait, disait-on, suivi jadis les enseignements de Rachi de Troyes – qu'il décida de lui faire confiance.

De retour au logis, le rebouteux dit à ton père.

— Tenez-la !

— Mais elle est inconsciente..

— La douleur sera vive, elle risque de se réveiller.

Lorsqu'il appliqua ses instruments sur ta mère, celle-ci reprit conscience, poussa un cri, puis chercha ton père des yeux et le fixa du regard. Les malheureux n'étaient plus qu'un, et peu leur importait de souffrir. Seule comptait votre survie.

— Tenez-la mieux !

La poigne de ton père s'affermit, clouant ta mère sur sa paillasse. Elle avait grand mal à respirer, et son corps était en sueur, ce qui la rendait malaisée à tenir. Ton père lui caressait les cheveux, il oubliait son devoir. Le rebouteux s'affairait entre les jambes de ta mère, il soufflait, il s'épuisait – en vain.

— Je n'y arrive pas ! s'écria-t-il. Je vois bien deux petits, mais ils se bloquent mutuellement. Il faut faire vite, ou ils périront...

En vérité, le rebouteux pensait que les deux enfants avaient déjà rendu l'âme, et qu'il ne servait à rien de chercher à les épargner. La seule, à présent, qui se pouvait sauver, c'était ta mère. Mais tes parents n'étaient pas de cet avis. En cette nuit d'hiver, leur vie venait de s'arrêter. Il n'y avait plus que vous deux, les jumeaux. Si vous ne viviez pas, ils mourraient – et même si vous viviez, ils ne vivraient qu'à travers vous.

— Que pouvons-nous faire ? s'enquit ton père d'une voix mortifiée.

— Sacrifier l'un des deux, hoqueta le rebouteux. Afin que l'autre vive.

Un long silence, qui ne dura que la moitié d'un battement de cœur mais leur parut durer toute une vie, s'abattit sur la pièce.

— Mais lequel ?

— Ce n'est pas à moi de prendre cette décision, dit le rebouteux. Ils sont deux... À vous de choisir. Si vous voulez que l'un vive, il faut que l'autre meure.

À ce moment, ta mère s'empara de la main de ton père. Elle la serra de toutes ses maigres forces et lança dans un cri :

— Sois maudit, Seigneur ! Sois maudit !

Ton père effectua un rapide signe de croix, et marmonna une prière. Dieu n'y était pour rien. C'était lui le coupable, lui seul et personne d'autre...

— Laissez-moi faire, dit-il. Pardonnez-moi, Seigneur, car je vais ôter une vie, une pour en sauver deux.

Il se plaça auprès de son épouse, et tira d'un fourreau accroché à sa ceinture cette sorte de dague appelée « miséricorde », dont la lame est si fine qu'elle peut être glissée entre les parties rigides de n'importe quelle armure – a fortiori le ventre d'une femme. Les flammes du foyer se reflétant sur son visage, il poussa un hurlement, planta sa dague dans l'un des deux tout petits crânes, et fut aspergé de sang.

Puis il céda sa place au rebouteux, qui termina l'ouvrage en s'aidant d'un crochet.

Une puanteur métallique envahit la pièce. Le rebouteux pleurait et murmurait des paroles en hébreu. On aurait dit qu'il délirait. C'était peut-être une prière.

— Fermez-lui les yeux, cria-t-il à ton père. Fermez-lui les yeux !

Ton père posa les mains sur les yeux de ta mère, qui chercha à le mordre, parce qu'elle voulait assister à tout et ne rien s'épargner.

— Je n'y arrive pas, dit le rebouteux d'une voix éraillée. Le mort gêne. L'autre ne peut pas sortir !

Le rebouteux tirait sur l'enfant mort, tirait, tirait, mais le sort n'avait pas fini de s'acharner contre eux – l'enfant restait coincé. Ils y virent l'œuvre du diable, ou de Dieu (ils ne savaient plus), et se demandaient ce qu'ils avaient fait au ciel pour mériter pareille épreuve. Le petit cadavre s'accrochait si bien à sa mère que l'en sortir brutalement risquait de la tuer. Alors, le rebouteux se rappela sa précédente expérience de croque-mort, quand pour gagner de l'espace dans une tombe on procédait au regroupement des os, ôtant au corps humain le peu qu'il lui restait de son vivant – une vague forme anthropoïde.

La violence de la scène qui suivit ne mérite pas d'être racontée. Je vous épargnerai donc ces détails. Sachez simplement que le rebouteux découpa le jumeau de Morgennes, à l'intérieur du ventre de sa mère, afin de l'en sortir morceau par morceau. Un petit bras, une petite tête, un torse, une jambe, qu'il déposa sur le sol, dans la poussière.

Ce n'était pas une naissance, mais une exhumation.

Ta mère s'était de nouveau évanouie, et ton père était trop choqué pour pleurer.

Lorsqu'il y eut suffisamment de jour pour te permettre de passer, le rebouteux appela ton père, et lui dit :

— Venez m'aider !

Ton père s'approcha, le rebouteux lança :

— Maintenant !

Un cri s'éleva dans les airs, un cri de tout petit bébé.

Morgennes était né.

2.

« N'ai-je pas vu aujourd'hui les plus belles créatures du monde, allant à travers la Gaste Forêt ? Ces êtres sont plus beaux, je pense, que Dieu et tous ses anges. »

(Chrétien de Troyes, *Perceval ou le Conte du Graal.*)

Enfant, tu passas de longues journées sur la petite tombe. Ton père l'avait creusée non loin de la maison, au sommet d'une colline. Il était sorti la nuit de ta naissance, pendant que ta mère te donnait les premiers soins, offrir au nouveau-né une sépulture décente. Alors qu'ils l'avaient suivi jusque chez lui, curieusement, les loups s'étaient écartés de son chemin, et l'avaient laissé enterrer son enfant. À l'aide d'une pelle, ton père avait ouvert la neige, la terre, y avait enfoui le petit cadavre, puis avait refermé le tout. L'ensemble avait, à la lumière du jour, un aspect légèrement bombé – comme si le corps avait été beaucoup plus grand qu'il ne l'était en vérité.

Le lendemain de ta venue au monde, le rebouteux avait regagné sa cahute avec une pierre étrange, appelée draconite, que tes parents lui avaient remise en paiement de ses services. Ils ne devaient jamais se revoir, et je suppose que c'est très bien ainsi.

Tes parents t'entourèrent d'amour mais restèrent profondément marqués par les circonstances, ô combien douloureuses, de ta naissance. Ils ne les oublièrent jamais, d'autant que tu avais, au bas du visage, une petite cicatrice blanche en forme de main.

Était-ce la main de l'enfant mort ? Celle-ci semblait comme un adieu, une marque d'affection portée par un être à un autre qu'il aime, qu'il n'a jamais connu et ne connaîtra jamais.

Un soir, alors que ton père était parti à ta recherche, il te trouva allongé sur la petite tombe – qu'aucune croix ne signalait. Que faisais-tu là, à parler dans le vide ? Ton père eut brusquement très peur. Jamais ni lui ni ta mère n'avaient mentionné devant toi cette sépulture, ni l'enfantelet qui s'y trouvait. Pourtant, tu étais là, couché sur ce renflement de terre, tel un dragon sur son trésor.

Dès que tu vis ton père, tu te levas et courus te jeter dans ses bras. À cette époque, tu devais avoir dans les quatre ans, et tes petites jambes te portaient déjà loin – puisqu'il t'arrivait de faire de longues randonnées dans les bois, partant dès les premières lueurs du jour pour ne revenir qu'à la nuit tombée, lorsque ta mère sortait sur le perron pour te dire de rentrer.

Une fois dans ses bras, tu t'exclamas :

— Je sais !

— Quoi ? fit ton père.

— Je vais avoir une petite sœur !

Ton père te regarda, interloqué. Une petite sœur ? Sa femme ne lui avait rien dit. Se mordant la lèvre inférieure, il se dépêcha de rentrer chez vous pour l'interroger :

— Tu attends un enfant ?

— Qui te l'a dit ? demanda ta mère.

— Alors c'est vrai...

— Oui.

Ta mère rougit, et s'essuya les mains sur son tablier. La trentaine passée, elle était encore belle, malgré les profondes rides et les innombrables cheveux blancs qui ornaient son visage – legs de l'affreuse nuit de ta naissance.

— Je voulais t'en faire la surprise.

— La surprise ! Mais quand, comment ?

Fou de joie, ton père prit ta mère dans ses bras et la souleva de terre, lui faisant faire plusieurs fois le tour de la pièce en tournoyant sur lui-même.

— Merci, mon Dieu, merci !

Il reposa ta mère sur le sol, où elle se laissa choir, tout étourdie, puis lui tourna le dos. Là, il sortit de sous sa chemise une croix de bronze qu'il avait façonnée lui-même, dans sa forge, et la couvrit de baisers en cachette de sa femme.

— Merci ! Merci ! Merci !

Son regard était celui d'un fou, et il ne savait pas qui de sa femme, de son fils ou de sa croix il avait le plus envie d'embrasser. Il était heureux, heureux comme jamais. En cet instant, tes parents se crurent pardonnés, et les années qui suivirent furent de belles années.

Deviner que sa mère est enceinte, passe encore. Mais connaître à l'avance le sexe de l'enfant, voilà qui ne s'expliquait pas. Car tu avais vu juste, et l'enfant qui naquit, par un beau matin de printemps, fut une petite fille – une adorable fillette, aux cheveux blonds et aux yeux qui choisirent, après quelques hésitations, de se fixer sur le bleu.

Ta sœur était une enfant vive et gaie, qui donna beaucoup de joie à tes parents. La maison résonna bientôt de ses rires, ce qui changea des coups de marteau et du souffle de la forge.

La nuit, pourtant, devait revenir. Déjà, elle avait commencé de tomber sur les environs de Vézelay, quand en l'an de grâce 1146 Sa Sainteté le pape Eugène III avait ordonné à Bernard de Clairvaux de prêcher une nouvelle croisade pour aller en Terre sainte, libérer... À vrai dire, on ne savait quoi – le tombeau du Christ étant aux mains des chrétiens depuis presque cinquante ans ; mais certains roi de France et empereur d'Allemagne avaient envie d'avoir, eux aussi, leur part de gloire et d'être comptés parmi les « humbles protecteurs du Christ ».

Comme souvent, donc, la nuit se fit annoncer, par des rumeurs de guerre. Des hommes partaient en rejoindre d'autres, qui se battaient dans un lointain pays pour défendre une croix – ou un tombeau, tu n'arrivais pas à savoir, malgré les bribes d'informations qui te parvenaient aux oreilles. Car bien que vivant à l'écart du monde, et dans un lieu assez peu fréquenté, ton père avait eu à répondre à de nombreuses commandes – épées et dagues de qualité devenant brusquement recherchées.

Tes parents t'avaient toujours maintenu à l'abri de la violence. Ils estimaient que celle de ta naissance suffisait. Aussi, bien que ton père en fabriquât de fort belles, ne te laissèrent-ils jamais approcher des armes qui sortaient de son atelier, ni ne te parlèrent de ces sortes de soldats appelés chevaliers dont les trouvères contaient les prouesses – mais passaient sous silence les malheurs qui, invariablement, les suivaient, comme la peste après les rats.

Malheureusement, on ne peut empêcher les coups de marteau portés sur la lame d'une épée d'atteindre l'oreille d'un enfant, et quand ceux-ci résonnent depuis sa plus petite enfance, l'enfant finit par les comprendre. C'est ainsi que tu tournais, tel un goupil autour du poulailler, dans les parages de la forge où s'activait ton père, et dont tu percevais les sons, les odeurs, et la sourde chaleur.

Un jour, ton père entra dans la forge et t'y surprit en train de manier une dague, avec laquelle tu donnais de grands coups dans le vide. Feintant à droite, feintant à gauche, on aurait dit que tu savais te battre alors que tu n'avais, de ta vie entière, jamais assisté à un combat. À ce spectacle, ton père blêmit. Cette arme, c'était la miséricorde dont il s'était servi lors de ta naissance ! Pour la première fois, il te gifla. Sonné, tu lâchas l'arme, qui tomba à tes pieds. Ton père t'interrogea, en la pointant du doigt .

— Sais-tu ce qu'est cette arme, et ce qu'elle signifie ?

Tu te mordis la lèvre inférieure et restas coi, tandis que ton regard s'embrumait.

— Cette arme, poursuivit ton père, cette miséricorde, c'est la mort de l'enfant à qui tu dois la vie...

Trop troublé pour répondre, tu plongeas ton regard dans celui de ton père. Alors tes lèvres s'entrouvrirent et laissèrent échapper :

— À qui je dois la vie ?

Tu ne comprenais pas. De quel enfant parlait-il ? À ta connaissance, tu ne devais la vie qu'à tes parents.

Il y eut un craquement à l'entrée de la forge, et ton père se retourna pour voir ce qui l'avait produit. C'était sa fille, qui l'observait sans piper mot. Depuis combien de temps était-elle là ? Avait-elle assisté à toute la scène ? Probablement, car elle avait une mine grave, et son regard passait de ton père à ta joue, rougie par la gifle reçue.

Elle brisa le silence en lançant de sa jolie voix flûtée :

— Maman dit qu'il n'y a plus de bois.

— Morgennes, va en chercher ! ordonna aussitôt ton père, trop heureux de ce prétexte pour mettre un terme à votre discussion.

Malgré le froid qui s'était abattu sur la région – l'hiver, encore une fois, était précoce –, tu détalas vers l'orée de la forêt, où ton père avait amoncelé bûches et fagots de bois, en prévision des mauvais jours.

« Maman dit qu'il n'y a plus de bois », répétas-tu tout en courant. Cette phrase sonnait curieusement. Tu la trouvais étrange. Pourquoi ? D'ailleurs, comment pouvait-il ne plus y avoir de bois, alors que ce matin encore la réserve était pleine ? Tout en ramassant quelques branches, tu repensas à votre demeure. Pas de doute ! Quel que fût l'endroit où ta mémoire t'emmenait, il y avait de quoi se chauffer pour l'hiver – fût-il aussi rude que celui de ta naissance. Ta sœur avait-elle menti ? Avait-elle inventé cette histoire pour te permettre de t'éloigner ? Ou bien avait-elle dit autre chose ?

« Maman dit qu'il n'y a *pas* de bois ! » *Pas* de bois, et non *plus* de bois ! Ce n'était peut-être pas de bois de chauffage que parlait ta sœur, mais d'un autre bois. D'un bois, certainement, en rapport avec la raison pour laquelle ton père t'avait giflé. En rapport avec la miséricorde avec laquelle tu t'étais amusé. En rapport avec la petite tombe !

C'est alors qu'un premier choc, un souvenir, te fit tomber à terre, les genoux dans la neige.

Tu avais oublié ! Une dispute entre tes parents, l'une de leurs rares disputes – peut-être leur unique, leur seule dispute...

Le petit mort !

Ils s'étaient disputés à son sujet, peu après ta naissance. À l'époque, pour toi, leurs paroles avaient été vides de sens. Mais maintenant tu comprenais. Ce que ta mémoire ressuscitait, le reste de ton cerveau le déchiffrait, t'en livrant la signification.

Ta mère voulait oublier, ton père se souvenir. Oui, comme il l'avait promis, il voulait se rappeler ce petit corps massacré, son crime... Alors, tout en cédant aux exigences de ta mère, qui avait demandé à ce qu'une certaine tombe ne fût jamais marquée d'aucun symbole religieux, il avait rétorqué :

— J'y mettrai quand même une croix !

Ta mère s'était jetée sur lui, toutes griffes dehors. Guidée par la colère, elle lui avait lacéré le visage, si bien qu'aujourd'hui encore il en portait les traces – qu'il attribuait à un ours.

Finalement, ton père était allé se réfugier dans son atelier, où il avait fabriqué une croix. « Rien n'en ternira jamais l'éclat », avait-il dit à sa femme en lui montrant la belle croix de bronze qui ne devait plus quitter sa poitrine avant l'événement que tu sais.

— De toute façon, avait-il crié à sa femme, il n'y a personne, là-bas, sous cette motte de terre. Personne ! S'il y a quelqu'un d'enterré quelque part, c'est ici !

Il se frappa la poitrine.

— Là, dans mon cœur. C'est ici sa tombe. Et j'y mettrai une croix, parce que tel est mon souhait.

Et il avait passé, autour de son cou, la croix de bronze qu'il sortait de temps à autre, dans le secret de son atelier, pour la baiser. Mais jamais il ne la laissait voir quand il était auprès de son épouse – estimant qu'ils étaient tout autant l'un que l'autre dans leur droit, quand lui voulait se rappeler, et elle oublier, le crime qu'il avait commis..

« Il n'y a pas de bois ! »

Tes mains tremblèrent comme jamais. Tu les frottas l'une contre l'autre, dans l'espoir de les réchauffer. Mais ce n'était pas de froid qu'elles tremblaient. C'était de peur.

« Il n'y a pas de bois ! »

Pourquoi ce soir ? Pourquoi maintenant ?

Un vent se leva, un vent terrible, pour qui tu étais nu. Il se moquait de tes vêtements, fourrures épaisses et manteau de laine, chemise de toile, poils et peau, et soufflait directement sur tes os. Il aurait gelé même un ours.

C'est alors qu'un éclat dans le ciel attira ton regard. Une étoile ? Elle paraissait venir dans ta direction, à vive allure. Puis une, deux, trois et bientôt quatre autres étoiles brillèrent après la première, et toutes les cinq se dirigèrent vers la maison de tes parents.

Que c'était beau ! Tu aurais aimé crier, appeler, prévenir ta famille de leur venue, mais aucun son ne sortit de ta bouche. Devant tant de beauté, tes lèvres restaient closes. Ce n'étaient pas des étoiles. Pour toi c'étaient des anges ! Cinq anges d'acier, montés sur des chevaux caparaçonnés d'or et d'argent. Un grand bruit les suivait, car leurs armes étaient tirées et souvent se heurtaient aux arbres de la forêt. Leurs chevaux renâclaient, leurs armures sonnaient, leurs heaumes tintaient. Et quand une lance à l'écu se cognait, c'était comme un concert célébrant la venue d'anges tombés des Cieux.

En vérité, il ne s'agissait pas seulement d'anges, mais de quatre anges escortant Dieu – puisque le premier était si bien vêtu, portant blanches couleurs frappées d'une grande croix rouge, qu'il te sembla que c'était Dieu, apparaissant pour annoncer aux hommes quelque nouvelle d'importance.

Dieu ! C'était Dieu ! Cet être étrange et mystérieux que tes parents n'évoquaient jamais qu'à demi-mot, t'invitant à le craindre tout autant qu'à l'aimer. Dieu venait chez vous !

Tu mourais d'envie de dévaler la colline, et de courir vers Dieu et tous ses anges pour leur demander de t'emmener avec eux.

C'est alors qu'un cri retentit :

— Cours, Morgennes, cours !

C'était ta mère. Elle s'en venait au-devant des anges, qui talonnaient leurs destriers pour s'approcher d'elle.

Courir ?

Sans réfléchir, tu lui obéis et te mis à courir – mais vers où ? Alors, comme si elle t'avait entendu, ta mère cria :

— Vers la rivière, Morgennes, vers la rivière !

Vers la rivière ! En avant ! Tu fermas les yeux, car c'était les yeux fermés que tu courais le mieux. Tes pas s'enfonçaient dans la neige, mais qu'importe : la terre te guidait. Elle te disait où aller, et te permettait de te concentrer sur ce que tu entendais. Des cris, ton père qui appelait, ta sœur qui pleurait, ta mère qui hurlait.

— Cours ! Cours !

On aurait dit qu'elle se battait. Ta mère ? Se battre ? Avec Dieu ? Certainement ton père devait-il effectuer quelques passes d'armes, car tu entendais le fer frapper le fer, ton père souffler et les chevaux hennir.

Tu rouvris les yeux et regardas derrière toi. C'était la nuit. Déjà ? Il n'était pas si tard, tout à l'heure, quand tu avais couru vers la forêt pour y prendre du bois. C'était cependant la nuit, ou les ténèbres avaient un autre nom... C'est alors que tu trébuchas.

Que faisait cette racine ici ? Tu t'étais étalé de tout ton long dans la neige, et le froid te mordait la poitrine, s'infiltrant dans ta bouche, dans ton nez. « Pourquoi ai-je ouvert les yeux ? J'aurais dû les garder fermés... »

Tu refermas les yeux, te remémoras le terrain – si familier – et te relevas, prêt à reprendre ta course. Tu eus soudain le sentiment qu'un énorme animal te poursuivait. Écailles et griffes en colère, bête qui volait, rampait et bondissait à la fois. Un monstre impossible. Il soufflait, il tuait ! Et sa proie, c'était toi.

Quel était-il ? Était-ce un dragon, comme celui que l'un des anges de Dieu portait sur son enseigne ? Oui. Un immense dragon-nuit, plongeant dans l'obscurité tout ce qui passait à sa portée, et dévorant lueurs et confins de lueurs.

Sourd à ta peur, tu continuas de courir. « J'aurai peur plus tard », te disais-tu.

La rivière vers laquelle tu filais était plus qu'une rivière – c'était un fleuve sans amont ni aval, l'immense bras liquide d'un pays posé en travers du monde, et tu ne l'avais jamais franchi. Nul, à ta connaissance, ne s'y était jamais aventuré, car ce fleuve était tellement agité de remous (à défaut d'être profond) que mille courants contraires s'affrontaient en lui, comme si mille rivières d'égale force s'y étaient trouvées mêlées, cherchant chacune à s'imposer.

Ce fleuve était si large qu'aucun homme n'aurait envoyé bille de fronde sur son autre rive. Il te prit l'envie folle de sauter par-dessus, même si c'était totalement insensé. Tu esquissas un sourire – l'idée t'avait plu – et te sentis pousser des ailes. Courir t'était facile, le froid ne t'atteignait plus. Tu n'étais peut-être qu'un enfant, mais tu te sentais un géant !

Et tu ouvris les yeux.

Derrière toi, à quelques pas seulement, ton père était là, ta sœur dans les bras. Il courait, lui aussi, la bouche ouverte, son haleine s'élevant dans la nuit, grande colonne froide bientôt ruinée par les galops des cavaliers qui les suivaient.

La rivière ! Tu compris pourquoi ta mère t'avait dit d'aller là. Elle était gelée. Sa couverture de glace te permettrait de passer, alors que les cavaliers – fussent-ils Dieu et ses anges – seraient obligés de mettre pied à terre, et peut-être même d'ôter leur cuirasse étoilée pour déployer leurs ailes et la franchir en volant.

Ton père haletait, crachait, souffrait. Tout cela en vain, car les cavaliers le talonnaient, et le rattrapaient facilement. S'il avait été veule, il aurait abandonné ta sœur, l'aurait jetée sur le sol pour qu'elle retarde ses poursuivants et cesse de le ralentir – mais il était brave, ou fol, et la gardait avec lui. Mieux, il la pressait sur son cœur, comme s'il avait voulu l'avaler, la faire rentrer en lui, pour ensuite, d'un bond, s'étant ramassé sur lui-même, franchir le fleuve au-dessus duquel tu t'étais engagé.

Sa surface était terriblement glissante, et tu prenais mille précautions pour ne pas perdre l'équilibre. « Si j'avance comme il faut, et si j'arrive à m'élancer convenablement, je pourrai atteindre l'autre rive en moins de cinq ou six battements de cœur. En avant ! »

La glace craqua mais tint bon, et te permit de te diriger vers ta sauvegarde – et la mort des tiens.

Car à peine avais-tu atteint l'autre rive que le sillon de glace que tu avais tracé derrière toi commença à se fendiller, se transformant en crevasse, en abîme au-devant de ton père.

Celui-ci, pourtant, ne recula pas. Pas question de lâcher sa fille ! Il continua d'avancer vers le milieu de la rivière, sans te quitter des yeux.

— Morgennes ! cria-t-il. Regarde-moi !

Tu regardas ton père, t'accrochant à ses yeux, comme si tu avais le pouvoir, toi le rescapé, de sauver ce bientôt naufragé.

— Je t'aime !

Les cavaliers approchaient, leurs chevaux se cabrant puis retombant de tout leur poids sur les premiers pouces de glace, qu'ils brisaient de leurs fers, sacrifiant au dieu de la rivière ses premières victimes.

La glace se rompit. Mille fentes coururent en tous sens, se rejoignirent, se disjoignirent et se heurtèrent, tant et si bien qu'à la fin la surface de la rivière ressemblait à une toile d'araignée venue de l'autre monde, là où le noir était blanc et le blanc noir.

Ils étaient perdus. L'eau s'empara d'eux, ils sombrèrent accrochés l'un à l'autre. Pour rien au monde ton père n'aurait lâché sa fille. Ce n'était pas encore la fin. Pas tout à fait. Avec l'énergie du désespoir, il trouva la force d'ouvrir sa chemise et d'en sortir la petite croix qui ne l'avait jamais quitté. Il la baisa, une dernière fois, la montra aux cavaliers qui en avaient après lui et qui déjà pointaient leurs arcs dans votre direction, et la jeta vers toi.

— Morgennes !

— Papa !

— Va vers la croix ! La croix !

Tu te précipitas vers cette croix, tombée à quelques pas seulement de toi, quand un bruit liquide attira ton attention.

C'était ton père, il était mort. Des bulles remontèrent à la surface, des bulles bientôt prises par la glace, la glace où une petite main d'enfant, opaque et sombre, sembla se dessiner, puis disparut.

3.

« On ne peut passer un cheval. Il n'est ni pont, ni bac, ni gué. »

(CHRÉTIEN DE TROYES,
Perceval ou le Conte du Graal.)

« Mort ! Je suis mort ! »

Morgennes passa les mains sur son corps, se pinça les joues, se mordit les doigts, se frotta les mollets : tout allait bien ! Hormis cette blessure au front, déjà couverte d'une croûte de sang séché, il paraissait en parfaite santé. Mais pourtant non, il devait être mort. Il *était* mort. Il le savait... Son corps et ses sens lui mentaient.

« Comment puis-je être en vie, alors que vous êtes morts ? »

Il jeta un coup d'œil à l'autre rive, où la nuit était totale – si totale qu'elle semblait irréelle. Morgennes appela sa mère, qui ne lui répondit pas. Il appela son père. Silence. Sa sœur. Silence. Il fit quelques pas le long de la rivière, dont à présent le grondement l'avertissait : « Tu ne retraverseras pas. »

Morgennes tapa dans une motte de terre, durcie par le gel, et se fit mal au pied. « Et si je traversais quand même ? » Il n'osait regarder le fleuve ; il n'osait, et cependant il regardait – avec un air de défi. « Je retraverserai. Pas maintenant, pas comme ça... Mais je sauverai les miens ! »

— Foi jurée !

Une angoisse le saisit. Violemment. Il était sur le point d'étouffer. Des larmes coulaient sur ses joues, puis tombaient dans la neige, où il s'effondra à son tour. Combien de temps resta-t-il ainsi ? Combien de jours ? Combien de nuits ?

Nul ne le sait.

Un matin il se réveilla, un corbeau près de lui.

Sans même s'en apercevoir, Morgennes fit un mouvement – attrapa le corbeau, et lui tordit le cou. L'oiseau servit de repas. Quand il eut fini de manger, il regarda autour de lui... Là, dans la neige, une croix... Son éclat, peut-être, avait attiré le corbeau. Elle brillait, insensible et froide, se moquant bien du drame qui s'était joué.

« Va vers la croix ! »

Morgennes entendit son père. Comme si c'était hier. Ce matin. Maintenant. Il se redressa, posa la main sur la croix et ressentit une telle brûlure qu'il la lâcha aussitôt. Un serpent l'aurait-il mordu ? Il regarda sa paume. Rien. Sinon une trace d'un rouge un peu vif, qui s'estompait déjà. Ce rouge, il lui rappelait la gifle que lui avait donnée son père. Il passa la main sur sa joue, et sentit une douce chaleur.. Des forces lui revenaient. Il s'interrogea :

— Que faire ?

Retraverser.

— Mais où ? Comment ?

Construire un pont.

— Un pont ? Mais avec quoi ?

« Va vers la croix ! »

Morgennes se retourna, regarda la forêt. Là-bas, entre les arbres, il aperçut une croix. Elle était posée au sommet d'une chapelle abandonnée dont les seuls fidèles étaient les arbres, quelques oiseaux et une famille d'écureuils roux.

Alors Morgennes se dit · « Chapelle, de toi je ferai un pont ! »

Il venait de prendre l'une des plus importantes décisions de sa vie. Il bâtirait un pont – il ne savait pas encore comment, mais il le ferait. Et ce pont résisterait à la glace et aux remous du fleuve, et même à Dieu et à tous ses anges. Nul n'aurait plus peur. Nul ne se noierait plus. « Je suis la nuit, se dit Morgennes. Celle qui unit le crépuscule à l'aube. La nuit. Celle qui sépare, celle qui unit. Je suis la nuit. J'ai tout mon temps... »

Avec une volonté rare chez un enfant de dix ans, et même chez un adulte, il partit en direction de la chapelle. Ses pierres, rongées par les lichens, étaient à moitié disjointes. Ses vitraux étaient cassés et son toit effondré. De la mousse avait poussé sur sa base, lui faisant épouser la forêt. Un mince rai de lumière tombait du ciel en plein sur sa croix de pierre.

« Va vers la croix ! »

Était-ce celle-ci dont son père lui avait parlé ? Connaissait-il l'existence de cette église ? Pourtant, à sa connaissance, personne n'était jamais venu par ici, dans la Gaste Forêt. Oui, mais son père avait beaucoup voyagé, autrefois...

Morgennes s'approcha de l'antique bâtisse, se demandant : « Qui t'a construite ? Quand ? Pour qui ? » Il n'y avait, dans les parages, nul hameau. Pas de maison. Rien que des arbres. Il promena sa main sur un mur, en éprouva la texture – mélange de pierre et de mousse. Morgennes poussa un soupir. « Cette église m'attendait. » Il retroussa ses manches, empoigna sa croix de bronze, la tint comme un outil, et se mit à l'ouvrage.

Commença alors un travail enveloppé de mystères, dont Dieu seul a la clé. Combien de temps Morgennes mit-il pour bâtir son pont ? Quatre ans ? Cinq ans ? Généralement, je répondais sept – quand on m'interrogeait. Ce chiffre avait le mérite d'imposer le respect. Alors les gens hochaient la tête, et murmuraient tout bas : « Sept ans ! Sept ans ! »

Personne ne le savait, il n'y avait aucun témoin, mais Morgennes venait de faire ses premiers pas dans la légende. Pendant de longues années, il vécut seul au milieu des arbres, se nourrissant de racines, de plantes, d'œufs, de fruits et de petits animaux qu'il capturait en fabriquant des pièges ou en leur jetant des cailloux.

La première étape consista à établir, sur la berge du fleuve, une manière de chaussée. Les dalles de l'église trouvèrent là une seconde vie, plus belle que la précédente, car plus utile. Tout en travaillant, après s'être cassé les ongles à desceller des pierres énormes, Morgennes se remémorait sa vie passée, parlait à ses parents, parlait avec sa sœur – qui s'amusait à le narguer en le voyant peiner à transporter des pierres aussi grosses que lui.

— Aide-moi plutôt, au lieu de te moquer ! lui disait-il.

Alors elle courait autour de lui en tapant dans ses mains, et avec elle il revivait tel moment de son passé, où il avait été heureux, parce que sa sœur et ses parents étaient encore en vie. Le printemps arriva, puis un premier été. Les bois résonnèrent de chants d'animaux et de craquements divers, qui étaient autant d'encouragements pour Morgennes. D'ailleurs, son ouvrage avançait. Six mois ne s'étaient pas écoulés que déjà un premier tapis de pierres courait de la berge du fleuve au milieu de son lit.

Le plus étrange, c'est que tout en sentant sur son ventre le poids des grosses pierres qu'il transportait, Morgennes était heureux. Car si le fleuve avait été la tombe de son père et de sa sœur, son pont serait leur mausolée.

Passant un bras trempé sur son front dégoulinant de sueur, il considéra son ouvrage, et se dit qu'après tout, ce n'était pas si mal. Pour un enfant...

Soufflant, souriant, il repartit vers la petite église, qu'il désossait jour après jour. Il s'était fait, dans un coin, une espèce de cabane, avec un toit de branchages et un sol de joncs. C'était sa nouvelle demeure. Il y prenait, la nuit, quelques heures de repos – imposées par le manque de lumière. Quand il fermait les yeux, invariablement, des images revenaient. Toujours les mêmes. Cinq cavaliers chargeaient ses parents, les poussant dans une grande fosse, que les eaux recouvraient. Morgennes, lui, se tenait de l'autre côté du trou, indemne, et regardait les cavaliers...

Serrant le poing, il se réveillait haletant, le visage crispé, se promettant de retrouver ces cavaliers. « Même si je dois aller au Paradis, même si je dois aller en Enfer, je vous ferai payer ! Fussiez-vous Dieu et tous ses anges... »

Ainsi, portant le poids de ses souvenirs, celui de sa colère, et récitant en guise de prière chacun des instants vécus en compagnie de sa famille, Morgennes passa toute son adolescence à démonter une église et à construire un pont. Les pierres s'ajustaient d'elles-mêmes, comme si avant d'être une église, l'église avait été un pont – ce même pont qu'il travaillait à rebâtir.

Avec les années, ses muscles se raffermirent. Il gagna en robustesse. Ce qui au tout début réclamait des semaines de labeur n'en demanda plus qu'une. Quand il se trouvait au fond de l'eau, à déplacer des pierres dans la vase, il pensait aux lames que son père frappait à grands coups dans sa forge. Chauffées, trempées, martelées, recuites puis à nouveau plongées dans un baquet d'eau froide (qu'elles transformaient en vapeur), pour être encore une fois frappées, et ainsi de suite. Lame lui-même, forgé dans l'eau du fleuve, contre-forgé par les intempéries et les brûlures de l'été, Morgennes devenait Morgennes. Vint un jour où, en apercevant un reflet dans l'eau, il fit un bond de côté. Un homme était là, derrière lui. Il se retourna, mais il n'y avait personne. Pourtant... Regardant de nouveau dans l'eau, il vit un étranger. Mais cette fois il rit. Cet étranger, c'était lui ! Il passa une main dans sa barbe naissante, se toucha les cheveux. Étaient-ils si longs que ça ? Ils lui arrivaient en bas du dos !

Sa croix de bronze en main – elle était maintenant bien usée –, il repartit vers sa chapelle, mélange de ruines et de chantier. Sa voûte avait servi au pont. Ses murs et ses colonnes avaient fourni les piles et la travée principale était issue de ses dalles. Portant dans ses bras les deux dernières marches de l'église, Morgennes se dirigea vers le fleuve « Bientôt, se dit-il, je vais pouvoir aller les retrouver ! » L'émotion l'étreignit. Il s'imaginait sa sœur et ses parents courant se jeter dans ses bras, et n'acceptait pas l'idée qu'ils étaient morts.

Mais à peine eut-il atteint l'orée de sa forêt, qu'une petite poule traversa son pont, et se dirigea vers lui, gloussante et caquetante. Morgennes en fut tellement surpris qu'il manqua lâcher ses pierres.

Levant les yeux, il vit un homme, de quelques années son aîné, marcher sur son pont d'un pas tranquille.

— Bonjour, fis-je à Morgennes en le saluant de la main. À qui ai-je l'honneur ?

Morgennes ne me répondit pas. Il me regardait bouche bée, comme frappé de stupeur. « Allons, me dis-je. Voici mon premier paroissien. Tâchons de faire bonne impression... »

— Je puis peut-être vous aider ? Où vont ces pierres ?

— Là, dit Morgennes en m'indiquant le pont.

Je m'emparai de l'une des pierres. Mais à peine l'avais-je dans les bras que je la laissai choir.

— Dieu tout-puissant ! Et vous en portez deux !

— Mais qui êtes-vous ? me demanda Morgennes en ramassant sa pierre comme si de rien n'était.

— Je suis votre nouveau curé, fraîchement nommé dans ce diocèse. Il s'y trouve, m'a-t-on dit, une fort belle chapelle, abandonnée depuis longtemps, et que ma hiérarchie aimerait ranimer...

Après un instant de silence au cours duquel il se gratta la tête, l'air embarrassé, je finis par l'interroger :

— Il y a un problème ?

4.

« Je commence ici mon récit. »

(Chrétien de Troyes, *Érec et Énide.*)

Morgennes me mena à sa clairière. Là, ayant constaté l'ampleur des dégâts et compris sans qu'il eût besoin de me l'expliquer que le pont et la petite église n'étaient qu'une seule et même chose, je lui dis :

— Il ne me reste plus qu'à regagner Beauvais...

— Je suis vraiment désolé. Personne ne venait jamais dans cette église, et j'ai pensé que, peut-être, ce serait mieux...

— D'en faire un pont ?

— Oui.

— Il faut croire que c'était son destin...

Morgennes, qui se tenait au milieu de la clairière où s'étaient élevés les murs d'une des plus vieilles chapelles de Flandre, me regardait d'un air interrogateur.

— D'après les archives que j'ai consultées, dis-je, cette église avait été construite à partir des pierres d'un pont qui se trouvait quelque part par ici.

— Pas étonnant alors que personne ne se s'y soit jamais rendu. Il n'y a pas moyen de traverser sur des lieues à la ronde. Et vous êtes le premier être humain que je vois depuis des années.

J'écarquillai les yeux de stupeur.

— Comment ? Et votre famille ? Vos parents ?

Morgennes tendit le bras de l'autre côté du pont et me dit :

— Ils sont par là-bas, je crois...

Il s'en alla remuer les cendres d'un petit feu qu'il venait d'allumer pour la nuit, demeura silencieux un certain temps, puis ajouta :

— En fait, je crois qu'ils sont morts.

— Oh, fis-je. C'est une triste nouvelle. Alors vous êtes seul au monde ?

Il hocha la tête, lèvres serrées, puis me demanda

— Ce pont, qui l'avait construit ?

— Je ne sais pas, répondis-je. Probablement les Romains.

— Les Romains ?

Quelque chose, dans le timbre de sa voix, laissait entendre qu'il n'avait aucune idée de ce qu'étaient « les Romains ». Aussi lui fis-je, rapidement, un exposé sur Rome – à l'époque de l'Antiquité.

— Alors tant pis, fit Morgennes, déçu. Ce n'est pas eux...

— Pas eux qui quoi ?

— Juste avant de mourir, mon père m'a dit d'aller vers la croix... J'ai d'abord pensé qu'il s'agissait de cette croix-là, me dit-il en me montrant la petite croix de bronze qu'il tenait à la main. Puis de celle qui surmontait cette église, me dit-il en ne me montrant rien. En vous écoutant, je me suis demandé s'il ne parlait pas des Romains...

— Il pouvait tout aussi bien faire allusion à Jérusalem et à la relique de la Sainte Croix, où a été crucifié « Notre-Seigneur Jésus-Christ ».

— « Notre-Seigneur Jésus-Christ » ? fit Morgennes. C'est qui ?

— Comment ? Vous l'ignorez ?

— Oui.

— Mais quelle sorte d'oiseau êtes-vous donc ? Vous devez bien être le seul en Europe à n'avoir pas entendu parler de Lui...

— Je ne suis pas un oiseau. Et vous, quelle sorte d'homme êtes-vous donc, qui met ses pas dans ceux d'une petite poule, et franchit un pont que j'ai mis des années à bâtir, le jour même où je l'ai terminé ?

— Qui je suis ?

Je lâchai un profond soupir.

Que sait-on de moi ? Pas grand-chose.

Pour résumer, voici ce que l'Histoire a retenu de ma personne. On dit que je suis né vers l'an de grâce 1135, mais on ne sait pas où. Certains disent à Troyes, d'autres à Arras... Flandre et Champagne sont mes régions de prédilection, même s'il est raconté ici ou là que j'ai beaucoup voyagé – en Angleterre, en Terre sainte, en Allemagne, à Byzance, voire dans d'autres contrées, que la raison se refuse à nommer. Voilà, en gros, pour mes origines. De ma mort je ne parlerai pas, car ce n'est ni l'heure ni le lieu ; quant au mitan de ma vie, il sera exposé dans les pages qui suivent, bien qu'il n'en soit pas non plus le sujet, mais l'ornement – ou le fourreau, si cette métaphore vous agrée mieux. Mon nom, enfin. De lui, personne n'est certain – même si Chrétien est avéré, puisque « Chrétien » mes contes sont signés.

Mais suis-je aussi Saint-Loup de Troyes, le chanoine ? Et Chrétien li Gois, l'auteur de *Philomena* ?

Peut-être. Peut-être pas. À vrai dire, ce n'est pas important. Ce qui compte, c'est ma rencontre avec Morgennes. D'une certaine façon, c'était un signe. Celui que Dieu m'envoyait pour me dire : « Vois comme il est, lui ! » Et en effet, j'avais devant moi un adolescent mille fois plus courageux que celui que j'avais été – mille fois plus courageux, en vérité, que l'homme que j'étais. M'occuper de lui, le prendre sous mon aile, c'était peut-être la raison de ma venue en cette contrée. De toute façon, je n'allais pas abandonner la première et la dernière de mes ouailles. Aussi lui proposai-je de m'accompagner à Saint-Pierre de Beauvais.

Morgennes, dont le ventre criait famine, ne me répondit pas immédiatement. À la place, il alla chercher dans un coin de sa clairière une poignée de mousses et de champignons, et m'invita à les partager avec lui.

Mordant, non sans appréhension, dans la chair crue de ce qui ressemblait à un bolet, je lui proposai :

— Si vous m'accompagnez à Beauvais, vous pourrez manger du fromage, et du pain... Nous avons aussi du poisson, et parfois de la viande.

— Et des poules ?

— Oui. Mais celle-ci n'est pas à manger, ajoutai-je en suivant son regard fixé sur ma poule.

— Pourquoi ?

— C'est une poule spéciale. Elle s'appelle Galline... Enfin, vous pourrez consulter nos archives, et en apprendre plus sur ce pont.

— Vos archives ?

— Oui. Nous avons l'une des plus belles bibliothèques de la région. Elle compte près d'une centaine d'ouvrages !

— Je ne sais pas lire...

— Je vous apprendrai.

— Pourquoi faites-vous tout ça ?

Là, je me levai pour lui dire :

— Dieu vous a placé sur ma route. Sans Lui, vous n'auriez jamais pu bâtir ce pont, grâce auquel j'ai pu traverser... Ne voyez-vous pas l'ironie de la chose ?

— Non.

— Si vous n'aviez pas démoli cette église, je n'aurais jamais pu franchir ce fleuve. Elle n'aurait donc servi à rien puisque aucun curé ne serait venu l'animer. Mais vous l'avez déconstruite. Ainsi, grâce à vous, j'ai pu traverser dès le premier jour de mon arrivée ! Mais il n'y avait plus d'église ! Dans les deux cas, je repartais à Beauvais. Sauf que dans le premier, j'y serais retourné seul, après des années d'errance passées à chercher un pont qui n'existait pas.

Morgennes secoua la tête de droite et de gauche, d'un air dubitatif.

— Non, non, me dit-il. Ce n'est pas pour vous que je l'ai fait. Je l'ai fait pour moi... Pour mes parents, pour qu'ils puissent traverser, et être sauvés eux aussi...

— Je ne comprends pas. Je croyais qu'ils étaient morts ?

Morgennes me raconta son histoire. J'en eus le sang glacé. Il était trop facile de reconnaître dans les exactions de ces cavaliers l'un des nombreux exemples des expéditions punitives que les croisés menaient contre les juifs, afin de s'échauffer le sang, avant de passer Oultremer

Morgennes était-il juif?

Je n'osai lui poser la question, et il me proposa :

— J'ai aussi des racines, si vous avez encore faim.

Sa générosité, mais également le calme et le courage avec lesquels il faisait face, me firent prendre une étrange décision. Par acquit de conscience, je lui demandai :

— Savez-vous quel est ce jour, pour les chrétiens ?

— Non.

— Je m'en doutais ! Eh bien sachez que c'est aujourd'hui « Jour de Jeûne », car c'est le « Saint Vendredi », où l'on doit pleurer ses péchés et adorer la croix. Ce même jour fut vendu pour trente deniers, puis crucifié, « Celui Qui Fut Pur De Tout Péché » !

— Je ne suis pas bien sûr de comprendre...

— Je vais peut-être vous étonner, mais moi non plus !

À sa grande surprise, je sortis de ma besace une burette emplie de vin de messe, suivie de son cortège d'hosties. J'y ajoutai un quignon de pain, deux œufs de Galline (frais de ce matin) et un bout de saucisse, qui formaient le reliquat de mon dernier repas.

— Mangez ! Régalez-vous !

Hosties, vin, pain, œufs et saucisse disparurent en moins de temps qu'il ne m'en faut pour vous le dire dans le gosier de Morgennes, qui me demanda aussitôt :

— Il vous reste de l'hostie ?

— Je vous ai donné tout ce que j'avais !

Morgennes eut un sourire, s'essuya la bouche d'un revers de main, et déclara :

— D'accord pour venir à Beauvais avec vous.

Puis, contemplant d'un air triste les sombres bois qui l'environnaient :

— Ici, ma tâche est terminée.

5.

« Chacun exhalait une plainte amère et pénible en voyant des parents ou des amis estropiés ou mutilés, charriés par la rivière. »

(Chrétien de Troyes, *Cligès*.)

Morgennes tremblait. Il avançait à petits pas, et se tenait à la balustrade de pierre qu'il avait élevée lui-même. En le voyant revenir du côté verdoyant de la rive, celui par où j'étais arrivé, je repensai à cette histoire : « Il était une fois un soldat qui avait renoncé au métier des armes pour l'amour d'une femme. Cela s'était passé il y a longtemps, en Terre sainte, et ce soldat était rentré chez lui, sa bien-aimée au bras. Mais comme elle était juive et qu'il était chrétien, on avait vu leur relation d'un mauvais œil. Et ils avaient dû s'enfuir, pour vivre au plus profond de la forêt, au bord d'un fleuve réputé infranchissable. Plusieurs années s'étaient écoulées, durant lesquelles leur amour s'était renforcé. Ils auraient pu être heureux, s'il n'y avait eu cette ombre, planant au-dessus d'eux : ils n'arrivaient pas à avoir d'enfants. Alors le soldat avait retraversé la mer, et s'était mis en quête d'une poignée d'herbes magiques dont sa femme lui avait parlé. “ Ces herbes me rendront fertile ”, lui aurait-elle dit... » D'après mon père, de qui je tenais cette légende, le soldat avait réussi à trouver les herbes et à les rapporter à sa femme. Mais Dieu n'en avait pas fini avec eux, et un drame effroyable les avait frappés en ne leur permettant d'avoir ce qu'ils désiraient le plus *qu'au prix de ce qu'ils désiraient le plus...*

Je m'interrogeai. Morgennes était-il l'enfant rescapé de ce couple ? En cet instant, il me faisait plutôt penser au soldat de l'histoire : un homme s'efforçant d'atteindre un but que Dieu avait placé suffisamment loin de lui pour qu'il ne l'atteigne jamais, mais suffisamment près pour qu'il l'ait constamment sous les yeux.

Je me rendis compte alors que Morgennes était toujours au milieu de son pont. Je m'approchai de lui et lui offris mon aide. Qu'il accepta. Il était comme statufié, incapable de détacher son regard d'une eau où il croyait voir se tordre les formes des siens, fantômes à la silhouette dessinée par les remous du fleuve.

— Fermez les yeux, lui dis-je. Je vous tiendrai la main.

Morgennes obtempéra, ferma les yeux et se laissa guider. Puis, quand nous eûmes atteint l'autre rive, je lui dis :

— Vous pouvez les rouvrir.

Il regarda autour de lui, à la manière de ces gens qui cherchent à reconnaître un ami d'autrefois dans les traits d'un vieillard.

— C'est un échec, me dit-il.

— Comment? Mais je croyais que... Vous avez réussi. Vous avez traversé.

— Peut-être. Mais ce n'était pas ce que je voulais. Ce que j'aurais aimé, c'est qu'ils puissent traverser, *eux.*

— Eux? Mais qui?

— Mon père. Ma sœur. Et même ma mère, qui a dû rester de ce côté... Si ce pont avait existé, ils auraient pu passer. Et se retrouver sains et saufs avec moi, sur l'autre rive.

— Mais, Morgennes, si ce pont avait existé, les cavaliers *eux aussi* l'auraient traversé, et vous seriez tous morts! En vérité, je vous le dis, Dieu a voulu que *vous seul* surviviez.

— Dieu l'a voulu ?

Je hochai la tête avec componction, mains jointes sur le ventre, comme on m'avait appris à le faire en ces circonstances.

— Alors c'est lui qui est responsable de ce drame ? me demanda-t-il.

Je ne sus quoi lui répondre.

Il se troubla, me regarda sans me voir. Sa main serra la croix de bronze qu'il avait gardée avec lui, et qu'il ne lâcherait pour rien au monde.

— Mais pourquoi ?

— Les voies du Seigneur sont impénétrables.

— Il doit y avoir une explication !

— Je n'ai pas dit qu'il n'y en avait pas, seulement qu'elle ne nous était pas accessible.

Il s'éloigna, revint sur ses pas, semblant chercher son chemin, repartit... Il jeta un coup d'œil à deux bâtisses en ruine, dont l'une était certainement une forge, à en juger par l'enclume rouillée qui gisait fichée en terre. Morgennes la toucha, et se mit à pleurer en silence.

— Même maman n'est plus là...

Ainsi, c'était bien lui. Pas de doute. Il était l'enfant de cette femme que mon père était venu aider à accoucher, par une longue nuit d'hiver, une quinzaine d'années auparavant. L'émotion m'étreignit. J'avais le devoir de veiller sur Morgennes. Ce que mon père avait commencé, je devais le poursuivre.

Je m'approchai de lui et lui posai la main sur l'épaule. Que pouvais-je lui dire, moi qui avais passé tant d'années à me fuir ? J'étais l'opposé de Morgennes. Dieu me faisait peur. Trouverais-je les mots ? « Parle-lui de ton père ! » me murmura une voix. Mais non. Jamais. Car comment annoncer à Morgennes : « Je suis le fils de celui qui a échoué à vous sauver... » Impossible. Je devais trouver autre chose. Après m'être raclé la gorge, je murmurai :

— Moi aussi j'ai échoué.

— À quoi ?

J'hésitai un instant, puis j'avouai :

— Je ne voulais pas vraiment être curé... Je suis conteur. J'ai longtemps cru que j'étais le meilleur... Mais je ne le suis pas.

— Pas encore, me dit Morgennes.

— Je vais vous dire pourquoi Galline est si spéciale pour moi, dis-je en lui montrant ma petite poule. Je l'ai gagnée à un concours. Tous les quatre ans se tient à Arras une fête appelée « Puy », où troubadours et trouvères s'affrontent en rimant...

Je lui racontai mon histoire, et la façon dont j'avais réussi à captiver mon auditoire. Mon *Histoire du roi Marc et d'Yseut la blonde* était assurément une splendeur, et je savourais par avance ma victoire. Lorsque Gautier d'Arras était entré en scène... Il avait entrepris de réciter les premiers vers de son œuvre, *Éracle,* où il était question de l'empereur Héraclius et de la glorieuse manière dont il était parvenu à récupérer la Vraie Croix – volée par des païens, à Jérusalem.

La foule avait adoré.

Le succès avait été tel qu'on l'avait arrosé de vin, au point que ceux qui l'approchaient s'enivraient de vapeurs ! On lui avait donné le premier prix. Celui-ci consistait en un hébergement de quatre années à la cour de Marie de Champagne, où il aurait tout le loisir de finir son ouvrage, sans avoir à se soucier de rien.

— Quel rapport avec Galline ? me demanda Morgennes.

— C'était le deuxième prix. J'entends encore Marie de Champagne me dire, en me la remettant : « Ses œufs vous nourriront le corps et l'âme... » Jusqu'à présent, c'est surtout mon corps qu'elle a nourri...

— Et aussi un peu le mien, fit Morgennes en se tournant vers Galline. En tout cas, moi, je la trouve appétissante, pour un deuxième prix !

— Ç'aurait pu être pire. Le troisième prix n'était qu'un panier d'œufs...

— Quand a lieu le prochain concours ?

— Dans un peu moins de quatre ans.
— Cette fois vous gagnerez ! Foi de moi !

Deux jours plus tard, nous arrivâmes à Saint-Pierre de Beauvais, où l'on ne chômait pas. Les cloches sonnaient matines, et les premières lueurs de l'aube venaient caresser les blés qui faisaient à l'église une auréole d'épis.

Poucet, le père supérieur, nous reçut peu après notre arrivée, et nous allâmes déambuler dans les couloirs de l'abbaye, où résonnaient des voix.

— Alors, me dit-il du même ton enjoué qu'à l'accoutumée, déjà de retour ?

— J'accepte, dis-je simplement, sachant qu'il comprendrait.

Poucet se tapa dans les mains, et rugit :

— Par saint Trémeur de Carhaix ! Je le savais !

Puis, un ton plus bas parce que des têtes encapuchonnées s'étaient tournées vers nous :

— N'y vois nulle offense, mon cher Chrétien, mais tu n'es pas fait pour la prêtrise. Je n'ai pas cru un seul instant que tu pourrais rester plus d'une semaine éloigné de ton prochain récit...

Nous tournâmes à un angle, et nous dirigeâmes vers un corridor qui menait à une porte cloutée. Derrière s'élevaient les voix que l'on entendait depuis notre arrivée au monastère.

— Mon père, j'aimerais vous poser une question.

— Je t'écoute.

— Vous n'avez jamais douté ?

— Quoi ? De ton retour ? Pas un instant !

— Pourtant, j'aurais pu me plaire là-bas, trouver l'église à mon goût...

— Te plaire là-bas ? Trouver l'église à ton goût ? Allons, mais ce n'est qu'une ruine ! N'est-ce pas ?

Poucet tourna vers moi son regard pétillant d'intelligence, où se lisaient malice et moquerie.

— Ainsi, vous saviez.

— N'avais-je pas raison ? demanda-t-il.

— Si.

Comme nous arrivions à la porte cloutée, Poucet me dit

— Hormis les araignées et les vrillettes, nul n'a touché à tes affaires. Tu retrouveras ton manuscrit tel que tu l'as laissé.

— Vous m'aviez dit que vous le donneriez à frère Anselme.

— Je t'ai menti. Me crois-tu assez fou pour confier à autrui ce pour quoi Dieu t'a fait ? Trouve-moi quelqu'un d'aussi doué que toi, et alors oui, j'accepterai de lui confier le soin de nous représenter au prochain Puy. Mais tu es le meilleur, et j'ai besoin de toi...

— Une dernière chose.

— Je t'écoute.

— Ce jeune homme, là, derrière moi..., fis-je en montrant Morgennes, habillé de guenilles.

— Oui ?

— Pourriez-vous l'accepter dans notre ordre ?

— Il sait tenir sa langue. C'est déjà un bon point. Mais quel âge a-t-il ?

— Dans les quinze ou seize hivers.

— S'il avait été plus jeune, poursuivit Poucet, je n'y aurais pas vu d'inconvénient. Mais il est trop vieux...

— Alors, ne connaissez-vous pas dans les environs quelque personne de noble lignage qui pourrait le prendre comme écuyer ?

— Allons, réfléchis ! La plupart de ces gars-là manient l'épée depuis l'âge de trois ans. Ils savent monter à cheval et jouter. As-tu déjà tenu une lance ? demanda Poucet à Morgennes.

— Jamais.

— Ce n'est pas moi qui t'en ferai le reproche... Quelles sont tes principales qualités ?

Morgennes se prit le menton dans la main, parut réfléchit un instant.

— Ma mère me trouvait courageux. Ma sœur, bon camarade de jeu. Mon père, surtout, me disait toujours que j'avais une mémoire étonnante. Enfin, je ne renâcle pas à la besogne.

— Ce sont là certes des qualités appréciables, mais sais-tu le latin ?

— Non.

— Sais-tu seulement lire ?

— Non plus.

— Concrètement, que sais-tu faire ? Fouler ? Non. Faucher ? Non. Faner ? Non plus. Ton père était forgeron, si j'ai bien compris. Ne t'a-t-il donc point transmis son métier ?

— Il n'en avait pas l'intention, dit Morgennes.

— Dommage, fit Poucet.

Je décidai alors d'intervenir :

— Morgennes est fort. Il sait tailler la pierre. Et c'est un bâtisseur ! Je l'ai vu construire un pont qui est, ma foi, l'un des plus beaux qu'il m'ait été donné de contempler.

— Nous ne sommes pas une confrérie de tailleurs de pierre ! Peut-être qu'à Paris, s'il tente sa chance auprès du lévite Maurice de Sully, il pourrait se joindre à l'équipe que celui-ci est en train de réunir pour y construire une cathédrale...

— S'il part, je pars aussi, dis-je.

— Chrétien, tu sais combien je tiens à toi. Mais là, c'est impossible. Trop de nos frères ont déjà poussé la porte de cet établissement alors qu'ils auraient dû rester dehors... Et combien sont restés dehors alors qu'ils auraient mérité d'y entrer ? Non, malheureusement, je me vois dans l'obligation de refuser... L'évêque Grosseteste doit bientôt venir nous visiter, et il interrogera tout le monde. S'il s'aperçoit que j'ai accepté dans nos rangs un acolyte âgé d'une quinzaine d'années, et qui en plus ne sait ni lire ni écrire, c'en est fait de nous !

— « Bientôt venir nous visiter » ? C'est-à-dire ?

— Dans six jours.

Je lâchai un soupir. Impossible de rien faire en six jours...

— Cela me laisse amplement le temps, dit Morgennes.

— De quoi ? demandai-je.
— D'apprendre le latin !
Poucet le prit au mot :
— Je te donne cinq jours. Et dans cinq jours, si tu parles latin comme Chrétien et moi, je t'accepte parmi nous !
— Donnez-moi un bon professeur, et dans trois semaines, en plus de le parler, je le lirai et l'écrirai !
Poucet le regarda comme s'il était fou, puis se tourna vers moi :
— Enseigne-lui tout ce que tu sais.

6.

« En lui, le bois tenait les promesses de l'écorce. »

(Chrétien de Troyes, *Cligès*.)

Morgennes avait dit vrai. Car avant de se détériorer dans des circonstances qu'il me faudra vous raconter plus tard, sa mémoire était prodigieuse. Pas une piqûre d'abeille, pas un tremblement de lumière, pas un chuintement de métal chauffé au rouge, et plongé dans une bassine d'eau froide, dont il ne conservait le souvenir, précieusement enfoui en lui. Morgennes était déconcertant, au point d'en paraître inhumain. C'était du moins ce qu'il m'avait semblé lors de notre rencontre. Sentiment que plusieurs jours passés à le côtoyer confortèrent. Nul n'était de son époque. Morgennes, à mes yeux, était un être solitaire – pas au sens où on l'entend généralement, plutôt dans le sens où il avait toujours l'air de se situer en un autre temps, une autre époque –, peut-être de l'autre côté de son fleuve. Comme s'il ne l'avait jamais réellement traversé.

Ajouté à sa capacité de travail, et à trois jours et nuits passés ensemble à étudier conjugaisons et déclinaisons, vint le matin où il put entonner *Te Deum* et *Ave Maria* sans qu'on puisse faire la différence entre sa façon de chanter et celle d'un vieux moine. L'entretien avec Poucet fut à peine une formalité, et Morgennes reçut sa tonsure.

Quatre jours avaient suffi pour faire de lui un religieux – du moins en apparence. Mais c'était tout ce qu'on lui demandait.

Car il était entré à Saint-Pierre de Beauvais plus comme un goupil dans un poulailler, pour se remplir l'estomac, que pour se soumettre au grand dieu des poulets. Comment le lui reprocher ? Morgennes était loin d'être le premier à agir ainsi. (J'étais bien placé pour le savoir.) À cette époque, nombre d'oblats – d'ailleurs appelés « nourris » – étaient confiés aux bons soins de l'Église, leur famille n'arrivant pas à subvenir à leurs besoins.

Même le père Poucet aimait raconter comment, quand il était petit, ses parents l'avaient plusieurs fois abandonné dans la forêt, avec ses frères, parce que en ces temps de guerre la famine rôdait.

Cependant, outre la faim, le droit d'aînesse, la paresse, une extrême laideur, l'idiotie, voire – pourquoi pas ? – un formidable élan religieux expliquaient l'extraordinaire afflux de candidats qui se pressaient aux portes de nos monastères, églises et abbayes. Les églises étaient forcées de refuser du monde, ou bien de s'agrandir – ce qui était le cas à Saint-Pierre de Beauvais. Enfin, le matin de la visite de Grosseteste, Poucet – que la présence de Morgennes ravissait – me prévint :

— S'il nous pose la question, nous lui dirons que Morgennes a douze ans !

Précaution inutile, car l'évêque ne vint pas. Prétextant un rendez-vous à la cour de Marie de Champagne, il remit sa visite à plus tard, et de plus tard à jamais.

Morgennes était des nôtres.

Un jour, alors que je me réjouissais de le voir apprendre si facilement à lire et à écrire, je l'interrogeai :

— Es-tu content de tes progrès ?

— Oui et non, me répondit-il.

— Comment cela ?

— J'apprends bien, il est vrai. Et j'en suis content. Cependant...

— Oui ?

— Ma place n'est pas ici, et tu le sais.

Il avait raison. Je le savais, oui. Mais j'étais trop aveuglé pour l'admettre. Puis notre conversation prit une autre tournure, au cours de laquelle je devais mieux mesurer l'étendue des prodigieuses facultés de Morgennes, et du destin qui l'attendait. Comme il avait l'air soucieux, je lui demandai :

— À quoi penses-tu ?

— Qu'est-ce qu'un lévite ?

Ce brusque changement de sujet m'étonna. Je l'entraînai à part, murmurant :

— Pourquoi cette question ?

— Lorsque Poucet a employé ce terme, le jour de mon arrivée, il ne semblait pas avoir le même sens que celui que je lui connaissais – et que ma mère lui donnait.

— Quel sens lui donnait-elle ?

— Celui de gardien du temple...

— Ah, je vois, fis-je, embarrassé. Tâche d'oublier cela, ou plutôt de ne pas le répéter à d'autres que moi. Mais le sens est à peu près semblable. Un lévite, c'est un diacre. Un membre du clergé. Autrement dit, quelqu'un qui comme moi a vocation à être ordonné prêtre, et qui avant cela a été sous-diacre, et encore avant (quand il appartenait, comme toi, aux ordres mineurs) frère portier, lecteur, exorciste...

— Combien de temps ?

— Combien de temps quoi ?

— Combien de temps avant d'être exorciste, par exemple ?

— Ma foi, si tu continues à travailler de la sorte, tu le seras avant la prochaine Saint-Sylvestre. Encore quatre ans et tu pourras prétendre au rang de frère portier ! Ensuite, tu pourras devenir sous-diacre, puis diacre... Et puis peut-être un jour te faire ordonner prêtre. À partir de quoi...

— Et ça se termine quand ?

— Mais jamais !

— Tu veux dire qu'une fois qu'on entre dans l'Église, c'est pour la vie ?

— La vie, oui. Et même après, fis-je en me signant.

Cette réponse ne parut pas réjouir Morgennes, dont le visage avait repris le même air soucieux que tout à l'heure.

— Et maintenant, à quoi penses-tu ?

— Le roi Arthur existe-t-il ?

Une fois encore, j'étais pris de court.

— Pourquoi cette question ?

— J'aimerais qu'il me fasse chevalier.

— Malheureusement, le roi Arthur n'existe plus. Et c'est tant mieux. Oublie tes chevaliers, Morgennes. Tu vivras mieux sans eux...

— Et le Saint-Graal ? Il n'existe pas, lui non plus ?

— Mais enfin, qui t'a parlé de tout ça ?

— Des voix, le jour de notre arrivée.

— Des voix ? Mais où ? Quand ?

— Dans les couloirs du cloître, quand nous nous dirigions vers le scriptorium. Elles parlaient du roi Arthur et du Saint-Graal, et puis aussi de chevaliers...

Aussi incroyable que cela paraisse, Morgennes me récita alors quelques pages de l'*Historia Regum Britanniae*, de Geoffroy de Monmouth, que mes frères étaient en train de copier ce jour-là.

— Combien de temps t'a-t-il fallu pour mémoriser cela ?

— Mémoriser ? Je l'ai entendu. C'est là, dans ma mémoire. Pourquoi cette question ? Je ne comprends pas.

— De quoi te souviens-tu ?

— Je n'ai rien oublié.

— Rien ?

— Rien.

— Quel est ton plus ancien souvenir ?

Le regard de Morgennes se couvrit de brume, puis il caressa l'étrange petite cicatrice blanche, en forme de main, qu'il avait sur la joue. Il paraissait se rappeler une présence, tendre et bien-aimée.

— Je n'oublie jamais rien, dit Morgennes. Ni offense ni bienfait. Rien.

Il me parla alors de sa mémoire. En vérité, elle était si extraordinaire qu'il arrivait à reconnaître dans la rotondité d'un strato-cumulus l'enfant d'un cumulo-nimbus passé l'année précédente.

— Par saint Martin ! fis-je en bondissant sur place.

Avec un tel homme, aucune histoire ne se perdrait plus ! Un livre pourrait bien brûler ou être dévoré par les vrillettes, il suffirait d'aller trouver Morgennes pour le récupérer – pourvu qu'on le lui ait récité ou qu'il l'ait lu auparavant.

Une idée me traversa l'esprit :

— Viens, nous allons voyager !

Joignant le geste à la parole, j'emmenai Morgennes chez Poucet, à qui je demandai :

— Mon père, donnez-nous des mailles !

— Comment ? s'exclama Poucet. Mais tu veux ma mort et celle de ta communauté ! Ne sais-tu pas combien notre bourse est serrée, j'ignore même si...

— C'est pour un investissement. Vous ne le regretterez pas. Nous irons, Morgennes et moi, dans les plus mauvaises auberges, boirons les plus mauvais vins, mangerons de la paille, mais il faut nous donner de quoi voyager !

— Enfin, Chrétien, un peu de modération ! Si vous devez voyager, je vous prêterai mes bottes. Elles vous permettront de couvrir sept lieues d'un seul pas, et donc d'économiser sur le coût du trajet... Mais dis-moi ce que tu as en tête.

— En tête ? Oh, pas grand-chose, je le crains. Mais la cervelle de Morgennes... Elle peut contenir le monde entier !

Emporté par mon élan, je m'agenouillai et lui pris les mains pour les porter à ma bouche, comme un enfant avec sa mère quand il cherche à se faire pardonner. Après lui avoir expliqué mon projet, je l'implorai :

— Par pitié, mon père. Morgennes est un prodige, un don de Dieu fait à notre communauté. Pour une raison que j'ignore, sa mémoire retient tout ! C'est un miracle.

— Une malédiction, soupira Poucet. Mais enfin, il n'y a là rien de nouveau. Dois-je te rappeler la façon dont Morgennes est entré chez nous?

— Non. Je ne l'ai point oubliée. Mais c'est incommensurablement plus que cela, car il ne s'agit pas que d'apprendre à parler latin en trois jours!

— Bon. Voyons, mon fils, dit Poucet en se tournant vers Morgennes, te rappelles-tu notre premier entretien?

Morgennes le lui rapporta, mot pour mot. Interrogé sur le temps qu'il faisait ce jour-là, il dit les lourds épis, dorés comme des sous posés dans le coffre des prés. Ensuite il ajouta les toiles d'araignée dont s'ornait mon dernier manuscrit, parla de frère Anselme et des chasseurs de vrillettes, précisa l'endroit où ils se tenaient, décrivit la mine qu'ils faisaient... Paroles, sensations, couleurs et odeurs, tout était là, tel qu'au premier jour!

— Par l'Église! fit Poucet. J'ai l'impression que c'est on ne peut plus correct...

— Demandez-lui la Bible!

Poucet m'interrogea du regard. Pourquoi la Bible? Parce que c'était l'ouvrage à l'aide duquel Morgennes avait appris à lire.

— Genèse, VI, 4?

Morgennes récita: « En ces temps-là il y avait des géants sur la terre et même après cela : quand les fils d'Élohim venaient vers les filles des hommes et qu'elles enfantaient d'eux, naissaient les héros qui furent jadis des hommes de renom. »

Poucet hocha la tête d'un air à la fois grave et satisfait. Puis il leva les yeux vers Morgennes – car celui-ci le dominait d'un peu plus d'une tête – et lui dit :

— Sais-tu que pour Platon la mémoire est ce qui permet d'accéder à la *Vraie Connaissance*? Que pour saint Augustin elle est *conscience*, non seulement *de soi*, mais aussi *du monde*, et *de Dieu*?

Marquant une pause dans son discours, il marcha vers son bureau et se remplit une coupe de vin.

— Mon fils, reprit-il, si ta mémoire est à ce point prodigieuse, c'est peut-être que tu comptes parmi tes ancêtres l'un de ces héros, descendants des enfants d'Élohim... C'est ta malédiction. Ton fardeau. Il te faudra faire avec, et tout ce que je te souhaite c'est d'arriver un jour à oublier.

— Je n'ai pas envie d'oublier, dit Morgennes.

— Pas encore, dit Poucet. Mais ça viendra...

Il vida sa coupe, et ajouta :

— Cela dit, ce serait vraiment pitié que de ne pas en profiter !

Il se dirigea alors vers un vieux coffre en bois fermé par un cadenas. Après l'avoir ouvert, il en sortit une paire de bottes maculées de poussière.

— Je ne m'en suis pas servi depuis longtemps, dit-il en les époussetant avec sa manche, mais je crois qu'elles fonctionnent encore. Essaie-les !

Morgennes prit les bottes. Elles semblaient un peu petites, mais s'adaptèrent miraculeusement à ses pieds quand il les enfila.

— Formidable ! dit Poucet.

Après m'avoir remis une bourse pleine de mailles, il nous accompagna jusqu'à l'entrée du monastère. Là, il nous serra sur son cœur et nous donna ce conseil :

— Gardez-vous des ogres...

Pendant à peu près trois années, au terme desquelles Morgennes fut nommé frère portier, nous fîmes de fabuleux voyages. Moi juché sur les épaules de Morgennes, lui chaussé des bottes de Poucet, Galline dans mes bras, nous parcourûmes l'Europe en quête de contes et de légendes. Ce que nous découvrîmes alors, nous le saisîmes sans que son propriétaire s'en trouvât dépouillé.

Nous faisant passer, dans telle cité pour deux étudiants, dans tel château pour des jongleurs et dans telle abbaye pour des pénitents, nous fîmes moisson de toutes les histoires qui nous tombèrent sous les yeux ou dans le creux de l'oreille.

Au bout des quatre ans qui nous séparaient du prochain Puy d'Arras, nous avions déjà rapporté à nos frères de Beauvais presque autant de récits qu'il s'en trouvait jadis à Alexandrie. La bibliothèque de Saint-Pierre de Beauvais était la plus riche d'Europe derrière celle du Vatican – que nous nous apprêtions justement à aller visiter après le festival.

Où notre vie changea du tout au tout.

7.

> « Grande était la joie dans la salle. Chacun démontrait ce qu'il savait faire : celui-ci sautait, celui-là culbutait, cet autre faisait des tours de magie, l'un sifflait, l'autre chantait, celui-là jouait de la flûte, cet autre du chalumeau, un autre de la viole et un autre encore de la vielle. »
>
> (Chrétien de Troyes, *Érec et Énide.*)

Jouant des coudes aux abords d'Arras, puis des pieds et des mains dans ses rues encombrées, Morgennes et moi nous frayâmes un chemin en direction d'une taverne où descendaient les concurrents.

— Tu verras, lui dis-je avant d'entrer dans la salle enfumée, il n'y a pas de compagnie plus agréable que celle des poètes. Toujours le mot pour rire ! Jamais une violence, sinon du bout des lèvres...

— Après toi, me dit Morgennes, m'invitant à le précéder.

L'auberge était – comme il se doit – bourrée à craquer. Du plafond pendaient tellement de faisans qu'on aurait dit qu'il en pleuvait. Oies et canards défilaient bravement sur des plats, brandis à bout de bras par une armée de gâte-sauces. Le moindre espace était occupé. Quand ce n'était pas par une table, c'était par un tabouret. On ne voyait pas de banc, mais dix paires de fesses. On étouffait ! On rissolait ! Des invités trop cuits, portés par leurs amis, croisaient en sortant de délicieux rôtis. Des tonnelets de bière faisaient office de cruchons, et des cruchons de gobelets. Et ça huchait, et ça criait. Ça stançait et se mesurait à coups de vers, entrelardés de rimes. « Tu m'envoies un huitain ? Je réplique en douzain ! »

— Que c'est beau, dis-je à Morgennes. Quelle ambiance

— Voulez-vous qu'on la plume ? demanda une serveuse en m'arrachant Galline.

— Ce n'est pas pour manger ! m'écriai-je en la reprenant

— Alors fichez-moi le camp ! Ici, on dîne !

— Laissez ! Monsieur est avec moi, et son ami aussi, fit une voix que je connaissais bien, celle du vainqueur du précédent concours.

— Gautier d'Arras !

Je n'osai cependant l'étreindre. Avec un regard étrange il me lança :

— J'ai terminé mon œuvre ! Et toi ?

Je me tapai la poitrine, à l'endroit où j'avais glissé les premières feuilles de *Cligès*, mon manuscrit, et répondis

— Elle est là.

— Asseyons-nous, buvons ! Je vous invite, fit-il en nous poussant vers un banc.

Et nous voilà coincés entre quelques poètes de ma connaissance. Jaufré Rudel, enfin rentré de Terre sainte qui ressemblait à une outre séchée au soleil et dont les chétives et lamentables chansons évoquaient celles des vieilles porteuses d'eau. Marcabru, qui nous venait de Gascogne autrefois surnommé « Pain perdu » et dont la voix rappelait celle d'une grenouille enfermée dans un pot. Juste à côté de lui était assis son compère Circamon, dont le nom venait du fait qu'il avait peut-être fait le tour du monde. De lui je n'avais rien à dire, sinon qu'il fallait débourser une demi-pougeoise pour louer ses services et qu'il chantait comme s'il souffrait d'une rage de dents.

— Bonjour à vous, fis-je en les saluant de la main.

— Soir et matin nous devrions, si nous étions sages, nous laver, je vous l'assure, dit Marcabru en se pinçant le nez

— Que dites-vous ? demanda Morgennes.

— Soyez tranquille, expliqua Rudel. Il répète sa chanson.

— Comment se nomme-t-elle ?

— *Le Chant du lavoir,* répondit Circamon.

— Qu'en pensez-vous ? me demanda Marcabru.

— Je n'en ai pas assez entendu pour avoir un avis.

— Le mien est fait, dit Morgennes.

— Ah oui ?

— Je suis d'accord avec vous. Soir et matin nous devrions, si nous étions sages, nous laver... C'est on ne peut mieux dit !

Et de se boucher le nez, lui aussi.

— Buvons plutôt ! dit Gautier en agitant le bras pour héler un corne-vin.

Une barrique nous fut portée, où nous plongeâmes nos hanaps. Un nouvel invité s'était joint à nous. Béroul ! Quatre ans plus tôt, il n'avait pas tari d'éloges sur mon *Histoire du roi Marc et d'Yseut la blonde,* m'assommant de questions, m'interrogeant sur mes sources. Je le saluai chaleureusement, et lui dis :

— Tu vas être déçu... Car j'ai changé de sujet. Mais tu n'étais peut-être pas venu pour m'écouter, n'est-ce pas ?

— Non pas ! Je viens pour concourir !

— Avec quel chef-d'œuvre ?

— *Tristan et Yseut,* le mien !

Il me fit un grand sourire, et mon geste s'arrêta, à mi-chemin de ma bouche et du tonnelet de bière.

— Comment l'as-tu écrit ?

— Octosyllabes à rimes plates.

— Comme moi... Quelles sont tes sources ?

Il me les cita.

— Ce sont les miennes !

— Les miennes aussi ! répliqua-t-il.

— Allons, messieurs ! Ne vous disputez pas ! s'interposa Gautier d'Arras.

— Il m'a volé !

— Jamais de la vie !

— Je t'interdis de concourir !

— Tu n'en as pas le droit !

— Messieurs, un peu de retenue !

— Voleur !

L'insulte contenait certainement un peu de vérité, car Béroul m'envoya son poing dans la figure. J'en demeurai interdit, me demandant ce qui m'arrivait. Malgré tout, nous aurions pu en rester là si Morgennes n'avait pas bondi sur Béroul pour lui rendre son coup, d'abord au visage, ensuite sur toutes les parties du corps.

— Messieurs ! Contenez-vous ! piailla Gautier d'Arras.

— Dieu veut épurer à son lavoir les hardis et les doux, marmonna Marcabru, avant d'abattre son hanap sur la tête d'un poète qui s'attaquait à Morgennes par-derrière.

Et Gautier de plonger dans la mêlée, en essayant de m'arracher à Béroul auquel je venais, dans un éclair de lucidité, de prendre son manuscrit.

— Chrétien, me lança-t-il en m'enserrant le corps, ce n'est pas ainsi que l'on vainc !

— Et ce n'est pas comme ça non plus ! fit quelqu'un en le ceinturant à son tour. Les tricheurs, dehors !

Je ne saurai jamais à qui je dus cette généreuse intervention. Peut-être à un admirateur. Quoi qu'il en soit, le manuscrit de Béroul m'échappa pour s'en aller voler parmi les convives – qui l'émiettèrent en une dizaine de feuillets. Certains retombèrent en planant vers la cheminée, d'autres furent tachés de bière, une poignée se ficha dans autant de chapeaux, quittant ainsi l'auberge. Comme chacun défendait son voisin, que celui-ci attaquait celui-là et celui-là un autre, vint rapidement le moment où tout le monde s'entrebattit. La tenancière de l'établissement, inquiète pour ses meubles, lança une série d'horions, signal pour ses marmitons de nous ficher à la porte. Alors les poètes, un instant divisés, unirent leurs rangs, offrant un front commun aux soldats des cuisines. Insultes et coups de poing, coups de pied et injures. Je crois qu'un escabeau m'aurait tué si la Providence n'avait pas fait de cette heure celle que l'évêque Grosseteste réservait aux poètes. Venu nous visiter, il fit irruption dans l'auberge accompagné de ses gens d'armes, que quelques combattants crurent bon de baptiser à coups de tonnelets de vin.

— Que vois-je ? éructa Grosseteste. Deux tonsurés ! Des poètes, une rixe ! Aux arrêts !

Et la garde chargea, donnant à Morgennes l'occasion de s'illustrer. Il avait pris dans l'âtre une broche, et s'en servait comme d'une épée. Il faisait de tels moulinets qu'il envoya voler tous les poulets qui s'y trouvaient fichés, sommant les gens d'armes de ne point approcher s'ils ne voulaient pas succéder aux volailles. Mettant à profit ce répit, plusieurs poètes déguerpirent, non sans se demander s'il n'y avait pas quelque poème à composer sur cette histoire de gens d'armes et de poulets...

Quand tout fut terminé et que Morgennes eut rendu les armes, Grosseteste voulut qu'on lui explique :

— Pourquoi cette bagarre ?

On ne sut quoi répondre.

— Voilà bien les poètes, dit l'évêque. Aussi aptes à s exciter les uns les autres qu'à détourner la foule du Seigneur !

Comme Grosseteste se tournait vers nous, les seuls clercs de l'assemblée, je dis en levant la main :

— *Pax in nomine Domini !*

— *Pax in nomine Domini !* répliqua Grosseteste

Et il s'en alla.

— Décidément, dit Morgennes, sa visite n'aura pas duré longtemps. À peine plus que celle qu'il ne nous fit pas, à Saint-Pierre de Beauvais, voici quatre ans...

— Quatre ans, déjà ? dis-je en palpant ma robe de bure. Oh mon Dieu !

— C'est vrai, dit Morgennes. Le temps passe vite, c'est effrayant !

— Je ne parlais pas de ça !

— De quoi alors ?

— *Cligès* a disparu !

Sur ce, je perdis connaissance

8.

« Vous apprendrez pourquoi au moment opportun. »

(CHRÉTIEN DE TROYES,
Yvain ou le Chevalier au Lion.)

— Où suis-je ?

— Dans une chambre, à l'auberge. Repose-toi. Le concours a lieu demain. Il faut prendre des forces.

Des forces ? Le concours ?

— Mais de quoi parles-tu ?

— Reste tranquille ! me dit Morgennes en m'obligeant à rester allongé sur ma paillasse. Dors !

La tête me tournait.

— Par la langue de Dieu ! Que m'arrive-t-il ?

— Tu as reçu un mauvais coup.

— Ça y est ! Ça me revient ! Mon manuscrit ! *Cligès* ! C'est certainement Gautier d'Arras qui me l'a volé !

— Et si c'était Béroul ?

Dépité, je me pris la tête entre les mains.

— Comment faire pour gagner ?

Tout à mes contusions, je me frottai le crâne, enfoui sous un épais entrelacs de bandages. Par chance, les chirurgiens n'y avaient pas touché – la prévôté ayant refusé de prendre en charge leurs émoluments, au prétexte que nous n'étions pas pour rien dans la bagarre qui avait éclaté. Déclarant qu'ils n'œuvreraient pas s'ils n'étaient pas dédommagés, les *practici* s'envolèrent vers de nouvelles victimes. Ce n'était pas pour me déplaire. Car on ne comptait plus le nombre de patients qui, pris en charge par ces doctes savants, rendaient l'âme le soir, quand ils s'étaient réveillés le matin l'estomac simplement barbouillé.

— Tout est fini !

— Mais non, dit Morgennes. Je suis là, moi...

Et de se taper le front du bout du doigt.

— Tu connais mon œuvre ?

— *Cligès* est ici ! Et là aussi, me dit-il en posant l'autre main sur son cœur. Tout entier !

— Alors, ce serait toi qui concourrais ?

— Si tu n'y vois pas d'inconvénient.

— Bien sûr que non ! Peu me chaut de gagner, moi, pourvu que *Cligès* l'emporte et que Béroul et Gautier perdent !

C'est alors qu'un souvenir me revint. Celui de Morgennes maniant une broche sans se soucier d'être brûlé.

— Ta main, dis-je. Fais voir !

Je pris sa main dans la mienne, la tournai et la retournai. Rien ! Elle était indemne !

— Incroyable !

— Qu'y a-t-il d'incroyable ? demanda Morgennes.

— Ta main n'est pas brûlée ! Il n'y a pas la plus petite cloque ! À peine une trace de suie !

Je retournai la main de Morgennes dans tous les sens, comme s'il se fût agi d'une chose indépendante de son corps que je pouvais manipuler sans me préoccuper de ce à quoi elle était rattachée.

— Eh ! fit Morgennes. Attention !

— Mais enfin, comment... ?

Morgennes se frotta le menton, réfléchit un instant, puis me dit :

— Peut-être saint Marcel...

— Saint Marcel ? Le draconocte ?

— Lui-même. Le tueur de dragons... Il n'est pas seulement célèbre pour avoir chassé à coups de crosse un dragon, mais aussi pour avoir...

Il marqua une pause.

— Quoi donc ?

— C'était le saint préféré de mon père. Il m'en parlait souvent, me racontant qu'un jour saint Marcel avait été mis au défi par un forgeron de donner le poids exact d'une barre de fer, chauffée au rouge...

— Eh bien ?

— Saint Marcel le donna !

— Tu veux dire qu'il attendit que le fer refroidît et qu'il en indiqua le poids ?

— Non. Je veux dire qu'il prit dans sa main nue la barre de fer que le forgeron lui tendait et qu'il en donna aussitôt le poids. Sans se brûler ! Ce furent là ses premiers pas vers la canonisation...

— C'est tout de même curieux, fis-je en hochant la tête. Ton père t'a parlé de saint Marcel, mais pas du Christ ?

— Je sais, c'est étrange. Mais c'est ainsi. Saint Marcel était vraiment quelqu'un d'important pour lui...

— En tout cas, si j'ai bien compris, c'était un miracle ! Qui sait, peut-être que toi aussi tu finiras par chasser un dragon, en lui criant tel saint Marcel : « Ou reste dans le désert ou cache-toi dans l'eau ! »

— Peut-être, sourit Morgennes.

— Saint Morgennes. Ça sonne bien !

Soudain, un violent spasme à l'estomac me fit vomir le peu de liquide que j'avais avalé, souillant ma paillasse de bile et de bière à moitié digérée.

— Je vais chercher de quoi te nettoyer, dit Morgennes

Je vomis une seconde fois, plus blême que vif

— Je... je ne comprends pas...

— C'est ta tête ? Elle te fait mal ?

— Je ne sais pas...

Morgennes me regarda, l'air désolé.

— Ça va mieux, dis-je.

C'était un mensonge. Évidemment. Mais je ne voulais pas l'inquiéter. Aussi lui laissai-je croire qu'il s'agissait des conséquences de la bagarre d'hier, quand je savais que cela remontait à plus loin.

Depuis plusieurs semaines, déjà, j'avais très mal au ventre.

Pourquoi ? Je n'en savais rien. Mais je décidai de ne plus y penser, préférant me concentrer sur la fête du Puy et sur le numéro de jonglage que j'avais mis des mois à préparer. Lui, au moins, personne ne me l'avait volé.

9.

« Les mauvais juifs, dans leur haine (on devrait les tuer comme des chiens), firent leur mal et notre bien quand ils le mirent sur la croix. »

(Chrétien de Troyes,
Perceval ou le Conte du Graal.)

— Le Puy n'aura plus jamais lieu ici, annonça Grosseteste.

Une rumeur d'indignation parcourut la foule, qui ne comprenait pas pourquoi l'évêque parlait ainsi. Depuis qu'il existait, le concours s'était toujours déroulé à l'intérieur de l'abbaye de Saint-Vaast. Alors pourquoi changer ?

— Toutes les œuvres ne sont pas bonnes, déclara l'évêque. Certaines colportent des menteries. Pire, beaucoup se moquent de Dieu et de ses serviteurs ! Vous comprendrez que je ne puis les accueillir ici, sous le pieux regard de saint Vaast.

Une vague de protestation s'éleva de la foule vers l'évêque.

— Mes chers enfants, calmez-vous ! Je ne vous prive pas de concours ! Je ne fais qu'en changer l'écrin !

— Pour où ? cria une voix.

— Un peu de patience, fit l'évêque. Je vais vous expliquer, et je suis sûr que ça va vous plaire !

Morgennes et moi échangeâmes un regard. Comme le reste de la foule, nous étions impatients d'entendre son explication.

— Saint Vaast, reprit Grosseteste avec un geste en direction de l'abbaye, avait jadis chassé les loups et les ronces qui s'étaient emparés de cette église. Eh bien, à mon tour d'en chasser les loups et les ronces d'aujourd'hui, qui ont noms jongleurs et trouvères !

— Il n'aime pas les jongleurs ! sifflai-je entre mes dents.

— Et alors ? demanda Morgennes.

— C'est un peu embêtant. J'avais prévu un numéro qui... Mais tu verras bien ! C'est une surprise.

— En conséquence de quoi, poursuivit Grosseteste, le concours aura lieu dans le cimetière !

Un grondement de désapprobation traversa la foule

— Le cimetière juif, précisa l'évêque.

Salve d'applaudissements. Hourras, bravos ! Des gens sifflaient entre leurs dents, portaient leurs doigts à la bouche et sifflaient encore plus fort.

Le sang me montait aux joues. La tête me tournait. Je me sentais mal.

— Allons-nous-en, dis-je à Morgennes.

— Le cimetière juif, mais pourquoi ? Je ne comprends pas...

Un homme, qui portait un enfant sur son dos, lui expliqua :

— Parce qu'il est grand et bien situé. On peut s'asseoir sur les tombes. On sera au frais. Et on ne dérangera personne. Enfin, personne d'important !

L'individu s'éloigna vers la synagogue, à côté de laquelle se trouvait le cimetière juif.

— Que faisons-nous ? On le suit ? demanda Morgennes.

Mais je ne l'écoutais pas.

— C'est toujours pareil, dis-je. Dès qu'il s'agit de s'en prendre à quelqu'un, c'est au juif qu'ils s'en prennent ! N'en sont-ils donc pas las ?

— Mais le concours... Vas-tu laisser gagner Béroul ? Gautier d'Arras ?

Je ne savais quoi répondre. Baissant les yeux vers Galline, je m'interrogeai : « Une poule en vaut-elle la peine ? Et si j'arrive deuxième, une fois encore ? Et quand bien même je finirais premier, puis-je participer à ça ? »

Quelques étudiants nous dépassèrent en riant.

— Quelle bonne idée ! s'écria l'un d'eux.

De colère je lançai :

— Ah bon ? Tu trouves ? Je ne vois vraiment pas ce qu'il y a de bien à organiser un concours dans un cimetière !

— Ce n'est pas pire que dans une église, répliqua un autre.

— Et puis, de toute façon, je parlais d'autre chose, me dit celui que j'avais pris à partie.

— De quoi parlais-tu ? lui demanda Morgennes.

— De la récompense ! répondit l'étudiant, les yeux brillants. Cette année, elle sera...

— Exceptionnelle ! dit un deuxième étudiant.

— Incroyable ! ajouta un troisième.

— Le gagnant recevra une fiole du Saint Sang !

— Le sang de Jésus-Christ lui-même !

— Rapporté de Terre sainte par Thierry d'Alsace !

— Une fiole du Saint Sang ! C'est extraordinaire, dis-je. Quel prix ! Mais où le comte a-t-il déniché ça ?

— Chez Massada ! Vous savez, le célèbre marchand de reliques.

— Massada, répéta Morgennes.

Il l'entendait pour la première fois, mais curieusement, pour une raison qu'il ne s'expliquait pas, ce nom résonnait étrangement.

— Massada, répéta encore une fois Morgennes. Massada...

— Tu le connais ?

— Non, et pourtant c'est un nom qui me dit quelque chose.

Les étudiants étaient partis. Ils avaient tourné au coin d'une allée, où seul flottait un petit nuage de poussière, témoin de leur récent passage.

— Viens, dis-je à Morgennes. Allons au cimetière.

— Tu as changé d'avis ?

— Oui. Nous ne pouvons pas nous permettre de laisser filer pareille aubaine. Une fiole du Saint Sang ! Mais c'est mieux que la gloire ! Imagines-tu ce que ce serait, à Saint-Pierre de Beauvais ? À nous les milliers de pèlerins et puis les mailles qui vont avec ! Il faut gagner ! Quel qu'en soit le prix !

« Chansons de toile » et « aubes » ouvrirent la fête. Puis il y eut une pause, vers midi, où furent entonnées quelques « chansons grivoises ». Parmi celles-ci, *Le Chevalier qui faisait parler les cons et les culs* et *La Demoiselle qui ne pouvait entendre parler de foutre* connurent un franc succès, arrachant au public à la fois salves d'applaudissements et rires tonitruants.

La foule dansait au milieu des sépultures, avec autant d'énergie que la veille au soir, à la taverne. Des familles entières avaient apporté de grands draps blancs, qu'elles avaient étendus sur les pierres tombales afin de s'en faire une table. Des nouveau-nés vagissants étaient suspendus par leurs langes aux étoiles de pierre. Tonnelets de bière et de vin, moutons, cochons, saucisses, poulets, chapons, furent servis au beau milieu du cimetière, afin d'y être mis en perce, découpés, rôtis, plumés, dévorés. On riait et buvait de bon cœur, la bonne humeur flottait partout, parmi les odeurs de manger.

Enfin, deux petits pages chargés du bon déroulement des festivités vinrent nous informer des dernières décisions prises par le conseil. *Cligès* allait-il être interdit, censuré ? Et le *Tristan et Yseut* de Béroul ? Non, ils étaient autorisés, tous les deux. Ainsi en avaient décidé les Ardents – la confrérie des jongleurs et bourgeois d'Arras –, forts du soutien du comte et de la comtesse de Champagne et de Thierry d'Alsace, les parrains de la fête.

— Nous vivons une drôle d'époque, dis-je à Morgennes. Car moi aussi je parle de vérité, au moins autant que la Bible. Ce n'est peut-être pas celle de l'Histoire, ni celle de l'Église, mais c'est assurément celle des sentiments. Et ce n'est pas, me semble-t-il, la moins importante...

Vers la fin de l'après-midi, Gautier d'Arras ouvrit la partie du concours réservée aux ouvrages « en roman » en déclamant les dernières pages d'*Éracle* – l'œuvre qui lui avait permis de l'emporter quatre ans plus tôt. Un chapitre particulièrement émouvant narrait le célèbre épisode où le bateau de sainte Hélène se trouvait pris dans une tempête et où pour se sauver la mère de l'empereur Constantin sacrifiait aux flots déchaînés une partie de la Vraie Croix qu'elle rapportait à Rome. Toute sa vie, nous dit Gautier, elle se demanda si elle avait bien fait. Toute sa vie, un doute la tortura : « N'aurait-elle pas dû, elle aussi, plonger dans l'eau avec la Sainte Croix ? Toute sa vie elle entendit son cœur crier : " Va vers la Croix ! " »

Gautier réenroula son parchemin sous les applaudissements du public, tandis qu'un frisson parcourait Morgennes. Gautier d'Arras connaissait-il son histoire ? Ou bien n'était-ce qu'une de ces nombreuses coïncidences que l'on rencontre inévitablement sur le chemin de la vie ? Toujours est-il que Morgennes chercha sous sa chemise la croix de bronze que son père lui avait lancée.

« Va vers la croix ! »

Mais n'était-ce pas ce qu'il avait fait ?

« Va vers la croix ! »

Se trouvait-elle plus loin ? Eh bien soit, il irait. Ses pas dussent-ils le conduire à Rome, ou à Jérusalem...

Il remit la croix sur sa poitrine et se dirigea vers l'estrade dont Gautier descendait, et où un jeune page l'invitait à monter : « C'est à vous ! »

Morgennes fit son entrée, acclamé par le public. Il attendit que le silence se fasse, promena son regard sur les tombes, se demandant si les morts l'entendraient. Une brise se leva. Morgennes regardait la foule. Gamin se curant le nez, ravalant le produit de sa pêche avec un grand sourire. Jolie brune pendue au cou de son chéri, faisant bien des envieux dans son sillage. Fillette accroupie pour caresser un chat, et que sa mère tirait par le bras pour essayer de la relever – en vain. Tous ces détails, toutes ces images, étaient pour Morgennes comme les fragments d'un immense vitrail. Il se sentait bien. Alors il compta, un, deux, trois battements de cœur, et se lança :

— D'Alixandre vos conterai, Qui tan fu corageus et fiers Que il ne deigna chevaliers Devenir an sa region...

Le temps passa sans qu'il s'en rendît compte. S'était-il fondu dans l'ombre ? Oui, absolument. Il s'était effacé. Seuls ses mots – et encore, ce n'étaient pas les siens – demeuraient, créatures abstraites, flottant dans la douceur du crépuscule, voguant de leurs propres ailes, de sa bouche à l'oreille du public.

Morgennes était heureux. Les mots formaient un territoire où il pouvait vivre – et même mieux que vivre : exister. Il n'avait plus qu'à s'éclipser. Se transformer en source d'eau vive, et se laisser couler vers la foule. D'ailleurs, quand je disais qu'il existait, justement : il n'existait plus. Morgennes était dans le public, avec lequel il recevait les vers que j'avais écrits, et qu'un autre que lui récitait.

C'était délicieux.

Et ce fut un triomphe !

Il ne comprit qu'il avait terminé qu'au moment où le silence retomba pour être aussitôt rompu par un tonnerre d'applaudissements. La tête lui tournait un peu quand il redescendit les marches sous les regards enchantés des membres du jury.

— Tu as été parfait, lui dis-je. Finalement, je suis ravi de m'être fait voler mon texte !

Quelque chose brilla dans l'air, rappelant à Morgennes un mauvais souvenir. Il leva les yeux, et vit une charrette, arrêtée à l'orée du cimetière. Quelqu'un venait d'y allumer une bougie, mais tout ce que Morgennes eut le temps d'apercevoir fut une jolie main de femme – dont le reste du corps demeurait en retrait.

« Curieux, se dit-il. Pourquoi cette donzelle se cache-t-elle ? »

Puis son attention fut de nouveau attirée vers l'estrade, où un nouveau conteur, Béroul, faisait son entrée sous les ovations du public. Vif, alerte, Béroul se découvrit la tête et fit ondoyer son chapeau jusqu'à ses pieds, saluant la foule d'un flatteur :

— Écoutez, mes seigneurs, ce que raconte l'histoire...

Le début et la fin de son texte ayant disparu dans l'échauffourée de la veille, Béroul fut contraint d'en réciter le milieu – et notamment la scène où les deux amants sont couchés l'un à côté de l'autre, avec entre eux l'épée du beau Tristan.

L'histoire était charmante. Et je dois bien admettre que Béroul n'avait pas fait que du mauvais travail. C'était mon texte, et aussi le sien. Un peu. Lorsque vint le passage où le roi décidait d'épargner les amants qui dormaient séparés par l'épée, la foule était en larmes. Quant à moi, j'écumais de rage. Cette scène, c'étaient mes mots, dans le même ordre que le mien !

— Quel honte ! soufflai-je. Voleur !

— Comment ? me demanda Morgennes.

Il ne m'avait pas entendu. Et pour cause. Car après un court silence, la foule avait applaudi à tout rompre, faisant un vacarme de tous les diables. Il y avait une telle clameur que je me demandai si les morts n'avaient pas quitté leurs tombes pour applaudir eux aussi. Des gens tapaient à coups de louche sur les sépultures, des casseroles étaient entrechoquées, et des marmites frappées comme des gongs.

— C'était mon texte ! Mon texte ! Ce sont mes applaudissements ! C'est moi qui aurais dû gagner !

— Silence ! Silence ! crièrent quelques personnes dans la foule.

— Regardez !

Un homme aux habits déchirés et au visage couvert d'ecchymoses s'était avancé sur l'estrade. C'était le chef de la confrérie des jongleurs et bourgeois d'Arras, venu annoncer le nom du vainqueur. Après s'être raclé la gorge, le Maître des Ardents déclara :

— Nous ne remercions pas les muses. Car elles ont si bellement inspiré nos auteurs que nous en sommes venus aux mains lorsqu'il s'est agi de savoir quelle tête couronner...

— La mienne ! murmurai-je.

— Chut ! fit quelqu'un.

— C'est pourquoi, poursuivit le Maître des Ardents, j'appelle Chrétien de Troyes et Béroul à me rejoindre sur cette estrade, afin de nous présenter le numéro de jonglage qui permettra de les départager.

Sans me faire voir de personne, je mis un œuf dans ma bouche, et montai vers la scène – où Béroul m'attendait, bras croisés, sourire aux lèvres.

— Arrageois, Arrageoises, reprit le Maître des Ardents, je vous demande d'applaudir ces poètes ! Ils vont vous démontrer dans un instant qu'ils ne savent pas jongler qu'avec les mots !

Nouveau tonnerre d'applaudissements, émaillés par ces cris : « Chrétien ! Béroul ! Chrétieeen ! Bérouuul ! »

— Voulez-vous prendre la parole, avant de commencer ?

De la tête, je fis signe que non. Béroul quant à lui courut sur l'avant-scène, d'où il envoya force baisers de la main au public, en criant :

— Arras, je t'aime !

Vivats, bravos, sifflets ! Dans la tribune du jury, cette déclaration sembla porter ses fruits. Marie de Champagne remua son éventail et s'approcha de son mari, pour lui susurrer quelque chose. Le comte de Champagne, dont le goût pour les tournois et la chose militaire était légendaire, devait pencher pour moi – mais Marie, qui n'aimait rien tant que les belles histoires d'amour, me préférait sûrement Béroul. Les mots qu'elle avait glissés à l'oreille de son mari avaient certainement pour but de le faire changer d'avis... Quant au comte de Flandre, Thierry d'Alsace, impossible de savoir les pensées qui l'animaient tant sa mine était sombre. Grosseteste fulminait, furieux que le jury ait écarté si facilement l'*Éracle* de Gautier d'Arras.

J'ouvris le bal en sortant de ma poche un des œufs de Galline, ce qui était pour moi une façon de rendre hommage à Marie de Champagne. Après avoir lancé mon œuf en l'air, j'en sortis un deuxième, puis un troisième et un quatrième, que j'envoyai les uns après les autres rejoindre le premier.

Pour l'instant, il n'y avait rien d'extraordinaire. C'était un bon numéro – sans plus, j'en conviens. Mais l'intérêt n'était pas là.

Pour commencer, je m'amusai à les faire s'entrecroiser, à les rattraper par-dessous la jambe et à me retourner brusquement tout en émettant avec la bouche quelques caquètements... Puis brusquement, comme pris d'une convulsion, je levai un bras – et une pluie de plumes rousses me coula le long du corps. Je me pliai alors en deux, et une crête bourgeonna sur mon dos. Enfin, j'enfouis la tête au creux de mon épaule, pour la ressortir avec un bec à la place du nez !

Bref, je me changeais en poule.

Le spectacle, qui au début avait paru banal aux Arrageois, fut bientôt jugé formidable. Et ce n'était pas fini ! Mes pieds griffèrent les planches, se transformèrent en pattes de poulet et arrachèrent à la scène une myriade d'asticots que j'entrepris de picorer sans cesser de jongler.

Le public poussait des « Cot ! Cot ! Codec ! » et autres « Cocorico ! » frénétiques. Tous cherchaient à m'imiter.

Le clou du spectacle, on s'en doute, devait être la ponte d'un œuf. Déjà, ma métamorphose était si complète que l'on ne voyait plus ma peau – juste un manteau de plumes. Des convulsions m'agitaient dans tous les sens, et ma bouche en cul de poule commençait à enfler, enfler, tant et si bien qu'un œuf finit par en sortir, sous les yeux médusés des spectateurs.

Je jonglais à présent avec cinq œufs, et je l'aurais emporté si le destin n'en avait décidé autrement.

Au rythme des « Cot ! Cot ! Chrétien ! Cot ! Cot ! Chrétien ! » scandés par la foule, j'entamai un étonnant numéro de jonglerie, envoyant mes œufs jusqu'au firmament. Et c'est alors que l'incroyable se produisit. Le scandaleux. Le stupéfiant.

J'en ratai un.

Qui s'écrasa par terre, entre mes pattes.

Tout s'arrêta. C'était fini. J'avais perdu.

Les choses auraient pu en rester là, mais Béroul cria :

— Cet œuf n'a pas de jaune !

Je baissai les yeux vers mon œuf et vis qu'il disait vrai.

Cela peut paraître anodin. Ça ne l'est pas. C'est même extrêmement grave. Un œuf sans vitellus, c'est comme un homme sans âme : une hérésie ! Il faut l'éradiquer. Vite !

Grosseteste se souleva de son siège et meugla :

— Par saint Vaast ! Saaaacrilège !

La foule, d'abord interdite, joignit bientôt ses cris à ceux de Béroul :

— Excommunication ! Excommunication !

— *Pœnitentia !* lança à son tour Gautier d'Arras.

J'étais pétrifié de peur. Mes quatre autres œufs s'étaient écrasés par terre à la suite du premier, pour se révéler on ne peut plus normaux, et pourtant la foule continuait à hurler de plus belle.

— Il faut les juger, sa poule et lui !

— Au bûcher !

— Sur le gril !

— À la coque !

— Tribunal ! Tribunal ! tentait de tempérer Grosseteste.

Il faisait de grands gestes avec les bras, tandis qu'autour de lui, dans la loge principale, Marie et Henri de Champagne commençaient à partir, alors que Thierry d'Alsace avait déjà disparu.

Il fallait réagir, et rapidement. Mais j'étais incapable de bouger. Alors Morgennes fonça dans ma direction, Galline sous le coude. Écartant la foule avec les bras, donnant ici et là coups de tête et d'épaule, distribuant force claques à qui en réclamait, il se rua vers la scène et m'enleva telle une princesse sur le bûcher. M'ayant soulevé du sol, il me serra contre lui et bondit de l'autre côté de la scène. De là, il fila en direction de la synagogue, puis vers un coin du cimetière où il y avait moins de monde, et courut, courut, la ville entière sur les talons.

Voyant cela, il allongea la foulée, et disparut à l'horizon.

II

LE CHEVALIER À LA POULE

10.

« Quand charrette verras et rencontreras, signe-toi et souviens-toi de Dieu, de peur qu'il ne t'arrive malheur. »

(Chrétien de Troyes,
Lancelot ou le Chevalier à la Charrette.)

Alors qu'il rejoignait la grand-route qui menait à Beauvais, en espérant qu'aucun soldat ne les y attendrait, Morgennes entendit un vacarme derrière lui. Un raffut de chariot mené par des bœufs. Il se retourna, et son champ de vision tout entier fut occupé par le spectacle d'un homme qui tenait plus de la montagne que de l'être humain. Le conducteur de l'attelage, car c'était lui, devait certainement compter parmi ses ancêtres un ogre ou un géant tant il était grand et large. Son sourire, à lui seul, cachait tout l'horizon, et sa chevelure en bataille, blonde comme les blés, était un soleil qui ne se couchait jamais. Une épaisse moustache, également blonde, lui coulait de chaque côté du visage, soulignant un cou aussi épais qu'un chêne. Ses mains énormes tenaient chacune une paire de rênes, avec lesquelles il dirigeait ses bœufs, huit bêtes superbes au front orné de gigantesques cornes et aux sabots de la largeur d'un roc

S'ajoutant à l'étrangeté de cet équipage tout droit sorti d'un autre monde, un petit singe à la mine bouffonne, vêtu d'une culotte orange et d'un court veston bleu, se tenait sur l'épaule du charretier et lui soufflait des conseils à l'oreille.

Morgennes, qui me portait toujours sur ses épaules, ralentit le pas pour se laisser doubler. C'est alors qu'une fente s'ouvrit au milieu de la toile séparant le conducteur de l'intérieur de son chariot, laissant passer une frêle main de jeune femme – celle-là même que Morgennes avait aperçue à Arras, peu avant de s'enfuir.

La main nous faisant signe de monter, Morgennes se hissa auprès du géant puis pénétra dans le chariot.

Et ce qu'il vit alors le stupéfia : la main n'appartenait pas à une femme, mais à un magnifique adolescent.

Ses traits délicats et fins, son teint pâle, sa mine parfaite, signalaient quelqu'un de haute naissance. Ses yeux en amande, ourlés de cils un peu trop longs, un peu trop noirs, finissaient d'accentuer sa part féminine. Au demeurant, puisqu'il n'avait ni moustache ni barbe, ni même de poils au menton, on aurait pu le prendre pour une demoiselle. Mais sa dégaine impassible, où se lisait un brin de morgue, et ses vêtements étaient bien ceux d'un homme. Ses jambes, nonchalamment croisées sur un épais coussin arborant losanges et carreaux de couleur, se terminaient par une paire de souliers à la poulaine, dont l'extrémité allongée en pointe s'enroulait sur elle-même dans le plus pur style oriental. Un ceinturon de cuir renforcé de gros clous à tête de bronze faisait la transition entre le bas et le haut, tandis qu'un samit de soie noire – enserrant au plus près un buste où ne perçait pas de poitrine – achevait le portrait de ce curieux personnage. Enfin, une sorte de bicorne enfermant la couronne de ses beaux cheveux noirs s'étirait sur le dessus de son visage, où il faisait comme un bec de corbeau.

Ce jouvenceau nous salua d'une jolie voix flûtée, féminine elle aussi :

— Bienvenue mes amis, bienvenue !

À peine étions-nous montés à bord du chariot, que le conducteur de l'attelage en referma les rideaux, nous plongeant dans une double obscurité où celle du mystère le disputait à celle des lieux, à peine dissipée par un bout de chandelle flottant à mi-hauteur.

— À qui avons-nous l'honneur ? demandai-je, en remisant mes plumes sous ma robe de bure.

— Cot, cot, codec ! fit l'étrange individu en posant un doigt sur ses lèvres et en employant le même ton que pour dire : « Pas si vite, pas si vite... » Est-ce donc ici un poulailler pour que deux poules y suivent un chevalier ?

— Je ne suis pas une poule, dis-je en achevant de faire disparaître la crête qui ornait ma tête.

— Ni moi un chevalicr, ajouta Morgennes.

— D'ailleurs, c'est vous qui nous avez invités à monter !

— C'est donc ici un poulailler, un havre pour celles et ceux que les loups ont pris en chasse.

— Je crois que je les ai semés, dit Morgennes. Et tout ça, sans les bottes de Poucet.

— Bravo ! En ce cas, il faut vous donner un titre !

— Un titre ?

— Une décoration. Quelque chose qui fasse qu'on se souvienne de cet exploit.

Il posa la joue sur un doigt, pencha la tête et réfléchit. Trop étonnés pour dire quoi que ce soit, Morgennes et moi n'osions pas réagir. Quand soudain notre inconnu s'écria, le regard étincelant :

— J'ai trouvé ! En « Chevalier à la Poule » votre nom est changé !

— Chevalier à la Poule ? fit Morgennes. J'aurais aimé quelque chose de plus...

— De plus glorieux, dis-je. Il le mérite !

— Il est des noms glorieux derrière lesquels n'est nulle gloire, et d'autres infamants que de nobles exploits illustrent !

— Je n'en suis pas encore là, dit Morgennes.

— Pas encore, non. Mais il ne tient qu'à vous de faire du « Chevalier à la Poule » un homme qu'on n'oubliera pas !

— Vous me lancez un défi ?

— En quelque sorte.

— Je le relève.

— J'en suis fort aise ! À présent, permettez-moi de vous dire à quel point j'apprécie que vous ayez accepté mon invitation.

— C'est nous qui vous remercions, dit Morgennes. Je commençais à fatiguer, et mon ami Chrétien était, je pense, trop éprouvé pour marcher...

— Pour quelles raisons nous avez-vous invités ?

— Des raisons ? Mon Dieu que c'est trivial ! Enfin, puisque vous en voulez, je vais vous en donner. Combien vous en faut-il ? Allez-y, demandez ! N'hésitez pas, j'en ai des galaxies entières !

— Commencez déjà par nous en donner une, dit Morgennes qui n'avait jamais entendu parler de « galaxie » Ça sera un bon début.

— J'en veux une aussi, ajoutai-je.

— Très bien. Va pour deux, et une troisième pour votre gloussante compagne, qui ne m'a rien demandé, Vous n'êtes pas très exigeants...

Il approcha son visage d'une chandelle, et battit deux ou trois fois des cils, telle une délicate jeune femme.

— La première donc, poursuivit-il en baissant la voix et en ménageant ses effets, c'est que j'ai bon cœur et que vos têtes sont mises à prix !

— Comment ! m'exclamai-je.

— Ne me dites pas que vous l'ignoriez.

— À cause d'un œuf ? soupira Morgennes.

— Absolument ! Quelle idée aussi de pondre un œuf sans vitellus ! Surtout en ces temps de troubles... Un procès se déroule actuellement à Arras, et je crains que vous ne le perdiez puisque vous n'y assistez pas ! D'ailleurs, y assisteriez-vous que ça ne changerait pas grand-chose. La cause est entendue... *Summa culpabilis*, comme disent les Latins à propos des musulmans. « Vous êtes plus que coupables. » Saint Riquier lui-même, le saint patron des avocats, ne pourrait rien pour vous. En cet instant précis, vingt cavaliers galopent vers Beauvais pour vous y arrêter au cas où vous auriez la mauvaise idée de vous y rendre. L'Île-de-France, la Normandie, la Flandre... Vos signalements seront sous peu cloués aux portes de toutes les églises ! Pardonnez-moi l'expression, mes amis, mais pour votre petite poule et vous, ça sent le roussi !

Déglutissant péniblement, je lâchai :

— Va pour une.

— Et la deuxième ? demanda Morgennes.

— La voici !

Tout en se redressant, il se tourna vers l'arrière et ordonna, avec un geste théâtral en direction des tentures écarlates qui obscurcissaient l'intérieur du chariot :

— Rideaux !

Soudain, telles des voiles rappelées au firmament des mâts, les tentures se soulevèrent et disparurent au plafond.

— Par l'Église et la messe ! m'exclamai-je, bouche bée.

— On se croirait dans la baleine de Jonas, dit Morgennes.

Mais ce n'était pas une baleine, ni même un requin. Juste un chariot d'un type très particulier, puisqu'il était aussi grand qu'un petit navire – ce qu'il avait peut-être été dans une précédente vie. Car tout ici rappelait ces bateaux dont les Vénitiens se servaient pour rallier Constantinople, Tyr ou Alexandrie ; de ces navires à larges cales où l'on pouvait charger aussi bien du grain que des armes, des vêtements, des esclaves ou de l'huile.

— Eh bien ! dit Morgennes. Je comprends qu'il vous faille tous ces bœufs pour le faire avancer ! Sans parler de cet étrange charretier...

— Mais quelle sorte de marchandise transportez-vous ? demandai-je.

— Marchandise ? Pour qui me prenez-vous ? Pour un boutiquier ? Hormis quelques décors et un orgue, la seule marchandise ici, c'est vous !

— Nous ?

Après avoir échangé un regard où perçait un peu d'inquiétude, Morgennes et moi lui demandâmes d'une seule voix :

— C'est-à-dire ?

— Si je ne me trompe, vous êtes auteur et récitant..

— Entre autres, dis-je.

— Alors, sachez que ceci est un théâtre ambulant. Et même votre nouveau foyer, si vous acceptez de vous joindre à la Compagnie du Dragon blanc...

11

« Je lui ferai retrouver l'amour et les bonnes grâces de sa dame si j'en ai le pouvoir. »

(CHRÉTIEN DE TROYES,
Yvain ou le Chevalier au Lion.)

La Compagnie du Dragon blanc avait été fondée en 1159 et sillonnait le monde à la recherche des meilleurs artistes afin de les ramener à Constantinople. Là, ils étaient accueillis au palais des Blachernes, où ils avaient tout le loisir de créer des pièces devant l'empereur des Grecs et sa cour.

— Byzance est tout ce qui reste de la Rome et de la Grèce antiques, nous dit le mystérieux jeune homme. Hormis l'Atlantide, dont nul ne sait si elle a vraiment existé, on n'a jamais fait mieux en matière de civilisation. Manuel Comnène, l'actuel empereur des Grecs, est persuadé que les arts sont à la fois le soutien et l'expression de la grandeur d'un pays. C'est parce qu'il nous veut au sommet, toujours, qu'il a financé notre compagnie. Telle l'Arche qui sauva jadis du déluge Noé et les siens, nous recueillons les meilleurs artistes mondiaux à bord de ce vaisseau, dont je suis tout à la fois l'âme et le capitaine !

— Mais quelle est la troisième raison dont vous souhaitiez nous entretenir ? demanda Morgennes. Celle que vous vouliez donner à Galline.

— Cette raison se trouve un peu plus loin. Venez !

Et il s'enfonça dans les entrailles du Dragon blanc, où il nous invita à le suivre.

Les bruits de l'extérieur nous parvenaient comme étouffés et, sans les cahots de la route, nous aurions pu nous croire dans une bâtisse en dur. Çà et là, sur les cloisons de la roulotte, pendaient de grandes marionnettes désarticulées. Leur tête peinte penchée sur le buste, elles offraient un bien triste spectacle. Certaines étaient en armure, portant glaive ou javelot dans une main, un bouclier sur le côté. D'autres étaient habillées de robes, ou figuraient des enfants. Il y avait de quoi représenter la vie, ses plaisirs, ses malheurs.

— Pourquoi ces pantins ? demandai-je.

— Parce que jusqu'à présent je n'ai pas trouvé de comédien de votre talent, répondit le mystérieux jeune homme. Seulement un Maître des Secrets, dont l'art de donner la vie à ce qui en est dépourvu est tout bonnement époustouflant !

Un Maître des Secrets ! On les disait en voie de réapparition, ressuscités par la floraison de mystères qui se jouaient en Europe. Explosions, nuages de fumée, métamorphoses, guirlandes de couleur, convocations de créatures, disparitions d'individus ou de deniers, etc. Ces habiles praticiens, également responsables des poulies, trappes, engrenages, nacelles, balançoires et autres voleries, faisaient tout le sel des spectacles joués sur le parvis des cathédrales ou à la cour des grands. Autrefois considérés comme des sorciers, beaucoup avaient fini sur des bûchers où leurs secrets étaient partis en fumée avec eux. Pour éviter de se trahir, nombre d'entre eux avaient alors choisi de se trancher les cordes vocales... On les disait haineux, ennemis du genre humain, et amoureux des mécaniques.

Morgennes frissonna. Regardant l'une des marionnettes, une paysanne aux joues peinturlurées de rouge, il se demanda où se trouvait celui qui la manipulait. Ce démiurge de l'obscurité se tenait-il au-dessus de lui, dissimulé dans le plafond, prêt à tirer les ficelles de ces fragiles créatures ? Jetant un œil vers le haut, il n'aperçut que la toile gris foncé du chariot.

Quant à moi, je n'arrivais pas à savoir si j'aimais ou non cet endroit. Mais la curiosité me donnait presque envie d'accepter la proposition de notre hôte... Qui sait s'il n'y avait pas ici de fabuleuses histoires à dénicher, introuvables ailleurs ?

Il y eut soudain un violent cahot, et le chariot s'arrêta.

— Ah, fit le jeune homme. Je crois que nous faisons halte... Probablement la nuit est-elle tombée ?

Il gagna le fond du chariot, et l'ouvrit pour sortir.

La nuit était bien là.

Chariot et bœufs d'un côté, nous de l'autre, nous nous approchâmes d'un feu que le géant conduisant l'attelage avait allumé près d'un bois.

La perspective de rejoindre la Compagnie du Dragon blanc ne me déplaisait pas. Cependant, sans ce procès suspendu au-dessus de nos têtes telle une épée de Damoclès, je crois que j'aurais refusé. J'avais besoin, pour me décider, d'une troisième raison.

— Messires, bonsoir, fit une voix dans notre dos.

Morgennes et moi nous retournâmes. Un homme avançait lentement vers nous, ce qui nous laissa le temps de l'observer. Aussi maigre que pâle, tempes grises et regard morne – il avait tout du mort vivant.

Pourtant, Morgennes et moi nous levâmes aussitôt que le feu l'éclaira. C'était le comte de Flandre, Thierry d'Alsace ! Nous le saluâmes d'une révérence, qu'il nous rendit comme si nous étions ses supérieurs, et l'adolescent dit :

— Troisième et dernière raison...

— Messires, je suis votre obligé !

— Sire..., murmurai-je.

— Ne discutez pas. J'ai tout vu. J'étais là.

— À Arras ? demanda Morgennes.

— Et j'ai tout entendu... J'ai été charmé ! J'ai besoin de vous.

— Nous sommes à votre service, dis-je.

— Que souhaitez-vous que nous fassions ? demanda Morgennes.

— Me sauver la vie.

Étant donné sa pâleur, je crus qu'il était malade. Aussi lui dis-je :

— Mais, Sire, vous devez faire erreur... Nous ne sommes pas médecins !

— Oh que si ! Et même les meilleurs ! Vous seuls pouvez me soigner.

— Mais de quoi souffrez-vous ?

— De n'être plus aimé.

En approchant ses mains du cercle de lumière, le comte nous expliqua ce qui le tourmentait. Il s'en était allé guerroyer en Terre sainte, quelques années plus tôt, accompagné de son épouse.

— Peut-être n'ai-je pas assez lutté. Dieu sait pourtant que j'ai beaucoup souffert pour affermir Sa gloire en ce saint lieu... Un soir, en revenant d'une escarmouche où nous avions embroché plus d'une centaine de mécréants, j'eus la douleur d'apprendre que mon épouse, Sibylle, était...

Sa voix se cassa. Il n'avait plus la force de parler. Comprenant qu'elle était morte, je gardai le silence, mais Morgennes – qui n'avait pas de ces pudeurs – demanda :

— Qu'elle était quoi ?

— Partie !

— Dieu ait son âme, dis-je en me signant.

— Oh oui, il l'a. C'est d'ailleurs le problème. Je veux que vous me la rendiez.

— Quoi ? Mais comment ?

— Sibylle a prononcé ses vœux. Elle est devenue nonne à Saint-Lazare de Béthanie. Je veux que vous l'en sortiez.

— Alors, elle n'est pas morte ?

Le géant qui conduisait l'attelage jeta une brassée de bûches dans le feu, qui crépita de plaisir.

— Non, pas tout à fait, reprit le comte. Elle est en vie, auprès d'un rival qui ne peut être occis. J'étais venu au Puy d'Arras dans l'intention de me divertir, mais rien n'y a fait.

Même la beauté de Marie de Champagne m'a laissé indifférent. Les seules choses à m'avoir ému, un peu, sont votre *Cligès* et le *Tristan et Yseut* de Béroul.

— Pourquoi ne pas demander à ce dernier de vous aider ?

— Parce que ce *Tristan* est de vous, je le sais. Ma femme était au Puy quand vous avez gagné le deuxième prix, voici quatre ans... Vos mots l'avaient tellement touchée que je me suis presque ruiné pour les acquérir auprès du supérieur de votre abbaye.

— Vous connaissez le père Poucet ?

— C'est l'un de mes amis... Si je peux appeler « ami » celui qui m'a reçu en confession depuis l'enfance, même s'il ne m'a pas entendu depuis que j'ai quitté la Flandre... Ne soyez pas surpris, donc, si je vous ai fait suivre depuis Arras... Je ne voulais pas que deux personnes de votre talent soient emprisonnées au prétexte qu'un certain œuf n'a pas de jaune...

— Et mon *Tristan* ?

— Hélas, je ne l'ai plus. Sibylle l'a emporté avec elle au couvent. C'est pourquoi j'ai besoin de vous. Composez-moi une œuvre assez émouvante pour l'ôter à Dieu et me la faire revenir. Je vous couvrirai d'or ! Je vous donnerai tout ce que vous voudrez !

Joignant le geste à la parole, il fouilla dans son aumônière et en sortit un flacon :

— Tenez, cette fiole du Saint Sang de Notre Sauveur, payée une fortune à ce grigou de Massada. Elle est à vous !

Je tendis la main pour m'en emparer mais Morgennes rabaissa mon bras :

— Encore une question. Pourquoi ne pas la faire enlever par vos hommes ? Vous êtes riche, vous avez des relations, des amis puissants, pourquoi ne pas donner l'ordre à quelques spadassins d'investir la place, une nuit, et de vous en ramener l'élue de votre cœur, de gré ou de force ?

— Pensez-vous vraiment que ce soit là le meilleur moyen de m'en faire aimer ?

— Que voulez-vous au juste ? Qu'elle vous préfère à Dieu ? Vous êtes jaloux ?

— Mais non. Ma douce Sibylle, qui m'a toujours été fidèle en pensée comme en corps, a été prise de folie. Au cours de notre précédent voyage, la passion l'a saisie. La passion pour Dieu ! Comment lutter ? Qui le pourrait ? Personne ! Et puis, lui faire quitter par la force sa retraite, ce serait la tuer. Je ne veux point de ça.

Il avait parlé d'une traite, sans respirer. Haletant, il reprit son souffle, et poursuivit :

— Tout ce que je désire, c'est l'aider à m'aimer de nouveau – non l'y contraindre. Il s'agit de lui ouvrir les yeux, pas de lui arracher les paupières.

— Qui vous dit qu'elle n'a pas déjà les yeux ouverts ? poursuivit Morgennes.

Le comte poussa un soupir :

— Je sais qu'elle ne voit pas. Elle est dans l'obscurité. Amenez-la dans ma lumière, ou plongez-moi dans sa nuit...

— Si je comprends bien, dis-je, il faut que nous composions – que *je* compose – une œuvre suffisamment émouvante pour l'inciter à quitter Dieu ?

— Oui, c'est tout à fait ça, dit le comte d'une voix tremblante. C'est difficile, je le sais. Mais est-ce irréalisable pour quelqu'un d'aussi talentueux que vous ?

— Si je suis talentueux, c'est grâce à Dieu. Pourquoi me servirais-je de mon talent pour Lui nuire ?

— Mais qui parle de Lui nuire ? Tout ce que je désire, c'est que vous Le charmiez Lui aussi, afin qu'Il me laisse la reprendre... Sauriez-vous plaire à Dieu ? Le convaincre de me rendre ma femme ?

— Je ne sais...

— Essayez. Dites oui !

J'échangeai un regard avec Morgennes, qui sourit et me dit :

— En ce qui me concerne, ôter une femme à celui qui m'a pris mon père, ma mère et ma sœur ne me gêne pas...

Alors, ne sachant si je commettais un sacrilège ou si au contraire il entrait dans les desseins de Dieu de m'inviter à le défier pour me surpasser, je dis au comte :

— J'accepte. Mais n'oubliez pas que même Orphée a échoué.

À peine avais-je prononcé ces mots que mon Eurydice apparut.

12.

> « Elle était si belle et si bien faite qu'on aurait dit une créature sortie des mains de Dieu lui-même qui y avait mis tout son art pour étonner le monde entier. »
>
> (CHRÉTIEN DE TROYES, *Cligès*.)

Dieu me punissait.

Car je devais aimer moi aussi, et n'être pas aimé en retour.

Au moment même où j'acceptai la proposition du comte de Flandre, je sentis ce qu'il éprouvait. J'en eus le cœur déchiré.

— Je vous présente notre Maître des Secrets, dit le mystérieux jeune homme. Elle se prénomme Philomène.

— Alors c'est vous ! m'exclamai-je. Et vous êtes...

— Une femme, dit Morgennes.

— Je m'attendais à un homme.

Curieusement, Philomène ne répondit pas. Elle se contenta de nous saluer d'un bref hochement de tête, avant d'aller s'asseoir au côté du conducteur de l'attelage.

J'en profitai pour mieux la regarder, cherchant à calmer le feu qui menaçait d'embraser ma poitrine. Ses cheveux blonds semblaient un astre en comparaison duquel le soleil lui-même était pâle, sa poitrine deux délicates perles posées sur le corail de son buste, ses mains deux fiers coursiers d'albâtre, agiles et fins. Son visage imposait le respect, et ses yeux étaient de nacre, d'une couleur impossible à dire. En vérité, dix siècles ne me suffiraient pas à vous la décrire en entier. Car si les mots pour la représenter existaient, ils m'étaient inaccessibles. Ils ne cessaient de m'échapper au moment même où je croyais les saisir. Je pensais avoir trouvé un adjectif? Je n'écrivais que des platitudes. Et quand un terme daignait surgir enfin, ce n'était le plus souvent qu'un début de syllabe, mon imagination partant voguer vers d'autres rivages, toujours plus lointains...

Philomène !

Tout ce que j'arrivais à dire à son sujet c'était : « Ô miracle, ô merveille, ô bénédiction ! » Certainement, la nature avait dû s'égarer en la créant. Une telle beauté ne pouvait être humaine. Plus que jamais dans ma vie, je me sentis impuissant. Car si le verbe de Dieu n'avait pas de limites, le mien butait ici sur son premier obstacle.

Et cet obstacle ne semblait pas avoir plus de parole, ni plus d'âme, qu'une statue de l'Antiquité.

Je tournai les yeux vers le conducteur de l'attelage, qui par comparaison n'était qu'une esquisse grossière, un assemblage de cercles et de lignes imparfaitement ajustés. Fermant les yeux pour chasser de ma rétine l'image du Maître des Secrets, j'entendis le capitaine du Dragon blanc :

— Je crois qu'il est temps d'achever les présentations. Voici tout d'abord Gargano, notre pilote.

— Bonsoir, ronronna Gargano d'une voix rocailleuse. Le petit singe perché sur son épaule émit un couinement, dont Gargano nous délivra le sens :

— Frontin vous dit bonsoir.

— Bonsoir, dit Morgennes.

— Thierry d'Alsace, que vous connaissez, et Philomène... Quant à moi, je m'appelle Nicéphore.

— C'est un nom grec, fis-je remarquer.

— Rien d'étonnant à cela, puisque je suis né à Constantinople. Et maintenant, bon appétit !

Plusieurs semaines passèrent, durant lesquelles nous filâmes bon train vers le sud. Morgennes apprenait à jouer la comédie avec un rôle choisi pour lui par Nicéphore, qui lui allait – disait le Grec – à merveille.

Morgennes, qui rêvait d'être fait chevalier, ne voyait nul inconvénient à interpréter le rôle de saint Georges – le plus grand chevalier qui fût jamais, réputé pour avoir tué un dragon avant d'être martyrisé.

Je passais le plus clair de mon temps à l'arrière du chariot, d'où je voyais fuir la route, et mon talent avec. Là, assis sur un petit rebord, je travaillais d'arrache-pied à une œuvre dont l'objectif était de séduire Philomène et Sibylle. Pourtant je n'arrivais à rien. Impossible de composer

Et je perdais beaucoup de temps à regarder passer la terre sous mes pieds, ou à caresser Galline – qui ne voulait plus pondre.

« Pourquoi, me demandais-je, suis-je à ce point paralysé ? Est-ce à l'idée d'affronter Dieu ? Non pas ! C'est plutôt que je n'ai pas mes livres, mes documents – mes sources ! Je n'ai jamais écrit à partir de rien... Cela ne se peut pas. Dieu est le seul à pouvoir créer à partir du vide ! »

Défier Dieu, c'était bien là le problème !

Or c'était justement ce que nous étions partis faire, puisque à l'entrée de sa femme au monastère, Thierry d'Alsace avait rétorqué : « Chrétien de Troyes l'en sortira ! »

Morgennes, enfin, gardait vivace dans son cœur le souvenir des malheurs subis par sa famille, dont il s'était juré de faire payer les coupables, fussent-ils protégés par Dieu.

— S'il faut aller au Paradis, j'irai, disait-il parfois, misérieusement, mi pour plaisanter.

Il avait d'ailleurs, à ce sujet, de nombreuses discussions avec Gargano, qui s'exclamait de sa voix aux accents caverneux :

— Si j'étais vous, je n'y penserais même pas ! Aller au Paradis ! Enlever à Dieu l'une de ses femmes, lui réclamer des comptes ! Mais vous êtes fous ! N'oubliez pas, jamais, que la vengeance est l'ambroisie des dieux, leur plat favori ! S'ils se la sont réservée, ce n'est pas par hasard. Elle est bien trop précieuse à leurs yeux pour que de simples mortels y touchent, fût-ce du bout des doigts. À votre place, moi j'oublierais.

— Oublier l'amour ! s'indignait Thierry d'Alsace.

— Oublier sa famille ! ajoutait Morgennes.

— Autant oublier Dieu, concluais-je en pensant à Philomène.

— Oubliez, oubliez, répétait Gargano tout en passant un doigt sur la fourrure de Frontin, son petit singe.

Mais peut-être disait-il « Oublié, oublié », car son regard se vidait alors de toute substance, comme s'il avait lui-même vécu autrefois quelque chose qu'il avait oublié, et qu'il regrettait d'avoir perdu... Et l'on ne savait plus s'il se lamentait de ne plus savoir, ou si au contraire il nous enjoignait de l'imiter.

Nicéphore, lui, gardait le silence, mais souriait distraitement. Parfois, sa main courait sur l'un ou l'autre des claviers d'un orgue, dont il tirait des sons à faire pleurer les Muses.

C'était un très vieil orgue, fabriqué à Byzance au VIIIe siècle pour être offert par l'empereur Constantin Copronyme à Pépin le Bref. À cette époque, il n'y avait depuis longtemps plus d'orgues en Occident, parce que les Pères de l'Église les avaient condamnées à être détruites – au motif que les instruments de musique échauffaient les esprits et détournaient de Dieu les vrais croyants. Cet orgue était donc l'un des plus anciens qui fût, l'un des plus sophistiqués aussi. Avec son pédalier et son clavier à tirettes que l'on pouvait pousser et tirer, il permettait d'isoler les jeux et de varier les sonorités d'une manière unique au monde.

Cet orgue était une splendeur, « dont les secrets ne sont connus que de Philomène », expliquait Nicéphore.

— Son père, qui le tenait de son propre père, lui a appris à l'entretenir. Maintenant que son père est mort, Philomène est la seule à posséder un tel savoir-faire. C'est pour cela qu'elle m'est si précieuse...

Un soir, alors que nous approchions des rivages de la mer Noire, et que l'air embaumait l'olivier, Morgennes vint s'asseoir à mon côté et me dit :

— « *Monachus in claustro non valet ova duo; sed quando est extra, bene valet triginta.* »

— « Moine dans sa moinière, d'œufs ne vaut pas la paire ; mais moine à l'extérieur, de trente œufs a l'exacte valeur », traduisis-je. Je sais. Je devrais me réjouir, être heureux...

— Je puis t'aider, si tu le veux...

— Même Galline est malade. Depuis Arras, elle n'a plus pondu un œuf.

— Elle se sent peut-être coupable ?

— Mais non. C'est ma faute, je le sais.

— N'y a-t-il vraiment rien que je puisse faire pour te remonter le moral ?

— Si seulement... Mais je crois qu'il n'existe aucun remède au mal dont je souffre.

— Parce que tu aimes et n'es pas aimé en retour ?

— Tu sais donc ?

— Oui... Pourquoi ne parlerais-tu pas de ce que tu aimes ?

— Et qui me fait souffrir ?

— Si c'est le cas, dis-le.

— D'Amour, qui m'a enlevé à moi-même, Et ne veut pas me retenir à son service, Je me plains, de telle manière que je lui accorde De faire de moi ce qu'il désire...

— Tu vois, c'est déjà un début !

Je haussai les épaules.

— C'est un début de rien du tout... Tout m'est indifférent. Même les paysages...

Alors, ne me demandez pas pourquoi je ne parlerai pas des villes que nous traversâmes. Tout juste vous dirai-je que nous partîmes juste après la fin des moissons, quand le ventre repu des granges avait de quoi soulager le vorace appétit de notre caravane.

Je ne dirai rien non plus des gens que nous croisâmes, ni des ruines de la Grèce antique, ni des rudes combats que menait Manuel Comnène dans les Balkans. Rien non plus des mets, vins, orages et fortes chaleurs, non plus que des odeurs ni des sons. Je le pourrais, mais je n'en ferai rien. À peine vous dirai-je que si Godefroy de Bouillon avait mis près de quatre mois pour atteindre Constantinople avec son armée, nous fîmes le trajet en deux fois moins de temps.

De notre voyage jusqu'à Jérusalem, je ne dirai rien de plus.

Pourquoi ?

Parce qu'un seul mot suffit pour vous le conter en entier.

Philomène !

13.

« Mort ! Mort, tu es trop mauvaise et avide, trop cupide et envieuse ! Tu es insatiable ! »

(Chrétien de Troyes, *Cligès*.)

Saint-Lazare de Béthanie était un monastère situé au sommet du mont Thabor, non loin du château de la Fève – qui appartenait aux Templiers. Ils en étaient d'ailleurs si proches, que c'étaient eux, et non les Hospitaliers (dont dépendait pourtant le monastère), qui en assuraient la sécurité.

Les herses du château de la Fève se hissaient un bref instant, puis une poignée de chevaliers quittait ses murs, suivie par quelques hommes en armes. Ils n'étaient pas nombreux. Cependant, ils suffisaient. Car ils étaient forts et courageux.

C'est pourquoi, lorsque le Dragon blanc parut à l'horizon, du côté du couchant, deux frères chevaliers prirent la tête d'une petite escouade, et galopèrent à sa rencontre.

— Qu'est-ce que c'est ? demanda Morgennes en les voyant approcher.

— Des serviteurs de Dieu, répliqua Gargano.

— C'est-à-dire ?

— Des Templiers !

Morgennes fouilla sous sa chemise, à la recherche de sa croix.

— Père, dit-il. Tu m'as dit d'aller vers la croix... Je vois venir deux « chevaliers » à la poitrine ornée d'une grande croix rouge. Est-ce vers eux que tu veux que j'aille ? Veux-tu que moi aussi je sois comme eux, un chevalier portant grande croix rouge ?

Évidemment, personne ne répondit.

— Regarde, poursuivit Morgennes en m'indiquant les cavaliers. Je crois que c'est à eux que mon père faisait allusion en me disant d'aller vers la croix. Ce sont des chevaliers de Dieu.

— Les chevaliers ne servent jamais qu'eux-mêmes, dis-je.

— Pas ici, dit Gargano. Pas toujours. N'oubliez pas que nous sommes en Terre sainte, et que c'est une terre d'exception.

Les Templiers se trouvant à portée de voix, l'un d'eux nous lança :

— Au nom de Dieu, présentez-vous !

Thierry d'Alsace sortit alors du chariot en costume d'apparat. Sa tunique, rehaussée de pierres précieuses, reflétait les rayons du couchant et brillait de mille feux. Il leva une main gantée de soie noire, et dit d'une voix aussi ferme que possible :

— Amis ! Beaux doux sires chevaliers, m'avez-vous oublié ?

— Ton nom ! lança celui des deux Templiers qui n'avait pas encore parlé.

— Thierry d'Alsace, comte de Flandre.

Les Templiers baissèrent leur lance, dont le gonfanon alla se perdre dans la poussière.

— Peut-on savoir où vous allez, en si étrange équipage ?

— Auprès de mon amour...

Ce disant, il désigna le monastère de Béthanie.

— Par la Vierge ! s'exclama le plus jeune des Templiers.

— Ferme ton bec ! lui lança l'autre. Venez, messire, nous allons vous escorter jusqu'aux portes du monastère, où bon accueil vous sera fait... et bien triste nouvelle donnée.

— Que voulez-vous dire ? demanda Thierry d'Alsace, inquiet.

Le Templier le regarda tristement, secoua la tête et murmura :

— Il ne m'appartient pas de vous l'apprendre...

*

— Sœur Sibylle a été rappelée par Dieu, nous annonça la mère supérieure du couvent de Béthanie.

— Quand ? Comment ?

— La semaine dernière, dans son sommeil... Elle n'a pas souffert, dit-elle au comte de Flandre, effondré.

Puis la colère remplaça l'abattement, et éclata comme un orage.

— Dieu l'a tuée ! Il a préféré la rappeler au Ciel plutôt que de me voir la reconquérir !

Je n'osai pas lui dire que si j'avais écrit quelques poèmes, ceux-ci n'auraient peut-être rien donné. En tout cas, ils n'avaient pas convaincu Philomène de m'aimer...

Puis le comte changea une nouvelle fois d'attitude. Plus une trace de colère en lui, rien qu'un grand épuisement.

— C'est ma faute, dit-il. Jamais je n'aurais dû me lancer dans une telle aventure...

Des larmes plein les yeux, de nouvelles rides au front, il se tourna vers nous :

— Pardon de vous avoir entraînés là, mes bons amis. Pardon, pardon. Et toi Dieu, pardonne-moi aussi ! Et toi aussi Sibylle, que je préfère vivante et enfermée, plutôt que morte... et mêmement enfermée !

Il aurait voulu être changé en femme. « Si je pouvais, se disait-il, me transformer en l'une d'elles, et rejoindre, pour le restant de ma vie, ce lieu où ses pas résonnèrent... Que me chaut d'être un homme, si c'est pour être loin de ma Sibylle ! »

Notre petite troupe s'installa hors de l'enceinte de Béthanie, où les hommes pouvaient pénétrer, mais non séjourner – ni même passer la nuit. Les nonnes nous avaient donné du pain et un chaudron de lentilles assaisonnées de lard, dont nous nous régalions en silence. Soudain le comte repoussa son plat, auquel il n'avait pas touché, et déclara à l'intention de Morgennes :

— Si tu veux t'approcher de ces hommes, ces Templiers, il faut que tu sois chevalier... Et moi, j'ai le pouvoir de t'adouber.

Morgennes s'arrêta de manger et regarda le comte, qui poursuivit, une lueur dans les yeux :

— Je ferai de toi le mieux doté de tous les chevaliers du royaume, si...

Qu'allait-il demander, lui qui le matin même n'hésitait pas à conspuer Dieu ?

— ... si tu me rends ma femme !

Je compris alors que la lueur qui flamboyait dans les yeux du comte n'était pas celle de la fièvre, ni celle de la douleur, mais celle de la démence. Cet homme était tout bonnement fou à lier.

— Voulez-vous, s'enquit Morgennes, que nous pénétrions à l'intérieur du monastère, pour voler la dépouille de Sibylle ?

— De quelle dépouille parles-tu ? Ce n'est qu'un paquet d'os et de chair, dont je n'ai rien à faire. Je te parle de son âme ! Ramène-la-moi, trouve un moyen d'entrer au Paradis, et sors-en Sibylle !

— C'est impossible, dit Gargano.

— Laisse, lui murmurai-je à l'oreille. Tu ne vois donc pas qu'il souffre ?

Je bus une rasade de vin, m'essuyai la bouche d'un revers de manche et marchai vers Thierry d'Alsace :

— Cher comte, je vous promets, sur mon honneur et sur mon âme, que s'il existe un moyen de sauver Sibylle je le trouverai...

Morgennes m'approuva.

— Merci, dit le comte.

— Maintenant, vous devriez aller vous coucher. La nuit porte conseil...

— Vous avez raison.

Le comte se retira en titubant dans le chariot. Quand il en eut refermé les rideaux derrière lui, Nicéphore se tourna vers moi :

— La mort de Sibylle était inévitable.

— Pourquoi ?

— Parce que j'ai lu vos poèmes, et qu'ils sont magnifiques. Je pense qu'elle aurait cédé... Aucune femme ne peut résister à autant de talent.

— Aucune ? Vraiment ?

Je n'osais poser les yeux sur Philomène, qui mangeait en face de moi, de l'autre côté du feu. Mais Nicéphore semblait sûr de lui et il hocha la tête.

— J'en connais au moins une qui n'a pas cédé, dis-je.

— Puis-je vous poser une question ? poursuivit Nicéphore.

— Bien sûr.

— Pourquoi avez-vous cessé de jongler, depuis que vous êtes avec nous ?

— Parce que j'avais pour habitude de ne jongler qu'avec les œufs de Galline...

— Et qu'elle n'a plus jamais pondu, ajouta Morgennes.

— Eh bien, pourquoi ?

Je toussai deux ou trois fois, caressai ma petite poule rousse d'une main distraite, et répondis :

— Je crois qu'elle est traumatisée...

— Traumatisée, une poule ?

— Galline, c'est Galline. Elle a peut-être, comme toutes les poules, des plumes ; il est vrai qu'elle caquette, picore, mange des grains et du pain dur, des petits cailloux et des vers, mais pour moi c'est Galline, à nulle autre pareille...

— Je comprends très bien, dit Gargano.

— Si elle vous est si précieuse, et puisque vous êtes si bon jongleur, que s'est-il passé alors, à Arras ? demanda Nicéphore.

Je ne répondis pas immédiatement, fasciné par le jeu des flammes, tantôt rouges, tantôt bleues, qui montaient de notre feu de camp.

Cette question, Morgennes me l'avait déjà posée, mais je ne lui avais pas répondu... Pourtant, oui. J'avais vu quelque chose. Mais je préférais ne pas en parler.

— En tout cas, intervint Gargano, ce n'était pas à cause de Galline.

— Comment le savez-vous ? demandai-je.

— Elle me l'a dit.

— Vous savez parler aux animaux ? intervint Morgennes.

— Oui.

— Et de quoi avez-vous parlé ? m'enquis-je.

— Ma foi, surtout de la pluie et du beau temps. Mais aussi, bien sûr, de ce qui est arrivé à Arras, lorsque vous avez laissé tomber son œuf...

— Que vous a-t-elle dit ?

— Que vous étiez très malade. C'est en partie pour cela qu'elle ne veut plus pondre. Pour vous préserver.

— Quoi d'autre ?

— Elle dit aussi qu'elle n'y est pour rien. Que ses œufs ont toujours été de bons œufs, blanc et jaune compris... Elle se fait du souci.

Je souris distraitement. Galline était en train de dormir, sur un doux nid de paille à l'intérieur de la roulotte. Que de chemin parcouru depuis Saint-Pierre de Beauvais et Arras... Il me semblait que notre expédition touchait à son but. Et mon intuition me disait que nous ne retournerions pas à Constantinople. Pas tout de suite... Pas avant que Morgennes n'ait eu le temps de se rendre à Jérusalem, et d'y régler ses comptes avec Dieu.

14.

« Demain, je vous ferai couronner.
Demain, vous serez fait chevalier. »

(Chrétien de Troyes, *Cligès*.)

Jérusalem ? Et pourquoi pas Damas ou Le Caire !

— Cela nous fait faire un détour, dit Nicéphore à Morgennes.

— Je dois y aller, rétorqua Morgennes.

— C'est à cause de la croix, c'est ça ?

— Oui !

— Très bien. Va pour Jérusalem. Mais s'il n'y a rien là-bas qui te retienne, alors Chrétien et toi reviendrez avec moi à Constantinople, pour jouer devant l'empereur.

— C'est promis !

En vérité, Morgennes n'avait aucune idée de ce qu'il devrait faire, une fois au pied de la Vraie Croix. En tant que religieux, son devoir était de la servir. Mais en tant que Morgennes ?

Gargano réunit ses bœufs et les dirigea vers le sud, en direction de la cité trois fois sainte. En le voyant faire, je repensai à la légende de saint Georges, d'après laquelle huit bœufs avaient été nécessaires pour ramener à Lydda le grand dragon qu'il avait occis. Or notre attelage comptait huit bœufs. Était-ce un hasard ? Était-ce également un hasard si Nicéphore avait insisté pour que j'écrive un conte mettant en scène le combat de saint Georges, et demandé à Morgennes de l'incarner ? Philomène avait passé le plus clair de son temps à travailler à une gigantesque marionnette, représentant un dragon.

Tout tournait autour de ce monstre. Et même autour de Morgennes, sur qui déjà planait l'ombre des tueurs de dragons depuis qu'il avait saisi une broche sans se brûler, tel saint Marcel le draconocte.

Non, ces nombreuses coïncidences ne pouvaient être le fruit du hasard. Nicéphore avait sûrement quelque projet secret en tête. Pourquoi était-il si pressé de regagner Constantinople ? Et Gargano ? D'où tenait-il son pouvoir ? Qui était-il en vérité ? En tout cas, s'il parlait effectivement aux animaux, je comprenais mieux pourquoi il se servait si peu de ses rênes, et pourquoi il n'hésitait pas, la nuit, à les laisser dormir en dehors de tout enclos.

Le plus déroutant, c'est que j'avais le pressentiment que de tous ces personnages, Morgennes n'était pas le plus mystérieux. Nous n'appartenions pas à une troupe de théâtre, mais à une sorte de zoo, dont nous étions les attractions.

Les hautes murailles de Jérusalem soutenaient un ciel déchiré par les croix, si nombreuses que de loin on aurait dit un cimetière. Des cloches sonnaient, appelant à la prière.

— J'ai l'impression, fit Gargano, qu'il y a un problème.

Nicéphore ajouta :

— C'est étrange. Nous traversons des champs, et je ne vois personne. Où sont les gens ? Nous sommes peut-être en hiver, mais je ne comprends pas... Que font les paysans ? Sont-ils tous chez eux, à se chauffer au coin du feu ?

Tout paraissait en deuil. Même le vent ne soufflait plus. Et les oiseaux restaient posés sur des ébauches de sillons, désemparés. Ils promenaient autour d'eux des regards où l'on pouvait lire : « Faim ! Froid ! Peur ! Froid ! »

— Ça pue la mort ici, constata Thierry d'Alsace.

— Mais qui a pu mourir ? Car on dirait que tout Jérusalem pleure, dit Morgennes.

— Son père, dit Nicéphore. C'est-à-dire son roi.

— Baudouin ! s'exclama Thierry. Alors toi aussi tu es mort ?

Le « Baudouin » auquel Thierry d'Alsace faisait allusion avait été couronné roi de Jérusalem après la mort de son père, l'ambitieux Foulques V le Jeune. Il en avait aussitôt poursuivi le projet dès sa prise de pouvoir : conquérir l'Égypte. Et, comme son père avant lui, Baudouin III avait échoué. Il était mort à trente-deux ans sans descendance, peut-être empoisonné par un de ses médecins. Aussi est-ce très logiquement qu'Amaury, son frère cadet, comte de Jaffa et d'Ascalon, avait été désigné pour lui succéder – et poursuivre les folles ambitions de leur père.

Son couronnement devait avoir lieu huit jours après l'enterrement de son frère, c'est-à-dire ce 18 février 1162. Jérusalem n'était pas en deuil. Elle couronnait son roi.

Amaury avait voulu donner à la cérémonie l'aspect d'un enterrement. Pourquoi ? Parce qu'il ne se sentait pas d'humeur à se réjouir, et que les circonstances dans lesquelles il avait été reconnu, par ses pairs, digne d'être couronné, n'avaient pas été exemptes de vexations à son égard.

Ainsi, les puissants du royaume n'avaient accepté d'être ses vassaux qu'à la condition qu'il renonçât à sa femme, Agnès de Courtenay : « Sire, lui avaient-ils dit, nous savons que vous devez être roi, nonobstant nous n'accepterons en aucune manière que vous portiez la couronne tant que vous ne vous serez pas séparé de cette femme que vous avez. Car elle n'est pas telle que doit être une reine, particulièrement la reine d'une aussi haute cité que Jérusalem. »

Pourquoi cette requête ? En fait, les raisons de cette inimitié restaient obscures. Le prétexte invoqué (celui de la consanguinité, les grands-parents d'Agnès et d'Amaury étant cousins germains) n'était pas des plus sérieux. En effet, dans ce pays, le manque de sang franc obligeait la plupart des nobles à se marier entre eux. En fait, ce qui avait surtout pesé dans la balance, c'était le comportement frivole et les mœurs légères d'Agnès de Courtenay. Elle et elle seule était visée, pas le roi ni sa descendance. Et, bien que les barons exigeassent qu'elle n'approchât pas du trône, ils acceptaient que son fils, le jeune Baudouin IV (alors âgé d'un an), puisse y monter un jour.

Mais Agnès, jamais.

— À trop commercer avec le diable, on y perd son âme ! disait l'un des barons, qui la soupçonnait de tracer des pentacles et d'égorger des chatons dans sa chambre.

— Son con n'est pas fermé de cuisses, c'est une auberge ouverte à tous les vents ! disait un autre, trop heureux d'y avoir un jour pénétré, sans pour autant s'en vanter.

Bref, pour une femme détestée par tous, il y avait un homme que tous aimaient : son mari, Amaury. Du reste, Amaury avait bon cœur, et s'il avait épousé Agnès, c'était notamment parce que nul, hormis lui, ne voulait le faire. « Cette femme est de sang b-b-bleu, disait-il en bégayant comme à son habitude, et il serait injuste qu'elle n'ait pas de mari, quand b-b-bien même serait-elle la f-f-fille d'un démon... » Amaury faisait allusion à Jocelyn d'Édesse – qui avait la réputation d'être un brigand et de n'avoir pour unique souci que lui-même.

Pour montrer à ses futurs vassaux de quelle sorte de bois il se chauffait, Amaury leur avait annoncé :

— Fort b-b-bien ! Puisque vous voulez un roi sans f-f-femme, un roi sans f-f-femme vous aurez... Je n'aurai d'autre souci que la g-g-guerre ! En outre, nul n'aura plus le droit de se p-p-présenter devant moi accompagné d'une f-f-femme tant que je ne me serai p-p-pas remarié !

Les barons avaient beaucoup maugréé, mais le roi avait le sang si chaud qu'ils s'étaient dit que ce serait bien le diable si Amaury ne se remariait pas avant la fin de l'année ! Alors, ils avaient accepté.

Notre arrivée tomba à pic. L'un des plus proches conseillers du roi, un certain chanoine prénommé Guillaume, alors en poste à Acre, lui suggéra en nous voyant :

— Sire, vous devriez demander à ces trouvères de vous organiser un spectacle. Cela vous changerait les idées, et permettrait à vos barons de rire un peu. Ce dont ils ont bien besoin !

— Spectacle ? avait rétorqué Amaury en postillonnant. Rire ? B-b-besoin ? Et puis quoi encore ?

Amaury se baissa, prit dans ses bras ses deux bassets adorés, les pressa sur sa lourde poitrine ornée de seins si gros qu'ils semblaient ceux d'une femme, et ajouta à l'intention de Guillaume :

— Tu ne voudrais quand même p-p-pas que je leur serve la soupe ! Je ne suis pas là p-p-pour les faire rire, mais pour être leur chef et les mener à la g-g-guerre !

— Sire, votre frère est mort. Il serait peut-être temps de songer à la paix, et d'accepter la trêve que vous propose le sultan de Damas, Nur al-Din.

— Tais-toi, Guillaume ! Tu me fatigues. Tu sais ce que j'en fais, de ta t-t-trêve ?

— Sire, je l'imagine.

— Et moi je t'interdis de te l'imaginer. Une t-t-trêve ! Du foutre, oui ! Guerre, guerre ! Pas de t-t-trêve, jamais ! La trêve, pour moi, c'est la guerre !

— Sire, vous voulez tous nous tuer ?

— Et alors ? Tu as peur ?

— Non, Sire, répondit Guillaume en voyant le visage d'Amaury disparaître sous les coups de langue de ses bassets. Vous savez combien je vous suis attaché. Je vous suivrai partout. Y compris dans la mort...

— Par Dieu, Guillaume, j'espère plutôt que tu m'y p-p-précéderas !

— Ce sera pour vous en préserver, Sire !

— J'espère bien, parce que moi j'en ai peur !

Et le roi s'éloigna en direction de ses appartements, où une armée de couturières l'attendait pour finir son costume. Mais avant de disparaître sous une avalanche de tissus, tous plus magnifiques les uns que les autres, il eut le temps de lancer à Guillaume :

— Va pour un spectacle. Mais pas de c-c-comédie, hein ! Du sang, de la b-b-bidoche !

« Du sang, de la bidoche ! » répéta Guillaume pour lui-même en redescendant les marches du long escalier qui menait du sommet de la citadelle du roi David à la salle principale. « Le roi est encore un enfant. Il serait temps qu'il grandisse, pour le bien du royaume. » Il s'arrêta un instant sur le perron, puis sortit dans la cour où attendait le Dragon blanc.

Notre attelage venait d'arriver, et les gardes nous avaient fait entrer quand Thierry d'Alsace s'était montré

Nicéphore mena les négociations avec le chanoine Guillaume, et Morgennes n'entendit rien de ce qu'ils se disaient. Tout ce qu'il comprenait, c'était que les deux hommes se mettaient d'accord, et que l'événement était important – vu la grosseur de la bourse que le chanoine laissa tomber dans les mains grandes ouvertes de Nicéphore. Mais, plus que la bourse, ce qui fascinait Morgennes, c'était le lourd bâton avec lequel jouait Guillaume. Tantôt il s'appuyait dessus, tantôt il le prenait dans une main, tantôt dans une autre. C'était un bâton de bois sculpté, dont l'une des extrémités représentait la gueule d'un dragon. Morgennes trouvait aussi curieux de voir un tel objet entre les mains d'un chrétien qu'il aurait trouvé normal de le voir entre les mains d'un musulman. Après tout, le Coran ne parlait-il pas du bâton de Moussa (Moïse), qu'Allah avait changé en dragon pour attaquer les mages de Pharaon ?

Le prénommé Guillaume avait une étrange façon de sourire, et, de temps à autre, son regard se portait sur Morgennes. On aurait dit qu'il le reconnaissait. Mais les deux hommes ne s'étaient jamais vus. Morgennes en était sûr. Ce qui n'empêcha pas qu'une fois la négociation entre Nicéphore et Guillaume terminée, ce dernier s'approcha de Morgennes pour lui demander :

— Ne nous sommes-nous pas déjà rencontrés quelque part ?

— Non, dit Morgennes.

— Ah ? J'aurais cru...

— J'ai une excellente mémoire. Je me souviens toujours de tout.

— Vous avez bien de la chance. Moi, j'ai une très mauvaise mémoire. Mais j'ai parfois des avant-goûts du futur... J'ai dû me tromper, je vous demande pardon.

— Je vous en prie.

— Peut-être serons-nous amenés à mieux nous connaître, si vous restez...

— Malheureusement, je ne pourrai peut-être pas rester... On m'attend à Constantinople, et j'ai promis...

— Fort bien. Alors adieu, chevalier !

Guillaume s'éloigna en direction de la ville.

— Pourquoi m'a-t-il appelé « chevalier » ? me demanda Morgennes.

— À cause de ton costume, répondis-je en désignant sa tenue.

Morgennes avait passé son habit de saint Georges, qui comprenait un glaive factice, un bouclier de bois et une armure en tissu.

— Mais ce n'est qu'un costume, je ne suis pas chevalier !

— Même pas Chevalier à la Poule ?

— Si fait...

— En plus, tu as gardé Galline.

— Pardi, il faut bien que quelqu'un la protège. Si j'en juge par les regards qu'ils lui jettent, on jurerait que cela fait des lustres qu'ils n'ont pas mangé à leur faim.

— Morgennes, ce n'est pas Galline qu'ils regardent.

— Ah non ?

— C'est toi.

Je m'éloignai à mon tour, laissant Morgennes à son trouble.

Les cloches sonnèrent de plus belle, appelant la population à se diriger vers le Saint-Sépulcre. Celui-ci se trouva bientôt encerclé par une foule si dense qu'on l'aurait crue faite d'une seule chair, impossible à traverser. Mais cette chair était celle du futur roi, qui seul peut fendre la foule de ses sujets. Accompagné de tous les chevaliers du royaume, Amaury pénétra à l'intérieur de la plus importante église chrétienne, et marcha vers son patriarche. Ce dernier, qui était à sa manière, lui aussi, une sorte de roi, avait revêtu ses habits pontificaux. Ses aides avaient allumé les lampes et les cierges, qui du sol au plafond composaient un ciel étoilé, que telle une comète traversèrent le roi et sa suite. À présent, tous formaient un cercle autour du roi, les bras croisés sur la poitrine. Un chant, le *Veni Creator*, s'éleva des poitrines, s'ajoutant à la longue plainte des cloches.

Le roi était encadré par ses deux principaux serviteurs : son sénéchal et son connétable. Le premier, Milon de Plancy, qui était également gouverneur de Gaza et membre de l'ordre des Templiers, tenait le sceptre royal. Le second, qui s'appelait Onfroi de Toron, se dressait, fier comme un paon. Dans sa main gauche il serrait les rênes du cheval d'Amaury, qui portait le même nom que la légendaire monture du roi Arthur : Passelande. Dans la droite, il tenait la bannière royale, où étaient représentées les armes de Jérusalem.

Légèrement en retrait, le chambellan promenait en laisse Alpha II et Oméga III, les deux bassets d'Amaury. L'atmosphère était au recueillement. Le roi s'agenouilla enfin. Point de saint chrême ici, car Amaury ne voulait pas qu'on le sacre. Le patriarche lui donna à baiser les éperons et l'épée de Godefroy de Bouillon, puis déposa sur la tête d'Amaury la royale couronne.

Alors seulement, il se retourna vers le Saint Bois qui dominait l'autel, et prononça la formule rituelle : « *Amaury, per Dei gratiam in sancta civitate Jerusalem Latinorum Rex.* »

Amaury était roi.

Il brandit haut son épée, et lança ce cri :

— À la guerre !

15.

> « Or le serpent est venimeux, et sa bouche jette des flammes tant il est plein de malignité. »
>
> (CHRÉTIEN DE TROYES, *Yvain ou le Chevalier au Lion.*

Des ailes immenses balançaient des ombres au-dessus d'eux, des sifflements passaient dans l'air. Des flammes jaillissaient de trous creusés dans la caverne, et menaçaient de les brûler.

— P-p-prodigieux, s'exclama Amaury en promenant des regards enthousiastes autour de lui.

Il faisait chaud comme en enfer. Partout planait une puanteur de soufre et d'œufs pourris. Régulièrement, les spectateurs devaient s'essuyer le visage, couvert de suie et sillonné de grosses gouttes de sueur.

— Splendide, applaudit Amaury en prenant sur ses genoux l'un de ses deux petits chiens, tandis que l'autre se blottissait entre ses jambes. Merveilleux !

Le sénéchal se signa, se demandant quand cette horreur prendrait fin.

Soudain, un cor sonna le signal de l'attaque

Le chambellan, effrayé d'être là, rentra la tête dans les épaules, juste au moment où Morgennes surgissait côté cour de la scène, glaive au poing. Il le pointa en direction des spectateurs, puis fit avec son arme un arc de cercle qui l'amena au-dessus de sa tête – et c'est alors, comme s'il avait attendu ce signal, que le grand dragon plongea.

Il était si énorme par rapport à la scène que seules ses pattes, accrochées à un ciel d'écailles, se dessinaient au-dessus du public. Morgennes reçut sur son bouclier les griffes de son adversaire, qui y tracèrent de larges entailles. Dans un grincement de métal, Morgennes tomba à la renverse, et se cogna la tête contre un gros rocher.

L'espace d'un instant, la foule le crut mort.

— Il est à terre ! Il est à terre !

— Il faut l'aider !

— Sus au dragon !

— Non, non ! Regardez ! Par le poitron du Dieu sanglant, il se relève !

Et en effet, Morgennes se relevait, tenant son glaive fermement serré contre lui, se déplaçant à petits pas, cherchant une ouverture dans ce qui semblait n'être qu'une interminable muraille écailleuse. Nouveau passage du dragon, qui dans un formidable battement d'ailes fit s'éteindre les geysers de feu, plongeant Morgennes et le public dans l'obscurité.

C'est le moment que choisit la bête immonde pour cracher.

Une flamme sortit de sa gueule, traversa le décor, et vint frapper Morgennes – qui eut à peine le temps de s'abriter derrière son écu. Autour de lui, la terre rougeoyait. Des pierres éclataient, d'autres s'enflammaient. Seul Morgennes tenait bon.

Par quel miracle ?

— Dieu ! Dieu le protège ! cria une voix dans le public.

— Alléluia ! hurla une autre.

De la vapeur s'échappa en chuintant de la terre, et fit à Morgennes une armure de brume. Un autre que lui en serait mort ébouillanté. Mais Morgennes résista. Déjà, la gueule du dragon s'approchait pour le coup de grâce. Au lieu de reculer, Morgennes se jeta en avant, lui flanqua un coup d'épée sous la lèvre inférieure, puis d'une roulade échappa de peu à un croc. Morgennes se redressa. Nouveau coup d'épée, qui rebondit sur l'ivoire d'une griffe.

« Est-ce vrai ? Est-ce faux ? » Dans le public on s'interrogeait. « À quoi assiste-t-on ? Dites-nous : y a-t-il ou non danger ? »

Un autre coup d'épée parvint à s'infiltrer sous une écaille. Trois gouttes de sang frais s'échappèrent de la plaie, touchèrent Morgennes à l'épaule, dégouttèrent sur sa tunique, y tracèrent une croix vermillon qui vint s'ajouter à celle tramée d'or qui illuminait sa poitrine.

Et le dragon recula. Fuyait-il ?

— Par Notre-Dame ! s'écria Morgennes.

Un tumulte d'ailes lui apprit que son ennemi s'éloignait. Morgennes en profita pour reprendre son souffle et scruter les lieux, à la recherche de la fille du roi.

— Princesse ? Où êtes-vous ?

— Saint Georges, derrière toi ! cria une voix dans le public.

Sous la voûte pierreuse, un gigantesque cou propulsa à travers la caverne une gueule aussi grosse qu'un chariot. Elle se déplaçait à la vitesse d'un cheval au galop, et Morgennes n'eut d'autre choix, pour éviter d'être écrasé, que de sauter, d'un bond prodigieux, sur la tête du dragon – là où les grandes crêtes d'écailles battaient l'air comme des algues agitées par les flots. « Vite ! Pas de temps à perdre ! » Il bondit vers le mufle du dragon, tandis que celui-ci se retirait de la caverne, qui menaçait de s'effondrer.

Là ! Sous une paupière de cuir, un œil brillait d'un éclat laiteux. Morgennes se débarrassa de son bouclier, tint son épée à deux mains, et la planta dans la pupille de la bête.

Un hurlement traversa la caverne.

Était-ce terminé ?

— Saint Georges ? Saint Georges ?

La tête du dragon avait disparu, et saint Georges avec elle. Puis soudain elle surgit du fond de la scène, comme pour frapper latéralement la foule. De justesse, les spectateurs parvinrent à éviter d'être heurtés, parce que au dernier moment le grand dragon avait ralenti l'allure. Quelques prétendus chevaliers avaient malgré tout eu très peur, et s'étaient aplatis de tout leur long sur le sol de la cour.

Plusieurs centaines de paires d'yeux se dressèrent vers Morgennes, et le virent accroché au cou du grand dragon, son glaive fiché dans l'œil du monstre. Avec quoi se battrait-il, désormais ? Comment pouvait-il vaincre ?

Tornade balayant la salle, plumes arrachées au cimier des casques, foulards et écharpes, décorations volant dans tous les sens, et donnant à la prestigieuse assemblée l'apparence d'une armée en déroute.

Il n'y avait plus personne. Ni dragon, ni Morgennes. Le temps pour la caverne de panser ses plaies, pour la poussière de retomber, et on se rendit compte que l'antre de la bête était vide. Le grand dragon avait regagné le ciel en y emmenant Morgennes. Qu'importe s'il lui manquait un œil – il n'en avait pas besoin pour voler. Dans la salle, on s'affligeait. On en vint à douter. « À quoi avons-nous assisté ? »

— Quel spectacle !

— En vérité, c'est le plus beau !

Le patriarche de Jérusalem serrait les poings. Cela n'avait rien à voir avec les arts qu'il aimait – ceux dont il autorisait la représentation à l'intérieur du Saint-Sépulcre, et qui donnaient à voir la Passion ou la naissance du Christ.

— Gardez-vous !

Une patte de la taille d'un tronc d'arbre s'abattit au milieu de la caverne, et fit trembler la salle.

— Regardez ! Là !

Se laissant couler le long du membre antérieur du dragon, Morgennes regagna la scène, et se mit en quête d'une arme – un caillou, un rocher.

C'est alors qu'Amaury empoigna la bannière royale, toujours tenue par son connétable, et la lança à Morgennes en criant :

— Saint Georges, p-p-prends ça !

Morgennes s'en empara et eut à peine le temps de remercier le roi d'un hochement de tête, que déjà le dragon se remettait à l'attaquer. Griffes, griffes, crocs ! Coup de gueule à droite, coup de patte à gauche ! Morgennes para chacun des coups que le dragon voulait lui porter, et roula sous son ventre.

Très vite, la belle bannière de Jérusalem se retrouva en lambeaux. Puis l'un des genoux de Morgennes ploya, et sa poitrine se souleva par à-coups. Il avait du mal à respirer. Le sang battait si fort à ses tempes que tout carillonnait. Était-ce la fin ? Et son second genou céda lui aussi... Il était sur le point d'échouer. Nul ne pouvait vaincre l'univers – nul n'avait la plus petite chance de le battre. C'est alors qu'une voix surgit du fond de la caverne.

Une voix de femme.

— Qui va là ?

Une femme, tout de blanc vêtue, apparut à l'extrémité de la grotte. Son visage était voilé, aussi ne voyait-on pas si elle était laide ou belle. Tout ce qu'on savait, grâce à sa voix, c'est qu'elle était jeune et distinguée.

Ce devait être la princesse.

— Je suis venu pour vous sauver ! lui cria Morgennes.

Il redressa la tête, juste à temps pour voir le dragon mener son ultime charge.

Morgennes empoigna sa lance, en ficha la base dans la terre et la tint pointe en l'air. Il murmura une patenôtre, et fixa du regard ce qui serait, ou sa gloire, ou sa perte.

Le grand dragon se laissa choir sur Morgennes, et saint Georges disparut, écrasé. Le choc avait été tel que tout dans la salle avait été secoué. Un vrai tremblement de terre. Et maintenant ? Était-ce la fin ?

La diabolique créature était-elle morte ? Et saint Georges avec elle ?

Non. Ce n'était pas encore fini.

Car le dragon se mit à s'agiter, comme pris d'une fièvre. Basculant sur le côté, il montra son dos à la foule. Job avait dit vrai ! C'était bel et bien une rangée de boucliers ! On ne pouvait le fendre !

Un murmure parcourut l'assemblée...

— Et saint Georges ?

— Le voici !

Un flot de sang jaillit d'entre les omoplates du grand dragon, et vint éclabousser la salle. Telle Athéna sortant tout armée de son père, Morgennes émergea dans un cri prodigieux et brandit haut sa lance.

Il avait vaincu ! Béni soit le Dieu tout-puissant des armées !

Mais dans la salle, c'était le silence. On n'osait pas hurler – de peur que tout ne recommence. Chacun retenait son souffle, et l'explosion de joie, unanime, ne retentit qu'au moment où le dragon laissa échapper un formidable bruit de pet, suivi d'une odeur de chou.

— Victoire !

La noblesse applaudit à tout rompre, et même Thierry d'Alsace, jusqu'alors maussade, laissa exploser sa joie.

— Vive saint Georges ! cria-t-il.

Morgennes salua son public, allongea des courbettes et posa la main sur son cœur. Il paraissait épuisé, mais heureux. Ses vêtements, sa barbe et ses cheveux étaient trempés d'un sang rouge foncé, et c'est à peine si l'on apercevait encore le rose de sa chair.

Alors, tandis que la princesse accourait vers lui pour se laisser étreindre, je montai sur scène et m'adressai à la foule :

— Ainsi, le sang fut payé par le sang et les coups répondirent aux coups. Deux forces, deux puissances se sont affrontées, et ce n'est pas la plus massive qui l'a emporté. Car l'une était guidée par Dieu, et l'autre par Satan...

— C'est bien vrai, cria Amaury, que ce spectacle avait ravi.

Je rendis au roi son regard, heureux que ce petit mystère lui ait plu. D'ordinaire, j'avais une piètre opinion de ceux qui gagnaient leur vie à réciter devant les puissants. Mais ce roi faisait exception. Ce *rex bellatore*, ce roi guerrier, avait souhaité qu'on jouât pour lui le plus formidable combat jamais mené par un soldat chrétien – et je le lui avais offert. Avec la complicité, il est vrai, de toute la troupe du Dragon blanc, et notamment de Philomène... D'ailleurs, ce n'était pas seulement *pour* Amaury que nous avions joué. C'était aussi *contre* la mort et la tristesse. C'était pour qu'Amaury oublie, l'espace d'un spectacle, le décès de son frère. C'était pour que Thierry d'Alsace oublie, lui aussi, Sibylle et sa souffrance.

— Cette aventure, continuai-je, vaudra tant de renom à saint Georges qu'on le tiendra désormais pour le meilleur chevalier du monde, et qu'on viendra l'honorer de partout !

— Vivat !

— Saint Georges !

En vérité, j'étais heureux. Oui. J'avais réussi mon pari tenir la mort au loin... Dommage qu'il n'y ait pas eu à Jérusalem de tournois de poésie, comme à Arras. « Tiens, au fait, me dis-je, où est Thierry d'Alsace ? Je ne le vois plus nulle part... » Profitant d'un relâchement dans le tonnerre d'applaudissements, je précisai . « C'est ici que finit le conte... », et quittai la scène.

J'étais inquiet. Où donc était passé le comte de Flandre ?

J'avais à peine mis le pied hors de la caverne qu'un Amaury rubicond m'enserra. Le roi était si gros que je disparus dans sa graisse, sentant peser sur ma poitrine ses seins volumineux.

— Je tiens absolument à récompenser chacun des membres de votre t-t-troupe, me dit Amaury. D-d-demande-moi ce que tu veux !

— Eh bien, fis-je, si j'osais..

— Ose ! Je te l'ordonne.

— Je suis féru de textes et d'ouvrages en tous genres... Pourrais-je consulter vos livres ? Entrer dans vos bibliothèques ?

— Nos livres ? Mais p-p-pour quoi faire ?

— Pas uniquement les vôtres, précisai-je. Mais ceux de tout votre royaume. Voyez-vous, je mets en roman des contes d'aventures, et il est bien utile d'avoir autour de soi les meilleurs auteurs, pour s'en inspirer...

— Je vois. Ce n'est pas compliqué. (Amaury se tourna vers le chanoine d'Acre, et lui ordonna :) Guillaume, tu montreras nos manuscrits à ce bon moine.

— Tous ?

— Oui, y compris ceux que tu t-t-tiens à l'abri des regards indiscrets...

— Il en sera fait selon votre volonté, Sire, dit Guillaume.

— Et toi, que veux-tu ? demanda Amaury à Nicéphore.

— Moi ? Rien d'autre que votre succès...

— C'est-à-dire ? P-p-pardonne-moi, mon jeune ami, mais je me méfie de ceux qui me veulent du bien.

— C'est-à-dire, Majesté, que c'est là justement ce que je désire le plus : votre bien.

— Lequel ? Celui qui me verra marier l'Égypte au royaume, ou bien celui qui me verra dans les b-b-bras d'une femme ?

— Les deux, très cher roi, conclut Nicéphore avec un sourire énigmatique.

— Eh bien, je ferai tout ce qui est en mon p-p-pouvoir pour te satisfaire. Et toi, brave, euh, soldat, moine, comédien... Enfin, toi là, au crâne tonsuré de près, que souhaites-tu le plus avoir ?

La question s'adressait à Morgennes, qui prit tant de temps pour répondre que tout le monde autour de lui s'impatienta.

— Eh bien ? fit le roi. Est-ce donc si compliqué ?

— Sire, s'il vous plaît, dit Morgennes. Faites-moi chevalier !

— Chevalier ? Mais pourquoi d-d-diable un clerc d'une trentaine d'années souhaiterait-il être chevalier ?

— J'ai mes raisons, dit Morgennes. En outre, je n'ai que vingt-quatre ans.

— Alors nous avons presque le même âge ! Mais cela ne te rend pas pour autant d-d-digne de porter les armes... As-tu déjà été l'écuyer de qui que ce soit ?

— Jamais.

— Et ta lignée ? Es-tu seulement noble ?

— Je l'ignore, Majesté.

— Probablement que non, alors. Car des origines nobles ne s'oublient pas. Elles se clament !

Amaury se détourna de Morgennes, déposa l'un de ses bassets sur le sol et s'éloigna en maugréant :

— P-p-problème réglé...

— Mais, Sire...

Le roi s'arrêta, rouge de colère :

— Écoute, au mieux, ton p-p-père était d-d-déjà un chevalier, et alors, en vertu des règles en usage chez nous, tu as jusqu'à t-t-trente ans pour être armé chevalier toi aussi. Après quoi, tu redeviendras un *rusticus*. Autrement dit un va-nu-pieds, un vaurien...

Des hommes ricanèrent. Mais Amaury les fit taire.

— Un paysan ! Nous en avons besoin...

— Sire, insista Morgennes, mettez-moi à l'épreuve ! Et vous verrez que je mérite d'être adoubé !

— Un autre que toi aurait déjà renoncé. Écoute, ta d-d-détermination me plaît. Mais on ne p-p-peut rien changer au fait que tu n'as jamais été écuyer, et que tes origines sont on ne p-p-peut plus troubles. Alors, je te p-p-propose ceci : le jour où tu tueras un authentique d-d-dragon, avec écailles, g-g-griffes et feu, ce jour-là je t'adouberai !

— Sire, c'est trop d'honneur ! le remercia Morgennes.

S'adressant à sa cour, Amaury déclara :

— Vous m'en êtes témoins. Si cet individu m'apporte la p-p-preuve qu'il a tué un d-d-dragon, je l'adoube sur-le-champ !

Certains rirent. D'autres pas. À vrai dire, nul ne savait si les dragons existaient ou non. Des rumeurs disaient qu'en Égypte on trouvait des serpents si énormes qu'ils avaient peut-être été conçus par des dragons.

— Si Son Altesse le permet, intervint alors le sénéchal d'Amaury, pour tuer une telle créature il faut être équipé... Cet homme ne peut pas partir à l'aventure affublé d'une armure en tissu et d'un glaive en bois... Il lui faut une belle et bonne cuirasse, et une épée en bel et bon métal.

— Que suggères-tu ? demanda le roi.

— On m'a rapporté que Sagremor l'Insoumis, ce chevalier qui vous manqua de respect il y a peu, se trouvait dans les environs... Son armure est d'un magnifique vermeil, et son épée est bien fourbie. Peut-être accepterait-il de s'en séparer pour les donner à Morgennes, si celui-ci les lui réclamait poliment ?

— Étrange idée, fit Amaury. Mais après tout, qui dit « chevalier » ne dit-il pas « ép-p-preuves » ?

Le roi se tourna vers Morgennes, qui se tenait tête humblement baissée, et lui lança :

— Je t'autorise à aller t-t-trouver Sagremor l'Insoumis. Tu le reconnaîtras à son armure vermeille. Tu lui diras que je t'ai autorisé à lui p-p-prendre ses armes...

— J'y vais de ce pas, dit Morgennes.

Et il sortit, laissant le roi demander à Gargano et à Philomène ce qu'ils désiraient en récompense de leurs exploits, pendant que je partais à la recherche de Thierry d'Alsace, dont la disparition m'inquiétait de plus en plus

La fraîcheur agréable du mois de février hiérosolomytain succéda à la touffeur qui régnait à l'intérieur de la salle où s'était déroulé le spectacle. Dans la cour de la citadelle de David se pressait une foule si dense qu'on ne pouvait y remuer un pied. Toutes sortes de gens, manants comme nobles, laïcs et religieux, jouaient des coudes pour voir le nouveau roi. Là, Morgennes avisa une tache rouge qui se déplaçait sur un cheval blanc, et se fraya un chemin dans sa direction.

— Eh, vous !

L'homme qui portait la rouge armure se tourna vers Morgennes :

– Que veux-tu ? cria-t-il.

— Votre armure, et puis aussi votre épée, si vous le voulez bien !

— Et si je ne le veux point ?

— Il me les faut !

— Viens les chercher !

Et il éperonna sa monture, qu'il lança à travers la foule sans se soucier de l'éviter. Un jeune garçon, qui n'avait pas eu le temps de s'écarter, aurait été piétiné par le galop du cheval si quelqu'un ne s'était jeté sur lui pour le mettre à l'abri.

Pendant ce temps-là, Morgennes s'arc-bouta sur ses deux pieds, serra les poings et visa la tête du destrier. Quand le cheval fut sur le point de le renverser avec son poitrail, il pivota sur lui-même et lui balança un vigoureux coup de poing sur le front. L'étalon tourna de l'œil, sembla tanguer le temps d'un demi-battement de cœur, puis s'effondra sur les dalles de la cour, assommé.

Le chevalier était à terre et fulminait de rage.

Morgennes lui laissa le temps de se relever, sous les regards stupéfaits des spectateurs.

— Sacrilège ! hurla le chevalier en se remettant debout. Ce n'est pas ainsi qu'on se bat quand on est un homme ! Sors ton arme !

Il dégaina son épée, et faillit trancher la tête de Morgennes ; sauf que celui-ci s'était reculé juste à temps, si bien que la lame ne lui fit qu'une petite entaille à la gorge.

— Gueux ! cria le Chevalier Vermeil. Tu ne perds rien pour attendre !

La foule faisait cercle autour d'eux, étonnée de ce combat qui opposait un chevalier aguerri, muni d'une superbe épée, à un manant dont l'armure était de grossiers vêtements de toile et la seule arme ses poings.

— À la garde ! cria quelqu'un.

— Arrêtez-les ! cria un autre.

Mais le sénéchal d'Amaury arriva juste à temps pour dire :

— N'en faites rien ! Que la défaite de l'un confirme la victoire de l'autre. Et jusque-là, des coups, de la sueur et du sang !

Morgennes observa son adversaire, à la recherche d'une faille. Apparemment, il n'y en avait aucune, sinon à la tête – qu'il avait dénudée. Aussi attendit-il que le Chevalier Vermeil ait relevé sa lourde épée au-dessus de lui pour le charger. Là, collé à son ennemi, il serait à l'abri de ses coups – qui avaient besoin, pour être portés, de beaucoup plus d'espace qu'il ne lui en laissait. Mais Sagremor n'avait pas été surnommé « l'Insoumis » pour rien, et quand Morgennes fut sous lui, plutôt que de le frapper avec la lame de son épée, il lui abattit son pommeau sur le crâne. Morgennes recula, sonné, se tenant la tête à deux mains en poussant force gémissements. Il lui fallait réagir rapidement, car l'épée de Sagremor repartait vers le ciel, et cette fois son tranchant ne le raterait pas. Comptant sur le fait que son ennemi ne s'attendrait pas à le voir recommencer la même manœuvre, Morgennes se jeta de nouveau sur le chevalier, le prit à bras-le-corps et le souleva de terre pour le faire basculer en arrière. Sagremor fut contraint de lâcher son arme, qui s'écrasa sur le sol avec un grand bruit.

— Traître ! Lâche ! hurla Sagremor l'Insoumis, outré par la façon dont Morgennes combattait.

Alors, Morgennes le propulsa loin dans la foule – qui s'écarta devant cet insolite projectile. Sagremor roula tel un tonneau de fer sur une distance de quelques pieds, puis s'arrêta dans un tintamarre métallique. Morgennes s'approcha, le laissa se relever, et le roua de plus de coups qu'un forgeron n'en donne à la lame qu'il forge.

— Ton armure ! Ton épée ! dit Morgennes.

— Elles sont à moi ! cria Sagremor, tout contusionné.

Morgennes empoigna la tête du chevalier, et l'approcha de son visage :

— Ton roi me les a données, dit-il. Je ne veux pas te tuer, mais s'il faut t'assommer pour t'ôter ta carapace, je le ferai !

De temps à autre, il lui lâchait un coup de poing sur le menton, cherchant à faire s'entrechoquer ses deux rangées de dents.

— Pitié, épargne-moi ! supplia Sagremor, à genoux.

Morgennes cessa de le frapper et lui tendit la main pour l'aider à se relever. Sagremor, la bouche ensanglantée, cracha quelques chicots au loin, se massa le menton et implora Morgennes :

— Dis-moi cheulement chi mon cheval est encore en vie !

Ne pensant pas un seul instant que Sagremor l'attaquerait en traître, Morgennes lui tourna le dos et chercha du regard son cheval. L'ayant trouvé, apparemment remis puisque sur ses quatre fers, il s'en revenait vers Sagremor pour lui faire part de cette heureuse nouvelle quand il le vit perdre la tête – littéralement. Elle roula de ses épaules, et s'écrasa dans la poussière.

Que s'était-il passé ?

— Il allait vous frapper dans le dos, dit à Morgennes l'individu qui au début du combat avait sauvé la vie du garçon sur qui Sagremor avait poussé sa monture.

— Merci, dit Morgennes. Je vous dois la vie...

L'autre essuya tranquillement son épée, luisante d'un rouge vermeil, sur la cape du défunt, et la remit au fourreau.

— Bah, ce n'est rien... Entre apprentis chevaliers, on se doit bien ça, non ?

Puis, désignant l'armure de Sagremor, il ajouta :

— Évidemment, elle est un peu cabossée. Mais un bon forgeron vous la réparera sans problème.

— À qui ai-je l'honneur ? demanda Morgennes.

— Alexis de Beaujeu, pour vous servir, dit le jeune homme en s'inclinant.

— Alors vous aussi, vous voulez être chevalier ?

— J'étais son écuyer, fit-il en désignant le mort. Et j'ai bien peur qu'il ne me faille patienter longtemps avant qu'un autre chevalier n'accepte de me prendre à son service...

Les deux hommes échangèrent un regard, Morgennes mesurant l'ampleur de la dette qu'il venait de contracter auprès d'Alexis. Puis, alors qu'il s'emparait de l'armure et de l'épée de sa victime, une voix clama dans la cour :

— Un drame est arrivé !

16.

> « Si les chemins de l'aventure te conduisent là-bas, reste dans l'anonymat tant que tu ne te seras pas mesuré avec l'élite des chevaliers de la cour. »
>
> (Chrétien de Troyes, *Cligès*.)

On porta un corps inanimé dans la cour de la citadelle. C'était celui du comte de Flandre.

— Il tenait un parchemin, serré dans sa main, dis-je à Morgennes.

— Que disait-il ?

— Je l'ai oubliée.

— Comment ? Déjà ? Mais n'as-tu pas ce parchemin sur toi ? Montre-le-moi !

— Tu m'as mal compris... C'est ce qui était écrit dessus : « Je l'ai oubliée. »

— Mais de quoi parle-t-il ?

— De quoi ? De « qui », veux-tu dire...

Je tendis à Morgennes le parchemin que j'avais pris sur le corps du comte.

— « Je l'ai oubliée. » Qu'est-ce que cela signifie ? s'interrogea Morgennes, pour qui la notion d'oubli était aussi incompréhensible que celle de lumière pour un aveugle. Qu'avait pu oublier le comte de si important pour décider d'attenter à ses jours ?

— Il a ri, dis-je à Morgennes. C'est à cause de nous. De moi. Il a oublié Sibylle. Cela n'a duré qu'un tout petit instant, à la fin de la représentation. Mais pour lui c'était trop...

— Tu es sûr qu'il est mort ? demanda Morgennes, désolé par cette nouvelle.

— Il s'est poignardé le cœur.

— N'y a-t-il aucun moyen de le sauver ?

Je hochai la tête, indiquant que non – malheureusement.

Alexis de Beaujeu, qui se trouvait toujours auprès de nous, signala :

— Pourquoi ne le conduisez-vous pas à la *domus infirmorum* des Hospitaliers ? Leurs *practici* ont excellente réputation. Beaucoup sont originaires du pays, vous savez ?

— Comme celui qui a soigné Baudouin III ? demandai-je.

— Ici nous n'avons pas vraiment le choix, si l'on veut avoir une chance de survivre. D'ailleurs, le médecin du roi est musulman...

— Et je m'en p-p-porte fort bien ! hurla Amaury en faisant irruption parmi nous.

Il avait entendu la fin de notre conversation, et tenait à nous dire :

— Je suis d-d-d'ailleurs en si excellente santé que je m'en vais faire un peu d'exercice. Du côté de l'Égypte !

Puis son regard s'abaissa en direction de Thierry d'Alsace, que Chrétien portait à bout de bras.

— J'aimais ce comte, oui, poursuivit Amaury. C'était un excellent ami. Je sais aussi combien mon frère le t-t-tenait en affection. Nous le ferons enterrer à nos frais... Et p-p-pour compenser cet assèchement de nos finances, je m'en vais de ce pas réclamer aux Égyptiens les sommes qu'ils nous d-d-doivent.

Chaque année, conformément à un accord signé en 1160 entre le sultan al-Adid et le roi de Jérusalem, le sultanat égyptien aurait dû remettre cent soixante mille dinars aux Francs. Mais ces dinars n'étaient jamais arrivés, et Baudouin avait rendu l'âme peu après avoir averti le vizir chargé de les lui remettre – un certain Chawar – que s'il ne les lui faisait pas parvenir, il viendrait les lui sortir en personne de la poche.

Baudouin mort, probablement empoisonné – on ne saurait jamais la vérité, son médecin ayant été trop vite écartelé –, c'était à Amaury qu'il revenait de rappeler leurs devoirs aux Égyptiens. Chez les chrétiens, cela faisait quelque temps déjà que penseurs et philosophes s'étaient penchés sur la question, et pour eux la cause était entendue · Dieu avait adjuré le Nouvel Israël (autrement dit, la chrétienté) de reprendre aux Égyptiens ce qui lui revenait de droit, c'est-à-dire ses trésors. Ainsi que l'avait écrit Daniel de Morley : « Avec l'assistance du Seigneur et sur Son ordre, nous devons dépouiller les philosophes païens de leur sagesse et de leur éloquence, pour enrichir de leurs dépouilles la Vraie Foi. »

Par « sagesse » et « éloquence » il fallait bien sûr comprendre « territoires » et « richesses ».

En outre, le rattachement de l'Égypte à la chrétienté présentait le double avantage de renforcer Jérusalem et d'affaiblir Damas – qui ne pourrait plus compter sur cet allié potentiel (puisque musulman lui aussi, même si d'une obédience différente).

De toute façon, Amaury était enchanté de partir en guerre. Le spectacle auquel il venait d'assister avait aiguisé son appétit, qu'il avait déjà grand.

Morgennes, dont la voie semblait toute tracée en Palestine et qui s'imaginait qu'en devenant chevalier il accomplissait le vœu de son père, demanda au roi :

— Majesté, maintenant que j'ai une armure et une épée, puis-je me joindre à votre expédition ?

— Je reconnais que tu es étonnant, répondit Amaury, puisque tu as réussi à nous d-d-débarrasser de cette fripouille de Sagremor. Ma réponse est oui, mais tu ne voyageras qu'avec la p-p-piétaille. Pas avec les chevaliers... Car ce que tu viens d'accomplir t'a gagné l'inimitié d'un certain nombre de mes preux, qui t-t-tenaient le Chevalier Vermeil en très haute estime, bien que je ne sache pas p-p-pourquoi...

Amaury se tourna alors vers les siens, et décréta :

— D'ailleurs, Sagremor lui aussi sera enterré...

Puis il pointa le doigt en direction de son sénéchal, et poursuivit :

— Mais à tes frais, Milon de Plancy, puisque c'est toi qui as donné à Morgennes la mauvaise idée que l'on sait !

Le sénéchal maugréa dans sa barbe des mots inaudibles, mais que l'on devinait chargés de haine à l'égard de Morgennes, et peut-être même d'Amaury.

— J'ai dit ! tonna le roi.

Profitant de ces paroles conciliantes à son égard, Morgennes tenta de nouveau sa chance :

— Je vous en prie, prenez-moi comme écuyer ! Je m'attacherai à vous comme l'ombre à son maître, je...

— Comme l'ombre à son maître ? Voilà qui est joliment p-p-parlé ! Écoute-moi bien, Chevalier à la Poule, un roi ne revient pas sur ses p-p-paroles. Je t'accepte parmi mes fantassins. Mais ne viens pas te plaindre ensuite si tu meurs écrasé par une de nos charges ! Si tu veux être adoubé, va donc tuer un vrai d-d-dragon !

Morgennes, qui tenait absolument à être auprès des chevaliers afin d'avoir une chance, aussi infime soit-elle, de retrouver ceux qui jadis avaient massacré sa famille, marqua un temps d'hésitation. Que devait-il faire ? C'est alors qu'il sentit un mouvement sur sa gauche. Un regard lui apprit qu'une procession de chevaliers revêtus, pour les uns, d'une tunique blanche marquée d'une croix rouge, pour les autres, d'une tunique noire marquée d'une croix blanche, s'en allait vers la porte de la citadelle en portant un grand reliquaire en forme de croix, plaqué d'or et de pierres précieuses.

Le Saint Bois !

Morgennes se releva, et s'interrogea à voix haute :

— Qui sont ces gens ? Pourquoi portent-ils la Vraie Croix ?

— Parce qu'ils sont chargés de la garder, lui répondit Amaury. Ces hommes sont des « apôtres », ainsi nommés p-p-parce qu'ils sont les gardiens du Saint Bois sur lequel Notre-Seigneur Jésus-Christ a été crucifié. Et ils s'en retournent à l'église, où Il a Son logis.

— Le Saint-Sépulcre ?

— Absolument.

Morgennes s'écarta, laissant passer le roi et sa suite, qui s'en allèrent vers des destriers préparés pour eux à la porte de la citadelle.

— À quoi penses-tu ? lui demandai-je en sachant très bien ce qui occupait son esprit.

— L'espace d'un instant, me dit-il, j'ai moi aussi tout oublié. Je n'ai plus pensé au comte de Flandre, ni même à la chevalerie... Il se produit ici des événements peu ordinaires.

— C'est la Terre sainte, lui rappelai-je.

— Veux-tu rester avec moi ? Ne pas aller à Constantinople ? Mais demeurer ici, auprès...

— De la Vraie Croix, soupirai-je.

— Oui.

— Bon, d'accord. Cela me permettra de lire les livres du palais...

Après avoir chaleureusement embrassé nos compagnons du Dragon blanc et leur avoir promis de les rejoindre, dès que possible, à Constantinople, nous partîmes en direction de la Vraie Croix, suivant dans les rues et ruelles de Jérusalem l'étrange procession qui montait vers le Saint-Sépulcre. Tout en courant, je repensai à Philomène, à qui je n'avais jamais avoué mes sentiments...

Elle n'avait répondu à mes adieux que par un bref hochement de tête, comme d'habitude. Cela voulait certainement dire qu'elle ne m'aimait pas. Cette femme semblait n'avoir pas plus de cœur que les marionnettes qu'elle créait. C'était en tout cas ce qu'il y avait de moins douloureux à croire à ce moment.

Les gardiens de la Vraie Croix entrèrent à l'intérieur du Saint-Sépulcre, et le dernier d'entre eux laissa la porte ouverte, comme pour nous permettre de les y suivre. Ce que nous fîmes.

Nous ne devions en ressortir qu'après plusieurs mois, durant lesquelles le temps fila à toute allure. Les douze gardiens de la Vraie Croix, qui avaient eux aussi assisté au spectacle donné lors du couronnement d'Amaury, nous chargèrent rapidement de mettre notre talent au service de leurs ordres et du Saint-Sépulcre : « Pour la plus grande édification des pénitents. »

La chapelle de la commanderie de l'Hôpital servait à l'occasion de salle de spectacle, et c'est dans cette pieuse enceinte que nous mîmes en scène les légendaires débuts de l'Hôpital.

— C'est curieux comme le théâtre, les mystères, l'écriture, font passer le temps rapidement, dis-je un jour à Morgennes.

— C'est vrai, me répondit-il. Mais ce n'est pas ainsi que je vais devenir chevalier et remonter la trace de ceux qui m'ont fait tant de mal. Ici, où que j'aille, on ne cesse de m'appeler « Chevalier à la Poule ».

— Cela passera.

— Peut-être, mais quand? Et puis, j'ai aussi besoin d'un maître. Quelqu'un qui serait en matière d'armes ce que tu as été pour moi en matière de religion...

De temps à autre, Morgennes pensait à Alexis de Beaujeu – l'écuyer qui lui avait sauvé la vie au cours de son combat contre Sagremor l'Insoumis. Qu'était-il devenu? Avait-il retrouvé un chevalier au service duquel se placer? Avait-il lui-même été fait chevalier? Mais Alexis était parti en Égypte avec un puissant contingent de l'Hôpital, et il ne l'avait pas revu depuis.

Quant à la croix, dont Morgennes avait espéré s'approcher, elle restait sous étroite surveillance – ses gardiens se relayant pour être en permanence à côté d'elle. Ni moi ni Morgennes n'avions eu le droit de la toucher, et c'est à peine si nous avions pu la voir – au grand désespoir de Morgennes qui avait espéré trouver là la réponse à cette question :

— Que voulait dire mon père quand il m'a dit d'aller vers la croix ?

Mais je n'avais, pas plus que le Saint Bois, d'explication à lui donner.

Un samedi soir, peu après la messe, des pas résonnèrent dans la grande galerie qui menait de la commanderie à la *domus infirmorum* de l'Hôpital. Ces pas étaient ceux d'un homme dans la force de l'âge, et étaient rythmés par le bruit d'un bois frappant le sol à intervalles réguliers.

Comme il regardait dans sa direction, Morgennes vit venir vers lui celui que tous à Jérusalem respectaient et tenaient pour le plus érudit et le plus sage du pays, celui qui m'avait déjà permis d'accéder à la bibliothèque du palais de Jérusalem : Guillaume, le chanoine d'Acre.

— Le roi, dit-il à Morgennes, a bien compris pourquoi vous ne l'avez finalement pas suivi... Il pense que vous avez bien fait.

— J'avais à faire ici, dit Morgennes.

— Et vos amis ?

— Ils étaient libres de partir.

— Libres ? Vraiment ?

— Pourquoi ? Vous ne croyez pas en la liberté ?

— Si, j'y crois, dit Guillaume. Pourquoi n'y croirais-je pas ? Dieu nous a créés libres. C'est l'homme qui s'enferme et ne veut pas de la liberté.

— Pourquoi, à votre avis ?

— Certaines prisons sont confortables...

— Et vous ?

— Oh, moi... Je m'efforce d'aider les enfants à devenir des hommes libres... Ce n'est pas toujours facile. Cela suppose, voyez-vous, un certain goût pour la vérité... D'où mon ennui quand je vous vois débiter ces imbécillités, que tous les ordres, fussent-ils celui des Templiers ou des Hospitaliers, aiment colporter à leur sujet. Mais j'imagine que c'est pour des questions d'argent, tant l'on a plus de facilité à donner à Dieu qu'aux hommes – car dans le premier cas c'est un investissement, quand c'est, dans le second, une perte sèche...

— De quoi me parlez-vous ?

— Des dons, que les ordres reçoivent, et qui sont nécessaires à leur survie. Savez-vous combien coûte l'équipement d'un chevalier, vous qui rêvez tant d'être adoubé ?

— Non.

— Comptez les revenus annuels de tout un bourg. Quand on sait qu'il faut à peu près cent heures de travail à un forgeron pour fabriquer une cotte de mailles, et plus du double pour une épée, cela vous donne une idée. Sachez qu'il y a des villages si pauvres qu'ils n'ont même pas de quoi s'offrir une dague...

Morgennes se demandait pourquoi Guillaume lui disait tout ça. À vrai dire, il se sentait vaguement coupable, mais ne savait de quoi.

— Aussi, quand je vous vois conter ces fariboles..., poursuivit Guillaume.

— Fariboles ?

— Au sujet des origines de l'Hôpital. Non, il n'a pas vu le jour au temps de Notre-Seigneur Jésus-Christ. Au contraire, et c'est tout à son honneur. Cet ordre a eu des débuts on ne peut plus modestes. D'abord un couvent, puis deux... Une infirmerie pour y soigner les pèlerins – de quelque religion qu'ils fussent – et puis, enfin, et seulement depuis peu, de quoi s'offrir des « soudards », ces mercenaires auxquels est payée une solde... L'Hôpital et le Temple ont eu des débuts similaires à ceux de Notre-Seigneur. Ils sont nés dans la paille, et petit à petit ont grandi... Malheureusement, d'alliés, ils sont devenus concurrents.

— Concurrents ? Mais ne servent-ils pas la même cause ?

— Ils aimeraient tant être les seuls à la servir ! Une querelle les oppose. Il s'agit de savoir lequel des deux est le plus méritant. C'est absurde. Un jour, nous en paierons le prix. Vous verrez ! Alors, s'il vous plaît, cher frère Morgennes, ne vous mêlez pas de tout cela, Chrétien et vous. Restez à l'écart de cette haine, de ces mensonges. D'autres raconteront tout aussi bien que vous comment la Vierge et les apôtres furent abrités par l'Hôpital pendant la Passion du

Christ, ou je ne sais quelles autres fadaises. Vous voulez vous rapprocher de la Croix ? Vous mettre à son service ?

Morgennes ne répondit rien. Pour la première fois depuis longtemps, il avait peur.

— Partez au nord, poursuivit Guillaume. Faites-vous oublier. Ici, vous ne serez jamais accepté. Il est trop tôt. Aux yeux de tous, vous n'êtes et ne serez jamais que le Chevalier à la Poule.

— Mais le roi...

— Le roi a bien d'autres soucis que celui de votre éducation. Il doit empêcher la Syrie d'attaquer son royaume, éviter qu'elle ne se mette en tête de conquérir l'Égypte, et puis, surtout, se garder de ses propres barons... Ce qui est bien le plus compliqué. En vérité, je vous le dis : allez vous faire un nom à l'étranger, puis revenez si le cœur vous en dit.

Un je-ne-sais-quoi dans la voix de Guillaume poussa Morgennes à l'écouter. Et c'est pourquoi Morgennes et moi quittâmes Jérusalem dès potron-minet pour rallier Constantinople, laissant ce bon Guillaume nous remplacer au pied levé.

Malheureusement, il n'eut pas notre succès. Car aux croyants venus assister au mystère que nous devions donner, il substitua un texte de son propre cru, qui commençait ainsi :

— *Comment li Hospitaliers orent petit commencement...*

Nombreux furent celles et ceux à s'en aller avant la fin de la représentation. Un vieux tousseux nommé Algabaler grommela même :

— C'est peut-être vrai, mais c'est emmerdant !

17.

« Il est esclave de son avoir celui qui l'amasse et l'accroît chaque jour. »

(Chrétien de Troyes, *Cligès*.)

En Terre sainte, il en va des miracles comme des poux sur la tête d'un enfant et des champignons dans les caves de nos monastères : ils prolifèrent. Toutes les conditions sont réunies pour qu'ils éclosent, et il n'y a là rien d'étonnant. De même que la Flandre a ses choux, la Provence ses melons, l'Italie son raisin et la Grèce ses oliviers, la Terre sainte a ses miracles.

Le seul inconvénient, c'est qu'ils ne s'exportent pas – sinon sous la forme de reliques ou d'idées – et que pour y assister, il faut aller sur place. C'est ainsi que Morgennes et moi traversâmes Cana, « où Jésus changea l'eau en vin et guérit à distance le fils d'un certain officier royal », pour nous diriger ensuite vers « la colline où le Fils de Notre-Seigneur multiplia les pains », peu après Nazareth. Là, nous fîmes une halte, afin de rencontrer le célèbre marchand de reliques, Massada.

Mais il était absent. Aussi fut-ce Olivier, son jeune esclave, qui nous reçut à sa place.

— Aujourd'hui c'est shabbat, nous dit-il. Le docteur ne travaille pas. Si vous voulez acheter l'une ou l'autre de nos merveilles, je puis vous renseigner, car moi je suis chrétien.

— Vous reste-t-il, demandai-je, un peu de Saint Sang? Nous venons de fort loin pour nous en procurer.

— Ah, fit Olivier. Vous avez de la chance, messires. Nous en avons justement une fiole... C'est une relique des plus rares...

Nous invitant à prendre place sur les coussins disposés autour d'une petite table ronde, où un thé nous fut servi, il se retira un instant derrière un fin rideau de coton, puis en revint avec une cassette. Qu'il ouvrit, nous en présentant le contenu :

— Voyez, messeigneurs, la Fiole du Saint Sang de Notre-Sauveur ! Il n'y en a qu'une dans tout l'Orient, et je la tiens à votre disposition ! Bien sûr, elle est fournie avec un certificat d'authenticité, signé de la main même de l'évêque d'Acre...

— Combien ? demandai-je.

— D'ordinaire, nous ne la cédons pas à moins de six cents besants. Mais pour vous, messeigneurs, comme je vois à votre tonsure que vous êtes, en quelque sorte, de la famille, je suis près à descendre au saint chiffre de quatre cent quatre besants, qui est comme vous savez le nombre de versets que compte l'Apocalypse...

— « D'ordinaire » ? s'étonna Morgennes.

Le jeune homme fit mine de n'avoir rien entendu, et Morgennes n'insista pas. De toute façon, nous n'avions pas un sou vaillant. Nous étions juste venus en curieux, admirer ce que cette étrange boutique réputée dans le monde entier avait à offrir.

— En vérité, nous ne sommes pas venus pour acheter, mais pour vendre, avouai-je.

— Merci, mais nous avons déjà tout ce dont nous avons besoin, dit Olivier en refermant sa cassette.

— Peut-être... Cependant, si par miracle un objet particulièrement intéressant tombait en notre possession...

— Il faudrait voir ça avec le docteur Massada. Je ne suis pas habilité à vous répondre...

— Et cette armure ? demanda Morgennes, nous l'échangeriez-vous contre une de vos marchandises ?

Il montra au jeune homme l'armure rouge du Chevalier Vermeil, dont il n'avait pas l'usage.

— Nous ne sommes pas une forge, ni une armurerie... Vous devriez aller vous renseigner auprès des garnisons de la Fève ou du Krak... Peut-être vous la rachèteront-ils ?

Nous mîmes fin à l'entretien en remerciant pour le thé et en promettant de revenir une fois plus en fonds.

— Qu'avais-tu l'intention de lui vendre ? me demanda Morgennes, quand nous nous fûmes éloignés de quelques pas en direction de l'écurie où attendait Iblis – notre étalon, qui autrefois appartenait au Chevalier Vermeil.

— Ceci, fis-je en sortant de ma poche la fiole rouge sang que le comte de Flandre avait souhaité nous donner pour prix de nos services.

— Tu la lui as prise ?

— C'est Nicéphore qui me l'a remise, en me disant que le comte souhaitait nous l'offrir de toute façon, et que... Bref, c'est un dédommagement. Je ne voulais pas forcément la lui vendre, seulement avoir une idée du prix.

— Maintenant, tu le sais.

— Absolument !

Ce disant, j'ouvris le flacon et en versai le contenu sur le sol de l'écurie, non loin d'un âne mangé par les ans.

— Regarde cet âne, dit Morgennes. Il a l'air si vieux que je ne serais pas étonné d'apprendre qu'il se trouvait dans l'étable où le Christ est né. C'est à se demander comment il fait pour tenir debout !

— En tout cas, c'est un âne de goût !

Effectivement, l'âne s'était approché de la petite flaque formée par le liquide de la fiole, qu'il lapa à grands coups de langue avide.

— Sacrée bestiole, va ! fit Morgennes en lui caressant la tête entre les oreilles. J'aimerais bien savoir ce que tu raconterais, si Gargano était là pour traduire tes paroles !

L'âne lui jeta une sorte de regard vide, qui chez un animal de son âge pouvait passer pour de la reconnaissance, puis poursuivit son repas, et ingéra l'intégralité du liquide contenu dans la fiole.

— J'espère que ça ne va pas lui faire de mal, dit Morgennes.

— Ça ne le tuera pas, ne t'inquiète pas !

Nous suivîmes la route indiquée par Olivier, d'abord vers l'est, en direction du mont Thabor, « où s'était produite la Transfiguration du Christ », puis de nouveau vers le nord, « où saint Jean le Baptiste avait annoncé Sa venue ».

— Et par ici, demanda Morgennes, quelle sorte de miracle s'est-il produit ?

— Pourquoi cette question ?

— Parce que j'ai l'impression que chaque pouce de Terre sainte a son propre petit miracle particulier. C'est pratique, on ne peut pas se perdre !

— Les miracles permettent de trouver les saints, pas sa route !

— Comment se fait-il qu'il y en ait autant ?

Je développai alors une théorie selon laquelle cette terre, à la façon des fleuves en crue qu'un trop-plein d'eau fait déborder, était si gorgée de divin que Dieu en jaillissait par tous les pores – sous la forme de miracles.

— Des plus petits aux plus grands, précisai-je. En Terre sainte, les miracles ne s'opposent pas à l'ordre naturel. Ils sont le naturel. Un point c'est tout.

Ce « c'est tout » résonna longtemps dans la tête de Morgennes, qui menait sa monture vers le nord-est, là où l'horizon tremblotant se muait en une chaîne de montagnes. La terre s'ouvrait, emplie des feux du soleil – qui faisait sourdre de la plaine des impressions de nappes d'eau et des frémissements de lumière. Mais tout se dissipait à notre approche, tant et si bien que le but vers lequel nous tendions s'éloignait toujours davantage.

— J'aimerais, dit Morgennes, un tout petit miracle. Rien que pour moi. Tu sais, un de ces *jocus jogandi*, comme ceux qu'a produits Bernard de Clairvaux... Ce n'est pas trop demander, non ?

— Et quelle sorte de miracle aimerais-tu te voir accorder ?

— Avoir, ne serait-ce qu'une fois, une seule, l'occasion de prouver ma valeur !

— Prends garde que Dieu ne t'écoute, mon frère. Il pourrait bien t'exaucer, et plus tôt que tu ne le crois...

18.

> « Comme l'histoire nous le raconte, c'était un bon et fort chevalier, mais il s'était conduit en insensé. »
>
> (Chrétien de Troyes, *Érec et Énide.*)

Quand un miracle se produit, il est rare qu'il prévienne. Aussi est-ce le plus tranquillement du monde que Morgennes et moi progressions vers le nord, en direction du Krak des Chevaliers. Nous parlions de choses et d'autres, lorsque tout à coup Morgennes m'ordonna :

— Descends !

Comme nous n'avions qu'un seul cheval, et qu'il me laissait le monter, je pensai qu'il souhaitait se reposer un peu.

— Bien sûr, lui dis-je. Tu dois être épuisé...

— Il ne s'agit pas de cela. Allez, descends ! Vite !

Son ton était cassant, presque agressif.

— Mais enfin, consentiras-tu à m'expliquer ?

— Le Krak des Chevaliers est attaqué !

J'en fus tellement surpris que je manquai tomber de selle.

— Par la rate de Dieu ! Comment le sais-tu ?

— C'est dans l'air... Je le sens.

— Tu le sens ?

— Oui. Je ne peux pas te l'expliquer... Mais il y a dans l'air quelque chose qui me rappelle ce fameux jour de mon enfance, où des cavaliers ont surgi pour nous attaquer. Aujourd'hui, la cible c'est le Krak.

— Le Krak est attaqué par ces cavaliers ?

Morgennes ouvrit de grands yeux et me dit :

— Je pensais plutôt aux Sarrasins de Nur al-Din.

— Eh bien, que vas-tu faire ?

— Prévenir les Hospitaliers.

N'osant tendre à Morgennes les rênes d'Iblis, je l'avertis :

— C'est de la folie ! D'ailleurs, ils doivent sûrement déjà être au courant...

— Et s'ils ne le sont pas ?

— Les Sarrasins ne te laisseront jamais franchir leurs lignes !

— Je dois tout de même essayer.

— Je t'en conjure, ne le fais pas. Il est plus sage de rebrousser chemin et d'aller trouver les Templiers de Nazareth...

Morgennes me prit doucement les rênes d'Iblis et me remit la cage de Galline avec un étrange sourire :

— Chrétien, mon frère, que t'arrive-t-il ? As-tu perdu la foi ?

— Bien sûr que non, mais...

— N'avais-je pas demandé à Dieu un petit miracle ?

— Le *jocus jogandi* de Bernard de Clairvaux consistait à chasser de son monastère les mouches qui l'avaient envahi. Il y a, ce me semble, une grande différence entre une armée de Sarrasins et des insectes !

— Vraiment ?

Détachant du dos d'Iblis l'armure et l'épée de Sagremor l'Insoumis, Morgennes me les tendit en disant :

— Si l'affaire tourne mal, protège-toi avec ça !

— Et toi ?

— N'ai-je pas l'armure et l'épée dont parlait saint Bernard ?

— Celles de la foi ?

— Aie confiance ! me dit-il.

Il talonna Iblis et fila dans un nuage de poussière, en direction de la montagne drapée de lourds nuages gris au sommet de laquelle se dressait le Krak des Chevaliers.

« Morgennes, me disais-je, j'espère que tu ne t'es pas trompé. Car ce n'est vraiment pas un petit miracle que tu demandes à Dieu de t'accorder... »

*

Morgennes était heureux.

Sans savoir pourquoi, il repensait à son père. Il avait l'impression qu'il était là, avec lui. Bien des années plus tôt, son père était venu dans cette contrée. Pour quelles raisons ? Morgennes n'en savait rien. Mais il le salua en silence, comme s'il s'était effectivement trouvé sur un cheval et galopait à côté de lui.

Sans ralentir l'allure, Morgennes ôta sa veste de laine. Il apparut alors uniquement revêtu d'une tunique de lin blanc à grande croix d'or – sa tenue de scène, le costume de saint Georges.

— Montjoie ! cria-t-il en faisant tournoyer au-dessus de sa tête la veste qu'il venait d'ôter. Par Notre-Dame et par saint Georges ! Sus à l'ennemi !

Les Sarrasins.

Morgennes n'en avait jamais vu, et pourtant, tel un goupil flairant sa proie, il les avait devinés. Ils étaient là-bas, nichés dans les creux et les failles du Djebel al-Teladj, pareils à des fourmis parties à l'assaut d'un amas de gravier. Le sommet de la montagne, pointant à travers une grappe de nuages, grandissait dans le lointain, tandis que ses voisines – grandes montagnes aux flancs escarpés, également enneigées – diminuaient au fur et à mesure qu'il avançait.

Puis le soleil s'échappa de l'orage qui avait menacé d'éclater, et se mit à briller juste au-dessus de Morgennes, qui ne cessait de répéter :

— *Impetum inimicorum ne timueritis.*

Cette phrase, une réponse de bréviaire, combien de fois Morgennes avait-il entendu le père Poucet l'ânonner ? Des centaines ! Des milliers ! À vrai dire, il aurait pu en indiquer le chiffre exact (mille cent quatre-vingt-quatre) tant sa mémoire était extraordinaire.

— « Ne crains point l'attaque de l'ennemi ! »

Et c'est plein de confiance en son père, en Dieu et en Poucet, que Morgennes fit irruption dans le campement des Sarrasins. C'était l'heure de sixte, soit celle de la prière d'ed dhor pour les Sarrasins. Morgennes se dit que c'était une bonne heure pour saint Georges, dont la victoire contre le dragon noir avait eu lieu à l'heure du déjeuner. « S'ils ne me prennent pas pour un fou, ce que je suis peut-être, ils seront forcés de croire à un miracle. »

— Même si ce n'est pas le cas...

Les troupes sarrasines campaient dans la plaine de la Bocquée, au sud-est du Krak.

La forteresse, entre les mains des Hospitaliers depuis 1142, se dressait sur un éperon rocheux qui dominait la trouée d'Homs, seul accès de Damas à la mer. Ce n'était donc pas un hasard si c'était là que Nur al-Din avait décidé de porter son attaque après qu'Amaury eut, en envahissant l'Égypte, rompu la trêve qu'il lui avait offerte. Le sultan de Damas avait pris la tête de ses armées pour frapper à la gorge le plus faible des États croisés : au Krak des Chevaliers. Après quoi, il se porterait vers Tripoli, et c'en serait fini de ce petit comté et de son comte, Raymond de Tripoli...

Morgennes distingua une multitude de chameaux, certains couchés, débarrassés de leurs bagages, d'autres debout, chargés d'armes et de vivres. Des esclaves circulaient parmi eux ou s'en allaient porter des seaux d'orge aux chevaux, ou de la paille aux mulets. Des femmes voilées déambulaient par petits groupes, passant d'une tente à une autre, un chaudron à la main. Il faisait si chaud qu'on ne voyait nulle part de soldats, et une délicieuse odeur de soupe flottait dans l'air.

— Ne crains point l'attaque de l'ennemi, se répéta Morgennes.

Dieu était avec lui.

« Comme autrefois avec les cavaliers ? »

Pour chasser cette pensée, il talonna Iblis de plus belle et le camp se dressa subitement devant lui, à quelques battements de cœur.

L'orage, qui avait forci toute la matinée et s'était lentement avancé du Djebel al-Teladj jusque sur la Bocquée, avait fini par s'évaporer sans pluie, éclair ni tonnerre. Le ciel, d'un bleu infini, était redevenu celui des jours ordinaires – celui des jours cuisants. Mais la foudre en tombant n'aurait pas causé plus de surprise que Morgennes lorsqu'il s'abattit sur les premières tentes du campement. Poussant sa monture jusqu'à ses dernières limites, il s'en fit une arme dont il frappait ses adversaires – pour l'instant quelques malheureux et malheureuses qui avaient eu l'infortune de se trouver sur son passage. Saisissant dans un râtelier d'armes une longue épée courbe, il trancha autant de cordes que possible, afin d'emprisonner les musulmans sous la toile de leurs tentes. Celles-ci s'agitaient alors comme un ventre de femme sur le point d'accoucher, à l'intérieur duquel les Sarrasins se démenaient en quête d'une issue – quitte à lui crever la panse.

L'alerte n'avait toujours pas été donnée, pourtant Morgennes avait eu le temps d'occire plusieurs Mahométans. Puis on frappa sur un gong. Des coups de cymbales, des sonneries de trompette retentirent. Des cris furent poussés.

— Par saint Georges !

L'effet de surprise était passé. Ce serait bientôt fini...

Restait à savoir pour qui.

Deux musulmans s'approchèrent, lance en avant. Iblis se cabra pour donner de grands coups de sabot. Il y eut un bruit de fruits trop mûrs éclatés, puis les soldats s'effondrèrent, de la cervelle suintant hors de leur crâne.

Changer de plan !

Réfléchissant à toute allure, Morgennes se dit qu'il lui fallait désormais fuir ou foncer, et choisit cette dernière option. Piquant des deux, il mena Iblis vers le centre du camp, c'est-à-dire vers son chef. Là où d'autres auraient prié ou décampé, Morgennes attaquait de plus belle. Sa prière était son galop, et il remettait son sort entre les mains de Dieu.

Faisant fi des flèches qui volaient au-dessus de lui, Morgennes frappait à droite, à gauche, se penchait sur Iblis pour le laisser donner une ruade, rasait la terre pour d'un grand coup d'épée libérer de leurs entraves chevaux et chameaux, faisait des moulinets avec le bras, donnait des coups de pied, effrayait l'adversaire en riant aux éclats.

— Cet homme est fou ! criaient les Sarrasins.

— Non, ce n'est pas un homme, c'est Sheïtan !

— Il est venu pour nous punir !

— Fuyez ! Fuyez !

C'était si facile que c'en était presque drôle. Rien ne pouvait l'atteindre !

C'est alors qu'il aperçut dans le ciel un éclat, une lueur. Levant un bref instant les yeux, il découvrit une étoile. Elle brillait en plein jour, à la hauteur du Krak des Chevaliers, et jetait des éclats de lumière réguliers. Lumière. Pas de lumière. Lumière. Lumière. Pas de lumière. Lumière, etc.

Qu'était-ce ? Un code ? Un signal envoyé par Dieu ?

Lumière, lumière, lumière.

Ce que c'était ? Morgennes l'ignorait, mais les puissants châteaux de la région – ceux de l'Hôpital (comme le Krak) ou ceux des Templiers (comme Chastel Blanc et Chastel Rouge) – avaient uni leurs forces, et ce faisant s'étaient dotés d'un ingénieux jeu de miroirs, à l'aide desquels ils s'envoyaient des messages.

Ainsi, prévenus de l'arrivée de Nur al-Din par les guetteurs du Krak dès le début de la matinée, les troupes réunies de Chastel Rouge et de Chastel Blanc, opportunément grossies par des renforts arrivés de Constantinople, mais aussi par des chevaliers francs de retour d'un pèlerinage à Jérusalem, s'étaient portées sans plus attendre au secours des Hospitaliers.

Plusieurs dizaines de cavaliers, suivis par des centaines de fantassins, s'élançaient à l'assaut du camp de Nur al-Din. Et ceux du Krak les encourageaient :

— Attaquez ! Attaquez !

Au lieu de venir du midi, comme Morgennes, ils arrivèrent par le nord-ouest, dévalant les flancs du Djebel Ansaryia dans une avalanche de poussière. Une longue colonne de cavaliers, alignés deux par deux, avait mis à profit le masque inébranlable du Krak des Chevaliers pour avancer à couvert.

Morgennes vit les blancs étendards à croix rouge et les noirs à croix blanche surgir brusquement de l'épaulement de la montagne, et fondre sur les Sarrasins.

— Les renforts, enfin !

Il avait réussi !

C'est alors qu'un coup de sabre le ramena à la réalité. Un soldat damascène venait de le lui planter dans le ventre, et une douleur fulgurante lui traversa le corps.

Il aurait dû mourir, vider les étriers et tomber à terre. Mais il ne mourut pas. Au contraire, il trouva la force de lever son épée et de l'abattre sur le crâne du soldat, qu'il fendit en deux. Voyant cela, les autres musulmans, qui s'étaient approchés dans l'espoir de l'achever, prirent la fuite, terrorisés.

Serrant les dents, Morgennes éperonna Iblis et s'élança en direction de la grande tente blanche surmontée d'un croissant d'or qu'il croyait être celle de Nur al-Din.

Ce dernier, d'abord averti par les légères secousses du sol qui avaient fait trembler son thé, puis par les hurlements qu'il entendait dehors, se doutait bien qu'une catastrophe était en train de se produire. Jusqu'à présent, son plan s'était déroulé à merveille – mais voici que l'imprévu surgissait sous la forme d'un chevalier ne portant pas d'armure, monté sur un cheval blanc, et qui criait partout « Saint Georges ! Saint Georges et le dragon ! En avant ! »

Il semait la panique parmi les troupes de Nur al-Din, dispersant ses montures, ses animaux de bât, bousculant ses tentes, saccageant ses vivres, tuant ou blessant ses soldats, ses sujets, ruinant ses ambitions.

Nur al-Din sortit précipitamment de sa tente pour prendre la tête des opérations. Il s'apprêtait à enfourcher son propre destrier lorsque – tel un éclair de lumière blanche – le mystérieux cavalier surgit dans son dos, sabre au poing.

— Par saint Jean le Baptiste ! hurla Morgennes.

— Par la barbe du Prophète ! cracha Nur al-Din.

Avisant l'un de ses gardes du corps, il lui cria :

— Toi, protège-moi !

Puis, à tel autre qui courait lui porter secours, la main sur la poignée de son épée :

— Et toi, va chercher des renforts ! Où sont mes officiers ?

Ils avaient bien essayé d'arrêter Morgennes, mais avaient été pris de terreur en le voyant survivre à un coup d'épée dans le ventre. N'en croyant pas leurs yeux, ils avaient redoublé d'efforts, l'un d'eux parvenant même à le frapper au bras avec sa lance – sans stopper pour autant son élan. Alors, ébranlés par cet effrayant prodige, et comme ils tombaient sous ses coups sans pouvoir lui nuire, la plupart avaient fui – ou s'étaient portés au nord-ouest du camp, là où la charge des croisés avait creusé les rangs des Sarrasins.

Il n'y avait donc en face de Morgennes que deux personnes : le sultan et son garde du corps – auquel Nur al-Din cria tout à coup :

— Libère ma monture !

Le garde du corps aurait peut-être eu le temps de frapper Morgennes ou de s'enfuir, mais il se sacrifia et abattit son sabre sur les liens qui maintenaient entravée la monture de son chef.

Aussitôt après, Morgennes lui coupa la tête, qui s'en alla rouler sous le galop de Nur al-Din. Celui-ci, le visage en sueur, un froid dans tout le corps, s'élançait vers Damas en abandonnant derrière lui une babouche – que Morgennes ramassa après être descendu de cheval. La portant à ses yeux pour en contempler les ornements, il la glissa sur sa poitrine, juste à côté de sa croix.

Des images lui passaient par la tête – celles des cavaliers qui les avaient attaqués, ses parents et lui.

Était-il comme eux ?

Non. Car s'il avait lui aussi attaqué par surprise, son adversaire avait été une armée, pas deux enfants et leurs parents.

Des gens couraient dans tous les sens, hommes, femmes et adolescents, venus au combat comme à une fête – sûrs de l'emporter sans avoir à en payer le prix. Des bêtes passaient, emmenant sur leur dos des réfugiés pressés de quitter ce naufrage ; et l'on ne savait qui de Morgennes, de la charge des Templiers ou du vent de panique qui s'était emparé des musulmans faisait le plus de ravages.

« Alors, je ne suis pas un écuyer ? Je n'ai pas eu d'éducation militaire ? Je ne sais pas me servir d'une lance ? Mais qu'ai-je fait, là, sinon mettre l'ennemi en déroute ? »

Des tentes s'effondraient, s'embrasaient au contact de braseros mis à brûler sous elles. Brames, hurlements indistincts de terreur, vociférations, cris, pleurs... Il y avait un je-ne-sais-quoi dans cette musique que Morgennes trouvait d'autant plus odieux qu'il l'avait lui-même composée, à force de ruades, de galops et de grands coups d'épée.

Laissant Iblis derrière lui, il se planta tel un rocher au beau milieu de la débandade, et se mit à sabrer les fuyards, en frappant au hasard. Trop pressés de sauver leur vie pour s'apercevoir qu'ils étaient attaqués, les fugitifs ne se souciaient même pas de répliquer ; et Morgennes put ainsi cueillir trois ou quatre vies, victimes faciles, et qui lui donnèrent envie de vomir. « Ce n'est pas moi, se dit-il. Je ne suis pas comme ça. Allons, cessons... »

C'est alors que la charge des Templiers, ayant chassé devant elle les derniers Mahométans, parvint à sa hauteur.

— Holà ! fit l'un des moines soldats en s'arrêtant devant Morgennes. À qui avons-nous l'honneur ?

— Je m'appelle Morgennes.

— Êtes-vous chevalier ?

— Non, fit Morgennes.

— Vous en avez cependant la tenue.

— C'est un costume de scène, fit Morgennes. Je l'ai revêtu pour impressionner l'adversaire, ce qui a réussi...

Le Templier, un officier aux tempes grisonnantes et au regard cruel, eut un sourire sceptique.

— Vous blasphémez, malheureux. Ou vous déraisonnez. C'est nous, et nous seulement, qui avons fait fuir Nur al-Din... Vous n'êtes pour rien dans cet exploit !

— Ah non ? fit Morgennes.

Ce disant, il lui tendit la savate de Nur al-Din. Le Templier, qui s'appelait Dodin le Sauvage et dont le nom reflétait bien le tempérament, s'en saisit en ouvrant de grands yeux, et décréta :

— Qu'est-ce que c'est ?

— La pantoufle de Nur al-Din.

Dodin en scruta les motifs, sans rien laisser trahir de ses sentiments, puis déclara :

— Ce peut être la pantoufle de n'importe qui.

— Puis-je la récupérer ? demanda Morgennes.

— Non, dit Dodin. Je la garde pour la faire examiner. En attendant, veuillez nous suivre au Krak des Chevaliers, où votre histoire sera entendue et votre cas jugé

19.

« Mais à quoi bon me disculper, alors que je n'ai aucune chance d'être cru ? »

(Chrétien de Troyes, *Guillaume d'Angleterre.*)

— Si vous n'en voulez pas, s'emporta Coloman, moi je l'emmène !

— Prenez-le, et grand bien vous fasse ! répliqua vivement Galet le Chauve, le maître du Temple de Tortose, un homme à la tête aussi lisse qu'une pierre.

Ils se disputaient au sujet de Morgennes, dont il s'agissait de mesurer le rôle dans la déroute de l'armée de Nur al-Din, et de savoir s'il avait, ou non, usurpé le rang de chevalier alors qu'il n'était même pas écuyer...

Beaucoup avaient reconnu en lui le comédien applaudi à Jérusalem, d'autant plus facilement que je l'avais enfin rejoint.

Pour l'heure, alors que la journée s'acheminait vers le couchant, nous étions tous dans la grande salle du Krak des Chevaliers, sur un pilier de laquelle était gravée cette inscription : « *Sit tibi copia, Sit sapientia, Formaque detur Inquinat omnia sola, Superbia si comitetur.* »

C'est-à-dire, traduisit Morgennes pour lui-même : « Aie la richesse, aie la sagesse, aie la beauté, mais garde-toi de l'orgueil qui souille tout ce qu'il approche. »

Méditant cette phrase, il passa la main sur ses blessures, au ventre et au bras. Les médecins du Krak l'avaient bien soigné, en appliquant un mélange d'herbes et de boue sur ses plaies.

En effet, après l'avoir arrêté, les Templiers avaient escorté Morgennes au sommet du Djebel al-Teladj, au Krak des Chevaliers. À cette époque (en 1163), la forteresse était entourée d'une seule enceinte, flanquée de tours rectangulaires. Une modeste chapelle, une cour, un petit château, formaient l'intégralité du Krak – que des moines chevaliers travaillaient à renforcer par une seconde enceinte, en forme de triangle.

— Elle sera prête dans un an, apprit à Morgennes Keu de Chènevière, un jeune Hospitalier chargé de le conduire, d'abord à l'infirmerie, ensuite à la grande salle. Quand elle sera achevée, cette place forte sera véritablement imprenable... Loin des hommes, comme Dieu, et pourtant comme Lui ne cessant de veiller sur eux...

— Magnifique, avait dit Morgennes en admirant les échafaudages, où des ouvriers enturbannés s'activaient.

Mais ce n'était pas l'heure de la visite. En vérité, parmi les nombreux partis présents au Krak en cette fin de journée – Templiers, laïcs, Byzantins, et bien sûr Hospitaliers –, nombreux étaient ceux à penser que le comportement de Morgennes, plutôt qu'héroïque, relevait du sacrilège.

— Il n'est pour rien dans la victoire d'aujourd'hui !

— Il a cherché à nous berner !

— Se faire passer pour saint Georges !

— C'est un usurpateur ! Un comédien !

— Pire, un juif peut-être !

— Mais non, mais non..., modéra Coloman, le Maître des Milices de Constantinople. Il est rusé comme un goupil, c'est tout. Si formidablement, d'ailleurs, que je ne serais pas surpris s'il était un jour élu pape !

Des regards chargés d'éclairs se tournèrent vers lui, et la tension monta d'un cran. Chrétiens de Rome et de Constantinople étaient régulièrement à couteaux tirés quand il s'agissait de savoir lesquels d'entre eux étaient les dignes héritiers de Jésus-Christ. Alors, ce fut le sage Raymond de Tripoli, le comte du petit État du même nom, qui coupa court à leur dispute :

— Voyons les choses en face, dit-il simplement. Cet homme, Morgennes, ne nous a nui aucunement... Est-ce à lui que nous devons la déroute de l'armée de Nur al-Din.

— Non, à nous ! beugla Galet le Chauve.

— ... ou à l'intervention de nos amis du Temple et de Contantinople ? poursuivit imperturbablement Tripoli en insistant bien sur ce dernier terme.

— À nous, à nous ! tempêta Dodin le Sauvage, pour appuyer les déclarations du précédent Templier qui se trouvait être son officier supérieur.

— Non, dit Raymond. Oh que non... Avez-vous oublié ce qui est écrit là ?

Il pointa du doigt la fameuse inscription gravée sur la colonne de la grande salle.

— Allons, allons... Vous savez que c'est à Dieu, et à Lui seul, que nous devons cette victoire.

— Et c'est à Dieu également, je suppose, que cet usurpateur doit d'avoir survécu à je ne sais combien de flèches, de coups de sabre et de lance ? Ou est-ce à l'autre ?

— Pourquoi ne le lui demandez-vous pas vous-même ? dit Keu de Chènevière, que la prouesse de Morgennes avait impressionné et qui croyait en son récit.

— Va ! ordonna Galet le Chauve à l'un de ses subordonnés.

Dodin le Sauvage, le Templier qui avait tant vitupéré tout à l'heure contre Morgennes, s'approcha de celui-ci et lui cria en pleine face :

— *Vade retro Satanas !* Si tu es de Dieu, reste avec nous ! Mais si tu es de l'Autre, alors va-t'en !

Morgennes garda son calme, ne montrant rien de ce qu'il ressentait. À vrai dire, toute cette agitation l'ennuyait un peu. Mais en même temps, ce spectacle l'intriguait et il avait envie d'en connaître l'issue.

— Vous voyez, dit Raymond. Il est avec nous... Vous n'avez pas d'inquiétude à avoir.

— Il n'est pas normal qu'il ait survécu! Personne, personne vous dis-je, ne peut passer à travers un tel déluge de coups et en sortir vivant! Et puisqu'il n'est pas saint Georges, il doit y avoir une explication... Laissez-moi lui planter ma dague en travers du corps, s'il est du Diable, il n'en mourra point...

Il porta la main à la dague qu'il avait à la ceinture, mais une fois de plus Coloman (le Byzantin) intervint.

— Interrogeons-le d'abord, fit-il en emprisonnant la main du Templier dans son propre poing. Je n'apprécie pas beaucoup vos méthodes, qui nous priveraient d'un excellent soldat si l'on vous laissait continuer...

Raymond de Tripoli toussota doucement, et s'approcha de Morgennes pour l'interroger :

— Dis-nous comment tu as fait pour survivre! As-tu sur la poitrine un de ces pentacles que les musulmans tracent sur la leur, et qui les protègent de tout?

— Non, et c'est facile à prouver, répondit Morgennes en relevant sa chemise pour leur montrer son torse, vierge de toute inscription.

— Alors connais-tu une formule magique, qui écarte les flèches et tient à l'abri des coups?

— Il est vrai, en effet, que le supérieur de mon abbaye m'avait appris une telle oraison, que j'ai récitée tout le long du combat. Cependant...

Morgennes, dont le regard s'était porté sur la dague que Dodin le Sauvage portait au côté, baissa la voix jusqu'à se taire.

— Cependant? s'enquit Raymond de Tripoli.

— Cependant, poursuivit Morgennes, je crois plutôt que j'ai eu de la chance. Et que saint Georges et Dieu ne m'ont jamais quitté.

— Tu es du Diable! éructa Galet le Chauve. Allez, vous autres, dit-il à l'assemblée, ouvrez les yeux! C'est évident! Vous ne voyez donc pas qu'il vous tient sous son charme?

— Non, dit Keu de Chènevière. Nous ne le voyons pas. Parce que ce n'est pas le cas...

La tension était à son comble. Morgennes se demandait pourquoi Galet le Chauve et Dodin le Sauvage lui en voulaient autant, puis il se rappela qu'il les avait vus, à Jérusalem, en compagnie de Sagremor l'Insoumis. Ils paraissaient bons amis. En outre, Dodin le Sauvage ne voulait pas que l'on dise des Templiers : « Ce n'est pas eux qui ont sauvé le Krak. C'est cet individu – Morgennes –, qui n'est même pas un chevalier ! »

Le silence était si pesant que je décidai d'intervenir, lâchant depuis l'âtre auprès duquel je me chauffais les mains :

— *Omnia orta cadunt*...

— Pardon ? fit Galet le Chauve.

— Tout ce qui naît doit mourir, traduisit Coloman sur un ton impassible.

— S'il n'est pas mort, ajoutai-je, c'est que son heure n'était pas venue...

— Assez ! cria une nouvelle fois Galet le Chauve.

— Et vous, dit Raymond de Tripoli, cessez de nous casser les oreilles avec vos hurlements ! Nous sommes ici dans une citadelle, peut-être, mais c'est aussi un édifice religieux. Alors, un peu de retenue...

Pour toute réponse, Galet le Chauve cracha sur la paille.

— Eh bien quoi ? Ai-je dit quoi que ce soit de si incroyable ? ajoutai-je. Dieu ne décide-t-il pas de tout ? Du moment de notre naissance comme de celui de notre mort ? Si Morgennes est encore en vie, c'est tout simplement parce que Dieu en a décidé ainsi. Cessez de voir des miracles là où il n'y en a pas...

M'approchant de Morgennes, je poursuivis ma plaidoirie :

— Vous ne voulez pas de cet homme chez vous, dis-je aux Templiers. Eh bien, nul ne vous oblige à l'y accepter. Et vous, dis-je ensuite aux Hospitaliers, vous hésitez à l'accepter parmi les vôtres ?

— C'est que, il n'est pas noble, précisa l'un des Hospitaliers... Peut-être que parmi les corps francs, nos turcopoles...

— Mais alors, s'il faut se battre pour de l'argent, autant choisir celui qui paie le mieux, précisai-je.

— Et dans ce cas, c'est moi ! fit Coloman. Allons, ajouta-t-il à l'intention de Keu de Chènevière et de Galet le Chauve, laissez-moi vous dédommager par un don à vos ordres, et qu'on n'en parle plus. J'emmènerai Morgennes dans mon académie, pour lui enseigner le métier des armes au pays du premier de tous les chevaliers : Alexandre le Grand. Et je ferai de l'homme qui a mis en déroute à lui tout seul l'armée de Nur al-Din le plus grand de tous les chevaliers !

— Ce n'est pas lui qui a mis Nur al-Din en fuite, meugla Galet le Chauve. Si le sultan a fui, c'était parce que nous arrivions, pas parce qu'il avait en face de lui un malheureux à la tunique ensanglantée... Du reste, c'est à moi que l'on doit cet exploit, pas à cet individu !

— Prouvez-le, lança Raymond de Tripoli.

Alors Galet montra à l'assemblée la fameuse pantoufle de Nur al-Din – que Dodin le Sauvage lui avait remise, peu auparavant. Tous la regardèrent avec stupéfaction. Morgennes, quant à lui, avait envie d'exploser – et de révéler au grand jour l'ignominie de ces crapules qui avaient osé le traiter d'usurpateur. Mais il n'avait aucun moyen de prouver ce qu'il avancerait, et ses seuls témoins étaient tous des Templiers. D'ailleurs, il savait qu'agir de la sorte n'arrangerait en rien sa situation. Au contraire. Les Templiers avaient besoin des Hospitaliers, et inversement. Et encore plus ici, dans cette région éloignée du centre du royaume, et à quelques jours seulement de Damas – la capitale de la Syrie, où siégeait Nur al-Din. De toute façon, qui le croirait ? Sa parole ne valait rien. Il n'était qu'un trouvère. Un moinillon... Face à ces deux Templiers et à tous ces Hospitaliers, la sagesse commandait de garder le silence et d'attendre son heure. Alors, Morgennes s'abstint de tout commentaire. Il ravala sa colère, et se remémora les paroles du sage Guillaume : « Faites-vous oublier. Allez vous faire un nom à l'étranger.

Il était temps pour le Chevalier à la Poule de changer de poulailler. Celui de Constantinople paraissait intéressant. Il passa en revue ses dernières années. Son enfance, ses années d'études à l'abbaye Saint-Pierre de Beauvais, ses voyages à travers l'Europe, avec Chrétien de Troyes, le concours du Puy d'Arras et la rencontre avec la Compagnie du Dragon blanc, puis les mois passés à Jérusalem, à la commanderie des Hospitaliers... Tout cela était désormais terminé, fini. Il lui fallait devenir un autre homme. Un homme pareil au Krak des Chevaliers. Une forteresse de la Foi, une sentinelle.

Ensuite, il reviendrait.

Quand il eut compris cela, et comme si Dieu l'avait approuvé, Morgennes vit Coloman ôter sa main de celle de Dodin le Sauvage, et aperçut enfin la dague avec laquelle ce maudit Templier avait voulu le frapper.

C'était la miséricorde de son père.

III

MERCENAIRE !

20.

« Nos livres nous ont appris qu'en Grèce régna d'abord le prestige de la chevalerie et de la culture. »

(CHRÉTIEN DE TROYES, *Cligès*.)

— Et maintenant ? demanda le général mégaduc Coloman (l'un des plus puissants personnages de l'Empire) à Morgennes. Comment vous sentez-vous ?

— J'ai grand-faim, répondit Morgennes, auquel on n'avait donné qu'un insipide brouet au Krak des Chevaliers.

Alors, riant comme seuls rient les ogres, d'un rire formidable et tonitruant, Coloman déclara :

— Je te promets de te donner à manger jusqu'à te faire oublier le sens du mot « faim ».

— Ce sera difficile, parce que même si j'ai grand-faim, j'ai toujours plus de mémoire que d'appétit.

— Fais-moi confiance.

Son palais donnait sur les rives du Bosphore. Il avait été bâti dans une pierre rose qui changeait de couleur avec le jour. Ainsi, s'il brillait la nuit du même éclat qu'une perle au milieu d'un désert, le jour, il se parait de parme qui le faisait paraître plein de douceur – quand il était, en vérité, tout le contraire.

Car l'intérieur du palais résonnait de cris, que d'innombrables couloirs et une incroyable quantité de portes bardées de métal ne parvenaient pas à étouffer. De quels cris s'agissait-il ? De tous ceux qui se peuvent imaginer. Cris de plaisir, lors des orgies auxquelles Coloman conviait des courtisanes qu'il jetait en pâture à ses mercenaires. Hurlements de douleur, quand les esclaves étaient fouettés jusqu'au sang pour avoir omis de sourire ou renversé un gobelet. Clameurs des soldats à l'exercice, claquement des fouets sur les armures ou la peau. Sanglots, gémissements, quand seule la mort par épuisement semblait au bout du pénible entraînement des recrues. Et surtout, surtout, choc du métal contre le métal, épées se fracassant sur un bouclier, masses contre un plastron ; flèches, lances, s'enfonçant dans le tissu, la chair ou le bois d'une cible.

Nous étions chez Satan !

— C'est le Diable en personne, soufflai-je à l'oreille de Morgennes. Ce type ne me dit rien de bon. Regarde-le, le cheveu noir, les lèvres peintes en rouge, les sourcils en broussaille, des poils lui sortant du dos, des canines en couteaux... Et ses oreilles ! Ne sont-elles pas pointues et effilées, comme celles des loups ? Et puis, n'est-ce pas étrange ? Il est toujours à rigoler, toujours de bonne humeur.

— Tu crois que Dieu est triste ? demanda Morgennes.

— Non, je n'ai pas dit ça. Mais j'ai peur.

— Ne t'inquiète pas...

Coloman poussa des deux mains une double porte massive, qui donnait sur une terrasse s'avançant au-dessus du Bosphore. Là, sur des tables en marbre, un fabuleux festin était servi à la lueur de torchères en or.

— Bon appétit ! nous dit Coloman. Je suis désolé, je ne reste pas, j'ai à faire. Mais buvez, buvez, car comme on dit chez vous : « Longues beuvettes rompent le tonnoire ! »

Et il nous laissa là, en compagnie de nombreuses esclaves à peine nubiles, et légèrement vêtues, qui s'activèrent de leur mieux pour nous servir. Ce fut alors une succession de veaux, vaches, bœufs, génisses, agneaux, brebis, servis à la broche ou en tranches épaisses comme le poing de Coloman ; de grasses truies et de petits cochons de lait, farcis aux olives et aux câpres ; de bosses de chameau, trempées dans l'huile de sésame ; suivies d'une forêt de champignons et de cailles, perdreaux, faisans, lapins, levreaux, porcs-épics, et de toute une venaison de cerfs, de biches, de chevreuils et de daims – sans oublier les sangliers. La viande ayant quitté la table, on nous offrit à boire divers alcools et digestifs, et un nouveau déluge de mets s'abattit sur nos panses et gosiers. Ce fut ensuite un océan de poissons – sardines, brèmes, bars, thons, merlus, mulets, anges (une sorte de requin, venue de France), raies, daurades – et de crustacés (je vous en épargne la liste), qu'on nous servit sans carapace, arêtes ni écailles, mais avec des algues en guise de salade. Je croyais que c'était fini, quand on nous apporta force cochonnailles, avec cette étonnante explication :

— Pour vous aider à digérer.

Il y avait parmi les saucisses, saucissons et andouillettes, un long boudin noir au goût assez fort, et qui était délicieux.

— C'est excellent ! s'enthousiasma Morgennes.

— Oui ! Qu'est-ce que c'est ? demandai-je.

— C'est la queue d'un taureau, mise à sécher au milieu des épices pendant trois jours et trois ans, puis enrobée de miel, me répondit une jeune esclave à la peau d'un joli cuivré et aux yeux d'un bleu envoûtant.

Mais le repas n'était pas terminé. Car après la cochonnaille vinrent les pâtés, les terrines, les tourtes, les croustades, les friands, les bouchées, dont nous nous régalâmes plus que de raison.

— Je ne savais pas que j'avais un si grand estomac, dit Morgennes.

— Nous sommes, ajoutai-je, en train de violer au moins l'un des dix commandements... Il y a quelque chose qui ne va pas, j'en ferais le serment...

— Tu as raison...

Regardant de l'autre côté de la terrasse, je vis la mer se briser sur les côtes basses, piquetées d'arbres, et entrer dans les ports encombrés de navires, cernés par de hautes murailles.

— Galline ! fit soudain Morgennes.

— Quoi, Galline ? demandai-je.

— Elle a disparu !

— Tu veux rire ?

— Non. J'espère qu'on ne l'a pas mangée !

Et il s'élança vers l'intérieur du palais.

— Galline ! Galline !

Quittant à regret ce festin, je le suivis aussitôt.

Gras, pétant à qui mieux mieux, roulant plus que marchant, rotant, pissant contre les murs et vomissant dans les coins, nous vécûmes un véritable enfer tant nous avions de mal à avancer.

— Il nous a empoisonnés ! dis-je à Morgennes.

— Mais non ! C'est nous qui nous sommes goinfrés !

Le palais de Coloman comportait tellement d'enfilades de couloirs et de pièces que j'en avais la nausée – elles me rappelaient les innombrables plats que nous venions d'avaler, et dont la simple évocation me donnait le tournis. Pour la plupart, ces salles n'avaient pas de meubles, à l'exception, parfois, d'un divan – où ronflaient des esclaves avinés. Quand nous essayions de réveiller l'un de ces dormeurs, il nous envoyait promener, se renfonçant dans un sommeil de plomb.

Enfin, nous fîmes une découverte des plus intéressantes :

— Là, regarde ! dit Morgennes.

C'était une petite plume rousse, tombée au milieu d'un tapis à motif oriental.

— Qui nous dit qu'elle vient de Galline ?

— Moi.

L'ayant ramassée, il tourna son regard vers une porte d'où s'échappaient des odeurs de poulet rôti.

— Quelle horreur, dis-je. Je refuse d'y aller !

— Fais un effort, suis-moi !

La porte donnait sur un escalier, qui descendait en colimaçon dans les entrailles du palais, vers des bruits assourdis.

— Par les dieux ! soupira Morgennes. J'ai l'impression que les cloches du monde entier se sont donné rendez-vous sous mon crâne. J'ai une de ces migraines !

— Chez moi, c'est le chantier de Notre-Dame !

J'étais convaincu que nous avions été victimes d'un sortilège. Mais lequel, et pourquoi ? La réponse se trouvait forcément quelque part du côté des cuisines, où nous venions de pénétrer. Un maître coq au crâne rasé, vêtu de blanc, paradait fièrement au milieu de l'office. Il portait, en guise de décorations, accrochés à son tablier, lardoire, fourchette, tranchelard, hache-viande, et tout ce qui fait l'attirail d'un honnête maître coq. Derrière lui s'activait une armée de cuistots, rôtisseurs, marmitons, gâte-sauces, apprentis et plongeurs, équipés de broches, de torchons, de chaudrons, de balais, de cuillères, de louches, de batteurs, d'écumoires, d'égouttoirs et de mille autres ustensiles.

Tout aussi étrange, il n'y avait pas une seule femme dans les parages, comme si les cuisines leur étaient interdites.

— Si ce n'est pas ici l'enfer, cela y ressemble beaucoup, fit remarquer Morgennes.

Des jets de vapeur montaient en sifflant vers les hautes voûtes, les noyant de fumée. Des langues de feu léchaient les murs ou rougeoyaient dans des fosses sous nos pieds. Il faisait si chaud qu'on suait à grosses gouttes. Et les marmitons étaient si pressés d'ordres et de coups de pied aux fesses, qu'on aurait dit une horde de petits démons au service de diables plus puissants. Morgennes attrapa par le bras l'un de ces jeunes touilleurs, et lui demanda :

— As-tu vu une poule ? Petite et toute rousse ?

Le morveux haussa les épaules, et désigna un coin de la cuisine, entre les fours, les cheminées et les puisards, où était suspendu sur des crochets tout ce qui peut se concevoir en termes de poulets : chapons, coqs, gelinottes, coquelets, poules, poussins (à raison de cinq ou six par crochet) et poulardes. Mais point de Galline.

— Cot ! Cot ! Cot !

— Arrêtez ! hurla soudain Morgennes à un jouvenceau sur le point de plonger deux volatiles déplumés dans un bac d'eau chaude.

Le jeune homme se figea, maintenant les poulets dans les vapeurs d'eau bouillante. C'est alors que l'un d'eux tourna le cou en direction de Morgennes, et caqueta d'une voix désespérée :

— Cot ! Cot ! Cot ! Cot !

— C'est elle ! C'est Galline ! fit Morgennes.

Il sauta sur le jeune apprenti pour l'étaler de tout son long sur le sol. Galline ! La chair à vif, piquetée de légères boursouflures, la petite poule enfouit sa tête sous le bras de Morgennes, tremblant de tout son corps, cherchant à se blottir.

— Pourquoi l'as-tu prise ? demanda Morgennes au cuistot allongé sous lui.

— Mais, mais ! Je n'y suis pour rien ! s'excusa-t-il, désespéré.

Il régnait une telle cacophonie dans ces cuisines que Morgennes en était presque sourd. En effet, quand ce n'étaient pas les coups de hachoir donnés sur les tables de marbre ou de bois, c'étaient les cliquetis des coquemars et des soupières remués par les apprentis, le chuintement des feux allumés sous les chaudrons, le bouillonnement de l'eau, les clapotis des aliments qu'on y jetait, les grincements des broches qui tournaient, les tintements de cristal ou de chopes entrechoqués, les ordres gueulés d'un poste à l'autre, et les jets de vapeur – prompts à échauder qui s'en approchait de trop près.

— Tu allais la tuer ! s'époumona Morgennes.

Il souleva le malheureux au-dessus des étuves, se demandant s'il n'allait pas le projeter dans le chaudron où il avait voulu plonger Galline. Le jeune homme se débattait comme un fou, pleurait, hurlait. Alors Morgennes le reposa à terre, et lui dit :

— Je suis désolé, je ne sais pas ce qui m'a pris... Je crois que j'ai été empoisonné...

— Bravo ! Bravo ! fit alors une voix derrière nous, tandis que pour la première fois un silence relatif s'installait dans les cuisines. Vous avez passé la première épreuve, je vous félicite !

Morgennes se retourna, et vit Coloman en train d'applaudir à tout rompre, nonchalamment assis sur une table. C'est alors que Morgennes se rappela les dernières paroles de Poucet : « Gardez-vous des ogres ! »

— Qui êtes-vous en vérité, allez-vous nous le dire ? demanda-t-il à Coloman.

— Moi ? Pas un ogre en tout cas, répliqua Coloman comme s'il savait à quoi pensait Morgennes.

— Vous n'en avez peut-être pas l'air, fit Morgennes, mais vous en avez la chanson. Pourquoi cette épreuve ?

— Vous tenez à cette poule, n'est-ce pas ?

— Oui.

— Je voulais savoir à quel point.

— Et maintenant ?

— Morgennes, méfie-toi ! Il cherche à t'ensorceler ! Quant à toi, fis-je en menaçant Coloman d'un signe de croix, si tu es de Dieu...

— Tssk, tssk, tssk ! m'interrompit Coloman en retirant le plus tranquillement du monde ses magnifiques gants blancs. Ne me faites pas rire, s'il vous plaît, en allant chercher le mal plus loin que les hommes... Pour ma part, fit-il en virevoltant sur lui-même, je me targue de respecter les sept devoirs de charité auquel tout bon chrétien se doit d'obéir. Car telle est ma devise : « *Visito, poto, cibo, redimo, tego, colligo, condi !* » Et en effet, je ne manque jamais une occasion de rendre visite aux malades, de donner à boire aux assoiffés, de nourrir les affamés, de racheter les captifs, d'habiller les va-nu-pieds, d'accueillir les étrangers, et de fonder des services à l'intention des défunts !

Petit à petit, dans les vastes cuisines, l'infernal tintamarre reprit. Coloman s'approcha de Morgennes.

— Je t'ai pratiquement sauvé la vie, lui dit-il. Au Krak des Chevaliers. C'est moi qui ai insisté pour qu'ils te soignent, tu savais ?

— Non, dit Morgennes. Merci.

— Ne me remercie pas... Ah, ils ne voulaient pas de toi, les fiers chevaliers, ou alors seulement pour les accompagner dans leurs exploits, tel un chien qui suit son maître... (Faisant voler sa grande cape autour de lui, il s'avança vers

Morgennes.) Sois mon élève. Je t'apprendrai tout ce dont tu as besoin pour être accepté par eux. Monter à cheval, comme si tu étais né sur une selle ; te battre à l'épée, de telle sorte que les meilleurs duellistes plieront devant toi ; manier la lance, la masse, le marteau. Sauter, nager, courir... Tu as en toi la force de vingt hommes, je le sais. Mais tu n'as pas d'éducation militaire. Et ce qui n'a pas été appris ne peut point se faire bien. Sois mon élève, deviens un mercenaire.

— Un mercenaire ? Moi qui rêvais d'être chevalier.

— N'est-ce pas un temps de service qu'accomplit l'homme sur terre, n'y mène-t-il pas la vie d'un mercenaire ? Allons, tu auras bien le temps d'être adoubé chevalier. Plus tard !

— Mais pourquoi moi ? demanda Morgennes.

— J'ai mes raisons. Mettons que tu me rappelles quelqu'un...

— Qui ?

— Un ami.

— Et s'il accepte ? l'interrompis-je. Quel en sera le prix ?

— Il faudra qu'il me serve, sa vie durant.

— Sa vie durant ? C'est tout ?

— Croix de bois, croix de fer.

— J'accepte, dit Morgennes.

— Très bien. Tu commences tout de suite. Mais sache que si tu ne tiens pas ta parole, tu ne m'échapperas pas. Où que tu ailles, je te retrouverai et te ferai payer...

— Je ne suis pas un traître, ni un lâche, dit Morgennes.

— Et moi ? demandai-je. Vous m'oubliez ?

— Certainement pas. J'ai cru comprendre que tu t'intéressais aux livres. J'ai ici plus de mille rouleaux contenant des recettes de plats venus des quatre coins du monde. Cela te plairait-il de les consulter ?

— Des recettes de cuisine ? Ma foi, j'aurais aimé quelque chose de plus consistant, mais pourquoi pas.

— Alors, va !

Et d'un geste on ne peut plus théâtral, il me désigna une porte, derrière laquelle des étagères entières débordaient de parchemins.

— Pourquoi n'y a-t-il pas de femmes ici ? demanda Morgennes à Coloman.

— Il y en a une, mais une seule, que tu rencontreras peut-être en temps utile. Quant aux autres, elles ont perdu le droit de pénétrer ici.

— Pourquoi ?

— Au premier temps de cette académie, les femmes étaient admises. Mais, bien vite, nous nous sommes aperçus qu'elles étaient trop cruelles. Trop souvent elles infligeaient à leur victime une sanction bien plus terrible que celle qui avait été commandée. Quand il s'agissait de blesser, elles tuaient. Et pour un exemple, elles en faisaient dix. Non, en vérité, leur place n'est pas ici. Jamais elles ne feront de bonnes mercenaires. Elles ont trop de mal à obéir aux ordres.

— En quoi consiste l'entraînement ? demanda Morgennes. Par quoi vais-je commencer ? L'équitation ? La joute ? L'escrime ?

— D'abord, tu vas faire la vaisselle.

Il lui montra alors une montagne de vaisselle sale, qui montait jusqu'au plafond.

— Ce sont les plats qui t'ont été servis, dit Coloman.

— Très bien, fit Morgennes en déglutissant.

— Quand tu auras terminé, demande au maître coq quelle est ta tâche suivante. Nous nous reverrons dans trois mois.

— Si tard ?

— Finis déjà ta vaisselle...

21.

« Personne ne peut faire bien ce qu'il n'a pas appris. »

(Chrétien de Troyes, *Perceval ou le Conte du Graal.*)

Morgennes comprit rapidement que les bruits d'entraînement au combat qu'il avait entendus en arrivant au palais ne provenaient pas d'un quelconque gymnase – mais des cuisines.

Là, dans cette parodie de caserne, une véritable armée de mercenaires s'exerçait à la guerre, à recevoir et à exécuter les ordres, à travailler de concert, grattant, frottant, cuisant, chauffant, sans jamais regimber. Ceux qui abandonnaient n'étaient généralement pas beaucoup mieux traités que ceux qui cherchaient à s'enfuir. Ceux-ci étaient punis de mort; ceux-là priés de s'excuser quand on les torturait.

Parfois, il y avait une course-poursuite effrénée dans les couloirs du palais, et c'était à qui rattraperait le fugitif en premier. Car à qui réussissait cette prouesse, Coloman accordait une récompense. Généralement, une nuit avec l'une de ses esclaves, ou une promotion.

Morgennes commença tout en bas de la hiérarchie, au poste de plongeur. Qu'importe, il en avait l'habitude. Car, en Terre sainte comme en Europe, qu'y avait-il de plus bas qu'un trouvère? Un bateleur? Un moine ayant perdu son froc? Un juif, et encore!

Le premier combat de Morgennes s'appelait « Tas de vaisselle ». C'était un monstre haut d'une bonne cinquantaine de pieds, large de deux cents, et qu'on lui demanda d'attaquer par le sommet :

— Autrement, comprends-tu, tout risque de s'effondrer sur nos têtes !

Une échelle double posée sur une table reposant elle-même en équilibre – précaire, cela va sans dire – sur une autre table, permettait à Morgennes d'atteindre les plats situés le plus en hauteur. Et qui, pour son malheur, se révélèrent ne pas être les plus petits.

Je regardais mon ami depuis le sol, me demandant comment il allait faire pour que rien ne s'écroule.

Les premiers jours, Morgennes n'osa pas toucher à quoi que ce soit. Il avait trop peur de faire s'effondrer l'édifice, aussi fragile qu'un château de cartes, et d'être obligé d'avoir à laver la vaisselle des autres, en guise de punition. Autrement dit, plusieurs semaines (sinon mois) de travail, sans jamais pouvoir espérer monter en grade.

— « Au combat, me dit Morgennes en citant un traité militaire que nous avions trouvé dans la bibliothèque, l'ignorance des conséquences donne plus de résolution que le raisonnement. La réflexion redresse la décision avant le combat, elle la trouble pendant. » Donc, j'observe... Rien ne presse.

Il passa de nombreuses heures à observer sa montagne de vaisselle afin d'en étudier la configuration. Elle était si haute, si incroyablement crasseuse, qu'à côté d'elle les écuries d'Augias étaient un modèle de propreté.

Un soir, alors que le maître coq le surveillait en tapotant nerveusement du pied, Morgennes éclata de rire.

— Pourquoi ris-tu ? lui demanda le maître coq.

— Parce que j'ai eu de la chance !

— Comment cela ?

— Je n'ai pas pris de dessert !

Le maître coq s'éloigna en haussant les épaules, et Morgennes se calma. Puis il s'en vint me trouver.

— Aide-moi, me dit-il.

— À quoi ? demandai-je, levant à peine le nez du merveilleux ouvrage que je lisais, et qui s'intitulait : *Comment servir les dragons.*

— À trouver ce dont j'ai besoin. Je crois que j'ai la solution de mon problème.

Nous partîmes donc explorer la cuisine, afin de dénicher l'objet recherché par Morgennes. Les lieux étaient si vastes qu'il nous fallut bien une demi-journée pour mettre la main dessus, dans une armoire où il pendait telle une immense toile d'araignée.

— Et voilà ! fit Morgennes en se chargeant d'un filet de pêche d'une longueur de plusieurs toises et aussi lourd qu'une charretée de foin.

Puis il retourna se percher au sommet de son échelle double, et de là, jeta son filet sur le tas de vaisselle.

— *Secundo*, prendre l'ennemi à revers !

— Jolie pêche ! dis-je en observant la façon dont Morgennes ramenait sa prise.

Les plats, bacs, auges, écuelles, soucoupes, hanaps et couverts, tombèrent à l'unisson, avec un fort tintamarre, dans son piège – et s'y trouvèrent si bien emprisonnés que pas un seul ne s'écrasa par terre.

— C'est une méthode peu orthodoxe, fit remarquer le maître coq.

— Je n'allais quand même pas détourner un fleuve.

— Et maintenant, comment vas-tu t'y prendre pour les laver ?

— Tout simplement : je vais les plonger dans l'eau.

— J'aimerais bien voir ça ! s'esclaffa le maître coq. Nous n'avons pas ici de bassin assez grand !

— Qui parle de bassin, quand il y a le Bosphore à deux pas ?

Et de se diriger vers les escaliers, en traînant derrière lui sa montagne de vaisselle.

Une fois au rez-de-chaussée, Morgennes se remémora le chemin qui menait à la terrasse où nous avions dîné le jour de notre arrivée. Bousculant au passage quelques servantes effarouchées par cet étrange convoi, il fit basculer sa prise dans la rivière, où elle disparut dans une gerbe d'écume.

Comme s'il s'agissait d'un vulgaire panier à salade, Morgennes secoua vigoureusement son filet dans les eaux du Bosphore – qui, Dieu soit loué, étaient d'une limpidité exceptionnelle ce jour-là. Puis, sautant par-dessus la balustrade, il le ramena sur le rivage. Là, le quintal de vaisselle s'étala parmi les herbes et les fleurs du Bosphore tel un poisson crevé laissant couler ses entrailles sur l'étal du poissonnier. Après avoir frotté les ultimes impuretés, puis rincé le tout en le replongeant dans le Bosphore, Morgennes le laissa sécher au soleil. Ensuite, il passa toute une semaine à ranger chacune des pièces à sa place.

Quand il eut fini, bien que fatigué, il arborait un insolent sourire.

— D'autres choses à laver ? demanda-t-il au maître coq.

— Non. Tu en as fini avec la plonge. Tu es désormais serveur !

— En quoi cela consiste-t-il ?

— Ma foi, à servir.

Après la plonge, donc, le service. La première tâche de Morgennes n'avait, en apparence, rien de difficile. Il s'agissait d'apporter une tasse de thé à Coloman.

— Tu le trouveras dans ses appartements.

— C'est-à-dire ?

— Ce n'est pas compliqué, c'est tout en haut.

— En haut des escaliers ?

— En haut.

Morgennes s'empara du petit plateau d'argent sur lequel était posée une délicate tasse en porcelaine de Chine, puis s'éloigna en direction du premier étage, et du grand escalier qu'il y avait aperçu le premier jour.

— Veux-tu que je t'accompagne ? lui proposai-je.

— Non merci, ce n'est pas la peine. Je n'en ai pas pour longtemps !

— Comme tu voudras.

Je repartis vers mes livres de cuisine, Galline sur les talons. La petite poule, à qui les gâte-sauces jetaient parfois une poignée de maïs, commençait à reprendre du poil de la bête. Ses plumes repoussaient, affichant une belle couleur rouge orangé qui lui donnait l'aspect d'une flamme échappée du foyer.

En haut de l'escalier en colimaçon qui menait des cuisines au rez-de-chaussée, Morgennes alla vers le grand escalier de marbre qui permettait d'accéder au premier étage. Naïvement, il avait cru que cet escalier desservait les deuxième, troisième et quatrième étages du palais, mais il n'en était rien. Chaque palier avait son propre escalier – et ils n'étaient pas aussi faciles à trouver que celui de l'entrée. Morgennes emprunta donc un nombre incalculable de couloirs, passa la tête par toutes sortes de portes, découvrit des salles immenses et aussi vides qu'apparemment inutiles, avant de dénicher l'escalier qui montait au deuxième étage. Il parcourut en long, en large et en travers, tout un dédale de couloirs et corridors, qui se croisaient, s'entrecroisaient, et parfois même, se terminaient en cul-de-sac.

— Diable, se disait-il. Il y a de quoi devenir fou ! Heureusement que j'ai de la mémoire, sinon...

Sinon, son sort aurait peut-être été semblable à celui-ci, dont il apercevait la dépouille, tenant encore son plateau à la main, mort d'épuisement à la croisée de quatre couloirs.

Cette fois, l'escalier se trouvait derrière ce qui ressemblait à une vulgaire porte de placard.

— Ne pas se fier aux apparences !

Le troisième étage était presque aussi désert que le précédent, si ce n'est qu'il y avait six morts au lieu d'un seul, dont un cloué contre une paroi, un pieu dans l'estomac.

— Il va falloir redoubler d'attention...

Craignant un piège, Morgennes rasa les murs, marcha sur la pointe des pieds, prenant garde à l'endroit où portait le poids de son corps, et tendit l'oreille – à l'affût du moindre bruit. Mais il eut beau parcourir cet étage en tous sens, plusieurs fois, et en ouvrir toutes les portes de placards, il n'y avait nulle trace d'escalier.

— Cela signifierait-il que je suis arrivé ?

Mais non, il n'y avait pas d'appartement à cet étage. Et pas de piège... Enfin, pas d'autre piège que celui dans lequel l'un des serviteurs était tombé.

— Un seul piège ? se demanda Morgennes. Un seul pieu ?

Retournant sur ses pas, il observa de plus près le mort au pieu dans la cage thoracique, et s'aperçut que celle-ci pouvait pivoter – révélant, derrière elle, une porte cachée. Et un petit escalier, qui montait.

— Ne pas respecter les morts ? se demanda Morgennes, qui ne voyait pas bien le sens de cette leçon.

Le quatrième étage du palais contenait un fabuleux jardin intérieur. Par endroits, la voûte était percée de verrières qui laissaient passer le jour et baignaient de lumière des arbres exotiques, des plantes d'un vert étrange et des fleurs odoriférantes. Des oiseaux bigarrés traçaient de minuscules arcs-en-ciel au-dessus de Morgennes, qui protégea d'une main la tasse qu'il portait – de crainte qu'ils n'y fassent leurs besoins.

Marchant sur un parterre mêlé d'herbes et de gravillons, Morgennes parcourut cet endroit en se laissant émerveiller, guider par sa beauté. Ah, le voici ! Cette fois, l'escalier était sculpté dans un tronc d'arbre, une sorte de saule pleureur. Il suffisait de poser le pied sur l'une de ses racines pour arriver à une série de branches qui menaient au sommet.

Du saule pleureur on passait à une immense terrasse à ciel ouvert, d'où partait un pont qui conduisait à une tour – apparemment un phare – dominant le Bosphore.

— À moins qu'il ne s'agisse d'un minaret ? se demanda Morgennes.

Mais non, c'était bien un phare, et Morgennes s'y dirigea consciencieusement, récitant pour lui-même l'objet de sa dernière leçon :

— Apprendre à se servir du terrain...

L'intérieur du phare était presque entièrement occupé par un escalier, aux parois ornées de dessins et de schémas divers. En les étudiant de plus près, Morgennes reconnut l'Arche de Noé, que des centaines d'hommes faisaient descendre, à l'aide de cordes, d'une grande montagne. D'autres croquis montraient des plans de l'Arche, comme si un ingénieur avait voulu en disséquer l'architecture. Tout cela était on ne peut plus intéressant, et Morgennes passa un certain temps à observer ces dessins.

Soudain, une voix le ramena à son devoir :

— Tu es en retard !

Morgennes tressaillit, et grimpa rapidement les ultimes marches de l'escalier.

— Pardon, fit-il. Je ne savais pas que vous étiez pressé.

— Je ne l'étais pas, mais je déteste boire mon thé froid.

Morgennes se pencha par-dessus la tasse, dont plus aucune vapeur ne s'échappait.

— Fais voir, ordonna Coloman.

Il lui prit la tasse des mains, et la porta à sa bouche. Puis, esquissant une grimace de dégoût :

— Apporte-m'en une autre !

Morgennes regagna les cuisines à toute allure, mais en trouva les portes closes. Tambourinant du poing, appelant, gueulant, Morgennes s'entendit répondre :

— Revenez demain, c'est fermé !

Déçu, il partit se coucher sur l'un des divans du rez-de-chaussée, et se réveilla dès l'aube, les membres endoloris et la tête sur l'épaule d'un autre apprenti milicien qui n'avait pas réussi, lui, à dépasser le deuxième étage...

— Si tu désires un peu d'aide, lui dit Morgennes, je puis t'en donner...

L'homme eut un geste de dédain et lâcha, dans un patois de franc mâtiné de nordique :

— Je préfère échouer seul que réussir avec toi !

— Très bien, lui dit Morgennes. Comme tu voudras.

Et il repartit en direction des cuisines, où nous nous retrouvâmes. J'en profitai pour lui faire part des incroyables recettes que j'avais découvertes :

— Savais-tu qu'on pouvait manger les œufs de fourmi ?

— Il n'y a rien sur le thé ? me demanda Morgennes.

— Si j'en crois les illustrations, plusieurs ouvrages abordent ce sujet. Mais ils sont dans des langues que je ne comprends pas...

— Tâche de te renseigner.

Sur ce, il alla demander à l'intendance un nouveau plateau et une nouvelle tasse de thé, mais on lui rétorqua :

— As-tu rapporté ceux d'hier ?

— Non.

— Alors, va les chercher !

Morgennes se rappela les avoir posés juste au pied du divan où il s'était allongé pour la nuit ; mais quand il revint à l'endroit où il avait dormi, ils avaient disparu.

— Ça alors ! Ce sera sûrement cette espèce de Nordique qui m'aura joué un tour...

Morgennes s'en alla donc à sa recherche, et finit par le trouver, errant au milieu des couloirs du deuxième étage. Il remarqua que le Nordique claudiquait, et qu'il portait bien un plateau et une tasse.

— Rends-moi ça ! lui dit Morgennes.

— Comment ? s'exclama le Nordique.

— C'est à moi !

Et il s'empara du plateau que tenait le Nordique. Mais ce dernier résista, ne voulant pas le lâcher. Pour finir, Morgennes lui envoya son poing sur la figure, et le Nordique partit à la renverse, en se tenant le nez.

— Voleur ! lui cria Morgennes.

Puis il redescendit dans la cuisine, où on lui remit en échange de sa tasse et de son plateau un autre plateau et une autre tasse. Cette fois-ci, Morgennes ne perdit pas de temps à explorer les recoins du palais, et partit en direction du phare. Malheureusement, arrivé au niveau du jardin, il courut si vite qu'il trébucha sur une racine et s'étala de tout son long, renversant son thé parmi l'herbe et les fleurs.

— Ne jamais se précipiter, bien sûr ! maugréa-t-il en se relevant, le genou endolori.

Alors, il redescendit, plateau et tasse bien en mains, et se présenta de nouveau aux cuisines, où on lui remit une autre tasse et un autre plateau, en échange des précédents.

Cette fois, il monta précautionneusement, mais sans aller non plus trop lentement – afin que le thé ne refroidît pas. Il aurait bien emprunté aux cuisines de quoi en faire, mais il s'était dit qu'on l'accuserait encore de biaiser. Malheureusement, quand il se présenta au sommet du phare, il s'aperçut que Coloman n'y était pas. Seul un esclave, muni d'un balai, était en train d'y faire le ménage.

— Où est Coloman ? demanda Morgennes.

— Est-ce que je sais, moi ? fit l'autre en haussant les épaules.

— La peste soit de ces épreuves ! éclata Morgennes. On ne peut pas les réussir ! Il n'y a même pas de règle !

Il se sentait dans la peau d'un minable serviteur dont on se gausse à souhait et qu'on tourmente à loisir. Morgennes comprenait mieux, maintenant, ce que ressentaient les mouches auxquelles les enfants s'amusaient à arracher les ailes, lentement...

Une question, soudain, lui traversa l'esprit. Ce thé, quel goût avait-il ?

Portant la tasse à sa bouche, il prit une gorgée, une autre, puis avala tout le liquide. Une douce chaleur lui emplit l'estomac. Chaleur qui augmenta brutalement, et devint rapidement intolérable. Saisi de douleurs, Morgennes s'effondra sur le sol, où la fièvre le saisit et le plongea dans un profond coma.

22.

« La mort n'est pas si près de moi que tu le penses. »

(Chrétien de Troyes,
Perceval ou le Conte du Graal.)

« Je rêve. Il fait doux, il fait chaud. Je suis bien. Je baigne dans une eau pourpre où je respire sans mal. Mais quelqu'un vient vers moi. Je n'ai pas peur car c'est moi. Je m'approche de moi et me caresse la joue. Que c'est bon !

Mais, que se passe-t-il ?

Non, pas déjà !

Non, pas sortir !

Pas tout seul !

Pas sans elle ! »

Morgennes cracha un peu d'eau et ouvrit les yeux.

— Où suis-je ? demanda-t-il.

— Tout va bien, dis-je. Tu es avec moi.

— Et elle ?

— Qui ça, « elle » ?

— « Elle » ? J'ai dit ça ?

— Oui.

— Je ne sais plus.

Il referma les yeux, plongeant de nouveau dans une sorte de coma – qui cette fois tenait plus du sommeil que de la léthargie. Combien de temps dormit-il ainsi ? Je ne saurais le dire. Un mois ? Six mois ? Un an ?

C'est moi qui fus chargé de m'occuper de lui.

On me l'avait amené, couché sur une civière, et Coloman m'avait déclaré :

— Il a touché à l'intouchable, et violé ma propriété. Il est doué, c'est certain. Mais il y a quelque chose de féminin en lui. On dirait qu'il a du mal à obéir aux ordres... Un bon soldat doit apprendre à connaître les limites, et à ne pas les dépasser.

— Il est si curieux...

— Oui, une bien belle qualité. Mais il faut qu'il se discipline...

Depuis cet instant, donc, j'avais veillé sur Morgennes comme on veille sur un frère, ou plutôt, oui, il me faut vous l'avouer, un enfant. Je lui passais une éponge d'eau froide sur le front, pour le rafraîchir, et lui donnais à boire un peu de soupe – quand il lui arrivait de sortir de sa gangue léthargique. Il n'avait avalé qu'un tout petit peu de thé, pourtant ses poumons avaient rendu autant d'eau que s'il s'était noyé. Le mal dont il se trouvait atteint était-il de nature magique ?

Coloman m'avait dit :

— Le remède que tu cherches est dans ces livres. Trouve-le. Autrement, il mourra.

Les livres en question étaient ceux écrits en chinois – j'avais appris depuis que c'était du chinois. Mais je n'y entendais rien, et il n'y avait évidemment pas de Chinois dans les cuisines. Alors, je pris mon mal en patience, et attendis, priant pour que Morgennes ne meure pas. Qu'avait-il absorbé ? Quelle était cette substance ? Je devais apprendre par la suite qu'il s'agissait d'une boisson appelée « thé des dragons », concoctée à partir de champignons des marais. Morgennes aurait dû mourir, car ceux qui en boivent, ne fût-ce qu'une gorgée, sans y avoir été longuement préparés par l'ingestion de contrepoisons, décèdent dans l'heure qui suit en souffrant atrocement. Mais il ne mourut pas.

Quand Morgennes s'éveilla, je le trouvai changé. Un je-ne-sais-quoi dans son regard paraissait différent. Une lueur était passée. La première chose qu'il me dit, à son réveil, fut :

— Partons d'ici, j'en ai assez.

— Mais tu lui dois ta vie entière.

— Partons !

— Non. Je refuse. C'est trop dangereux. Il faut d'abord que tu termines ton entraînement.

Morgennes s'enferma dans le silence, où je le laissai en paix. Plusieurs journées s'écoulèrent ainsi, sans qu'il ouvrît la bouche autrement que pour avaler de quoi reprendre des forces. Son premier sourire fut pour Galline – qui avait retrouvé son plumage, rouge et or.

— A-t-elle pondu ? me demanda Morgennes.

— Non, toujours pas...

— Et toi, comment te sens-tu ?

— Fatigué.

Depuis longtemps déjà j'avais des sortes de nausées. Mais je n'osais lui en parler.

— Allez, fit-il en se levant d'un bond. Je suis d'accord avec toi. Nous ne partirons d'ici que si je réussis !

— Non, répondis-je. Nous partirons d'ici *quand* tu auras réussi !

Aussitôt dit, aussitôt fait, Morgennes se dirigea vers les cuisines et se fit remettre un plateau et une tasse par une vieille femme, la seule à officier ici. Certainement celle à qui Coloman avait fait allusion, autrefois.

— Et donnez-moi aussi la théière qui va avec !

L'intendante ramena ses mains sous son visage, puis baissa la tête en marmonnant quelques mots dans une langue étrangère.

— Quelle est donc cette langue ? demanda Morgennes.

— C'est du chinois, répondit-elle. Cela veut dire : « Avec plaisir ! »

— Alors, vous êtes chinoise ?

— Non.

— Mais vous parlez chinois ?

— Oui.

— Pourriez-vous enseigner le chinois à mon ami, là-bas ?

— Oui.

— Merci !

La vieille dame refit la même courbette que précédemment, et dit une fois encore, en chinois :

— Avec plaisir !

Morgennes lui rendit sa courbette et s'éloigna en direction des escaliers. Avant d'y monter, il s'arrêta auprès du maître coq, et lui demanda :

— Où faut-il servir le thé ?

— Dans le jardin d'hiver. Tu le trouveras dehors, en face du Bosphore.

Morgennes s'éclipsa aussitôt et éclata de rire :

— Toujours se renseigner sur sa mission ! Partir bien équipé ! Et réactualiser ses ordres !

Il n'eut aucun mal à trouver le jardin d'hiver, qui donnait effectivement sur les rives du Bosphore. Là, Coloman prenait le frais, sur une chaise longue. Mettant à profit ce qu'il avait appris en matière de silence et de furtivité – un bon serviteur se doit toujours d'être discret –, Morgennes parvint à s'approcher à moins d'un pouce du puissant mégaduc sans se faire remarquer. Il aurait pu, s'il l'avait voulu, lui trancher la jugulaire. Sauf que Coloman lui dit, sans se retourner :

— Tu as oublié deux points importants...

— Lesquels ? demanda Morgennes.

— L'odeur, et la chaleur du thé... J'ai flairé la première voici seize battements de cœur, et senti la seconde peu après. Mais pour le reste, je n'ai qu'une chose à dire : bravo ! C'est du bon travail...

Morgennes versa le contenu de la théière dans la tasse, et la donna à Coloman, qui y trempa les lèvres :

— Parfait ! Alors, dis-moi. As-tu beaucoup appris ?

— Énormément, dit Morgennes. Mais surtout...

— Oui ?

— Qu'on n'est jamais mieux servi que par soi-même !

— Excellent. Je suis content que tu t'en sois sorti. Mais cela ne me surprend pas... Enfin, tu es mûr pour monter en grade. Je te nomme intendant.

— En quoi cela consiste-t-il ?

— Dans un premier temps, à ramasser les éventuels plateaux et les tasses de thé qui traînent au rez-de-chaussée, fût-ce entre les mains de leur légitime propriétaire, s'il s'est endormi... Si tu vois ce que je veux dire ?

— Très bien, dit Morgennes, qui comprit alors que si sa tasse et son plateau avaient disparu au cours de cette fameuse nuit, c'était tout simplement parce qu'un intendant les lui avait pris, sans le réveiller.

— Le serviteur à qui tu as cassé le nez n'était pour rien dans la disparition de tes affaires, dit Coloman.

— Il doit certainement m'en vouloir énormément. J'aimerais aller lui présenter mes excuses.

— Ce sera difficile, car il n'est plus ici. Il a fait beaucoup de chemin depuis ton arrivée. Surtout, depuis ton long sommeil...

— Où puis-je le trouver ?

— Je crains que tu ne sois pas, pour le moment, autorisé à l'approcher. Sa Majesté l'empereur Manuel Comnène, basileus des Grecs, l'a pris à son service.

— Et moi ? Le servirai-je un jour ?

— Quand tu seras prêt.

— Une dernière chose, si vous le permettez.

— Parle.

— Comment s'appelle ce serviteur ?

— Kunar Sell.

Morgennes repartit au petit trot en direction des cuisines, tout en se répétant ce nom : « Kunar Sell ». Encore une fois, il avait le pressentiment que leurs destinées étaient liées. Se trompait-il ? Pour une raison qu'il ne s'expliquait pas, il lui semblait indispensable d'aller présenter ses excuses à cet homme.

Mais les semaines passèrent sans qu'il trouvât le temps de le faire. Morgennes redoublait d'efforts et de sagacité pour accomplir au mieux chacun de ses nombreux devoirs. L'une de ses tâches consistait à encadrer le service des festins offerts aux nouveaux arrivants, au cours desquels étaient servis plus d'une centaine de plats. Morgennes, à vrai dire, faisait plus que les encadrer. Il apportait lui-même sur la terrasse où le banquet était donné plus de la moitié de tout ce qu'il y avait à y monter, soit plus d'une cinquantaine d'assiettes, plateaux, chaudrons et marmites.

Quelques mois après, il était enfin élevé au grade d'apprenti cuisinier – et nommé au département des Assaisonnements, Condiments & Aromates. Là, sous la houlette d'un Maître des Épices – qui n'était autre que cette même vieille dame parlant chinois, et dont nous avions appris qu'elle s'appelait Shyam –, il étudia le dosage des épices. Bientôt, il devint expert dans l'art d'accommoder le gingembre, la cannelle, le safran, la noix de muscade, le macis, la marjolaine et le cubèbe. Il apprit que le sucre ne servait pas qu'à soigner les malades, mais pouvait aussi se consommer tel quel – ou être ajouté à du lait, pour l'adoucir. À son immense surprise, il découvrit que tels mélanges d'épices pouvaient tuer ou guérir, paralyser, amener un individu à parler contre sa volonté, effacer la mémoire, redonner du mordant à ceux qui l'avaient perdu, épuiser, revigorer, avoir enfin de si nombreux effets que la liste en restait à établir. (Celle contenue dans les parchemins que je compulsais étant fort incomplète, bien que riche de plusieurs centaines de possibilités.)

Mais s'il y avait une chose que Morgennes rêvait d'apprendre, c'était à faire cuire le poivre comme son Maître des Épices. Shyam le préparait d'une façon à nulle autre pareille, et en tirait à peu près tout ce qu'elle voulait. Et plus spécialement force explosions, avec ou sans nuage de fumée, et d'une puissance plus ou moins importante selon la quantité, et le type de poivre employé. Malheureusement, elle refusait d'inculquer son art à qui que ce fût :

— Nul étranger n'a le droit de savoir! déclarait-elle, imperturbable.

Enfin, elle nous enseigna à lire et à parler le chinois.

Grâce à Shyam, je pus me plonger dans les livres de cuisine de la grande bibliothèque. Quelle ne fut pas ma surprise de découvrir alors que nombre de ces ouvrages ne traitaient pas de cuisine, mais étaient des sortes de méthodes servant à apprendre les langues étrangères. C'est ainsi que nous apprîmes la « langue du désert », que parlent les bédouins, ainsi qu'un ancien dialecte en provenance des Carpates : la « vieille langue des vampires ».

Un jour, tandis que nous devisions en patois provençal (l'un des nombreux dialectes dans lesquels il nous arrivait de nous exprimer), Shyam vint nous demander :

— Pourriez-vous m'apprendre cette langue ?

— Bien sûr, répondis-je. Mais j'aimerais vous poser une question. Quand Morgennes était mourant, et que je vous avais demandé s'il y avait un Chinois aux cuisines, pourquoi ne m'avez-vous rien dit ?

— Vous parlez la langue d'oc. Et pourtant, si j'avais demandé : « Y a-t-il ici un Toulousain ? », m'auriez-vous répondu « Oui » ?

— Non, bien sûr.

— Eh bien, vous avez votre réponse. Le fait que je parle chinois ne fait pas de moi une Chinoise...

Elle ajouta à l'intention de Morgennes, après une pause :

— Tout comme le fait de savoir monter à cheval ou se servir d'une lance ne fait pas d'un homme un chevalier.

Déconcertés, mais comprenant ce qu'elle voulait dire, nous nous promîmes de faire plus attention à nos paroles, et lui enseignâmes le provençal – non sans nous demander pourquoi elle désirait l'apprendre...

Vint un jour où Morgennes passa rôtisseur et où on lui apprit enfin à manier la pique. Plus tard, il eut le droit d'utiliser fourchettes et couteaux à découper la viande, et cela remplaça le maniement de l'épée à deux mains, de l'épée bâtarde, de la rapière, de la dague et du coutelas, qu'il maniait indifféremment seuls ou avec une autre arme, de la main droite, de la main gauche, avec un bouclier, un écu, une rondache, et des mouvements de la cape – quand il en avait une.

Passé équarrisseur, puis boucher, Morgennes étudia l'anatomie de l'être humain – sur celle, pour commencer, des vaches et des cochons.

— Parce qu'ils sont nos plus proches voisins, lui dit Coloman.

Ainsi, il apprit à saigner l'ennemi, à l'endolorir, l'assommer, le paralyser, l'estropier, et pour finir à l'envoyer *ad patres.* Mais il se familiarisa aussi avec les nombreuses techniques permettant d'amollir la viande, à l'aide d'une masse, d'un gourdin, d'une matraque, d'un marteau, ou de son seul poing. Ensuite, on lui inculqua l'art de faire avec ses armes toutes sortes de glissades, parades, cabrioles, qui le voyaient frapper d'estoc et de taille, par en haut, par en bas et, bien sûr, par surprise.

Arriva enfin le jour tant attendu où Coloman annonça à Morgennes :

— Maintenant que tu sais fendre les meilleures armures, fausser les boucliers, défoncer les heaumes, passer ta lance au bout d'un anneau suspendu à un fil, et couper une fleur de la pointe de ta dague – et tout cela au grand galop –, te voici prêt pour le service !

— Au grand galop ? Mais je ne suis jamais monté à cheval !

— Détrompe-toi, tu as fait mieux ! Te rappelles-tu les nombreuses esclaves avec lesquelles tu passas moult nuits ?

— Et comment, dit Morgennes.

— Eh bien, il y en eut des jeunes et des sauvages, des grosses, grasses et lourdes, des noires, des blanches et des brunes, des qui regimbaient, des qui ruaient, des qui se précipitaient et t'accueillaient, la croupe tendue... Pour autant que je sache, en matière de montures, tu as monté un peu de tout et les as prises aussi bien par-derrière que par les côtés, par en haut, par en bas, changeant de position quand cela te chantait, et les menant à ton gré là où tu voulais les mener. À droite, à gauche, en face, en haut, en bas, et tout cela sans selle, étriers ni rênes... Celui qui chevauche les femmes n'a rien à craindre des chevaux, car il n'est pas de montures plus exigeantes et plus difficiles à monter qu'elles – hormis, peut-être, une jeune jument... Enfin ? Dis-moi ? Ne sais-tu pas passer en pleine course de l'une à l'autre ? Basculer de sur leur dos à sous leur ventre ? Crois-moi, tu es prêt, plus que prêt...

Coloman joignit les mains et plongea son regard dans celui de Morgennes.

— Tu étais déjà maître dans l'art de te déguiser et de te faire passer pour autre. Maintenant que tu sais te battre, monter à cheval, à chameau, et à tout ce qui peut se monter, que l'argot des matelots, des ouvriers, des tailleurs de pierres et des huissiers n'a plus de secrets pour toi, et que tu sais ouvrir tout ce qui est d'ordinaire fermé (je parle des coffres et des consciences), il est grand temps pour toi d'être mis à l'épreuve...

Coloman décroisa les mains et sortit de l'intérieur d'une de ses manches un rouleau de parchemin fermé par un sceau d'or.

— Qu'est-ce que c'est ? demanda Morgennes.

— Tu l'ouvriras dehors. Même moi je n'ai pas le droit d'en connaître la teneur. Il s'agit d'une chrysobulle impériale – ton premier ordre de mission !

Morgennes prit la chrysobulle que lui tendait Coloman, le salua et quitta son palais. Une fois dehors, il lui sembla que le ciel, la vie à l'extérieur, étaient tout autres que ceux qu'il lui avait été donné de contempler au cours des années passées à apprendre son métier – si tant est que mercenaire, ou soudard, soit un métier.

— Comme le monde a changé ! dit Morgennes en regardant Constantinople.

— Le monde ? dis-je. Non. Mais toi, oui.

Sans m'écouter, il rompit le sceau impérial, et lut son ordre de mission.

23.

« Où sont les dieux ? Où est la foi donnée ? Les as-tu déjà oubliés ? »

(Chrétien de Troyes, *Philomena.*)

— Je vais bientôt avoir trente ans, me dit Morgennes un soir. Et jusqu'à présent, qu'ai-je fait ? Voler leur bosse à des bossus pour l'apporter à des marchands de talismans. Déterrer les os de rois morts avant la venue du Christ, pour qu'ils n'aient plus ni au-delà ni sépulture. Trouver douze vierges de douze ans ayant – telle Athéna – les cheveux d'or et les yeux pers, afin de les glisser dans les draps de l'empereur. Dénicher l'unique vieillard chenu, borgne de surcroît, à n'avoir pas un seul cheveu blanc sur le crâne. Écorcher vif une quinzaine de grands loups, puis les lâcher vivants dans un village pour en faire fuir les habitants. Trouver une couvée d'oisons duveteux afin que la noblesse de Byzance puisse se torcher avec.

Et tout cela dans quel but ? Parce que je me suis engagé à servir Coloman « ma vie durant ». Moi qui rêvais d'être fait chevalier, je ne suis qu'un vil tueur à gages. La main d'un autre. Et encore, sa main gauche... Te rappelles-tu ces étranges navires démunis de voiles, naufragés par nos soins sur les côtes dalmates ? Ces femmes et ces enfants nous suppliant de les sortir de l'eau, et nous, qui concentrions nos efforts sur ce maudit coffre d'ébène, pour le transporter à terre ? Combien de noyés pour le contenu d'un coffre dont nous ne savions rien ? Te souviens-tu du Tibre, empoisonné par nos soins pour qu'il infeste Rome et que la peste s'y répande ? Combien de morts ? Et de cette jeune et jolie reine, dont nous avons massacré l'escorte qui la reconduisait chez ses parents ? Combien de fois violée par les lépreux auxquels nous l'avons livrée, parce que l'empereur le voulait ? As-tu déjà oublié le *Livre du temps*, ce fabuleux ouvrage, arraché aux doigts ensanglantés de sa propriétaire légitime, pour être ajouté à la bibliothèque impériale ? Et cette maudite partition, servant à attirer – soi-disant – les dragons, volée au musicien qui rêvait de la jouer et qui avait passé toute une vie à la composer ? N'es-tu pas dégoûté ? N'en as-tu pas assez ? N'as-tu pas envie de hurler : « Dieu, as-tu fini de t'amuser ? »

Je sais que je finirai en enfer, car j'ai voulu me faire soldat, et même pire. Mais toi ? Ne vaux-tu pas mieux ? Ne te demandes-tu pas : « Morgennes, où es-tu ? Où nous as-tu entraînés ? »

Tu sembles attendre un dénouement. Mais il n'y en aura pas. La vie n'en a jamais. Alors ? Où est la foi ? Notre goût de l'humanité ? Où sont l'amour, la vérité et l'amitié ? Nos joyeuses beuveries, nos banquets, nos veillées ? Et la crainte de Dieu ?

Envolés ?

Chrétien, en vérité je te le dis, tout cela a un prix. Il nous faudra payer.

Déjà, je ne me ressemble plus. Regarde-moi ! Que sais-je faire, à présent, hormis dépecer, frapper, mordre, esquiver, marteler, assommer, occire, tuer ?

Je sais renier ! C'est le seul domaine où j'excelle.

Il est grand temps d'ôter mon masque, et de montrer mon vrai visage.

Celui d'un serpent.

Mais non. Il est trop tard. Car je suis maudit, autant que cette armure vermeille. N'a-t-elle pas causé la mort de son ancien propriétaire ? Et son étalon, Iblis, n'avons-nous pas appris ce que son nom signifiait, en arabe ? Le Diable ! Je l'ai entre mes cuisses, et pourtant c'est lui qui me chevauche. Je crois qu'il est grand temps pour nous de repartir en Palestine, et d'aller nous présenter devant Amaury de Jérusalem.

M'adoubera-t-il ? Fera-t-il de moi ce fier et noble chevalier que je rêve d'être ?

Non pas.

Moi seul ai ce pouvoir.

À moi de prouver, non pas que je puis l'être, mais que je le suis déjà.

Mais si je suis un nouvel Hercule, alors où est mon hydre de Lerne ? Et si je suis un second saint Georges, où est mon dragon ?

Allons, encore une dernière aventure, une dernière mission... La treizième. Acceptons-la. Oui, acceptons d'aller tuer ce mystérieux prêtre Jean, dans son pays à la frontière gardée par des dragons. Qui sait si après l'on ne me tiendra pas enfin pour le meilleur chevalier du monde ? Mais d'abord allons rendre visite à ces trois sorcières auxquelles j'ai dérobé l'unique œil, l'unique oreille et l'unique dent qu'elles se partageaient à elles trois... Prenons conseil auprès d'elles, même si j'entends déjà la première murmurer :

— Miséricorde !

La deuxième dire :

— Au paradis !

Et la troisième hurler :

— *Pænitentia !*

Viens, Chrétien, viens. L'aurore aux doigts de rose nous chasse vers l'Orient. Écoute chanter Homère ! Il est temps de partir.

IV

LE DERNIER CHASSEUR DE DRAGONS

24.

« Là où nous sommes, aucune des créatures de Dieu n'est jamais venue, à l'exception de nous deux. »

(CHRÉTIEN DE TROYES, *Cligès*.)

— Où sommes-nous ?

— Je ne sais pas, répondit Morgennes. On se croirait au Paradis. Tout est blanc.

— Alors, nous sommes arrivés ?

— Peut-être.

Je tournai brusquement sur moi-même, le visage livide. Nous approchions du terme de notre ascension, mais au lieu de me réjouir je mourais d'envie de prendre mes jambes à mon cou, et de laisser Morgennes seul face à son destin. Après tout, n'était-ce pas lui qui nous avait entraînés dans cette quête insensée ? Tuer un dragon, aller le débusquer dans sa propre tanière, on n'avait pas idée ! Cherchant à gagner du temps, je soupirai :

— Je n'en puis plus. Faisons une pause, d'accord ?

Sans attendre de réponse, je lâchai mon sac à dos dans la neige, où il s'écrasa avec un bruit mat. Puis je dénouai les pans de mon turban, et pris une profonde inspiration. Mais dans l'air raréfié des hauteurs, cela me brûla les poumons et m'épuisa encore plus. Morgennes, lui, était en pleine forme. Il observait le paysage, les flancs immaculés des deux hautes parois enneigées au creux desquelles nous nous étions arrêtés, et qui nous dominaient avec l'avidité de deux Titans penchés sur leur prochain repas.

Pour les Anciens, les montagnes avaient souvent l'apparence de géants – ou l'inverse. Ainsi, chez les Grecs, le mythique Atlas qui, changé en pierre, unissait Ciel et Terre. Des pièces de monnaie, trouvées par Morgennes dans un pot en terre caché dans la demeure du vieillard chenu, portaient sur leur face le mont Argée. Cette montagne de Cappadoce était censée représenter Zeus. Ou Apollon. Se pouvait-il que le vieillard que Morgennes avait été chargé d'enlever, et dont l'absence de poils blancs relevait plus d'une absence totale de pilosité que d'une extrême vigueur, fût l'un de ces anciens dieux ? Zeus lui-même, ou Apollon ? À quel sort était-il voué maintenant ? Était-il heureux d'avoir été ajouté à la collection de curiosités de l'empereur des Grecs, Manuel Comnène ?

J'ai du mal à le croire.

Dans un autre domaine, Morgennes m'avait plus d'une fois parlé de Gargano – qui semblait être, lui aussi, une montagne faite homme. Cela n'avait, après tout, rien d'impossible. Rien d'incroyable. Ce n'était que l'une de ces très nombreuses et étranges rencontres que l'homme est amené à faire, au moins une fois dans sa vie. Et la Montagne de la Neige, au sommet de laquelle se dressait le Krak des Chevaliers ? Se pouvait-il qu'un homme (ou une femme) la représentât, elle aussi ? Et dans ce cas, qui était-il ou elle ? Morgennes se disait : « Ce sera moi. Je serai cette montagne, ce Krak. »

Mais, en attendant de pouvoir l'incarner, il lui fallait finir l'ascension de ce pic, particulièrement dangereux.

J'eus un nouveau haut-le-cœur, et portai la main à ma poitrine, pour essayer de me calmer. Si j'avais été sage, jamais je n'aurais quitté Saint-Pierre de Beauvais. Je serais resté bien au chaud, à copier et enluminer les pages de quelques vieux manuscrits. Mais mon destin était inextricablement lié à celui de Morgennes.

Heureusement, en compagnie de ce dernier (depuis bientôt quinze ans), je me sentais en sécurité. Ou plutôt, pour être exact, à la fois en danger *et* en sécurité. Pourtant, cette fois, je me demandais si nous n'étions pas allés trop loin. Mais Morgennes avait l'air serein, ce qui ne laissait pas de m'étonner.

— Comment se fait-il que tu ne sois pas fatigué ? lui demandai-je.

— Je ne sais pas.

— Tu n'as pas de mal à respirer ?

— Non.

Dieu ! C'était comme avec cette broche chauffée à blanc, à l'auberge d'Arras. Morgennes aurait dû avoir la main brûlée. Ce qui n'avait pas été le cas. Et maintenant, il aurait dû peiner, avoir du mal à reprendre son souffle. Ce qui n'était pas non plus le cas. Avec quelle sorte d'homme, ou de démon, m'étais-je lié d'amitié ?

Soudain, une douleur plus violente que les précédentes me fit me courber en deux, les mains sur les genoux. Mes dents claquaient comme sous l'effet de la fièvre, mes membres tremblaient.

— Tu as peur ? s'inquiéta Morgennes.

Blême, je relevai la tête et croisai son regard. Morgennes souriait. Avait-il deviné ?

— C'est à cause du froid, hoquetai-je entre deux goulées d'air glacé.

— C'est normal d'avoir peur...

— Si seulement..., soupirai-je en me recroquevillant sur moi-même. Si seulement ce n'était que la peur, lâchai-je dans un souffle.

J'aurais voulu lui dire, mais je n'en avais pas la force. Gargano avait bien fait allusion, dans le chariot, à une remarque de Galline... Mais personne n'avait posé davantage de questions. De toute façon, je ne me souciais pas de moi, mais de mon héros. Morgennes. Si je mourais, c'était tant pis... La mort, justement, n'avait jamais paru aussi proche qu'en cet instant. Car si j'avais été soucieux au départ de Constantinople, inquiet lors de notre arrivée au pied du mont Agridagi, et sur mes gardes tout le long de son ascension, maintenant que nous en avions pratiquement atteint le sommet, j'étais tout simplement...

Je ne pus achever ma pensée. Un flot de bile me sortit de la bouche, souillant la neige de glaires jaunâtres et m'arrachant cet aveu :

— J'ai honte.

Je m'essuyai la bouche d'un revers de main, semant sur la manche de ma veste fourrée un fin sillon d'humeurs malodorantes, parmi lesquelles Morgennes repéra des taches d'un rouge inquiétant.

— Tu es malade ?

À son tour, il déposa le fardeau qu'il portait, à savoir un sac de voyage, une petite tente pour deux, un chaudron, une bassine, un tamis, une louche, deux hanaps, trois fiasques de vin, une cuillère, et la cage à barreaux de fer où se trouvait Galline. Fouillant dans son barda, il trouva une gourde contenant de l'eau, dont il se servit pour m'essuyer le visage, puis un linge de coton, avec lequel il le sécha.

— Je suis à bout de forces, murmurai-je. J'ai l'impression de délirer...

Morgennes était inquiet :

— Tu as les traits d'une blancheur de craie...

Il avait raison. Juste avant notre départ, j'avais vu le reflet de mon visage dans un plat en étain. Il avait çà et là des zones d'ombre si profondes qu'elles en devenaient irréelles, et où devait s'être réfugiée la curieuse teinte jaune cireux dont se parait depuis quelque temps ma figure. Dans sa grande naïveté, Morgennes avait attribué cette teinte à la quantité proprement impressionnante d'œufs que j'avais ingurgités, autrefois.

— Dis-moi que je rêve...

— Nous pouvons continuer, me dit simplement Morgennes en posant les mains sur son bâton de marche. Ou rebrousser chemin, c'est facile. Il suffit de repartir. Par là.

Du bout ferré de son bâton, il m'indiqua, derrière nous, la pente semée d'arbustes tordus et noirs, calcinés par le froid, que nous avions mis plusieurs jours à gravir. Maintenant, elle plongeait, raide et droite, vers le vide – le vide d'un grand estomac, impatient d'être rempli par nos deux corps.

— Je ne sais pas si je serai capable de refaire ce trajet...

— Je vous accompagnerai, comme toujours, Galline et toi.

Ce disant, Morgennes me passa un bras autour des épaules, et me serra sur sa poitrine pour me communiquer chaleur et assurance. À nos pieds, Galline laissa échapper une sérénade de caquètements interrogatifs.

Redescendre ou continuer ? Je voyais dans cette situation un parfait résumé de ce que j'avais toujours prêché : « Monter est difficile et descendre facile. Mais si la mort est aux deux bouts, la gloire ne pousse que sur les cimes, quand dans les plaines fleurissent déshonneur et infamie. »

Je me sentais comme un oisillon tombé du nid, et qu'un enfant ramasse au creux de ses mains. Mais à quoi bon la gloire, si c'est pour finir étranglé ? Jamais je n'étais allé aussi haut ni aussi loin qu'ici, sur le mont Agridagi que les chrétiens appellent Ararat, et dont la légende prétend qu'il est le toit du monde – celui qui communique avec le Paradis.

Comment moi, Chrétien de Troyes, modeste écrivain, certes doué mais n'ayant pas encore fait ses preuves, osais-je ainsi m'aventurer sur le territoire des dieux et m'approcher de leur panthéon ? Je finirais broyé, c'était certain ! Réprimant un frisson, je murmurai à toute allure la version raccourcie d'une patenôtre, effectuai quelques rapides signes de croix puis lançai à Morgennes :

— En plus nous ne sommes même pas armés ! Et ton dragon ? Avec quoi comptes-tu le vaincre ? Avec les dents ? Je ne vois nulle part d'Amaury disposé à te prêter sa lance.

Morgennes ne répondit pas.

— Ça y est, je sais. Tu veux le battre avec tes poings !

Oh, oui ! Dans mon délire, je comprenais ! Morgennes avait l'intention d'assommer sa proie, et de la ramener à Jérusalem en la tirant par la queue, tel un Hercule des temps modernes. Ainsi, tous seraient bien obligés de voir quel héros formidable il était, et tous se repentiraient de l'avoir aussi mal jugé lors de son arrivée en Terre sainte, et au Krak des Chevaliers, quand ils s'étaient ri de lui.

Morgennes ne me quittait pas des yeux, et j'avais le trouble sentiment que, même s'il ne la ressentait pas, il comprenait ma peur. Elle était presque palpable, et paraissait sourdre de mon être tout entier, couler à flots par mon regard. Tout comme il comprenait la peur de la plupart des êtres qu'il avait croisés ; la peur, qui faisait d'un homme sa monture, et l'entraînait où elle le voulait. La peur, qu'il s'était juré de dompter, ou dont il entendait, au pire, se faire une alliée, une maîtresse.

— Écoute, dit-il, nous nous inquiéterons de ce genre de détail le moment venu. Nous étions persuadés que cette région était infestée de dragons. Pourtant, ni toi ni moi n'en avons vu la queue d'un. Alors, tâchons d'abord de débusquer notre proie, et ensuite nous nous occuperons de savoir comment l'occire. Et puis, qui sait ? Si ça se trouve, c'est toi qui m'aideras à vaincre !

— C'est ça ! En l'assommant avec un de mes livres ! On m'a déjà dit qu'ils étaient lourds et ennuyeux, mais jamais de cette façon ! Ô, Dieu, me lamentai-je, dis-moi pourquoi je suis venu ici !

— L'amour de la littérature, me dit Morgennes d'un air moqueur.

Le pire, c'est qu'il avait raison. J'avais commencé, voici quelques années, un court récit narrant les prouesses de mon ami. Puis je l'avais délaissé pour composer une autre histoire, inspirée par Philomène et Ovide. En vérité, si j'étais là, aujourd'hui, c'était par fidélité, et curiosité. L'envie de voir. Et le sens du devoir – j'avais une dette envers Morgennes, et s'il voulait tuer un dragon, il était de mon devoir, à moi Chrétien de Troyes, de l'y aider. Même s'il n'y avait aucun dragon.

— C'est de la folie pure !

— Peut-être, dit Morgennes. Mais peut-être pas !

Je me libérai de son étreinte. La détermination, la générosité de mon ami n'avaient pas varié d'un pouce. Me baissant jusqu'à terre, je refermai les mains sur de la neige, et la pressai pour en faire une boule. Puis je jetai ma boule de neige aussi loin que possible vers le ciel, comme j'avais jadis, à Arras, jeté mes œufs vers le firmament.

— Eh bien, m'écriai-je, allons tuer tes dragons ! Et tant pis s'ils nous tuent ! Qu'ils crèvent d'indigestion !

La boule de neige s'éleva dans les airs, très haut, si haut qu'elle disparut – jusqu'à ce que s'illumine une étoile, la première du soir. Je me sentis rasséréné. J'avais toujours aussi mal aux tempes – à cause de l'altitude –, mais je n'avais plus aussi peur. Les dieux étaient de notre côté, j'en avais la conviction.

Et puis, surtout, il y avait Morgennes.

Réenroulant autour de ses mains les bandes de tissu qui lui permettaient de les garder à l'abri du froid, Morgennes réajusta sur son dos les lanières de la cage de Galline, sa petite tente et son sac à dos, puis s'approcha de moi. S'accroupissant à mes pieds, il me saisit brusquement par les jambes, me souleva au-dessus de sa tête, m'installa sur ses épaules, plaqua mes cuisses sur sa poitrine et se redressa de toute sa hauteur.

Sur cet étrange piédestal, je vacillai un instant, puis retrouvai mon équilibre. La force de Morgennes était celle d'un demi-dieu. Plusieurs fois déjà, elle lui avait permis d'accomplir des exploits que je m'étais juré de relater un jour prochain, dans un de mes récits ou – mieux – dans un de ces mystères religieux que j'avais toujours eu plaisir à composer pour l'édification des foules.

— Comment messire trouve-t-il son nouveau destrier ? demanda Morgennes.

— Merveilleux ! J'ai bien envie de l'éperonner !

— Je te le déconseille, mon ami, fit Morgennes en riant. Ou je te plante ici d'une ruade, si bien et si profondément que tu n'auras pour épitaphe que tes deux pieds.

Ce disant, il enfonça son bâton dans la neige, et reprit sa route.

Morgennes continuait d'avancer vaille que vaille. Sa force était si prodigieuse, son moral si inébranlable, que je me dis qu'après tout, il ne lui serait peut-être pas impossible de venir à bout d'un dragon avec ses poings pour seule arme.

Mais nous avions à peine parcouru la moitié d'une lieue qu'un bruit nous fit nous arrêter. On aurait dit un battement d'ailes. Ou plutôt, le battement d'un millier d'ailes, comme si une armée d'oiseaux venait dans notre direction.

Je tendis l'oreille, et me dressai du mieux que je pus sur les épaules de Morgennes, afin de voir ce qui venait vers nous. Mais j'avais beau regarder, je ne voyais que neige, neige, neige, et ensuite une mer de nuages à la surface laiteuse, agitée de remous, où le ciel paraissait se vider.

25.

« Oui, la lettre les avait bien trompés ! »

(Chrétien de Troyes,
Lancelot ou le Chevalier à la Charrette.)

Assis sur son trône d'or constellé de diamants, l'empereur des Grecs, le basileus de Constantinople Manuel Comnène Ier, avait le regard vague, perdu dans ses pensées. Une main sous le menton, l'autre tapotant nerveusement l'accoudoir de son trône, il ne pouvait s'empêcher de tourner et de retourner dans sa tête la décision qu'il avait prise, et qu'il annoncerait en cette fin de matinée à l'ambassadeur du royaume de Jérusalem, un certain chanoine appelé Guillaume.

Ce dernier se tenait allongé de tout son long sur le sol dallé de marbre du *Chrysotriclinos*, la salle du trône impérial. Guillaume, qui jamais ne perdait patience, négociait depuis deux ans ; et depuis deux ans déjà attendait que l'empereur daigne répondre à sa requête. Manuel Comnène, comme ses prédécesseurs, était réputé pour faire attendre un temps infini ceux qui avaient une faveur à lui demander. On racontait que certains visiteurs étaient restés si longtemps dans la salle du trône qu'ils s'y étaient endormis, passant la nuit sous la surveillance de la garde impériale : de solides Scandinaves, casqués d'or et tenant entre leurs mains une grande hache à double tranchant.

Pourtant, Guillaume sentait que l'attitude du basileus avait évolué. Non seulement il le sentait, mais en plus il l'entendait. Oui, à n'en pas douter, le tapotis des doigts de

Manuel sur son trône évoquait une marche militaire, synonyme de guerre. C'était gagné ! L'empereur des Grecs allait aider ses frères de Terre sainte à conquérir l'Égypte, et lui, Guillaume, pourrait enfin regagner sa chère ville de Tyr, où l'attendait la charge d'archidiacre.

Il avait réussi !

Bien sûr, il lui avait fallu ruser, et il n'était peut-être pas étranger à cette fameuse lettre dite « du prêtre Jean », qui avait commencé à circuler voici deux ans entre les murs de Constantinople et même plus loin, par-delà les frontières de l'Empire.

Cette lettre, adressée à « *Emanueli Romeon gubernatori* », autrement dit à Manuel Comnène, était signée par un mystérieux « *Presbyter Johannes* ». Celui-ci prétendait régner sur un très puissant empire chrétien situé en *India Maior, Minor* et *Media*, et proposait à ses frères chrétiens d'Occident de venir les aider à se débarrasser des ennemis du tombeau du Christ (autrement dit, des Sarrasins). Suivait une description proprement incroyable de son Empire, que tout être sensé aurait immédiatement reconnue pour fabulée.

Mais les choses sont ainsi faites que, comme disait Amaury : « Plus c'est gros, plus ça marche ! »

Ce faux était si grossier qu'il en paraissait plus vrai que nature.

Ne pouvant se résoudre à imaginer qu'un tel galimatias avait été écrit dans le but de les mystifier, beaucoup de Byzantins avaient pris pour argent comptant les assertions contenues dans la lettre. Les licornes, dragons, géants, cyclopes, griffons, Amazones – toutes ces créatures fantastiques qui constituaient l'ordinaire de la faune de l'Empire du prêtre Jean – redevinrent à la mode. Du petit peuple à la haute noblesse, tous avaient envie d'y croire. C'était si amusant ! Et puis, qui leur prouverait qu'ils avaient tort ? Tout cela se passait dans un pays si lointain qu'il pouvait bien s'agir du Paradis. La lettre ne le disait-elle pas : « Notre terre ruisselle de miel et abonde de lait » ? Et chacun de rêver aux tables d'or, d'améthyste ou d'émeraude, aux colonnes d'ivoire et aux lits en saphir, qui composaient le mobilier des nombreux palais du prêtre Jean ; et chacun de se dire que ce royaume était si opulent que ce serait bien le diable s'ils ne pouvaient en profiter un jour, eux aussi, ne serait-ce qu'un peu. Pour le moment, en attendant leur félicité future, ils se contentaient d'un acompte, sous la forme d'un songe ou d'un vague espoir pour les plus pauvres ; d'une tapisserie, d'une moulure ou d'une mosaïque pour les plus fortunés.

Guillaume souriait, et en même temps il ne pouvait s'empêcher d'être triste. Il était triste parce que le peuple était facile à berner. Parce qu'il suffisait de parler de façon chatoyante pour être cru. Malheureusement, les vérités n'étaient pas toujours belles à entendre. Mais qui s'en souciait ?

La vérité, c'est fatigant. Tout ce qui intéresse les gens, c'est le lait et le miel. Et après tout, pourquoi pas ?

Bien sûr, la description d'un tel endroit n'eût pas suffi à modifier la politique d'un empereur de la stature de Manuel Comnène, s'il n'y avait eu, çà et là, quelques petites piques judicieusement dirigées contre lui pour l'amener à sortir de ses gonds.

Ainsi, l'authenticité de la foi du basileus (qui se prétendait le « pieux élu de Dieu ») était-elle remise en question par un roi plus puissant que lui (« inégalé sur terre », était-il écrit), et qui se contentait du simple titre de « prêtre » : « Nous voulons et désirons savoir si vous avez la vraie foi comme nous et si vous croyez à tous égards en Notre-Seigneur Jésus-Christ. »

Ensuite, par un habile changement de perspective, il était dit que si l'empereur pouvait passer aux yeux de ses « petits Grecs » pour un dieu, le prêtre Jean savait, lui, qu'il n'en était rien. Manuel Comnène, « mortel et soumis à la corruption humaine », n'était qu'un homme comme les autres, susceptible d'être critiqué.

Voire destitué.

Car il devait sa charge d'empereur, non pas à sa nature (en rien exceptionnelle), ni même à Dieu, mais bien plutôt au hasard, et aux circonstances. Empereur aujourd'hui, à Constantinople. Mais demain ? Mais ailleurs ?

Le prêtre Jean ne parlait-il pas de l'embaucher comme « majordome » ?

Quand les premières copies de cette lettre étaient parvenues au palais de l'empereur, Manuel s'était contenté de hausser les épaules avec un sourire dédaigneux.

« Mon prestige est si grand, s'était-il dit, ces assertions si extravagantes, que nul n'y prêtera attention. Au pire, on rira... »

Ce qu'il ne savait pas, c'est que ses conseils avaient attendu plusieurs semaines avant d'oser lui en parler – car pour eux l'affaire était grave. Si grave qu'ils redoutaient sa colère, et qu'aucun d'eux ne voulait être le « porteur de mauvaises nouvelles ».

Quand ils se résolurent à la porter à sa connaissance, ils ne comprirent pas que Manuel n'en prît pas aussitôt la mesure.

Pour eux, ces lettres étaient les sapeurs d'une armée, qui par leurs travaux souterrains risquaient de faire s'écrouler les plus hautes murailles. L'empereur, lui, n'y avait vu que sottises et élucubrations propres à distraire les foules ; des choses si folles que nul, jamais, ne leur accorderait crédit.

Et pourtant.

Petit à petit, on se mit à murmurer dans son dos. Puis du murmure on passa au rire, sous cape – pour l'instant.

Mais Manuel sentait approcher le moment où l'on parlerait en sa présence sans se soucier d'être ou non vu de lui, où l'on rirait à gorge déployée ; et où, « pour le bien de l'Empire », ses généraux le prieraient de leur céder le trône. Il décida de réagir. Aveuglé par la colère, il commença par donner l'ordre de brûler toutes les copies de cette lettre. On en trouva quelques dizaines, qui s'en allèrent alimenter les fourneaux des thermes impériaux. La semaine d'après, une nouvelle récolte en apporta deux fois plus. Le mois suivant, elles s'étaient encore multipliées – et avec elles vinrent les éclats de rire.

Pareilles aux têtes de l'hydre, les copies de la « lettre du prêtre Jean » ne se laissaient pas abattre. Au contraire, plus Manuel les attaquait, plus elles se multipliaient. Il comprit alors qu'il devait modifier sa tactique.

Comme c'était un empereur intelligent, doté d'une profonde connaissance de la nature humaine et d'un sens aigu de la politique, une fois sa colère calmée, il prit enfin la juste mesure de son ennemi. Ce qu'il avait à vaincre, ce n'était pas une armée, contre laquelle il aurait pu envoyer ses mercenaires, c'était un mythe. Une légende. C'était surtout, commc le Paradis, l'espoir d'une vie meilleure. Un adversaire contre lequel il était dangereux de triompher...

La seule façon de le vaincre, c'était de l'attaquer avec ses propres armes, et donc de créer d'autres fictions – jouant le rôle de contre-fiction. Combattre la rumeur par la rumeur, les mots par les mots, les idées par les idées, de manière qu'on ne sache plus démêler le vrai du faux. Aller dans le sens de cette lettre, et la noyer sous un flot d'autres lettres, toutes plus folles les unes que les autres, afin de mieux donner corps au prétendu Empire du prêtre Jean.

Et ce faisant, le faire entrer dans la légende.

Car, après tout, cet Empire ne le dérangeait en rien. Ce qui le gênait, c'étaient les attaques formulées contre lui, c'était l'aura de son ennemi.

Moins d'un an après la première apparition de cette lettre, d'autres versions furent, comme par hasard, mises au jour. Mais de Manuel Comnène, il n'était plus question. Ces lettres « nouvelle façon » étaient adressées à Frédéric Barberousse, l'empereur du Saint Empire romain germanique, ou bien encore au pape Alexandre III. L'attention commença donc à se détourner du basileus (qui n'était plus qu'un puissant parmi d'autres), pour se focaliser sur le fabuleux Empire du prêtre Jean – que certains rêvaient déjà d'aller explorer.

Et c'est ainsi que Manuel Comnène garda son trône, et le peuple ses rêves.

Mais ce matin, une autre lettre était arrivée. C'était elle qui avait décidé Manuel à partir en guerre. L'empereur leva le petit doigt, et son secrétaire ordonna à Guillaume :

— Levez-vous !

Guillaume se releva en s'appuyant sur son bâton, mais garda la tête baissée, humblement.

— Sa Majesté l'empereur Manuel Comnène, basileus des Grecs, a pris sa décision, poursuivit le secrétaire.

— Majesté..., fit Guillaume en regardant les pieds de l'empereur.

— Silence, poursuivit le secrétaire, imperturbable. Sa Majesté a décidé de vous venir en aide.

— Je ne sais comment...

— Silence. Sa Majesté a donné l'ordre à ses chantiers navals de s'atteler sans plus attendre à la construction de la plus grande flotte de guerre que la mer ait jamais portée. Elle sera prête dans un an. À ce moment-là, Sa Majesté l'enverra en Égypte, sous le haut commandement du mégaduc Coloman, pour qu'elle appuie les troupes du roi Amaury de Jérusalem...

L'empereur hocha la tête, cligna des yeux, et son secrétaire conclut :

— Vous pouvez parler à présent, et remercier Sa Majesté.

— Sire, Votre Majesté est trop bonne. Mes remerciements ne seront rien en regard de ceux que le roi Amaury vous fera parvenir quand il apprendra cette fabuleuse nouvelle. Mais permettez-moi de vous dire, au nom de la Terre sainte et de la Sainte Croix, notre profonde gratitude. Puis-je savoir ce qui a motivé l'entrée en guerre de Sa Majesté à nos côtés ?

L'empereur hésita un instant, puis claqua des doigts et tendit la main, paume ouverte, en direction d'un petit page agenouillé dans un coin du *Chrysotriclinos*. En entendant l'empereur l'appeler, le petit page se déplia, et courut poser dans la main de l'empereur un fin rouleau de parchemin.

— Ce matin, Sa Majesté a reçu ceci, dit le secrétaire.

Manuel montra le parchemin à Guillaume.

— Il s'agit d'une lettre, envoyée par un certain prêtre Jean, poursuivit le secrétaire impérial.

— Je suis au courant, fit Guillaume, troublé.

— Impossible, dit cette fois l'empereur sans passer par l'intermédiaire de son secrétaire, ce qui fit tressaillir tout le monde dans la salle. Cette lettre n'a été lue que par moi, et traite d'un sujet que je pensais confidentiel...

— Que dit-elle ?

— C'est une lettre de remerciement, signée du prêtre Jean. Tenez, lisez.

Guillaume déroula la lettre que lui tendait Manuel Comnène, et lut ceci : « Majesté, très cher empereur et ami, on nous a fait savoir que vous affectionnez Notre Excellence et qu'il était souvent fait mention de Notre Altesse chez vous. Puis nous avons appris de notre ambassadeur que vous vouliez nous envoyer quelques bagatelles divertissantes et amusantes, dont notre justice serait charmée. De cela nous vous remercions. Sachez que le meilleur accueil leur sera fait. »

— Je ne comprends pas, dit Guillaume. De quelles bagatelles s'agit-il ?

— Nous ne croyons pas en l'existence du prêtre Jean, dit Manuel Comnène. En revanche, nous savons que quelqu'un a rédigé cette lettre pour nous nuire, et déstabiliser notre trône... Les bagatelles dont il s'agit sont deux agents, dont un mercenaire, chargés de trouver et de tuer leur auteur. Apparemment, ils ont été démasqués.

— Mais, par qui ? s'exclama Guillaume.

— C'est bien la question.

Oui, et doublement, se dit Guillaume. Car il n'était pour rien dans cette dernière lettre.

26.

« À ton tour de me dire quel homme tu es et ce que tu cherches ! »

(Chrétien de Troyes, *Yvain ou le Chevalier au Lion.*)

Morgennes se remémora la promesse qu'il avait faite au comte de Flandre, cinq ans plus tôt : aller au Paradis pour y chercher sa femme. Eh bien, s'il arrivait au Paradis – ainsi qu'on pouvait le supposer, car en vérité cette montagne était si haute qu'il était impossible qu'elle ne communiquât pas avec le Ciel –, alors les bruits que nous entendions étaient tout simplement des battements d'ailes d'anges.

— Cher comte, murmura Morgennes, je vous promets, sur mon honneur et sur mon âme, de tout faire pour vous rendre Sibylle, et de vous la ramener. Où que vous soyez...

— Morgennes, lui dis-je, tu délires... Ce n'est pas ici l'accès au Paradis ! Voyons, réfléchis. Tu sais que celui-ci est comparable au jardin d'Éden, et qu'il est arrosé par quatre fleuves, dont le Nil. Or, pour autant que je sache, le Nil ne coule pas dans cette région. Le seul fleuve dont nous avons longé les rives était le fleuve Aras, laissé depuis deux jours en contrebas.

— Tu confonds le jardin d'Éden, autrement dit le paradis terrestre, et le paradis céleste – encore appelé « sein d'Abraham ». Or comme l'ont moult fois précisé les Pères de l'Église, celui-ci est comparable au troisième ciel. Ou si tu préfères, au ciel empyrée – par-delà le firmament.

— Hum, fis-je, trop fatigué pour engager une polémique sur ce sujet. Quoi qu'il en soit, penses-tu que nous y contemplerons Dieu face à face ?

— Je l'espère bien ! J'ai des questions à lui poser !

— Eh bien justement, tâche de ne pas nous oublier, Galline et moi. Nous n'avons ni ton courage ni ta force... D'ailleurs, je crains que face à Dieu tu ne sois pas de taille à l'emporter. Enfin, nous verrons bien !

En dignes successeurs d'une longue lignée d'explorateurs, nous ajoutions nos pas à ceux de nos prédécesseurs. Curieux, lettrés, militaires, conquérants, égarés, géographes, fugitifs – des centaines de voyageurs étaient partis avant nous à la recherche du Paradis, et des milliers partiraient encore après. Nombre de documents, lettres, portulans, témoignages, que nous avions retrouvés (volés) pour le compte de Manuel Comnène, traitaient justement de ce thème : le Paradis.

Où se trouvait-il ? Pouvait-on y accéder depuis la terre, ou fallait-il attendre de mourir pour avoir une chance d'y aller ? De Cosmas Indicopleustès à Isidore de Séville, en passant par Pierre Lombard, de nombreux sages avaient tenté d'en indiquer l'accès. De son côté, Bernard de Clairvaux avait clairement expliqué que c'était là chose très simple. Il suffisait d'endosser l'habit religieux, puisque : « Le cloître est réellement un paradis. »

La seule chose à laquelle Morgennes pensait vraiment, son obsession, c'étaient les dragons. Ils constituaient la clé de son propre petit paradis personnel : la chevalerie.

Et en cet instant, en dehors de la promesse qu'il avait faite à Thierry d'Alsace et de son désir de revoir ses parents, une seule question taraudait son esprit : « Y avait-il ou non des dragons à l'entrée du Paradis ? »

Peut-être pas.

Mais des dragons à l'entrée de l'Empire du prêtre Jean ? Absolument. La lettre que nous avait montrée Manuel Comnène était on ne peut plus éloquente à ce sujet : en cet endroit les dragons pullulaient, autant que mouches sur bouse de vache !

En outre, puisque nous marchions sur les pas d'Alexandre, pourquoi ne rencontrerions-nous pas les dragons que ce grand conquérant avait aperçus, et même combattus, ainsi qu'il le mentionnait dans une lettre envoyée à son maître, Aristote ?

Peu avant notre départ de Constantinople, Morgennes avait décidé d'aller rendre visite aux trois sorcières auxquelles il avait dérobé, sur l'ordre de Manuel Comnène, l'unique œil, l'unique oreille et l'unique dent qui leur servaient à voir, entendre et parler. Sans eux, les sorcières étaient sourdes, muettes et aveugles – autant dire impuissantes.

Mais ces sorcières avaient, soi-disant, un pouvoir : celui de voir dans le temps, et de fendre le brouillard où étaient plongées nos pauvres vies humaines. Morgennes souhaitait leur poser cette question : « Où trouverai-je ce que je cherche ? »

En échange, bien entendu, les vieilles lui demanderaient de leur rendre leurs biens. Morgennes avait donc pénétré, quelques nuits auparavant, dans le palais des Blachernes, au nord-ouest de Constantinople – là où Manuel Comnène avait sa résidence et ses magnifiques collections d'objets rares et de reliques.

Telle une ombre, il était parvenu à se faufiler dans les couloirs et les corridors, avait réussi à éviter les gardes, désamorcé les nombreux pièges, trappes et collets placés sur son parcours, puis s'était enfin introduit dans la salle des coffres – où les trois précieux objets avaient été placés en sécurité. Volant une seconde fois ce qu'il avait déjà volé une première, il était ensuite allé rendre ces biens à leurs légitimes propriétaires.

À peine étions-nous entrés dans leur maudite cabane que les trois vieilles s'étaient mises à renifler et à taper le sol de leurs mains. Quand l'une d'elles posa ses longs doigts crochus sur le pied de Morgennes, dont elle remonta la cuisse pour lui saisir l'entrejambe, Morgennes lui rendit son œil.

Aussitôt, les vieilles reculèrent précipitamment, dans un même mouvement, terrorisées. L'une d'elles laissa échapper une sorte de râle, qui résumait leurs pensées : « Encore toi ! »

Donnant à la deuxième sorcière son oreille, Morgennes lui dit – une fois qu'elle l'eut remise en place :

— Je suis venu en paix ! Je veux juste vous parler !

Nouveaux râles, n'indiquant rien de bon.

— J'ai également rapporté ceci. (Il leur montra leur dent, vieux chicot noir et tout pourri.) La voulez-vous ?

Râles, râles, râles.

L'une des vieilles lui tendit la main, en un geste implorant. Morgennes la regarda, et contempla la misérable cahute où elles vivaient. Pourquoi n'habitaient-elles pas dans un palais ? L'empereur aurait dû les vouloir auprès de lui, à chaque instant. Au lieu de cela, il avait demandé à Morgennes de leur dérober ce qu'elles avaient de plus précieux. Pour quel bénéfice ? Si c'était pour qu'elles ne puissent plus exercer leurs talents de devineresses, pourquoi ne pas les tuer ? Et si elles lisaient vraiment l'avenir, pourquoi s'étaient-elles laissé voler ?

Autant de questions qui entouraient d'une aura de mystère ces trois vieilles, si décrépites qu'elles paraissaient être nées sous Alexandre le Grand. En tout cas, nombreux étaient ceux qui, dans les files d'attente des boulangeries et des boucheries de Constantinople, assuraient qu'elles avaient connu le vieil empereur Constantin, et que c'était à ce dernier qu'elles devaient leur étrange demeure. « Autant vous dire, assuraient les gens, qu'elles font si bien partie de la cité que leur disparition signerait à coup sûr la fin de Constantinople. »

— Je vous rends votre dent en échange d'un renseignement...

Les sorcières sifflèrent, râlèrent et caquetèrent.

— Êtes-vous d'accord ?

Nouveaux caquètements.

— Je prends ça pour un « oui », fit Morgennes.

Et il leur rendit la dent.

Ayant, l'une, récupéré son œil, l'autre sa dent, et la dernière son oreille, les trois sorcières s'avancèrent vers Morgennes en grinçant :

— Toi ! caqueta la vieille à la dent. Toooooi ! répéta-t-elle en pointant le doigt sur Morgennes.

— Que les patriarches nous viennent en aide ! fis-je en me signant.

— Débarrassé ! caqueta une nouvelle fois la vieille. Débarrrrrassé de tout ! Du matérrrriel, et de l'orrrrrgueil...

Les vieilles s'enveloppèrent dans une atroce couverture, puis la première bascula la tête en arrière, ne montrant plus que le blanc de son œil, tandis que la deuxième se tapait le front par terre. La troisième émit une sorte de sifflement suraigu, qui nous obligea à nous boucher les oreilles. Mais, au bout de quelque temps, une langue pareille à celle d'un serpent lui sortit de la bouche, et avec elle cette phrase, prononcée d'un accent sifflant :

— Quel genre d'homme es-tu ?

— Un homme comme les autres, dit Morgennes. En quête d'aventures...

— Non, pas un homme...

— Mais alors quoi ? fit Morgennes.

— Marche ! dit la vieille. Marche, sssept et sssoixante-dix-sssept jours, en directttttion du berccccceau du ssssoleil... Alors tu sauras !

Aussitôt dit, aussitôt fait, nous nous mîmes en route après nous être équipés d'un matériel d'escalade. Cordes, pitons, marteaux, peaux d'ours, casques, pelles, pics à glace et même... crampons. Notre équipement métallique avait été enveloppé dans des chiffons huilés, afin de le protéger du froid, et nous partîmes dans la direction indiquée par les trois sorcières – qui, chose étrange, correspondait en tout point à celle de la treizième et dernière mission de Morgennes. C'est-à-dire vers l'Orient et les Indes.

En route pour l'Empire du prêtre Jean.

Pourtant, je ne cessais de penser que si l'on avait voulu se débarrasser de nous et nous jouer un mauvais tour, on ne s'y serait pas pris autrement. Mais qui aurait fait cela ? Qui y aurait eu intérêt ?

Personne.

Et Manuel Comnène attendait vraiment qu'on lui rapportât, sur un plateau d'argent, ou bien la tête du prêtre Jean (s'il existait), ou bien la tête de celui qui avait rédigé ces lettres.

Alors, la corde enroulée en travers du corps, un pic à la main, les pitons, les crochets bringuebalants et cliquetants accrochés à notre ceinture, Morgennes et moi marchâmes, grimpant sans cesse, mais de plus en plus lentement au fur et mesure que le terrain montait et que les montagnes se dressaient devant nous, toujours plus proches. Majestueusement drapées de nuages et de neiges, souveraines imperturbables auprès desquelles nous n'étions que deux ombres minuscules.

Au terme du soixante-douzième jour de marche, nous atteignîmes enfin les contreforts du mont Agridagi, où nous nous accordâmes une courte halte, au monastère de Saint-Jacob. Là, nous nous régalâmes de sangliers rôtis et de truites saumonées pêchées dans l'Aras, tout en buvant du vin de la plus vieille vigne du monde.

— Celle que Noé planta, non loin de son Arche, nous expliqua l'un des moines. Pour remercier Dieu d'avoir mis fin au déluge.

— Celle dont il but le vin jusqu'à l'ivresse, ajouta Morgennes.

Comme le moine lui jetait un mauvais regard, je lui donnai un coup de coude et dis :

— Noé ! Le sauveur de l'humanité ! Tu lui dois le respect !

Morgennes me parlait souvent des dessins qu'il avait vus dans le palais de Coloman, et me disait que les paysages que nous traversions ressemblaient à ceux qui y étaient représentés. Il était persuadé que des Byzantins nous avaient précédés ici et se demandait si la Compagnie du Dragon blanc n'y était pas passée, elle aussi. Quand je lui en demandai la raison, il m'expliqua :

— Gargano, le fait que les chantiers navals de Constantinople aient été interdits au public, que nous n'ayons pas trouvé trace de la Compagnie du Dragon blanc à Constantinople, et les schémas que j'ai vus dans le phare... Tout cela m'incite à penser que quelque chose d'important se trame, autour de Constantinople, de la Compagnie du Dragon blanc, et peut-être aussi des dragons...

Les dragons !

Nous cheminions en direction des bruits d'ailes et je continuais de me dresser sur ses épaules pour voir ce qui venait. Mais je ne distinguais rien d'autre qu'une formidable mer de brume, qui remontait vers un pic d'une hauteur vertigineuse. Parfois, je pensais à notre accoutrement, et je me demandais si c'était ainsi habillé qu'il convenait de se présenter à saint Pierre.

Mais de saint Pierre il ne fut pas question, car ce que nous découvrîmes alors nous coupa le souffle – à moi le premier.

— Morgennes ! fis-je. C'est incroyable.

— Que vois-tu ?

— Il y a un creux au sommet de la montagne, un creux en forme de coque de bateau ! Comme si quelqu'un avait descendu l'Arche de Noé de son perchoir, en haut de l'Ararat !

— Balivernes ! Que dis-tu là ?

— Mais avance, avance !

Pressant le pas, Morgennes nous amena au bord de la mer de brouillard d'où surgissaient les bruits d'anges ou d'oiseaux. Figurez-vous une surface immense, laiteuse, crayeuse, agitée de remous, et un vacarme d'ailes qui vient en grandissant par en dessous. Quand le bruit devint aussi assourdissant que mille vagues s'écrasant contre un rocher, Morgennes me cria :

— Tiens-toi prêt ! Quand les anges arriveront, je sauterai dans le vide pour m'accrocher à l'un d'eux ! Et il sera bien obligé de nous emmener au Ciel !

— Morgennes ! Non, ne fais pas de bêtise !

Afin d'ajouter à sa résolution, Morgennes, qui s'était déjà débarrassé de son armure vermeille chez un prêteur sur gages de Constantinople, passa la main sous sa cotte de cuir de cerf, puis sous sa chemise en toile de chanvre, et serra la croix que lui avait donnée son père. Ses lèvres formaient une patenôtre silencieuse, et je le sentis bander ses muscles, prêt à s'élancer dans le vide.

— J'ai peur, dis-je. Je crois que je n'ai jamais eu aussi peur de ma vie.

— Tu m'as toujours dit que je n'avais pas vraiment traversé... Eh bien, voici venu le moment de m'élancer pour de bon !

Sachant que nous n'avions peut-être plus devant nous qu'un demi-battement de cœur à vivre, je regardai le paysage, dévorant du regard ce qui était probablement la dernière chose qu'il me serait donné de voir. Mais je devais être en plein délire, car le ciel était noir et la neige flottait en dépit du bon sens, dans n'importe quelle direction. Au lieu de descendre, quelques flocons montaient même dans l'obscurité, pareils à des étoiles blanches.

— Crois-tu qu'il y ait encore un peu de terre, sous ces nuages ? demandai-je à Morgennes.

— On s'en fiche, nous on monte !

Puis, alors que les nuages du bord de la falaise commençaient à frémir, il s'élança dans le vide.

Et retomba sur une aile.

27.

> « Avec son épée affilée il se porte à l'attaque du serpent maléfique ; il le tranche jusqu'en terre et le coupe en deux moitiés. »
>
> (CHRÉTIEN DE TROYES, *Yvain ou le Chevalier au Lion.*)

Manuel Comnène releva le nez de son breuvage, une soupe épicée servie dans un bol d'or incrusté de perles. Le liquide palpitait comme s'il était vivant, et avait la teinte laiteuse des soupes chinoises. Sans même s'assurer que son goûteur était encore en vie, Manuel avala une gorgée du liquide brûlant, puis plongea son regard dans les yeux de Guillaume.

— Majesté, fit le secrétaire de Manuel Comnène...

— Qu'ils m'empoisonnent, si ça leur chante. Je suis immunisé contre tout.

Puis, se tournant vers Guillaume, l'empereur des Grecs lui expliqua :

— Mes goûteurs ne me servent qu'à savoir si l'on a tenté ou pas de m'empoisonner. Pour ma part, les poisons ne me font rien. À peine relèvent-ils un peu le goût de mes plats....

— Majesté, je prie chaque jour pour qu'on ne vous fasse aucun mal... Mais, pour en revenir à cette dernière lettre, vous m'aviez dit que vous aviez une petite idée de son auteur ?

Sur un geste du secrétaire, le goûteur sortit de la pièce à reculons, afin de ne pas tourner le dos à Manuel Comnène, qui descendit de son trône. Alors, par l'effet d'un mécanisme caché dans les murs – plutôt que par magie (Guillaume n'était pas dupe de ces choses-là) –, le trône s'éleva dans les airs, tandis que dans tout le *Chrysotriclinos* des statues de créatures fantastiques (griffons, dragons, phénix & hippogriffes) s'agitaient, battant des ailes comme pour s'envoler en donnant dans le vide quelques coups de griffes.

Cette installation, décidée par l'empereur, avait coûté une petite fortune et demandé plusieurs années de travail à un célèbre Maître des Secrets, appelé Philomène – mais que Guillaume n'avait croisé qu'à une ou deux reprises, ce qui n'avait pas empêché son excellente réputation de parvenir jusqu'à ses oreilles.

— Croyez-vous aux dragons ? demanda brusquement Manuel Comnène à Guillaume, l'arrachant à ses pensées.

— Bien sûr, répondit Guillaume. Hérodote et Pline y ont fait maintes fois allusion. L'histoire fourmille d'exemples de dragons vaincus par les hommes, les saints ou les anges. Ainsi, saint Michel, saint Georges, saint Marcel, ou encore, en Éthiopie, saint Matthieu, ont...

L'empereur se contenta de lever la main, et son secrétaire intima à Guillaume :

— Silence.

— Je ne vous demande pas si vous croyez que les dragons ont un jour existé, dit le basileus. Cela, tout le monde le sait. Je vous demande si vous croyez qu'il en existe encore, quelque part, aujourd'hui...

— Eh bien...

Guillaume ne répondit pas immédiatement. Curieusement, il repensait au fabuleux spectacle monté par la Compagnie du Dragon blanc, au cours duquel Morgennes – jouant le rôle de saint Georges – avait vaincu un puissant dragon noir. Il s'interrogeait : « Qu'est devenu Morgennes ? A-t-il réussi à se faire oublier ? En tout cas, moi, je l'avais oublié... Le Chevalier à la Poule ! » Il eut un vague sourire, et chercha à se remémorer les dernières paroles d'Amaury à

Morgennes... Enfin, les dernières paroles. Non. Sa mémoire n'était pas aussi bonne que cela. Mais il se rappelait fort bien qu'Amaury avait promis à Morgennes de l'adouber s'il parvenait à tuer un dragon... Depuis, on ne l'avait pas revu, sinon au Krak, où il avait fait fort mauvaise impression en se faisant passer pour saint Georges. Cela dit, certains – dont le comte Raymond de Tripoli – disaient que c'était à lui qu'on devait la débandade de l'armée de Nur al-Din. D'autres, à Constantinople, racontaient pour leur part que Morgennes était devenu l'un des plus puissants mercenaires au service de l'empereur, l'une de ses « âmes noires ». Guillaume prit une profonde inspiration, et se jeta à l'eau :

— Je crois aux Amazones, et j'ai moi-même déjà croisé leur reine...

L'empereur leva de nouveau la main, et le secrétaire intervint :

— Au fait !

— Comme il est dit dans la Bible, ajouta Guillaume : « C'est lui la première des œuvres de Dieu. » Il serait présomptueux de ma part de croire que l'homme les a tous exterminés... Il doit bien y en avoir encore quelques-uns... Ne serait-ce que pour l'Apocalypse...

— Au fait !

— Eh bien, se hâta de conclure Guillaume, voici : oui, je le crois. D'autant plus que je crois au Diable, et que ne pas croire aux dragons reviendrait à dire que le Diable n'existe pas, ou a été définitivement vaincu. Puisque *draco iste significat diabolum* – « ce dragon représente le Diable », comme le dit Isidore de Séville dans les *Etymologiae.*

Un pâle sourire éclaira fugitivement le blanc visage de l'empereur, visiblement satisfait de la réponse de Guillaume.

— Venez, dit le secrétaire de Manuel. Sa Majesté vous emmène célébrer votre accord. Pour ce faire, nous irons dans la salle des dix-neuf lits, où Sa Majesté a l'habitude de recevoir ses hôtes les plus importants.

L'empereur interrompit son secrétaire, et déclara :

— Mais avant, j'aimerais vous faire visiter mes jardins, puis vous montrer mes précieuses collections d'objets sacrés et de reliques.

— Majesté ! Quel honneur ! fit Guillaume.

Dans un éblouissement de robes de soie cousues d'or et de pierres précieuses, Manuel passa devant Guillaume, suivi de son secrétaire, de son premier Prôtospathaire (son porte-glaive), du Logothète du Drôme (avec qui Guillaume aurait à finaliser les détails de leur accord diplomatique), et de son Maître des Milices – le mégaduc Coloman. Six des douze gardes nordiques qui assuraient à chaque heure du jour et de la nuit la sécurité de l'empereur leur emboîtèrent le pas, et vinrent se ranger trois par trois, de part et d'autre de ces importants personnages.

Manuel Comnène était monté sur le trône en 1143. Fils, petit-fils et arrière-petit-fils d'empereur, il avait eu la chance, si l'on peut dire, d'hériter d'un empire renforcé, agrandi et stabilisé par l'épée de ses ancêtres. Mais lui, que lèguerait-il à son fils, le jeune Alexis II ? Grossirait-il l'héritage reçu, ou au contraire, le diminuerait-il ? Cette question le mettait d'autant plus au supplice que ses terres étaient continuellement menacées, à l'ouest comme à l'est.

Le sud, déjà, avait été perdu voici longtemps. Le sud, c'était l'Égypte, qui autrefois servait de grenier à blé à l'Empire. Depuis, Constantinople connaissait d'incessants problèmes de ravitaillement, qui l'obligeaient à se ruiner pour acheter des vivres aux marchands – principalement aux Vénitiens, haïs dans tout l'Empire.

— Croyez-moi, dit l'empereur à Guillaume, vous n'oublierez pas de sitôt ce que j'ai l'intention de vous montrer.

Alors, comme il le faisait souvent pour se calmer, s'amuser ou tromper son attente, Guillaume fit passer son long bâton de sa main droite à sa main gauche, et jeta un bref coup d'œil à son extrémité. Celle-ci représentait une tête de dragon. Massada, le marchand qui le lui avait offert, lui avait assuré qu'il s'agissait du bâton de Moïse. Sornettes ? Qui pouvait le dire ?

Guillaume esquissa un sourire, puis suivit l'empereur et ses hommes dans l'immense jardin du palais des Blachernes, sur lequel donnaient les fenêtres de la salle du trône.

C'était plus un jardin zoologique qu'un jardin d'agrément, et par endroits des cages contenaient des animaux – qui n'avaient rien de fantastique. Ainsi, des tigres et des lions faisaient les cent pas dans leurs prisons à barreaux d'or, et poussaient de temps à autre, lesquels des feulements, lesquels de formidables rugissements. Comme pour leur être agréables et leur rappeler leur gloire d'antan, des volées de colombes s'enfuyaient vers le ciel, puis revenaient picorer aux côtés des autruches et des paons les graines que des gardes leur avaient jetées – avant de s'envoler encore, aux feulements d'après.

— Croyez-vous, demanda l'empereur à Guillaume, qu'une fable puisse être avérée ?

— S'il y a suffisamment de monde pour y croire, cela se peut.

— Alors, croyez-vous que Dieu soit une fable ?

— Par saint Martin ! Bien sûr que non.

Guillaume marqua une pause. Était-ce un piège ? Soudain, il trembla de tout son corps, à l'idée que cette petite visite au jardin zoologique ne se terminât dans la cage d'un des fauves qui jetaient vers eux des regards affamés. Et lorsqu'un tigre poussa son rauque feulement, Guillaume regretta de ne pas pouvoir s'envoler comme les colombes du palais.

— Vous avez froid ? demanda à Guillaume le secrétaire impérial.

— Non, non, ça va, dit Guillaume qui ne cessait de trouver extraordinaire le lien qui unissait le secrétaire à l'empereur.

Les gardes et l'entourage de Manuel jetèrent sur Guillaume un regard inquiet, peut-être inquisiteur.

— Tout va bien, dit Guillaume. Je vous assure...

— Et le prestige d'un roi, d'un pape ou d'un empereur, poursuivit Manuel comme si de rien n'était, pensez-vous qu'il relève de la fable ? De la légende ?

— Je ne sais, avoua Guillaume. Je pense qu'il faut tout faire pour vivre dans la vérité. Mais il est vrai aussi qu'une pincée de poudre de perlimpinpin rehausse le prestige de ceux sur qui elle se dépose...

Le cortège venait d'arriver au milieu du jardin, où se trouvait une fontaine. Là, un homme, une femme, trois vieillards et deux enfants, tous pauvrement vêtus, attendaient que Manuel leur lave les pieds – comme la coutume l'exigeait, chaque fois que l'empereur s'en allait festoyer. Et tandis que l'empereur s'agenouillait pour leur passer entre les doigts, sur les mollets, un linge imbibé d'eau de la fontaine, Guillaume se demanda : « Ces pauvres sont-ils ou non de vrais pauvres, ou bien des domestiques déguisés ? Et en ce cas, qui abuse qui ? »

Pendant qu'il se posait cette question, le secrétaire de l'empereur se tourna vers lui pour lui faire savoir :

— Au début, Sa Majesté vous a soupçonné.

— Ah ?

— Qui, en effet, avait le plus intérêt à déstabiliser l'Empire et à pousser Sa Majesté à entrer en guerre ?

— Je ne sais pas. Les Moldaves ? Les Arméniens ?

— Balivernes ! fit l'empereur en relevant la tête. Les Moldaves et les Arméniens sont si faibles qu'à mes yeux ils n'existent pas. Mettons plutôt, les Sarrasins. Mais alors, ils n'auraient pas cherché à nous humilier en tant que chrétiens orthodoxes. Ils n'entendent rien à ce genre de subtilité. Non, ceux que nous agaçons – je dis bien « agaçons », et non pas « menaçons » – sont au nombre de deux. Et de deux seulement.

— Puis-je demander à Sa Majesté à qui elle pense ?

L'empereur, maintenant en train de sécher les pieds de ses pauvres officiels avec un linge de coton, apporté sur un plateau d'argent par un jeune serviteur, répondit :

— Mais on vient de vous le dire : à vous !

— Moi ? fit Guillaume le plus innocemment possible.

— Sa Majesté, poursuivit le secrétaire, parlait d'un « vous » au sens large. « Vous, les croisés. » Ceux de Jérusalem et de Rome, si vous préférez. De même, pour employer un euphémisme, Sa Majesté sait que la papauté ne la porte pas dans son cœur.

— Ce qui ne date pas d'hier, commenta Manuel.

— Alors, poursuivit le secrétaire, pris dans l'étau de vos deux puissances moyennes, Sa Majesté n'a pas eu d'autre choix que de partir en guerre.

— Mais grâce à Dieu, nous pensons savoir d'où les coups sont venus ! dit l'empereur.

Il laissa tomber son linge entre les mains du jeune page au plateau d'argent, et s'éloigna de la fontaine, sans un dernier regard pour ses pauvres qui, vrais ou faux, mettaient sur son passage un genou en terre.

— Mais, d'où ? insista Guillaume.

— Ni de Rome ni de chez vous. Non.

— Majesté, je meurs d'impatience...

— Silence, fit le secrétaire.

— Chaque chose en son temps, continua l'empereur. Je vous ai parlé de ma collection d'objets précieux, vous rappelez-vous ?

— C'est un honneur qu'on n'oublie pas, Majesté, dit Guillaume. Mais quel rapport y a-t-il entre les dragons et le royaume du prêtre Jean ?

— Eh bien, après mûre réflexion, je me demande s'il ne se pourrait pas qu'ils existent, l'un et l'autre. Au même titre que, par exemple, les Chevaliers de la Table Ronde... Vous êtes, je crois, un grand amateur de livres ?

— Oui, je me targue en effet de passer beaucoup de temps en leur compagnie ; mais je ne perds pas de temps à lire des contes d'aventures. C'est de l'Histoire, et d'elle seule, que j'ai le souci... Je me m'intéresse qu'aux faits. À la réalité. Les affabulations des ménestrels ne m'intéressent pas...

À ce moment de leur conversation, ils arrivèrent à l'autre bout du jardin, devant une lourde porte de bronze insérée dans un mur de pierre blanche. L'empereur, qui marchait en tête, s'écarta pour laisser passer Guillaume devant lui ·

— À vous l'honneur.

Une nouvelle fois, Guillaume trembla. Et comme il était bientôt midi, impossible de mettre ses frissons sur le compte du froid. Surtout en ce début de printemps, alors qu'il faisait un temps magnifique.

Obéissant à l'empereur, auquel de toute façon nul n'aurait jamais osé désobéir en son palais, Guillaume franchit le seuil de l'énorme double porte que deux valets venaient d'ouvrir devant lui, et se retrouva face à un long corridor, gardé par deux dragons.

Guillaume manqua s'évanouir, mais l'empereur lui-même l'empêcha de s'effondrer, en le retenant au dernier moment.

— Remettez-vous ! lui dit-il. Et regardez !

Guillaume ouvrit les yeux, et s'aperçut qu'il avait mal vu. Ce qu'il avait pris pour deux dragons n'était en réalité que deux immenses lézards, avec crêtes et écailles, équipés d'une selle où se tenait perché un chevalier – lance en avant. Les lézards, aussi hauts et apparemment aussi dociles que des palefrois, ne bougeaient pas d'un cil. Seuls leurs yeux globuleux et noirs étaient dardés sur Guillaume, tout comme la longue langue rouge au bout fendu en deux, qu'ils pointaient à intervalles réguliers dans sa direction.

— Mon Dieu ! fit Guillaume. Par quel miracle...

— Il n'y a pas là de miracle, fit l'empereur. Mais une simple découverte. Ces lézards, ou dragonnets, si vous préférez, proviennent d'une île située dans les parages de l'Inde, où mes mercenaires sont allés les chercher.

— C'est extraordinaire.

— Avez-vous entendu parler de la Compagnie du Dragon blanc ?

— Et comment ! s'enthousiasma Guillaume.

— Ma nièce en fait partie. L'auriez-vous, par hasard, rencontrée ?

— Non, je ne crois pas. Mais cette compagnie a donné à Jérusalem un spectacle que nous n'oublierons jamais. Et j'ai entendu dire que le Dragon blanc avait permis de sauver la vie d'Amaury et de ses hommes, lors d'une des campagnes, désastreuses il est vrai, de Son Altesse en Égypte.

— Racontez-nous ça.

Guillaume toussa pour cacher son trouble. Alors, pour ne pas ajouter à son embarras, l'empereur suggéra :

— Allons dans ma bibliothèque. Nous y serons mieux pour parler. Je comprends qu'il ne vous soit pas facile de vous exprimer ici, tant la présence de ces dragonnets est bouleversante. Mais ils me sont indispensables. J'ai subi, voici deux mois et demi, des vols...

— On a cambriolé Sa Majesté !

Manuel Comnène fit un geste en direction de son secrétaire, qui poursuivit :

— Oui. Quelqu'un a dérobé trois reliques auxquelles Sa Majesté tenait tout particulièrement. Enfin, depuis que Sa Majesté a fait mettre ces deux dragonnets à l'entrée de son musée, plus aucun vol n'a été commis.

— Ce genre d'incident ne se reproduira plus, conclut Manuel Comnène en levant une main, lourde de bagues.

Sur ce, il inséra le plus gros des diamants à ses doigts dans un orifice situé à mi-hauteur d'une paroi. La pierre précieuse, faisant office de clé, tourna dans l'orifice, et un pan de mur s'effaça.

— Ce dispositif, dit l'empereur, m'a coûté la bagatelle de dix carats.

Ne sachant comment réagir, Guillaume préféra garder le silence, mais ce qu'il vit de l'autre côté lui arracha ce cri d'extase :

— Par le Dieu qui créa l'air et la mer !

Sous ses yeux s'étendait la bibliothèque la plus extraordinaire qu'il eût jamais vue. Des dizaines, des centaines de parchemins étaient rangés dans des cases, tandis qu'une douzaine de livres reliés de cuir, d'or et d'argent, étaient posés ouverts sur des lutrins, auprès d'écritoires où des stylets attendaient d'être utilisés.

En lui montrant ces trésors, l'empereur dit à Guillaume :

— Vous trouverez ici le célèbre *Picatrix*, encore appelé *Le But du sage dans la magie*, du grand mathématicien et astronome arabe al-Madjriti. On y trouve tout ce qu'il faut sur l'art de fabriquer des talismans, de mettre au point des rituels permettant de commander aux étoiles et aux âmes, et bien d'autres mystères. Vous trouverez également le *Petit Traité de l'Antéchrist,* de l'abbé Adson. Ainsi que *Le Secret des secrets* (traduit en latin par Philippe de Tripoli, et qui récapitule l'ensemble des leçons données par Aristote à Alexandre le Grand), le *Liber Pontificalis,* de l'évêque romain Marcelin (où il est question de sacrifices aux idoles). Ici, relié par une peau de dragon de quarante pieds de long, un exemplaire de *L'Iliade* et de *L'Odyssée.*

— Fantastique ! dit Guillaume.

— Et voici l'*Astronomica,* de Manilius – dont on dit qu'il aurait inspiré au terrifiant poète damascène, Abdul al-Hazred, son *Livre du nom des morts,* le *Al-Azif.*

— Sa Majesté a-t-elle ce dernier ouvrage ?

— Non, malheureusement, je ne le possède pas. À mon avis, il est à tout jamais perdu. Mais j'ai la biographie qu'Ibn Khallikan vient de rédiger sur son auteur...

— C'est la plus belle collection d'ouvrages ésotériques que j'aie jamais vue ! Combien d'années a-t-il fallu à Sa Majesté pour la réunir ?

— Plusieurs siècles. Non, ne frémissez pas. Car ce n'est pas moi qui ai commencé cette collection. Ce sont mes ancêtres et prédécesseurs... Mais revenons à ce dont nous parlions avant d'entrer ici. L'Égypte, les dragons, et ce fameux prêtre Jean. Nous, Manuel Comnène, basileus du Saint Empire byzantin, faisons le serment de vous aider à conquérir l'Égypte. Nous vous assurons aussi que vous n'arriverez à rien si vous ne trouvez pas une certaine arme...

— Une arme ? Laquelle ?

— Je parle d'une épée. Mais venez plutôt. La visite n'est pas terminée. Je vous ai montré ma bibliothèque, où vous aurez tout le loisir de revenir vous promener plus tard. Maintenant, allons voir mon petit musée...

Et Manuel marcha vers l'extrémité de cette pièce, si longue qu'elle aurait pu contenir le Saint-Sépulcre tout entier. Guillaume savait qu'aucune collection de reliques ne valait celle de Constantinople, et il se demandait quelles autres merveilles l'empereur allait lui montrer. S'agissait-il de l'épée qu'il venait de mentionner ? Se pouvait-il que... Guillaume sentit son cœur battre à toute allure, au point de rater un temps. Aussi se morigéna-t-il : « Allons, allons, mon vieux Guillaume. Ne t'emballe pas ! Car cela fait plus de sept siècles que saint Georges est mort, et personne n'a jamais retrouvé son épée... »

28.

« Et que voudrais-tu trouver ? – L'aventure, pour mettre à l'épreuve ma vaillance et mon courage. »

(CHRÉTIEN DE TROYES,
Yvain ou le Chevalier au Lion.)

C'était une aile, non pas d'ange, mais d'oiseau.

Nous avions atterri sur le dos d'un oiseau !

En y regardant de plus près, ce n'était d'ailleurs pas un oiseau, mais des milliers d'oiseaux noirs et blancs volant si près les uns des autres qu'ils formaient un incroyable damier s'élevant vers le firmament.

Morgennes courait au-dessus d'eux.

— Je dois avoir de la fièvre, dis-je.

— Tiens-toi ! me dit Morgennes.

— Dis-moi que je rêve ! Ce n'est pas possible !

— Accroche-toi !

Nous courions sur un océan d'ailes. Je me frottais les yeux, me pinçais la main... Mais cette vision ne s'effaçait pas. Ces oiseaux devaient être les descendants des corbeaux et des colombes que Noé avait envoyés en quête d'une terre, vers la fin du déluge. Dieu leur avait ordonné de croître et de se multiplier, ce qu'ils avaient fait. Étaient-ils également les gardiens de ces lieux ?

En tout cas, ils continuaient de battre des ailes, et de s'élever plus haut que les nuages, beaucoup, beaucoup plus haut qu'eux. D'une certaine façon, Morgennes et moi figurions les dignes héritiers de Dédale et d'Icare, en route vers le soleil. Celui-ci brillait à son zénith, plus fort que jamais ; et je sus à cet instant que la légende d'Icare n'était qu'une légende, et non un fait historique. Car au lieu d'une forte chaleur capable de faire fondre la cire maintenant les plumes en place, je ressentis un froid terrible, aussi piquant qu'une lance acérée. Le souffle coupé, des larmes coulant malgré moi de mes yeux, les cils gelés, je ne sentais plus mes mains et me demandais comment je faisais pour tenir sur Morgennes. Sans doute mes doigts s'étaient-ils pris dans sa barbe, et n'en pouvaient plus bouger.

Comme dans un rêve, Morgennes cheminait vaillamment sur ce vaste toit de nuages recouverts d'une fine pellicule de glace, qui craquait sous ses pas et que les ailes des oiseaux fendaient comme une vague remontant vers le rivage. Une curieuse mélodie cristalline résonnait alentour. Était-ce la musique des anges, que les mourants entendent avant d'aller au Paradis ?

En ce cas, étions-nous sur le point de mourir ?

Un autre son me parvint. Celui de dents s'entrechoquant. Je compris que je claquais des dents, si fort que j'étais incapable d'articuler un mot. Morgennes, qui avait déjà prouvé qu'il pouvait supporter des températures élevées, était en train de me démontrer qu'il pouvait également résister au froid. En outre, il semblait ne pas souffrir des mêmes difficultés que moi pour respirer. À quoi était-ce dû ? Je l'ignore. Mais rien ne venait ralentir sa progression sur les ailes des oiseaux.

Où allions-nous ?

Apparemment, les oiseaux se rendaient au sommet du mont Ararat, dont la cime ressemblait à une dent cariée, dont on aurait retiré un morceau – en l'occurrence l'Arche de Noé.

Troublé plus que de raison, je me demandai qui l'avait descendue de son perchoir. Combien de personnes, en combien de temps ? Je refusais de voir là un exploit moins considérable que celui qui avait consisté à élever les pyramides du Caire. Et je frémis à l'idée que le bâtiment à bord duquel Noé et tous les animaux de la Création étaient montés ait été volé par quelques malfaisants. La vengeance de Dieu serait terrible.

Enfin, c'était bien le mont Ararat ! D'ailleurs, je parvenais à distinguer, insérée dans la glace, une flottille de petits bateaux – embarcations où, d'après la légende, d'autres personnes que Noé et sa famille avaient pris place, après le commencement du Déluge.

Si cette chaîne de montagnes – qui ressemblait d'ailleurs, avec ses pics en forme d'écailles dorsales, à un dragon d'une bonne centaine de lieues de long –, si cette chaîne de montagnes, donc, marquait la frontière de l'Empire du prêtre Jean, alors celui-ci était Dieu. Et son Empire le Paradis !

Nous n'avions pas le droit d'être là. Nous foulions un territoire interdit. Et le prix à payer serait... la damnation. L'Enfer, pour l'éternité.

Ce prix, bien que juste, me paraissait trop élevé. Et j'aurais préféré me trouver dans une situation où je n'aurais pas eu à m'en acquitter. Mais comment faire ? Je n'étais plus maître de rien. Morgennes menait la danse...

Tout en marchant sur les oiseaux, Morgennes regardait autour de lui, à l'affût des dragons. Se pouvait-il que l'un d'eux surgisse des cieux pour fondre sur l'armée d'oiseaux qui s'élevait vers Dieu et la griller avec son souffle ? Ou bien, l'un d'eux se tenait-il sur son aire, tel un rapace guettant sa proie, en haut de l'Ararat ? Morgennes serra le poing, bien décidé à en découdre. Si un dragon pointait le bout de sa mâchoire, il ne fuirait pas... Mais il n'était pas seul. Il y avait Galline et Chrétien de Troyes. Et il n'était pas question de les abandonner. « Chaque chose en son temps », se dit Morgennes. Et s'ils devaient mourir en route pour l'éternité, ils mourraient. C'était, après tout, une fin digne d'un héros – et le meilleur moyen d'entrer au Paradis.

Mais la mort ne devait pas être au rendez-vous.

Ce qui nous attendait était bien plus extraordinaire que cela.

Nous avions déjà parcouru un peu plus de la moitié du chemin qui nous séparait du sommet de l'Ararat, et les nuages avaient entièrement disparu au-dessous de nous, lorsque l'armée d'oiseaux vira de l'aile – et plongea jusqu'à terre.

Sans les excellents réflexes de Morgennes, nous aurions certainement basculé dans le vide. Mais il réussit à garder son équilibre et, mettant à profit cette pente incroyable, se mit à courir de plus belle – vers le bas cette fois. Que se passait-il ? Pourquoi ce brusque changement de plan de vol ? Avions-nous été repérés ? Quelqu'un avait-il donné l'ordre aux oiseaux de piquer du bec et de regagner le plancher des vaches ? Ou bien se pouvait-il que ces stupides volatiles fussent aussi bornés que des charrues, et que l'un d'eux ayant eu l'idée saugrenue d'aller voir si l'air était plus dense en bas, les autres l'aient suivi ? Allez savoir.

Toujours est-il que la pente devint de plus en plus raide, et que chaque foulée de Morgennes nous éloignait un peu plus du sommet de l'Ararat.

Enfin, nous nous retrouvâmes au milieu des nuées, et les oiseaux s'égaillèrent dans toutes les directions.

— Nous tombons ! dit Morgennes.

— Jeeee saaaaaaais ! dis-je en claquant des dents, cette fois plus de peur que de froid.

Persuadé que nous allions mourir, je fermai les yeux. Mais notre chute dura moins d'un battement de cœur, et nous laissa, les membres endoloris, sur une arche de terre, un pont gigantesque qui unissait l'Ararat à une autre cime.

— Morgennes ? Tu es vivant ?

Mais Morgennes ne m'écoutait pas. Il était trop occupé à regarder les énormes statues de pierre qui nous observaient en silence.

— Morgennes ! Comment va Galline ?

— Je connais cet endroit, dit-il. J'ai l'impression d'être déjà venu ici. Était-ce dans un rêve ?

Ces statues représentaient des hommes vêtus d'un simple pagne, assis en tailleur. Des petits oiseaux avaient fait leur nid dans leurs mains entrecroisées, paumes vers le haut, ainsi que dans leurs oreilles et dans leurs narines. Mais ces géants de pierre ne réagissaient pas, et leurs lourdes paupières restaient obstinément baissées, comme s'ils priaient ou méditaient.

— Morgennes !

Rien à faire, il ne parvenait pas à s'extraire de ces immenses et impassibles visages de pierre, hauts comme trois hommes, et qui nous dévisageaient sans nous juger.

— Morgennes !

N'y tenant plus, je l'attrapai par le bras, et l'obligeai à pivoter sur lui-même, afin de le placer face à l'arche. Ce fut le moment que choisirent les oiseaux pour remonter des profondeurs et s'envoler à nouveau vers le ciel.

Alors, dans un formidable bruissement d'ailes, aussi assourdissant qu'un lent coup de tonnerre, l'armée d'oiseaux nous empêcha de voir l'Ararat et l'arche de pierre permettant d'y accéder. Puis la muraille de plumes qui était partie à l'assaut des cimes disparut au-dessus des nuages. C'était fini. Il n'y avait plus un seul oiseau à l'horizon – seulement l'Ararat, le pont de pierre permettant d'y aller, et...

— Morgennes, il y a quelqu'un !

— Je vois, fit Morgennes.

— Bienvenue ! nous dit alors avec un drôle d'accent aigu un homme au visage lunaire, qui se tenait au milieu du pont.

— Je dois délirer ! fis-je.

— Non, vous ne délirez pas..., dit le mystérieux individu.

Vêtu d'une robe dorée à franges écarlates, il gardait les mains enfoncées dans ses manches, portait de drôles de petits souliers noirs vernis, et une longue natte, noire, qui lui tombait dans le dos. Ses yeux bridés, sa bouche plissée et sa carnation jaunâtre signalaient un Asiatique.

— Mais vous parlez français ! dit Morgennes.

— Non, fit l'homme à la face de lune. C'est vous qui parlez chinois ! Shyam vous a bien préparés.

— Vous la connaissez donc ?

— Bien sûr que oui. Chez nous, elle est très connue. C'était une aventurière très célèbre !

— Une aventurière ? Tout cela paraît irréel, murmurai-je. Êtes-vous sûr d'exister ? Sommes-nous morts ? Est-ce là le Paradis ?

— Oui, répondit l'homme à la première question. Non, à la deuxième. Je n'ai pas le droit de vous le dire, répondit-il enfin à la troisième.

Morgennes, légèrement troublé, passa la main sur son épaule afin d'en chasser les quelques flocons de neige qui s'y étaient accumulés. Puis il récupéra la petite cage de Galline, et la remit en place, sur son dos.

— Viens, me dit-il. On a plusieurs quêtes à finir, et j'aimerais bien arriver à l'endroit où les sorcières m'ont dit d'aller...

Il s'avança en direction du Chinois. Son haleine s'élevait devant lui, et il ne pouvait s'empêcher de penser : « Ce sont des âmes, des âmes en sursis. C'est comme les nuages, là-haut. Ce sont des âmes. Elles ne peuvent pas aller plus haut, parce que nous sommes aux portes du Paradis... Ni plus bas, parce que leur place est ici... »

Quant à moi, je n'avais jamais eu aussi froid de toute ma vie. Aussi froid, ou aussi peur ? Je ne savais plus. Peut-être les deux. À vrai dire, cela n'avait plus aucune importance. « Dans peu de temps, ce sera fini. J'aurai vécu en vain... Non. J'aurai aimé, connu Morgennes et Philomène, écrit, composé, prié... »

— Approchez, approchez, fit le Chinois.

Des étendards, représentant des dragons d'or sur fond rouge, claquaient au vent – qui soufflait, soufflait, si fort que nos vêtements flottaient autour de nous, et que Galline était obligée de battre des ailes pour ne pas se retrouver plaquée contre les barreaux de sa cage.

— Honorables visiteurs, salut à vous ! Vous êtes venus pour passer l'épreuve, n'est-ce pas ?

— Quelle épreuve ? m'exclamai-je.

— Alors, c'est ici ? J'ai terminé mon voyage ? demanda Morgennes.

— Peut-être, dit le Chinois.

— En quoi consiste cette épreuve ?

— C'est celle de la tête ! fit le Chinois en se tapotant le crâne avec le doigt. Très très dure. Il va falloir vous servir de votre tête, beaucoup, si vous voulez passer.

— Passer ? dis-je. Mais pour aller où ?

— De l'autre côté, fit le Chinois.

Je regardai ce qu'il y avait de l'autre côté du pont, et vis une énorme ouverture taillée dans la pierre, qui s'enfonçait dans la montagne. L'entrée était flanquée de bas-reliefs en forme de dragon – mais de dragons sans ailes, comme ceux des étendards, longs et sinueux, avec une longue langue de serpent.

— Êtes-vous prêts ? demanda le Chinois. Je vous signale que si vous échouez, vous ne pourrez plus jamais essayer...

— Nous sommes prêts, dit Morgennes.

— Très bien ! dit le Chinois. Je vais vous poser une question. Si vous ne connaissez pas la réponse, vous ne passerez pas. Si vous la connaissez, vous aurez le droit de m'en poser une à votre tour. Si je ne connais pas la réponse, vous pourrez passez. Autrement...

— C'est compris, fit Morgennes. Commençons.

— Première question : « Qui vient en premier, de l'œuf ou de la poule ? »

— Diable ! C'est une question pour Galline, dit Morgennes en regardant notre poule.

Et il se gratta la tête.

Je m'interrogeais... Quelque chose m'incitait à m'inspirer de ma propre expérience. Notamment celle d'Arras... Ce qui venait après le premier prix, c'était la poule. Ensuite venaient les œufs. D'ailleurs, Galline n'en pondait plus depuis que nous avions dû fuir...

— C'est la poule, répondis-je.

— Bonne réponse, honorable compétiteur ! fit le Chinois. Vous marquez un point, et avez le droit de me proposer une énigme.

— Très bien, dis-je. J'en ai une qui n'est pas très difficile : « Je parcours les livres sans augmenter mon savoir – dis comment je m'appelle. »

— Le ver ! s'exclama le Chinois.

— Par Notre-Dame ! fit Morgennes en tapant du poing dans l'une de ses mains.

— Si vous voulez gagner, il va falloir faire mieux, continua le Chinois. À mon tour : « Je vis un être merveilleux, un vaisseau aérien porter sur ses cornes le butin de la guerre. Il voulait édifier une chambre dans la forteresse. Alors survint un être prodigieux sur les cimes de la montagne (tous les habitants de la terre savent qui c'est). Il prit le butin et le jeta à la voyageuse qui s'en fut vers l'ouest. La poussière s'éleva dans le ciel. La rosée tomba sur la terre. La nuit s'en alla. Personne ne connaît le chemin de cet être – que tu dois me nommer. »

— Je sais, dit Morgennes.

— Moi aussi, c'est facile. C'est le soleil !

— Bravo ! fit le Chinois. À vous !

— Vous savez, avec nous ça peut durer très longtemps, dit Morgennes, qui avait lu de très nombreux livres contenant des énigmes.

— Tu viens de me donner une idée ! dis-je. Qu'y a-t-il de plus vieux ?

— Le temps ! répondit le Chinois.

— À vrai dire, avoua Morgennes, une autre réponse était possible : « Dieu. » Mais celle de notre ami est également correcte, puisque Dieu et le temps n'ont, ni l'un ni l'autre, de commencement... Alors c'est accepté. À vous !

— Nomme-moi la chose, dit le Chinois, à laquelle aucune autre ne ressemble, ni sur terre, ni sur mer, ni parmi les mortels ; la nature a assigné des règles étranges au développement de ses parties : elle naît et elle est immense ; au midi de sa vie elle est toute petite ; près de mourir elle redevient immense.

— Facile, dit Morgennes. C'est l'ombre ! À moi...

Il réfléchit un certain temps, puis repensa à son enfance et aux longs moments qu'il avait passés au bord de son fleuve. Alors, il demanda au Chinois :

— Ma demeure n'est pas silencieuse. Je ne fais pas de bruit. Le Seigneur a ordonné que nous soyons unis. Je suis plus rapide que ma demeure, parfois plus fort; mais elle travaille davantage. Il m'arrive parfois de prendre du repos; mais elle est infatigable. En elle j'habiterai aussi longtemps que je vivrai. Si l'on m'en sépare, je meurs. Qui suis-je?

— Ah! ah! fit le Chinois. C'est le poisson dans sa rivière! À mon tour!

— Mon Dieu! fit Morgennes. Ça ne finira jamais!

Et il s'éloigna de quelques pas, en quête d'une idée. Parfois le vent lui portait quelques questions, et des éléments de réponse, tels que :

— Qu'y a-t-il de plus grand?

— L'espace.

— Qu'y a-t-il de plus beau?

— Le monde.

— Qu'y a-t-il de plus commun?

— L'espérance.

— Qu'y a-t-il de plus utile?

— Dieu.

— Qu'y a-t-il de plus nuisible?

— Le vice.

— Qu'y a-t-il de plus fort?

— La nécessité.

— Etc.

— Etc.

Pendant un temps qui lui parut interminable. Le pire, c'est qu'il avait l'impression que le jeu était truqué – puisque certaines des réponses étaient discutables, et que dans certains cas plusieurs étaient possibles. Mais le Chinois ne discutait jamais nos réponses, ni nous les siennes. Et comme il avait toujours réponse à tout, ce petit jeu était parti pour durer une éternité.

Regardant les statues de pierre qui faisaient face au pont, Morgennes cherchait la solution à ce problème. Quand il eut soudain un éclair, une illumination! Alors, fonçant comme un taureau sur le Chinois, il lui donna en pleine poitrine un formidable coup de tête – qui l'envoya valser dans le vide, de l'autre côté du pont.

— Tu l'as tué ! m'exclamai-je.

— Ça m'étonnerait. Je pense que c'est un immortel, et que je lui ai donné la bonne réponse, fit-il en se tapotant la tête comme le Chinois l'avait fait.

— C'est malin.

— La voie est libre. En route pour le Paradis !

29.

« Les géants n'avaient ni épieux, ni écus, ni épées tranchantes, ni lances, mais seulement des massues. »

(Chrétien de Troyes, *Érec et Énide.*)

Guillaume pénétra dans une salle gigantesque, dont le plafond – un dôme de cristal – se confondait avec les nuages. Ceux-ci paraient d'ailleurs, au gré de leurs passages, la pièce d'ombre et de lumière – de tellement d'ombre qu'on se serait cru en pleine nuit, ou de tant de lumière qu'il fallait se protéger les yeux avec la main pour ne pas être aveuglé.

— Ô gloire du monde ! s'exclama Guillaume. Ô secrets éternels ! Prodige des cieux ! Qu'est-ce donc que ceci ?

Ses genoux tremblaient, mais il avait appris qu'il ne servait à rien d'avoir peur. Apparemment, il n'entrait pas dans les intentions de Manuel de le mettre à l'épreuve.

Parlons plutôt de ce qui lui avait fait pousser ces cris. Car il ne s'agissait pas de cette pièce aux fabuleux jeux d'ombre et de lumière. Les richesses de la bibliothèque auraient déjà suffi à elles seules à combler d'extase toute une armée de collectionneurs pour une vie entière, mais les trésors de la salle suivante devaient être autrement plus étonnants. Car ils étaient gardés par des géants. Dans le demi-jour, Guillaume aperçut cinq soldats hauts de plusieurs toises et vêtus d'antiques armures. Leurs mains gantées de fer étaient refermées sur d'énormes massues, et leurs boucliers décorés d'une hydre.

— C'est le signe ! fit l'empereur. Le signe que le Déluge a bien eu lieu et que d'autres temps ont existé, avant le nôtre. Le signe que la Bible dit vrai. Du moins dans sa première partie...

— Seraient-ce, hasarda Guillaume, des Nephilim ?

— Absolument. Vous voyez leur massue ?

— Oui.

Manuel se tourna vers son secrétaire, qui poursuivit pour lui :

— Elles sont en bois de gopher, qui est le bois dans lequel a été construite l'Arche de Noé.

— Sont-ils vivants ?

— Non, rassurez-vous, continua l'empereur. Ils sont morts depuis des temps immémoriaux. Vous n'en voyez ici que la coquille, mais l'intérieur est vide. Leurs os, cependant, nous attendent dans la salle suivante. Mes artisans ont réussi l'exploit de les rassembler, ce qui permet d'avoir une idée de leur physionomie...

— Puis-je demander à Sa Majesté où elle les a trouvés ?

— Mais où, sinon à Thèbes, la ville natale d'Hercule !

Guillaume s'approcha d'une armure, se dressa sur la pointe des pieds et la toucha juste en dessous du genou. Le métal était froid, en parfait état. Les nuages s'y reflétaient dans des reflets bleutés.

— Par la Vierge Marie ! Cela me fait penser à une autre légende...

— Ne pensez point, dit Manuel. Venez !

La salle suivante offrait un puissant contraste avec celle qu'ils venaient de quitter. Car autant celle-ci était haute de plafond, autant celle-là avait le plafond bas. Au point que Guillaume (qui pour un Franc était grand), Coloman et les gardes de Manuel Comnène devaient se baisser pour avancer. S'il n'y avait pas eu çà et là quelques torchères insérées dans les parois pour dispenser une maigre lumière, on aurait pu se croire dans un tombeau.

Et Guillaume s'aperçut que c'était le cas.

Sur de vastes tables de pierre disposées en cercle, les squelettes des géants de la pièce voisine reposaient, dans un silence sépulcral. Leurs crânes, aux os épais, touchaient presque la voûte de la salle – et fournissaient aux nombreuses araignées nichées là un lieu idéal où tisser leurs toiles.

— Pourquoi cette salle est-elle si basse de plafond? demanda Guillaume.

— Imaginez qu'ils se relèvent, dit Manuel. Au moins, ils resteront bloqués. Avec ce genre de prodige, je préfère ne courir aucun risque.

Sage décision, en vérité. Mais qui pourtant ne rassura pas totalement Guillaume. Ces Nephilim avaient des mains de la taille de son corps, et il voyait mal comment il pourrait ne pas succomber à leur étreinte, si par malheur l'un d'eux s'emparait de lui. Ces géants étaient peut-être bloqués dans une position allongée, cela ne changeait rien au fait qu'ils étaient impressionnants. Et redoutables.

— Parlez-moi, dit Manuel, de cette légende à laquelle vous faisiez allusion...

— Il s'agit justement de celle de la naissance de Thèbes. On raconte que c'est un certain Cadmos qui fonda cette ville, après avoir tué un dragon. Il reçut de la déesse Athéna l'ordre de planter dans la terre les dents de ce dragon, et des géants poussèrent à l'endroit même où Cadmos les avait jetées, et s'entre-tuèrent...

— Tous à l'exception de cinq d'entre eux, qui aidèrent Cadmos à bâtir sa ville, ajouta Manuel. Je connaissais cette légende, qui doit bien avoir un fond de vérité puisque ces cinq géants, les voici. Mais ce n'est pas tout...

Et il guida Guillaume vers le centre de la pièce, en un point situé au cœur du cercle formé par les cinq géants. Là, sur une stèle de pierre se trouvait un coffret de verre serti d'or, avec en son milieu une dent gigantesque.

— Qu'est-ce que c'est? demanda Guillaume.

— Vous ne devinez pas?

— Non. Une dent de...

— Oui. Une dent de dragon.

— Et si nous la jetions par terre, un géant surgirait ?

— Qui sait ? Je n'ai pas envie d'essayer. Mais je pense que oui. Alors autant ne pas y toucher. Suivez-moi, la visite continue.

« Pour quelles raisons, se demanda Guillaume, me montrer tout cela ? Où veut-il en venir ? Qu'attend-il de moi ? S'il veut m'impressionner, en tout cas c'est réussi. Nous ne possédons pas, en Terre sainte, le dixième de toutes ces merveilles ! »

Manuel descendit une courte volée de marches, qui menait à une porte en acier brun. L'ayant ouverte au moyen d'un mécanisme que Guillaume ne parvint pas à distinguer précisément, mais qui consistait en un système de roues crantées formant un code en tournant sur elles-mêmes, l'empereur invita Guillaume à le précéder.

Cette nouvelle salle était entièrement plongée dans l'obscurité, mais n'était pas – contrairement à la précédente – silencieuse. Des sifflements, des bruits de créatures rampant dans la poussière, des... Des serpents !

Guillaume recula d'un pas, mais le secrétaire de l'empereur lui mit la main sur l'épaule.

— Montrez à Sa Majesté que vous n'avez rien à voir avec cette affreuse affaire, et entrez !

De grosses gouttes de sueur perlèrent aussitôt dans le dos et sur le front de Guillaume, qui s'arma de courage et marmonna une courte prière, destinée à écarter de son chemin les forces du mal. Le premier pas qu'il fit en pénétrant dans cette pièce lugubre le conforta dans l'idée que sa prière fonctionnait ; il en fit un deuxième, puis un troisième.

Un garde jeta une torche sur le sol, et Guillaume aperçut des centaines de reptiles. Petits, grands, minces comme le doigt ou gros comme le bras. Rayés, tachetés, à pois ou unis. Lisses ou au contraire en train de muer, et traînant leur vieille peau derrière eux. Certains ne bougeaient pas, d'autres se déplaçaient à une vitesse stupéfiante, passant sur le dos puis sous le ventre de leurs congénères, remuant la queue, sifflant, montrant les crocs, dardant une langue aussi fourchue que celle du Diable. La torche avait créé un cercle de lumière autour de Guillaume, tenant les serpents à l'écart.

Alors, dans un grincement de porte se refermant, l'empereur dit à Guillaume :

— Si tu survis, je te croirai !

Et la porte fut claquée, plongeant Guillaume dans une terreur infinie.

En voyant que la flamme de sa torche baissait d'intensité et que le cercle de sable où il se tenait s'emplissait peu à peu de serpents, Guillaume ne trouva rien d'autre à faire que de s'en remettre à Dieu. Et à Massada. Lequel des deux lui fut le plus utile ? Guillaume se refusa toujours à se l'avouer, mais ce fut peut-être le second. Car il serra contre lui son bâton à tête de dragon, et murmura pour lui-même : « Allons, si Massada a dit vrai, ce bâton est celui de Moïse. Alors, je dois pouvoir commander aux serpents ! »

— Serpents ! Fuyez !

Sifflements des serpents, qui frétillaient de la queue en regardant Guillaume. Langues, dents, yeux tournés vers lui. Le cercle ne diminuait plus, mais ne s'agrandissait pas.

— Serpents ! Reculez !

Cette fois, les serpents reculèrent. De quelques pouces seulement, mais assez pour permettre à Guillaume de ramasser la torche et de revenir sur ses pas. Évidemment, la porte était close. Tout en agitant sa torche et son bâton pour maintenir les serpents à distance, Guillaume plaqua l'oreille contre la porte et écouta. Mais il n'entendit rien. Alors, en désespoir de cause, et ne sachant quand l'empereur reviendrait le chercher (ni même s'il reviendrait), Guillaume s'avança dans la pièce. Y avait-il une issue ? Il lui sembla que oui, puisqu'un couloir partait se perdre dans l'obscurité, par-delà le rayon de sa torche. Dès qu'un serpent s'approchait un peu trop, il le frappait de son bâton

– et quand il ne le tuait pas sur le coup, cela suffisait à l'éloigner.

— Par Dieu ! sourit Guillaume. C'est un bâton puissant ! Qui sait s'il ne tuerait pas un dragon ?

Il reprit courage et fit quelques pas dans le couloir, qui se révéla être le premier élément d'un labyrinthe. Le cadavre d'une vieille dame était allongé sur le sol. Ses vêtements, à la mode orientale, étaient ceux d'une étrangère. Apparemment, Guillaume n'était pas le premier dont l'empereur ait eu à se méfier...

— Tu n'es pas morte en vain, dit Guillaume à la défunte.

Il s'abaissa vers elle, chassant avec son bâton les serpents enroulés dans sa cage thoracique, et lui brisa la main.

— Eh bien, fit-il en se parlant à haute voix pour se donner du cran. Puisqu'il me faut affronter ce dédale, autant m'y mettre tout de suite.

Il rompit l'une des phalanges de la main du squelette, et la plaça sur le sol. Elle lui servirait de repère, au cas où il reviendrait sur ses pas. Ensuite, il choisit d'aller à gauche, à gauche, et encore à gauche. Il verrait bien s'il se heurtait à un cul-de-sac ou continuait de tourner en rond. Curieusement, il n'avait plus peur. Mieux, il se sentait innocent.

— Bien sûr, que je vais m'en sortir... Puisque je n'ai rien fait !

Ce n'était d'ailleurs pas tout à fait faux, puisqu'il n'était pour rien dans la dernière lettre reçue par l'empereur. « Oui, oui. Je vais m'en sortir. Mais après ? Eh bien, je crois que je me jetterai aux pieds de l'empereur et que... Avouerai-je ? »

Guillaume marcha un certain temps, revint sur ses pas, choisit une autre route, prit à gauche, encore à gauche puis à droite... Et se retrouva de nouveau à son point de départ. Il changea une troisième fois de chemin, puis encore une fois, puis une cinquième fois. En vain.

— Voyons, il faut bien que la sortie soit quelque part...

Mais non. Il avait déjà épuisé tous les doigts de son squelette, et s'apprêtait à lui sectionner l'autre main, lorsqu'il entendit derrière lui une série de cliquètements puis un grincement de gonds. Serrant son bâton sur sa poitrine, Guillaume se retourna et vit s'ouvrir la porte par laquelle il était entré. L'empereur était là, et le dévisageait, l'air satisfait.

30.

« Mais il était fatal que celui qui a traversé le pont sentît enfin la force abandonner ses mains. »

(CHRÉTIEN DE TROYES,
Lancelot ou le Chevalier à la Charrette.)

C'était un long et large corridor, aux murs ornés de bas-reliefs en forme de dragons. Six magnifiques gongs d'or, placés de part et d'autre du couloir à intervalles réguliers, attendaient d'être frappés à l'aide d'un marteau suspendu devant chacun d'eux par une chaîne accrochée au plafond. Au bout du corridor, une lourde porte à double battant devait garder l'accès à quelque important trésor, car une tête humaine y était insérée, juste au milieu. Les lèvres closes, les yeux fermés, la tête avait tout du sage en train de méditer. Et l'on aurait pu croire qu'elle était vivante si son aspect n'avait été de pierre.

— Une autre épreuve ? demandai-je à Morgennes.

— Possible.

Considérant les gongs, je m'interrogeai : « Y a-t-il un ordre dans lequel les frapper ? Ou bien ne faut-il en frapper qu'un ? Ou deux ? Et en cas d'erreur, quelles conséquences ? Une trappe s'ouvrira-t-elle au-dessus de nous pour déverser une mer de feu ? Non, probablement pas... Car il n'y a ici nulle trace de brûlé. Alors peut-être au-dessous de nous, pour nous précipiter dans les Abysses ? »

Curieusement, la ligne du jour s'arrêtait exactement au pied des deux premiers gongs. Était-ce voulu ? Cela avait-il un sens ? Le plus étrange, c'était que si les bas-reliefs en forme de dragons et les motifs en or étaient resplendissants, les gongs, eux, restaient dans l'obscurité. Comme si la lumière n'avait pas de prise sur eux...

Je m'approchai d'un des marteaux placés devant les gongs pour lire ce qui y était inscrit, lorsqu'un bruit attira mon attention. C'était Morgennes. Il venait de toquer à la porte de pierre, le plus normalement du monde – comme s'il avait frappé à la maison de son voisin. Pour un peu, je n'aurais pas été étonné de l'entendre demander : « Il y a quelqu'un ? »

— Qu'est-ce que tu fais ?

— Oh rien, répondit Morgennes. C'était juste une idée.

— À propos d'idée, tu n'as pas trouvé curieux que le Chinois connaisse Shyam ?

— Shyam n'était pas chinoise, me rappela Morgennes. Elle parlait chinois. Mais son teint cuivré, ses longs cheveux noirs, sa profonde connaissance des épices, son goût pour les éléphants, le Kama Sutra et bien d'autres choses encore, me permettent de penser qu'elle était originaire d'Inde.

— Comme le prêtre Jean...

— De plus en plus étrange. Je ne m'attendais vraiment pas à entendre parler de Shyam dans un tel endroit. Par moments, j'ai l'impression de me trouver dans l'un de ces contes d'aventures, dont tu es si friand...

Mais je ne l'écoutais déjà plus. J'avais pris l'un des marteaux situés le plus près du flanc de la montagne pour essayer de déchiffrer l'inscription gravée sur son manche. En vérité, il y en avait quatre – en latin, en grec, en chinois et la dernière dans une langue inconnue –, une sur chacune des faces du manche, mais elles signifiaient toutes : « Réveille les gongs, et le gardien de la porte s'éveillera. »

— Réveiller les gongs ?

Morgennes me regarda, vit la ligne du jour au pied des premiers gongs, et me dit :

— Prenons chacun l'un des marteaux, et à mon signal frappons ensemble sur les gongs !

Aussitôt dit, aussitôt fait, nous nous emparâmes chacun d'un marteau, et au signal de Morgennes l'abattîmes sur les gongs de la première rangée.

Le son qui en jaillit fut si puissant que je crus que les parois allaient s'effondrer. Mais rien de tel ne se produisit. Au contraire, sous nos yeux émerveillés, la ligne du jour bondit au pied des troisième et quatrième gongs, tandis que les deux premiers gongs se mettaient à luire, tels deux petits soleils.

— Par le dieu de Jacob ! m'écriai-je.

— Crois-tu que nous ayons déplacé le soleil ?

— Allons voir.

Une fois dehors, nous constatâmes que le soleil n'avait pas changé de place.

De retour à l'intérieur, nous regardâmes la ligne du jour avec tout le respect – voire l'effroi – dû aux phénomènes fantastiques. Maintenant au milieu du corridor, elle était pour nous comme la frontière entre l'étrange et le réel ; et nous redoutions presque ce que nous allions trouver quand elle viendrait illuminer la porte au masque de pierre.

Une fois encore, nous nous plaçâmes de part et d'autre du corridor, levâmes notre marteau d'un même mouvement, et d'un même mouvement le laissâmes retomber sur les troisième et quatrième gongs, qui donnèrent un son plus grave et étincelèrent eux aussi. Il nous semblait avoir descendu une marche, franchi un pas de plus en direction des Enfers.

— Ses paupières ont bougé ! m'exclamai-je, en pointant du doigt le masque de pierre sur la porte.

— Tu te trompes. Ce sont ses lèvres qui ont remué !

— En tout cas, il a réagi !

Morgennes s'approcha du masque de pierre. Apparemment, rien n'avait changé. Rien, sinon que maintenant la lumière du jour avait atteint les cinquième et sixième gongs, c'est-à-dire les derniers. Après eux, il n'y avait plus que la porte.

— Tu sais ce qu'il nous reste à faire, dit Morgennes. Allons, courage.

Je levai mon marteau, et donnai à Morgennes le signal :

— À la une ! À la deux ! À la trois !

Les derniers coups de gong retentirent, et cette fois il y eut tellement de lumière dans le corridor que je fus obligé de fermer les yeux. Galline poussa une série de caquètements inquiets, et tourna en rond dans sa petite cage, se heurtant aux barreaux de métal.

— Morgennes !

La lumière ayant baissé d'intensité, Morgennes ouvrit enfin les yeux. Et que vit-il ? Les bas-reliefs en forme de dragon s'agiter sur les murs, fouetter l'air de leur queue, tendre leurs griffes vers le plafond, ouvrir la gueule, et disparaître sous les hautes voûtes du couloir. Il n'y avait plus désormais que les gongs, aussi brillants que des étoiles, et l'énorme porte de pierre – qui changeait peu à peu d'aspect. En effet, au moment où nous avions frappé les derniers gongs, la ligne du jour avait sauté d'un cran, en direction de la porte – qu'elle illuminait totalement. Était-ce à cause de la lumière, ou bien à cause du timbre caverneux des gongs ? En tout cas, la porte se fendillait, se craquelait, et l'être en son milieu sortit enfin de son sommeil. De la poussière tomba de ses yeux, profonds et luisants, sa bouche recracha des bouts de plâtre, puis deux mains fendirent la porte en mille morceaux. Dans un tonnerre de pierres fracassées, un être de la taille d'un enfant, blanc comme neige, trapu comme un colosse, apparut au milieu du corridor en lieu et place de l'entrée. Il s'agissait de l'homme dont le visage s'était trouvé au centre de la porte – qui n'était plus que ruines et poussières.

— Encore une épreuve ? s'interrogea Morgennes.

— Possible, fis-je avec un sourire.

Contre toute attente, le nain blanc ne nous attaqua pas. Au contraire, il nous salua, nous gratifiant d'une profonde révérence.

— Amis, nous dit-il, je vous félicite ! Jamais avant vous aucun héros n'était parvenu jusqu'à moi.

— Qui êtes-vous ? demandai-je.

— Mon nom n'a aucune importance.

— Sommes-nous aux portes du Paradis ? fit Morgennes.

Le nain le regarda bizarrement, esquissa une sorte de grimace, puis lui dit :

— Ne sommes-nous pas *en permanence* aux portes du Paradis ?

— Que gardez-vous ? continua Morgennes. Qu'y a-t-il derrière cette porte ? Êtes-vous l'un de ces bons génies qui accordent des vœux quand on les libère de la fiasque où ils étaient emprisonnés ?

— Que nenni ! fit le nain. Je ne suis pas un génie. Je suis simplement le gardien de la porte permettant d'accéder à l'Ultime épreuve !

— Ah ! Je savais bien qu'il restait encore une épreuve, dis-je. C'était écrit. Eh bien, cette épreuve, en quoi consiste-t-elle ?

— Je l'ignore. Pour ma part, je ne suis que l'humble gardien de la porte, répéta le nain avec une nouvelle révérence.

— Maintenant que cette porte n'est plus, dit Morgennes, je ne vois pas ce qui nous empêche d'aller plus loin...

— Moi, fit le nain. Car ceux qui veulent avancer doivent me passer sur le corps.

— Vous passer sur le corps ?

— Absolument.

— Parfait, soupira Morgennes. Préparez-vous !

Ce disant, il s'approcha du nain et chercha à le pousser de côté. Mais le nain bougea aussi peu que si Morgennes avait cherché à déplacer une montagne.

— Ne voulez-vous pas plutôt jouer au jeu des énigmes ? demandai-je au nain en voyant combien Morgennes était à la peine.

— Non, dit le nain. C'est la règle. Après l'épreuve de la tête vient celle du corps. C'est une épreuve difficile...

— Écoutez, lui dit Morgennes, je n'ai aucune envie de vous faire mal. Mais si c'est ce que vous voulez, alors je n'hésiterai pas à employer la force...

— Pour me vaincre, poursuivit le nain, impassible, il vous faudra faire appel à tout votre corps, à vos bras, à vos jambes, à vos muscles...

— J'ai compris, dit Morgennes.

— Alors allons-y !

Après un nouveau salut, il se remit en position, mains en avant, doigts écartés. Comme un lutteur.

— Tu ferais mieux d'abandonner, dit Morgennes en relevant ses manches.

— Impossible, dit le nain.

Morgennes empoigna le nain par la taille, et essaya de le soulever. Mais le nain ne bougea pas d'un poil, comme si ses pieds avaient été scellés dans le sol. Hors d'haleine, Morgennes reprit son souffle, le visage en sueur, rouge comme une pivoine, et demanda au nain :

— Est-ce la salle du trône qu'il y a là, derrière toi ?

— Je vous l'ai déjà dit, fit le nain. Je ne sais pas.

— Bon. Reprenons.

Morgennes retroussa une nouvelle fois ses manches, et une fois encore le nain le salua, en inclinant profondément le buste.

— Tu es bien poli, pour un gardien !

— C'est la règle ! fit le nain. Et puis, ne dit-on pas que la politesse est un parfait sésame ?

Morgennes ne l'écoutait pas, car il était trop occupé à essayer de le pousser, de le tirer, de lui faire un croche-pied et toutes sortes de prises – chaque fois en vain. Il tenta même de l'étrangler, mais comme le nain ne respirait pas, cela ne servit à rien. Et s'il passait par les côtés ? Malheureusement, l'espace entre le nain et l'encadrement de la porte n'était pas assez large. Quand Morgennes essayait de s'y faufiler, le nain lui bloquait aussitôt le passage – car il était rapide.

— Par le ventre de Dieu ! Il doit bien y avoir un moyen !

Morgennes, qui s'était reculé d'un pas, s'épousseta afin de se donner une contenance. Il n'y arrivait pas. Ce nain l'horripilait... Ce n'était pas un nain, c'était un roc ! Un

Krak ! Jamais il ne réussirait à le faire bouger. À moins de ruser ?

— Tu bouges vite, l'ami ! Mais si l'on essayait de passer à deux, mon camarade et moi, que ferais-tu ?

Le nain se contenta de ricaner, et lui dit avec une nouvelle courbette :

— Comme vous voudrez.

C'est alors qu'une idée me vint. Tout à coup, cela me sembla évident :

— Laisse-moi faire, dis-je à Morgennes.

— Mais tu vas te faire mal ! Non, non, c'est à moi qu'il revient de...

— Pousse-toi !

Morgennes recula d'un pas, et me laissa approcher du nain – qui se pencha en avant afin de me saluer, les bras le long du corps. Je lui rendis son salut, ce qui eut pour effet que le nain exagéra sa courbette. Je me pliai à mon tour un peu plus en deux.

— Je commence à comprendre, dit Morgennes. Très futé !

Nous en étions arrivés au point où j'avais posé un genou à terre, tant le salut du nain était profond. Si profond qu'il s'agenouilla puis s'allongea de tout son long sur le sol. Je continuai de le saluer, posai les mains à terre, touchai du crâne les dalles du corridor, pendant qu'à mes côtés Morgennes m'imitait.

Et c'est alors que le miracle se produisit.

Le nain salua si bas, si profondément, qu'il s'enfonça dans le sol, où il disparut. Bientôt, il ne resta plus, à l'endroit où il se tenait, qu'une sorte de marche – un palier, que j'invitai Morgennes à franchir avec un sourire rayonnant.

— La politesse n'est-elle pas le meilleur des sésames ? lui dis-je, fier comme un paon.

— Un « parfait sésame », me corrigea Morgennes en répétant les termes exacts employés par le nain.

— Mauvais joueur ! ajoutai-je en riant.

Nous entrâmes alors dans une petite salle circulaire, à moitié plongée dans l'obscurité.

Au centre de la pièce, assis sur un trône encadré par deux chandeliers à sept branches, un homme était plongé dans la lecture d'un livre. Notre arrivée ne le troubla nullement, et il continua tranquillement de lire. Son trône était de bois sculpté, orné de gravures représentant des dragons. Les candélabres diffusaient juste ce qu'il fallait de lumière pour lui permettre de lire, et quand il tournait les pages, il affichait un sourire satisfait. Ni grand ni petit, ni gras ni maigre, sa tête blonde était ornée d'une tonsure pareille à celle d'un moine. Plus étrange, dans son dos se dressait un vaste pan de mur glabre où rien n'était inscrit – mais où une tête d'homme était enchâssée, tel un vivant joyau. Elle nous dévisageait d'un air serein, faisant avec les lèvres des mouvements comme pour parler et clignant parfois des yeux – qu'elle avait fort bleus. Son nez trahissait un profil grec. D'ailleurs, ses cheveux courts et bouclés avaient cette teinte cuivrée des habitants de la Grèce – et notamment de la Macédoine.

L'homme assis sur le trône tourna une page, et tomba sur une feuille entièrement blanche. Alors il referma son livre et parut s'apercevoir de notre présence.

— Ah, enfin, vous voici, nous dit-il.

— À qui avons-nous l'honneur ? demanda Morgennes.

— Je suis l'Ultime épreuve.

— Le gardien de l'Ultime épreuve ?

— Non. L'Ultime épreuve elle-même.

— En quoi consistez-vous ? demandai-je.

— Vous arrivez à un tournant de votre vie, nous dit-il avec un étrange sourire. Il vous faut choisir, maintenant...

— Choisir ?

— Choisir ce que vous voulez être !

— Justement, fit Morgennes, j'étais venu ici dans l'espoir de trouver l'objet de ma quête.

L'homme leva sa main libre, comme pour l'inviter à se taire. Ce que fit Morgennes.

— Pas si vite, mon ami... Prenez le temps de réfléchir. Et dites-moi : Que désirez-vous le plus au monde ?

Morgennes et moi échangeâmes un regard. Que désirions-nous le plus au monde ? Ce n'était certes pas tuer le prêtre Jean, contre lequel nous n'avions aucun grief en particulier. Ce n'était pas non plus rencontrer un dragon – en tout cas en ce qui me concernait. Mais j'avoue qu'il m'était assez difficile de réfléchir, car la tête coupée ne cessait de nous observer – ce qui me perturbait.

Finalement, ce fut Morgennes qui rompit le silence en premier :

— Retrouver ma famille.

Un frisson me parcourut l'échine. Pourquoi cette réponse ? C'était impossible ! Morgennes ne rêvait-il plus d'être fait chevalier ? De venger les siens ? Comme pour me rassurer, il m'adressa un sourire. Il avait l'air serein des gens qui savent ce qu'ils font.

— Et vous, me demanda l'homme au livre. Avez-vous choisi ?

— Ce n'est pas une question facile... Je crois que...

Plusieurs réponses me tournaient dans la tête. Comme Morgennes, j'aurais aimé retrouver mes parents. Mais si, contrairement à lui, il m'arrivait d'oublier leur visage ou leur voix, je savais que Dieu m'avait donné le pouvoir de les ramener à la vie – grâce à l'écriture.

— Vaincre la mort, dis-je.

— Cot ! Cot ! Cot ! gloussa Galline.

— Très bien, fit l'homme. Je vous ai entendus. Et toi aussi, ajouta-t-il à l'intention de Galline.

Puis il nous dit, en guise d'au revoir :

— Il ne vous reste plus qu'à réussir, et à revenir me voir. Mais, surtout, n'oubliez pas : lorsque les dieux veulent nous punir, ils exaucent nos souhaits !

Comprenant qu'il était temps de prendre congé, nous nous dirigeâmes vers la sortie, lorsque, n'y tenant plus, je demandai à l'homme au livre :

— Puis-je savoir ce que vous lisez ?

— Bien sûr !

Il me montra le titre de son ouvrage, puis reprit sa lecture. Bizarrement, je crus remarquer que la page vierge de tout à l'heure était maintenant noire de phrases, comme si une plume magique s'y était promenée pendant notre conversation.

Je remerciai l'homme au livre et partis rejoindre Morgennes – qui m'attendait dans le couloir. Et il est bien dommage que je ne me sois pas, à ce moment-là, retourné une dernière fois. Car alors j'aurais peut-être vu la tête coupée darder dans ma direction une langue de serpent. Non, cela je ne le vis pas, mais ce que je vis me surprit tout autant.

À l'instant même où Morgennes et moi sortions du corridor, nous nous heurtâmes à une trentaine de soldats, vêtus d'armures et de tuniques orange, et dont le chef nous dit, dans un français parfait :

— Messieurs, je vous arrête pour avoir osé violer l'entrée du Monastère interdit et participé au vol de l'Arche de Noé !

31.

« Allons, cherchez, fouillez, de haut en bas, tout près d'ici ou très loin ! »

(Chrétien de Troyes, *Cligès*.)

Tandis qu'une jeune esclave blonde aux yeux pers lui apportait une coupe de vin, Manuel Comnène questionna Guillaume :

— Qu'avez-vous pensé du Labyrinthe de la Vérité ?

Guillaume, qui avait encore le dos dégoulinant des sueurs froides que lui avait valu son excursion au milieu des serpents, s'épongea le front à l'aide d'un linge de coton, se lava les mains dans une bassine d'eau claire, et répondit :

— Instructif, pour le moins... Cependant, plusieurs choses me chiffonnent.

— Parlez.

— Premièrement, j'aimerais savoir si d'autres épreuves m'attendent, ou si je peux goûter en toute quiétude à ces agapes. Secondement, j'aimerais bien comprendre à quoi sert un labyrinthe qui n'a pas d'issue...

— Mangez. Soyez sans crainte, lui répondit Manuel. Je vous donne ma parole que je ne chercherai plus à vous tester, ni à vous nuire. Cette petite épreuve avait pour objet de vérifier si mes soupçons étaient fondés...

— Vos soupçons ?

— D'abord, ces premières lettres, pour me pousser à entrer en guerre à vos côtés. Puis ce matin, cette dernière lettre, pour m'effrayer... Elles ne peuvent avoir le même auteur. Je vous ai soupçonné pour les premières, mais pour cette dernière, je pense plutôt...

— Aux Égyptiens ?

— Absolument, Guillaume. Et plus précisément à certains d'entre eux. Je pense aux maléfiques ophites, qui sont présents aux côtés du calife al-Adid, et adorent manipuler les puissants...

— Les ophites ? Ce sont des adorateurs du serpent..

Mais l'empereur ne l'écoutait déjà plus, et continuait comme pour lui-même :

— Ah, ce labyrinthe ! Je l'apprécie tout particulièrement...

— Mais il n'a pas d'issue ! répéta Guillaume.

— Qui a dit qu'il devait forcément en avoir une ? Je le trouve, pour ma part, à l'image de la vie. On croit entrer quelque part, on cherche son chemin en se gardant le mieux possible des dangers, et puis on meurt après avoir tourné en vain... N'est-ce pas une parfaite illustration de notre destinée ?

— Mais, poursuivit Guillaume, si j'ai bien compris, on n'a la possibilité de chercher que si l'on est innocent. Autrement, on meurt mordu par les serpents...

— En fait, les innocents meurent aussi !

— Je vois. Alors la femme dont j'ai vu le squelette était-elle innocente ou coupable ?

— Ah, ma Maître des Épices ! Elle a cherché à m'empoisonner en me faisant servir un plat un peu trop relevé à mon goût. Allons, ne parlons plus de cela. Profitez de la fête !

D'un geste de la main qui fit s'entrechoquer ses innombrables bracelets, chaînettes et breloques, Manuel donna le signal du début des festivités. Trois ménestrels vêtus de couleurs vives entrèrent dans la salle, et commencèrent à jouer de la vielle. Des esclaves servaient à boire et à manger aux convives, et ce fut une pluie de victuailles digne de l'Olympe puisqu'on y servit de l'ambroisie, et toutes sortes d'autres mets réputés fort prisés par les dieux.

Guillaume remarqua que l'empereur avait fait s'agenouiller au-dessous de lui un humble vieillard, dont les mains et les pieds étaient pris dans des chaînes d'or. Qui était-il ? Guillaume n'aurait su le dire, mais le vieillard gardait baissée sa tête chauve, et ne proférait pas une parole alors que Manuel versait du vin sur son dos nu, ou s'essuyait les mains à son pagne.

Une confidence de Coloman, le Maître des Milices, apprit à Guillaume qu'il s'agissait d'un dieu de l'Antiquité. Peut-être Apollon lui-même, capturé par l'un des mercenaires de l'empereur – un certain Morgennes.

— Morgennes ! s'exclama Guillaume. Mais je le connais ! C'est moi qui lui ai suggéré de quitter le royaume de Jérusalem, où nul n'était prêt à reconnaître sa valeur.

— J'ai tout de suite vu de quel bois il était fait, se vanta Coloman. Il me rappelait un vieil ami, un excellent soldat qui comme Morgennes avait quelques difficultés à...

Il parut se perdre dans ses souvenirs, et ne termina pas sa phrase.

— Obéir aux ordres ? suggéra Guillaume.

— Oui, dit Coloman en revenant à lui. D'ailleurs, une fois qu'il aura rempli sa treizième mission, je crois que l'empereur ne lui en confiera pas d'autres. Morgennes finira probablement sa carrière dans une arène, en compagnie de gladiateurs...

— Puis-je savoir en quoi consiste sa treizième et dernière mission ?

— À tuer le prêtre Jean, dit Coloman en portant à sa bouche une cuillerée d'œufs de fourmi.

— Ah, fit Guillaume.

Il avala avec difficulté un grain de raisin, et demanda au mégaduc Coloman – pour changer de sujet :

— Alors, ce vieillard là-bas, c'est vraiment un dieu ?

— L'empereur le croit, dit-il en haussant les épaules. Oseriez-vous le contredire ?

— Certainement pas !

Un premier esclave installa entre Guillaume et Coloman une table basse, où un second esclave déposa un plateau d'argent contenant du poulet haché mélangé à du riz et à des amandes. Guillaume voulait manger avec ses doigts, mais comme Coloman utilisait des couverts pour porter la nourriture à sa bouche, il l'imita. Le poulet fut suivi d'un ragoût d'agneau aux épices, accompagné de gratin d'aubergines ; puis on leur apporta pour le dessert des figues, des dattes, des raisins secs et du fromage frais. Des esclaves se tenaient à la disposition des convives, soit pour les éventer, soit pour verser de l'eau sur leurs mains et leur passer sur les doigts une serviette de lin blanc, fort agréable au toucher. Guillaume but un peu de vin, lui trouva un goût de poix, et préféra prendre du thé. Vers la fin du repas, alors qu'on leur apportait des copeaux de savon pour se laver la barbe, une jeune femme leur joua sur une lyre une agréable pastorale, tandis que douceurs et pâtisseries étaient servies à foison.

Guillaume était ravi, mais en même temps pressé de rentrer chez lui. Il ne se sentait pas à sa place. Enfin, alors que l'empereur ne lui avait quasiment pas adressé la parole de tout le banquet, Manuel se tourna vers lui pour demander :

— Que pensez-vous des menteurs ?

Guillaume tressaillit.

— Eh bien, Majesté, je dirais qu'ils savent se faire des amis.

— Pas ceux qui disent la vérité ?

— Non. Ceux-ci, malheureusement, qu'il s'agisse de la vérité ou plus simplement de ce qu'ils pensent, ne s'attirent que la haine... Quand il s'agit de dire ce qui déplaît, bien entendu.

— Vraiment ?

— La complaisance engendre l'amitié, mais de la vérité naît la haine.

— Alors, je pense que vous devriez vous plaire chez le prêtre Jean.

Guillaume garda un calme olympien, se contentant de dire :

— Puis-je demander à Sa Majesté pourquoi ?

— Vous ne vous souvenez pas de ce qui était écrit dans l'une de ces fameuses lettres : « Parmi nous personne ne ment ni ne peut mentir. Et si quelqu'un commence à mentir ici, il meurt aussitôt » ?

— Ah oui ! fit Guillaume. Bien sûr, je me rappelle...

La fin de sa phrase se perdit dans un souffle inaudible, car il n'était pas sûr de savoir jusqu'à quel point il était sage de s'en souvenir.

— D'après les ophites, les serpents de mon labyrinthe sont supposés venir du royaume du prêtre Jean, poursuivit Manuel. Ne trouvez-vous pas cela étrange ?

— Si, Majesté.

Manuel but une gorgée de thé, et plongea son regard dans celui de Guillaume :

— Je trouve ce royaume insupportable. N'êtes-vous pas d'accord avec moi ?

Guillaume garda le silence. Que faire ? Être de l'avis de Manuel ? Ou pas ? Ou pire, avouer son crime ? Se jeter aux pieds de l'empereur et confesser ce qu'il avait dû entreprendre pour l'amener à entrer en guerre aux côtés d'Amaury ? Sa lèvre inférieure trembla légèrement, et il fut saisi d'un doute sur la démarche à suivre, lorsqu'il croisa le regard du vieillard qui servait de repose-pieds à l'empereur. Le vieil homme avait légèrement relevé la tête, et considérait Guillaume avec intensité. Mais comme tous les yeux étaient braqués sur l'ambassadeur d'Amaury, personne ne le vit lui intimer, en secouant la tête, de garder le silence.

De toute façon, Guillaume se sentait – comme dans le Labyrinthe de la Vérité – innocent. Oui, il devait être innocent, forcément. Il ne pouvait entrer dans les desseins du Très-Haut de soutenir un menteur. Alors, adoptant la plus humble des conduites dictées par la diplomatie, Guillaume répondit :

— Je n'en sais pas assez à son sujet pour avoir un avis.

Guillaume avait la désagréable impression d'être la souris avec laquelle le chat s'amuse.

— Racontez-nous, poursuivit l'empereur en s'abandonnant avec délices aux mains expertes d'une masseuse orientale, de quelle manière la Compagnie du Dragon blanc a sauvé la vie de votre roi et de ses hommes, lors de sa campagne d'Égypte. Ce fut un désastre, non ?

Guillaume planta son regard dans celui de l'empereur, et admit :

— Oui, Majesté. Un désastre comme on en vit peu. Et si la Compagnie du Dragon blanc ne s'était trouvée là, pour recueillir à bord de son étrange nef l'armée du roi et celle des Hospitaliers, il y a fort à parier que le royaume de Jérusalem...

— Ne serait plus qu'un souvenir, bien pâle, l'interrompit l'empereur en souriant sous la caresse des doigts de sa masseuse.

— Le roi et son armée avaient pris position autour de Bilbaïs, raconta Guillaume. Ils l'assiégeaient, lorsque Chawar, le vizir du calife d'Égypte, eut une idée diabolique. Il donna l'ordre à ses troupes de briser les digues du Nil. Celles-ci rompues, une montagne d'eau s'abattit sur Bilbaïs et les chevaliers stationnés dans la plaine. Protégée par ses murailles, la ville s'en sortit tant bien que mal. Mais les Francs périrent par milliers. La plupart des fantassins rendirent l'âme, et leurs cadavres s'en allèrent flotter avec ceux des chiens et des chameaux. Enfin, quelques chevaliers – dont le roi et sa cour – parvinrent à gagner le refuge de hauteurs aux alentours de la ville : toit d'une maison, faîte d'un arbre ou d'une petite colline. Le roi regardait les eaux monter, monter, et se désespérait... Ne redescendraient-elles donc jamais ? La nuit tombait, et les eaux grossissaient toujours. On aurait dit que le Nil lui-même avait pris part au combat. Tel un immense serpent d'eau, il avait enfermé Amaury dans un piège liquide... Voyez-le, ce roi, son sénéchal à côté de lui, bannière claquant au vent du soir... Quel espoir a-t-il, là, sur ce mamelon de terre que les eaux du Nil ne cessent d'éroder ? Il est comme les premiers hommes, au moment du déluge. Il attend ! Il espère ! Il prie, et s'en remet à Dieu. Mais Noé n'est plus depuis déjà plusieurs siècles. Qui viendra ? Qui peut venir ? La Compagnie du

Dragon blanc ! Voyez-le, cet étrange navire qui surgit dans un rayon de lune. Les eaux s'écartent sur son passage – elles manquent de témérité, car c'est en vérité une seconde Arche de Noé ! Elle s'approche de chacun des chevaliers, et là un géant du nom de Gargano les aide à monter à bord. La nuit passe, et le soleil revient. Mais ce que voient les Égyptiens, ce n'est pas une armée annihilée, ce n'est pas une terrible défaite infligée aux Francs. Non, ce qu'ils voient, ce n'est rien. Le désert... Et au loin, très loin en direction de l'Orient, une tache. Un point qui se déplace : c'est l'Arche de Noé qui évacue vers Jaffa les restes de l'armée du roi.

— Superbe ! fit Manuel Comnène en applaudissant. Superbe !

Et toute la salle de vibrer sous les applaudissements et les cris d'extase. Magnifique ! Bravo ! Mais qui applaudit-on ? Le narrateur ? Amaury ? Ou la Compagnie du Dragon blanc ? Guillaume, pour sa part, pencha pour cette dernière. D'ailleurs, la suite lui donna raison, car Manuel lui dit :

— Vous voyez, je vous avais prévenu. L'Égypte n'est pas une mince affaire ! Sans notre aide, vous êtes perdus... Alors écoutez mes conseils. Allez retrouver votre roi, et dites-lui de patienter. Je vous connais, vous, les Francs ! Vous êtes si impétueux, si sûrs de vous-mêmes, pleins d'allant et de bravoure... Au premier assaut ! Car ensuite, si par malheur vous rencontrez la moindre difficulté, vous temporisez, parlez, tergiversez, discutez, ergotez, pesez le pour et le contre et philosophez... Vous vous montrez en tous points les rois de l'indécision. Alors c'en est fini de vous ! Vous ne valez plus rien pour le deuxième assaut... Monsieur l'ambassadeur, nos arsenaux ont besoin d'un an pour construire la flotte que je vous ai promise. D'ici là, ne bougez pas. Ou plutôt si, cherchez ! Activez-vous, car...

L'empereur marqua une pause. Fermant les yeux, il continua de parler sans même regarder son interlocuteur :

— Vous avez sûrement lu les *Additions à Daniel* ?

— Oui, Majesté, dit Guillaume.

— Alors, vous n'êtes point sans savoir qu'il y est fait mention d'un culte des dragons, établi dans Babylone...

— Certes, reconnut Guillaume. Mais Babylone...

— C'est Le Caire ! Comme vous le savez, Babylone sert à la fois à désigner Babylone ou Babel, mais aussi, mais surtout, l'ancienne ville du Caire – encore appelée Fostat. Eh bien, moi je vous dis qu'il existe à Fostat une secte d'adorateurs des dragons, les ophites, dont le rôle joué à la fois dans les lettres du prêtre Jean, et dans le désastreux échec de votre roi en Égypte, est patent.

— Puis-je demander à Sa Majesté ce qui lui permet de l'affirmer ?

— C'est nous qui avons envoyé la Compagnie du Dragon blanc en Égypte, afin d'enquêter sur ces ophites et les dragons. Oui, les dragons existent, et pas uniquement dans les pages de la Bible ou les fantasmes de nos contemporains. Les dragons existent, et pour les vaincre je ne connais que deux moyens : la vérité, et Crucifère – l'épée de saint Georges. C'est cette dernière qu'il nous faut. Sans elle, il est vain d'espérer soumettre Le Caire.

Ces paroles avaient été proférées les yeux fermés, et pourtant Guillaume sentait toute l'urgence qu'elles contenaient. Oui, Crucifère ! L'épée de saint Georges, le dernier des chasseurs de dragons...

— Mais où se trouve-t-elle ?

— Si je le savais, dit Manuel, il y a longtemps que le problème égyptien n'en serait plus un. Allons, foin de Rome et de Jérusalem, et trêve de plaisanterie. Vos petits jeux ne m'amusent plus, Guillaume. L'heure est à la guerre. Et ce n'est pas vous qui m'y avez décidé, ni les ophites – qui aimeraient peut-être me voir renverser les chiites musulmans pour leur laisser le champ libre. J'ai moi aussi un héritage à défendre, et un enfant auquel le transmettre... Je ne suis que le maillon d'une chaîne, et je n'ai pas l'intention de céder.

— Que proposez-vous ?

— Dites au roi Amaury de m'attendre, car on ne sait jamais quels funestes événements pourraient se produire s'il partait à nouveau, seul, en campagne. Je sais qu'il manque d'or et ne peut s'offrir tous les mercenaires qu'il voudrait. Je sais qu'il manque de chevaliers et de matériel. L'Égypte regorge de richesses, il est vrai. Mais nous aussi. Le nerf de la guerre, c'est l'argent – alors qu'il attende, et lance l'un ou l'autre de ses hommes sur les traces de Crucifère. Cherchez, fouillez, de haut en bas, tout près d'ici ou très loin ! Retournez dans tous les sens Lydda, la ville où l'on adore saint Georges ! Retrouvez son tombeau. Mettez Le Caire sens dessus dessous ! Car, si j'en crois les augures, lorsque les Égyptiens attaqueront, ils seront accompagnés de dragons. À nous d'avoir des draconoctes !

— Des draconoctes ?

— Des chasseurs de dragons. De ces chevaliers dont saint Georges est l'emblème, et mes deux gardes – je parle de ceux montés sur mes dragonnets – l'illustration...

— Fort bien, dit Guillaume. Je rapporterai les paroles de Sa Majesté à mon souverain, et je vous promets que nous ferons tout notre possible pour...

— Je sais qu'il cherche à se remarier.

— C'est exact, mais comment...

— Qu'il arrête de chercher. S'il retrouve Crucifère, je lui donnerai ma petite-nièce en mariage. Cela scellera l'union de nos familles, et de nos patries.

— Que Sa Majesté en soit remerciée.

Sur ce, Guillaume se leva de son lit, et adressa à l'empereur Manuel Comnène une profonde révérence.

— J'ai fait ce rêve, dit-il au basileus, d'un puissant empereur qui viendrait nous voir et nous dirait, tel le prophète Jérémie à Judas : « Prenez ce glaive, de la part de Dieu. Et vainquez ! »

L'empereur lui adressa un magnifique sourire, et d'un claquement de doigts signifia à sa masseuse d'aller s'occuper de Guillaume. Celui-ci commençait à rougir, mal à l'aise, lorsque l'un des gardes de l'empereur fit irruption dans la pièce et posa un genou en terre, devant Coloman :

— Maître, vous devriez venir...

— Qu'y a-t-il, Kunar Sell ? demanda Coloman au garde qu'il connaissait bien, puisqu'il l'avait formé lui-même.

— Un cadeau est arrivé.

— Un cadeau ! s'exclama le basileus.

— C'est donc si grave ? s'enquit Guillaume.

— Nous les Grecs, nous nous méfions toujours des cadeaux, lui répondit Coloman. (Puis, se tournant vers Kunar Sell, il lui ordonna :) Faites-le plutôt venir ici !

— C'est que, fit Kunar Sell, ce n'est pas un simple cadeau...

— Mais qu'est ce donc ?

Quelques instants plus tard, avec force ahanements, luxations et torsions du dos, une vingtaine d'esclaves, menés par le fouet de Kunar Sell, poussèrent au centre de la salle des dix-neuf lits une incroyable sculpture en forme d'éléphant grandeur nature, taillée dans le plus pur des ivoires.

— Serait-ce une pièce d'échecs ? s'interrogea Manuel Comnène à haute voix. En ce cas, je demande à voir l'échiquier.

Un ruban rose auquel pendait un parchemin était noué autour de l'éléphant. Manuel Comnène donna l'ordre à l'un des esclaves d'aller décrocher ce parchemin, et le tendit à son secrétaire pour qu'il le lise. Voici la teneur du message : « Afin de remercier Sa Seigneurie l'empereur des Grecs du magnifique échiquier qu'elle nous a envoyé, je la prie de bien vouloir trouver ici ce splendide éléphant en ivoire, d'une valeur inestimable puisqu'il a appartenu à la reine de Saba, dont je suis l'illustre descendant. Je suis sûr qu'il trouvera une place de choix parmi sa collection d'objets précieux et de reliques. »

Manuel hésita un instant. Les événements se précipitaient. Mais il y avait un problème : il n'avait jamais envoyé d'échiquier, à qui que ce fût. Quelqu'un, quelque part, cherchait à le tourner en ridicule... Il quitta précipitamment la pièce, et Coloman fit signe à la garde d'encercler l'éléphant. Puis, sortant son propre glaive du fourreau, le Maître des Milices donna le signal de l'attaque. Une douzaine d'hommes armés de lourdes haches s'élancèrent à l'assaut de l'éléphant. Bien vite, la carapace commença à présenter des signes de faiblesse, et trois soldats, noirs comme suie, dégringolèrent de ses entrailles. Ils furent rapidement mis en pièces, dans un jaillissement de sang et de viscères. Ensuite, Kunar Sell monta à bord de l'éléphant pour l'inspecter. Mais il n'y avait qu'un espace fort réduit, puant le renfermé. Les tueurs avaient dû pénétrer à l'intérieur de l'éléphant la veille ou l'avant-veille, et attendre là le moment de passer à l'action. Qui étaient-ils ? D'où venaient-ils ? Avaient-ils vraiment été envoyés par ce maudit, et bien mystérieux, prêtre Jean ? Il était trop tard pour espérer avoir une réponse à ces questions, même si Guillaume devait trouver parmi les vêtements des cadavres de quoi éclaircir, en partie, cette énigme.

— Regardez, dit Guillaume en montrant à Coloman une petite pièce carrée. Cette monnaie est des plus étranges. Elle porte sur l'une de ses faces une pyramide avec un œil en son milieu ; et sur l'autre un dragon, surmonté de cette inscription : « *Presbyter Johannes. Per Dei gratiam Cosmocrator.* »

32.

« Je vous affirme en vérité qu'absolument toutes les espèces de poissons, de bêtes sauvages, d'oiseaux ailés ou d'hommes s'y trouvaient fidèlement sculptées et gravées. »

(CHRÉTIEN DE TROYES, *Érec et Énide.*)

Le vent soufflait, lissant la surface enneigée de la montagne où nous étions retenus prisonniers. Il soufflait, soufflait et soufflait, et tout ce que nous entendions, c'était une mélodie sourde et délicate, une succession de caresses indistinctes – frôlement de la soie quand on l'ôte du corps, chant du tissu sous lequel on se glisse pour un long et très profond sommeil.

Parfois, je fermais les yeux, m'appuyais contre Morgennes et attendais. Combien de temps restâmes-nous ainsi, enchaînés l'un à l'autre, dans un réduit qui n'était guère plus grand qu'une tombe ? Une semaine ? Un mois ? Un hiver tout entier ? Pourquoi personne ne venait-il nous chercher ? Nous avait-on oubliés ?

Parfois, Morgennes tendait les mains vers les grilles au-dessus de nos têtes, et grattait la neige avec ses ongles. C'était un travail difficile, à cause des chaînes passées à nos poignets. À intervalles réguliers, il m'apportait un peu du fruit de sa récolte :

— Avale !

Je n'avais plus la force de lui obéir. Alors, délicatement, il m'ouvrait la bouche et y introduisait, avec les doigts, quelques miettes de neige. J'avais trop froid, trop faim, pour dire quoi que ce fût. Mais je le regardais, cherchant à lui parler avec les yeux. Je lui disais : « Merci, merci... »

Telle une mère pressant son enfant sur son sein, il me serrait sur sa poitrine, et me communiquait sa chaleur. Ce fut là, probablement, ce qui me sauva. Je dis « me » et non pas « nous », car Morgennes ne semblait pas souffrir comme nous autres, pauvres humains, des éléments. Le chaud, le froid, le laissaient à peu près indifférent.

Les soldats qui nous avaient jetés dans cette geôle étaient pour partie des habitants de la région, pour d'autres originaires de France ou d'Égypte. L'un d'eux nous avait appris que nous nous trouvions à l'intérieur de la zone des monts Caspiens, qui délimitaient la frontière occidentale de l'Empire du prêtre Jean et constituaient les territoires des dangereux Goths et Magoths.

— Vous êtes dans tout ce qui reste des derniers territoires d'Alexandre le Grand, me dit-il. Nous adorons le Conquérant, et protégeons l'Arche – afin que nul ne vienne jamais la descendre de l'endroit où le Très-Haut l'a placée.

— Et les dragons ? demandai-je.

L'homme me regarda, puis rejoignit sa colonne. Visiblement, c'était un sujet tabou. Mais peut-être les dragons habitaient-ils ces sortes de cavernes percées dans les flancs de la montagne vers laquelle nous marchions. C'est là, après plusieurs jours d'une route harassante, qu'ils nous ôtèrent nos chaînes. Morgennes et moi étions exténués, et dès que les soldats nous détachèrent de leurs chevaux, je m'effondrai – trop épuisé pour rester debout. Sous la menace de leurs armes, ils nous conduisirent dans ce trou infâme creusé à même la neige.

— Que nous reprochez-vous ? leur demandai-je dans un souffle.

— Silence, vermines ! cria l'officier au cimier empanaché de plumes orange qui avait procédé à notre arrestation. Car non contents d'avoir violé l'entrée du Monastère interdit, vous faisiez partie de l'équipe qui a volé l'Arche ! Avouez que vous venez de Constantinople !

Voler l'Arche de Noé ? Mais de quoi parlait-il ?

— Oui, nous venons bien de Constantinople, reconnut Morgennes. Mais nous n'avons rien à voir avec les voleurs de l'Arche. Nous ne savions même pas qu'elle était dans ces parages.

Tout en parlant, il repensait aux schémas qu'il avait vus chez Coloman. Pendant plusieurs années, pas un navire n'était sorti des arsenaux de Constantinople – parce qu'ils étaient trop occupés, dans le plus grand secret, à remettre en état un navire dont nul ne savait rien. Un apprenti mercenaire avait un jour expliqué à Morgennes que les travaux n'avançaient pas parce que les ingénieurs de Manuel Comnène attendaient la venue d'un expert, arrivé de France... « Se pourrait-il que cet expert fût Philomène ? »

— Qu'allez-vous faire de nous ? demanda-t-il à l'officier.

— Silence !

Sur ce, ils se saisirent de Galline, nous confisquèrent notre équipement, mais nous laissèrent les oripeaux qui nous tenaient désormais lieu d'habits. Puis la neige et le froid arrivèrent, très vite. Un matin, ou plutôt, une nuit... Enfin, non. C'était bien le matin, sauf qu'il n'y avait plus de jour. Morgennes et moi nous réveillâmes dans la pénombre et le silence. J'allais dire quelque chose, parler de ma surprise, mais Morgennes mit un doigt devant sa bouche, et me fit : « Chut... »

Combien de temps ? Mon esprit se rattache au défilement des jours. Combien de temps ? Pourquoi ai-je à ce point besoin de le savoir ? Et quand viendra la réponse, qu'elle soit en nombre de jours, de semaines ou de mois, quelle différence ? Combien de temps ? Il faut que je le sache, sinon je vais devenir fou ! Le temps est désormais tout ce à quoi je tiens. Blotti contre Morgennes, j'écoute battre son cœur. Il bat lentement. Comparé au sien, le mien bat la chamade. C'est impossible. Je suis sûrement en train de rêver, comme j'ai rêvé tout ce qui précède...

Doucement, Morgennes me posa la main sur l'épaule, et me réveilla.

— C'est l'hiver, murmura-t-il. C'est mon anniversaire...

Je me rendors.

Morgennes aura bientôt trente ans. Il ne sera donc jamais fait chevalier. Il est trop vieux. Tout ce qu'il peut espérer, au mieux, s'il regagne un jour Jérusalem, c'est finir frère sergent de l'ordre des Hospitaliers. Après tout, il est moine ! Frère portier, ce n'est pas rien ! Et moi ? Moi je suis plus âgé que Morgennes. J'aurais déjà dû être ordonné prêtre...

Je me rendors.

Un peu de froid dans ma gorge. Morgennes me donne à manger de la neige. Je n'ouvre pas les yeux. Mais quelque part, au fond de moi, je pense : « Merci, mon Dieu. Merci. »

Je me rendors...

J'entends les cloches sonner. C'est la fin. Ce sont celles du monastère. De Saint-Pierre de Beauvais. Alors nous sommes sauvés ! Je peux continuer à dormir, tranquillement.

— Il est temps, dit Morgennes.

Non, laisse-moi. Tout va bien maintenant. Nous sommes rentrés...

— Il est temps !

Il me secoue, me brutalise.

Qu'est-ce que tu fais ? Laisse-moi tranquille, je suis bien !

— Lève-toi ! Galline a pondu un œuf !

J'ouvre les yeux. Non. J'essaie d'ouvrir les yeux mais je n'y parviens pas. Ou bien les ai-je ouverts ? Non. Un souffle, sur mes paupières. C'est Morgennes. Son haleine réchauffe mes cils, que le gel a collés. J'ouvre les yeux, enfin. Mais le monde est fermé. Car tout est gris, noir ou blanc. Morgennes est là, debout dans l'étroite lumière, où il a creusé un boyau.

— Il faut sortir ! dit-il en me secouant.

— Dormir encore un peu.

— Tu as suffisamment dormi. Cela fait plusieurs jours que tu dors, assez ! Réveille-toi !

— Mais... et les autres, parvins-je à balbutier.

— Ils sont morts.

— Morts !

Brutal afflux de sang dans mes veines. « Morts ! » Ce simple mot m'a revigoré. Enfin, je me réappartiens. Je me relève, et m'effondre aux pieds de Morgennes, qui me prend par-dessous le bras, et me soulève. Il me tient contre lui. Il est moi. Je suis lui. Nous ne formons qu'une seule et même chair. Alors qu'importe si je meurs... Sauf que !

— Et Galline ? Tu as dit qu'elle avait pondu un œuf.

— J'ai menti. C'était pour que tu te réveilles.

Je levai les yeux. Un fin conduit de lumière menait vers le jour, entre deux barreaux de métal rouillé.

Morgennes déchira le peu de vêtements qu'il lui restait pour me l'enrouler autour des mains, des bras et du torse.

— Aide-toi de tes chaînes...

— Et le Ciel t'aidera, dis-je avec un fin sourire.

— Tu vois, ça va déjà mieux. Allez ! Pense à Galline !

Morgennes me projeta au-dessus de lui et je me retrouvai face à la neige, le nez dans le blanc, le ciel sur la tête. Je me donnai comme point de repère cette tache de bleu, et ne la quittai pas du regard. Et je me mis à creuser, sans réfléchir.

Je me retrouvai à l'air libre, ma tête dépassant de quelques pouces la surface du sol. Que dire ? « Neige à l'horizon », aurait crié la vigie d'un navire. « Allons, encore un effort, mon petit Chrétien, et tu vas bientôt naître ! Sortir de cette gangue de froid te fera le plus grand bien. »

Mais en vérité il faisait plus froid dehors qu'à l'intérieur, et j'hésitai à quitter mon nid... Sauf que je n'avais pas le choix. Morgennes me poussait, tant et si bien que je me retrouvai à ramper dans la neige, et traînant derrière moi, tel un cordon ombilical, la chaîne de métal qu'on nous avait passée aux pieds et aux poings. Je tirai, et Morgennes émergea à son tour, dans la lumière du jour. Il me sourit. N'était-ce pas là notre plus belle victoire ? La plus merveilleuse ascension que nous ayons accomplie ?

— Sauvés ! Nous sommes sauvés ! lui dis-je.

Pour un peu, je lui aurais sauté au cou. Mais il se déplaçait courbé en deux. Il avait froid, il tremblait !

— Morgennes !

À vrai dire, rien d'extraordinaire à cela, puisqu'il était entièrement nu et que le vent soufflait. Il s'était dépouillé de tout pour me le donner, et son seul habit, c'était cette chaîne immonde. Elle adhérait à mes doigts ensanglantés et lui collait à la peau. Si je continuais à tirer, j'allais l'écorcher vif. Je devais lâcher prise, mais je n'y arrivais pas. Un serpent de métal nous avait emprisonnés dans ses anneaux.

— Morgennes !

Il se mit à pleuvoir. Nous courûmes vers un creux de la montagne, une béance où l'on pouvait abriter des chevaux. De la paille pourrie était étalée sur le sol – et sur elle, des morts. Cadavres de chevaux, le ventre ouvert, la chair blanche – congelée. Et des dépouilles d'êtres humains. Le plus étrange, c'était l'expression de leur visage – ils avaient atrocement souffert. Leur corps, dont le froid je suppose avait contribué à ralentir la décomposition, portait des traces de boursouflures.

La mort silencieuse était venue les visiter, et elle nous avait épargnés.

— De quoi sont-ils morts ?

— De la peste, me dit froidement Morgennes.

— Comment le sais-tu ?

Il me montra un rat crevé, dans un recoin de la caverne. Je ne comprenais pas. Quel rapport avec la peste ? Morgennes m'expliqua avoir lu dans le *Livre du temps* (cet antique ouvrage, qu'il avait dérobé pour Manuel Comnène) que les rats étaient, sinon à l'origine, du moins toujours reliés à la peste.

— Et Galline ?

Il haussa les épaules. Comme moi, il espérait qu'elle allait bien mais savait à quoi s'attendre.

— Quant à nous, me dit Morgennes, je pense que nous n'avons plus rien à craindre. L'épidémie doit être terminée.

Il s'approcha de l'un des cadavres, et reconnut l'officier qui nous avait arrêtés. Sans un mot, il le dépouilla de sa tunique orange.

— Si j'arrivais à poser la main sur une arme, je pourrais faire sauter cette chaîne, et alors m'habiller...

Nous promenâmes nos regards de tous les côtés, et finîmes par trouver le matériel d'un défunt ferronnier.

— C'est parfait !

Empoignant un lourd marteau, il l'abattit à plusieurs reprises sur la chaîne et finit par la briser. Libres ! Je frottai mes poignets endoloris, me massai les mollets, et envoyai à Morgennes un franc et chaleureux sourire.

— Merci. Sans toi...

— Sans moi, tu ne te serais jamais trouvé là. Tu serais...

— Je serais mort, lui dis-je.

— Mort ?

— Oui, étripé par une foule en délire, à Arras. Ou bien en train de croupir dans une prison pire que celle dont nous venons de sortir... Rappelle-toi, l'œuf brisé !

— Mais qu'avais-tu vu de si effrayant ? Tu peux me le dire maintenant ?

Je regardai Morgennes et lui promis :

— Je te le dirai, oui. Mais pas maintenant. Dès que nous serons en sécurité, dans un endroit... Ailleurs qu'ici, au chaud, auprès d'un bon repas et d'un feu de bois, je te dirai tout. Je t'en fais le serment. Je te raconterai tout ce que je sais...

Au bout de quelque temps, la pluie s'arrêta de tomber, et nous quittâmes la caverne. Morgennes traînait encore sa chaîne.

— Tu ne veux donc pas la quitter ?

La faisant tournoyer dans les airs, il me dit :

— C'est mon arme ! Tu me demandais avec quoi je comptais vaincre mon dragon ? Avec elle !

Sa chaîne produisait un vrombissement terrifiant, semblable à celui de mille ruches en colère.

De petites bâtisses accrochées aux parois de la montagne me faisaient penser à ces palourdes attachées aux rochers, que la marée basse dévoile. En les fouillant, nous trouvâmes d'autres cadavres. Ce village était mort.

— Boutons-y le feu, dit Morgennes.

Une flamme lécha le ciel, faisant fondre la neige autour d'elle. En plus de nous réchauffer, elle purgeait ces lieues de la maladie et de tout le mal qui s'y étaient installés. Morgennes et moi priâmes pour le repos des morts.

À la tombée de la nuit, le brasier brûlait encore. Nous profitâmes de sa lumière pour continuer d'explorer ces lieux étranges. Ils n'étaient pas sans rappeler les cavernes de la Cappadoce – le pays natal de saint Georges. Des grottes reliées entre elles, des logements rupestres, où de rudes populations s'efforçaient de survivre, à l'écart du monde.

Les trous dans la montagne qui m'avaient tellement intrigué à notre arrivée se révélèrent n'être rien d'autre que des sortes de greniers, où étaient remisés nourritures, armes, armures et matériel divers. Et si nous retrouvâmes bien notre équipement (dont je vous épargnerai la liste, mais qui comprenait, entre autres, la croix de bronze de Morgennes et ma draconite), de dragons nous ne vîmes point la queue – sinon, çà et là, sur une série de fresques gigantesques peintes à même la roche, et où étaient également représentées toutes les espèces de poissons, bêtes sauvages et oiseaux ailés ayant été invités par Noé à monter dans l'Arche.

Les dragons y occupaient une place de choix, comme si, dans ces montagnes, un culte leur était rendu. Cependant, ceux dessinés ici ne ressemblaient point aux monstres qu'on s'imaginait hanter nos contrées. Car s'ils fréquentaient bien les cieux, ils étaient démunis d'ailes, et ondulaient parmi les nuages tels des serpents dans l'herbe. Le dragon de cette région nous parut facétieux. D'ailleurs, une sorte de malice qui n'avait rien d'hostile se lisait dans son regard, dans sa façon de poser la griffe, et de courir après un nuage. C'était presque un animal domestique. Mais rien ne nous permit d'en apprendre plus. Pour Morgennes, c'était une déception.

Déception qui s'ourla de tristesse quand nous trouvâmes le poulailler. Car ce n'était plus qu'un amas de plumes et d'os épars. On aurait dit qu'une armée de loups s'en était donné à cœur joie, mordant, broyant toutes les poules qui lui étaient tombées sous les crocs.

Ni Morgennes ni moi ne proférâmes une parole, et il était difficile de dire si dans les plumes que nous voyions collées aux murs par un jet de sang se trouvaient celles de Galline. Ce qui était certain, c'est qu'ici plus rien ne vivait.

— Viens, me dit Morgennes. Ne restons pas là.

Il s'apprêtait à jeter sa torche à l'intérieur du poulailler pour lui offrir le même sort qu'au reste du village, lorsque j'aperçus un reflet rouge. Une petite plume ! Elle voltigea dans l'air, décrivit deux ou trois tours sur elle-même, et vint se poser sur une surface ronde et lisse, couleur de calcaire.

— Un œuf !

Morgennes leva sa torche, et éclaira un œuf, mystérieusement épargné par le massacre.

— Un œuf de Galline ! Un œuf de Galline !

J'étais sûr que c'était le sien. La petite plume le recouvrit délicatement, comme pour me le signaler. Doucement, je m'approchai de l'œuf, et le recueillis dans ma main.

C'est à ce moment-là que j'entendis une cloche tinter. Cette fois, j'en étais certain, je n'avais pas rêvé.

— Non, me confirma Morgennes, tu n'as pas rêvé...

L'heure n'était plus à la discussion, et nous regardâmes tous les deux en direction du tintement de cloche, qui se fit à nouveau entendre. À vrai dire, il s'agissait de clochettes, ou de grelots. Car dans un tourbillon de brouillard et de poussières blanches, nous vîmes surgir un équipage d'hommes et de chevaux, dont les formes floues commençaient à émerger de plus en plus nettement.

Deux personnes marchaient en tête, l'une portant une cape, l'autre un voile. Leurs traits n'apparaissaient pas encore clairement, ils étaient trop loin, la neige et le vent brouillaient les lignes. Tout était confus. Pourtant, nous crûmes reconnaître... Mais non, c'était impossible, puisqu'ils étaient morts.

Je n'osais prononcer les noms qui me brûlaient les lèvres, alors Morgennes les dit pour moi :

— Sibylle ? Thierry ?

Étions-nous en train de délirer ? Il nous semblait en effet distinguer, dans l'homme et la femme qui se matérialisaient en cet instant, le comte de Flandre et son épouse, Sibylle. S'ils étaient l'un et l'autre là, alors cela voulait dire que nous étions au Paradis.

Et que nous étions morts.

Mais non, car la brume se dissipa, et nous vîmes un homme et une femme, que nous ne connaissions pas, marcher vers nous. Derrière eux, un chariot aux armes de la papauté roulait cahin-caha, ses roues cerclées de fer traçant dans la poudreuse deux serpents en creux.

L'homme, vêtu d'une épaisse fourrure et chaussé de bottes fourrées, s'approcha en soufflant comme après un effort important. Curieusement, il avait l'air soulagé. Un épais collier de barbe noire, un regard inquisiteur sur tout ce qui l'entourait, une façon de se tenir à distance, dénotaient un clerc ou un diplomate de haut rang. Et quand il ne fut plus qu'à quelques pas de nous, nous inspectant des pieds à la tête sans plus de cérémonie que si nous avions été des barbares, il hésita à mettre un genou en terre, mais demanda quand même à Morgennes :

— Êtes-vous le prêtre Jean ?

33.

« Vous vous moquez de moi je pense.
Vous moquez-vous ? »

(CHRÉTIEN DE TROYES,
Guillaume d'Angleterre.)

Amaury fit un rêve.

Il se trouvait à Jérusalem, au Saint-Sépulcre, à l'heure de son couronnement. Le patriarche ne lui avait pas encore posé la couronne sur la tête, et Amaury attendait en priant, le regard humblement baissé, les mains jointes en un geste pieux. Mais alors qu'il récitait quelques phrases latines auxquelles il n'entendait rien et qui n'avaient apparemment aucun sens, Amaury se sentit anormalement seul. Soulevant une paupière, il constata qu'il n'y avait nul patriarche ni enfants de chœur en face de lui, et que les deux chandelles posées auprès de l'autel brillaient d'une lumière étrange.

Un mouvement, dans son dos, attira son attention. Regardant derrière lui, il aperçut des serpents glisser parmi les bancs du Saint-Sépulcre, descendre le long des piliers, des rideaux, couler de l'intérieur des vitraux, sortir du sol, des jointures des dalles... Puis émerger d'entre ses doigts mêmes.

Poussant un cri, se relevant pour prendre son épée, Amaury s'aperçut qu'il était vêtu d'une tunique de lin blanc, et qu'il s'était dépouillé de ses armes – comme aux premiers temps du Saint-Sépulcre, quand le règlement interdisait qu'y pénètrent les femmes et les hommes en armes ou animés d'intentions belliqueuses.

Appelant ses hommes, incapable de prononcer autre chose que des bribes de paroles, bégayant encore plus fort que d'habitude, Amaury se dirigea à pas pressés vers la double porte de l'église. Mais elle était fermée à clé, et dans sa serrure grouillaient des aspics. Rebroussant chemin, il revint auprès de l'autel et s'agenouilla courageusement au milieu des reptiles – au pied de la Vraie Croix. Là, bafouillant une prière, il vit le reliquaire d'or et de pierres précieuses où était inséré le Saint Bois onduler, se boursoufler, se fendiller puis se fendre en deux pour vomir des crotales.

Amaury s'éveilla brusquement, le corps trempé de sueur. Même lors des hivers les plus froids, comme celui-ci, il lui arrivait souvent d'être tiré de son sommeil par une désagréable sensation de noyade. Mais cette fois, c'était différent. Tel un gros insecte inspectant avec ses antennes la chrysalide où il s'est enfermé avant sa transformation, Amaury tâta du plat de la main les draps où il s'était entortillé. Ils étaient humides. Mais ce n'était pas ce qui le gênait le plus. Combien de fois, en effet, s'était-il éveillé, enfant, dans des draps humides de pisse, adolescent, dans des draps tachés de semence, ou adulte, dans des draps moites de transpiration ? Une infinité. Non, ce qui le surprenait le plus, c'était qu'il ne sentait plus ses bras, ni le droit, ni le gauche... Redoublant d'efforts pour se libérer, il parvint enfin à extraire l'un de ses membres – qui s'était transformé en vipère !

Amaury s'éveilla, cette fois pour de bon. Le cœur battant la chamade, les bras engourdis, il cria :

— Chambellan !

Des pas résonnèrent dans le couloir qui donnait sur sa chambre, et la porte s'ouvrit, livrant passage au chambellan.

— T-t-te voilà enfin ! fit Amaury. Où sommes-nous ?

— Majesté, je ne comprends pas...

— Où suis-je ? Quel est cet endroit ?

— Majesté, vous êtes au Krak des Chevaliers, où vous avez tenu à vous rendre pour inspecter les travaux de modernisation, et constater par vous-même l'incroyable découverte effectuée par les Hospitaliers au cours de ce chantier.

— Ah oui, c'est vrai, bredouilla Amaury. J'avais l'esprit un peu embrouillé par un cau-cau-cauchemar...

— Un mauvais rêve ?

— Un cau-cau-cauchemar, je viens de te le dire ! Où sont Alpha et Oméga ?

— À vos pieds, Majesté, comme toujours.

Le chambellan et Amaury regardèrent dans la ruelle du lit, n'y virent qu'un moelleux pouf de velours rouge, avec en creux les deux marques des chiens – mais de ceux-ci proprement dits, point.

— Alpha ! cria le roi.

— Oméga ! appela le chambellan.

Ce qui déclencha l'ire d'Amaury, qui sermonna son chambellan :

— Mais qu'est-ce qui te p-p-prend ! Tu te moques de moi ? Tu ne veux pas appeler mon fils, pendant que tu y es ? Moi seul ai le d-d-droit d'appeler mes chiens. Alpha ! Oméga !

Rouge de confusion, le chambellan se tortilla les doigts, se promettant de ne plus jamais, jamais accepter un tel poste si l'occasion se représentait. S'occuper de la maisonnée du roi, de ses finances, était d'ordinaire une charge particulièrement convoitée. Mais avec Amaury, rien ne se faisait normalement. On ne savait jamais quelle lubie allait lui passer par la tête, quels décrets il allait promulguer, quels ordres – tous plus farfelus les uns que les autres – il allait donner.

À quatre pattes sur les dalles du Krak, Amaury cherchait sous sa table et sous son fauteuil, quand il eut l'idée de regarder sous son lit. Et c'est là qu'enfin il retrouva ses deux bassets, recroquevillés sur eux-mêmes, tremblant des pattes jusqu'à l'extrémité de la queue.

Après les avoir déposés sur son lit, Amaury se tourna vers son chambellan, leva les bras vers le plafond pour qu'il l'aide à retirer sa chemise de nuit, et demanda :

— Où étais-tu ?

— Majesté, je me tenais auprès de votre porte, conformément à l'étiquette...

— Tu d-d-dormais ?

— Majesté...

— Alors ? D-d-dormais-tu ?

— Je, heu... Oui. Pardon, Majesté.

— Tssk, je n'ai pas b-b-besoin de tes excuses. Ce que je veux savoir c'est où tu étais.

— Mais, Majesté, je viens de vous le dire...

— Auprès de ma p-p-porte, oui, oui, oui...

Amaury fit, nu, quelques pas dans sa chambre, et se dirigea vers la fenêtre, montrant ses grosses fesses pleines de boutons rouges à son chambellan. Celui-ci ferma les yeux, puis les rouvrit – se disant qu'après tout il avait vu pire. (Il pensait à la paire de seins on ne peut plus féminine qui pendait à la poitrine de son roi.) Soufflant comme un bœuf, Amaury effectua une série d'exercices physiques, puis se retourna vers son chambellan, pour qu'il l'aide à s'habiller.

— Alors ? poursuivit le roi.

— Majesté, je ne comprends pas votre question...

— C'est p-p-pourtant clair, bredouilla Amaury. J'ai fait un cau-cau-cauchemar, au cours duquel je me trouvais à Jérusalem, au Saint-Sépulcre. Des serpents m'attaquaient, j'appelais à l'aide, mais p-p-personne ne venait. Pourquoi ?

— Sa Majesté doit se moquer de moi, fit le chambellan de plus en plus troublé. Je n'ai pas le pouvoir d'intervenir dans les rêves.

— C'est bien dommage ! D'autant que je me trouvais en fâcheuse p-p-posture. Crois-moi, je n'oublierai pas de si t-t-tôt que ni toi, ni le patriarche, ni mes g-g-gardes, sénéchal, connétable et *tu-tu-tutti quanti,* n'avez rien fait alors que j'avais fort besoin de vous !

— Oui Majesté. Pardon, Majesté.

— La prochaine fois, t-t-tâche d'intervenir...

— Bien sûr, Majesté.

Les deux bassets aboyèrent, grognèrent en direction du chambellan, puis sautèrent dans les bras d'Amaury quand il eut fini de passer l'épais manteau de fourrure d'ours que son chambellan l'avait aidé à enfiler.

Quelques instants plus tard, les deux hommes traversaient la cour principale du Krak des Chevaliers, rehaussée de sa nouvelle enceinte. Hospitaliers et gardes royaux se levèrent au passage d'Amaury, afin de le saluer. Puis Amaury se dirigea vers la grande salle du Krak, où l'attendaient le commandeur des Hospitaliers, Gilbert d'Assailly, un certain nombre de pairs du royaume, ainsi qu'un mystérieux individu, entièrement vêtu de cuir noir, et qui se prétendait « ambassadeur extraordinaire du prêtre Jean ».

Ce titre avait vivement impressionné Amaury, à qui ses espions avaient rapporté le remue-ménage provoqué, à Constantinople, par cet énigmatique prêtre Jean. Légendaire ou réel ? En tout cas, l'émissaire qui s'était présenté la veille au soir, au Krak des Chevaliers, existait bel et bien. Aussi, Amaury était-il pressé de l'écouter parler de son fabuleux royaume, et de l'aide qu'il comptait lui apporter dans ses projets de conquête.

— Surtout, je lui demanderai de nous prêter de l'or, en échange du Saint Bois...

Dans la cour, une forme courut vers une porte, l'ouvrit et entra précipitamment dans la pièce où elle donnait. Amaury fit mine de ne pas l'avoir vue. Ce devait être une femme, une des rares domestiques admises au service des Hospitaliers. Or Amaury avait donné l'ordre, comme à Jérusalem :

— Pas de f-f-femme sur ma route !

Certes, il avait très envie d'une nouvelle épouse, mais il faudrait que celle-ci soit exceptionnelle. Et puis, Amaury n'avait pas du tout, mais alors pas du tout, envie de rendre la tâche plus facile à ses barons... Son célibat lui fournissait une bonne excuse pour leur casser les pieds.

Quand il entra dans la grande salle du Krak, où une collation venait d'être servie à la dizaine d'Hospitaliers présents, Amaury constata que l'ambiance était morose. Après avoir déposé ses deux bassets sur la paille, pour qu'ils aillent manger en compagnie des frères punis pour de petits méfaits, il lâcha un rot tonitruant, se racla la gorge et cracha par terre.

— Voilà qui va mieux ! fit-il avec un large sourire en direction de l'ambassadeur extraordinaire.

Celui-ci était de sexe indéterminé – car un masque de cuir noir dissimulait sa figure, ne laissant voir que deux yeux noirs qui n'étaient pas sans rappeler ceux des serpents. Un fouet terminé par des pointes barbelées était suspendu à son ceinturon, et ses chaussures portaient d'impressionnants éperons, longs d'une dizaine de pouces, prolongés par une gueule de dragon. Une épaisse cape de cuir noir, pouvant se fermer par-devant, pendait froissée à ses épaules, comme après un long voyage.

— Avez-vous fait b-b-bonne route, monsieur l'ambassadeur extraordinaire ? Ou dois-je dire madame l'ambassadrice extraordinaire ? s'enquit Amaury.

— Monsieur, précisa l'ambassadeur avec une légère révérence. Voici mes lettres de créance.

Il claqua des talons, et plongea sa main gantée de cuir dans une gibecière accrochée à sa cuisse. Il en retira un fin rouleau de parchemin, clos par un sceau. Amaury l'examina, admira le travail représentant l'œil au milieu de la pyramide, et demanda – tout en brisant le sceau :

— Vous venez de loin, si j'ai bien compris.

— Affirmatif, dit l'ambassadeur. De par-delà les monts Caspiens. Je suis parti hier.

— Hier ? Cela me paraît c-c-court, pour un si long trajet.

— C'est que, Majesté, je voyage à dos de dragon. Comme tous les diplomates et les coursiers de l'empereur.

— À dos de dragon ? Hum, cela doit être pratique pour transporter les bagages... Et votre d-d-dragon, où l'avez-vous laissé ? À l'écurie ?

— Négatif, Majesté ! Il aurait dévoré tous vos chevaux – ce qui aurait été une mauvaise entrée en matière. Je lui ai permis de repartir vers les cieux, qui sont sa seule et unique demeure.

— Et comment le rappellerez-vous, quand vous voudrez repartir ?

— Grâce à ceci, Majesté.

L'ambassadeur du prêtre Jean montra à Amaury une chaîne au bout de laquelle était suspendu un sifflet en argent figurant un dragon.

— Il me suffit de souffler dedans, et mon dragon arrive...

— Comme c'est ingénieux, fit Amaury.

Mais il n'écoutait déjà plus. Et tandis qu'il étudiait d'un œil distrait les lettres de créance de l'ambassadeur, il lui demanda :

— Messire P-p-palamède, êtes-vous versé d'une quelconque façon dans la science des rêves ?

— Puis-je demander à Sa Majesté pourquoi cette question ?

— C'est que, voyez-vous, j'ai fait cette nuit un épouvantable *cauchemar*, dit Amaury en insistant bien sur « cauchemar » et en regardant son chambellan droit dans les yeux.

— Ce sera un honneur d'aider Sa Majesté, si je le peux...

Amaury raconta son rêve, et conclut en disant :

— Quel d-d-dommage que mon cher Guillaume ne soit pas encore rentré de Constantinople ! Lui, au moins, aurait su décrypter mon rêve. Il est très fort en onirologie, et ce n'est là qu'un des nombreux d-d-domaines dans lesquels il excelle !

— Majesté, si je puis me permettre, ces serpents...

— Oui ? demanda Amaury, intéressé.

— Ce sont des dragons...

— Je le savais ! s'écria Amaury en tapant du poing sur la table, ce qui fit sursauter tout le monde. Alors, il nous faut...

— Je peux vous aider, les dragons sont chose commune en notre royaume.

— Oui, oui, bien sûr. Mais il nous faut ce chevalier, c-c-comment s'appelle-t-il déjà ? Celui qui avait réglé son compte à un d-d-dragon, pour mon cou-cou-couronnement ?

— Saint Georges ? demanda Gilbert d'Assailly, en craignant le pire.

— Mais non ! Vous me p-p-prenez pour un idiot ? tempêta Amaury. Je vous p-p-parle de ce ménestrel, celui qui jouait le rôle de saint Georges...

— Ah ! Oui, je vois, dit Keu de Chènevière. Un bien étrange chevalier, en vérité. Mais je ne sais plus comment il s'appelait. Mort... quelque chose... Morbien ? Mordhom ?

— Il s'appelait « Morgennes », fit le jeune frère Alexis de Beaujeu. Et il n'était pas chevalier.

— Ah non ? s'enquit Amaury. Il faudra corriger cela... Un homme qui n'a pas peur de s'attaquer à un d-d-dragon, il faut l'adouber sur-le-champ !

Dans la grande salle, personne ne dit rien. Comme souvent, on ne savait jamais, avec Amaury, s'il jouait à l'imbécile ou s'il testait les siens.

— Quoi qu'il en soit, poursuivit Gilbert d'Assailly, les dragons sont justement au cœur de nos problèmes. Et il faut se féliciter de l'arrivée de Son Excellence l'ambassadeur extraordinaire, juste au moment où nos frères du Krak ont fait cette stupéfiante découverte...

— Bien, bien, fit Amaury d'un air songeur. Je crois qu'il est grand t-t-temps de faire un exposé de la situation à notre nouvel ami.

— Si Sa Majesté le permet, je puis m'en charger, proposa Gilbert d'Assailly.

— Faites donc !

— Voici : nous ne pourrons plus tenir longtemps Jérusalem si nous ne nous emparons pas de l'Égypte. Depuis bientôt deux ans, Nur al-Din ne cesse de multiplier les attaques contre les flancs orientaux du Liban. Déjà, à la bataille de Harim, il nous a infligé une défaite mémorable et a fait prisonnier le comte de Tripoli.

— Qui nous manque, coupa Amaury.

— Absolument ! s'exclamèrent en chœur tous les Hospitaliers présents dans la salle, avec d'autant plus de vigueur et de sincérité qu'Amaury remplaçait Raymond de Tripoli pendant sa captivité.

— N'insistez pas trop tout de même, fit Amaury. J'ai compris.

— Bref, poursuivit Gilbert d'Assailly, la situation est plus que complexe ; d'autant que nous ne savons pas encore si les pourparlers menés par Guillaume à Constantinople ont porté leurs fruits.

— Ils les p-p-porteront, soyez-en certains, dit Amaury. Je connais Guillaume mieux que personne. Et ce qu'il entreprend est toujours cou-cou-couronné de succès...

— Plus récemment, continua Gilbert d'Assailly, l'âme damnée de Nur al-Din – l'infâme général Chirkouh – s'en est pris à l'Outre-Jourdain, où il a détruit une place forte que les Templiers avaient construite dans une grotte, juste au sud d'Amman. L'étau se resserre... Il nous faut agir, et vite. Nous ne pouvons pas rester ici les bras croisés à attendre de savoir si Sa Majesté l'empereur de Constantinople daignera ou non nous accorder son aide, et quelle forme prendra celle-ci...

— Vous savez, p-p-pourtant, l'interrompit Amaury, que nous manquons de t-t-troupes. Attaquer l'Égypte en ce moment, c'est dégarnir le comté de T-t-tripoli et le nord du royaume. Et c'est tendre une magnifique p-p-perche à Nur al-Din.

— Vous avez besoin de renforts, dit l'ambassadeur du prêtre Jean.

— Évidemment, dit Amaury. Et nous n'arrêtons p-p-pas d'en chercher, de tous les côtés. J'ai même écrit t-t-trois fois au roi de France, et je n'ai pas reçu une seule réponse ! Pas une maille, pas l'ombre d'un petit soldat. Rien. *Niente !* P-p-peau de zob, comme disent les Arabes ! s'exclama-t-il en faisant claquer son pouce dans sa bouche.

— Je connais bien l'Égypte, expliqua l'ambassadeur du prêtre Jean. Le royaume est un fruit mûr qui ne demande qu'à tomber, pourvu qu'on sache par où et comment le cueillir. Vous devriez vous y rendre et y établir un protectorat. Je suis sûr que Chawar, le vizir du calife, saura vous accueillir avec tous les égards dus à votre rang. Vous pouvez compter sur lui. Et en faire le nouveau calife d'Égypte !

— La dernière fois, j'ai failli y p-p-perdre la vie et celle de tous mes hommes, rappela Amaury. Si cette C-c-ompagnie du Dragon blanc n'était pas venue pour nous sauver, ce serait un affreux croissant d'or qui brillerait au sommet des mosquées de Jérusalem, au lieu des magnifiques c-c-croix que nous y avons fait poser...

— Attendre les Grecs, signala Gilbert d'Assailly, c'est s'exposer à devoir partager avec eux... Et se compromettre avec les rivaux de Rome. Ils ont déjà repris en leur possession l'église d'Antioche. Vous ne voudriez pas non plus, Majesté, que ce soit à Constantinople que se décide qui devra être élu à la tête des églises de Tripoli, de Jérusalem, d'Acre ou de Tyr ?

— Non, non, bien sûr, dit Amaury. Mais les Grecs sont p-p-puissants, ils sont riches... Qu'est-ce que deux ans ? Ah, si seulement vous acceptiez, dit-il en se tournant vers Palamède, de nous prêter t-t-trois millions de besants ! En gage de votre bonne foi, cela va sans dire...

— Majesté, ce me semble un peu prématuré...

— Majesté, coupa Gilbert d'Assailly, si mon plan n'a pas l'heur de vous plaire, je crois qu'il est grand temps que je quitte ma charge de commandeur des Hospitaliers, et que j'aille terminer mes jours dans l'un ou l'autre de nos monastères, en Angleterre, où je suis né.

Amaury eut un geste, comme pour dire : « Faites ce qui vous chante, peu me chaut. » Ce qui déclencha la colère d'un certain nombre de nobles présents dans la salle, et notamment celle du plus puissant d'entre eux : le baron d'Ibelin.

— J'affirme, Majesté, intervint-il avec véhémence, qu'il faut profiter des informations détenues par monsieur l'ambassadeur extraordinaire, et attaquer sans plus attendre !

— Dis donc, toi, dit Amaury au baron d'Ibelin, qui es-tu pour me p-p-parler sur ce ton ? Dois-je te rappeler qui t'a fait b-b-baron ?

— Et toi, Majesté, malgré tout le respect que je te dois, dois-je te rappeler qui t'a fait roi ? fit d'Ibelin en se tournant vers l'ensemble des pairs du royaume.

Un silence pesant s'installa au milieu de la grande salle, à peine troublé par les mâchouillements des chiens en train de ronger leurs os.

— Ce qu'il faudrait, dit l'ambassadeur pour faire descendre la tension d'un cran, c'est un *casus belli*...

— Comme quoi, p-p-par exemple ? demanda Amaury.

— Le non-paiement des sommes promises...

— Déjà fait.

— Attaquez, poursuivit l'ambassadeur. Autrement ce sera votre pire ennemi, Nur al-Din, qui le fera à votre place. Attaquez, et je vous promets que vous recevrez l'aide d'une dizaine de dragons, et d'un millier d'Amazones.

Les chevaliers, nobles et Hospitaliers échangèrent des regards effarés. Seul Amaury conserva son calme.

— Des d-d-dragons... Comme celui que les Hospitaliers ont découvert ?

— Comment cela ? demanda l'ambassadeur.

Quelques instants plus tard, les deux hommes se trouvaient, en compagnie de l'état-major des Hospitaliers, des pairs du royaume et d'une dizaine de soldats, sur les contreforts du Djebel al-Teladj, où était bâti le Krak des Chevaliers. Dans la poussière se dessinaient les contours d'os énormes, sur lesquels les bassets d'Amaury se ruèrent en jappant comme des fous. Et tandis qu'ils mordaient ces prodigieux ossements, que des gardes entouraient afin d'en indiquer les proportions à l'ambassadeur du prêtre Jean, Amaury demanda à ce dernier :

— Vous parliez de d-d-dragons, comme celui-ci ?

En effet, sous leurs yeux surgissait la silhouette d'un immense dragon, d'une longueur de plusieurs lances. Les épaules, le cou, les pattes et la gueule se distinguaient nettement, et des ouvriers travaillaient à dégager les autres parties de la bête – dont il ne restait que les os, vieux de plusieurs milliers d'années, et quelques globes couleur terre, de la taille de gros œufs, qui se trouvaient dans son ventre.

L'ambassadeur du prêtre Jean ouvrit de grands yeux, stupéfait de ce qu'il voyait. Si stupéfait, en vérité, qu'il n'arrivait plus à trouver ses mots. Cette fois, ce fut Amaury qui rompit le silence, en lui désignant ses deux bassets. L'un s'acharnait à vouloir arracher de la montagne un tibia aussi grand qu'un homme, tandis que l'autre compissait l'un des œufs fossilisés.

— Vous savez ce qui serait b-b-bien ? demanda Amaury à l'ambassadeur.

— Non.

— Un sifflet comme le vôtre, mais pour appeler mes ch-ch-chiens.

34.

« C'est peut-être un fantôme qui s'est mêlé à nous. »

(Chrétien de Troyes, *Cligès*.)

« Chose promise, chose ardue », ai-je coutume de dire.

Adonc, Morgennes, il est grand temps pour moi de te parler. Je n'ai que trop longtemps différé le moment de me confesser. Mais par où commencer? Par notre rencontre, en haut des monts Caspiens, avec le médecin de Sa Sainteté Alexandre III? Ou bien par la rencontre de mon père avec tes parents? Il me faut peser l'une et l'autre habilement, car elles n'ont pas toutes les deux le même poids, même si elles ont, l'une et l'autre, fait pencher la balance d'un côté, puis de l'autre. Mais, en toutes choses, il est bon de revenir aux sources. Et les sources, en ce cas, ce sont tes parents.

Ainsi que j'ai déjà eu souventes fois l'occasion de te le dire, tes parents t'aimaient. Plus que de raison. Oh, bien sûr, je ne dis pas cela pour toi – tu es d'ailleurs celui qui le sait le mieux, et ne l'a jamais oublié. Non. Je le dis... pour moi.

Car il me faut maintenant parler de moi.

J'étais loin d'être comme Morgennes.

— J'étais loin d'être comme toi, dis-je tout haut. Quand j'étais enfant, vers l'âge de sept ou huit ans, je pris conscience du fait que j'étais juif, et donc différent de la plupart des autres gosses qui peuplaient les rues de la ville où nous habitions, mes parents et moi. Non, Morgennes, ne prends pas cet air étonné. Je sais que tu le sais. Te l'ai-je dit, ou l'as-tu deviné ? Cela importe peu. L'essentiel est que tu n'aies rien dit... Tu as respecté mon silence, et je t'en remercie. J'étais un enfant, et j'étais juif. Juif au sein d'une cité – son nom n'a pas grande importance, et je préfère l'oublier – où il y avait aussi peu d'enfants juifs que de lépreux. En l'occurrence cinq ou six. Et moi, j'étais l'un d'eux. Imagine mes jeux, dans le quartier de l'église Saint-Forbert, quand il ne s'agissait pas pour moi de m'amuser avec les autres gosses, mais d'en être la risée. Non pas de jouer, mais d'être le jouet... Celui dont on se moque, auquel on jette des pierres, qu'on flanque à la rivière, qu'on menace de brûler et qu'on couvre de boue. Je sais que tu comprends. Le pire, c'est que leurs rires me faisaient plaisir. Oui, je les comprenais. Car si j'avais été à leur place, il est fort probable que moi aussi je me serais gaussé du juif que j'étais. J'approuvais donc leurs rires. Et même, je regrettais de ne pouvoir leur en donner plus. Mais, pour cela, il m'aurait fallu être en plus handicapé, bègue, tors ou lépreux. Dieu, dans son infinie bonté, ne m'avait gratifié que d'une seule et unique « tare » (à mes yeux) – mais qui suffisait : j'étais juif. Mon père me disait : « Tu apprendras à vivre avec. » Et moi je demandais : « Suis-je obligé de vivre avec, si je n'en ai pas envie ?

— Tu n'as pas le choix.

— Je suis sûr que si ! »

Pour le lui prouver, je me mutilais – comme si ma judaïté était une verrue qui se pouvait ôter. Portais sans arrêt l'étole de tissu jaune qui nous signalait comme juifs aux yeux des goyim, et affichais mes origines en toutes circonstances, parlant hébreu, citant la Torah à tort et à travers, prêtant (à huit ans !) à six sous l'un... En vérité, je m'en rends compte maintenant, je voulais faire payer à mes parents et à Dieu ma judaïté. Ce que je voulais, c'était être comme les autres. Ni plus, ni moins. Être un chrétien, aller à la messe tous les dimanches, faire carême le vendredi... Quoi de plus banal ? Blanc, chrétien, crétin. Là, au moins, j'aurais été heureux.

Mais si j'étais blanc et bel et bien ahuri, je n'étais pas chrétien.

« Pourquoi ne suis-je pas chrétien ? »

Mes parents ne répondaient jamais à cette question. Mon père, qui avait suivi à Troyes l'enseignement du célèbre érudit Rachi, me répétait souvent que tout cela ne comptait pas. Que peu importait le chemin sur lequel Dieu nous avait déposés, pourvu que l'on croie en Lui.

« Mais alors, pourquoi ne pas changer de route ? Si l'on continue de croire... »

Changer de route, est-ce seulement possible ? Il eût fallu, pour cela, changer aussi de nom et de parents, car la route sur laquelle Dieu m'avait déposé était également celle sur laquelle ils étaient, eux, et depuis plus longtemps que moi.

Changer de route... Voici ce que je décidai, tout jeune, de faire.

— Et tu ne peux pas savoir à quel point les paroles de ton père font sens pour moi, quand il t'a dit d'aller vers la croix. Car c'est ce que j'ai fait... Je suppliai mes parents de changer de religion et de se convertir au christianisme, par amour pour moi. Je leur demandai de choisir entre Dieu et moi. Mon père m'adorait, et ma mère aussi – mais elle se vivait avant tout comme juive, et n'envisageait pas sans trembler de tous ses membres de ne pas le rester, jusqu'à la fin. Ce couple, que j'avais vu uni, s'aimant, se sépara à cause de moi. D'une certaine façon, le jour où mon père m'emmena dans une église pour se faire baptiser avec moi, ce jour-là nous avons tué ma mère.

Car quand nous en ressortîmes, chrétiens l'un et l'autre, un cri déchira la maison, et l'on vint apprendre à mon père : « Votre femme est morte... »

Eh bien, j'étais maudit. Et chrétien. Ma colère et ma peine étaient telles que je décidai de l'être jusqu'au bout. Je jetai mon ancien nom aux orties, et pris celui-ci : « Chrétien ». Le pire, c'est que j'étais soulagé. Ma mère était morte, car elle n'avait pas vu (ou voulu voir) mon père renier sa foi et celle de ses ancêtres. Mieux, elle ne m'avait pas vu, moi, abdiquer ses entrailles... Mieux encore, le peu de « juif » qui me restait venait de s'en aller, parti pour toujours avec elle.

Mon père et moi quittâmes la Broce-aux-Juifs, où il pratiquait le métier de rebouteux. Ah, je vois ton œil briller d'un nouvel éclat. Oui, mon père était rebouteux... Et pas n'importe lequel. Le meilleur d'entre eux ! Je puis le dire, car il mit autant de hargne et de ténacité à exceller dans son métier que j'en avais mis, moi, à changer de religion. Il savait tout du corps humain, de ses humeurs, des fils invisibles qui le relient aux étoiles et à Dieu. Je prétends même que ce qu'il ignorait de la médecine aurait à peine empli un dé à coudre.

Et dire que je mettais cela sur le compte de sa conversion, et de la mort de ma mère.

J'étais trop jeune pour comprendre. Car si je suis plus âgé que toi, je ne le suis pas de beaucoup. Ce fut un soir d'hiver, peu avant de mourir, qu'il me parla.

J'avais décidé d'entrer dans les ordres, afin d'être un parfait chrétien, et de conter des aventures montrant des gens et des routes se croisant. (Tu sais ce dont je parle.) Mon père m'appela à son chevet, et ses doigts fouillèrent sous sa chemise – exactement comme tu le fais, toi, quand tu recherches la croix de bronze de ton père, ou comme je le fais en ce moment, pour te montrer ceci...

Je sortis de sous ma chemise cette pierre étrange, mélange de noir et de blanc entrelacés, où l'on croyait voir un dessin de dragon.

— C'est une draconite.

Morgennes posa la main dessus, et ressentit un choc violent. Instantanément, il retira la main, comme brûlé. Ce qu'il avait vu... Des images lui avaient traversé l'esprit. Des images représentant des choses indescriptibles par des mots humains, perçues par une créature qui n'avait, elle non plus, rien d'humain. Des images que sa mémoire ne put enregistrer, et qui s'effilochèrent, comme des graines de pissenlit au vent d'été.

— Qu'est-ce que c'est ? demanda-t-il.

— À vrai dire, je ne sais pas trop. Son nom est : « draconite ». Ton père, qui avait fait un long voyage en Orient, à la recherche d'épices et de plantes à donner à ta mère, l'a rapportée de son périple. Certains disent que c'est une pierre tombée du ciel. D'autres prétendent qu'il s'agit d'un œil de dragon. Toujours est-il qu'elle symbolise la vie et la mort, un bien pour un mal, un mal pour un bien, l'équilibre des extrêmes.

Morgennes ne quittait pas la pierre des yeux. Ses contours paraissaient ondoyer, comme sous l'effet d'un puissant feu.

— Pourquoi ne puis-je pas la prendre ? demanda Morgennes.

— Parce qu'elle ne peut être *prise.* Elle ne peut qu'être *donnée.* Un homme la donna, pour une raison que j'ignore, à ton père, qui la donna à mon père, qui me la donna... Et je te la donne, fis-je en déposant la pierre dans les mains entrouvertes de Morgennes.

Cette fois-ci, il ne ressentit rien de particulier. La pierre s'était comme endormie. À la façon d'un petit animal, elle faisait la sieste dans le creux de la main de Morgennes, qui la retourna, d'un côté puis de l'autre, et fut surpris de la voir présenter, invariablement, toujours la même face.

— Cette pierre est décidément très bizarre, dit Morgennes. Regarde, je la tourne, je la retourne, mais c'est toujours le même dessin. Comme s'il se déplaçait à la surface de la pierre pour rester perpétuellement sous nos yeux.

— Oui. Je sais. Cette pierre a bien des pouvoirs. Et mon père n'excluait pas le fait que...

— Oui ?

— Eh bien, mon père a souvent émis l'hypothèse que c'était grâce à cette pierre, et non aux herbes et épices que ton père lui avait données, que ta mère a pu tomber enceinte...

Morgennes se dressa d'un bond.

— C'est absurde ! Tout cela n'a aucun sens, et je vais te dire pourquoi. Parce que mes parents ont eu un autre enfant après moi, et qu'ils n'avaient plus la pierre ! Comment l'expliques-tu ?

— Je ne l'explique pas. Je ne suis pas du genre à chercher une explication à tout. Je crois qu'il y a des phénomènes qui n'ont ni cause ni solution. Écoute, je ne fais que te répéter les paroles mon père. J'ai pensé que ça t'intéresserait. Maintenant, dis-moi : tes parents t'ont-ils déjà parlé des circonstances de ta naissance ?

— Non. Mais je sais bien que je n'étais pas seul, dans le ventre de ma mère. J'ai toujours eu le sentiment qu'il y avait quelqu'un auprès de moi....

Il plaça sa main droite sous son menton, à l'endroit exact où se trouvait la petite marque blanche en forme de main qu'il portait au bas du visage.

— Vous étiez deux, Morgennes. Il y avait toi, et une petite fille – ta sœur jumelle. Ta naissance fut l'épreuve la plus rude de toute la carrière de mon père ; et si ma mère n'était pas morte peu après notre conversion, probablement de toute sa vie... Vous étiez deux, Morgennes, deux ! L'un de vous bloquait l'autre et l'empêchait de sortir. Pour sauver ta mère ils ont choisi de sacrifier l'un des enfants, et le hasard fit que ta sœur...

Morgennes était bouleversé. Il revoyait ses parents, sa sœur, et la petite tombe au-dessus de laquelle il avait passé tant de temps.

— Alors c'était une petite fille...

— Ils n'ont pas eu le choix, Morgennes. Et il fallait sauver ta mère...

— J'aurais donné ma vie pour elle. Pourquoi n'est-ce pas moi qu'ils ont tué ? Pourquoi ne m'ont-ils pas parlé ?

— Pour te dire quoi ?

Morgennes me regarda, un instant silencieux. Puis soudain il me dit :

— D'une certaine façon, je crois que je l'ai toujours su. Cette petite fille, ma sœur, ne m'a jamais quitté. Elle était là, auprès de moi, conclut-il en se touchant le bas du visage.

Il se releva, s'épousseta, parut reprendre ses esprits, et me demanda :

— Maintenant, dis-moi ce que tu as vu à Arras ! Parle ! Comment se fait-il qu'un jongleur émérite tel que toi ait raté un exercice qu'il avait réussi, auparavant, des milliers de fois ? Qu'as-tu vu qui t'a à ce point effrayé ?

— Morgennes, j'ai vu les morts ! Des fantômes, tu étais entouré de fantômes à Arras. Rappelle-toi, le cimetière juif... J'ai vu les tombes s'ouvrir et les morts se lever de terre. Je les ai vus s'approcher de toi, et te parler à l'oreille. Et j'ai compris, oui, j'ai enfin compris d'où te venait cette mémoire hors du commun : Morgennes, ce sont les morts qui te soufflent ce qu'ils savent. Ce sont les morts qui se souviennent avec toi. Et tant que les morts seront là, tu n'oublieras pas. Et tant que tu te souviendras, les morts resteront. Morgennes, en vérité, tu n'as jamais retraversé... Tu es toujours de l'autre côté. Avec les morts.

— Y avait-il des visages ? Qui as-tu vu ?

— Les morts, les morts. Mais il y en avait deux, en particulier, qui se tenaient auprès de toi. Si près qu'on aurait pu les confondre avec toi, mais non... Un homme d'une quarantaine d'années, qui te ressemblait en plus vieux... Et une petite fille. Quel âge avait-elle ? Oh, dans les quatre ou cinq ans.

— Ma sœur !

— Belle, blonde comme les blés, et des yeux... Ils étaient bleus, mais avaient ton regard. Ton père était à côté d'elle.

— Il n'y avait pas ma mère ?

— Je ne crois pas. Peut-être est-elle encore en vie ?

Morgennes entrouvrit les lèvres comme pour dire quelque chose, mais ne parvint pas à articuler quoi que ce soit. S'il avait été un poisson, je crois qu'aucune bulle ne serait sortie de sa bouche.

— Tu es juif, lui dis-je.

— Comment ?

— Tu es juif, toi aussi... Mon père me l'a dit. Ce que j'ai vu à Arras en était la preuve. Je n'ai pas voulu t'en parler, pour ne pas te traumatiser ni briser tes rêves, mais tu es juif. Jamais les chevaliers ne t'accepteront. Et encore moins les Templiers ou les Hospitaliers.

— Et ça ? fit Morgennes en brandissant sa croix de bronze sous mon nez.

— Ça ? C'est à ton père, que je sache. Mais on est juif par la mère, Morgennes. Or ta mère était juive. Désolé...

— Juif ?

— Comprends-tu, désormais, pourquoi des Templiers massacrèrent ta famille, juste avant de partir se croiser ? Parce que vous étiez juifs, et que pour eux, c'était toujours ça de pris. Mais bon sang de bois, combien de temps cela va-t-il durer ? N'y a-t-il pas, quelque part, un endroit où nous pourrions vivre en paix ? Note que je ne demande même pas à vivre « heureux », mais « en paix », tout simplement. Et si cet endroit n'existe pas, n'y a-t-il pas un moment ? Juste une heure, un an de répit. Une petite année ? Oserais-je demander « une vie » ?

Je partis dans un profond sanglot, dont les hoquets secouaient mon corps sans que je pusse rien dire. Alors, ainsi qu'il l'avait fait dans les montagnes, Morgennes me prit dans ses bras.

Il comprenait mieux, maintenant. S'il était juif, il était normal que sa mère n'ait pas voulu de croix sur la tombe de l'enfant mort. Ce n'était pas seulement pour oublier. S'il était juif, il était normal que son père lui ait dit d'aller « vers la croix ». Parce que là, dans son ombre, on le laisserait en paix.

À moins qu'il n'ait tenté de lui désigner son adversaire ? Ceux qui portent la croix. Les Templiers ? Les gardiens de la Vraie Croix ? Lui fallait-il chercher de ce côté pour trouver les meurtriers de son père et de sa sœur ? Morgennes rassembla ses esprits. La miséricorde de son père était une piste. Une première piste qu'il n'avait pas suivie à l'époque, parce qu'il était trop tôt. Mais il se sentait prêt, maintenant. Ce vieux Templier, quel était son nom déjà ? Il n'avait pas un poil sur le caillou. Galet le Chauve ! Et son comparse, Dodin le Sauvage... Foi jurée, il retrouverait chacun des cinq chevaliers qui s'en étaient pris à ses parents. À l'époque, seul l'un d'eux était templier... Cela avait, apparemment, changé.

Ensuite, restaient une myriade de questions auxquelles seule sa mère avait peut-être une réponse. Elle aussi, il lui faudrait la retrouver. Se pouvait-il qu'elle ait suivi l'un ou l'autre de ces chevaliers en Terre sainte ?

Morgennes me jeta le regard que j'attendais et craignais de voir depuis si longtemps.

Nos routes se séparaient.

À tout jamais ?

Qui pouvait le dire ?

Il m'étreignit contre lui, comme un frère, et me dit :

— Adieu.

35.

« Mais maintenant il serait bon de savoir dans quelle direction nous devons nous diriger.

— Ami, je ne peux pas le deviner, si l'aventure ne nous conduit pas. »

(CHRÉTIEN DE TROYES, *Guillaume d'Angleterre.*)

« *Moi, Philippe, médecin personnel et ambassadeur extraordinaire de Sa Sainteté le pape Alexandre III, parti de Bénévent voici huit mois pour un périple insensé, je suis en train de perdre la raison.*

C'est pourquoi – saint Grégoire me pardonne ! – je dois coucher ici ce que j'ai vu, de mes yeux vu. Et consigner sans plus attendre les surprenants événements auxquels j'ai personnellement assisté. Non pas pour vous convaincre qu'ils se sont réellement produits – je sais que c'est une tâche impossible, qui dépasse, et de loin, mes maigres talents d'écrivain – mais pour que je puisse encore y croire, moi, quand dans quelques années ma mémoire aura perdu le souvenir de toutes ces choses et que je voudrai revenir vers elles, et l'homme que j'ai été.

Il est doux, en effet, de penser que l'individu que je suis aujourd'hui prend soin dès à présent de celui que je serai demain – et qu'il essaie d'en atténuer les possibles souffrances et de prendre sur lui un peu de son futur fardeau, tant qu'il en a encore la force.

Je sais que tout ce dont je vais vous entretenir ici va vous paraître extraordinaire. Tout comme je sais que cela me paraîtra bien incroyable, à moi aussi, quand je me relirai.

Cela s'est pourtant produit.

Tout commença lorsque Sa Sainteté le pape, que je sers depuis tellement d'années que mes deux mains ne suffisent plus à les compter, reçut une missive des plus insolites. Elle lui avait été envoyée par un certain prêtre Jean. Ce dernier apprenait à Sa Sainteté que les origines de la peste qui sévissait à Rome depuis le début de l'an 1166 de l'Incarnation de Notre-Seigneur, étaient à rechercher du côté de Constantinople...

Et plus particulièrement du côté du palais des Blachernes, où réside le basileus, Manuel Comnène.

Je suppose que vous savez comme moi que le château Saint-Ange, où il arrive parfois à Sa Sainteté de séjourner, tire son nom du fait qu'en l'an de grâce 590 un ange est venu y annoncer la fin de la grande peste bubonique qui sévissait alors à Rome. Ce château, indemne de tous maux depuis presque six cents ans, et que nous pensions protégé par les saints et les anges du Seigneur, fut le théâtre d'une effrayante résurgence de ce gravissima lues, *la peste !*

Le château Saint-Ange tombé, ce fut bientôt Rome tout entière qui succomba à ce fléau que le Tibre, infesté de serpents, s'amusait à promener dans les moindres recoins de la ville.

Sa Sainteté pensa d'abord que la maladie était à mettre au compte des agissements de ce pervers de Barberousse, qui ne cessait depuis tellement d'années de nommer antipape sur antipape, et dont l'unique souci était de contester notre pouvoir. Sentiment dissipé par le fait que les troupes impériales dépêchées par Barberousse à Rome après ~~la fuite~~ la retraite de Sa Sainteté à Bénévent, furent elles aussi victimes de cette ignominie...

Mais alors, si ce n'était pas l'empereur Frédéric Ier, qui cela pouvait-il être ?

La réponse, ainsi que je l'ai dit plus haut, nous parvint sous la forme de cette lettre, dénonçant les agissements du basileus des

Grecs, et nous enjoignant d'envoyer auprès du prêtre Jean un ambassadeur afin de forger une alliance et de trouver un remède à nos souffrances.

Comme après enquête nous apprîmes que les frontières du royaume de ce prêtre étaient gardées par des dragons et autres bêtes de ce genre, responsables (notamment) de la peste, il fut décidé d'y envoyer en tant qu'ambassadeur extraordinaire un médecin. Et même le meilleur d'entre eux.

C'est-à-dire moi, votre humble serviteur, Philippe.

Sa Sainteté dicta sur-le-champ une lettre ut unirentur, *afin de proposer au prêtre Jean de reconnaître son autorité et de s'allier à elle.*

Puis, voyageant à bord de plusieurs chariots équipés de tout l'attirail nécessaire pour contenir, autant que faire se pouvait, les émanations méphitiques des dragons, et forts d'une escorte d'une trentaine de draconoctes – ces soldats, hérités de l'Empire romain, spécialisés dans la chasse aux dragons –, nous prîmes la mer, en direction de Tyr. Puis, de là, fîmes route vers les monts Caspiens.

Il n'était pas question, en effet, de traverser les terres des Grecs. Mais au contraire de les contourner – notre but étant de contracter une alliance avec leur ennemi, cet étonnant héritier du Christ et de saint Thomas : le prêtre Jean. Et de recevoir de lui le remède à la peste bubonique mentionné dans sa lettre.

L'ascension de ces satanés monts Caspiens fut de loin la plus éprouvante des ascensions qu'il me fut donné de vivre ; même s'il me faut honnêtement reconnaître que ce fut également la première. Mon escorte eut fort à faire avec des bandes de brigands arméniens défendant l'accès à leurs montagnes comme des pères la virginité de leurs filles. Et moi, je me sentais tel l'apôtre Philippe, parti chasser les dragons de Scythie et prêcher la bonne parole aux nécessiteux.

Après plusieurs jours de voyage, quelle ne fut pas notre surprise de tomber sur un vieux bonhomme escaladant tout seul – et sans rien du lourd attirail des montagnards – l'un des plus hauts sommets des monts Caspiens. Ce vieillard, auquel j'aurais donné nonante années, portait la robe de bure et la tonsure des moines, ainsi qu'une paire de bottes d'excellente facture, qui lui remontaient par-dessus les genoux.

Ordonnant à notre chariot d'accélérer autant que la pente caillouteuse le permettait, je hélai ce vieillard en français :

— Holà, bonhomme, qui es-tu, et que fais-tu dans ces parages ?

Le vieil homme se retourna, nous adressa un large sourire et nous répondit dans un français parfait :

— Pardonnez-moi si je ne me découvre pas, mais j'ai perdu mon chapeau... à force de courir et de sauter dans tous les sens.

— Courir et sauter ? Mais quel âge avez-vous ?

De fait, il avait une belle et longue barbe blanche. Mais ses yeux vifs, enfoncés sous d'épais sourcils, lui donnaient un air juvénile.

— Oh, l'âge n'y est pour rien... Ce sont mes bottes !

Joignant le geste à la parole, il bondit dans les airs comme un cabri, et atterrit sur un rocher non loin de nous.

— Par saint Grégoire ! m'exclamai-je.

— Je reconnais, dit ce vieillard, que cela fait son petit effet. Mais vous verrez, on s'y habitue.

— À la fin, me direz-vous votre nom ?

— Poucet. Je suis le père supérieur de l'abbaye Saint-Pierre de Beauvais, pour vous servir.

— Vous êtes, si je ne m'abuse, bien loin de chez vous. Auriez-vous égaré l'une de vos ouailles ?

— Deux, pour ne rien vous cacher. Mais, aux dernières nouvelles, j'ai bon espoir de les retrouver quelque part par ici.

Il nous montra ce que nous avions sous les yeux, à savoir un immense paysage hachuré, texturé de sommets pelés, de montagnes aux flancs râpeux et parcourues de vents divers, tous plus mauvais les uns que les autres. Un paysage hostile, à fuir absolument; à moins d'avoir à y mener quelque affaire importante.

— Ne craignez-vous point les dragons ? demandai-je au père Poucet.

Il eut une réaction qui me surprit au plus haut point :

— Les dragons ? Quelles fadaises ! Je n'y crois pas !

— Vous n'y croyez pas ? Pourtant, la tradition rapporte de nombreux combats de saints contre ces bêtes immondes. Ne pas croire aux dragons, c'est ne pas croire aux saints ! À la vie d'Alexandre !

— Eh bien, je n'y crois pas quand même. Ce sont des contes de fées, tout juste bons à effrayer les enfants.

— Moi j'y crois. Autrement, comment expliquer...

Mais ce n'était ni l'heure ni le lieu de se lancer dans un débat théologique. Aussi m'enquis-je de l'identité des deux individus qu'il recherchait.

— Oh, me dit-il, ce sont deux vieux amis, qui ont eu maille à partir avec notre sainte mère l'Église, aussi je ne sais pas si je fais bien de vous en parler même si j'ai enfin obtenu pour eux le pardon de Sa Sainteté.

Il disait cela à cause des armes de la papauté, de gueules à deux clés d'argent passées en sautoir, qui s'étalaient sur les étendards de mes draconoctes et les flancs de nos chariots.

— Parlez sans crainte, car je ne suis pas cardinal, ni même vir ecclesiasticus *; je ne suis qu'un humble médecin, que Sa Sainteté a chargé de...*

Me rendant compte que je risquais de lui en apprendre un peu trop sur notre mission, je préférai revenir au sujet précédent, et l'interrogeai :

— De toute façon, si mon seigneur et maître les a pardonnés, ce n'est pas moi qui vais vous créer des ennuis. Puis-je savoir quel péché ils avaient commis ?

— Le péché, non... Mais la sentence, oui. Ils furent excommuniés, en même temps qu'une petite poule...

— Excommuniés ! Ce sont donc des criminels de la pire espèce !

— Oui et non. Enfin, non... En vérité, Sa Sainteté vient de les absoudre du crime d'apostasie et d'irrégularité dont ils s'étaient rendus coupables en changeant d'habit et de métier, et leur a permis de reprendre l'habit religieux s'ils montraient un repentir sincère et faisaient preuve d'humilité.

— Sa Sainteté est des plus sages. Mais qui vous a dit que vos amis et cette poule étaient dans les parages ?

Poucet marqua un instant d'hésitation. Peut-être en avait-il trop dit. Il ne voulait pas compromettre plus avant ses deux amis. Mais la sympathie qu'il éprouvait à mon égard, je suppose, le poussa à se confier :

— J'ai beaucoup voyagé, cela m'a pris un temps infini ! Cela va bientôt faire une semaine que j'ai quitté Saint-Pierre de Beauvais. Jusqu'à ce matin je n'avais rien appris d'intéressant, lorsque à Constantinople un haut dignitaire de l'empire m'a dit qu'ils avaient été envoyés dans les monts Caspiens, pour y rencontrer...

— Le prêtre Jean ?

— Comment le savez-vous ?

— Je suis également à sa recherche. Pour obtenir de lui un certain antidote, et lui proposer une alliance avec Sa Sainteté.

— Oh, fit Poucet. Quelle riche idée ! Je suis sûr que mes amis vous aideront de leur mieux, quand ils apprendront cela !

— Mais comment savez-vous, poursuivis-je, qu'ils sont sur cette montagne ? Elle est si vaste qu'il serait bon de savoir dans quelle direction nous devons nous diriger.

Pour toute réponse, Poucet me montra diverses petites plumes de couleur rousse qu'il avait ramassées entre deux bonds de géant.

— Je vois, fis-je.

Un éclair de malice brilla alors dans son regard, et il se passa les bras autour du corps :

— Excusez-moi, dit-il, mais il fait terriblement froid par ici. Je crois que je vais reprendre ma route. Je vous souhaite bonne chance...

— Non, s'il vous plaît. Faites-moi l'honneur de venir dans mon chariot. Il y fait chaud, j'y ai des vivres et des liqueurs. Et une sœur du couvent de Béthanie prendra soin de vos engelures, si vous en avez.

Poucet m'adressa un autre de ses malicieux sourires, où se lisaient toute la jeunesse et l'énergie qui l'habitaient. Il avait dû être un enfant extraordinaire, plein de ressources et de talents. J'étais plus qu'heureux de l'accueillir au sein de mon convoi. C'était une excellente recrue.

— Béni soit le chemin qui vous a conduit jusqu'ici ! me dit-il. Car il fait si froid que mes amis auront probablement besoin d'un médecin ! Oui, béni soit le chemin qui vous a conduit jusqu'ici !

Et il répéta cela plusieurs fois de suite.

Sa présence nous fut grandement utile et nous permit de gagner plusieurs jours de voyage. Surtout, il partait en éclaireur sur quelque pic situé en hauteur, inaccessible à nos lourds chariots, et en rapportait d'excellentes informations. Même si, avec le côté taquin qui le caractérisait, et que je devais apprendre à apprécier de plus en plus au fur et à mesure de nos pérégrinations, il redescendait toujours en m'annonçant :

— Désolé, je n'ai pas vu l'ombre d'un dragon...

Les dragons, pourtant, se manifestèrent bientôt. Non pas directement, surgissant des entrailles d'un nuage pour fondre sur nos têtes, mais via le silence et la brume. Une absence de bruit si pesante qu'elle nous meurtrissait les oreilles. Et un brouillard, gros de fumées noires, porteuses d'une odeur de mort.

On brûlait des cadavres, dans les environs. Cette puanteur, je ne la connaissais que trop : c'était celle qui, invariablement, accompagnait la peste – sa petite sœur, en quelque sorte. La peste, qu'on disait issue du sperme de ces dragons auxquels Poucet ne croyait pas, et qui pourtant nous causaient bien des ennuis.

— Sentez ! lui dis-je alors que nous approchions d'un terrain plat, inséré entre deux montagnes et où se dessinaient vaguement, au loin, les formes de plusieurs habitations. Cette odeur... C'est celle des dragons. Ils sont venus, ils ont soufflé...

— Et ils ont vaincu ? me demanda Poucet.

— En tout cas, ils sont repartis.

— Probablement la preuve de leur existence, car s'ils étaient restés, vous les auriez affrontés avec vos draconoctes – et donc ils seraient morts. Ce sont des bêtes diablement *intelligentes, et qui existent* nécessairement, *puisqu'elles ont* choisi *de vous éviter...*

— Ne vous moquez pas, dis-je. Tout concorde. L'endroit, cette pestilence, les morts...

— Je sens, dit Poucet. Mais je demande à voir.

Quelques instants plus tard, alors que le vent commençait à souffler dans notre dos, charriant de gros flocons blancs, nous distinguâmes deux formes, dont l'une vêtue de ces habits orange si caractéristiques des habitants de ces montagnes.

La brume se dissipa, et peu à peu je les vis. Deux hommes. J'invitai la sœur à me rejoindre – sa présence à mon côté témoignerait, je l'espérais, de mes intentions pacifiques. Et je me dirigeai en direction de celui des individus qui me paraissait le plus costaud, et qui était aussi, justement, celui qui portait les habits orange. À tout hasard, par courtoisie, je l'interrogeai :

— Êtes-vous le prêtre Jean ?

Il éclata de rire, et je compris ma bévue. Car s'il portait des habits orange, il n'en était pas moins un prisonnier – ce dont témoignait la lourde chaîne qu'il traînait au côté.

Mais, le plus surprenant, ce n'était pas son rire. C'était la réaction de Poucet. Car celui-ci surgit aussitôt près de moi, et s'exclama :

— Morgennes ? Chrétien ?

Les trois hommes coururent les uns vers les autres et s'étreignirent avec joie. Je n'avais jamais vu gens plus heureux de se retrouver.

— Eh bien, vos brebis ne sont plus perdues désormais, dis-je à Poucet.

Mais quelque chose m'inquiéta. J'aperçus, dans l'œil du moins costaud de ces deux hommes, une tache jaunâtre qui ne présageait rien de bon. Probablement un trouble des humeurs. Je lui demandai son nom, il me répondit, et je lui proposai de l'examiner. Ce à quoi il consentit.

— Chrétien de Troyes, vous souffrez d'un problème au foie, depuis fort longtemps... Maux de ventre, diarrhées et selles décolorées, ces symptômes ne vous ont jamais alarmé ?

— Si, me répondit-il. Mais que pouvais-je y faire ? J'accompagnais Morgennes. Je n'allais pas l'abandonner pour me soigner.

Dans son émoi, il serrait contre lui un petit œuf – apparemment de poule. Les deux étaient-ils liés ? Je m'interrogeai.

— N'avez-vous jamais consommé d'œufs avariés ?

— Hélas, me dit-il. J'aurais bien aimé. Mais notre petite poule est morte. D'ailleurs, elle ne pondait plus depuis longtemps...

— Ses œufs étaient fort bons, intervint Poucet. Nous en mangions régulièrement à l'abbaye. Personne n'en a souffert.

— Se pourrait-il qu'une certaine substance appliquée sur sa coquille afin de l'amollir..., poursuivit Chrétien de Troyes.

— À quoi songez-vous ? Soyez précis, sinon je ne pourrai poser mon diagnostic.

— Je pense à un mélange de différentes huiles, grâce auquel la coquille des œufs s'amollit...

— Mais pourquoi diable faire une telle chose ?

Chrétien de Troyes nous expliqua alors que durant quatre ans, il s'était entraîné à jongler avec des œufs. Le clou de son numéro consistant à pondre un œuf avec la bouche, il lui était nécessaire de l'y faire entrer au préalable.

— Pour ce faire, expliqua Chrétien de Troyes, je n'ai trouvé d'autre moyen que celui-ci.

— Ce qui explique sûrement, dit Poucet, pourquoi tu es tombé malade.

— Et pourquoi il n'y avait pas de jaune dans cet œuf, ajouta Morgennes.

— Galline n'y était pour rien ! s'exclama Chrétien de Troyes. C'était moi, l'unique fautif !

Il était plus blanc que neige.

Après cette explication, nous décidâmes de passer la nuit dans l'une des anfractuosités servant de repaire aux dragons, mais que Poucet s'évertuait à qualifier de « caverne quelconque ». Le débat s'engagea.

Morgennes, lui, croyait aux dragons.

— J'y ai d'ailleurs tout intérêt, avoua-t-il. Puisque si j'en tue un, le roi de Jérusalem a promis de me faire chevalier.

Apparemment, il se souciait comme d'une guigne d'avoir été excommunié par Sa Sainteté; et plus encore d'avoir été pardonné par elle.

— Avez-vous rencontré des dragons, au cours de vos aventures ? demandai-je.

— Pas encore.

— Vous devriez aller à Rome, le Tibre grouille de dragons et autres serpents... Ils y sèment la peste.

Morgennes et Chrétien de Troyes échangèrent un curieux regard, que je ne parvins pas à décrypter. Ces deux-là en savaient plus long sur les dragons, ou la peste, qu'ils ne voulaient le dire. Mais ils gardaient le silence.

— Voyez mes soldats, dis-je. Ils ont tout l'équipement requis pour combattre cette engeance du diable! Leurs armures, leurs épées, leurs boucliers même, remontent à la plus haute Antiquité, du temps où les légions de Rome parcouraient l'Afrique et l'Asie pour combattre les dragons. Non pas, comme nous le faisons aujourd'hui, pour des raisons morales, religieuses. Mais pour de basses raisons commerciales. Car, avec les dents, les griffes et les écailles des dragons se fabriquaient les meilleures armes et armures du monde. Et avec leur langue, leur pénis et leurs huiles, des onguents et des élixirs divers, aux qualités inégalées. Il est certain que les dragons ont existé. La preuve, toutes ces histoires, ces peintures, ces mosaïques, ces légendes...

— Draco Fictio, *souffla Poucet.*

— Vous dites ?

— Draco Fictio. *Le dragon de la légende, ou de la fable, si vous préférez. C'est le seul dragon auquel je crois. Celui-ci existe bel et bien, oui. Mais dans nos têtes ! fit-il en se tapotant le crâne avec l'index. Et quand il souffle, alors des idées parcourent le monde. Musiques, peintures, livres, sculptures, tapisseries, surgissent par milliers... Contre lui, les armes de vos fameux draconoctes sont vaines. Autant donner des coups d'épée dans le vide. Ou non, mieux. Brûler les partitions et les instruments de musique, couper les cordes vocales, briser les sculptures et trancher les mains et les yeux des artistes...* Draco Fictio, *c'est le seul dragon auquel je crois !*

— Alors, dit Morgennes, nous perdons notre temps, dans ces montagnes ? Nous avons pourtant assisté, Chrétien et moi, à des phénomènes incroyables. Pourquoi n'y aurait-il pas de dragons ?

— Parce qu'ils n'existent pas, répéta Poucet. Cela me paraît être une raison suffisante.

— Écoutez, dis-je, moi j'y crois. Et je ne suis pas prêt à renoncer de sitôt. Dès que la nuit sera passée, je poursuivrai ma route, avec mes draconoctes, à la recherche du prêtre Jean. Nous passerons ces fameuses bornes d'Hercule, délimitant les frontières de son royaume. Mais vous, fis-je à Chrétien de Troyes, je vous conseille de renoncer. Rentrez chez vous, soignez-vous. Autrement, vous mourrez. Et vous, fis-je à Morgennes, allez voir le roi de Jérusalem, ce bon Amaury. Vous n'êtes pas fait pour la vie monacale, c'est une évidence, mais pour manier le glaive ! Pourquoi n'entreriez-vous pas chez l'un ou l'autre de ces ordres de moines chevaliers, où vous pourriez exceller ? Allez trouver Amaury, dites-lui que vous avez tué un dragon, et s'il vous demande un témoin, parlez-lui de moi. Je témoignerai en votre faveur.

— Mais, dit Morgennes, ce n'est pas d'un témoin dont j'ai besoin, mais d'une preuve. Il me faut au moins une langue, ou une griffe, autrement le roi ne me croira jamais...

— Une dent de dragon ne ferait-elle pas l'affaire ? demanda Chrétien de Troyes à Morgennes. Car je sais – et tu le sais toi aussi – où en trouver une.

— Je vais enfin pouvoir être adoubé, dit-il avec un fin sourire.

Le lendemain, je repris ma route ; et Poucet, Morgennes et Chrétien de Troyes nous quittèrent. Morgennes avait enfilé les bottes de Poucet. Son frêle ami sur le dos, et Poucet dans ses bras, nous le vîmes dévaler dans un nuage de poussière et de neige les flancs des monts Caspiens, en direction de l'Occident. Sans doute s'en allait-il vers Constantinople.

Il ne me restait plus qu'à continuer en direction du mystérieux royaume du prêtre Jean.

Malheureusement, quand je dépliai la carte dont je m'étais muni, un formidable coup de vent me l'enleva des mains, pour la porter Dieu sait où.

D'ailleurs, je me demande si je ne devrais pas y envoyer également cet écrit. Après tout, il vaut peut-être mieux que j'oublie tout ça... »

V

L'OMBRE DU ROI

36.

« Car il est évident pour tout le monde que c'est lui le plus fort. »

(CHRÉTIEN DE TROYES, *Lancelot ou le Chevalier à la Charrette.*)

Morgennes s'assura que ses hommes le suivaient, éperonna sa monture et s'élança vers la cité.

Alexandrie s'était enfin rendue. Pourtant, elle conservait toute sa superbe, et à en croire les cris de joie qui montaient de ses murs on aurait dit que c'était elle qui avait vaincu. En fait, la ville n'avait pas été soumise, non. Elle avait *consenti* à se rendre, et continuait d'aligner comme à son habitude ses maisons basses à toits en terrasse, ses collines, ses mosquées, ses églises et ses synagogues. Déjà, ses ruelles étroites, véritable dédale dont les origines remontaient à la plus haute Antiquité, se remettaient à grouiller de gens ; et tous avaient hâte de reprendre leurs affaires là où ils les avaient laissées, quand début mars un certain Saladin les avait invités au djihad, à la révolte contre les Francs et le pouvoir sacrilège du calife fatimide du Caire.

Maintenant, c'était bel et bien terminé. Tel un vieux chat paresseux qui repart se dorer au soleil après avoir étrenné son nouveau jouet, Alexandrie s'était lassée d'être assiégée et avait décidé que le mieux, c'était encore de capituler.

Elle l'avait fait sans états d'âme. En fait, il y avait longtemps qu'elle ne se souciait plus de son âme, tant avaient été nombreux les dieux à s'être penchés sur elle. Pour

Alexandrie, ce n'était plus vraiment un problème. Et si les Adonaï, Yahvé, Jéhovah et consorts, dont elle confondait les noms et n'avait pas encore compris qu'il valait mieux les renommer « Allah » (du nom du dernier dieu en vogue), si tous ces dieux, donc, ne donnaient rien de bon, elle pourrait toujours revenir à ses anciennes amours.

La ville avait l'embarras du choix, puisque de la timide nymphe Idothée, qui avait eu quelques fervents admirateurs aux premières heures de son existence, jusqu'au puissant Poséidon, tout un joyeux méli-mélo de divinités y avaient un jour été priées. En matière de religions, Alexandrie était trop vieille pour s'en laisser conter !

Alexandrie c'était la noblesse faite ville, l'indifférence à l'Histoire et aux dieux, le souci du plaisir, du négoce et des arts – le souci moderne, et impie pour certains, de l'Humanité. Une ville de libertins, de marchands et d'artistes – loin, très loin des préoccupations qui agitaient en cet été 1167 la Terre sainte et le monde arabe. Une ville, donc, qui avait oublié que si les guerres existaient et que des hommes les faisaient, ce n'était pas uniquement pour qu'elle puisse leur vendre des armes. Une ville pour laquelle quiconque consentait à porter une épée perdait sa dignité, et qui – plus encore que des dieux – se moquait bien de savoir qui régnait à Damas ou à Rome, pourvu qu'on la laissât prospérer.

Au sein des mercenaires qui suivaient Morgennes, une rumeur circulait :

— Morgennes est comme l'étendard qu'il a placé à notre tête. Il va au gré du vent, claque, souffle, tonne. Morgennes est un dragon !

Un dragon. N'était-ce pas ce qui lui valait d'être adoubé ce soir, en même temps qu'Alexis de Beaujeu, par Amaury de Jérusalem ?

Et tous de se rappeler le retour triomphal de Morgennes, à Jérusalem, avec cette extraordinaire relique : une dent de dragon, prise – assurait-il – sur le cadavre fumant du monstre qu'il avait tué, au sommet d'une des plus hautes montagnes bordant le royaume du prêtre Jean. Le médecin du pape lui avait même signé un certificat, orné d'un sceau. On ne pouvait douter. Il y était écrit que Morgennes avait occis un formidable dragon blanc, après plusieurs jours d'un combat terrifiant. Son souvenir ornait son étendard : un grand dragon d'argent, deux chaînes passées en guise de rênes autour du cou, sur un fond sable.

Le pennon claquait au vent, s'enroulait autour de sa hampe comme pour l'arracher à l'étreinte du cavalier qui la tenait, se dépliait, reclaquait, cherchait à s'envoler, se réenroulait et se redétendait, claquait encore. À l'image de Morgennes, ce gonfanon ne restait pas en place, et refusait d'être pris en main. En ce milieu du XIIe siècle, avoir un dragon pour étendard n'était pas chose simple. Bien des nobles servant en Terre sainte s'offusquaient de ce qu'un bandit, qui plus est un roturier, un vilain, portât ses propres couleurs sur le champ de bataille.

Les couleurs, disaient-ils, sont réservées à la noblesse. Aux véritables chevaliers, nés de sang noble. Pas aux faquins. « À la merdaille, la grisaille du lin que percent les flèches et les coups d'épée ! À la noblesse, le brillant de l'armure et le bouclier chamarré, qui éloignent la mort et permettent aux valeureux de se saluer au cœur de la mêlée. »

Morgennes n'était pas noble, non. Mais son père l'avait été. C'était du moins ce qu'on disait. En tout cas, c'est ce qu'il prétendait. Et si ça ne suffisait pas, il y avait toujours cette dent ! Il n'en fallait pas davantage pour que l'ordre de l'Hôpital l'engageât parmi ses mercenaires – ces troupes de soudards, chargées de démontrer que les Hospitaliers n'entendaient pas abandonner la guerre à leurs principaux concurrents, les Templiers.

« Nous sommes peut-être des médecins, disaient les Hospitaliers, mais nous sommes aussi des guerriers. Donnez-nous des terres à défendre, et nous les défendrons. Donnez-nous des pays à conquérir, et nous les conquerrons. » En échange, l'ordre ne réclamait qu'une petite partie des terres prises à l'ennemi. De quoi financer ses prochaines batailles, ses hôpitaux et ses messes.

Morgennes était donc un mercenaire, un turcopole, qui ce soir serait fait chevalier. Mais il avait en bouche un goût amer. Car son statut de chevalier ne reposerait sur aucune vérité – puisqu'il n'avait jamais tué de dragon, à l'exception des deux dragonnets gardant les collections de Manuel Comnène. « Si j'en crois Poucet, les dragons n'existent pas. Amaury s'est moqué de moi en me confiant une mission impossible à accomplir. Alors, pourquoi n'aurais-je pas le droit de me moquer de lui, moi aussi ? »

Ils approchaient des faubourgs. Le sang de Morgennes se mit à bouillir. Ses mains se crispèrent sur les rênes d'Iblis. Il se sentait sur le point de tourner de l'œil. Car il était trop soucieux de vérité, et que tout en lui hurlait : « Non, je ne suis pas digne ! » Il voulait s'élever dans le vrai, et dans le vrai uniquement.

Il fit signe à ses hommes d'accélérer l'allure, et fouailla les flancs de son vieil étalon, lui arrachant un hennissement de douleur. La douzaine de cavaliers passa du trot au grand galop, et laissa derrière elle la colonne de Pompée dont l'ombre s'avançait déjà, tel un tentacule géant, à la conquête du désert.

« Où est ma vérité ? Dans cette ville ? Auprès d'Amaury ? De l'Hôpital ? Ou ailleurs encore ? Y a-t-il seulement, quelque part, une vérité pour moi ? »

Derrière lui, ses hommes s'écrièrent :

— Al-Tinnin ! Al-Tinnin !

C'est le nom qu'on lui donnait en arabe, et qui signifiait : « le Dragon ».

Auraient-ils le droit de piller ? Morgennes espérait que non. À Bilbaïs déjà, la troupe avait été autorisée à saccager la ville, alors qu'il eût été plus sage de ne point la toucher. Depuis le couronnement d'Amaury, la malheureuse Bilbaïs n'avait guère eu le temps de panser ses plaies, puisque les Francs l'avaient pillée à trois reprises.

La ville, que tous qualifiaient de « pré-pillée », n'était plus qu'un désert, mélange de rues et de maisons à demi inhabitées, hantées par des fantômes et des gens pressés de la quitter.

Morgennes ne voyait pas pourquoi il en irait autrement pour Alexandrie.

« Foi jurée, si Amaury interdit le pillage, je renonce à être fait chevalier ! »

La petite troupe se rapprocha de la porte du Caire. À l'est, une myriade de souches de palmiers rappelait qu'au début du siège, les Francs avaient coupé les arbres pour fabriquer des machines de guerre. Mais les onagres et les scorpions, les trébuchets, les tours mobiles, n'avaient pas arraché un soupir à la ville, se contentant d'en endommager les murs, d'en effleurer la virginité. Et si Alexandrie avait capitulé, c'était parce que ses bourgeois, doublement motivés par un estomac qui criait famine et par la promesse de l'annulation de certaines taxes, avaient enjoint Saladin de cesser le combat.

Trois mois de siège, c'était trop. Le djihad, oui. Mais pas toute l'année. Pas à ce prix. Déjà, septembre approchait, et avec lui la prochaine décrue du Nil ; toute une saison de commerce qu'il n'était pas question de rater. L'estomac vide, ça pouvait passer (pour la plupart d'entre eux, le ramadan les y avait habitués), mais la bourse, jamais !

— Nous n'avons pas les moyens d'être pauvres, se lamentaient les plus riches habitants de la ville. Nous avons trop de frais !

Saladin, venu de Damas avec son oncle Chirkouh pour conquérir l'Égypte, avait été contraint de les écouter. D'ailleurs, il était las, lui aussi, de tout cela. Car s'il comprenait les motivations politiques de cette guerre (unir les musulmans, encercler les Francs), il n'avait pas envie de la faire. Il n'était pas un guerrier. « Ma place, se disait-il, est à Damas, avec les sages, les religieux. Ma place est auprès du Coran, pas sur les champs de bataille. » Mais il n'avait pas osé désobéir à Chirkouh le Borgne, son oncle, dont les colères étaient si redoutables qu'elles lui avaient valu d'être surnommé « le Lion ».

Quand Chirkouh l'avait chargé de prendre Alexandrie et de tenir la position, Saladin, encore une fois, avait obéi sans discuter. Mais il comprenait maintenant que si la ville s'était rendue à lui sans difficulté, ce n'était pas parce qu'elle avait envie de se rallier à Nur al-Din. Non. C'était parce qu'il était dans sa nature de ne pas résister plus qu'il ne fallait, juste pour la forme – comme elle le faisait maintenant avec les Francs et le pouvoir scélérat du Caire.

À bout de forces, avec seulement mille hommes pour contenir les cinq mille soldats et mercenaires des troupes franco-égyptiennes de Chawar et d'Amaury, Saladin avait fini par admettre sa défaite ; et par l'intermédiaire d'un Franc qu'il gardait en otage, négocier les termes de sa reddition.

Alors qu'ils approchaient de l'entrée de la ville, Morgennes tira sur les rênes d'Iblis et s'avança vers l'officier chargé d'en garder la porte. Celui-ci leva la main pour attirer son attention, et lui dit :

— Ordre du roi : interdiction de piller !

— Merci, dit Morgennes.

Puis il poussa sa monture au galop et s'élança plus avant dans la ville, en direction du port et des beaux quartiers.

37.

« Il n'est pas venu ici pour s'amuser, ni pour tirer à l'arc ou pour chasser, mais il est venu ici à la poursuite de sa gloire, voulant en accroître l'éclat et la renommée. »

(CHRÉTIEN DE TROYES,
Lancelot ou le Chevalier à la Charrette.)

Certaines villes sont de très vieilles dames. Affreusement anciennes, elles ne sont belles qu'au coucher du soleil, quand l'ombre tombe sur leurs imperfections. D'autres cités sont toujours belles, quelle que soit l'heure du jour ou de la nuit. Le soleil n'est alors pour elles pas plus qu'un diadème posé sur la tête d'une reine. Rares, en vérité, sont les villes, comme Alexandrie, qui embellissent le soleil même.

D'ailleurs, le soleil semblait prendre un malin plaisir à s'attarder au-dessus de la cité. Le temps ne s'y écoulait pas normalement. Ainsi, on racontait qu'un jour, un voyageur qui avait quitté Damiette alors que le soleil achevait de s'y coucher, fut surpris de trouver en arrivant à Alexandrie un soleil amorçant seulement sa descente.

Bien des astronomes s'étaient penchés sur ce mystère, sans réussir à le résoudre. Mais Guillaume de Tyr pensait que l'un de ses contemporains, un certain Honorius Augustodunensis, en avait fourni la clé dans son *Imago Mundi*, où il était écrit : « Le cosmos est un œuf, dont le jaune la terre. »

— Ainsi, expliqua Guillaume à Amaury, il est logique que le soleil soit à la peine en se levant, paresse au-dessus d'Alexandrie, puis se hâte en redescendant...

— Pourquoi p-p-paresserait-il au-dessus d'Alexandrie ? demanda Amaury.

— Parce que la ville étant au sommet de l'œuf, le soleil a perdu de sa vitesse en y arrivant.

— Tout cela est ext-t-trêmement int-t-téressant, mon cher Guillaume ! réussit à cracher Amaury, qui bégayait chaque fois que l'émotion le gagnait.

La main appuyée sur la balustrade au sommet du phare d'Alexandrie, Amaury s'étonnait de ne pas apercevoir les voiles blanches des navires pisans et vénitiens venus leur prêter main-forte au cours du siège. Tout ce qu'il distinguait, c'était une mer vide, dont la surface luisante évoquait les écailles d'un serpent.

La légende voulait qu'un dragon ait jadis habité l'île où se dressait le Pharos. Un dragon si terrifiant que même les flots n'osaient l'approcher. Amaury fronça les sourcils, aspira une profonde goulée de l'air marin aux senteurs iodées, et se tourna vers Guillaume, dont le visage disparaissait dans l'ombre :

— Mais la co-co-coquille ?

— Pardon, Sire ? demanda Guillaume, qui ne comprenait pas ce que le roi voulait dire.

— La co-co-coquille, insista Amaury, qu'est-ce que c'est ?

— Ah, la coquille... Eh bien, en vérité, Sire, ce serait le toit de l'univers. Celui sous lequel se meuvent les différents corps célestes tournant autour de notre planète, tels que les étoiles, le soleil ou la lune. La coquille, c'est le ciel.

— Ah ! Fort bien, je comprends maintenant...

Le roi de Jérusalem partit alors d'un fou rire qui eût inquiété sa garde rapprochée et son vieil ami Guillaume, si ceux-ci n'avaient eu l'habitude de ces crises. Il n'était pas rare, en effet, que dans les situations les plus incongrues Amaury se mît à rire bruyamment, pendant plusieurs minutes au cours desquelles il devenait sourd à ce qu'on essayait de lui dire. Tout à son hilarité, il n'entendait plus rien.

Généralement, ces crises passaient seules, mais elles inquiétaient le bas peuple qui se demandait si un démon n'avait pas élu domicile dans la tête de son roi. Il n'en était rien, et si Amaury avait déjà été saisi de violents fous rires au cours d'un procès, d'un combat, voire d'une réception chez tel ou tel souverain allié, il parvenait toujours à s'arrêter et faisait alors une remarque pour le moins inattendue. Ce qui arriva ce soir-là, quand, ayant séché ses larmes et recouvré son sérieux, Amaury dit à Guillaume :

— Pardonne-moi, mon vieil ami... Je p-p-pensais seulement à ce qui se produirait si par malheur la coquille se brisait !

Un nouvel éclat de rire agita son opulente poitrine, et ses épaules tremblèrent de plus belle :

— Ce serait t-t-terrible ! Affreux !

S'appuyant d'une main sur Guillaume pour essayer de reprendre son calme, il réussit à entendre ce dernier lui assurer :

— Sire, c'est impossible. Dieu seul en serait capable. Il nous aime trop pour faire ça.

Soudain, Amaury cessa de rire et décréta avec le plus grand sérieux :

— Il a bien ordonné le Déluge !

— Mais il a permis à Noé de nous sauver...

Amaury pivota sur lui-même et parut soudain gagné par une idée.

— Veuillez noter, déclara-t-il sur un ton sérieux. J'ordonne que l'on cesse, dès aujourd'hui, de manger des œufs, de quelque origine que ce soit (poules, oies, canards, etc.). Je les d-d-déclare impropres à la consommation. Tout contrevenant sera écartelé. Les œufs devront être portés à mon palais, à Jérusalem, pour y être auscultés par des sages. Si vraiment le co-co-cosmos est un œuf, alors les œufs méritent le respect ; et surtout d'être étudiés.

— Mais, Sire...

— J'ai dit !

L'un des valets, qui faisait partie de l'équipe de greffiers se relayant auprès d'Amaury à toute heure du jour et de la nuit, écrivit sur un parchemin l'ordre du roi, le lui fit signer, le cacheta et le fit porter à Jérusalem, par courrier spécial. D'ici deux jours à peine, l'ancien palais du roi David, où logeait Amaury à Jérusalem, servirait de couveuse à plusieurs milliers d'œufs.

Amaury, quant à lui, était déjà passé à autre chose. Ce roi qui ne cessait jamais de penser était en train de se demander si, tel Constantin faisant de Byzance la nouvelle capitale de l'Empire romain, il ne ferait pas d'Alexandrie celle du royaume de Jérusalem. La ville était belle, et la situation géographique idéale. Mais il craignait d'offenser Dieu en s'éloignant du Saint-Sépulcre. Par ailleurs, il tenait à conserver de bonnes relations avec ses nouveaux alliés, les Égyptiens, et cet étrange prêtre Jean, dont il attendait toujours les renforts. Mieux valait donc remettre son déménagement à plus tard, quand les Amazones et les dragons promis par Palamède seraient arrivés et que l'Égypte lui appartiendrait.

Ce qui n'était qu'une question de mois, il le savait. D'ici deux ou trois ans à peine, le rêve de son père et de son frère serait enfin réalisé : une Égypte chrétienne, dont les formidables richesses seraient ajoutées au maigre trésor de Jérusalem, pour la plus grande gloire d'Amaury. Il était enchanté. Le vent lui apportait les cris des muezzins, qui appelaient leurs coreligionnaires à se recueillir, et le carillonnement des cloches que l'on faisait sonner à toute volée pour saluer la fin du siège. Et il trouvait extraordinaire, de là où il se tenait, au sommet du Pharos – l'antique phare d'Alexandrie qui culminait à plus de mille pieds de hauteur – de ne pas réussir à voir les clochers des églises qui tout à l'heure lui avaient paru si immenses, quand il avait marché vers le phare, l'épée à la main.

L'épée à la main, oui. Car s'il avait décrété l'interdiction de p-p-piller, les soldats égyptiens s'étaient quand même jetés sur la ville comme un nuage de sauterelles sur un champ de blé.

— Pourquoi ne m'obéissent-ils pas ? s'étonnait-il. J'avais donné l'ordre de ne pas piller...

Il avait demandé à Guillaume d'enquêter à ce sujet, et ce dernier avait chargé l'un des plus brillants écuyers que l'Hôpital eût jamais compté dans ses rangs de partir enquêter.

L'aspirant chevalier s'était aussitôt mis au travail, d'autant plus promptement qu'Amaury avait promis de l'adouber dès ce soir, en même temps que Morgennes, s'il revenait avec la clé de ce petit mystère. Alexis de Beaujeu – car tel était le nom de cet écuyer – avait salué son roi, s'était débarrassé de son armure afin de mieux se fondre dans la population de la ville, et s'en était allé, certain de revenir avant la fin du crépuscule.

Soudain, une étoile apparut dans le ciel, puis une autre, et encore une autre. Amaury leva la main pour les saluer. Puis il y eut derrière lui un bruit de bûches jetées dans une cheminée. La pièce où il se tenait s'illumina d'une vive lumière, qui emporta celle des étoiles. Des hommes avaient porté des fagots de bois dans un immense réceptacle situé en haut de la tour, et y avaient mis le feu. La flamme, en s'étirant, lécha le sommet du Pharos, et telle une langue de dragon en couvrit la voûte, noire de suie depuis déjà plusieurs siècles. Amaury mit sa main devant le feu. Il se demandait : « La lumière du phare sera-t-elle assez forte pour projeter son ombre sur la ville ? » Regardant ses longs doigts boudinés ornés de bagues en plaqué or, il esquissa un vague sourire puis se tourna vers Guillaume :

— La cérémonie de ce soir devrait être belle. Les habitants ne la verront pas, mais l'ombre de la Sainte Croix planera sur eux...

Il y eut un craquement dans le dos d'Amaury, qui leva la tête et plongea ses yeux gris dans les yeux de Guillaume :

— Que penses-tu de cette ville ?

— Elle est magnifique, dit Guillaume.

En vérité, il était amer. La beauté d'Alexandrie lui importait assez peu. Il repensait aux années d'efforts passées à Constantinople pour arracher un accord au basileus, au mal qu'il s'était donné... Et au fait que tout cela avait été réduit à néant lorsque les Hospitaliers, les nobles du royaume et un soi-disant ambassadeur du prêtre Jean avaient convaincu le roi d'attaquer l'Égypte, sans attendre Constantinople.

— Mais elle aurait été plus belle entre vos mains et celles du basileus, qu'entre les vôtres et celles de vos nouveaux alliés.

— L'important, c'est qu'elle soit entre les miennes ! dit Amaury.

Et il rit au nez de Guillaume quand ce dernier lui affirma qu'il était IMPOSSIBLE que Palamède fût l'ambassadeur du prêtre Jean, puisque ce dernier n'existait pas !

— Majesté, vous n'auriez pas dû attaquer...

— Nous parlerons de t-t-tout cela plus tard, poursuivit Amaury en offrant son visage aux flammes du formidable feu qui brillait au centre du phare. Regarde plutôt, ne dirait-on pas qu'Alexandrie dispose de son p-p-propre soleil ? Et qu'elle se t-t-trouve au centre de son p-p-propre cosmos, dont les astres se nomment Damas, Le Caire, Jérusalem, Constantinople ?

— Vous êtes d'humeur poétique, ce soir, Majesté !

— Je songe à l'heure où nous d-d-dresserons la Vraie Croix sur la ville...

Reprenant appui des deux mains sur la balustrade, Amaury demanda :

— Crois-tu que le phare ait pu guider les Rois mages jusqu'ici ?

— Non, rappela Guillaume, Jésus n'est pas né à Alexandrie. C'est...

— À Nazareth, oui c'est vrai. J'avais oublié ce d-d-détail...

Portant la main devant sa bouche, Amaury étouffa un début de fou rire, toussa deux ou trois fois pour se redonner contenance, et ajouta :

— Cela dit, c'est bien d-d-dommage. Admire, fit-il en montrant le coucher de soleil. N'est-ce pas magnifique ? Et ce phare ? Ah, dis-moi, p-p-pourquoi Jésus n'est-il pas né en cet endroit ?

De nouveau, il se retourna vers la flamme, et resta ainsi quelques instants, savourant la chaleur qui lui caressait le visage et lui chauffait la poitrine.

Guillaume regarda son roi avec une infinie tendresse. Il aimait cet homme. Malgré ses maladresses, ses emportements, l'injustice même dont il pouvait faire preuve, il l'aimait. De tout son cœur. Ce roi avait la tête pleine de rêves impossibles. Il se voyait un destin à la roi Arthur, avec sa table ronde, son Merlin (qu'il aurait incarné lui, Guillaume), sa Guenièvre, son Graal et pour Excalibur, sa Crucifère. Un roi qui avait de grandes ambitions pour la Terre sainte, et qui lui rendit son regard.

Amaury était venu en Égypte à l'invitation du vizir Chawar, afin de l'aider à repousser les assauts de Chirkouh le Borgne et de Saladin. En agissant ainsi, Amaury poursuivait la politique de ses prédécesseurs, qui cherchaient à empêcher que l'Égypte ne tombe entre les mains du calife de Bagdad.

Avait-il réussi ?

Pas encore. Mais ses rêves de conquête étaient en voie d'être réalisés. Son frère et son père auraient été fiers de lui. Amaury inspira profondément, cherchant à faire entrer la nuit d'Alexandrie dans ses poumons. À cet instant, la plainte mélancolique de plusieurs cornes de brume s'éleva dans la cité. La tour disposait en effet, à chacun de ses angles, de formidables statues représentant des tritons tenant en leur bouche un immense coquillage. Un long tube de cuivre placé à l'arrière permettait à des musiciens de souffler dans les conques.

Ces fonctionnaires, identifiables à leur longue robe blanche à franges bleues, étaient assimilés à des prêtres tant leur travail était utile aux navires en approche ou au départ des ports – et donc à la cité. Leur origine remontait aux premières heures du Pharos, au troisième siècle avant l'Incarnation de Notre-Seigneur Jésus-Christ.

Depuis cette époque, ils étaient autorisés à résider sur place, dans des logements spécialement aménagés pour eux. Leur tâche consistait à souffler dans les conques à la nuit tombée, ou dès que la lune était masquée par un nuage. En fait, ils avaient surtout pour rôle d'éloigner les fantômes, et c'est pourquoi le son des trompes s'entendait jusque dans les faubourgs d'Alexandrie.

Les musulmans, qui ne respectaient pas grand-chose des temps d'avant le Prophète et avaient brûlé (certes, ils n'étaient pas les premiers à le faire) la bibliothèque d'Alexandrie lors de la prise de la ville, en 642, avaient tant d'estime pour les « Souffleurs de Tritons » qu'ils avaient maintenu leur fonction.

Mais, ce soir, le chant des coquillages était doublé par un autre bruit.

— On dirait qu'on se bat dans la tour, dit Guillaume.

— Oh ! s'exclama Amaury. C'est mon épée ! Figure-toi que j'ai d-d-donné l'ordre de la redresser, car je l'ai t-t-tordue tout à l'heure, au combat !

— Mais, Sire, comment...

Amaury fut pris d'un nouveau fou rire. Il se tordit les côtes, péta, rota. Soupira, et expliqua :

— C'était une épée d'apparat. Je ne p-p-pensais pas avoir à m'en servir. Tu sais, j'avais envie d'une belle épée dorée pour faire mon entrée dans la ville. Mais l'or ploie p-p-plus facilement que l'acier, et j'ai tordu mon épée en t-t-tapant contre un bouclier. Si ma garde n'avait pas été là, je me serais retrouvé aussi démuni qu'un p-p-poussin hors de l'œuf ! J'espère qu'Alexis de Beaujeu reviendra vite nous expliquer pourquoi nous avons dû nous battre pour arriver jusqu'ici, alors que Saladin s'était rendu et que nous l'avions b-b-bien accueilli. J'espère surtout que nous m-m-mettrons rapidement la main sur cette Crucifère, que j'ai hâte d-d-de ceindre !

C'est alors qu'au vacarme des cloches, aux souffles des conques et au tintamarre du forgeron, s'ajoutèrent d'autres sons. Des cris de douleur et des hurlements de souffrance.

— Comment est-ce p-p-possible ? demanda Amaury. À cette hauteur, la voix humaine ne d-d-devrait pas porter. Quelle est cette sorcellerie ?

— C'est le Pharos, s'exclama Guillaume. Il nous parle ! Ce que nous entendons, c'est son haleine, sa parole... N'oubliez pas, dit-il en regardant le roi d'un air terrible, que cette tour est sacrée depuis que soixante-douze traducteurs issus des douze tribus d'Israël y ont établi une seule et même version du Pentateuque, en soixante-douze jours...

Amaury et Guillaume se turent, laissant le vent leur hurler son douloureux message.

— Le p-p-peuple souffre, murmura Amaury. Il veut qu'on vienne à sa rescousse !

Il fixait sur Guillaume ses yeux écarquillés, pleins d'étonnement et de respect, et en même temps de colère. La ville était-elle en train de se soulever ? Qui, dehors, osait s'attaquer aux habitants alors que, si joyeux, ils avaient salué sa venue ? La poignée de résistants qu'il avait croisée sur son chemin était-elle l'avant-garde d'une force plus grande ?

— Je d-d-descends, suis-moi, déclara Amaury.

Sans attendre, il quitta le sommet de la tour, et commença à dévaler les dix mille et une marches de son escalier.

38.

> « Je suis, comme tu vois, un chevalier qui cherche l'introuvable. Ma quête a duré longtemps, et pourtant elle est restée vaine. »
>
> (Chrétien de Troyes, *Yvain ou le Chevalier au Lion.*)

Soudain, alors qu'il aurait dû se rendre au Pharos afin d'y être adoubé par Amaury, Morgennes tourna sa monture vers la cathédrale Saint-Marc. Il en avait aperçu la croix, sur fond de nuages rouges. La grande croix de la cathédrale se détachait dans le lointain, et il avait l'impression de l'entendre appeler au secours. Surtout, il y avait ce cri, qui continuait de résonner comme s'il avait été poussé à l'instant :

« Vers la croix ! Va vers la croix ! »

Dans la tête de Morgennes, tout était confus.

Que devait-il faire ? Continuer vers la cathédrale, ou bien aller vers le Pharos ? Il sentait dans son dos le lourd poids de la dent de dragon qu'il avait volée à Manuel Comnène.

« Par ma foi, si j'avais pu la prendre sur un vrai dragon, je l'aurais fait ! »

Mais il avait cherché en vain, pendant des années. Poucet avait raison. Les dragons n'existaient pas.

N'existaient plus.

Et lui, Morgennes, devait trouver un autre moyen d'être fait chevalier. S'il y tenait toujours – ce dont il était maintenant de moins en moins certain. Les seuls titres que pouvait lui valoir cette dent étaient ceux de voleur et d'escroc. Mais de chevalier, point. La pantoufle de Nur al-Din aurait pu lui valoir cet honneur. Mais un Templier la lui avait prise...

Dans son trouble, cependant, une chose demeurait claire. Ce qu'il voulait, c'était être quelqu'un d'honorable. Alors, comme la croix se couvrait de fumée, il décida de se porter à sa rescousse, sans trop savoir pourquoi – presque par curiosité.

Ses hommes ne comprirent pas ses intentions, mais le suivirent néanmoins, tout en échangeant paroles et interrogations. « Que veut-il ? Où va-t-il ? » La plupart obéirent sans broncher, Morgennes étant plus que leur chef – une excroissance de leur volonté.

La cathédrale Saint-Marc appartenait aux chrétiens de rite copte, établis à Alexandrie depuis les premiers jours de la chrétienté. Quelques siècles plus tôt, ils avaient eu à souffrir du vol de la dépouille de saint Marc – que des marchands vénitiens avaient emportée à Venise, afin d'épargner au saint (ou plutôt à son enveloppe terrestre) qu'un second martyre ne vienne s'ajouter à celui qu'il avait déjà subi quand une foule en délire l'avait lapidé, onze siècles plus tôt.

Au fil du temps, les coptes étaient passés maîtres dans l'art consistant à rester suffisamment près de son dieu pour ne pas l'offenser, et à faire preuve d'assez de retenue et de discrétion dans l'exercice de leur religion pour ne pas s'attirer les foudres de l'occupant musulman. En effet, les Sarrasins ne les voyaient pas d'un bon œil. Mais comme les coptes occupaient des postes importants dans l'administration égyptienne, et que depuis plusieurs siècles rien ne pouvait se faire sans eux, les Fatimides avaient été obligés de composer avec eux.

Une foule bigarrée poussait les hauts cris, attirant l'attention de Morgennes. Musulmans en longs vêtements blancs, ramassant leur tapis après la fin de la prière ; enfants courant dans les ruelles, cherchant à s'entre-attraper ; juifs aux yeux pétillants de malice, à la longue barbe noire et aux cheveux bouclés ; chrétiens volubiles, et dont les mains virevoltaient pour accompagner leurs paroles ; soldats égyptiens au visage chafouin, le teint olivâtre, le glaive à la main. Ils patrouillaient par petits groupes d'une douzaine d'hommes, et s'en prenaient à tout ce qui passait à leur portée. Que voulaient-ils ? S'amuser. Et faire chèrement payer aux habitants d'Alexandrie l'accueil qu'ils avaient offert à Saladin.

Car si les Égyptiens étaient des Sarrasins, ils haïssaient leurs frères de Damas et de Bagdad – avec lesquels ils n'avaient rien à voir. Les Égyptiens étaient d'abord et avant tout des musulmans fatimides, et donc des chiites. Leurs cousins de Damas et de Bagdad étaient sunnites. Ainsi, à l'image des chrétiens de Rome et de Byzance, les deux factions se détestaient – même s'il leur arrivait parfois de s'unir, lorsque les circonstances l'exigeaient.

Les troupes égyptiennes, menées par un étrange personnage monté sur un char, harcelaient un malheureux prêtre copte. Ce dernier, un vieillard recroquevillé sur lui-même pour se protéger des coups, était reconnaissable à sa longue tunique blanche doublée de franges bleues et rouges. Il implorait les Égyptiens de les épargner, lui et sa cathédrale, et appelait à l'aide Dieu et tous ses saints. Sans l'écouter, les Fatimides jetèrent à l'intérieur de la cathédrale plusieurs torches enflammées, en se disant que dans le pire des cas ils raconteraient que l'incendie avait été allumé par les soldats de Saladin.

« Plutôt périr que de laisser l'Égypte entre les mains de Nur al-Din ! » pensa sur son char Chawar, le vizir du Caire.

Quand Morgennes déboula sur la place, ses hommes derrière lui, il vit les coptes tenter de sauver leur église sous les coups des soldats égyptiens. Faisant tourner en l'air sa lourde chaîne, Morgennes la lança vers l'officier installé dans le char. Touché à la poitrine, celui-ci vacilla puis fut expulsé de son attelage. La foule explosa sa joie. Nerveux, plusieurs soldats égyptiens se tournèrent vers Morgennes, qui fit reculer Iblis et tira sur sa chaîne. Il ne voulait pas que Chawar ait le temps de se relever, aussi poussa-t-il un court galop, traînant derrière lui la carcasse du chef des Égyptiens.

C'est alors qu'un cri retentit :

— Morgennes, arrête !

Ayant reconnu la voix d'Alexis de Beaujeu, Morgennes se figea et regarda dans sa direction.

— Alexis, que veux-tu ?

— Ne lui fais pas de mal ! Cet homme est notre allié !

Laissant à ses compagnons d'armes la charge de tempérer l'ardeur des soldats égyptiens, Morgennes prit soin d'assurer sa prise, et demanda :

— Ce vieux chauve ? Il s'en prend aux coptes, et tu l'appelles « allié » ?

— C'est le vizir d'Égypte. Un ami d'Amaury. Un protégé du prêtre Jean !

Morgennes donna du mou à sa chaîne pour libérer Chawar, et lui ordonna :

— Laisse les coptes en paix, sinon il t'en cuira !

Chawar émit une sorte de sifflement, remonta sur son char et disparut dans un tonnerre de roues et de soldats courant au petit trot derrière lui. Les coptes s'agenouillèrent aux pieds de Morgennes afin de le remercier, mais celui-ci leur dit :

— Je n'ai rien fait. C'est elle qu'il faut remercier, dit-il en désignant la croix de la cathédrale Saint-Marc. C'est elle qui m'a appelé.

Mais il voyait à leurs regards qu'ils n'oublieraient pas – et ce fut pour lui comme un baume passé sur ses souffrances.

Après avoir traversé la longue digue de terre qu'Alexandre le Grand avait bâtie pour relier l'île du Pharos au reste de la ville, Alexis et Morgennes arrivèrent à portée d'arc du grand phare.

On aurait dit un immense dragon de marbre aux ailes repliées, crachant vers les étoiles son message de feu. Dans la journée, d'épaisses fumées noires prenaient le relais, et montaient vers le ciel en une colonne aussitôt assaillie par les vents ; colonne qu'il fallait sans arrêt renforcer, en ajoutant moult fagots de bois, fiasques d'huile et blocs de charbon dans le foyer, afin que toujours, toujours, les capitaines des navires puissent savoir vers où se diriger. Les côtes restaient néanmoins fort dangereuses, comme si les écueils se déplaçaient d'eux-mêmes sous les coques des nefs afin d'envoyer les marins servir de goûter aux sirènes. Parfois, un navire faisait voile vers Alexandrie, guidé par le phare. Aucun obstacle sur sa route, aucun récif. Et pourtant... Le navire coulait, s'ajoutant aux innombrables épaves dont les capitaines du port s'efforçaient de tenir à jour le compte, en les inscrivant sur un registre qui tenait autant de la carte marine que du livre des morts.

Certains marins disaient que c'était à cause de la nymphe Idothée. Elle était toujours là, tapie aux abords de la ville, cherchant à se venger des dieux qui l'avaient remplacée et de leurs serviteurs humains.

Oui, dieux, dragons, nymphes et saints se donnaient la main à Alexandrie, qui était en quelque sorte une Égypte en miniature – un condensé de toutes les merveilles que ce fabuleux pays avait à offrir. Morgennes se frotta les paupières, cligna deux ou trois fois des yeux. Oui, le phare était bel et bien un dragon ! Un dragon de pierre blanche, mais un dragon quand même. Difficile de dire s'il était ou non au service de la ville ; mais il valait mieux ne pas le mécontenter, de crainte qu'il ne lui prenne l'envie de la ravager, lui qui depuis quatorze siècles la protégeait, contre vents et marées.

À son tour, Alexis observa le sommet du phare, et vit un profond rougeoiement, juste à l'orée de la nuit. On aurait dit un œil géant dardé vers le ciel, comme un avertissement.

— Maudits soient ces Mahométans ! pesta-t-il en pensant à ce qu'ils avaient fait du Pharos.

Car si les Fatimides l'avaient conservé, des oulémas avaient tout de même exigé qu'il fût transformé en mosquée. La plus haute mosquée du monde, dont la gloire était supposée surpasser celle de Bagdad. Mais retomberait bientôt, quand Amaury aurait installé une gigantesque croix en lieu et place de l'immense croissant d'or, qu'il entendait récupérer et fondre en lingots.

— Alexis ! cria un prélat.

Guillaume. La mine inquiète, mince comme un roseau, son bâton à la main, il marchait au-devant du roi. Les deux hommes demandèrent à Alexis et à Morgennes ce qu'ils savaient des événements qui les avaient poussés à quitter le Pharos.

— Des soldats égyptiens s'en prenaient aux coptes, dit Alexis. Mais Morgennes a réglé ce problème.

— Majesté, dit Morgennes.

— Bravo ! s'écria Amaury. Je savais qu'on pouvait compter sur toi ! Chevalier au D-d-dragon !

Morgennes ne dit rien, mais baissa les yeux. Enfin, quand ils repartirent vers le Pharos, Guillaume s'approcha de Morgennes et lui dit :

— Eh bien ! Quel trajet ! Je suis heureux de vous revoir...

— Vous vous souvenez donc de moi ? dit Morgennes.

— Fort bien. D'ailleurs, là où j'étais, on m'a longuement parlé de vous.

— Où étiez-vous ?

— À Constantinople. J'ai parlé de vous avec un homme qui vous connaît bien, et qui s'étonnait de votre absence au moment où j'ai pris congé.

— Je crois savoir à qui vous faites allusion. Ne serait-ce pas Coloman, le Maître des Milices ?

— Absolument !

— Voici les deux héros de la soirée ! s'exclama Amaury en prenant d'abord Alexis, puis Morgennes dans ses bras, quand celui-ci fut descendu de cheval. Alors, êtes-vous p-p-prêts pour la cérémonie ?

— Oui, fit Alexis.

Encore une fois, Morgennes ne répondit pas.

Le silence se fit autour d'eux, à peine troublé par le bruit des vagues et les cris des pélicans qui, maintenant que le siège était terminé, n'avaient plus peur d'être mangés par les habitants du port, et donc revenaient.

— Et toi ? demanda Amaury à Morgennes. Es-tu prêt ?

— Majesté, je ne sais...

— Comment ! Un chasseur tel que toi ! Tu refuserais d'être adoubé ?

— Ce n'est pas qu'une question de mérite, Majesté. Je me demandais simplement si j'en avais encore envie...

— Mais tu ne jurais que par cela autrefois, à Jérusalem ! dit Amaury.

— Expliquez-nous ! demanda Guillaume.

— Ce serait trop long. Mettons simplement que j'ai trop tardé, et que... Ah, si seulement j'avais encore cette pantoufle !

— Celle de Nur al-Din ? Je croyais que c'était Galet le Chauve qui s'en était emparé.

— C'est surtout de ma victoire qu'il s'est emparé. Mais foin de cela, ce n'est pas l'important.

— Décidément, fit Amaury, ce n'est pas co-co-commun. Combien d'exploits as-tu accomplis ?

Morgennes haussa les épaules.

— Je l'ignore, Majesté.

— Et si je te demandais... Au cours de tes nombreux voyages, t'a-t-on déjà parlé de Crucifère ?

— L'épée de saint Georges ?

— Absolument. Trouve-la, je te couvrirai d'or !

Montrant son fourreau vide à Morgennes, il lui expliqua :

— Je suis maintenant un roi sans épée. Or, d'après Manuel Co-co-comnène, c'est une épée incomparable...

— Sire, intervint Guillaume, vous devriez ménager votre seul et véritable allié, Sa Majesté l'empereur Manuel Comnène, plutôt que ces je-ne-sais-quoi de Palamède et de Chawar, qui ne m'inspirent rien de bon.

— Peu m'importe ! tempêta Amaury. C'est moi qui dé-dé-décide ! En attendant, suivez-moi !

Amaury, Guillaume, Alexis, Morgennes et ses hommes – quelque peu décontenancés par ce qu'ils venaient d'entendre – montèrent les escaliers de marbre du Pharos, suivis par Alpha II et Oméga III, qu'un valet était obligé d'aider à escalader les marches tant elles étaient hautes.

Après une longue ascension, la petite troupe se retrouva dans une pièce immense, située juste au-dessous de la salle du phare proprement dite. Son plafond, situé à plusieurs lances de hauteur, était percé d'ouvertures laissant sortir la lumière du phare.

L'heure de la cérémonie approchait. Morgennes regarda les vêtements qu'on lui avait ordonné d'enfiler. Une longue tunique de lin blanc, symbole de pureté. Le bain qu'Alexis et lui étaient supposés avoir pris avait été remplacé par quelques gouttes d'eau bénite, jetées sur leur front par Guillaume de Tyr.

Chacune de ces gouttes meurtrit Morgennes. Que faisait-il ? Il était sur le point de mentir ! De se trahir lui-même ! Il avait le choix, pourtant. Tout comme Amaury avait imposé à ses hommes de ne point piller la cité... Il regarda deux valets aider Alexis à passer le bliaut de drap rouge symbolisant le sang qu'il devrait verser – le sien – pour défendre Dieu et Sa Loi. Puis ce fut son tour. Il leva les bras. Et eut l'impression d'étouffer.

« Je ne puis vivre hors de la vérité ! »

Il poussa un cri. On lui demanda :

— Compère, as-tu mal ?

Mais il ne répondit rien. On le regarda avec inquiétude. Les chevaliers de l'Hôpital le dévisageaient sans trop savoir : Morgennes était-il ou non une bonne recrue ? L'Hôpital avait grand besoin de mercenaires pour mener à bien ses basses œuvres, mais était-ce une bonne chose de l'engager, lui ?

Puis ce fut au tour du roi de passer aux pieds nus de Morgennes et d'Alexis d'épaisses chausses noires, en leur disant :

— Leur couleur t-t-terre est là pour vous rappeler vos origines, et vous aider à vous g-g-garder de l'orgueil...

— Qui souille tout ce qu'il approche, murmura comme pour lui-même Morgennes.

Après les chausses, Amaury leur noua autour de la taille une fine ceinture de soie blanche :

— Puisse-t-elle t-t-tenir au loin la luxure...

Puis il leur remit une paire d'éperons en argent :

— Et ceci vous rendre ardents au service de D-d-dieu et du royaume...

Soudain, il étouffa un fou rire. Puis parvint à reprendre son sérieux. La cérémonie se poursuivit donc, s'acheminant vers son point culminant. Amaury, dont le forgeron avait après bien des efforts réussi à redresser l'épée, la leva au-dessus de la tête d'Alexis, et clama :

— Sa lame a d-d-deux tranchants ! Ils suffisent, car ils signifient d-d-droiture et loyauté, afin que jamais vous n'oubliiez de prendre la d-d-défense de la veuve et de l'orphelin...

Il asséna un vigoureux coup sur chacune des épaules d'Alexis, qui manqua s'effondrer tant Amaury avait frappé fort. Si fort en vérité que la lame de son épée s'en trouvait à nouveau toute tordue.

— Puisses-tu garder en mémoire ces coups que je t'ai d-d-donnés, poursuivit Amaury. Et avec eux tes d-d-devoirs. Faire maigre le vendredi, ou, si tu ne le peux pour cause de combat, faire l'aumône aux pauvres. Assister chaque jour à la messe, et y offrir ce que tu peux. Ne jamais refuser ton appui à une damoiselle, ou une dame, en péril. Enfin, ne jamais mentir ni trahir.

— Je l'accepte, dit Alexis.

Amaury lui donna un baiser et déclara :

— Te voici chevalier !

L'assistance retint son souffle. Dans quelques instants elle pourrait laisser éclater sa joie. Amaury se tourna vers Morgennes, qui se tassa sur lui-même, comme Atlas sous le poids du monde.

Puis, au moment où le roi levait son épée, Morgennes se redressa et dit :

— Majesté, je ne mérite pas cet honneur.

39.

> « S'il doit se bâtir une réputation dans le métier des armes, c'est sur cette terre qu'il l'obtiendra. »
>
> (Chrétien de Troyes, *Cligès*.)

Baudouin IV était encore un enfant, aussi beau, agile et vif que son père était laid, gras et maladroit. Ces qualités, associées à une intelligence et à une mémoire hors du commun, faisaient de lui un parfait héritier du trône. Et il n'y avait pas un noble, pas un prélat, qui ne le saluât d'un grand sourire quand il passait dans les corridors du palais de David, où il semait rires et cris de joie. C'était un peu l'enfant de tous, mais un seul homme avait le droit de l'éduquer. Non pas son père, ni son parrain – Raymond de Tripoli. Mais l'être le plus sage et le plus cultivé de Terre sainte, et qui venait d'être nommé archidiacre de Tyr en récompense de ses services rendus auprès de l'empereur des Grecs : Guillaume, désormais surnommé « de Tyr ».

Guillaume de Tyr, donc, qui pour l'heure allait sur ses quarante ans, était un homme épuisé. Non point à cause de ses études, menées le plus souvent jusqu'au cul des chandelles, ni même à cause de ses nombreux travaux d'écriture, de traduction, de négociation, sa charge d'archidiacre et de premier conseiller du roi, mais à cause de cette petite tête blonde de Baudouin, qu'Amaury lui avait demandé de remplir le plus et le mieux possible : « Afin d'en faire une tête capable de porter la couronne mieux que moi ! »

Baudouin adorait Guillaume. Rien ne lui faisait plus plaisir que de le voir entrer dans sa chambre, quand il venait l'y chercher pour une longue promenade au sommet des remparts. Là, Guillaume lui racontait, en latin, grec ou arabe, l'histoire de Jérusalem, dont chaque épisode était le prétexte à une leçon de langue, de religion, de géographie, de botanique, de littérature, d'arithmétique, etc. C'est-à-dire de tout ce en quoi Guillaume était versé – soit d'innombrables matières.

Mais l'heure n'était pas aux leçons, et Baudouin, que son père avait autorisé à venir au Caire maintenant que les armées de Nur al-Din en étaient parties, gambadait comme un fou parmi les vieilles pierres égyptiennes.

Et notamment celles des pyramides.

Aucun monument n'était assez grand pour qu'il renonce à l'escalader, et quand il aperçut, à portée d'arbalète des eaux du Nil, les pyramides qui montaient jusqu'au ciel, il décréta :

— J'escaladerai la plus haute !

Guillaume qui, juché sur un âne, accompagnait le jeune prince dans tous ses déplacements se contenta de sourire. On verrait bien, quand Baudouin serait aux pieds des premières pierres de ces monuments, ce qu'il dirait en constatant qu'elles étaient plus hautes que lui.

Malheureusement, Guillaume dut déchanter. Car en s'approchant de la base de la plus grande des pyramides – celle de Khéops – Baudouin s'exclama :

— Portez-moi !

Autant escalader un pic. Cherchant de l'aide autour de lui, Guillaume avisa l'un des archers du roi, et demanda :

— Vous ! Pourriez-vous nous aider à grimper au sommet de cette pyramide ?

L'homme les regarda d'un air incrédule, puis s'esclaffa sans vergogne. Guillaume parlait-il sérieusement ? Escalader ce monument, avec un jeune enfant, à peine âgé de six ans – c'était de la folie pure ! Et s'il faisait une mauvaise chute, et tuait l'héritier du trône ? Pour sûr, Amaury l'étriperait puis le ferait frire avec des pommes ! De toute façon, c'était impossible :

— Je pourrais bander mon plus bel arc, viser pendant toute une semaine et tirer la meilleure de mes flèches, dit l'archer, je n'en atteindrais pas le sommet. Nous ne sommes pas des singes ! Renoncez, c'est plus sage.

Et il se détourna de Guillaume, pour s'absorber dans la partie de dés qu'il disputait avec trois comparses.

Guillaume ne savait plus à qui demander, et craignait d'avoir à annoncer à Baudouin qu'il leur faudrait remettre cette expédition à plus tard. C'est à cet instant qu'une voix que Guillaume de Tyr devait apprendre à connaître de mieux en mieux leur fit cette proposition :

— Laissez-moi vous aider.

— Vous ! fit Guillaume en découvrant qui l'avait prononcée. Mais...

— Allons, ce n'est pas parce que j'ai refusé d'être adoubé pour un exploit que je n'avais pas accompli qu'il faut me considérer comme un pestiféré.

— Vous avez raison, admit Guillaume.

Et il regarda Morgennes, qui avait préféré l'infamie de la vérité à une gloire usurpée ; infamie que le roi lui avait rapidement pardonnée quand Morgennes lui avait dit qu'il pouvait garder la dent de dragon – qui, elle, était véritable. Alors, Amaury s'était exclamé : « Je te félicite, et je suis certain qu'un jour tes exploits me donneront l'occasion de te faire chevalier ! »

Morgennes s'agenouilla auprès du petit roi, et lui offrit son dos. Aussitôt, Baudouin lui passa les bras autour du cou, noua ses jambes autour de son ventre, et Morgennes se releva – Baudouin IV derrière lui.

— En avant !

À une allure impressionnante, Morgennes entreprit l'escalade de Khéops, choisissant avec soin ses prises, glissant ses pieds dans les anfractuosités creusées dans la pierre, progressant à un tel rythme qu'un singe n'aurait pas mieux fait.

Resté à terre, Guillaume suivait leur ascension en se protégeant du soleil avec la main, tout à la fois confiant en Morgennes et redoutant qu'un accident ne se produise. Les archers, auprès de lui, continuaient à lancer leurs dés sur le sable, comme si de rien n'était. Bientôt, Morgennes et Baudouin ne furent plus qu'une tache au sommet de la pyramide, une tache qui se déplaçait, de-ci, de-là, toujours plus haut.

Puis elle disparut totalement.

Guillaume mit ses mains autour de sa bouche, et appela :

— Baudouin ! Baudouin !

Mais de tout là-haut, le petit roi n'entendait rien.

Il se trouvait sur une plate-forme étroite, où plusieurs pierres étaient couvertes d'inscriptions diverses – comme une peau pleine de cicatrices. Certaines étaient en phénicien, d'autres en arabe ou en grec, d'autres encore, en français.

— Qu'écrirons-nous ? demanda Baudouin, hilare, à Morgennes.

— Je ne sais pas, Majesté. Ce que vous voudrez.

Baudouin ramassa un caillou ayant la consistance d'un silex, et grava une phrase sur un rocher. Quand il eut terminé, il tourna son visage bronzé vers Morgennes, et lui demanda :

— Voulez-vous savoir ce que j'ai écrit ?

— S'il vous plaît.

— « Celui qui n'est pas chevalier a servi de monture à un prince pour l'amener jusqu'ici. Ce prince dit qu'il vaut mieux qu'un chevalier. »

— Sire...

L'enfant éclata de rire, et jeta sa pierre droit devant lui. Le caillou retomba sur les degrés supérieurs de la pyramide, non loin de Baudouin.

— On prétend, dit Baudouin, que l'arc qui permettrait d'envoyer un projectile plus loin que la base de cette pyramide n'existe pas...

— L'arc, peut-être pas, dit Morgennes. Mais le bras...

Joignant le geste à la parole, il se baissa pour ramasser une pierre, ramena sa main le plus possible derrière lui, banda ses muscles et lança. La pierre décrivit une courbe, qui l'amena haut, très haut, avant de s'écraser loin, très loin d'eux. Si loin qu'ils ne la virent plus.

— Croyez-vous qu'elle ait dépassé la base de la pyramide ?

En guise de réponse, Morgennes posa le doigt sur sa bouche et fit signe à l'enfant d'écouter. Baudouin tendit l'oreille et n'entendit d'abord que le bruit du vent, suivi d'un cri de douleur.

— Qu'est-ce que c'était ? demanda-t-il.

— Il faudra le demander à l'archer qui n'a pas voulu vous porter jusqu'ici... Je crois que vous êtes vengé, Majesté !

En effet, Morgennes avait si bien visé, sa force était si extraordinaire que l'archer s'était pris la pierre sur la tête.

Guillaume de Tyr avait vu la pierre arriver droit sur l'archer, et lui ouvrir une plaie sur le crâne, avant de retomber sur le sable en même temps qu'un peu de sang clair. Furieux, l'archer se passait la main dans les cheveux afin de calmer sa douleur, sans comprendre d'où venait ce caillou.

— La vengeance des dieux, peut-être ? fit Guillaume à tout hasard.

L'archer regarda les dés qu'il s'apprêtait à jeter, et dit à ses camarades :

— Allons nous amuser plus loin.

Guillaume eut un sourire, comme s'il avait compris qui avait pu jeter cette pierre et pourquoi. « Décidément, se dit-il, ce Morgennes est plein de promesses... Il me faudra en parler au roi, car il pourrait nous être utile pour contrer les actions des ophites, dont c'est ici le nid. »

Au sommet de la pyramide, Morgennes et Baudouin mirent à profit la position dont ils jouissaient pour observer le panorama. À l'ouest, le désert blanc, courant dans la direction du couchant comme une langue ivoirine, une langue de mort. Au sud, le désert et les autres pyramides, parmi lesquelles les tentes de l'ost royal figuraient de minuscules pyramidions, petites sœurs des grandes pyramides. De longues colonnes d'Hospitaliers à cheval patrouillaient à leur base, leurs étendards et leurs uniformes noirs à croix blanche formant comme une coulée d'encre entre les monuments. À l'orient, Morgennes et Baudouin purent admirer, d'abord le vaste Nil et l'île de Roddah, puis Le Caire proprement dit, avec ses minarets couverts d'or et ses toits en terrasse peuplés d'arbres. Au nord, enfin, le désert, encore et toujours le désert, d'ivoire et de craie, pâle et menaçant sous le ciel d'un bleu insolent.

Un grouillement semblait provenir du Caire – dont ils ne distinguaient presque rien, sinon une impression de densité, de chair très ancienne en train de muer, comme un serpent.

— Où est Fostat ? demanda Baudouin.

— Par ici, je crois, dit Morgennes en montrant à Baudouin la vieille ville, au sud du Caire.

— Guillaume m'a dit qu'elle s'appelait également « Babylone ».

— Pourquoi pas, dit Morgennes. Après tout, rien n'interdit aux villes d'avoir plusieurs noms.

— Il dit aussi qu'il s'y trouve une secte d'adorateurs du serpent.

— Peut-être, dit Morgennes sur un ton songeur. Vous a-t-il dit où exactement ?

— Non. Il a seulement dit : « À Babylone. »

— Il doit avoir raison. Personne à Jérusalem n'est plus érudit que Guillaume.

— Je sais, dit Baudouin.

Tandis que l'enfant regardait Fostat en ouvrant de grands yeux, Morgennes lui passa soudain la main sur la tête, et lui caressa les cheveux.

Ce geste eût pu lui coûter cher, mais Baudouin se retourna vers lui et rit aux éclats. Morgennes rit avec lui, se demandant quelles surprises cette ville – où le roi devait séjourner cette nuit et la nuit d'après – lui réservait.

Déjà, un demi-cercle d'argent se découpait tel un ongle géant à l'orient, sur le ciel parfaitement pur, couleur azur et or. Une étoile s'illumina peu après, arrachant ce soupir à Baudouin :

— Il est temps de redescendre, ou nous allons nous faire tirer les oreilles...

Morgennes s'accroupit, prit l'enfant sur son dos et le ramena au pied de la pyramide, à l'endroit exact d'où ils étaient partis quand le soleil avait amorcé sa descente. Baudouin se jeta dans les bras de Guillaume, et lui raconta tout ce qu'ils avaient vu, sans omettre le moindre détail.

Mais Guillaume calma les ardeurs du prince en lui annonçant :

— Le roi nous attend... Vous venez avec nous ? demanda-t-il à Morgennes.

Morgennes acquiesça, et les suivit.

Amaury se trouvait non loin de Khéops, dans l'ombre d'une gigantesque tête de lion qui émergeait d'une dune. Il avait dû se produire quelque incident d'importance, car il parlait sur un ton saccadé tout en soulevant des gerbes de sable avec ses pieds tant il était énervé.

Surgissant à son côté, Guillaume s'empressa de lui demander ce qui s'était passé, et le roi lui apprit qu'en voulant régler leurs catapultes, ses hommes avaient pris pour cible l'appendice nasal de cette tête de lion et l'avaient brisé.

Quand il leur fut demandé pourquoi ils avaient visé cette tête, les soldats d'Amaury répondirent qu'ils avaient cru bien faire. Ils avaient eu besoin d'un point de repère, et comme Amaury leur avait dit qu'il ne voulait plus voir de femme autour de lui, ils s'étaient dit qu'il valait mieux tirer sur cette tête de lion – qui ressemblait à une lionne – plutôt que sur les pyramides.

— L'Histoire ne nous en tiendra pas rigueur, dit Guillaume. Il faut pardonner à vos hommes, qui n'ont voulu que protéger votre camp. Songez plutôt à tout ce que nous pourrons accomplir, quand dans quelques années Francs et Égyptiens travailleront de concert, main dans la main, pour faire de leurs deux patries enfin réunies le plus beau pays du monde. Il sera bien temps alors de réparer les dégâts causés par vos soldats...

Amaury en avait pourtant plus qu'assez – car il avait décrété, depuis le dernier massacre de Bilbaïs, qu'on ne pillerait plus. Désormais, les Francs auraient une attitude irréprochable, et il ne serait pas dit, jamais, nulle part, qu'ils se comportaient comme des barbares. Mais ses soldats avaient l'air si désolé, et Amaury avait le cœur si bon, qu'il leur pardonna.

— Couvrez-la-moi d'une b-b-bâche, le temps que j'aille voir le calife...

— Comment s'appelle ce monument ? demanda le jeune Baudouin à Guillaume, en lui pressant la main.

— Le Sphinx, répondit Guillaume. On dit qu'il a un corps de lion, mais comment le savoir ? Le sable l'a recouvert depuis tellement d'années...

Le palais califal était une immense construction rectangulaire, dont rien à l'extérieur ne laissait présager la splendeur des entrailles.

Seuls quelques Francs avaient eu le droit d'y accompagner Amaury. Guillaume de Tyr et Baudouin IV étaient de ceux-ci. Comme ils avaient insisté, Morgennes les avait rejoints. Il eut alors la surprise de voir parmi les autres représentants du royaume de Jérusalem deux des êtres qu'il haïssait le plus au monde : Galet le Chauve et Dodin le Sauvage, les deux Templiers avec lesquels il avait eu une violente altercation, au Krak des Chevaliers.

Mais les deux hommes n'avaient pas sa mémoire, et l'avaient oublié. Combien d'années s'était-il écoulé depuis leur précédente rencontre ? À peu près cinq. Cinq longues années durant lesquelles Morgennes était devenu un autre homme, à la peau cuivrée par le soleil, durcie par les épreuves, et dont la tonsure avait disparu. Cinq longues années durant lesquelles ces deux Templiers ne semblaient point avoir changé. L'un portait toujours au côté gauche la miséricorde du père de Morgennes ; l'autre paraissait jouir encore de la gloire que lui avait value la pantoufle de Nur al-Din. Deux fieffés menteurs, deux scélérats, deux usurpateurs dont Morgennes se vengerait à sa manière.

Afin de ne pas se faire remarquer, il se fit aussi discret qu'un chat et ne parla pas plus qu'une statue. Mais les lieux qu'ils traversèrent étaient si magnifiques, si stupéfiants de beauté, qu'il aurait pu danser la gigue et jouer de la flûte, cela n'aurait rien changé. En effet, l'intérieur du palais regorgeait de tant de richesses que les Francs en eurent le tournis. Était-il possible qu'il y eût au monde pareilles splendeurs ? Ou bien avaient-ils, en entrant dans ce palais, franchi le seuil d'une autre terre ?

Des gardes à la peau noire, surchargés d'armes et en armure d'apparat, s'agenouillaient sur leur passage. Chawar, enfin, était personnellement venu les accueillir à l'entrée du palais, et s'amusait à jouer les guides. En l'apercevant, Morgennes pâlit – car il s'agissait de l'infâme personnage qui depuis son char s'en était pris aux coptes à Alexandrie. L'homme qu'il aurait tué si Alexis de Beaujeu n'était intervenu à temps pour l'en empêcher. Cependant, Chawar ne parut pas le reconnaître – ou, s'il l'avait reconnu, n'en montra rien.

Afin d'impressionner les Francs, le vizir les fit passer par de très nombreux couloirs, ornés de tentures d'or et de soie, puis par des cours à ciel ouvert où des fontaines coulaient au milieu de jardins luxuriants. Guillaume de Tyr devait laisser au sujet de cette visite quelques pages, fort connues, dont voici un extrait : « Ce que l'Égypte avait de plus stupéfiant, de plus mystérieux, de plus secret, nous fut révélé. On y trouvait des bassins de marbre remplis de l'eau la plus limpide qui soit, ainsi qu'une multitude d'oiseaux inconnus dans notre monde. Ces oiseaux, aux formes inouïes et aux couleurs étranges, aux gazouillis aussi divers qu'exceptionnels, offraient un spectacle ô combien prodigieux pour nous, pauvres Francs [...]. Il y avait pour se promener des galeries aux colonnes de marbre, lambrissées d'or, incrustées de sculptures ; les pavés étaient de diverses matières et tout le pourtour de ces galeries était vraiment digne de la majesté royale [...]. S'avançant encore plus loin sous la conduite du chef des eunuques, [nous trouvâmes] d'autres bâtiments, encore plus élégants que les précédents [...]. Il y avait là une étonnante variété de quadrupèdes, telle que la main des peintres peut se plaire à la représenter, que la poésie pourrait la décrire, ou que l'imagination d'un homme endormi pourrait l'inventer dans ses rêves nocturnes, telle enfin qu'on la trouve réellement dans les pays de l'Orient et du Midi, tandis que l'Occident n'a jamais rien vu de pareil. »

Tout cela n'avait qu'un seul but : amadouer les Francs, les subjuguer. Les soumettre à la très haute autorité de l'Égypte, afin d'amener Amaury à se reconnaître, d'instinct, comme le vassal plutôt que le suzerain. Mais Amaury n'était pas homme à se laisser impressionner.

Au cours de leurs déambulations parmi ces salles, jardins et couloirs, il affectait un air blasé – comme si ces splendeurs lui étaient familières et qu'à Jérusalem il se lavait les pieds dans une bassine d'or sertie de pierres précieuses. Alors, il regardait son fils – qui, en vérité, était à ses yeux mille fois plus beau que le palais du calife. Et c'est ainsi qu'il remarqua Morgennes.

Il marchait très exactement dans l'ombre de Baudouin, comme s'il avait voulu le protéger. Lui servir de garde du corps. C'est à cet instant, prétend Guillaume de Tyr, que le roi décida d'engager Morgennes comme espion, après en avoir eu l'idée une première fois lorsqu'il avait refusé d'être adoubé.

C'était un homme droit, sur qui un roi pouvait compter.

Cette décision, qui devait faire de Morgennes l'un de ces hommes appelés « Ombre du roi », fut l'une des plus sages qu'Amaury prit jamais. Et il s'en félicita intérieurement, tout en faisant part de son choix à Guillaume de Tyr, qui l'écouta avec attention tout en hochant la tête.

La réception commença par la présentation des Francs à Son Excellence le calife d'Égypte, al-Adid. Celui-ci était un adolescent décharné, aux traits émaciés, à la tête rasée et dont les amples vêtements rehaussaient la maigreur de ses membres. Ses yeux outrageusement maquillés paraissaient ceux d'un fou, et tout en lui donnait cette étrange sensation d'être transparent, comme s'il n'avait plus que quelques jours à vivre, ou ne vivait déjà plus depuis longtemps.

C'était un être qui ne comptait pas.

Un symbole, une idée.

Ainsi, conformément à l'usage, al-Adid ne parla pas de toute la cérémonie. Ce fut Chawar qui s'exprima pour lui. Mais ce qui ressortit de leurs entretiens, c'est que l'Égypte acceptait la protection des Francs. Et s'engageait à lui verser, chaque année, un impôt de cent mille pièces d'or. Chawar était aux anges et souriait de toutes ses dents. Ses manigances avaient réussi.

L'Égypte était à l'abri des sunnites de Damas, et les Grecs étaient restés à Byzance. Les Francs, enfin, lui apportaient leur protection sans le gêner en rien. C'était parfait !

Des fonctionnaires, tous coptes, assis à même le sol, une dalle de pierre posée en travers des genoux, prenaient en note tout ce qui se disait. Morgennes remarqua que de temps à autre l'un d'eux levait les yeux dans sa direction, sans cesser d'écrire. On aurait dit qu'il voulait lui signifier quelque chose, mais Morgennes ne voyait vraiment pas quoi.

Enfin, lorsque l'accord diplomatique fut scellé, oralement, et qu'Amaury eut annoncé qu'il avait donné l'ordre aux Templiers Galet le Chauve et Dodin le Sauvage de demeurer au Caire afin d'y prélever l'impôt promis, se produisit un événement que jamais, en plus de quatre mille ans, l'Égypte n'avait connu.

C'est que l'humanité n'avait jamais eu auparavant de roi comme Amaury. Car s'il accordait une certaine valeur aux promesses faites oralement et aux contrats signés (quoique un peu moins à ces derniers), il n'accordait sa confiance qu'à ceux qui s'engageaient *physiquement* avec lui.

Quand Amaury proposa aux Égyptiens de sceller leur accord « par une franche et virile p-p-poignée de main », ils furent tout simplement abasourdis et crurent qu'il plaisantait.

C'était mal le connaître.

Amaury s'avança vers al-Adid, qui eut des tressautements des paupières pareils à ceux des vieilles courtisanes qui veulent se faire passer pour vierges. Comment ? Toucher le calife ? Le Dieu sur terre, ou presque ? Impensable !

Mais Amaury insistait. Il se tenait, une jambe en avant, posé à quelques pouces seulement du trône du calife, le buste penché, la main droite tendue vers al-Adid, un grand sourire aux lèvres.

— S'il ne me la serre p-p-pas, je repars !

Les Égyptiens débattirent dans un adroit mélange de gestes indignés et d'expressions offusquées. Chawar, de son côté, fit valoir l'extrême état d'insécurité dans lequel se trouvait l'Égypte, et combien il était important de ménager les Francs – qui avaient chassé les armées de Nur al-Din.

Finalement – ce qui était déjà une immense concession –, al-Adid consentit à prendre dans sa main gantée de soie la main du roi.

Mais Amaury refusa vertement, arguant :

— Seigneur, la foi n'a pas de d-d-détour. Dans la foi, les moyens par lesquels les p-p-princes ont coutume de s'obliger doivent être nus et ouverts, et il convient de lier et délier avec sincérité tout pacte engagé sur la foi de chacun. C'est pourquoi, ou tu d-d-donneras ta main nue, ou nous serons réduits à croire qu'il y a de ta part mensonge ou peu de p-p-pureté.

Les Égyptiens semblaient sur le point de perdre patience, mais Galet le Chauve eut la bonne idée de faire cliqueter son épée sur sa cotte de mailles, et tout rentra dans l'ordre. Non sans rire, afin de donner le change et faire comme s'il s'agissait d'un jeu, le jeune al-Adid retira son gantelet de fine soierie, et une main d'une blancheur de craie apparut à la vue de tous. Les Égyptiens baissèrent les yeux pour ne pas la voir, mais Amaury l'empoigna et la serra vivement tout en récitant à voix haute les termes de leur pacte, et en exigeant que le calife les répète après lui.

Puis, satisfait, il se recula, et rejoignit les siens.

Gloussant, minaudant, le calife donna l'ordre qu'on apporte les cadeaux qu'il avait prévus pour les Francs, et remit son gant. Alors, une procession d'eunuques noirs s'avança dans la salle, chacun portant un plateau d'or où étaient disposés divers objets précieux et de magnifiques bijoux. Amaury, pour sa part, reçut une superbe pierre d'un beau vert sombre, dont il demanda le nom.

— C'est une serpentine, lui apprit Chawar.

— Une « ophite », précisa Guillaume.

Chawar hocha la tête :

— Absolument. Vous connaissiez ?

— Oui, dit Guillaume. Car ces pierres portent le même nom qu'une certaine secte d'adorateurs du serpent établie dans Babylone...

Chawar ne fit aucun commentaire, eut un sourire énigmatique et décréta :

— Pardonnez-moi, mais les affaires du califat...

Et il s'éclipsa, comme un serpent filant se réfugier sous une pierre.

Guillaume se pencha à l'oreille d'Amaury et lui chuchota quelques paroles, que le roi écouta attentivement. Quand Guillaume eut fini de parler, Amaury regarda de droite et de gauche, cherchant où se trouvait Morgennes, car il avait une mission à lui confier.

40.

« Par les livres en notre possession, nous connaissons les faits des Anciens et l'histoire du temps jadis. »

(Chrétien de Troyes, *Cligès*.)

Plusieurs mois s'étaient écoulés depuis le retour d'Amaury à Jérusalem et l'établissement d'un protectorat franc sur l'Égypte.

Morgennes, laissé en arrière sur ordre du roi, avait pour mission de « se faire oublier » – une tâche dans laquelle il était passé maître. En l'occurrence, cela consistait à se mêler à la population de manière à tenir Amaury informé de ce qui se tramait au Caire. Car être « Ombre du roi », c'était aussi en être les oreilles et les yeux.

Officiellement, pourtant, le roi n'avait pas d'ombre. Ni réelle, ni autre.

Et nul ne devait jamais lui faire remarquer qu'il traînait, comme tout un chacun, un double obscur de sa personne, changeant, mouvant, et qui partout le suivait, quoi qu'il fasse, où qu'il aille. Car en montant sur le trône de Jérusalem, il avait reçu de Dieu l'absolution de ses péchés. Le roi devenait bon par la seule grâce du trône, et nul, jamais, n'y aurait trouvé quoi que ce soit à redire. Pour tous, il était évident que Dieu n'aurait su accepter comme souverain de Sa sainte cité un homme imparfait, pétri de défauts.

À l'instar de son confrère de Rome – le pape –, le roi était sans tache et réputé infaillible.

Pourtant, afin sans doute de mieux faire oublier l'ombre qu'ils étaient supposés ne plus avoir auprès d'eux, les rois de Jérusalem prirent très tôt l'habitude de donner à certains hommes d'exception le statut d'Ombre.

Celui-ci consistait à n'être pas. À disparaître, en emportant avec soi tous les défauts que le roi était censé ne plus avoir. Car si le roi est franc, droit, honnête et vertueux, les Ombres, elles, sont retorses, sournoises, menteuses et vicieuses, et n'hésitent pas à ruser pour atteindre leur but. Le roi est un sujet d'admiration, il est grand, il est bon. Les Ombres, elles, ne sont l'objet de rien – sinon de ragots, de racontars les accusant de tous les maux, et qui les rendent responsables de tout ce qui va de travers.

Morgennes remplissait son rôle d'Ombre à merveille, usant tour à tour de déguisements pour s'introduire dans des endroits qui lui étaient normalement interdits, graissant les pattes, détournant les informations et épiant les conversations. Grâce à son excellente mémoire, il retenait tout ce qu'il était trop dangereux de consigner par écrit. Chaque semaine, une demi-douzaine de coursiers chargés d'une partie de ce que Morgennes avait appris partaient à dos de chameau pour Jérusalem. Ainsi, le roi restait au courant de tout. Et notamment des exactions dont se rendaient coupables les deux Templiers nommés au Caire pour le représenter. En effet, ces hommes ne se gênaient pas pour entrer dans les mosquées à cheval ou sans se déchausser, pour soulever le voile des femmes ou se servir sans payer dans les boutiques. Agissant en toutes circonstances de telle manière qu'ils attiraient sur eux – et sur les Francs en général – la haine et le ressentiment des Égyptiens, coptes compris.

Le choix de Galet le Chauve et de Dodin le Sauvage pouvait surprendre. Mais il n'y avait en vérité rien d'étonnant à ce qu'Amaury les eût choisis comme émissaires, quand on savait que ces deux hommes parlaient fort bien l'arabe et étaient habitués à mener les négociations les plus âpres qui fussent. Particulièrement avec cette engeance mahométane mille fois honnie, et qui infestait les montagnes où Templiers et Hospitaliers avaient leurs quartiers : les Assassins. Pour ces deux Templiers, il n'existait pas d'individus si pauvres ou si puissants qu'ils ne puissent en soustraire quelques deniers, à verser dans les caisses du Temple – ou du royaume, dans le cas présent.

Mais ceci est un autre sujet, et il me faut revenir à Morgennes. En cet instant précis, il s'était enveloppé le corps dans un grand manteau gris, et guettait depuis une terrasse les allées et venues de Chawar. Le comportement du vizir l'intriguait. Obséquieux, abondant sans arrêt dans le sens des deux Templiers, Morgennes le soupçonnait de ne pas jouer franc jeu. Afin de le percer à jour, il le suivait depuis plus d'une semaine. Sans aucun résultat. Lorsqu'un certain dimanche soir, Chawar alla se promener du côté de Fostat, non loin du quartier copte. Sa démarche était hésitante, et il décrivit mille et une circonvolutions dans les ruelles tout en courbes de la vieille ville, avant de se glisser dans une sordide demeure aux murs lépreux – où Morgennes pénétra à sa suite.

Morgennes l'ignorait, mais le bâtiment où Chawar venait de disparaître était en fait un temple voué à une très ancienne divinité appelée Apopis. Seuls les initiés avaient le droit d'y entrer. Après s'être agenouillés, afin de témoigner de leur humilité, ils descendaient un long et étroit corridor gardé par des serpents de pierre. La légende racontait que ces statues avaient le pouvoir de s'animer pour frapper les intrus.

Mais Morgennes ignorait cette légende, tout comme il ignorait que les anciens adeptes d'Apopis avaient « mué » pour céder la place aux ophites.

Leur origine remontait au IIe siècle après Jésus-Christ, à l'époque où de très nombreuses sectes s'étaient mises à grouiller sur la dépouille encore tiède du Christ. Aussitôt condamnés par les Pères de l'Église, combattus par des personnalités aussi éminentes qu'Épiphane, Hippolyte ou Irénée – qui par la suite devaient être canonisés pour services rendus à la chrétienté –, les ophites n'en avaient pas moins proliféré. Même le grand Origène les avait dénoncés, écrivant : « Les ophites ne sont pas chrétiens, ils sont les plus grands adversaires du Christ. »

Particulièrement actifs en Égypte, les ophites avaient été contraints, pour ne pas être exterminés, de faire profil bas. Ils avaient calqué leur comportement sur ceux dont ils se réclamaient : les chrétiens des premiers temps, et les serpents. Et c'est ainsi qu'ils avaient quitté la surface de la terre pour aller se réfugier dans les catacombes, oubliant jusqu'au nom du soleil.

Creusant au fil des siècles un important réseau de grottes, caves et cavernes reliées entre elles par de nombreux souterrains, les ophites avaient pratiqué leur religion loin du regard des autorités religieuses, romaines et byzantines. Mieux, après l'invasion de l'Égypte en 639 par les musulmans, ils avaient accompli l'exploit de continuer à exister. D'une part, parce que leurs nouveaux maîtres les avaient confondus avec les coptes; d'autre part, parce qu'ils n'avaient jamais cessé de se cacher, dans l'attente du jour où ils pourraient enfin se révéler.

Or, ce jour-là – le Jour du Serpent – approchait.

D'après des calculs astrologiques établis dès l'Antiquité par les fondateurs de la secte, le jour où la « Tête » et la « Queue » du Serpent se rencontreraient, le monde serait obligé de reconnaître la suprématie des « Fils du Serpent » (c'est-à-dire des ophites), et donc de se plier à leur loi.

Selon la tradition, la « Tête » n'était autre qu'une étoile, celle du matin. Au fil des siècles, cette étoile, baptisée « Lucifer », avait été tour à tour assimilée au roi de Babylone, au Christ, à Fostat et au Caire, puis à Satan lui-même.

Quant à la « Queue », ce devait être une comète. Son passage contraindrait l'étoile du matin à dévier de sa route, et à se rapprocher dangereusement de notre planète... Une pluie de serpents s'abattrait sur la terre, menaçant d'y éteindre la vie. C'est alors que les ophites sortiraient de leurs tanières, et proposeraient au monde entier de le sauver, en échange du pouvoir.

Alors qu'il se trouvait sur une estrade environnée par des momies de crocodiles, Chawar souleva un immense boa au-dessus de sa tête et déclara :

— Le Jour est proche !

— Béni soit le Jour ! sifflèrent les fidèles assemblés sous ses yeux.

Ils s'agenouillèrent d'un même mouvement et frappèrent leur crâne contre les dalles vert émeraude du temple d'Apopis. Celui-ci ressemblait à un nid de serpents, avec çà et là des draperies jaunâtres où grouillaient des vipères. Accrochés aux piliers, qui figuraient des cobras dressés, d'étranges globes lumineux nimbaient la salle de reflets verdâtres. C'étaient des grappes d'œufs de serpents.

— Bénis soient les Fils et les Filles du Serpent ! poursuivit Chawar.

— Béni soit le Serpent !

— Béni soit Jésus-Christ !

— Béni soit-Il !

Chawar amena la queue du boa en face de sa gueule grande ouverte, et commença de l'y enfourner. C'était un spectacle stupéfiant, dont Morgennes, perché dans les hauteurs du temple, ne perdait pas une miette. Enfin, après un long et laborieux travail, quand le serpent eut presque terminé de s'engloutir, Chawar le posa sur sa tête et déclara :

— Qu'il soit la couronne symbolisant le Savoir que nous adorons. Remercions le Serpent de nous avoir offert le fruit de l'Arbre de la connaissance !

Les fidèles se levèrent puis s'agenouillèrent à nouveau en sifflant. Cette fois, leurs crânes heurtèrent si fort les dalles du temple que même les massifs cobras de pierre qui en soutenaient la voûte tremblèrent. Morgennes sentit une onde parcourir le squelette de dragon où il s'était caché. D'épais cordages le maintenaient accroché au plafond, et il était si grand qu'une centaine d'hommes avaient dû travailler pendant plusieurs mois, sur des échafaudages de bambous, pour l'y suspendre. Dissimulé à l'intérieur du ventre de la bête, Morgennes se demanda si par hasard ce grand dragon n'était pas celui à qui avait appartenu la dent qu'il avait dérobée à Manuel Comnène.

Se déplaçant aussi discrètement que possible, il ne put empêcher un nuage de poussière d'os de pleuvoir sur les fidèles. L'un d'eux releva la tête. Morgennes se tassa sur lui-même, cherchant à se faire invisible, arrêtant de respirer.

C'est alors qu'il entendit un drôle de bruit, en partie couvert par la voix de Chawar, mais néanmoins distinct. Non loin de lui, quelqu'un maniait une scie ! Fouillant l'obscurité du regard, Morgennes distingua tout près de la tête du dragon un homme vêtu d'une cape noir et d'un turban de même couleur. Il rampa vers lui.

Chawar, lui, n'avait rien remarqué et continuait de discourir imperturbablement :

— Les Francs, dit-il en levant les mains vers le grand dragon, nous ont remis cette dépouille afin que nous l'adorions comme elle le mérite, et parce qu'il était juste qu'elle revienne ici, en sa maison... Aujourd'hui, grâce aux Francs, et grâce à Dieu, le calife n'est plus qu'un jouet entre nos mains. Bientôt l'Égypte pourra, fièrement, se revendiquer comme la fille aînée du Dragon !

— Béni soit le Dragon ! entonna la foule, extatique.

Morgennes en profita pour ne faire qu'une bouchée de la distance qui le séparait de l'étrange silhouette. Celle-ci tenait une scie, avec laquelle elle essayait de trancher les épais cordages auxquels était attachée la tête du dragon. C'est alors qu'une voix venue des profondeurs du temple hurla :

— Regardez ! Là-haut !

Des milliers d'yeux se levèrent dans leur direction, et des milliers de bouches à la langue bifide sifflèrent :

— S-s-sacrilège !

L'inconnu à la scie se redressa, regarda Morgennes dans le blanc des yeux et lui dit :

— Bravo pour la discrétion ! Maintenant, il va falloir se dépêcher.

— Vous ! s'exclama Morgennes. Mais que...

— Plus tard, fit l'individu. J'ai un travail à finir

Au-dessous d'eux, les ophites couraient vers des râteliers d'armes dissimulés dans les piliers, où ils prenaient, qui une lance ou une épée à la lame sinueuse, qui un arc. Quelques flèches sifflèrent autour de Morgennes et de l'inconnu – qui faisait preuve d'un sang-froid à toute épreuve et sciait de plus belle ses cordages.

— Ce sont toujours les derniers pouces les plus difficiles, dit-il à Morgennes. Parce qu'ils sont renforcés de métal.

Malgré l'énergie qu'il déployait, Morgennes voyait bien qu'il n'aurait jamais le temps de les sectionner avant que des ophites ne surgissent par l'une des ouvertures percées sous la voûte du temple.

— Poussez-vous, lui dit-il.

L'inconnu recula et Morgennes l'agrippa. Ensuite, il empoigna l'un des câbles qui servait à soutenir le dragon et lui donna un puissant coup de pied. Les ossements émirent d'inquiétants grincements.

— Accrochez-vous, dit Morgennes. Ça va secouer

Il poussa violemment des deux pieds sur la tête du dragon et fit céder plusieurs des chevilles qui maintenaient les cordes en place. Il y eut un sourd craquement, puis le squelette se disloqua, semant une pluie d'os sur ses fidèles. Morgennes n'avait aucune idée de son poids, mais à en juger par les hurlements que sa chute provoqua il se dit qu'il devait être très, très lourd.

— Eh bien, fit l'inconnu. Vous ne faites pas les choses à moitié.

Un cri retentit derrière eux. Des ophites leur tiraient dessus, depuis l'une des galeries situées dans les hauteurs du temple.

— Tenez-vous bien, dit Morgennes. On va monter !

Il enroula la corde autour de ses pieds et commença à grimper. Quelques flèches les ratèrent de justesse, et Morgennes chercha des yeux un endroit par où s'échapper. S'ils continuaient ainsi, ils atteindraient le plafond. Mais ensuite ? La meilleure solution consistait à gagner l'une des galeries qui couraient sous la voûte.

— Je vais me balancer, dit Morgennes. À mon signal, lâchez tout. Si je m'y prends bien, vous devriez atterrir par là-bas, fit-il en lui désignant une galerie déserte.

— Et sinon ?

— Faites-moi confiance, lui dit Morgennes en se balançant puissamment.

— Facile à dire ! éructa l'inconnu.

— Désolé, mais ce n'est pas comme si nous avions le choix. Je vous rejoindrai tout de suite après...

— Seigneur, ayez pitié de moi, bredouilla l'inconnu.

Soudain, Morgennes lança le signal :

— Sautez !

L'inconnu lâcha Morgennes et retomba lourdement sur deux gardes qui venaient d'entrer dans la galerie. Ils se remettaient à peine de leur surprise lorsque Morgennes arriva et les assomma pour de bon.

— Dieu existe ! éructa l'inconnu.

— Et il est amour, dit Morgennes.

Ils se trouvaient dans ce qui devait être une galerie d'entretien, et dans leur dos le grand dragon achevait de s'effondrer.

— Je crois savoir où nous sommes, poursuivit l'inconnu. Suivez-moi, nous allons les semer dans le noir !

Mais déjà, d'une rampe située en contrebas, des ophites munis d'armes et de torches couraient vers eux.

— Par là ! fit le mystérieux individu.

Morgennes s'élança à sa suite, non sans prendre le temps de jeter un rapide coup d'œil à la rampe où couraient les ophites. Il distingua une poignée d'hommes dont les yeux rappelaient ceux des serpents. Ils n'étaient pas assez nombreux pour espérer l'emporter, mais Morgennes préféra ne pas prendre de risque et suivit l'homme à la scie. Après plusieurs tours et détours dans le complexe des ophites, l'inconnu mena Morgennes dans un corridor au plafond duquel une ouverture avait été ménagée. Une corde en pendait jusqu'au sol, où elle était accrochée à une pierre descellée.

— Là ! fit l'individu. Grimpez à la corde ! Vite !

Pas un instant à perdre, Morgennes s'empara de la corde et l'escalada d'autant plus facilement que du plafond sortirent deux paires de mains. Elles le saisirent par-dessous les bras pour l'aider à s'extraire du couloir. Ce fut ensuite au tour de l'inconnu, puis la corde fut remontée, entraînant la pierre – qui retrouva sa place, au milieu du plafond. Là, dans l'obscurité la plus totale, les quatre hommes attendirent quelques instants, le temps d'entendre leurs poursuivants surgir au pas de course, chercher un peu, puis s'éloigner...

Jamais ils ne les retrouveraient. Malgré l'obscurité, Morgennes crut voir ses complices sourire.

Une fois qu'ils furent passés, à la lueur d'une torche cette fois-ci, par tout un dédale de couloirs ornés d'antiques fresques égyptiennes, les conspirateurs rabaissèrent le capuchon de laine qui leur couvrait le visage et se présentèrent. Il s'agissait de trois coptes, dont l'un – celui que Morgennes avait surpris une scie à la main – était un prêtre, haut fonctionnaire de surcroît, et surnommé Azyme.

— Pour vous servir, fit ce dernier en s'inclinant devant Morgennes, une main sur la poitrine.

— Je suis heureux de vous revoir, lui dit Morgennes – qui avait parfaitement reconnu le prêtre copte qu'il avait sauvé quelques mois plus tôt des griffes de Chawar, à Alexandrie. Vous êtes venu ici pour vous venger ?

— Vous vous souvenez donc de moi ?

— Je n'oublie jamais un visage, dit Morgennes.

— Moi non plus, dit Azyme. Surtout quand il s'agit de celui de mon sauveur !

— Qu'en savez-vous ? Je suis un Franc, comme les autres...

— Oh que non. Vous n'avez, par exemple, rien à voir avec ces deux Templiers chargés par Amaury d'administrer l'Égypte... Mais dites-moi, que faisiez-vous ici ce soir ? Amaury se soucierait-il des ophites ?

— Je ne crois pas qu'il en ait jamais entendu parler. Mais je vous renvoie la question.

— Je vais vous répondre...

Puis, comme ils étaient arrivés au fond d'un couloir aboutissant à un cul-de-sac, les compagnons d'Azyme tirèrent à l'aide de crochets métalliques la lourde pierre qui en scellait l'extrémité, ouvrant un passage vers le jour naissant.

— Où sommes-nous ? demanda Morgennes.

— Sur le plateau de Gizeh, lui répondit Azyme. Au pied des pyramides. Juste derrière la tête du Sphinx.

Morgennes eut un sourire.

— À quoi pensez-vous ? s'enquit Azyme.

— Voici quelques mois, j'ai aidé un enfant à monter au sommet de Khéops. De tout là-haut, je m'étais demandé en voyant cette femme ce qu'elle avait dans la tête...

Azyme eut un sourire évocateur, et lâcha :

— Eh bien, maintenant, vous le savez. Elle a dans la tête des conspirateurs, qui rêvent de liberté pour Le Caire. Elle a surtout soif de vengeance, depuis qu'on lui a cassé le nez. Enfin, elle a le regard tourné vers Fostat, où quelque part se trouve la femme que nous cherchons. C'est pour elle que nous nous sommes rendus chez ces serpents d'ophites.

— Expliquez-moi, dit Morgennes. J'ai du mal à vous suivre...

Tout en se laissant glisser vers les sables blancs du désert égyptien, Azyme demanda à Morgennes :

— Avez-vous entendu parler de la femme qui n'existe pas ?

41.

> « Toutefois, celle que l'on appelle la Mort n'épargne ni les forts ni les faibles ; elle fait périr tout le monde. »
>
> (Chrétien de Troyes, *Cligès*.)

— Majesté, dit Guillaume de Tyr à Amaury, je vous supplie d'attendre, ou bien d'écrire au roi des Français...

— Jamais, jamais ! fit Amaury.

Sur ce, il s'enfonça dans un cercueil, ramena les mains sur sa poitrine et ferma les yeux.

Cette scène se déroulait au Saint-Sépulcre, où depuis Godefroy de Bouillon les rois de Jérusalem avaient coutume de se faire enterrer. Croyant sentir son heure approcher, Amaury avait demandé à essayer sa dernière demeure, expliquant : « Je n'aimerais p-p-pas m'y trouver à l'étroit. Je ne suis peut-être pas aussi large d'épaules ni aussi grand que certains de mes ancêtres, mais je veux néanmoins m'assurer que je serai à mon aise dans mon f-f-futur chez-moi. »

Cette extravagance, une parmi d'autres, n'avait étonné personne – et les chanoines du Saint-Sépulcre avaient réservé à leur hôte le meilleur des accueils.

— Sire ? demanda Guillaume, qui trouvait que le roi gardait un peu trop longtemps les yeux fermés. Vous êtes encore là ?

Amaury ouvrit un œil, puis l'autre.

— Cela p-p-paraît correct, décréta-t-il en se redressant à moitié dans son sarcophage. Je n'aurais pas aimé toucher des pieds.

— Sire, pardonnez-moi, mais nous devons débattre d'une affaire autrement plus sérieuse que celle du confort de votre ultime demeure.

— Et quoi ? Que peut-il y avoir de plus sérieux que cette question-là ? N'est-ce pas le seul et unique p-p-problème ? Celui dont vous ne cessez, vous, les religieux, de nous rebattre les oreilles depuis notre plus tendre enfance ? Crois-tu que p-p-parce que je suis roi la mort m'épargnera ? Allons, laisse-moi !

— Sire...

Peine perdue, Amaury n'écoutait plus. Las, Guillaume s'éloigna, dans l'espoir que le roi reviendrait à de meilleures dispositions s'il restait seul.

— Guillaume ! appela le roi, une fois que son principal conseiller se fut éloigné.

Guillaume se tourna vers le roi, qui s'extrayait de son cercueil en pierre.

— Ce caveau ne vous satisfait pas ? Ses dimensions...

— Non, les dimensions sont excellentes. C'est l'endroit qui ne me p-p-plaît pas.

— Sire, il n'en est pas de meilleur ! En outre, il est d'usage que les rois de Jérusalem soient enterrés ici, auprès de leurs parents et du lieu où le Seigneur a connu la Passion.

Amaury dirigea son regard vers le chœur du Saint-Sépulcre, où la Vraie Croix baignait dans des vapeurs d'encens.

— C'est peut-être là le problème. Non pas lui, le Christ, mais mon frère et mon père – Dieu ait leur âme ! Tu sais à quel p-p-point je les ai aimés, chéris... Combien j'ai versé de larmes quand le Seigneur les a rappelés à Lui. Mais, non. Je ne veux pas être enterré ici. Ce n'est pas un endroit pour moi.

— Pourquoi ?

— Je ne sais pas. Peut-être parce que, n'ayant p-p-pas encore ramené l'Égypte dans le giron de la chrétienté, je me sens indigne d'eux. Je sens d'ailleurs que c'est un rêve impossible à réaliser, et que jamais je ne réussirai.

— Sire, en seulement six ans de règne vous avez déjà fait mieux qu'eux...

— Oui, mais leur rêve..

— Vous l'avez dit vous-même, il est impossible à réaliser.

Amaury considéra un instant les deux gisants placés à côté de sa tombe, ceux de son frère et de son père – l'impétueux Foulques V le Jeune, le premier à avoir voulu conquérir l'Égypte. Puis il cligna deux ou trois fois des yeux, poussa un profond soupir et avoua :

— Je crois que je vais attendre encore un peu, avant de t-t-trépasser. Histoire de réfléchir et de p-p-profiter de mon fils. En attendant, viens avec moi. Marchons jusqu'au palais, cela nous fera du bien. Et reparlons de ce Morgennes. Ne trouves-tu pas qu'il a un nom étrange ?

À leur sortie du Saint-Sépulcre, plusieurs gardes les attendaient – dont l'un tenait par les rênes Passelande, le destrier d'Amaury. Ce magnifique cheval bai, importé d'Angleterre, portait le nom de la monture du roi Arthur, dont Amaury rêvait de recréer la Table Ronde, avec ses quêtes, ses chevaliers, et tout son attirail de légendes.

La table ronde, il l'avait trouvée à Alexandrie – dans la tour du Pharos. Depuis, elle trônait au milieu d'une salle immense, au palais de David. Amaury y avait fait placer douze chaises, plus une treizième – à son usage réservée. La fine fleur de la chevalerie y siégeait régulièrement, même si plusieurs places étaient fréquemment laissées libres. « C'est que, voyez-vous, aimait à expliquer Amaury, mes chevaliers sont constamment occupés à t-t-traquer le démon ou à me chercher quelques saintes reliques, p-p-pour enrichir ma collection. Quant au siège qui me fait face, et où jamais p-p-personne ne s'est assis, je le réserve à celui de mes chevaliers qui me rapportera Crucifère. Qui sait ? Ce sera peut-être celui de Morgennes ? »

Personne n'avait fait de commentaire, car nul ne se sentait apte à juger Morgennes, et encore moins à le comprendre. Surtout, depuis quelque temps, plusieurs rapports en provenance d'Égypte semblaient devoir lui être attribués ; rapports qui en disaient long sur la politique menée par le vizir du Caire, Chawar.

D'après Morgennes, Chawar était de mèche avec l'ambassadeur du prêtre Jean, Palamède. Dans quel but ? Cela était peu clair, mais il paraissait à peu près acquis que Chawar et Palamède ourdissaient quelque complot censé leur assurer les pleins pouvoirs au Caire – et par là même sur l'Égypte. Ces renseignements, ajoutés à d'autres, avaient conduit certains pairs du royaume à réclamer d'urgence une intervention militaire en Égypte.

Amaury avait tenté de les calmer, les invitant à temporiser. Malheureusement, ni les Hospitaliers ni les barons les plus puissants n'avaient voulu l'écouter. C'était de cela dont Guillaume avait cherché à s'entretenir avec Amaury au Saint-Sépulcre, quand le roi y avait essayé sa tombe. L'archidiacre de Tyr l'avait supplié d'attendre au moins un an, le temps pour les renforts byzantins d'arriver, ou bien d'écrire au roi de France, Louis VII, pour le supplier de se joindre à leur expédition. Mais de cela, justement, Amaury ne voulait pas entendre parler :

— Tu me c-c-casses les oreilles, dit-il à Guillaume. Quand nous serons au palais, je t'expliquerai p-p-pourquoi il est inutile d'écrire une nouvelle fois au roi de France, car grâce à Morgennes je sais enfin pour quelles raisons il ne veut plus mettre les p-p-pieds ici...

Des vociférations couvrirent ses paroles.

— Quels sont ces c-c-cris ?

Plus bas, dans la rue, des centaines de personnes manifestaient bruyamment contre l'ouverture de plusieurs étuves, qu'elles accusaient d'être des lieux de débauche et de propager la vérole.

Amaury ne put s'empêcher de rire.

— Qu'ils manifestent ! Au moins, ça les occupe !

— Me direz-vous pourquoi le roi de France..., commença Guillaume.

— J'y viens ! fit Amaury. C'est à cause d'Aliénor. Tu sais certainement que lors de sa venue ici, en Terre sainte, le roi

Louis VII était accompagné de sa jeune épouse, la belle Aliénor d'Aquitaine.

— Bien sûr, fit Guillaume. C'est un fait connu de tous.

— Certes, mais savais-tu qu'Aliénor avait le con vindicatif ?

— Hum, fit Guillaume. J'ai effectivement entendu bien des rumeurs à ce sujet, mais je ne les ai écoutées que d'une oreille. Et encore très, très distraite.

— Si tu avais mieux prêté l'oreille à ces ragots, tu serais arrivé au fondement de la p-p-politique, si j'ose dire. Échaudée par son Louis de mari, Aliénor a fauté avec le pire ennemi de celui-ci...

Guillaume, frappé de stupeur, s'arrêta de marcher, tandis que les manifestants montaient vers eux.

— Avec qui ? demanda-t-il.

Amaury répondit quelque chose, mais si bas que Guillaume ne l'entendit pas.

Finalement, Amaury fit un geste et hurla :

— Rendons-nous au p-p-palais, nous p-p-poursuivrons notre conversation là-bas.

Les deux hommes se turent, et se laissèrent dépasser par la foule – qui ne fit pas plus cas de leurs personnes que s'ils avaient été deux inconnus. Une fois le calme revenu, alors que ne restaient plus dans la *via dolorosa*, qui menait du Saint-Sépulcre au palais, que des lambeaux de vêtements, des chiens errants et quelques lépreux en route pour la maladrerie de Saint-Lazare, Amaury invita Guillaume à monter sur Passelande.

— C'est un bon cheval. Tu dois être fatigué, or je tiens à t'épargner. Ce que j'ai à te dire réclame toute ton attention. Aussi, je te veux frais comme un g-g-gardon, quand nous serons au p-p-palais !

Guillaume commença par repousser l'offre du roi, mais finit par accepter – car il est fort impoli de refuser ce qu'une Majesté vous offre.

Une fois au palais, qui se trouvait dans le bas de la ville, non loin de la principale enceinte, Amaury conduisit Guillaume dans les souterrains – où diverses expériences étaient en train d'être menées. L'une d'elles consistait à autopsier une personne récemment décédée, afin d'en trouver l'âme. Mais les médecins d'Amaury, pour doctes qu'ils fussent, et malgré toute leur science, revenaient toujours bredouilles. Amaury les soupçonnait de ne pas ouvrir les corps – ce que leur religion interdisait.

— La prochaine fois, je ferai ouvrir les morts par mes g-g-gardes, et donnerai l'ordre à Soleïman ibn Daoud de les disséquer, autrement c'est de l'âme de son fils dont ce culvert de païen aura à se soucier !

Cette sortie contre le médecin particulier d'Amaury s'ajoutait aux nombreuses algarades dont l'éminent toubib avait eu à souffrir – mais Amaury aimait trop Soleïman ibn Daoud pour mettre ses menaces à exécution, et ce dernier savait à quoi s'en tenir.

— Quel d-d-dommage, en tout cas, poursuivit Amaury, que le roi de France n'ait pas daigné répondre à mes missives, car j'étais prêt à lui offrir la souveraineté sur Le Caire et toute la vallée du Nil – à l'exception de Bilbaïs, depuis toujours réservée aux Hospitaliers. Mais, je comprends... Il a dû trouver la Terre sainte d-d-doublement infidèle. Non seulement parce qu'elle s'est refusée à lui, mais aussi parce qu'elle lui a pris son épouse, celle dont il était follement amoureux, et qui depuis s'est remariée, avec Henri II d'Angleterre. Comme il doit souffrir ! Si j'étais un roi cruel, je suivrais ton c-c-conseil. Je lui écrirais une fois encore, afin de remuer le couteau dans la plaie. Mais je ne suis pas ce genre de roi.

— Les Hospitaliers vous pressent d'attaquer, et les chevaliers du royaume les soutiennent. Alors, que comptez-vous faire ?

— Rien.

— Majesté...

— Sache, mon bon Guillaume, qu'il n'est pas de problème qu'une absence de solution ne f-f-finisse par régler.

— Majesté, il est ici question de politique !

— J'entends bien !

Sur ce, Amaury ouvrit une porte, et des effluves d'œufs pourris leur parvinrent aux narines.

— Quelle est cette puanteur ? demanda Guillaume en se bouchant le nez.

— Ce sont les œufs de Jérusalem et des environs. Tu te rappelles, à Alexandrie, ce dont nous avions d-d-discuté ? Cette histoire d'œufs qui seraient le cosmos ? J'ai donné l'ordre à mes soldats de rapporter ici tous les œufs du royaume, afin que nul ne les mange.

— Mais ça pue !

— Je ne te le fais pas dire, mais p-p-pense à tous ces mondes sauvés.

— Majesté, il n'en existe qu'un seul, et c'est celui où cette pestilence se répand !

— En es-tu certain ?

— Un seul cosmos, oui. Et un seul Dieu...

Amaury claqua des doigts, et un page s'approcha avec un plateau où plusieurs bols étaient posés.

— Qu'est-ce que c'est ? demanda Guillaume.

— Bois, ça te fera du bien. C'est du lait de chamelle, bien frais, saupoudré de c-c-cannelle. Ça aide à supporter l'odeur !

Imitant Amaury, Guillaume s'empara d'un bol et le vida d'un trait.

— Bien, et maintenant suis-moi.

Amaury précéda Guillaume sur une passerelle installée au-dessus d'une ancienne citerne destinée à recueillir les eaux de pluie. Cette citerne, à sec depuis bien longtemps, servait maintenant de réceptacle à tous les œufs qu'Amaury avait fait rapporter des quatre coins du royaume. Guillaume n'en croyait pas ses yeux. Amaury avait pris ses paroles au pied de la lettre. Il n'était pas étonnant, alors, que son roi n'ait pas voulu le croire quand il lui avait juré ses grands dieux que le prêtre Jean n'existait pas, puisque c'était lui, Guillaume, qui l'avait inventé de toutes pièces. Chaque fois qu'il abordait ce sujet avec Amaury, le roi n'en démordait pas. Invariablement, il répondait : « Non, Guillaume. Tu *crois* l'avoir inventé. Mais il arrive que ce qu'on invente soit plus vrai que la vérité. Le chemin qu'a pris le prêtre Jean pour nous faire savoir qu'il existait passait par toi, c'est tout ! »

À bout d'arguments, ne sachant comment empêcher le roi de s'enferrer dans cette espèce de lubie, Guillaume avait renoncé. D'ailleurs, si lubie il y avait, c'était une douce lubie. Les seules conséquences de l'entrevue, au Krak des Chevaliers, avec Palamède, ayant été pour Amaury d'offrir à ce dernier le squelette de dragon découvert lors des travaux du Krak, l'instauration d'une sorte de protectorat franc sur l'Égypte, et les plaintes récurrentes d'Amaury dues au fait que jamais Palamède ne lui avait envoyé la dizaine de dragons et le millier d'Amazones promis...

— Puis-je savoir où vous m'emmenez ? demanda Guillaume à Amaury.

— C'est une surprise ! répondit celui-ci en ricanant comme un enfant.

Bientôt, alors qu'ils atteignaient l'extrémité de la passerelle, après avoir traversé le réservoir au fond duquel plusieurs artisans s'activaient auprès des œufs – à quoi faire, grand Dieu, Guillaume n'en savait rien –, les bassets d'Amaury se précipitèrent à leur rencontre dans un tohubohu de jappements suraigus. Amaury salua ses chiens avec force baisers et caresses, les prit dans ses bras, et invita Guillaume à descendre quelques marches. Celles-ci menaient à une petite salle voûtée, éclairée par un soupirail. Une pâle clarté tombait dans la pièce, et éclairait un monticule constitué de plusieurs œufs ayant l'apparence de la pierre.

— Qu'est-ce que c'est ? demanda Guillaume.

— Les œufs du d-d-dragon que nous avons trouvé au Krak des Chevaliers. Je les ai fait mettre ici, parce qu'à minuit la lune fait couler ses rayons jusqu'à eux.

— Et alors ? demanda Guillaume.

— Et alors, répondit Amaury, si ces œufs sont comme je le pense des œufs de *draco luna*, cela les aidera à éclore.

— Moi, à l'odeur, j'ai plutôt l'impression qu'il s'agit d'œufs de *draco flatulens*, fit Guillaume – pince-sans-rire.

— Ne te moque p-p-pas, dit Amaury tout en essayant d'échapper aux grands coups de langue que lui donnaient ses bassets.

Il eut un large sourire, et pensa aux travaux qu'il avait ordonnés. Si ce Palamède était bien ce qu'il prétendait, alors les dragons existaient. Il voulait en avoir le cœur net. Il avait chargé deux des plus éminents savants du royaume d'étudier ces œufs, afin d'en déterminer la nature. De quel règne étaient-ils ? Animal, végétal ou minéral ? À coup d'Aristote, d'Origène et de Pline l'Ancien, les savants débattaient à longueur de journée, les uns arguant que les dragons étaient d'immenses insectes, les autres de gros reptiles. Pour Amaury, c'était une question de vie ou de mort. Il savait qu'en se mettant en quête de l'épée de saint Georges, afin de s'assurer la bienveillance de Manuel Comnène, il risquait de s'exposer au pire des dragons. Depuis plusieurs années déjà, il sentait que sa foi vacillait. Son intuition lui disait que quelque chose ne tournait pas rond dans cette histoire de Dieu mort et ressuscité, de prophètes et de Paradis. Et il n'était pas loin de penser que si les dragons n'existaient pas, alors Dieu n'existait peut-être pas non plus – en tout cas, pas comme il l'avait cru jusque-là.

— Enfin, reprit Amaury, pour conclure notre p-p-précédente conversation au sujet de Louis VII et de ce que m'a appris Morgennes, il faut que tu saches qu'Aliénor a eu une fille, avec Chirkouh le Borgne – le général en chef des armées de Nur al-Din. Celui-là même qui a vaincu Louis VII à Damas. Dans les veines de cette donzelle, née lors de la dernière expédition d'un roi de France en Terre sainte, coule donc un sang noble, à la fois chrétien et musulman. Apparemment, elle se trouverait en Égypte, quelque part au C-c-caire – sous la garde de personnes qui ne sont soumises ni à Bagdad ni à Rome.

— Comment le savez-vous ?

— Les coptes recherchent cette sang-mêlé depuis qu'elle est née. Ils savent qui en a la garde – des ophites et un puissant d-d-dragon – mais ne parviennent pas à la localiser. Or, cette jeune pucelle – qui doit avoir aujourd'hui un peu plus de quinze ans – n'aura le droit de sortir de sa prison que le jour où elle aura choisi...

— Son mari ?

— Tu veux rire ! Sa religion. Chrétienne, ou musulmane, il lui faudra se d-d-décider. Mais celui qui l'épousera héritera d'une partie de la p-p-puissance d'Aliénor et de Chirkouh. Or, elle a maintenant l'âge de se marier.

— Je comprends mieux désormais l'empressement de Chirkouh à envahir l'Égypte. Ce n'est pas seulement pour le pouvoir. C'est aussi pour sa fille.

— Oui. Il entend la récupérer. Et moi aussi. Car je n'ai toujours p-p-pas d'épouse.

— Que comptez-vous faire ?

— Je vais donner l'ordre à Morgennes d'abandonner toutes ses autres activités pour se consacrer, séance t-t-tenante, à celle-ci : localiser cette femme, qu'on appelle « la femme qui n'existe pas » – car nul ne doit savoir qu'elle existe.

— Et vous pensez qu'il réussira ?

— Il s'agit de Morgennes ! La plus obscure de mes Ombres, si j'ose dire. Même si je ne me fais pas d'illusions. Car si les c-c-coptes la recherchent depuis toutes ces années, ce n'est pas en quelques jours que Morgennes parviendra à la t-t-trouver.

— Remarquez, vous avez raison. Avec lui, tout est possible.

C'est alors qu'un vacarme de soldats en armures retentit dans la citerne, faisant se retourner les deux hommes vers une poignée de gardes royaux, venus annoncer à Amaury sur un ton impérieux :

— Sire, Gilbert d'Assailly, de l'Hôpital, et les pairs du royaume sont dans la salle du trône. Ils nous ont fait vous mander, et disent que c'est urgent.

— Si c'est encore pour m'entretenir de leur p-p-projet d'invasion de l'Égypte, c'est non ! Nous risquerions de p-p-perdre le peu que nous avons déjà.

— Malheureusement, Majesté, ils ont déjà pris leur décision et je crains qu'il ne soit trop tard. Ils sont simplement venus vous en informer.

— Les fous ! s'exclama Amaury.

Et il quitta les souterrains du palais de David pour se diriger à grands pas vers la salle du trône.

42.

« Voilà l'oiseau à l'air libre, qui peut prendre son essor ! »

(Chrétien de Troyes,
Lancelot ou le Chevalier à la Charrette.)

« Si je pouvais, se dit l'oiseau, je traverserais le ciel accroché à la queue des comètes, et je reviendrais au Caire en deux ou trois battements d'ailes. »

Mais le ciel était vide, et les étoiles – qui lui servaient de guides – n'étaient pas assez proches pour qu'il puisse les saisir. Aussi battait-il des ailes consciencieusement, afin de gagner un courant d'air chaud et de filer vers les hauteurs des cieux – là où il ne serait plus pour les hommes qu'un petit point perdu dans l'infini, une cible impossible à atteindre.

L'oiseau débordait d'énergie, mais aussi de colère. Oui, de colère, car des forbans l'avaient emmené loin de sa chérie, restée au Caire en compagnie d'un jeune blanc-bec – oison mal dégrossi, à peine sorti du nid – dont on avait installé la cage juste à côté de celle de sa bien-aimée.

Vite ! Pas un instant à perdre ! Se pouvait-il qu'elle l'oubliât si rapidement, elle auprès de qui il avait tant et tant roucoulé ? Elle à qui il s'était promis ? Elle, qui lui avait juré de lui donner de jolis œufs, et de beaux pigeonneaux... Car il était évident que ses oisillons ne pourraient qu'être beaux – que dis-je, se reprit l'oiseau, magnifiques ! Exceptionnels ! Après tout, n'était-il pas l'un des plus éminents rejetons que la célèbre tribu de dresseurs d'oiseaux, les Zakrad, avait à offrir ? Aucun doute à ce sujet – s'il était quelque chose, c'était assurément un géniteur hors pair.

Pourtant, l'oiseau était triste. Malgré toutes ses qualités – son magnifique plumage, sa gorge bigarrée, son chant hors du commun, son esprit vif et alerte, son si gracieux coup d'ailes –, c'était bien connu : « Les oiselles ? Toutes des têtes de linotte ! »

Alors que lui, au contraire, il n'oubliait jamais rien. La preuve ? Il se souvenait très bien de la façon dont tout s'était passé là où on l'avait emmené, à Jérusalem...

Il faisait noir. Il dormait tranquillement dans sa cage, lorsque tout à coup il avait été tiré de son sommeil par un brusque mouvement de va-et-vient. Quelqu'un le promenait dans de longs et larges corridors, où les pas résonnaient bruyamment. Enfin, on l'avait conduit dans une salle dont, à en juger par la manière dont les sons s'y réverbéraient, les dimensions devaient être immenses. Là, une main avait brusquement retiré le drap de toile noire qui l'empêchait de voir. Et il avait vu...

Le roi. Amaury, fou furieux, accompagné d'un homme à longue barbe, un bâton à la main, et de ses deux chiens – ces répugnants bassets qui adoraient se soulager au pied de son perchoir.

Il y avait de l'orage dans l'air. Après avoir secoué la tête pour se remettre les idées en place, l'oiseau se donna de petits coups de bec sous les ailes afin d'y faire un brin de toilette. Pas question de décoller mal fagoté, comme ces rustauds volatiles qui n'entendent rien à l'art de se lisser les plumes et d'arranger son duvet pour qu'il ne ressemble pas à une touffe de persil.

Tout en faisant ses ablutions, l'oiseau prêta une oreille attentive à ce qui se disait – car on n'avait jamais trop d'informations quand il s'agissait de partir en mission. Cela semblait important, différent de ces vols de routine exécutés par de très jeunes ou très vieux pigeons, et qui ne servaient à rien d'autre qu'à transmettre à un joueur situé à quelques heures de là le mouvement d'une pièce d'un jeu baptisé « échecs ». Non. L'affaire avait l'air autrement plus sérieuse et requérait un pigeon dans la force de l'âge. Un pigeon d'élite.

D'après ce qu'il comprenait, l'une des raisons pour lesquelles Amaury n'était pas content, c'était parce qu'un malotru s'était assis sur son trône, afin de le défier. Apparemment, le bruit s'était répandu que le vizir du Caire, un dénommé Chawar, était sur le point de trahir Amaury et de s'entendre avec Nur al-Din.

Les nobles présents dans la salle du trône pressaient Amaury d'attaquer sans attendre confirmation de ce renseignement. Ce à quoi le roi répondit :

— Avez-vous oublié, p-p-pauvres fous ? Le calife lui-même a accepté de me serrer la main ! J'ai donné ma p-p-parole !

Un homme portant une grande cape noire ornée d'une croix blanche lui lança avec hargne :

— Chawar est un bouvier d'étrons et le calife un berger de merde !

— D'Assailly a raison, ajouta le noble assis sur le trône du roi. Pire, Chawar est un salaud !

— C'est peut-être un salaud, répondit le roi. Mais c'est *notre* salaud ! Jusqu'à preuve du contraire, il n'a œuvré que dans notre intérêt. De toute façon, je refuse d'être le p-p-premier à trahir. Je suis le roi, je ne peux donc pas mentir, ni me comporter comme un fou ou une vulgaire crapule. Je dois montrer l'exemple.

Un vieillard, qui jusque-là était resté tranquillement sur sa chaise, se dressa subitement. Montrant la croix qu'il avait au cou, il meugla :

— Majesté, en tant que patriarche de Jérusalem, je prendrai ce péché sur moi ! J'irai ensuite me faire absoudre par le pape, qui, j'en suis sûr, approuvera cette action.

— P-p-patriarche, tu ne peux pas imaginer nom plus méprisable et plus vil, pour me sommer d'obéir, que « le pape » !

— Majesté, nous vous en conjurons, attaquez !

— Non ! Il faut raison g-g-garder.

L'homme au bâton et à la longue barbe intervint alors, et dit d'une voix calme à l'assemblée :

— J'ai passé deux années à négocier avec Manuel Comnène. Il m'a fallu, pour le convaincre de nous aider, déployer autant de ruses qu'Ulysse. Je vous en prie, messires, un peu de patience ! Qu'est-ce qu'un an, quand au bout de cette année se trouve la victoire ?

— Morts aux Greculets ! lui répondit une voix.

— Qu'ils brûlent en Enfer !

Guillaume de Tyr se tourna vers ceux qui avaient crié

— Que leur reprochez-vous ?

— Ce sont des hérétiques ! Des femmelettes !

— Ils ne pensent qu'à l'argent !

Le patriarche de Jérusalem crut bon d'ajouter :

— Ils se moquent bien de notre foi. Je les ai vus se signer Comme les coptes, ils ne le font qu'avec un doigt !

— Et alors ? Un doigt ne suffit pas ?

— Mais non, bien sûr que non ! C'est un sacrilège. Car ce n'est pas avec un doigt qu'il faut honorer Dieu, mais avec la main tout entière !

— Ne voulez-vous p-p-pas attendre quelques semaines ? demanda Amaury. Le temps de laisser à Morgennes la p-p-possibilité de nous donner de plus amples informations...

— Quoi ? Lui ? Allons, Majesté, vous déraisonnez. Ce gueux n'est même pas de sang bleu !

— Et puis, croyez-vous que Nur al-Din va rester les bras croisés ? Non, c'est maintenant qu'il faut attaquer !

— Et les prendre par surprise !

— De quelles forces disposons-nous ? demanda le roi.

Gilbert d'Assailly, le maître de l'Hôpital, lui répondit .

— Il y a nous, l'Hôpital. Ainsi que plusieurs barons, et des renforts arrivés de France.

— Et le Temple ?

— Il n'est pas de la partie.

Le roi s'approcha du trône, avec une telle mine que le baron qui l'occupait se leva. Une fois assis, Amaury regarda les grands de son royaume, et leur tint à peu près ce discours :

— Si vous voulez mon avis, nous ferions mieux de ne pas nous engager dans cette affaire. Actuellement, l'Égypte n'est peut-être pas réunie au royaume, mais elle nous procure suffisamment de vivres et d'argent pour nous permettre de résister à Nur al-Din. Si nous pénétrons en ennemis en terre égyptienne, ni le calife, ni son armée, ni les habitants des villes, ni ceux des campagnes, ne consentiront à nous la livrer... Ils résisteront de toutes leurs forces. Je n'exclus pas non plus qu'à cause de la terreur que nous leur inspirerons, ils n'aillent se constituer vassaux de Nur al-Din. Alors Chirkouh, son général en chef, accourra en Égypte et y prendra le pouvoir... Ce qui signera notre ruine, et le début de la fin pour le royaume dont j'ai hérité la charge.

Le roi avait bien parlé. Tous l'avaient écouté, apparemment avec attention. Même le pigeon avait été subjugué par son discours. D'ailleurs, il partageait l'avis du roi. Mais ce n'était pas le cas des grands du royaume qui, après s'être rapidement entretenus à mi-voix, répliquèrent :

— Majesté, nous partons nous emparer de l'Égypte avant ce chien de Nur al-Din !

Le pigeon se dit que c'était là un exemple typique de ces dilemmes auxquels les souverains sont confrontés au cours de leur règne : faut-il consolider son royaume, et ne pas s'occuper de conquêtes, ou au contraire chercher à l'étendre, et risquer d'en affaiblir le centre ? En ce cas, l'Histoire avait choisi l'extension ; ce qui parut réjouir la population, car la foule massée sous les murailles du palais se mit à scander :

— À Babylone ! À Babylone !

— L'Égypte ! L'Égypte !

Le pigeon regarda Amaury bien en face – c'est-à-dire de profil. Qu'allait décider le roi ? Ayant obtenu satisfaction, les grands du royaume avaient quitté la salle du trône, laissant Amaury seul avec Guillaume. Ce dernier chercha à réconforter son souverain, qui lui fit remarquer :

— Tu as entendu ? Je n'ai pas b-b-bégayé une seule fois... Et cela n'a rien changé.

— Leur décision était déjà prise, Majesté. Il y a fort à parier que les Hospitaliers n'avaient nullement l'intention de partager avec Constantinople les terres que vous leur aviez promises.

— Il n'y aura rien à partager.

Amer, Amaury se leva du trône, marcha jusqu'à une fenêtre et considéra la populace qui continuait à s'époumoner : « Babylone ! L'Égypte ! »

— Je regrette d'avoir une aussi mauvaise mémoire, car j'avais quelque chose à leur dire. Une phrase d'Hannibal, qui les aurait convaincus de ne p-p-point attaquer. Elle parlait de paix et de destinée, mais je l'ai oubliée ! Ah, quel d-dommage que Morgennes n'ait pas été là. Lui, au moins, il s'en serait souvenu...

Le roi resta silencieux un instant, puis tressaillit comme agité par un début de fou rire.

— Et maintenant Majesté, qu'allez-vous faire ?

Amaury se retourna vers Guillaume et lui dit en montrant la foule :

— Voici mon peuple. Je suis son chef. Je dois le suivre.

Des larmes se mirent à couler sur ses joues. Les dernières paroles d'Amaury que le pigeon avait entendues, alors qu'un officier l'entraînait au sommet de la plus haute tour du palais, furent celles-ci :

— Ce n'est pas pour eux, ni pour moi, que je suis triste. C'est pour mon fils.

« Planer dans les airs, sentir le vent gonfler mes plumes, plonger pour avaler quelques petits insectes, et remonter vers le soleil à m'en étourdir ! Ah, quelle pitié que je ne sache pas rire comme les humains, car alors j'aurais ri à gorge déployée. Libre ! Enfin libre ! Je n'ai plus pour barreaux que les rayons du soleil – et ce sont des barreaux délicieux ! »

Me dirigeant vers le sud, je dépassai rapidement plusieurs escadrons de cavaliers – une quarantaine d'hommes à chaque fois, alignés sur deux rangs –, suivis par plusieurs divisions de frères sergents, écuyers, turcopoles et soudards – qui formaient le gros de cette armée. Seuls les étendards et les chevaux de rechange cassaient les lignes bien ordonnées de cet ample mouvement en route pour se battre. Quelle armée ! Et dire que j'en faisais partie ! J'en étais même l'avant-garde ! Quel honneur !

« Battre des ailes en souplesse, ramener mes pattes sous mon corps, allonger le cou... Je n'ai rien oublié des leçons de mon maître, Matlaq ibn Fayhân, le cheikh des Zakrad. Je revois encore son turban, qu'il faisait tourner autour de sa tête, m'incitant à le rattraper et me récompensant d'un savoureux mélange d'orge et de millet à la fin de l'exercice. »

Ô ciel enchanteur ! Douceur du vent rafraîchissant mes ailes, chaleur du soleil et paysages, terres nues, roches, sable et sable, s'étendant à l'infini comme un parchemin déroulé. Du coin de l'œil, je distinguais même une famille de marmottes endormies sur un rocher. Elles devraient se méfier, et moi aussi, car les faucons ne sont jamais très loin.

Tout en gardant mon œil gauche tourné vers le bas, afin d'admirer le panorama, j'orientais le droit vers le haut, afin de m'assurer qu'aucun oiseau de proie ne me survolait.

D'ordinaire, les premières lieues n'étaient pas les plus dangereuses, car elles étaient – comme on dit – « nettoyées ». Des rapaces spécialement dressés par les humains pour ne s'en prendre qu'à leurs frères vidaient la zone des éventuels dangers qui auraient pu me guetter.

Pigeon voyageur, quel beau métier !

Le cheikh avait raison : « Tu vas voir du pays. » Et quel pays ! J'avais toujours rêvé de voir Jérusalem. Et maintenant, je rentrais en Égypte !

Si j'avais dû y aller à cheval, j'aurais mis une dizaine de jours. Mais grâce à mes courtes – mais puissantes – ailes, je ne mettrais pas plus d'une journée. Si les vents m'étaient favorables, je serais au Caire ce soir. Ce soir, dans le plumage de ma belle !

Avant de gagner le Sinaï, je passai d'abord au-dessus de montagnes, pareilles à d'antiques citadelles de sable. Au loin, je voyais briller les eaux de la mer Morte, qui renvoyaient un sinistre éclat nullement comparable à celui, couleur émeraude, de la Méditerranée. Je m'en éloignai, afin de m'engager dans un courant d'air chaud qui me ferait perdre au début quelques lieues mais me permettrait ensuite d'en gagner beaucoup d'autres.

J'arrivai dans la vallée de Moïse, hantée par les Maraykhât – cette tribu de bédouins sans foi ni loi qui se vendaient au plus offrant, qu'il soit chrétien ou mahométan.

Dans les ruines d'une antique cité, à laquelle poussière, scorpions et serpents tenaient lieu d'habitants, je distinguai une sorte de nabot, menant une carriole tirée par un vieil âne. Que faisait-il par ici ? Ne savait-il pas que c'était dangereux ? J'effectuai un piqué, plaquant mes ailes sous mon corps, et m'approchai d'assez près pour comprendre qu'il s'agissait vraisemblablement d'un méchant bonhomme, car il donnait force coups de badine à son âne. Par solidarité animale, je lui lâchai une fiente sur la tête, et remontai en chandelle.

Le nabot dressa un poing rageur dans ma direction et cria son indignation. Mais sa voix se perdit.

Je devais me dépêcher, car c'était ici le royaume du Khamsin – ce puissant vent charriant gravillons et poussières qui pouvait vous réduire en charpie s'il s'avisait de vous souffler dessus.

Dans le désert, une statue colossale, très ancienne, jetait son ombre sur le sable. Elle représentait un roi ou une reine, c'était difficile à dire, car son visage avait disparu... Qui l'avait érigée ? Pourquoi ? Quelqu'un, quelque part, le savait-il ?

Je poursuivis ma route.

Jusqu'ici, tout allait bien. Mais je redoublai d'attention, car dans mon dos le disque pâle de la lune apparaissait, tandis qu'en face de moi le soleil se couchait. Depuis quand étais-je parti ? Combien de battements d'ailes ? Une bonne centaine de milliers, probablement.

L'Égypte et ses mystères. Cela commença par une série de rencontres macabres. Carcasses d'animaux, chameaux aux trois quarts rongés, et dont les boyaux noircis par le soleil faisaient le régal des mouches, buffle momifié, tête de cheval se finissant en grimace, hyènes errant d'un buffet d'os à l'autre.

Tout cela était bon pour moi, car c'était autant de prises faciles que les rapaces préféreraient toujours au petit maigre que j'étais. D'ailleurs, j'entrevoyais plusieurs aigles blancs, volant tout près du sol. Deux d'entre eux étaient en train de se disputer un morceau de la bosse d'un chameau, qu'un chacal leur défendait d'approcher. Ils étaient si lents, si occupés, que je n'eus aucun mal à les battre de vitesse.

L'Égypte, ma patrie !

Une lueur, au loin, me signala le Nil.

Mais avant, je devais survoler Bilbaïs, déjà pillée à trois reprises par les chrétiens depuis qu'Amaury était roi. Des murailles enfoncées, des bâtiments sans toit, des rues encombrées de débris, voilà tout ce qui restait de cette antique cité, passage obligé entre l'Égypte et la Palestine.

Le Nil.

D'après Strabon, ses eaux favorisaient la fécondité – non seulement des humains, mais aussi des animaux. Pline l'Ancien prétendait qu'elles étaient excellentes pour les céréales et les textiles – là, je me sentais moins concerné. Mais pas question d'oublier d'aller boire une gorgée de ce précieux liquide juste avant d'arriver.

Justement, j'apercevais l'ancien lit du Nil – espace où le désert était constellé de flaques d'eau amère. Une épaisse fumée tournoyait à ras de terre en bouillonnant. On se serait cru dans l'atelier d'un alchimiste, tant il y avait de teintes fantastiques. Des ocres, des jaunes, des bleus et des verts, sans arrêt modifiés, sans cesse se contaminant. Ça sentait le soufre. Ici, l'Enfer affleurait.

Je battis des ailes, fis un écart, et me dirigeai vers un endroit plus sain – un grand lac de boue, où étaient plongés plusieurs dizaines d'individus cherchant à guérir de la lèpre. Certains venaient là chaque jour, depuis des années. Quelques-uns, même, y étaient morts.

Le Caire était en vue. J'amorçai un crochet, puis descendis en planant. Mon point de mire ? Ce minaret, là-bas. Le plus haut de la ville. Normal, c'était celui du palais califal. Mais avant de l'atteindre, il me restait une épreuve – probablement la dernière –, puis ce seraient les retrouvailles avec ma bien-aimée. Il s'agissait d'une odeur, bien plus épouvantable que toutes celles que j'avais humées jusqu'à présent. Une odeur de poulets frits. Les faubourgs du Caire recelaient d'innombrables petits fours à poulets, faits en briques de boue séchée, dont les fumées colportaient une puanteur insupportable. J'eus une pensée pour mes rôtissantes cousines, et leur souhaitai un bon voyage au paradis des volailles.

S'il existait, ce que j'ignorais.

Pour ma part, j'étais bien trop cultivé pour croire en de telles fariboles, même si je reconnaissais que c'était commode. Allons, encore quelques petits battements d'ailes, franchir la cime de cette ligne de palmiers – dont les frémissements annonçaient que la nuit serait fraîche –, me poser sur le rebord de cette jolie fenêtre, et je me retrouvai enfin auprès d'elle.

Ma belle était superbe, encore plus rayonnante que dans ma mémoire. Même si j'étais bien obligé de reconnaître que le manque d'exercice, et probablement un peu trop de nourriture, avaient contribué à l'engraisser. Mais ses rondeurs étaient, ma foi, fort attrayantes... Mais pourquoi ne bougeait-elle pas ? Eh oh, chérie !

— Oh, mais, mon Dieu ! On dirait qu'elle couve !

Une main s'empara de moi. C'était la routine, cependant je me débattis comme un beau diable. Ma belle ! Laissez-moi la retrouver ! Posez-moi auprès d'elle ! Rien à faire. Les êtres humains étaient les plus forts, et ils restaient sourds à mes cris. Une main me délivra de mon message, puis m'aplatit la tête pour y laisser tomber une parodie de caresse... Mais non, ce n'était point une caresse, même pas en parodie. Elle me soupesait et me tâtait. À qui appartenait-elle, cette affreuse main brunie par le soleil et couverte de poils gris ? Je distinguai deux soldats, de blanc vêtus, avec une croix rouge sur la poitrine. Des Templiers.

Le premier s'adressa à l'autre :

— Ce pigeon me paraît bien nerveux...

Et l'autre lui répondit :

— Beau doux frère Galet, ce n'est pas grave. Nous n'aurons qu'à en faire notre dîner ! Quant à le remplacer, ce couple de pigeons s'en est déjà occupé !

43.

« Il ne se reposera jamais avant de l'avoir retrouvée. »

(CHRÉTIEN DE TROYES,
Yvain ou le Chevalier au Lion.)

Morgennes avait établi ses quartiers dans une tour du vieux Caire appelée la « Tour du lépreux ». C'était en fait un minaret abandonné, car menaçant de s'effondrer. Régulièrement, la tour perdait deux ou trois pierres, qui s'écrasaient avec fracas sur la chaussée – dont les habitants de Fostat évitaient désormais de battre la poussière. C'était un endroit rêvé pour qui cherchait à ne pas être dérangé ; un endroit rêvé pour une Ombre.

Quelques corbeaux à l'air trouble de conspirateurs, d'allègres demoiselles chauves-souris, un vieux hibou blanchi par les ans, formaient le gros des locataires – le reste étant seulement composé de Morgennes. La nuit, il partait se percher au sommet de la tour. Là, sous une lune en plâtre, il repensait à tout ce qu'il avait laissé derrière lui.

Galline et moi lui manquions beaucoup. Pour supporter notre absence, il passait énormément de temps à se remémorer les mois que nous avions passés ensemble. Idem pour sa sœur et ses parents, qui surgissaient devant lui toutes les fois qu'il fermait les yeux – aussi réels qu'autrefois. Tant et si bien que Morgennes se demandait souvent qui d'eux ou de lui était mort. Mais ni le hibou à plumes blanches, malgré son air de vieux sage, ni les noirs corbeaux, ni les demoiselles chauves-souris n'avaient de réponse à lui apporter.

Alors, il redescendait enfiler un burnous et sortait se promener dans la ville. Là, il essayait en vain de se perdre dans le dédale des rues – où mêmes les natifs avaient du mal à se repérer. Mais Morgennes se souvenait de la plus petite venelle, de la plus anodine façade, de chacune des lézardes des murs – et se perdre lui était impossible.

Il fermait les yeux et se mettait à rêver – pour se retrouver immanquablement dans une immense forêt aux troncs pourris, comme rongés par les eaux. Quelle était cette forêt ? Celle de son enfance, revisitée par son esprit. Car jamais il ne l'avait vue ainsi, transformée en marécage.

Rouvrant les yeux pour chasser cette image, il reprenait son chemin, descendait quelques marches dont il connaissait très exactement le nombre, et repartait vers le palais califal, auprès duquel il aimait rôder. Des nuages de rumeurs y flottaient. Et entre deux marchandages, deux corbeilles de fruits ou deux sacs de blé échangés, il glanait des renseignements. Le chef des eunuques avait mal au cœur. On avait dû le remplacer. Les Abds – ces esclaves noirs formant le gros des troupes du calife – se plaignaient de l'absence de soin avec lequel les forgerons du palais entretenaient leurs armes. D'importantes quantités de vin avaient dû être livrées de toute urgence, signe que des invités de marque – étrangers, qui plus est – venaient visiter le calife. Des Vénitiens ? Des Pisans ? Difficile à dire, mais certainement des marchands de métaux – car quelques jours après ces livraisons de vin, les armureries de la ville redoublaient d'activité, noircissant de fumée les cieux habituellement limpides du Caire.

Quand le chagrin ou la mélancolie le gagnaient, Morgennes allait trouver son nouvel ami, Azyme. Ensemble, ils parlaient de tout et de rien. Mais leur sujet de conversation favori, c'était les ophites et cette mystérieuse femme qui n'existait pas.

À quoi ressemblait-elle ?

— Personne ne le sait, répondait Azyme. Je ne suis pas sûr que les ophites le sachent eux-mêmes, car ils n'ont pas le droit d'aller la visiter...

— Pourtant, disait Morgennes, je croyais que c'étaient eux qui en avaient la garde.

— La garde, oui. Mais pas la propriété.

Azyme s'interrompit un instant, pendant que sa femme – au visage voilé pour qu'aucun homme ne la vît – leur servait le thé, tandis qu'au-dehors résonnaient cymbales et tambourins. Quand sa femme se fut éloignée, Azyme reprit :

— Les ophites sont comme ces juifs auxquels on confie ses biens en échange d'un prêt. Ils veillent sur les coffrets, mais n'ont pas le droit de les ouvrir. Enfin, n'oublie pas que – plus que les ophites – c'est un dragon qui la retient prisonnière. On prétend que les ophites ont bâti un labyrinthe, où rôde un puissant dragon. Malheur à qui s'en approcherait !

— Il n'y a plus de dragons, dit Morgennes. Que sait-on d'autre au sujet de cette femme ?

— Elle est arrivée alors qu'elle n'était qu'un nourrisson. Quel âge avait-elle ? Dans les six mois, à peine. Tu comprends, physiquement, elle était blanche comme sa mère, mais semblait posséder le caractère impétueux de son père – le fameux général Chirkouh, favori de Nur al-Din. La garder à Damas, c'était provoquer les Francs – les inciter à prendre une nouvelle fois les armes. Alors que la garder ici, dans cette ville musulmane, mais chiite, et où des chrétiens, coptes et ophites, ont le droit de cité, c'était ce qu'en politique on appelle « un juste compromis ». Un accord secret, signé par Louis VII, Aliénor, Nur al-Din et Chirkouh, stipule que cette jeune fille n'aura pas le droit de revendiquer son héritage tant qu'elle n'aura pas choisi de religion.

— Comment sais-tu tout cela ? demanda Morgennes.

— Nous, les coptes, avons la mainmise sur toute la paperasserie du Caire, et nous connaissons presque tous les secrets de cette ville.

— Presque ?

— Oui, il en est un qui nous échappe encore et qui, en plus de la vengeance, était la cause de ma présence au temple d'Apopis, le soir de notre rencontre.

Morgennes s'approcha d'Azyme, comme si se trouver juste à côté de lui pouvait lui permettre d'en percevoir les pensées. Dehors, les bruits de cymbales et de tambourins se rapprochaient, et des voix se mêlaient aux sons des instruments.

— Il y a un mariage ? demanda Morgennes.

— Non. C'est une de nos fêtes. Aujourd'hui, nous célébrons la venue en Égypte de Joseph et de Marie. D'ailleurs, cela me rappelle...

Azyme se leva et marcha vers une table où se trouvait un encensoir. Prenant une pleine poignée d'encens dans un sac posé juste à côté, il en remplit l'encensoir, qui se mit à fumer de plus belle.

— Où cette femme est-elle gardée ? demanda Morgennes.

Azyme referma l'encensoir et revint s'asseoir auprès de Morgennes.

— Dans un lieu qu'on appelle le Coffre. Quant à savoir où il se trouve exactement, nous l'ignorons...

— Vous n'en avez pas la moindre idée ?

— À mon avis, c'est quelque part dans la vieille cité. C'est-à-dire par ici, à Fostat.

— Mais je croyais que vous, les coptes, étiez les maîtres de cette partie de la ville ?

— Morgennes, nous y avons ce monastère et une église, un peu au sud de l'aqueduc, mais c'est tout. Ce qu'on a dû te dire, c'est qu'ici nous étions tolérés.

— En fait, on ne me dit pas grand-chose. Chaque fois que je demande où se trouve le quartier copte, les gens font mine de ne pas me comprendre, m'envoient promener ou me répondent qu'il n'existe pas.

— Un quartier qui n'existe pas pour une femme qui n'existe pas...

— Pourquoi les ophites ?

— Quoi de mieux qu'un serpent, qu'un dragon, pour garder une princesse ! Alors, tu comprends pourquoi nous, les coptes, qui sommes les fidèles serviteurs de saint Georges et de saint Marc, avons comme ennemis, plus encore que les Mahométans, ces chiens d'ophites. Et si tu veux connaître le fond de ma pensée, je crois même que Nur al-Din et Louis VII espéraient secrètement que les ophites feraient disparaître cette jeune femme.

— Azyme, mon roi m'a chargé de la retrouver. J'ai besoin que tu m'aides.

Azyme se massa les genoux, puis se leva du coussin où il était assis.

— Et Crucifère ?

— D'abord l'amour, ensuite la guerre.

Un franc sourire éclaira la face d'Azyme, dévoilant ses dents couleur ivoire, étonnantes de vitalité pour un vieillard de son âge.

— Tu me fais plaisir ! Écoute, je te dirai par où commencer tes recherches. Mais pas tout de suite. Tu dois d'abord te reposer, car tu m'as l'air un peu pâle. Comment sont tes nuits ?

Morgennes prit le temps de réfléchir, mais il n'y avait pas mille et une réponses possibles.

— Agitées. Chrétien me manque. Et comme si ça ne suffisait pas, je rêve souvent de mes parents. Parfois, j'ai même l'impression d'être mort moi aussi. Je fais des cauchemars où j'erre dans un marécage, sans savoir où aller. Des papillons volettent autour de moi.

— Des papillons ?

— Des papillons noirs et blancs. Il y en a des milliers, qui composent des images en volant. Paysages et visages qui me semblent familiers sans que je puisse me rappeler où je les ai vus... C'est très étrange.

— En vérité, oui. Plus que tu ne le crois d'ailleurs. Car quelqu'un d'autre que toi m'a déjà parlé de ces papillons.

— Comment ? Ils existent ?

— Je ne sais pas vraiment. Mais ce quelqu'un le croyait. En fait, ce furent les derniers mots de Pixel, le savais-tu ?

— Non. Qui est Pixel ?

— Pixel était un moine de grande réputation, un spécialiste des enluminures. En l'an 1144 de votre calendrier, des brigands l'ont contraint sous la menace de leurs armes à avaler ses pots de peinture. Juste avant de mourir, étouffé par son vomi, il eut le temps d'articuler : « Les papillons... » Ce furent ses dernières paroles. Personne ne sait ce qu'elles signifient.

— C'était un copte ?

— Non. Il vivait en Angleterre, mais j'ai eu l'occasion de le rencontrer. Il était venu ici, en Égypte, avec un forgeron de ses amis, à la recherche de différents procédés permettant d'obtenir de nouvelles couleurs.

— Un enlumineur, ayant comme ami un forgeron ?

— Ce n'était pas tout à fait un forgeron. Et puis, il ne s'intéressait pas qu'aux armes, mais aussi aux eaux du Nil, célèbres dans le monde entier pour favoriser la fertilité. Cet homme était un ancien chevalier, si j'ai bien compris. Une sorte de mercenaire, parcourant le monde à la recherche d'un remède pour que sa femme et lui puissent avoir un enfant.

— Quel était son nom ? demanda Morgennes d'une voix tremblante.

— Hélas, je n'ai pas ta mémoire ! C'était il y a trop longtemps. Et puis, ils ne sont pas restés longtemps. Ils avaient à faire, du côté de Constantinople. Je n'en sais pas plus. Mais, si tu veux, je puis te montrer un portrait que Pixel a peint pour moi, pour me remercier de les avoir accueillis, son ami et lui.

— Volontiers.

Azyme conduisit Morgennes dans une petite chapelle dont les murs disparaissaient sous des centaines d'icônes. Des bâtons d'encens répandaient dans l'air une atmosphère de recueillement, et Morgennes sentit un picotement lui parcourir l'échine. Il avait l'étonnante impression d'avoir déjà vu cet endroit, alors que – foi jurée ! – il y pénétrait pour la première fois.

— Voici, dit Azyme en montrant à Morgennes une petite icône.

On y voyait, au côté du vieux copte, légèrement en retrait, un homme aux traits étonnamment bien rendus, vivaces, et qui braquait sur le peintre un regard volontaire.

— Qui est-ce ? demanda Morgennes.

— C'est le chevalier dont je t'ai parlé. Le compagnon de Pixel. Tu le connais ?

— Et comment, dit Morgennes en vacillant. C'est mon père !

Sous le coup de l'émotion, il tourna de l'œil et s'effondra.

Morgennes se réveilla dans la chambre d'Azyme, au monastère de Saint-Georges. Le vieux copte l'y avait fait conduire, peu après son évanouissement.

— Reste tranquille, murmura Azyme. Bois.

Il lui tendit une coupe, que Morgennes vida d'un seul trait. Azyme la lui remplit à nouveau, à l'aide d'une cruche qu'il s'était fait porter. Morgennes, quant à lui, se sentait tenaillé par une soif inextinguible.

— Encore ! clama-t-il.

— Tiens, lui dit Azyme en lui donnant la cruche à boire. De la bonne eau du Nil...

— Mon père, fit Morgennes.

— Oui ? répondit Azyme.

— Non, dit Morgennes. Pas toi. Je parlais de mon vrai père. Était-ce vraiment lui ? On aurait dit qu'il était vivant ! Quel portrait saisissant.

— N'est-ce pas ? Je te l'ai dit, Pixel était le meilleur.

— Des brigands l'ont assassiné ? En 1144 ?

— Absolument.

— Moins de deux ans séparent la mort de mon père de celle de Pixel. Se peut-il qu'ils aient été tués par les mêmes personnes ?

Morgennes ferma les yeux et se massa les tempes. Il devait rassembler ses idées. Galet le Chauve et Dodin le Sauvage en savaient certainement long sur cet événement. Un soir, il n'y avait pas si longtemps, Morgennes avait entendu les deux vieux Templiers évoquer en riant le jour où Sagremor l'Insoumis avait tiré une flèche sur un jeune garçon qui venait de traverser un fleuve dont la surface avait pris en glace. Ce garçon, Morgennes le savait, c'était lui. Et contrairement à ce que les chevaliers avaient cru, il n'était pas mort...

C'est alors, tandis que Morgennes cherchait au fond de lui des larmes qui ne venaient pas, que la porte de la chambre s'ouvrit. Morgennes et Azyme tournèrent la tête, mais ne virent personne – lorsque tout à coup une petite boule de poils, vêtue d'un caraco orange, sauta sur la paillasse où Morgennes était allongé et se jeta à son cou.

— Frontin ! Veux-tu laisser Morgennes tranquille ! s'exclama Azyme.

— Frontin ? Le singe de Gargano ? fit Morgennes en riant. Que fait-il ici ?

— Tu connais donc Gargano ? s'étonna Azyme.

Les deux hommes se sautèrent au cou, et ils eurent besoin d'une bonne partie de la nuit pour faire le tour de tous les sujets qu'ils avaient à aborder. Morgennes raconta de quelle façon il avait rencontré Gargano et la Compagnie du Dragon blanc ; Azyme, de son côté, parla du peu dont il se souvenait de Pixel et du père de Morgennes, ainsi que de Gargano, Nicéphore et Philomène.

— Cette dernière avait d'ailleurs un comportement des plus étranges. Elle semblait perturbée, hantée par un démon...

— C'était la Maître des Secrets du Dragon blanc, toujours à la recherche de savoirs interdits...

— Une femme avide de connaissance. On aurait dit qu'elle n'en avait jamais assez.

— Qu'est-elle devenue ?

— Elle a préféré rester au Caire, en compagnie du fils du vizir. Elle a donc quitté la Compagnie du Dragon blanc, qui a poursuivi sa route vers le sud, en direction de territoires n'apparaissant sur aucune carte. C'est pourquoi Gargano m'a confié Frontin. Pour qu'il soit en sécurité.

— En sécurité ? Mais qui mieux que ce géant peut veiller sur Frontin ?

— Moi, car j'adore les singes. C'est ici leur paradis ! Demain matin, je t'emmènerai dans les jardins du monastère, pour te montrer de quelle manière nous accueillons ces facétieuses bestioles.

— Demain matin ? Mais je dois partir tout de suite ! J'ai une princesse à secourir !

— Tu dois d'abord te reposer, fit Azyme en tapotant la main de Morgennes. Cette princesse attend depuis des années, je ne crois pas qu'elle soit à un jour près...

— Au contraire ! Raison de plus pour ne pas la faire attendre !

Morgennes se releva, mais la tête lui tourna de nouveau, et il fut obligé de se rallonger.

— Dieu veut que tu te reposes. S'il y a vraiment un dragon dans ce labyrinthe, il vaut mieux que tu y ailles en pleine forme.

— De toute façon, il semblerait que je n'ai pas le choix.

Et il retomba, les yeux fermés, sur la couche d'Azyme.

Le lendemain matin, Azyme lui montra les nombreuses sortes de singes que le monastère de Saint-Georges hébergeait. Il y en avait de toutes les espèces, des grands, des petits, des loquaces, des muets, auxquels Azyme – en docte professeur – apprenait à parler.

— Mais, disait-il, il m'est plus aisé d'apprendre à crier comme eux que de les instruire dans notre langue. C'est bien dommage, car d'ici quelques générations plus personne ne parlera le copte. J'avais espéré que les singes, eux au moins, perpétueraient l'usage de notre noble langue. Peut-être aurais-je dû prendre des perroquets ?

Les singes, eux, ne l'entendaient pas de cette oreille et redoublaient d'efforts pour se perfectionner dans la maîtrise du copte. Les plus méritants – au premier rang desquels Frontin – avaient reçu des grades honorifiques, tels que « vicaire » ou « abbé ». Frontin, malgré ses qualités, n'était encore qu'« évêque » – n'ayant pas le niveau requis pour être élu « pape ».

— Mais ça viendra, ça viendra, assurait Azyme.

À l'heure de la prière, les singes se regroupaient dans la chapelle principale, où ils priaient (en apparence, du moins) en même temps que les moines. Lors des repas, on les faisait asseoir sur des tabourets en bois, et on leur mettait une cuillère entre les mains – avec laquelle ils s'amusaient à taper sur les tables, au lieu de s'en servir pour manger.

— Mais ça viendra, ça viendra, répétait Azyme, toujours patient, toujours tranquille.

Lorsque les singes étaient par trop insupportables, il suffisait qu'Azyme leur montre un martinet pour que le calme revienne.

— Ils sont comme des enfants. Et je ne désespère pas de les instruire des mystères de notre religion, ou d'en faire des copistes. Car en ce cas le travail d'invention est nul, n'est-ce pas ?

Une demi-douzaine de singes travaillaient donc dans les ateliers du monastère, où ils étaient employés à recopier des listes de mots, en arabe et en copte, sur deux colonnes.

— Le copte se pratiquant de moins en moins, disait Azyme, j'ai le pressentiment qu'un jour mes successeurs auront un impérieux besoin de ces lexiques s'ils veulent déchiffrer les livres où nos secrets sont consignés.

Il n'y avait aucune amertume dans ses propos. Simplement, ainsi qu'il aimait à le répéter plusieurs fois par jour :

— Le temps passe...

— Oui, dit Morgennes. C'est même ce qu'il sait faire de mieux. Aussi, plus un instant à perdre : je file !

44.

« Il ouvrit alors une porte dont je ne sais ni ne puis vous dire la façon. »

(Chrétien de Troyes, *Cligès*.)

Azyme avait prévenu Morgennes :

— Il te faudra patienter jusqu'aux alentours de minuit. Alors, un homme rejoindra le vizir. Pour une raison que j'ignore, il ne se mêle jamais aux cérémonies de Chawar. Cependant, c'est un ophite lui aussi, j'en suis certain. Je crois qu'ils le surnomment : Le « Chevalier des Vers de Terre ». Ensuite, le vizir et ce chevalier se retireront dans un lieu dont eux seuls savent l'accès... En voici la clé. Ne me demande pas comment je l'ai obtenue, contente-toi d'en faire bon usage et de pas la perdre. La salle où ils se rendront est creusée dans le roc – elle sert de tombeau à des momies de serpents et de crocodiles, descendues là depuis la surface, à l'aide de cordes, par des puits très profonds. Ne sois donc pas étonné s'il te semble apercevoir des formes emmaillotées à côté d'eux, et ne te laisse pas distraire. On raconte que ces serpents ont en guise d'yeux des rubis capables de faire oublier le motif de leur venue à d'éventuels voleurs...

— Ne t'inquiète pas, dit Morgennes. Je n'oublie jamais rien. Et ensuite ?

— La suite ? Mais mon ami, c'est à toi de me la raconter !

La suite, la voici, telle que Morgennes la rapporta à Azyme dès son premier retour du Temple du Serpent.

— Les deux hommes se sont longuement entretenus. Figure-toi que le Chevalier des Vers de Terre n'est autre que le fils de Chawar. Il s'appelle Palamède, et se fait passer pour l'ambassadeur du prêtre Jean.

— Mais que veulent-ils ?

— Oh, toutes sortes de choses. Pour commencer, ils cherchent à se venger de vous, les coptes, et à prendre le pouvoir en Égypte. Mais leur ambition va plus loin. Elle ne s'arrête ni à Jérusalem, ni à Bagdad, ni même à Rome. Elle englobe l'ensemble de l'œkoumène, et se veut universelle. En cela, ils se sentent proches – et rivaux – de Constantinople. Et ils détestent par-dessus tout Manuel Comnène, trop intelligent à leur goût. En revanche, Amaury est à leurs yeux beaucoup plus malléable, car la tête farcie de rêves.

— Alors ce sont eux qui tirent les ficelles, depuis le début ?

— Plus ou moins adroitement, oui. Mais leur point faible est qu'ils se croient invincibles. Ils ont également parlé d'une épée, nommée Crucifax.

— Ne s'agirait-il pas plutôt de « Crucifère », l'épée de saint Georges ?

— C'est possible, car je devais rester caché et à distance. J'ai peut-être mal entendu... Toujours est-il qu'ils ont longtemps marché dans un réseau de catacombes encombrées de momies de crocodiles. D'après moi, ces souterrains menaient sous la nécropole, à l'ouest de Fostat. Ils ont alors franchi cinq portes chacune plus grande que la précédente et faites, pour la première, de pierre, pour la deuxième, de fer, pour la troisième, de bronze, pour la quatrième, d'argent, et pour la cinquième, d'or. Ensuite ils sont arrivés à une sixième porte, en électrum.

— C'était la fin du labyrinthe ?

— C'est ce que j'ai cru aussi. Mais ce n'en était que le début.

— Et le dragon, l'as-tu vaincu ?

Morgennes adressa à Azyme un étrange regard :

— Quelle drôle de question ! S'il m'avait vaincu, crois-tu que je serais revenu te le dire ?

— Tu peux être un fantôme. Tu ne serais pas le premier que je vois.

— Je puis t'assurer que je suis bel et bien en vie. Mais attends plutôt la suite de mon histoire... Car j'ai bien cru moi aussi, comme toi, que cette sixième porte était la dernière. Elle était ornée, sur chacun de ses pans, de serpents en bas-reliefs. Et elle était si grande que je n'aurais pas été étonné de trouver un dragon derrière. Mais Palamède et Chawar s'étreignirent, et Chawar se retira. Je le laissai filer, car seul Palamède m'intriguait. Celui-ci ouvrit la sixième porte, et pénétra dans un couloir qui se scinda en deux, puis en trois, puis en quatre, cinq, six, sept...

— Le Labyrinthe du Dragon !

— Absolument. Un labyrinthe, noir comme la nuit, et qui sans doute recélait quelque danger, car Palamède y marchait, une torche à la main, son épée dans l'autre.

— Le mécréant ! Il n'était pas supposé y pénétrer !

Un tintement résonna à l'entrée de la cellule d'Azyme, et Morgennes posa la main sur la chaîne qu'il avait toujours auprès de lui, et qui lui servait d'arme.

— Sois tranquille, mon ami, lui dit Azyme. Ce n'est que le début d'une de nos fêtes. Nous célébrons le jour où l'archange Gabriel a indiqué à Joseph et à Marie sous quel arbre se réfugier, dans le désert, pour ne pas souffrir du soleil.

— Ah, fit Morgennes. C'est vrai que vous, les coptes, avez toujours quelque chose à célébrer. Bon, je reprends. Comme je te le disais, je marchais aussi silencieusement que possible, laissant Palamède me devancer, et m'aidant – pour le suivre – de la lumière que sa torche promenait sur les parois de ce dédale de pierre noire. D'ordinaire, les labyrinthes ne m'inquiètent pas – j'ai trop de mémoire pour me perdre. Pourtant, celui-ci n'était pas comme les autres. Car si j'ai réussi la première fois à suivre Palamède jusqu'à une septième et ultime porte – de platine, et représentant un ibis –, j'ai dû m'y reprendre à de nombreuses reprises avant de retrouver cette porte les fois suivantes. Je m'introduisais dans le labyrinthe, mémorisais mon chemin, et pourtant m'égarais... Combien de jours ai-je passés là-bas ? Je l'ignore, car j'ai perdu le fil du temps.

— Morgennes, regarde-toi, prends ce miroir.

Azyme lui tendit un petit miroir en argent où Morgennes se reflétait bizarrement.

— Ne vois-tu pas comme ta barbe a poussé ? Tu es parti le lendemain de l'anniversaire de l'arrivée de Joseph et Marie en Égypte, et te voici maintenant auprès de moi alors que nous célébrons le jour où ils ont pu se reposer à l'ombre du grand acacia. Plus d'un mois sépare ces deux dates !

— Un mois !

— Explique-moi comment il se fait qu'avec ta mémoire tu n'aies pas réussi à retrouver ton chemin ?

— Je ne l'explique pas.

— Alors, c'est de la sorcellerie ?

— Probablement. Cependant, à force d'errer dans ce labyrinthe, je suis parvenu par le plus grand des hasards à retrouver la porte de platine que Palamède avait ouverte, la fois où je l'avais suivi. Là, j'admirai l'ibis qui s'y trouvait gravé...

— Les ibis, dit Azyme, sont les ennemis mortels des serpents, et donc des dragons. C'est même l'un de nos animaux fétiches.

— Bref, poursuivit Morgennes, j'étudiai cette porte, me demandant comment l'ouvrir, car contrairement aux précédentes elle n'avait ni serrure, ni poignée d'aucune sorte. Je plaquai mon oreille contre elle, tâchai d'écouter ce qu'il y avait derrière, mais je n'entendis rien. Sinon le bruit de mon propre sang, battant à mes oreilles. Redoutant à chaque instant que Palamède ne surgisse, soit devant, soit derrière moi, je touchai l'ibis du bout des doigts, à la recherche d'un relief qui eût pu me fournir un indice. Et j'en trouvai un.

— Lequel ?

— Cette inscription : « Passe ta flamme sur mon corps. »

— Ah ! Ce n'est pas difficile !

— Non, en effet. C'est ce que j'ai d'abord pensé. Promenant ma torche sur la porte, je m'attendais à voir celle-ci s'ouvrir, mais rien ne se produisit. De désespoir, je me la suis même passé sur le bras – pour ne réussir qu'à brûler mon habit.

— Et ton bras ?

— Il va bien, ne t'inquiète pas.

Azyme ne fit aucun commentaire, se disant qu'avec Morgennes il n'en était plus à une énigme près, et que la clé de ces énigmes viendrait en temps et en heure.

— Qu'as-tu fait ? demanda-t-il tout de même, curieux de savoir si Morgennes avait ou non réussi à franchir la porte à l'ibis.

— Je me suis caché, toute une journée, et j'ai attendu que Palamède revienne – afin d'observer la façon dont il s'y prenait. Le soir venu, il arriva, seul, comme d'habitude, son épée à la main. Il s'approcha de la porte, et fit courir la flamme de sa torche sur l'ibis. Aussitôt, la porte s'ouvrit, et il entra dans ce qui semblait être un jardin – car un vent frais me chatouillait le visage, tandis qu'une odeur de feuillage m'arrivait aux narines.

— Diable !

— Exactement, fit Morgennes. Je n'étais pas au bout de mes peines. J'aurais pu, s'il avait fallu, me précipiter derrière lui – et me faufiler à l'intérieur du jardin. Mais il m'aurait aussitôt repéré, et je n'avais pas envie de mettre la princesse en danger.

— Alors ? Qu'as-tu fait ?

— Je me suis dit : « Allons parler de cela au sage Azyme. Il saura m'aider ! »

— Tu n'as donc pas trouvé ?

— Non. Ni la façon de franchir cette porte, ni même de dragon... Tu en sais autant que moi. Qu'en penses-tu ? Que dois-je faire à ton avis ?

— Eh bien, réfléchissons... Qu'avons-nous ? Sept portes, de taille et de matériaux différents. La septième est ornée d'un ibis, quand les autres sont ornées, dans l'ordre, de dragons, de vaches, de chats, de rats, de chiens et de serpents. Ce n'est sûrement pas un hasard, car ainsi que je te l'ai déjà dit, l'ibis et le serpent sont ennemis. Alors, si la sixième et (supposée) avant-dernière porte est un serpent, et la dernière un ibis... Ce dernier a la réputation, chez les Mahométans, d'être le gardien de l'encens... Or chez les anciens Égyptiens l'encens était appelé *sontjer*, c'est-à-dire « ce-qui-rend-divin »... Y aurait-il un rapport avec leur damné Jour du Serpent ?

— À qui s'adresse l'ibis ? demanda Morgennes.

— Mais, à toi ? Non ? Je veux dire, au visiteur...

— « Passe ta flamme sur mon corps. » Quel est le mot important ? « Flamme » ? J'ai essayé la torche, et ça n'a rien donné. « Corps » ? Par Dieu, je le jure, j'ai passé ma torche tant et tant de fois sur cet ibis qu'il s'en est retrouvé totalement noir de suie !

— Que dis-tu ? éructa Azyme.

— Je dis, répéta Morgennes, que j'ai passé tellement de fois ma torche sur cet ibis qu'il s'en est retrouvé noirci.

Azyme se leva de sa chaise, si brusquement qu'il la renversa.

— Mais Morgennes, ne vois-tu pas ? C'est évident !

— Non, dit Morgennes, je ne vois rien.

— Mais sers-toi donc de tes yeux !

— Je suis désolé, je ne comprends pas.

— Combien de fois, m'as-tu dit, Palamède a-t-il ouvert cette porte ?

— En tout ? Je ne sais pas. Mais un grand nombre, assurément, parce que rien qu'en ma présence il l'a déjà franchie trois fois !

— Et l'ibis, lui, comment était-il la première fois que tu l'as vu ?

— En platine, je te l'ai déjà dit...

C'est alors que la voix de Morgennes gagna en intensité, et qu'il s'exclama :

— L'ibis était étincelant ! Il n'était pas noirci par la fumée de la torche de Palamède. C'est-à-dire que...

— C'est-à-dire que le mot important c'est « ta ».

— « Passe *ta* flamme sur mon corps. » Oui, bien sûr. L'ibis s'adresse au dragon. Et si la flamme de ce dernier vient à souffler sur l'ibis, alors l'ibis trépasse, et il s'ouvre...

— Mais où trouver une flamme de dragon ?

— Juste à l'entrée de la première porte, il y a un brasero, dans lequel j'ai vu Palamède plonger sa torche... Cette flamme, ce feu, se peut-il qu'il s'agisse d'une flamme de dragon ? Alors, il me suffirait d'y allumer ma torche, et de refaire le trajet...

— File !

— Attends, dit Morgennes. Je te rappelle que ce labyrinthe est ensorcelé, et qu'il m'a fallu plusieurs jours rien que pour retrouver, par hasard, la septième porte.

— Raison de plus pour ne pas perdre de temps !

45.

« On dit souvent qu'il n'y a rien de plus ardu à franchir que le seuil. »

(CHRÉTIEN DE TROYES, *Cligès.*)

Morgennes quitta donc l'abbaye de Saint-Georges, fort de ce renseignement : il lui fallait plonger sa torche dans le brasero situé juste à l'entrée de la première porte, à côté des dragons, et ensuite... Ensuite, restait la principale difficulté : se repérer dans le labyrinthe. À deux reprises, déjà, il avait cru devenir fou tant celui-ci défiait la logique, semblant se modifier au gré des heures. Morgennes avait prévu un sac à dos, où il avait mis des vivres – mais il n'eut pas à s'en servir. Du moins, pas dans le labyrinthe...

Tandis qu'il cheminait vers les souterrains de la nécropole, il repensait à Palamède, se demandant pourquoi ce dernier n'avait aucun mal à se mouvoir dans le labyrinthe. Il devait y avoir un truc, une astuce.

Morgennes concentra ses efforts sur sa découverte – la flamme – et eut la chance de comprendre par quel miracle Palamède ne se perdait jamais dans ce dédale. Encore une fois, la flamme était la clé. Morgennes s'en rendit compte à force de tourner mille et une fois dans le labyrinthe. Remarquant des traces de suie sur les murs, il comprit que c'était lui qui les avait laissées lors de ses précédents passages. Curieux, il approcha sa torche – allumée au brasero de la porte aux dragons – et s'aperçut qu'elle ne noircissait pas les murs. Bizarrement, la flamme indiquait une certaine direction, toujours la même, quel que soit le sens dans lequel Morgennes inclinait sa torche.

Il comprit alors que non seulement la torche était la clé, mais qu'elle était aussi la voie – le guide. Il lui suffisait de prendre à chaque carrefour le couloir qu'elle lui indiquait, et il arriverait à la septième porte. Après avoir bifurqué sept fois, il se retrouva enfin juste en face de la porte de l'ibis.

Morgennes sentit sa poitrine se gonfler de plaisir. Il avait réussi !

— Et maintenant ? Retourner voir Azyme pour l'informer de ma trouvaille, ou bien...

La curiosité l'emporta. Il passa la flamme de sa torche sur l'ibis, et la porte s'ouvrit en grinçant sur ses gonds.

VI

LA FEMME QUI N'EXISTAIT PAS

46.

« C'est bien ce qu'il est venu chercher, et il va l'avoir. »

(CHRÉTIEN DE TROYES, *Lancelot ou le Chevalier à la Charrette.*)

Pressé par son père de trouver rapidement un palliatif aux manigances des Francs, qui voulaient renforcer leur emprise sur l'Égypte, Palamède décida de partir pour Damas. Là-bas, il se jetterait aux pieds du sultan Nur al-Din, l'implorerait de pardonner aux Égyptiens leurs exactions passées, et l'inviterait à se rendre sans plus attendre en Égypte, pour qu'ils y mènent ensemble le djihad et chassent de Terre sainte l'abject envahisseur chrétien. En bon ophite, et parfait rejeton de son père, Palamède était capable d'adopter n'importe quelle croyance, foi, religion. En cela, il réunissait toutes les qualités du caméléon, qui se fondait dans le paysage pour mieux tromper ses prédateurs et surprendre ses proies.

En face de vous, votre meilleur ami – foi jurée ! Mais derrière vous, votre pire ennemi, prêt à vous égorger.

Tour à tour « ambassadeur extraordinaire » du prêtre Jean pour les chrétiens de Jérusalem, et empêcheur de tourner en rond pour les Grecs de Constantinople (qu'il fallait à tout prix tenir éloignés de l'Égypte, car ils étaient trop dangereux), Palamède s'apprêtait maintenant à quémander l'aide de ses soi-disant frères en religion, les sunnites. Et donc à endosser la personnalité du « Noble & Repentant

Musulman » venu se prosterner aux pieds de ces infâmes mais non moins puissants « Mécréants Sunnites » – ce que les musulmans de Damas étaient aux yeux des Égyptiens, d'obédience chiite.

Après avoir réuni une imposante caravane, forte de plusieurs centaines de chevaux et juments (pour lui-même et son escorte), et du double de chameaux et mulets pour les bagages, Palamède s'en alla trouver son père :

— Je suis prêt. Quand veux-tu que je parte ?

— Ce soir, lui répondit Chawar. Car le Nil est au plus bas, ce qui est un signe favorable. Quand il regrossira, au mois de mai prochain, je te promets que nous serons dans une bien meilleure position que maintenant. Notre patrie se relèvera, et la vérité régnera. Ce n'est plus qu'une affaire de mois. Après des siècles et des siècles d'attente, le Jour du Serpent approche enfin !

— Père...

Des odeurs de limon chatouillaient leurs narines, tandis que dans les cocotiers des singes s'amusaient à se poursuivre. On aurait pu croire que le père et son fils avaient vécu toute leur vie pour cet instant-là, celui de leur séparation. Palamède, dont la mère était morte en le mettant au monde, et qui n'avait connu d'autre parent que son père, serra le vieil homme sur sa poitrine. La panse rebondie de Chawar pesait au niveau de son aine, et Palamède était tout à la fois saisi d'un mélange d'amour et de pitié pour son vieux père. Que n'aurait-il pas fait pour exaucer ses rêves ? Le vieil homme avait tant comploté pour atteindre son but, devenir le chef de l'église des ophites et le vizir du calife al-Adid, qu'il méritait de l'emporter. Se pouvait-il que Dieu ne les approuvât pas, son père et lui ? Non, c'était impossible. Assurément, Dieu – le dieu Serpent – était de leur côté, et leur donnerait dans les prochains mois la juste récompense qu'ils attendaient tant. Alors, les masques tomberaient, et l'on verrait bien qui se cachait. Car, en vérité, eux – les ophites – avaient beau changer de peau comme de tunique, ils restaient les mêmes, immuables et éternels. La vérité était dans le mouvement.

— Ce que j'ai fait, siffla Chawar, je l'ai fait pour toi. Tu es mon serpenteau, ma mue, mon éternité.

— Père..., murmura Palamède.

— Chut ! Tais-toi. Ne dis rien, fit Chawar en appuyant tendrement un doigt boudiné sur les lèvres de son fils. On me traitera de vieux rêveur, mais le rêve le plus fou que j'aie jamais eu s'est déjà réalisé : avoir un fils dont je sois fier ! Or, je suis fier de toi au-delà de toute mesure. Tu es la preuve que Dieu est infinie bonté, la preuve qu'il nous écoute...

— Je...

— Chut... Un jour, notre peuple régnera, et ce jour-là il aura besoin d'un chef. D'un souverain. Ce roi, ce sera toi ! Ne l'oublie pas. Va !

— Je reviendrai.

— Parole de malheur. Non, ne dis rien. Je préfère encore me souvenir du silence de ton départ et de ta silhouette effacée par la nuit, car il ne dépend pas de toi que tu reviennes ou non, mais du tout-puissant dieu Serpent...

— Quand bien même, mon père adoré, je te *promets* de revenir.

— Pars.

Palamède talonna sa jument, qui détala au petit trot en direction du désert à l'est du Vieux Caire. Perché sur sa monture, suivi par plus de quatre cents chameaux et mulets chargés de vivres et de cadeaux pour le sultan de Damas, Palamède mena sa caravane en direction de l'horizon, vers lequel la longue ligne des chameaux s'allongea telle une chaîne de montagnes en miniature, avec ses plaines et ses reliefs – formés par leurs bosses, tentes et colis.

« Va, mon filsss... Mes pensées t'accompagnent. Puisses-tu réussir... »

Palamède ne se retourna pas. Levant la main, il donna l'ordre à la colonne de s'orienter vers l'est, afin d'éviter les Francs au cas où ils auraient eu l'idée folle d'épargner Bilbaïs et de foncer droit sur Le Caire.

Mais Palamède connaissait trop les Francs pour savoir qu'ils ne pourraient résister à l'appât du gain facile constitué par cette infortunée cité, dont les remparts n'avaient toujours pas été relevés depuis leur dernier raid. Il avait quelques jours devant lui ; deux ou trois semaines – tout au plus. Le temps d'affûter ses arguments, même s'il avait, dans un coffret d'ivoire et d'or, l'argument décisif – celui qui, à n'en point douter, ferait se rallier les musulmans de Syrie à leurs frères égyptiens, et conduirait le fougueux général borgne Chirkouh à accourir au Caire, et à le mettre sens dessus dessous...

Après avoir traversé la vallée de Moïse, où se trouvait l'antique cité de Pétra, et mis en fuite quelques pillards appartenant à la tribu des Maraykhât, la caravane de Palamède s'orienta vers l'est, puis de là plus au nord, vers Damas.

Quand le désert commença de s'estomper, remplacé par quelques touffes d'herbe rare et jaune, Palamède fixa de ses yeux la blancheur des neiges au sommet des montagnes syriennes, qui – à l'orée des déserts enflammés – semblaient une écume de lait, posée là dans l'attente d'être bue.

Passant sa langue bifide sur ses lèvres desséchées par la soif, il attendit, avant de boire, que les premiers signes de Damas apparaissent. Car ils ne tarderaient pas. La montagne et sa cime enneigée en étaient un premier. Mais ce qu'il voulait, c'était un indice de vie humaine. Celui-ci survint sous la forme d'un troupeau de moutons à la queue lourde de graisse, preuve que des bergers rôdaient dans les parages, en quête de savoureuses pâtures. Les taches d'herbe jaune laissaient place à de plus grandes zones de verdure, où la végétation était si gorgée de sève et d'humidité qu'elle ployait sous son poids. Aux grelots des moutons se mêlaient les jappements des chiens et les cris rauques des bergers. Enfin, la reine de la Syrie, Damas, apparut dans son mol écrin végétal, roses et cyprès se battant pour l'enchâsser.

Du haut de ses murailles, les gardes aperçurent un lac de drapeaux verts, chargé de lourds vaisseaux portant caparaçons d'or et d'argent et manœuvrés par une multitude de chevaliers en armures étincelantes. Tous brillaient d'un éclat plus que royal et meurtrissaient les yeux tant ils semaient de rayons – une douzaine de cavaliers sortit de Damas à vive allure, et galopa vers la caravane afin de s'enquérir de son origine, et de ses intentions.

Palamède inclina la tête, murmura quelques paroles, et fut sans plus attendre conduit auprès du chef de la cité, Nur al-Din.

Pourtant, le premier personnage auquel Palamède fut présenté était un homme d'à peine trente ans, d'une maigreur à faire peur, les joues creusées, la barbe courte et des étoiles plein les yeux. Un homme qui semblait voir votre âme, qu'il épluchait tel un oignon. Cet homme s'appelait Saladin.

C'était le neveu de Chirkouh le Borgne – et l'un des favoris de Nur al-Din.

Le sultan l'appréciait parce qu'il était pieux, et aussi parce qu'il aimait la paix. Ce n'était pas un va-t-en-guerre comme tant de ses sujets, mais plutôt un être introverti et doux, tourné vers la méditation. Un de ces personnages en la compagnie desquels Nur al-Din se plaisait, depuis qu'il avait lamentablement échoué – cinq ans plus tôt – à s'emparer du Krak des Chevaliers. Jusqu'à cet incident funeste, où le Diable lui-même avait mis en déroute son armée avant de s'emparer de l'une de ses pantoufles, Nur al-Din s'était montré en tous points digne de son père – le terrible Zengi.

Il avait attaqué sans relâche le royaume de Jérusalem, allant jusqu'à lui mordiller les chevilles – à Édesse ou à Tripoli –, tel un chien qui recule un instant devant la menace d'un coup de bâton, mais revient inlassablement à la charge.

Or, depuis l'incident du Krak des Chevaliers, l'humeur du sultan avait changé. Il n'avait plus envie de se battre – et il repensait souvent à la célèbre formule d'Hannibal : « Consentir à la paix, c'est rester vous-même l'arbitre de vos destinées ; combattre, c'est remettre votre sort entre les mains des dieux. » Il tournait et retournait cette phrase dans sa tête, et ne cessait de se dire que, justement, seule la paix lui donnait l'occasion de se rapprocher de Dieu – et de Le prier.

Avait-il vieilli ? Était-il fatigué ? Las ?

Toujours est-il que, plutôt que de rester dans son palais pour y recevoir les doléances de ses sujets, ou les ambassades de ses voisins, Nur al-Din s'était retiré dans l'une des mosquées de Damas. Il y passait ses journées à lire le Coran, et à en discuter le sens avec son médecin particulier, le docteur ibn al-Waqqar (d'une maigreur encore plus inquiétante que celle de Saladin, parce qu'il était plus grand), et un savant venu de Perse, nommé Sohrawardi.

En compagnie de ces deux doctes personnages, Nur al-Din parcourait les méandres de la parole divine, goûtant l'extase à chaque verset. Ses sujets ne voyaient pas cette activité d'un bon œil, car la science consistant à interpréter la parole divine rapprochait chaque jour un peu plus Nur al-Din des chiites – pour qui le Coran avait un sens caché. Mot après mot, verset après verset, Nur al-Din, Sohrawardi et ibn al-Waqqar avançaient, tels trois explorateurs en terre inconnue, cherchant le blanc où Dieu s'était dissimulé, ôtant au texte un voile que les musulmans orthodoxes – les sunnites – disaient n'existe pas.

Mais Nur al-Din n'en avait cure. Quand il tenait le Livre entre ses mains, et qu'il en parcourait les pages, il était le plus heureux des hommes.

— Maître ! Pardon de vous déranger, splendeur de l'Islam, mais il y a ici un visiteur qui demande à s'entretenir avec vous...

Nur al-Din ouvrit les yeux, et vit son cher Saladin, genou à terre en face de lui.

— Relève-toi, fils (ainsi appelait-il ceux qu'il aimait). Dis-moi ce que tu veux...

— Le visiteur que voici, fit Saladin en montrant Palamède derrière lui, est venu depuis Le Caire pour...

— Approche, coupa Nur al-Din.

Palamède s'avança, courba la tête et s'agenouilla, mains écartées. Il s'agissait maintenant de faire preuve de la plus grande humilité. Quelques années plus tôt, son propre père, Chawar, était venu trouver le sultan à Damas pour lui demander, avant de le trahir, la même chose que ce qu'il venait chercher aujourd'hui... Il fallait se montrer repentant, et humble, très humble... Palamède se dit que ce ne serait peut-être pas une très bonne idée que d'accabler le sultan de richesses, puisqu'il le trouvait, non pas dans la Grande Mosquée de Damas, mais dans une petite mosquée, tranquille et noble, située au milieu d'un jardin d'arbres fruitiers. Des cris d'oiseaux, les branches des arbres agitées par le vent, le ruissellement de plusieurs minuscules cours d'eau, faisaient un rempart aux bruits de la ville. En vérité, hormis leurs paroles et les sons du jardin, on aurait dit que cette humble mosquée servait d'abri au silence.

Palamède se jeta brusquement aux pieds de Nur al-Din, et lui lança :

— Pardon ! Mon père – le noble, et cependant bien menacé, vizir Chawar – vous supplie de lui venir en aide. En échange, il vous envoie ma tête, que je vous prie d'accepter. La voici...

Nur al-Din le regarda d'un air amusé. Sa tête ? Elle ferait peut-être un bien joli trophée, comme celle de ce chevalier blond qu'il avait, quelques années auparavant, envoyée en cadeau au calife de Bagdad dans un superbe céphalotaphe en argent. À moins qu'il ne s'en serve pour l'une de ces parties de polo, qu'il avait tant aimé disputer, autrefois, avec Saladin. Mais il ne jouait plus. Et ce n'était pas d'une tête dont il avait besoin, mais de paix. Pour méditer.

Or cet individu le dérangeait. Sa langue était fourchue comme celle des serpents, sa peau tannée comme celle des crocodiles, et ses ongles lui rappelaient les formidables griffes de ce même reptile, dont les momies avaient autrefois fait fureur, ici, à Damas.

— Que veux-tu ?

— Le roi des Francs, Amaury, marche sur l'Égypte. Cinq cents Hospitaliers l'accompagnent. Nous le soupçonnons de vouloir nous soumettre...

— Ne l'êtes-vous pas déjà ?

— Non. En partie seulement... Mais c'était pour mieux le tromper, car nous n'aspirons qu'à une seule vérité, qui est celle de l'islam...

— Continue...

— Deux musulmans peuvent avoir une vision divergente d'une même situation. Il suffit que ces deux visions respectent également la charia. C'est pour cela que j'en appelle à votre grandeur d'âme.

Une ombre bougea derrière Palamède, qui sentit une brise souffler sur son cou. Mais il resta coi, et ne sourcilla pas. Tant que Nur al-Din ne le chassait pas, la partie pouvait encore être gagnée. À lui de trouver comment.

— Vous êtes puissant, et tel le dragon sur sa montagne, vous ne voulez pas quitter votre aire. Mais vos ailes sont immenses. L'une d'elles pourrait, si vous le souhaitiez, atteindre l'Égypte, tandis que de l'autre vous balaieriez le royaume de Jérusalem, sans que votre corps ne bouge...

— Ne me flatte pas. Je dois déjà refaire l'unité du monde arabe. Ensuite, je me soucierai des Francs. Et vous, les Fatimides...

(Palamède sentait une présence dans son dos, autre que celle de Saladin. Qui cela pouvait-il être ?)

— ... Nous sommes à votre service, souffla-t-il. Et nous vous supplions d'intervenir, non pour mon père, non pour le calife al-Adid, non pour l'Islam, mais pour elle !

Il sortit de sous son manteau un coffret en ivoire et le présenta à Nur al-Din.

Saladin s'approcha, lui prit le coffret et l'apporta au sultan.

Avant qu'il ne l'ouvre – et sûr de son fait –, Palamède se redressa, et tâcha de garder une attitude des plus humbles, car tout dans son être respirait, suintait, puait la dévoration – la puissance. Il était sur le point de l'emporter.

« Allons, se dit-il. Savoure cet instant... Nous sommes peut-être la plus faible de toutes les factions, il n'empêche ! C'est nous qui manipulons les autres. Allons, profite !

Regarde plutôt comme ici le jour se teinte de bleu sous l'action du soir... » Il promena son regard sur les murs du jardin, où la lune s'amusait à découper silhouettes et formes inhumaines, rappels du ténébreux passé de Damas. Sans même s'en apercevoir, il s'était mis à caresser d'une main distraite le pommeau de son épée, et d'une voix atone il déclara :

— Si les glaives de Dieu entrent en action, rien ne pourra leur résister.

Cette phrase parut attirer l'attention de Nur al-Din, qui leva les yeux dans sa direction – après avoir regardé dans le coffret.

— Qu'est-ce que c'est ? demanda le sultan.

— Des cheveux, que Son Excellence le calife du Caire vous prie d'accepter, car ils appartiennent à la plus précieuse, la plus fragile et la plus menacée des personnes qui soient.

— Mais de qui parlez-vous ?

— De la femme qui n'existe pas.

Il y eut un mouvement dans le dos de Palamède, et l'ombre qui jusqu'alors s'y était tenue se dévoila, et se jeta à son tour aux pieds du sultan. Il s'agissait de Chirkouh le Borgne, l'oncle de Saladin, le plus habile sabre de l'Islam, et surtout le père de la femme qui n'existe pas.

— Ô splendeur de l'Islam, dit Chirkouh, consultez le Coran, et demandez conseil au Très-Haut... Je vous en conjure ! Il faut aller au Caire !

Nur al-Din leva la main, le faisant taire. Puis, prenant des mains de son médecin, ibn al-Waqqar, un magnifique Coran, il l'ouvrit au hasard, et lut – à la stupeur de l'assemblée : « Si les glaives de Dieu entrent en action, rien ne pourra leur résister... »

C'était la guerre. Dieu l'avait voulue.

47.

> « Dieu, son créateur, n'a donné à personne le pouvoir d'évoquer toute la beauté de cette jeune fille. »
>
> (Chrétien de Troyes, *Cligès*.)

Morgennes se trouvait dans un jardin enclos de hautes murailles. Tamarins et baobabs, fiers et droits, aussi immobiles que des géants à l'affût, cocotiers et palmiers à la tige élancée, balançant sur les allées leurs ombres délicates, constituaient les étranges piliers de cette verte cathédrale. Marchant à l'ombre d'un rideau de bambous, Morgennes se dirigea vers le cœur du jardin, où il avait aperçu une forme.

Une femme.

Tout à sa broderie, elle était assise sur la margelle d'un puits. Sa tête, penchée sur ses mains dans une attitude pieuse, était couverte par un voile de couleur blanche. Il était impossible de distinguer ses traits. Était-elle belle ? Aussi curieux que cela paraisse, incontestablement, oui. Aussitôt, Morgennes éprouva une curieuse sensation de déjà-vu, comme celle qu'il avait déjà ressentie en présence d'Azyme, de Guillaume de Tyr – ou à l'évocation du nom de Massada. Surtout, il se sentit troublé. Pourquoi ?

Parce que pour la première fois depuis longtemps, il avait l'impression d'être de retour auprès des siens. Pourtant, il ne voyait qu'un voile. Qui plus est, celui-ci couvrait probablement la tête de la princesse qu'il avait pour mission de ramener à Amaury.

Autrement dit, de sa future reine.

N'osant pas bouger, ne voulant pas troubler cet instant, il resta un certain temps à l'observer. Des oiseaux voletaient auprès de la jeune femme, ou venaient se dégourdir les pattes sur la margelle du puits où elle était assise. Leurs pépiements étaient comme une conversation, et quand elle tirait sur les fils de sa broderie, on aurait dit un trille en réponse à ceux des oiseaux. Alors, ils gagnaient le couvert des arbres, où ils continuaient de gazouiller.

Morgennes repensa à la femme du comte de Flandre, Sibylle. Elle aussi avait vécu enfermée. Mais elle l'avait choisi. Alors que cette jeune femme, à l'aube de sa vie, n'avait jamais rien connu d'autre que son Coffre, aussi luxueux soit-il... « Allons, ressaisis-toi ! », se dit-il soudain. « Oublie ce que tes yeux te montrent ! Tu n'es pas venu ici pour toi ! »

Il était ici pour Amaury, et pour Amaury seulement. Pourtant, il se sentait comme le Tristan des contes de Béroul et de Chrétien, qui en mission pour son roi tombe amoureux de la belle Yseut. Et s'il repartait ?

Alors il regarda sa torche, et vit que sa flamme était tournée vers la jeune femme. Se pouvait-il que ce fût elle que, dès le départ, le feu lui eût désignée ? Oui, c'était possible. Il s'avança, se sentant aussi nu qu'au jour de sa naissance, malgré la présence de la lourde chaîne qu'il portait à la main. Ses pieds firent crisser les gravillons, et il vit la jeune femme s'arrêter de broder, relever la tête et poser ses travaux de couture sur sa robe. Ses mains ne couraient plus, elles étaient désormais immobiles, bien à plat sur ses genoux. Il progressa encore de quelques pas, torche levée. La lumière tombait sur la jeune femme, et se perdait dans les plis de ses vêtements, jetant sur son voile un nimbe de mystère, une auréole dorée.

Il resta là, sans bouger. S'il avait fait un pas de plus, et tendu le bras, il aurait pu la toucher. Mais il demeurait immobile, se demandant que dire. Ce fut elle qui rompit le silence :

— Êtes-vous venu me prendre une autre mèche de cheveux ?

Morgennes sursauta. Il n'avait pas pensé qu'elle pourrait lui parler la première.

— Pas du tout ! Je suis venu...

La jeune femme le regardait, plongeant ses yeux étonnamment bleus dans les siens. Elle avait l'air d'un petit animal acculé, prêt à se battre jusqu'à son dernier souffle.

— Je suis venu pour vous sauver ! dit-il d'une traite, en récitant les paroles de saint Georges à sa princesse.

— Vous ? Mais vous êtes mon geôlier !

— Moi ? Pas du tout !

Il s'agenouilla aux pieds de sa future reine. Il pouvait voir l'ouvrage auquel elle travaillait. Il s'agissait d'un fin voile de lin, d'une couleur uniformément noire, orné de franges d'or. Un tissu d'une incroyable beauté.

— De quoi – ou de qui – êtes-vous venu me sauver ?

— Du dragon !

— Quel dragon ? Il n'y en a pas ici.

— Il est à l'extérieur, dans le labyrinthe...

— Ah, je comprends, fit la jeune femme. Mais non, vous vous trompez. Il n'y a pas de dragon. Ces bêtes-là n'existent plus... Ce que vous avez pris pour un dragon, c'est le labyrinthe lui-même.

— Alors, vous connaissez cet endroit ?

— Un peu. Puisque c'est de là que viennent mes geôliers.

— Je croyais qu'ils n'avaient pas le droit de vous visiter ?

— Qui les en empêcherait ? D'ailleurs, ils ne viennent pas souvent. J'ai ici tout ce qu'il faut pour broder, et ce jardin me donne assez de nourriture...

— Alors, pourquoi viennent-ils ?

— À votre avis ?

— Pour vous contempler, vous êtes si belle...

Morgennes s'interrompit brusquement, et baissa la tête :

— Pardon, ma reine.

Loin de paraître offusquée, la jeune femme lui demanda :

— Mais enfin, me direz-vous qui vous êtes ?

— Je m'appelle Morgennes, répondit-il en relevant la tête. Et je suis venu pour vous sauver.

La jeune femme le regarda, mi-amusée, mi-troublée.

— Je m'appelle Guyane, dit-elle.

— À votre service !

— Puis-je savoir qui vous envoie ?

— Mon roi, Amaury Ier de Jérusalem. Mais nous parlerons de tout cela plus tard. Maintenant, il faut partir !

La jeune femme frémit.

— Ne vous inquiétez pas, dit Morgennes. Je suis là !

Il y eut un mouvement dans le fond du jardin. Une jument se promenait. Chose extraordinaire, elle avait une sorte de corne sur la tête, au milieu du front – mais Morgennes se dit que c'était peut-être un rayon de lumière, car la jument se tenait à moitié dans l'ombre, sous une trouée de feuillage laissant passer un miroitement de lueurs, dont certaines tombaient perpendiculairement sur sa robe, où elles semaient des fils d'or.

— Serait-ce une licorne ? demanda-t-il à Guyane.

— Oui.

— Mais je croyais qu'elles n'existaient pas...

— Ça dépend.

— De quoi ?

— De ce qui vous arrange. Si vous n'y croyez pas, vous ne la verrez pas.

Alors Morgennes s'approcha doucement de la jument, et s'aperçut que sa prétendue corne n'était en fait que le fruit d'un jeu d'ombre et de lumière. Il n'y avait pas plus de licorne en ce jardin que de dragon dans les monts Caspiens. Bizarrement, il se sentait déçu.

— Je crois que j'aurais préféré avoir tort, dit-il à Guyane.

— Et moi, j'aurais aimé ne jamais avoir à choisir...

Elle se leva de sa margelle, remit en place les plis de sa robe, et dit :

— J'ai tellement attendu ce moment que je ne sais plus si c'est une chance ou un malheur.

— Je vous comprends parfaitement, dit Morgennes. Mais je vais vous aider. Je ne partirai pas d'ici sans vous. Prenez tout votre temps, nous sortirons par où je suis entré.

— Non, c'est impossible. Cette porte est celle du dragon. Je n'ai pas le droit de l'emprunter...

— Mais alors, comment faire ? Le Coffre, où vous vivez, est réputé pour n'avoir pas de porte.

— C'est faux. Il en a deux.

— De l'extérieur, on ne les voit pas.

— C'est qu'elles ne mèneront à l'extérieur que si j'accepte de les ouvrir. Laissez-moi vous montrer.

Elle fit faire à Morgennes le tour de son domaine. Çà et là, des moucharabiehs s'ouvraient sur le jardin – au lieu de donner, comme c'est d'ordinaire le cas, sur l'agitation des rues. Quelques pièces, creusées dans les murs, servaient de lieu d'habitation, mais le plus intéressant était deux immenses portes de bois, ornées de gros clous noirs, et qu'une sorte de niche séparait. L'une de ces portes, tournée vers l'occident, était munie d'un heurtoir en forme de poisson. Elle représentait la religion chrétienne. L'autre porte, tournée vers l'orient, représentait la religion musulmane. Son heurtoir était en forme de croissant de lune.

— Mais alors, demanda Morgennes, pourquoi n'êtes-vous pas sortie ? Vous n'êtes donc pas réellement prisonnière ?

— Je suis, et ne suis pas, prisonnière. Simplement, je n'ai pas de religion, et tant que je n'en aurai pas, je resterai ici – car je n'existe pas. Mes deux parents se sont mis d'accord, autrefois, pour me laisser le choix. Soit je deviens chrétienne, comme ma mère, et je sortirai par là (elle désigna la porte de la chrétienté), soit je me fais musulmane, comme mon père, et alors je sortirai par ici, conclut-elle en montrant à Morgennes la porte devant laquelle ils se trouvaient.

— Mais alors, choisissez !

— Vous ne comprenez pas. Il ne s'agit pas seulement pour moi de choisir entre islam et chrétienté, mais entre mon père et ma mère. C'est un choix difficile.

Comme s'apprêtant à faire un long voyage, Morgennes rajusta les lanières de son sac à dos et proposa :

— Pourquoi n'iriez-vous pas vers la croix ?

— Parce que je ne suis pas convaincue.

Il se caressa le menton, puis lui dit :

— Je croyais que dans le cas d'un enfant né de parents de religions différentes, mais dont l'un au moins est musulman, c'était la religion musulmane qui l'emportait.

— Ça, c'est ce que disent les musulmans. Mais moi, de toute façon, je suis une exception. Une bien triste, et bien solitaire exception.

— Je suis un peu comme vous, dit Morgennes. Sauf que je suis de père chrétien et de mère juive.

— Venez, dit-elle après un léger silence. J'aimerais vous présenter à une femme honorée par plusieurs religions.

Elle le mena vers la niche qui se trouvait entre les deux portes, et lui fit voir ce qu'il y avait à l'intérieur : une icône, représentant la Vierge. C'était un portrait stupéfiant de réalisme, et Morgennes ne pouvait s'empêcher de frissonner en l'observant. Qui avait pu exécuter cette icône avec un tel talent ?

— Pixel ? Azyme ?

— Non, répondit Guyane, regardez mieux, Morgennes, et dites-moi ce que vous voyez...

Morgennes plongea son regard dans celui de la Vierge, et eut la troublante sensation d'être observé à son tour. Quand il se déplaçait dans le jardin, la Vierge ne le quittait pas des yeux. Était-ce une illusion d'optique ? Un tour de magie ?

— Quel est ce prodige ? Son regard me suit partout où je vais...

— Partout où vous allez, oui. Et partout où vous irez... Car ce portrait représente la Vierge, mais s'il est si particulier, et s'il a été placé là pour veiller sur moi, c'est parce qu'il a été peint par un enfant lui aussi entre deux religions.

— Un enfant entre deux religions ?

— Jésus.

Morgennes en resta bouche bée.

— Mais ce n'est qu'une légende, poursuivit Guyane en s'amusant de son désarroi. Elle a été transmise de génération en génération, chez les ophites comme chez les coptes – si j'ai bien compris. Cette icône n'est pas de facture humaine, mais divine.

— C'est incroyable, dit Morgennes. Puis-je la toucher?

— Si vous voulez. Ensuite, j'aimerais vous montrer autre chose...

— Quoi donc?

— Le puits au fond duquel est Dieu.

48.

« Tue ! Tue ! »

(Chrétien de Troyes, *Philomena.*)

— Assez ! cria Amaury. Arrêtez !

Lance brandie en avant, il dévala à cheval les principales rues de Bilbaïs que l'armée franque était en train de saccager. Mais hélas, ce qu'Amaury avait réussi à obtenir quelques mois auparavant à Alexandrie, il ne l'obtint pas à Bilbaïs. Et la ville fut pillée, pour la quatrième fois depuis le début de son règne.

Passelande, son destrier, avançait au milieu des cadavres – d'hommes, de femmes ou d'enfants, on ne savait plus guère. Les âges et les sexes avaient été effacés à grands coups d'épée, et même la chair des animaux se mélangeait à celle des humains. L'air dégorgeait une puanteur infernale, si entêtante qu'Amaury se pencha sur sa selle pour vomir.

« Mon Dieu, qu'avons-nous fait ! Est-ce moi qui ai autorisé cela ? Je ne l'ai, du moins, p-p-pas interdit avec assez d'autorité... »

— Majesté...

Amaury ne se retourna pas, mais leva la main gauche. « Qu'on me laisse t-t-tranquille. » Ce que Guillaume de Tyr avait à lui dire, il n'avait nulle envie de l'entendre. Pas maintenant.

Guillaume de Tyr, quant à lui, oscillait entre colère et tristesse, ne sachant s'il était plus approprié de laisser exploser sa haine ou de fondre en sanglots. Il ne fit ni l'un ni l'autre, mais ne put s'empêcher de penser : « Nul n'est besoin d'être devin pour lire dans ces entrailles la fin des rêves d'Amaury... »

Cette victoire n'en était pas une.

Pis, c'était une effroyable défaite, car elle venait de monter contre eux les rares Égyptiens encore alliés des Francs.

— Qui l'a voulu ? se demandait Guillaume. Qui a permis cela ? Est-ce Dieu ? Allah ?

Il fut pris d'un étourdissement, et porta la main à son front. « Allah... » Que disait-il ? Était-il fou ? Sûrement, il devait être en train de divaguer, car autrement jamais le nom de ce faux dieu ne lui serait venu à l'esprit. Se sentant la bouche crasseuse – elle venait de prononcer le nom de ce démon –, il cracha sur le sol ; et sa glaire tomba sur un essaim de mouches, qu'elle dispersa.

Trois jours plus tôt, l'armée franque et les Hospitaliers s'étaient présentés sous les murs de Bilbaïs, afin d'en négocier la reddition. Amaury avait espéré qu'en échange de quelques pièces d'or, ou de la vague promesse d'un fief qui restait à inventer (n'avait-il pas déjà accordé à ses vassaux, alliés et suzerains, plus de terres que l'Égypte n'en comportait ?), Amaury, donc, avait espéré que la cité se soumettrait sans difficulté.

Mais, à la surprise des Francs, lorsque Amaury avait réclamé au jeune gouverneur de Bilbaïs un endroit où camper, celui-ci avait répondu : « Tu n'auras qu'à camper sur la pointe de nos lances. Crois-tu donc que cette ville soit un fromage à croquer ? »

Métaphore culinaire à laquelle Amaury s'était aussitôt rallié, en rétorquant : « Un fromage, oui. Dont Le Caire est la crème... »

Quelques heures après, le siège commençait, et trois jours plus tard – c'est-à-dire en ce 4 novembre 1168 de sinistre mémoire – Bilbaïs, ses maigres murailles enfoncées par les Francs, était prise.

Sous la conduite de leur maître Gilbert d'Assailly, les Hospitaliers et leurs cohortes de mercenaires furent les plus ardents propagateurs de la foi chrétienne. Avides de faire de cette cité la pièce maîtresse de leurs futures possessions égyptiennes, ils s'employèrent à la nettoyer de tout ce qui y avait vécu en dehors de leurs lois, et jusqu'à présent dans une paix relative. Des enfants, qui sortaient en courant d'une maison livrée aux flammes, étaient cloués à terre par un coup de lance ; les femmes étaient violées sous les yeux des hommes, les filles sous ceux de leurs parents, et tous finissaient décapités, dans le meilleur des cas. Car, pris d'une ardeur démoniaque, les Hospitaliers – auxquels on avait beaucoup promis, et qui cherchaient à donner un avant-goût de l'Enfer à ces mécréants – pensaient démontrer la vigueur de leur foi par l'éventail de leurs capacités à innover en matière de cruauté.

Pauvres enfants démembrés, qu'on s'amusait à faire courir les bras arrachés dans les rues de la ville, afin de les voir trébucher puis agoniser sur le cadavre d'un autre. Jambes à moitié coupées, cous à demi tranchés, mains, doigts, sexes et seins donnés en pâture à des chiens dressés pour attaquer et qu'on avait « oublié » de nourrir en prévision du siège.

Les manteaux noirs à croix blanche se teintaient de rouge, et jusqu'aux jambes des chevaux, qui pataugeaient dans les intestins, broyant les viscères et mélangeant les boyaux au son d'une symphonie de râles.

Pouvait-on être plus cruel ? Assurément. Mais Amaury, que ce spectacle écœurait au-delà de toute mesure, appela à cesser le carnage :

— Arrêtez !

On ne l'écoutait pas. C'était peut-être le roi – mais ce n'était pas Dieu, ni le pape. Et en cette heure, Dieu avait ordonné : « Tuez ! Massacrez sans distinction de religion, d'âge ni de sexe. Tuez-les tous ! »

Cet holocauste devait servir à alimenter le féroce appétit du Dieu des Hospitaliers.

— Arrêtez ! cria une nouvelle fois Amaury.

En vain.

Sachant qu'il devait prendre du recul s'il ne voulait pas voir son autorité, déjà vacillante, réduite à néant, il regagna sa tente à l'orée de la ville. Là, il se fit apporter la Vraie Croix et s'enferma avec elle.

— Toi, cria-t-il à la relique, est-ce cela que tu voulais ? Notre p-p-perdition ? Ne comprends-tu pas que c'est p-p-pour toi qu'ils ont entrepris cette expédition ? Qu'attends-tu de nous ? Des massacres, des meurtres, du sang ? Rien d'autre ? La p-p-paix ne te sied-elle donc pas ?

Puis, se tournant vers l'entrée de sa tente, il hurla

— Guillaume !

Guillaume de Tyr passa la tête à l'intérieur de la tente :

— Sire ?

— Approche !

Guillaume rejoignit Amaury, en s'efforçant de contenir la colère qui bouillonnait en lui.

— Dis-moi, lui demanda Amaury, les p-p-pensées qui t'occupent l'esprit.

— Majesté, je ne sais.

— Guillaume, tu ne m'as jamais menti. De tous les êtres que je c-c-connais, tu es l'un des rares entre les mains desquels je remettrais la vie de mon fils, qui est mon bien le plus précieux. Que p-p-penses-tu de ma royale personne ? Dis-moi la vérité.

— Sire, vraiment, non...

— Parle, ou par ma foi je te c-c-coupe la langue !

Guillaume déglutit, puis donna au roi son avis, ainsi qu'il le lui avait commandé :

— Majesté, je pense que vous avez trahi votre parole, par deux fois, et votre fonction... Je pense qu'un châtiment redoutable nous attend, je pense...

— Par deux fois ?

— La parole que vous avez donnée, à travers moi, à l'empereur de Byzance, Manuel Comnène. Vous étiez convenu de l'attendre encore un an, avant d'attaquer...

— Et d-d-d'une.

— Et la parole que vous aviez donnée cet été au calife al-Adid et à son vizir, Chawar. Rappelez-vous cette cérémonie, au cours de laquelle vous avez insisté pour serrer la main nue du calife. Il s'est soumis à vos exigences, sans les comprendre, et...

— Alors, d'après toi, je suis un t-t-traître ?

— L'un des pires.

— Allons, je ne suis quand même pas Judas ?

— Pas plus que le calife d'Égypte n'est Jésus. Ceux que vous avez trahis se trouvaient à vos côtés, prêts à vous aider... Ceux que vous avez trahis, c'est votre frère, c'est votre père. Mais, surtout, celui que vous avez trahi, c'est vous-même. Et vous avez par votre geste indiqué la valeur que vous accordiez à vos ancêtres, à vos rêves, à votre peuple, à votre fonction, et pour finir à votre propre personne.

Tel un fauve en cage, Amaury fit les cent pas sous sa tente, ne cessant de se prendre le menton dans une main et passant l'autre dans ses cheveux épars.

— Allons, cherchons, il doit bien y avoir une solution.

— Majesté, si je puis me permettre...

— Dis t-t-toujours.

— Lorsque le vin est tiré...

— Il faut le boire. Tu veux que je p-p-poursuive cette expédition ?

— Vous perdrez l'Égypte, c'est un fait. Car tous les Égyptiens se rallieront à Chawar et vous harcèleront partout où ils le pourront, quand bien même parviendriez-vous à vous maintenir au Caire. Ce dont je doute si par malheur Nur al-Din envoyait Chirkouh contre vous...

— Chirkouh ? Pour autant que je sache, il n'est p-p-pas encore là. Quant à me faire harceler, je n'ai que faire de quelques escarmouches quand j'ai sous mes ordres – enfin, je l'espère – une armée aussi p-p-puissante que celle de Jérusalem. Sans compter les Hospitaliers, la marine – qui doit en ce moment être occupée à remonter le Nil –, et Constantinople, qui peut encore nous p-p-prêter main-forte.

— Majesté, aucune armée, aussi puissante soit-elle, ne peut espérer vaincre en territoire ennemi si elle ne l'emporte pas totalement.

— C'est donc un p-p-problème sans solution ? Tu me dis de poursuivre, et pourtant tu ne crois pas qu'il y ait de p-p-possibilité de succès ?

— Majesté, tout ce que vous pouvez espérer gagner, c'est un peu de temps. Le temps qu'il vous faudra pour vous refaire, et pour permettre aux Byzantins de vous rejoindre dans un an. Bilbaïs portera à tout jamais les stigmates de notre séjour en son sein. Et si les Hospitaliers n'ont pas fait de différence entre les musulmans et les coptes, comment voulez-vous que ces derniers en fassent entre les Hospitaliers et vous-même ? Vous avez perdu un allié précieux. Il faut laisser les plaies se refermer, et faire confiance à Dieu...

— Dieu !

De rage, Amaury s'empara de la Vraie Croix, qu'il chargea sur son épaule, et sortit de sa tente. Puis, remontant sur Passelande, toujours encombré de la Croix, il se dirigea vers Bilbaïs et ses charniers.

Là, il se planta au sommet d'une ruine, et regarda autour de lui.

À l'entrée de la ville, sur la porte d'une maison dont les murs étaient à moitié effondrés, il aperçut un lion, cloué les pattes en croix. Sa poitrine avait été ouverte par un coup d'épée, et ses viscères pendaient jusqu'au sable, tel un macabre étendard. Si ce lion avait été crucifié de la sorte, c'était parce que aux yeux des Hospitaliers il signifiait le mal – le fauve, probablement alléché par l'odeur de chair fraîche, avait dû être capturé par les chevaliers de l'Hôpital et rivé à sa nouvelle demeure par un coup de lance avant de l'être de façon plus définitive avec de vrais clous. Sa crinière, ruisselante de sang, lui retombait sur la face et lui donnait un air navré. On aurait dit une sinistre imitation du Christ, avec sa parodie de couronne d'épines et ses côtes saillantes, visibles sous sa peau déchiquetée.

Amaury ferma les yeux un instant, puis les rouvrit pour regarder qui jetait de tels cris, poussait de tels hurlements. C'étaient les mercenaires engagés par les Hospitaliers, qui revenaient au camp les bras chargés de butin. Le visage noir de suie, les mains et la barbe rougies par le sang de leurs victimes, ils emportaient de Bilbaïs des objets aussi insignifiants que des tables ou des tabourets à moitié brûlés, de vieux habits de laine, des bouquets de roseaux ou des vases en grès. Certains s'étaient vêtus des vêtements qu'ils avaient dérobés, et il n'était pas rare d'en voir avec des robes de femme, qu'ils avaient volées pour leurs catins. D'autres, des gourmands, avaient ramassé tout ce qui se pouvait dénicher en matière de vivres, et jeté pêle-mêle dans un drap qu'ils traînaient derrière eux des amphores à demi vidées, des quignons de pain, quelques poignées de blé ou des restes de viande – après lesquels grondaient les chiens.

En les voyant, Amaury eut une nouvelle fois envie de vomir. Mais il se contint, et leva la Vraie Croix vers le ciel. Si, tout à l'heure, sa lance n'avait eu aucun effet, il espérait que le Saint Bois lui permettrait de se faire entendre de son armée et de celle des Hospitaliers.

— Soldats !

Plusieurs centaines de paires d'yeux se tournèrent vers lui.

— Nous n'avons écrit que le p-p-prologue de nos aventures ! Alors, suivez-moi au C-c-caire, afin d'en rédiger la suite ! Au C-c-caire !

— Au Caire ! répétèrent après lui les mercenaires, les chevaliers et les piétons, les écuyers et tout ce qui portait une arme au nom de la chrétienté. Au Caire ! Au Caire !

Amaury eut un large sourire, et murmura à Guillaume :

— Tu vois, je reprends la main...

Mais Guillaume ne trouvait pas cela de bon augure. D'ailleurs, un vautour vint se percher sur la Vraie Croix, et poussa un cri strident tout en promenant, au bout de son long cou, son regard intéressé sur l'armée franque.

Comme pour chasser ce funeste présage, Amaury éperonna Passelande et fonça vers les prisonniers – dont il fendit les rangs.

— Ceux de gauche sont p-p-pour moi. Les autres sont à vous..., dit-il à ses soldats.

Enfin, se tournant vers ceux des prisonniers qu'il s'était octroyés, il leur dit :

— Je vous rends la liberté, en retour de la grâce que Dieu m'a faite de conquérir l'Égypte. Rentrez chez vous, si c'est encore p-p-possible...

Dix jours plus tard, les Francs arrivaient dans les parages du Caire. Mais entre-temps, un émissaire envoyé par Chawar s'était approché d'eux, dans l'intention de les sonder. Cet émissaire était le deuxième que Chawar dépêchait auprès d'Amaury – le premier ayant été acheté par la promesse d'un fief à prendre sur les futurs territoires francs d'Égypte...

Tout de blanc vêtu, et muni d'un long drapeau blanc qui – comme renâclant à sa mission – pendait tristement sous les sabots de sa jument, l'émissaire s'avança vers Amaury, l'air faussement radieux. Il leva la main droite et lui dit :

— *As-salam alei Kum* à toi, ô roi félon ! Car comment t'appeler autrement, étant donné les funestes intentions qui t'ont conduit jusque chez nous...

Amaury eut un geste de la main, et bégaya sa réponse :

— *Alei K-k-kum as-Salam,* mon ami ! Le ciel soit loué, mon frère, tu n'y es p-p-pas du tout. Va rassurer Chirkouh (la paix sur lui), car je n'ai nullement l'intention de lui nuire. Au contraire ! Je suis venu l'avertir d'un danger. Certains chrétiens particulièrement zélés se sont mis en tête de conquérir votre beau p-p-pays. Dans la crainte qu'ils ne réussissent, je me suis mis en route p-p-pour vous proposer mes services, en tant que médiateur...

— Mon frère, dis-moi, quelle sorte de médiateur es-tu ? Car ces chrétiens, vêtus de lourdes capes noires ornées d'une croix blanche, que je vois accrochés aux sabots de ton armée, qui sont-ils ?

— Des Hospitaliers.

— Moi je dis, des démons !

— Ils sont là p-p-pour ma sécurité, et pour la vôtre !

— Allons, mon frère, vous êtes ici les seuls à pouvoir la menacer. Alors pourquoi ne dis-tu pas à tes Hospitaliers de s'en retourner paisiblement vers la forteresse qu'ils ont entrepris de bâtir, au sud du mont Thabor, et qui a nom castel de Belvoir ?

— Mon frère ! Par D-d-dieu, je suis heureux de te voir aussi bien renseigné !

— En effet... C'est le moins que je te doive, ô grand roi. Mais tu peux retirer le lourd manteau de l'inquiétude de tes nobles épaules, car nous n'avons pas besoin de ton aide. Cependant, pour te remercier de t'être ainsi déplacé, Chawar – Dieu le garde ! – m'a autorisé à t'offrir un dédommagement, d'un montant qu'il te propose de fixer toi-même pour te montrer à quel point il a de l'affection pour toi.

— Mon frère, c'est formidable ! Ma foi, un million de d-d-dinars feront l'affaire. À ce prix-là, je pense réussir à convaincre les éléments récalcitrants de mon armée de rentrer à Jérusalem.

— Un million ! C'est une fort belle somme, mais tu la vaux bien... Mon frère, j'ai le cœur en larmes, car il me faut désormais repartir vers mon prince. Rentre chez toi, et tu auras ta réponse dans quelques jours.

Dix jours, donc, avaient passé, et au terme de ceux-ci, Chawar en personne s'était rendu auprès d'Amaury pour lui annoncer que :

— Non, non et non, jamais je ne paierai une telle somme !

— Méfie-toi, vizir ô mon ami, car je ne saurais à moins p-p-persuader les Hospitaliers de renoncer à leurs projets. Tu sais comme ils sont ! Les seules paroles qu'ils c-c-comprennent sont celles qui brillent...

— Celles des armes ?

— Par D-d-dieu, non ! Celles de l'or.

— En d'autres temps, dit Chawar, j'aurais peut-être accepté. Mais plus maintenant. La flotte que tu avais envoyée à Tanis est bloquée sur le Nil, et j'ai pris mes dispositions. Pour commencer, sache que l'Égypte est maintenant réunie dans la haine des Francs. Ensuite, je tiens à te montrer quel magnifique banquet j'ai préparé pour ta venue.

D'un geste, Chawar invita Amaury à le suivre de l'autre côté de la haute dune qui les séparait du Caire. Et Amaury comprit en atteignant le sommet que la partie était perdue. À l'horizon, une barre purpurine montait à l'assaut des cieux dans un mélange de fumées. Ces fumées, cette longue ligne incandescente, étaient le résultat de l'incendie du Vieux Caire, que Chawar – tel un Néron des temps modernes – avait ordonné de brûler.

— Vois-tu cette fumée ? C'est Fostat ! J'ai donné l'ordre, hier soir, d'y déverser vingt mille pots de naphte, et d'y jeter dix mille torches. Il ne restera bientôt rien qui te soit utile. Renonce à ton entreprise, autrement Le Caire subira le même sort...

Amaury regarda Chawar, et lui dit :

— Fort bien. Je crois que tout est t-t-terminé... Je suis prêt à repartir, en échange de cent mille dinars.

— En voici cinquante mille ! lui cria Chawar. Et tu devras t'en contenter. Mais je te promets de t'en faire parvenir autant dès que ton destrier mangera son picotin d'avoine dans son écurie.

Amaury donna l'ordre à trois de ses valets d'aller charger sur des mulets les sacs d'or apportés par Chawar. Enfin, il salua le vizir :

— J'espère que nous aurons un jour l'occasion de nous revoir.

Le vieux vizir, que des années d'exercice du pouvoir avaient rompu à toutes les finesses de l'art diplomatique, répliqua – non sans sincérité :

— Je l'espère aussi...

Puis, comme l'armée franque s'en repartait vers l'orient, Chawar mâchouilla sa moustache et poussa au grand galop sa jument, afin de rattraper Amaury :

— Une dernière chose, ô mon ami ! Sache qu'en ce moment même plusieurs milliers de cavaliers – dont deux mille d'élite – ont quitté Damas pour s'en venir au Caire...

— Je le savais, vieille c-c-crapule !

— Je n'y suis pour rien. C'est mon fils... Enfin, te voici renseigné. Si tu veux te porter jusqu'à eux, libre à toi. Je crois que cette information vaut bien le million de dinars que tu n'as pas eu.

— Oh non, fit Amaury, elle vaut bien plus que cela...

La paupière lourde, il contempla la rive gauche du Nil, baignée de lueurs rougeâtres qui s'en venaient troubler le paysage. Des tourbillons de poussière, mélange de cendres et de suie, volaient dans l'air à la recherche d'un endroit où se poser. Souvent c'était sur un palmier. Alors, comme des candélabres géants, les arbres plantés le long du fleuve s'embrasaient. Des flammes au bout des poils, des singes en jaillissaient pour plonger dans les eaux du Nil, où des crocodiles les attendaient la gueule grande ouverte. De mémoire d'Égyptien, jamais les crocodiles ne firent un tel festin. Les singes étaient dorés à point.

Amaury fit faire volte-face à sa monture, et prit la tête de son armée. Il la mena, non vers les déserts égyptiens, par où Chirkouh et ses cavaliers étaient susceptibles de passer, mais vers Mataria où, quelques siècles plus tôt, la Vierge s'était arrêtée, à l'ombre d'un sycomore.

Enfin, comme il chevauchait tristement, marmonnant dans sa barbe, Guillaume de Tyr s'approcha de lui pour s'enquérir de ses pensées, que voici : « Les gouverner c-c-correctement m'eût apporté richesse et paix, les p-p-piller m'a détruit. »

49.

« Êtes-vous Dieu ? – Non, ma foi. – Mais qu'êtes-vous donc ? »

(Chrétien de Troyes, *Perceval ou le Conte du Graal.*)

Ces événements venaient à peine de se produire, lorsque Morgennes et Guyane revinrent auprès du puits. Sur sa margelle était posé l'ouvrage auquel travaillait Guyane : un voile noir destiné à servir d'écrin à un immense édifice cubique appelé Kaaba. À l'intérieur de ce bâtiment, situé à La Mecque, se trouvait la Pierre vers laquelle les musulmans se tournaient pour prier.

— C'est magnifique, dit Morgennes.

— C'est le deuxième que je brode. Le premier m'a demandé plus de cinq années de travail.

Morgennes toucha le tissu, heureux d'effleurer la matière que Guyane avait tenue entre ses mains. Enfin, il se tourna vers le puits :

— Alors, c'est ici ? Le puits au fond duquel est Dieu ?

— D'après la légende, oui.

Elle se pencha vers le puits, où Morgennes regarda à son tour. Mais il n'aperçut que leur propre reflet, tout au fond d'un trou noir où de l'eau scintillait.

— Je ne vois rien, dit Morgennes.

— Peut-être qu'il faut descendre ? dit Guyane en souriant.

— Cela paraît logique, effectivement.

Il passa alors une jambe de l'autre côté de la margelle, puis le corps tout entier, et entreprit de descendre au fond. Il faisait si sombre qu'il voyait à peine ses mains et qu'il redouta plusieurs fois de tomber tant sa prise était mal assurée. Il crut qu'il n'y arriverait jamais, lorsque Guyane eut une idée.

— Tenez ! dit-elle en lui envoyant un seau. Il est accroché à une corde, que j'ai nouée à un arbre. Ça tiendra.

— Merci.

Passant un bras à l'intérieur du seau, Morgennes poursuivit sa lente incursion dans les entrailles du puits. L'air était moite, et les parois du puits glissantes. Enfin, il atteignit le fond. À sa grande surprise, il avait pied.

— Alors ? demanda Guyane.

— Je ne vois rien ! Il fait trop sombre...

Sans se décourager, il tâta les murs, à la recherche d'une ouverture, d'un mécanisme, de quoi que ce soit d'anormal – en vain.

— Il n'y a vraiment rien ! Je crois que je vais remonter.

Pour tout commentaire, il entendit un rire. Morgennes leva les yeux, et vit le rond visage de Guyane, pareil à une lune échappée d'un nuage.

— Qu'y a-t-il ? demanda Morgennes.

Elle rit de nouveau. « Ça alors, se dit Morgennes. Elle a dû voir quelque chose... » Sondant les murs, passant les mains sur chaque interstice, fouillant la vase au fond du puits, il chercha, chercha et chercha. Mais ne trouva toujours rien.

— C'est vide ! cria-t-il.

— Pas tout à fait ! lui répondit Guyane.

— Ah bon ? s'étonna Morgennes. Vous voyez Dieu ?

— Peut-être que oui !

Et elle rit de nouveau.

— Bon, dit Morgennes, vaguement irrité. Je peux remonter ?

— Oui ! Venez !

S'aidant de la corde pour grimper, il revint auprès de Guyane et, les pieds tout crottés, les mains salies par la vase et la boue, lui demanda :

— Me direz-vous enfin ce que vous avez vu ?

— Vous !

Elle s'approcha de lui et lui posa la main sur la poitrine. Mais Morgennes recula.

— Non, dit-il. J'ai promis à mon roi...

— Que je ne connais pas ! fit Guyane. C'est vous que j'attendais, j'en ai la conviction. Vous êtes...

De nouveau, elle fit un pas en avant, et de nouveau il recula :

— C'est mon roi.

— Pas le mien.

— Écoutez, ne nous disputons pas. Sortons d'ici...

Mais Guyane s'assit au bord du puits, et dit à Morgennes :

— Non. Je vous l'ai dit, je n'ai pas choisi...

Et elle reprit son ouvrage. Morgennes était désemparé. Que faire ?

— Je vais repartir, dit-il. Je reviendrai demain.

— Vous doutez ? demanda violemment Guyane en le regardant droit dans les yeux.

— De quoi ?

— De ce que je ressens ?

Le cœur de Morgennes battait à tout rompre, et cependant il dit :

— Non, désolé. Je ne peux pas.

— Comme vous voudrez, dit Guyane en se remettant à broder.

C'est alors que dans un même piaillement, tous les oiseaux s'envolèrent. Un silence pesant s'installa dans le Coffre et une odeur de brûlé parvint aux narines de Morgennes.

— Vous sentez ?

— Non.

Guyane lâcha ses travaux de couture et regarda, comme Morgennes, vers le ciel.

— Et là ? demanda-t-il.

Des langues de fumée rouge et noire montaient à l'assaut des nuages.

— Un incendie !

— Quelqu'un a mis le feu au Coffre !

À cet instant, la jument de Guyane passa au grand galop devant eux, la crinière et la queue embrasées. Guyane poussa un cri, auquel la jument répondit par un hennissement de douleur.

— Il faut sortir d'ici ! dit Morgennes.

Il attrapa Guyane par le bras et l'entraîna vers la porte du labyrinthe. Mais celle-ci s'ouvrit, livrant passage à des ophites. Ils venaient dans leur direction. Morgennes rebroussa chemin, prit Guyane dans ses bras et sauta dans le puits. C'était leur seule échappatoire. Quand il atterrit au fond, se ramassant sur lui-même, Morgennes amortit le choc et tint Guyane étroitement serrée contre lui.

Leurs regards se croisèrent. Les lèvres de Guyane tremblèrent. C'est alors que le voile noir de la Kaaba, que Guyane avait entraîné dans sa chute, tomba sur eux – les plongeant dans l'obscurité.

— Fouillez le jardin ! s'écria l'officier des ophites en venant près du puits.

Le temps pressait. Déjà, la chaleur augmentait, et ils avaient du mal à respirer.

— Elle n'est pas là ! hurla l'un de ses hommes.

— Il faut la retrouver, sinon Chawar va nous tuer !

— À vos ordres !

L'ophite claqua des talons, et s'éloigna.

— Par Alexandre ! siffla l'officier. Elle doit bien être quelque part !

Il parcourut le jardin de son regard de serpent, se demandant où Guyane avait pu se cacher. C'est alors qu'un seau posé sur la margelle du puits attira son attention. Le prenant dans sa main, marchant vers l'arbre auquel le seau était resté accroché, l'officier hésita un moment à le jeter dans le puits... Mais après réflexion, il n'en voyait pas l'intérêt. Il n'y avait rien au fond du puits, qu'une profonde nuit noire. Dépité, il reposa le seau au bord du puits et cria à ses hommes :

— Elle a dû brûler, comme sa jument ! Filons d'ici !

Morgennes et Guyane attendirent en silence qu'ils s'éloignent. Puis, quand il y eut un grand bruit de porte refermée, Guyane murmura à l'oreille de Morgennes :

— Nous sommes sauvés.

— Hélas non, lui dit-il. Je crois même que c'est tout le contraire.

Et il se pencha sur elle pour l'embrasser.

50.

« Mais grand vent tombe à peu de pluie ! »

(CHRÉTIEN DE TROYES,
Perceval ou le Conte du Graal.)

À plusieurs centaines de lieues de Fostat, une puissante armée se trouvait aux prises avec le Khamsin.

Ce vent, que beaucoup associaient au djinn de la guerre et de la mort violente, s'acharnait sur ses proies avec une telle furie qu'il était difficile de croire qu'il n'était pas animé de conscience. Pire que les Maraykhât – ces bandits du Sinaï –, pire que le soleil ou la soif, pire que les bêtes sauvages, le Khamsin prenait un malin plaisir à guetter ses victimes pour les attaquer au moment opportun.

Ainsi, il était inutile d'attendre une accalmie ou de sonder l'humeur du désert en y envoyant des éclaireurs. Car, toujours, le Khamsin se faisait mince brise qui vous invitait à entrer sur son territoire. Et quand vous vous trouviez à plusieurs jours de route de la plus proche oasis, il surgissait soudain de la terre et du ciel, et se jetait sur vous pour vous étriper.

« Le Khamsin vous laissera tranquille », avait annoncé à l'armée de Nur al-Din le mage Sohrawardi, son plus proche conseiller. « J'ai convoqué les djinns, et obtenu d'eux qu'ils l'emprisonnent dans une cage de sable pendant la durée de votre voyage. »

Apparemment, le Khamsin avait brisé les barreaux de sa cage. Car dès que les cavaliers de Chirkouh se furent suffisamment éloignés de Damas pour qu'il soit plus dangereux d'y retourner que de poursuivre vers Le Caire, de fortes rafales se mirent à souffler.

— Par Allah tout-puissant ! Ce chacal de Sohrawardi s'est encore trompé, graillonna Chirkouh. Saladin, prends dix hommes avec toi, et rassemble nos troupes ! Nous bivouaquerons ici, en attendant que la tempête se calme.

Saladin rabattit son keffieh sur son visage, déjà piqueté par le sable. Il avait l'impression qu'un millier de guêpes l'attaquaient, se jouant des nombreuses épaisseurs de tissu dans lesquelles il s'était enroulé. Le Khamsin se moquait des hommes et de Dieu – ce qu'il avait démontré, une fois encore, en s'abattant sur ses proies au moment de la prière.

Saladin fulminait. Furieux contre le vent, qu'il qualifiait d'impie, et surtout contre lui-même. Par Allah tout-puissant ! Il savait ! Cette énième campagne militaire ne lui disait rien de bon. Déjà, à Alexandrie, il avait failli perdre la vie. Et maintenant, son oncle avait réussi à convaincre Nur al-Din de lancer une nouvelle expédition contre l'Égypte. Tout ça pour quoi ? Prendre les Francs de vitesse, prêter main-forte à cette girouette de Chawar, et récupérer cette étrange jouvencelle, qu'on disait « n'exister pas »...

Saladin eut un vague sourire. Il lui faudrait songer un jour à se marier. Son père le lui répétait sans arrêt : « Marie-toi, mon fils ! Fais-nous de beaux petits-enfants ! Et sors la tête de tes livres ! Cesse donc un peu de méditer ! Va t'amuser ! »

Après avoir dépassé l'avant-garde de l'armée, Saladin obliqua vers l'est afin de la rabattre vers le gros des troupes, composé de deux mille cavaliers portant chacun en croupe un fantassin. Soudain, une trombe de sable se détacha du sol et s'éleva en spirale vers le ciel. Elle parcourut ainsi quelque distance, puis s'évapora comme elle était née. L'air s'était brutalement asséché, et Saladin eut la désagréable sensation d'avoir la poitrine saturée de poussière. Il cracha, toussa, mais ne réussit qu'à avaler plus de sable. C'est alors que son neveu le rejoignit pour lui tendre une gourde :

— Buvez, mon oncle !

— Merci Taqi, dit Saladin en prenant la gourde que son neveu lui tendait.

Taqi n'était alors qu'un gamin de neuf ans. C'était une sorte d'écuyer, dont la tâche consistait à suivre son oncle, avec un cheval de secours, quelques armes, une armure et des vivres. Saladin se désaltéra en prenant soin, ainsi que le commande l'islam, de ne surtout pas toucher la gourde avec ses lèvres, la rendit à Taqi puis lança :

— Allons retrouver Chirkouh !

Les dix cavaliers talonnèrent leurs chevaux, et s'élancèrent sur les traces de l'avant-garde de l'armée qui, ayant fait demi-tour, les avait devancés sur la route du bivouac.

« On ne respire pas de l'air, mais de la poussière ! J'ai du sable jusque dans les narines... Et quand je penche la tête de côté, du sable, encore du sable, me coule par les oreilles ! »

Saladin pesta silencieusement : « Que suis-je donc venu faire ici ? »

Chirkouh avait promis de lui donner un fief, pris aux Égyptiens. Jamais Saladin n'oublierait ce qu'il avait répondu ce jour-là à son oncle : « Par Dieu, si l'on me donnait tout le royaume d'Égypte, je n'irais pas ! »

Mais il avait cédé. Non pour lui, mais pour son père. Le vieil homme, si cher à son cœur, avait rêvé toute sa vie d'avoir un fils conquérant. En acceptant de suivre son oncle, c'était un peu des espoirs déçus de son père que Saladin réalisait. Mais à quel prix ! Car il n'était pas dit qu'aucun des quatre mille soldats engagés dans cette expédition en ressortirait vivant. En effet, le désert et le Khamsin constituaient de redoutables adversaires, dont les victimes se voyaient çà et là étendues sur le sable. Animaux de bât, dont les os blanchis figuraient de stériles semailles. Volatiles qu'un vent puissant avait plaqués d'un coup au sol, où ils s'étaient brisé les ailes. Pièces d'armure dépolies que le Khamsin promenait d'un bord à l'autre d'une dune, comme pour s'amuser.

Enfin, alors qu'à l'horizon se dessinait une ligne de cavaliers, le Khamsin forcit. Il gronda, parut bander ses muscles, et enferma chacun des membres de la petite troupe de Chirkouh dans un sarcophage de sable.

« Tu parles d'un sortilège, maugréa Saladin en son for intérieur. C'est nous qui sommes emprisonnés, pas le Khamsin ! »

Saladin poussa un cri, appela. Personne ne répondit. Sa jument, affolée, tourna subitement sur elle-même, sans savoir où aller. Alors il mit pied à terre – c'était la meilleure chose à faire – et noua un drap de coton autour des yeux de sa monture, afin de l'aveugler. « C'est pour ton bien », dit-il à son cheval en lui caressant l'encolure.

Marchant dans ce qu'il pensait être la direction du camp, Saladin heurta du pied une masse inerte étendue sur le sable : un corps. Fouillant avec ses mains, palpant, tâtant, il parvint à reconnaître la forme bombée d'une gourde à moitié vide. Celle de l'intrépide Taqi ! Le malheureux était tombé. Saladin se pencha sur son neveu et le prit dans ses bras. Par chance, ce n'était encore qu'un gamin tout en nerfs, loin de peser le poids de Chirkouh. Il attacha son neveu sur la selle de sa propre monture, le lia avec une corde, et poursuivit sa route, au hasard... « Voyons, se disait-il, ce que je fais est stupide ! Je n'ai aucune chance de m'en sortir ! Je n'arrive même pas à m'orienter. Réfléchissons... »

Il s'arrêta et fit s'allonger sa jument, non sans avoir pris soin de libérer Taqi. Saladin se recroquevilla entre les jambes de sa monture, et plaça Taqi au creux du ventre de l'animal. Puis il attendit. Le vent continuait de souffler, les ensevelissant sous le sable. Imperturbablement, Saladin se balançait doucement d'avant en arrière, récitant ses prières :

— Au nom de Dieu, le Très Miséricordieux, le Miséricordieux ; Louange à Dieu, Seigneur des univers, le Très Miséricordieux, le Miséricordieux, le roi du Jour et du Jugement. C'est Toi que nous adorons, c'est Toi dont nous implorons le secours. Guide-nous sur la voie de la rectitude, la voie de ceux que Tu as comblés de Tes bienfaits, non pas celle de ceux qui osent Te défier, ni celle de ceux qui se sont égarés...

Une larme coula le long de sa joue, mais quand il porta la main à son visage pour la toucher, il ne recueillit qu'un peu de sable. Sable, sable, sable... N'y avait-t-il rien d'autre que du sable ?

« Non ! se dit Saladin. Les Anciens racontaient qu'autrefois un immense océan recouvrait ce désert. Des poissons géants y nageaient, ainsi que toutes sortes de créatures aujourd'hui disparues. Noé n'avait pas pu sauver tous les animaux de la Création. Certains avaient dû être sacrifiés. Il avait plu, pendant quarante jours et quarante nuits, puis les eaux s'étaient retirées, et la mer elle-même était morte, anéantie... »

Saladin lâcha un profond soupir. Curieusement, cela lui évoqua l'image d'un très grand et très puissant dragon, en train de pousser son dernier souffle, alors que la mer où il vivait périssait. Un soupir. Une mer. Un dragon. Et si le Khamsin était le dernier souffle du dernier dragon de ce désert ? Un souffle si puissant qu'il parcourait encore ce qui jadis avait été son territoire ?

— Peut-être parviendrai-je à l'apaiser, si je lui donne un peu de ce qu'il a perdu...

Saladin prit la gourde de Taqi, l'ouvrit, et versa l'eau sur le sable.

« C'est pure folie ! Mais après tout, perdu pour perdu, cela mérite d'être essayé... »

Curieusement, l'eau coula vers le haut. Alors Saladin leva les yeux pour la regarder monter vers la tempête, où elle se fraya un chemin vers le ciel.

— C'est un miracle, murmura-t-il. Allah soit loué !

En effet, petit à petit, le minuscule carré de ciel bleu que l'eau avait fait apparaître s'agrandit, tant et si bien que les vents se calmèrent puis tombèrent tout à fait. Enfin, le soleil se remit à briller – comme si rien ne s'était passé. Saladin se demandait s'il n'avait pas rêvé.

— C'était peut-être un mirage ?

Il se dressa sur ses jambes, épousseta ses manches, sa veste et dénoua son keffieh. Après l'avoir fait claquer plusieurs fois dans l'air, pour le débarrasser de la poussière qui s'y était accumulée, il se retourna vers sa jument. Celle-ci était toujours à moitié recouverte de sable, et Saladin eut la mauvaise surprise de voir – en lui passant un linge sur la tête – que le Khamsin l'avait mordue jusqu'à l'os, laissant la chair à vif, endolorie. Elle était morte. Saladin poussa un hurlement de douleur, si formidable qu'il extirpa Taqi de sa torpeur.

— Où suis-je ? demanda l'enfant.

— Tout va bien, lui répondit Saladin. Le Khamsin avait soif. Je lui ai donné à boire, et il s'en est allé.

Taqi se remettait doucement d'aplomb, et tentait de reprendre ses esprits. Mais, bientôt, une ligne de poussière commença à se former au-dessus du désert, vers l'orient, et les étendards de l'armée de Chirkouh apparurent à l'horizon, telles des voiles de navires venus les secourir.

— Sauvés ! fit Taqi en agitant un bout de son keffieh. Par ici ! Par ici !

Saladin, quant à lui, recouvrait sa jument de sable, tout en maugréant quelques paroles dans sa courte barbe.

— Que dis-tu ? lui demanda Taqi.

— Que ce qu'on ne peut pas obtenir par la force, un peu d'eau vous le donne.

Il médita cette leçon, se promettant de ne jamais l'oublier. Désormais, le Khamsin était pour lui, non pas comme un ami, mais comme un être qu'il avait appris à connaître et à ne plus craindre. Un futur allié ? Peut-être...

51.

« Il en va toujours ainsi : le fumier doit nécessairement puer, les taons doivent piquer, et les traîtres se rendre odieux et nuire. »

(Chrétien de Troyes,
Yvain ou le Chevalier au Lion.)

— Nous avons réussi, lança Saladin à son oncle, Chirkouh.

— Non, répliqua ce dernier. Ce sont les Francs qui ont échoué. Car s'ils s'étaient conduits avec humanité à l'égard des habitants de Bilbaïs, ils se seraient certainement emparés aussitôt après de Fostat et du Caire.

— Alors, remercions Allah de les avoir aussi mal inspirés !

— Allah soit loué, dit Chirkouh sur un ton maussade. Car si le chef des armées de Nur al-Din avait de quoi être content, il n'était pas totalement satisfait. Certes, ils avaient échappé au Khamsin. Certes, les Francs avaient quitté l'Égypte la queue entre les jambes sans même chercher à les intercepter à la sortie du désert.

Mais Chirkouh semblait préoccupé.

Saladin s'interrogeait : « Mon oncle s'était peut-être attendu à un autre accueil de la part des habitants du Caire ? »

Pourtant, il suffisait de regarder Chawar et sa caravane de cadeaux monter à la rencontre des « Glaives de l'Islam » pour comprendre à quel point les Égyptiens étaient heureux que les Francs ne soient plus qu'un lointain cauchemar.

Alors que ce spectacle aurait dû déclencher son enthousiasme, celui qu'on surnommait le Volontaire, le Borgne, ou encore le Lion, bâillait à s'en décrocher la mâchoire.

Saladin et son oncle restèrent un long moment silencieux, contemplant Le Caire depuis le sommet de cette même dune où Amaury s'était tenu avant de renoncer à s'en emparer. La ville était noyée dans un épais brouillard, d'où pointaient çà et là, tels les arbres d'une étrange forêt, quelques clochers et minarets. Puis, alors qu'ils se demandaient si le reste de la ville était encore là, le vent du nord se leva. Ce fut comme si d'un coup de baguette magique le roi des djinns avait annulé la malédiction qu'il avait jetée sur Le Caire – et la ville apparut dans toute sa splendeur, de marbre, d'or et de lumière. Devant tant de beauté, et bien que Fostat restât voilée par les nuées, Saladin ne put s'empêcher de pousser un cri d'admiration.

Chirkouh, lui, demeurait silencieux.

— Par Allah tout-puissant, mon oncle, allez-vous enfin me dire ce qui vous soucie ? Tout ne vous sourit-il pas ?

— Maintenant que nous avons vaincu, dit Chirkouh en tortillant sa moustache poivre et sel, je ne peux plus reculer...

— Mon oncle, nous n'avons pas vaincu. Il reste encore le but ultime : Jérusalem !

— Jérusalem, oui, bien sûr. Il faut reprendre Jérusalem, tu as raison...

On aurait dit que leurs rôles s'étaient inversés. Saladin était impatient d'en découdre, alors que Chirkouh semblait las. Ses yeux ne brillaient pas quand il prononçait le nom de la troisième ville sainte de l'Islam. Pour lui, ce n'était pas un combat important. À vrai dire, aucun combat n'était important – sauf celui qui consistait à retrouver...

— Ma fille, soupira Chirkouh.

— Pardon ? fit Saladin. Mais, elle est restée à Homs, dans votre fief.

— Non, pas elle. Je pensais à mon autre gazelle, celle que je n'ai jamais vue, et que j'ai hâte de connaître. Voudrat-elle de moi ? Ou me chassera-t-elle hors de sa vie, comme un malpropre et un fâcheux ? A-t-elle les doux yeux de sa mère ? Son allure de biche ?

Il tourna son regard vers le gigantesque incendie qui consumait Fostat depuis plusieurs semaines, et durerait jusqu'à la fin du mois.

— Qu'est-ce que c'est ? On dirait... Mais c'est impossible ! Les Francs n'ont pas pu causer tant de dégâts. Heureusement, Le Caire semble indemne.

— Oui, fit Saladin. Seule la vieille ville est atteinte par les flammes.

C'est alors que Chawar et son cortège de cadeaux les rejoignirent. Le vizir avait revêtu le plus joli de ses sourires. Il affichait une mine réjouie, et telle la balance qui est toujours ravie de pencher d'un côté, puis de l'autre, il se frottait les mains et se demandait quel profit il allait pouvoir tirer de la situation. « Allons, se disait-il. Surtout, ne pas avoir peur. Ne pas trembler... Tu as en face de toi tes nouveaux maîtres. Caresse-les dans le sens du poil, susurre-leur des gentillesses, et fais-les choir dans ton escarcelle ! »

Quand il fut arrivé à proximité de Saladin et de Chirkouh, il ronronna d'une voix mielleuse :

— Que le salut soit sur vous, ô glorieux protégés des cieux ! Ô princes de nos destinées, ô remarquables défenseurs de l'orthodoxie ! Ô vous aimés des...

— Suffit ! cracha Chirkouh en empoignant les rênes de sa monture. Tu n'es qu'un misérable vermisseau que son père a fini à la pisse. Garde ton miel avarié, et dis-moi plutôt pourquoi Fostat est en train de brûler ?

— Fostat brûle, siffla Chawar, pour qu'en échange Le Caire vive !

— Vive ? Était-elle à ce point menacée ?

— Par la barbe du Prophète, ô combien ! Mais j'ai réussi à chasser les Francs. Et ils ont reculé...

— Ils sont sages. Ils ne sont pas comme toi, vil pourceau qui n'a d'autre Dieu que l'argent. Mais dis-moi, à propos de Fostat...

— Trésor d'Allah, je sais ce que vous allez me demander. Mais hélas, trois fois hélas, la réponse est oui... Pour sauver l'Égypte, j'ai dû la sacrifier !

— Crevure ! Tu l'as sacrifiée ? Elle est morte ? La honte sur toi, fit Chirkouh en portant la main à son sabre.

— Morte ? Mais noble Chirkouh, de quoi parlez-vous ?

— De ma fille, fils de chienne !

— Votre fille ? Mais je croyais que vous parliez de notre flotte de guerre ! Vous n'êtes pas sans savoir qu'elle mouillait à Fostat, et...

— Je me fiche de tes petits bateaux. On t'en bâtira dix mille autres. Ce qui m'intéresse, moi, c'est ma fille ! Dois-je te rappeler que c'est pour elle que je suis venu ? Ou me faudra-t-il jeter à tes pieds la tête de ton fils pour que la mémoire te revienne ?

Chawar blêmit. Non, il n'avait pas oublié. Il avait évidemment pris ses dispositions et envoyé plusieurs de ses ophites au Coffre, afin d'en exfiltrer Guyane alors que l'incendie de Fostat venait d'être allumé. Malheureusement, ils lui avaient dit qu'elle avait péri, brûlée comme sa jument.

— Seigneur, siffla Chawar, je suis désolé, mais elle est morte...

— Explique-toi !

— Certains de mes hommes sont entrés dans le Coffre, par le chemin du Serpent – une route connue de nous seuls et protégée par un dragon... Mais, en pénétrant dans le jardin où votre fille était recluse, ils n'ont trouvé que son cadavre, auprès de sa jument. « La femme qui n'existe pas » n'est plus ! Pardon.

Chawar leva vers Chirkouh un regard implorant. En guise de réponse, il y eut un sifflement métallique, et la tête du vizir roula sur le sol.

— Maintenant, tu es pardonné, dit Chirkouh en remettant son épée au fourreau.

52.

> « Toute la nuit, il embrasse la chevelure et, quand il contemple le cheveu, il se croit le maître du monde. Amour transforme le sage en fou, quand quelqu'un comme Alexandre peut se réjouir d'un cheveu. »
>
> (CHRÉTIEN DE TROYES, *Cligès*.)

Morgennes s'étendit auprès de Guyane et lui caressa les cheveux.

— Comment se porte-t-elle ? demanda-t-il à Azyme.

— Je ne saurais le dire, répondit celui-ci. C'est un cas très particulier, que ma science est malheureusement impuissante à soigner. Elle ne souffre apparemment d'aucune blessure, et pourtant elle est plongée dans un profond coma...

— Alors, tout ce qu'il reste à faire, c'est...

— Prier.

Les deux hommes s'agenouillèrent auprès de la couche où reposait la jeune femme, et prièrent à la façon des coptes, paumes tournées vers le ciel.

Ils se tenaient dans la cellule qu'occupait Azyme, au monastère de Saint-Georges. Celui-ci avait dû à sa proximité avec l'aqueduc de Fostat d'avoir été relativement épargné par le terrible incendie qui avait ravagé la vieille ville jusqu'en ce mois de février 1169. Durant ce temps, les coptes de Fostat avaient vécu repliés sur eux-mêmes, consacrant leurs journées à la prière, au jeûne et à se relayer auprès de l'aqueduc pour aller y remplir des seaux, qu'ils déversaient ensuite sur l'incendie. Finalement, ils avaient survécu. Beaucoup disaient que c'était grâce à saint Georges :

— Il a pris ce monastère sous sa protection, dit Azyme à Morgennes.

— C'est possible, dit Morgennes sans lever les yeux de Guyane. Tout comme il nous a protégés, elle et moi, quand nous étions dans le Coffre...

— Me diras-tu enfin comment vous vous en êtes sortis ?

Morgennes prit une profonde inspiration, et se remémora les événements de ces derniers jours, aussi précisément que s'ils venaient de se produire.

— Comme tu sais, nous étions dans le puits, cachés par le voile sacré de la Kaaba. Nous attendions que les ophites s'en aillent. Malheureusement, lorsque ceux-ci quittèrent les lieux, l'incendie s'était déjà propagé à l'ensemble du jardin, et nous ne pouvions plus rien faire... Que patienter. Heureusement, grâce aux provisions que j'avais emportées, nous avions à manger. Mais le puits était humide. Guyane grelottait. Elle avait froid, surtout la nuit. Dehors, il faisait chaud et sec. Parfois, les flammes étaient si vives qu'elles éclairaient le puits comme un soleil. J'avais pris Guyane dans mes bras, pour lui communiquer de ma chaleur et pour la protéger. Je me demandais combien de temps l'incendie allait durer, et comment nous allions faire pour sortir, lorsque je sentis quelque chose remuer dans ma poche.

— Qu'est-ce que c'était ? demanda Azyme.

— Ceci, fit Morgennes en sortant la draconite de son aumônière.

Il la déposa non loin de la tête de Guyane, et poursuivit son récit :

— Actuellement, elle ne brille pas. Et tu ne vois qu'une pierre inerte, et noire. Mais dans le puits, pour une raison que j'ignore, elle se mit à briller, à chauffer. En fait, il en émanait tellement de chaleur que j'ai cru qu'elle allait me brûler. Déjà, mes vêtements roussissaient.

— Pourquoi réagissait-elle ainsi ?

— Je ne sais pas.

— Quelle pierre étrange, fit Azyme en approchant la main de la draconite.

— N'y touche pas ! Elle pourrait te blesser...

Azyme arrêta son mouvement.

— Cette pierre est comme un serpent, poursuivit Morgennes. Elle mord ceux qui l'approchent, sauf son propriétaire. C'est-à-dire moi.

— Intéressant, fit Azyme. On dit la même chose de la pierre noire de la Kaaba...

— Toujours est-il qu'à l'intérieur du puits, la pierre se mit à briller. Et quand je la montrai à Guyane, celle-ci s'exclama : « Une draconite ! »

— Elle savait ce que c'était ?

— C'était la première qu'elle voyait, mais les ophites lui en avaient déjà parlé. Elle m'apprit qu'il s'agissait d'un puissant artefact qui n'existait qu'en deux exemplaires sur terre. Les ophites en avaient possédé un. Mais un aventurier le leur avait dérobé, bien avant ma naissance.

— Hum, fit Azyme. Vraiment intéressant. Mais toi, qui te l'a donnée ?

— Mon ami Chrétien de Troyes, qui la tenait de son père, qui l'avait eue du mien.

— Qui l'avait eue de ?

— Je ne sais pas.

— Il serait bon de le savoir, dit Azyme. Mais tout cela ne me renseigne pas sur la façon dont vous avez réussi à vous échapper.

— Je voulais simplement que tu saches comment nous avions survécu. Car sans cette pierre, j'ai la conviction que Guyane aurait succombé au froid. C'est d'ailleurs pour cette raison que je la mets à côté d'elle, dit-il en montrant la draconite.

Puis il toussa, se caressa le menton et continua son récit :

— L'incendie s'étant calmé, j'escaladai le puits en portant Guyane sur mon dos. Ce ne fut pas facile, mais je parvins à rejoindre le jardin – qui n'était plus que cendres. Les arbres s'étaient entièrement consumés, et il ne restait plus d'eux que des souches noircies, à ras de terre. Mais alors que nous marchions dans ce champ de ruines, où des volutes de fumée masquaient la vue, quelle ne fut pas notre surprise de voir que les murs eux-mêmes étaient tombés. À l'endroit où s'élevaient encore, juste avant l'incendie, les portes de l'islam et de la chrétienté, il n'y avait plus rien. Quelques briques, çà et là, témoignaient qu'une muraille avait jadis enclos ce jardin... Et c'était tout.

— Par les noms des apôtres ! s'écria Azyme. Et l'icône ?

— Disparue, calcinée...

— Par saint Georges, quelle perte !

Morgennes marqua une pause, puis termina son récit :

— N'ayant plus à choisir entre telle et telle porte, Guyane paraissait désemparée. Elle me faisait l'impression d'un oiseau ayant toujours vécu en cage, et qui ne sait où s'envoler une fois ses barreaux disparus.

— Pauvre enfant, murmura Azyme.

Morgennes caressa la joue de Guyane, et dit :

— J'aimerais tant qu'elle se réveille. Elle est vraiment libre à présent.

— Quand s'est-elle évanouie ?

— Juste après avoir franchi la ligne qui marquait autrefois la limite du Coffre. À peine eut-elle posé le pied de l'autre côté qu'elle s'effondra.

— On dit souvent qu'il n'y a rien de plus ardu à franchir que le seuil.

— J'ai d'abord pensé que c'était à cause de la faim. La prenant dans mes bras, je traversai un fantôme de ville, fuyant devant un incendie qui continuait de ravager le sud de Fostat. Par chance, je parvins à regagner votre monastère, qui se trouvait plus au nord...

Morgennes, donc, était entré dans le monastère de Saint-Georges avec Guyane, à la grande joie d'Azyme – qui le croyait mort. Le prêtre copte n'ayant plus eu de ses nouvelles depuis trop longtemps à son goût, avait fait dire moult prières au nom de son ami. Azyme l'aurait juré : jamais il ne pensait revoir Morgennes. Leurs retrouvailles furent touchantes, et les deux amis se hâtèrent de conduire Guyane dans la cellule où le vieux copte avait sa paillasse. Là, elle reçut les meilleurs soins. Pendant ce temps, Azyme apprit à Morgennes ce qui s'était passé au Caire, les changements qu'avait connus l'Égypte – et notamment le principal :

— Les Francs ont été chassés !

— La peste soit des Sarrasins, maugréa Morgennes.

— Heureusement, poursuivit Azyme, j'ai réussi à recueillir les deux Templiers qui faisaient office d'ambassadeurs auprès du calife.

— Tu as bien fait... Et qu'est-il advenu de Chawar ?

— Il est mort.

— Mort ? Lui ? En es-tu sûr ? Il serait bien capable de s'allier avec la mort elle-même, et puis de la rouler.

— S'il vit, ce n'est plus que sous la forme d'une tête coupée, offerte par Chirkouh au calife al-Adid. Lequel, en remerciement, a donné à Chirkouh la place de Chawar. Je dois dire que ce n'est pas une bonne nouvelle pour nous, les coptes. Car nos nouveaux maîtres sont nettement moins conciliants avec les non-musulmans que les précédents.

Azyme eut une moue de tristesse, puis poursuivit :

— Cependant, il faut bien reconnaître que cela n'aura pas eu que de mauvaises conséquences. Car peu après la mort de Chawar, et afin de s'assurer la bienveillance de la population du Caire, Chirkouh l'invita à aller piller le palais du vizir... Ce que la foule s'est empressée de faire.

— Tu dis que ce ne fut pas une mauvaise conséquence ? Moi, je ne vois pas l'avantage que vous en retirez.

— L'avantage ? Le voici.

Azyme sortit alors d'une de ses poches une petite pièce carrée. Elle portait sur son avers la pyramide de Khéops, frappée en son milieu de l'œil Houdjat (un vieux symbole égyptien) ; et son envers était illustré d'un dessin de dragon, quoique sans ailes, orné de cette phrase : « *Presbyter Johannes. Per Dei gratiam Cosmocrator.* »

— Pourquoi cette phrase est-elle en latin ? demanda Morgennes.

— Pour mieux frapper l'imagination des chrétiens. Mais cette pièce est bel et bien la preuve que cette histoire de « prêtre Jean » était un conte inventé de toutes pièces, pardonne-moi l'expression, par Chawar et son fils ; nous en avons retrouvé plusieurs coffres, dans les caves de son palais. Et ce n'est pas tout...

Morgennes tendit l'oreille, impatient de savoir ce que le vieux chef des coptes avait à lui apprendre :

— Les Templiers ont reçu l'ordre de fomenter une révolte en s'appuyant sur nous et sur la garde d'esclaves noirs.

— L'ordre ? De qui ?

— D'Amaury, évidemment. Le roi de Jérusalem veut frapper une dernière fois. Donner un grand coup avant qu'il ne soit trop tard. Il veut amputer le membre gangrené qui est en train de contaminer l'Égypte tout entière... Et pour cela, il a choisi trois hommes.

— Les Templiers ? Je croyais qu'ils n'étaient que deux ?

— Le troisième, c'est toi. Et c'est toi qui commandes, a dit Amaury. Les Templiers t'obéiront.

— Très bien, dit Morgennes. Amaury a-t-il dit par quoi il voulait qu'on commence ?

— Tuer Chirkouh.

53.

> « Eh ! Dieu ! Est-il possible de racheter ce meurtre, ce péché ? Non, vraiment, pas avant que tous les fleuves ne soient taris et la mer asséchée ! »
>
> (CHRÉTIEN DE TROYES,
> *Lancelot ou le Chevalier à la Charrette.*)

Les préparatifs du coup d'État durèrent six semaines, durant lesquelles Morgennes ne cessa de s'interroger au sujet de Guyane : « Si je lui prends son futur mari, puis-je lui prendre aussi son père ? »

Il trouvait d'autant moins la réponse adéquate qu'une autre question le tourmentait : « Et mon roi ? Je lui désobéis déjà en lui prenant sa future reine. Puis-je lui désobéir encore en ne lui obéissant pas ? »

Il tournait et retournait ces problèmes dans sa tête, jusqu'au jour où il se dit : « Allons ! Peut-on appeler père un homme qui a abandonné sa fille ? Chirkouh n'est pas plus son père qu'Aliénor n'est sa mère. Guyane est seule au monde. »

« Elle n'a que moi ! » se disait-il en lui caressant les cheveux et en veillant sur elle, lui humectant les lèvres et lui donnant à manger quelques cuillerées de soupe. Souvent, il passait la nuit à côté d'elle, ne dormant pas plus d'une heure ou deux. Le reste du temps, il lui racontait l'une des milliers d'histoires qu'il connaissait.

Mais en son for intérieur, il ne pouvait s'empêcher de se lamenter : « Ah ! Si seulement je pouvais oublier ! Pourquoi ne suis-je pas comme les autres ? Qui se serait souvenu de cela : “ Chirkouh est le père de Guyane. ” Personne ! Mon crime n’en serait pas un... Ce serait à peine une faute. Cette mémoire, c’est une malédiction ! »

Un soir, alors qu’il avait fini de lui réciter un conte, il lui confia ce qu’il avait sur le cœur.

— Que dois-je faire ? Conseille-moi !

Mais Guyane était dans le coma. Elle ne pouvait lui répondre.

— Dois-je obéir à mon roi ?

Elle eut une esquisse de sourire.

— C’est cela ? N’est-ce pas ? Tu veux, toi aussi, que je tue ton père ?

Il s’approcha d’elle jusqu’à sentir sa chaleur et eut la joie de la voir sourire à nouveau. Alors, il se sentit rasséréné, et quitta la cellule où reposait Guyane, convaincu d’avoir pris la bonne décision.

« J’obéis à mon roi. Et je ne déplais pas à Guyane, puisque je ne lui ôte rien dont elle ne soit déjà privée... »

— Allons retrouver mes soldats !

Il avait donné à Galet le Chauve et à Dodin le Sauvage toutes sortes d’instructions auxquelles les deux vieux Templiers s’étaient dépêchés d’obéir, d’autant plus promptement qu’ils craignaient pour leur vie. Apparemment, ils avaient appris à respecter Morgennes. Contrairement à eux, ce dernier s’était parfaitement intégré au mode de vie égyptien. Certains jours, il ressemblait même tellement à un copte – avec sa peau brunie, ses nombreux tatouages et son lent phrasé – qu’il était impossible de le distinguer des véritables indigènes. Sa maîtrise des différents dialectes d’Égypte, de France, d’Orient, du Caucase et de Terre sainte était si parfaite qu’il était capable de se donner de nombreuses origines. Pourvu qu’il fût bien déguisé, Morgennes pouvait tromper le monde entier.

« Tu aurais fait un excellent ophite », s’amusait parfois à lui dire Azyme, pour le taquiner.

Mais il n'y avait pas que son apparence que Morgennes déguisait. Il avait pris l'habitude de faire abstraction d'un certain nombre de sentiments, et de les mettre – provisoirement – comme à l'intérieur d'un petit sac, au fond, tout au fond de son cœur. Les événements qui l'avaient vu jadis s'affronter aux deux vétérans du Temple ne devaient pas venir perturber le bon déroulement de leur mission. Pour l'heure, il n'avait pas de temps à consacrer à ce genre de détails. « Je les détesterai plus tard », s'était-il dit un jour.

Le plus curieux, peut-être, fut qu'au cours des semaines qui suivirent l'incendie de Fostat, et durant lesquelles Guyane ne sortit point du coma, les trois hommes se lièrent presque d'amitié. Ils faisaient de l'excellent travail. Plus âgés que Morgennes, Galet le Chauve et Dodin le Sauvage lui narraient leurs anciens faits d'armes, se vantant de tel ou tel exploit qui leur avait valu d'être richement récompensés, par des armes, des armures, ou moult espèces sonnantes et trébuchantes.

— Je croyais que votre ordre proscrivait la possession de richesses ?

— Nous ne les *possédons* pas, expliquait Galet le Chauve, dont le visage était traversé par autant de cicatrices qu'il y avait d'éclairs dans une nuit d'orage. Nous ne faisons que les remettre à notre ordre, qui à son tour se fait une joie de nous les *prêter*...

Comme Morgennes accueillait cette déclaration avec une moue étrange, Dodin le Sauvage crut bon de préciser :

— Nos cousins de l'Hôpital font de même.

— Je ne vous fais aucun reproche, dit Morgennes, qui savait combien il peut être tentant de s'arranger avec sa conscience.

Grâce à son entremise, les coptes avaient accepté de fournir aux Francs tous les renseignements dont ils avaient besoin, ainsi que des contacts parmi les gardes noirs – qui ne rêvaient que de renverser Chirkouh.

Leur plan comportait plusieurs phases, dont la première consistait à décapiter les sunnites, et donc à empoisonner

Chirkouh. Cette mission échut à Morgennes qui, grâce à la défunte Shyam, était maintenant un fin cordon bleu... en matière de poisons.

À lui de s'introduire, au cours d'un festin, auprès du nouveau vizir et de lui servir toutes sortes de plats, chacun étant très légèrement empoisonné. Chirkouh était doté d'un tel appétit que de tous les dîneurs il serait le seul à absorber une dose létale. Dans le pire des cas, les autres en seraient quittes pour une bonne colique et quelques jours à rester alités, mais on ne pourrait pas soupçonner que Chirkouh avait été empoisonné. Pour tout le monde, il aurait été tué par sa gourmandise :

— Qui est, mes chers fils et frères, leur rappela Azyme, un péché mortel !

Un soir, donc, Morgennes revêtit les habits d'un domestique du palais viziral, et servit de nombreux mets et boissons au cours d'une de ces formidables fêtes données par Chirkouh en l'honneur des siens – en l'occurrence de Taqi, qui fêtait ses dix ans. Plus d'une trentaine de plats furent apportés, dont les convives ne prenaient que cinq ou six bouchées avant de passer au suivant. Sauf Chirkouh. Car là où les uns se contentaient d'un peu, lui dévorait le tout. « Le Lion », comme on le surnommait, engloutissait de pleines amphores de vin et ne laissait au fond des couscoussières que le reflet cuivré des torches tenues par ses serviteurs.

— À boire ! criait-il.

Et le borgne d'ingurgiter le contenu d'une barrique. Morgennes se tenait à distance respectable du vizir, mais suffisamment près de Saladin et de Taqi pour capter leurs propos.

— Pourquoi boit-il autant ? demandait Taqi à Saladin.

— Par Allah tout-puissant, est-ce que je sais, moi ? Sans doute pour oublier que sa fille est aussi morte que ce chacal de Chawar.

— Mais le fils de Chawar est encore en vie. Pourquoi ne l'interroge-t-on pas ? Ne peut-on pas lui demander de passer Fostat au tamis ?

— Non. Ce chien galeux de Palamède a disparu. Sans doute effrayé par le sort que nous avons réservé à son père.

— Si je le trouve, je l'occis ! s'exclama Taqi.

— Méfie-toi, mon neveu. Cet homme est comme le serpent : il ne cesse de muer pour s'adapter aux périls. C'est un adversaire puissant que du haut de tes dix ans tu n'es pas encore de taille à affronter. Contente-toi de nous suivre et de garder les yeux ouverts. Mais pour l'instant, l'heure est à la fête. Alors, comme dit le poète : « Livre ton cœur et bois ton vin, ne jette pas ta vie au vent... » Tu as la vie devant toi, mon cher Taqi. Profite !

« La vie devant lui », marmonna Morgennes. C'est également ce que semblait avoir Chirkouh. Avec la quantité de nourriture qu'il avait engloutie, il aurait déjà dû passer plusieurs fois l'arme à gauche. Puis, comme Morgennes se demandait s'il ne ferait pas mieux de s'éclipser, « le Lion » se fit apporter un citron.

— Pour me rafraîchir ! expliqua-t-il. Car ces en-cas (fit-il en désignant la montagne de vivres qu'il avait arasée) sont si épicés qu'ils m'ont mis la bouche en feu !

À l'aide d'un couteau, il creusa un petit trou dans le citron qu'un serviteur venait de lui donner, l'appuya sur ses lèvres, bascula la tête en arrière et pressa. Un fin filet de liquide ruissela sur sa bouche, et Morgennes eut un sourire. « Cela devrait suffire, se dit-il. Car ce citron, c'est moi qui l'ai préparé... »

Effectivement, quelqu'un cria :

— Le vizir !

Les yeux révulsés, Chirkouh porta la main à son cœur, lâcha son citron, éructa bruyamment, se leva de son pouf et tendit la main en disant cette phrase étrange :

— Ma gazelle, est-ce toi ?

Puis il s'écroula en pétant. Une puanteur envahit la salle, qui fut aussitôt évacuée. Pour ausculter Chirkouh, on fit venir le médecin personnel du calife – un certain Moïse Maïmonide. Au moment où Morgennes était mis dehors en compagnie de plusieurs dizaines de serviteurs, il entendit le médecin prononcer :

— Vu la quantité d'aliments qu'il a engloutie, il y a fort à parier que c'est une indigestion.

Deux ou trois autres invités commencèrent à se plaindre de brûlures d'estomac. Ils avaient trop bu, trop mangé ; mais on ne s'affola pas plus que de raison – chaque fête avait son lot de repentants. Et il n'y en avait pas plus ce soir que d'habitude.

— La fête est terminée ! fit Saladin en congédiant les invités.

— Tu parles d'un anniversaire, maugréa Taqi.

Le lendemain matin, les rues et les maisons du Caire furent recouvertes de draps noirs, en signe de deuil. Estaminets et auberges furent fermés pour les mêmes raisons, ainsi que les maisons de joie. Ceux qui voulaient s'amuser, boire ou tirer un coup, devaient le faire à leurs risques et périls, en entrant par la porte de derrière. Et ce, pendant soixante-dix jours.

Morgennes regagna le monastère de Saint-Georges, où régnait une atmosphère étrange. En effet, tout le monde était très excité et faisait les cent pas dans la cour.

« Comment, déjà ? Ils savent que j'ai réussi ? » se demanda Morgennes.

Mais non. Ce n'était pas ça. Galet le Chauve se précipita vers lui pour lui dire :

— Elle est réveillée !

— Il faut absolument que tu descendes la voir ! ajouta Dodin le Sauvage.

— C'est incroyable, elle a parlé de son père !

— Son père ? dit Morgennes d'une voix que l'émotion fit trembler.

— Chirkouh !

— Merci, je sais qui c'est ! Mais comment se fait-il...

— Écoute, dit Azyme. C'est un vrai miracle ! Elle s'est réveillée en criant : « Père ! »

— C'est tout ? demanda Morgennes.

— C'est tout, firent les autres.

— Nous ne lui avons rien dit, ajouta Azyme.

— Et nous ne le lui dirons jamais rien, précisa Dodin le Sauvage.

— C'est mieux pour elle, dit Galet le Chauve. D'ailleurs, elle a encore sa mère.

Morgennes le regarda, eut un vague sourire et ne fit aucun commentaire. Il était d'humeur si sombre que les trois hommes s'écartèrent afin de le laisser rejoindre Guyane. Il dévala les escaliers du monastère et se rendit dans la petite cellule où elle était alitée.

Guyane semblait en pleine forme et accueillit Morgennes avec un franc sourire :

— J'ai rêvé de mon père...

— Il faut que je te parle, dit Morgennes.

Mais si Morgennes avait bien des courages, il n'avait pas tous les courages. Aussi ne trouva-t-il pas la force de se confesser à Guyane. S'il lui avait déjà raconté de quelle manière il s'était mis à sa recherche, sur l'ordre d'Amaury, il passa sous silence le fait qu'il avait tué son père, sur l'ordre du même homme.

Car si son cœur lui criait d'avouer, sa raison lui disait : « Surtout pas. »

C'est elle qu'il écouta.

— Merci d'avoir veillé sur moi, dit Guyane en lui effleurant les mains. Tes amis m'ont raconté tout ce que tu as fait. Parfois, j'avais l'impression de t'entendre me parler. Car tu m'as parlé, n'est-ce pas ?

— Tout le temps, dit Morgennes.

Elle eut un sourire ravi.

— Je ne connais personne d'aussi noble et d'aussi dévoué que toi, tu es tout pour moi...

— Non, s'il te plaît...

— T'ai-je dit à quoi j'avais pensé, en te voyant au fond du puits ?

Il lui pressa la main et Guyane poursuivit :

— Que tu étais mon Dieu.

Morgennes se recula, comme effrayé.

— Ne dis pas ça !

— Si. Car j'ai compris qu'il fallait être deux pour voir Dieu ! Quand j'étais seule, qui pouvais-je voir sinon moi, mon propre reflet ? Mais quand tu es descendu au fond du puits, j'ai compris.

— Il ne faut pas..., dit Morgennes.

Guyane se tourna sur sa couche, et désigna la draconite, posée à côté de sa tête :

— Merci aussi pour ça. Je sais à quel point tu y tiens.

C'est alors qu'il entrevit le moyen de racheter une infime partie du mal qu'il lui avait fait.

— Prends-la. Elle est à toi.

— Non, dit Guyane. C'est un bien trop précieux, je ne puis accepter.

— Je te la donne. Elle n'est plus à moi.

Guyane eut de nouveau un de ses merveilleux sourires :

— Pas si je te la rends !

Elle prit la draconite, et la tendit à Morgennes. Il posa les mains sur la pierre – qui ne réagit pas. Puis ses mains touchèrent celles de Guyane, et leurs regards se croisèrent. « Est-ce cela ? » se demanda Morgennes. « Est-ce ainsi que mes parents ont fait ? »

Il ferma les yeux et s'approcha de Guyane, qui se laissa embrasser.

« Tout recommence », se dit-il en s'allongeant auprès d'elle.

54.

« Celui qui demande et implore la pitié doit obtenir grâce à l'instant même, à condition toutefois qu'il n'ait pas affaire à un homme sans cœur. »

(CHRÉTIEN DE TROYES,
Yvain ou le Chevalier au Lion.)

Les insurgés, qui avaient espéré que la mort de Chirkouh déstabiliserait l'Égypte, déchantèrent rapidement. Trois jours après le décès du vieux « Lion », le calife al-Adid désigna un nouveau vizir : Saladin. Pourquoi une telle nomination, alors que l'armée de Chirkouh comptait moult autres dignitaires, tous plus aptes à commander que le neveu du général en chef de Nur al-Din ? Eh bien justement parce que de tous ces prétendants Saladin était le moins apte. Comme il arrive souvent dans ce genre de circonstance, ce ne sont pas les meilleurs qui prévalent, mais les plus inoffensifs – ceux qui représentent le moins de danger pour le pouvoir établi.

Ainsi, Saladin avait dû sa place de vizir à son apparente incompétence, et au fait que le calife s'était imaginé qu'il n'aurait aucune difficulté à le manipuler. C'était lourdement se tromper. Car heureusement pour l'Islam, la véritable personnalité de Saladin s'épanouit à merveille, comme si l'une des plus belles graines déposées par Allah sur la terre avait trouvé dans la fange égyptienne le plus fertile des terreaux. S'appuyant sur sa famille, les Ayyubides, Saladin consolida sa position en achetant ceux qui étaient à vendre et en passant les autres par le fil de l'épée. Une fois en poste, il renonça aux fastes du palais viziral et prit bien garde de ne montrer que dédain pour le luxe et les richesses. Comme Amaury, il ne recherchait pas l'argent pour l'argent, mais pour faire des conquêtes et asseoir son autorité. Ainsi qu'il aimait à le dire : « Qui se place au-dessus de l'argent se place au-dessus des hommes ! »

Enfin, il s'aida de la religion.

Quelques mois après la mort de Chirkouh, Saladin réserva l'usage des chevaux aux seuls musulmans, les autres se voyant obligés de monter sur des ânes ou d'aller à pied. Un nouvel édit contraignit les chrétiens et les juifs à porter des signes distinctifs : ceinture jaune pour les juifs, blanche pour les coptes et bleue pour les ophites.

Il était grand temps de passer à la seconde partie du plan d'Amaury : organiser un important soulèvement populaire. Grâce à des complices au sein du palais califal, les rebelles reçurent l'assurance qu'ils pourraient compter sur le soutien inconditionnel du calife al-Adid, qui ne savait plus à quel saint se vouer tant il sentait la situation lui échapper. Chawar n'étant plus là pour le conseiller, Saladin se révélant un bien meilleur politicien que prévu – surtout moins malléable qu'attendu –, al-Adid avait décidé de tenter le tout pour le tout et de s'appuyer sur ceux qui depuis toujours constituaient la sauvegarde de l'Égypte : les coptes et la garde noire.

Morgennes et Azyme avaient choisi comme date du soulèvement les tout premiers jours du printemps, au mois de mai. À cette période, la crue pousserait les eaux du Nil jusqu'aux murs des nombreuses bâtisses établies sur ses rives, ce qui gênerait les mouvements des sunnites, moins habitués que les Égyptiens à manœuvrer en terrain inondé. Par ailleurs, l'intention des rebelles était d'associer les bienfaits liés à la prochaine décrue du Nil à la réussite de leur opération. Aux sunnites, les rues endeuillées de noir et l'hiver ; aux Égyptiens, le printemps et la résurrection de leur patrie – quand bien même serait-elle de nouveau entre les mains des Francs. Dans les jardins, l'herbe reverdirait ;

dans les arbres, les oiseaux reviendraient; et partout la douce odeur du limon chasserait la pestilence damascène.

Amaury avait mis en garde les rebelles : « Le succès tactique ne garantit rien. Évitez de faire usage de vos armes. Et surtout, agissons de façon solidaire. »

Tout était prêt. Il ne restait plus qu'à informer le roi du jour précis de la révolte ; jour où les Francs devraient accourir au Caire. Car sans le soutien de leur cavalerie, les rebelles ne tiendraient pas longtemps face aux troupes de Saladin.

Malheureusement, alors qu'un messager déguisé en mendiant quittait Le Caire pour Jérusalem, le hasard voulut que sa route croisât celle de Taqi ad-Din et de l'ancien garde du corps de Chirkouh – un mamelouk nommé Tughril.

— Regarde, dit ce dernier à Taqi. Ne trouves-tu pas que cet homme a des sandales un peu trop belles pour un mendiant ?

— Tu as raison, répondit Taqi.

— Toi, là-bas, approche ! cria Tughril au messager.

Celui-ci obéit, tremblant de tous ses membres. Il avait commis une erreur. Ayant pris soin de s'habiller de haillons, il n'avait pas pensé que ses sandales – flambant neuves – attireraient l'attention. Or, c'était là qu'était dissimulé le message secret.

Le malheureux fut conduit au palais viziral, où Saladin lui ordonna de se déchausser.

— Cachent-elles quoi que ce soit que je devrais savoir ? l'interrogea Saladin en tenant les sandales à la main.

— Non, Excellence, mentit le messager avec autant d'aplomb que possible.

Saladin pria Taqi de lui prêter son poignard, et entreprit de découdre la semelle des sandales. Un parchemin apparut. Et Saladin le lut, avec un intérêt non dissimulé.

— Ma foi, Allah est avec nous ! Car ce plan est excellent !

Il se tourna vers deux de ses gardes, et leur désigna l'insurgé :

— Qu'on l'écartèle !

Le messager tomba à genoux devant Saladin et l'implora de l'épargner.

— Fort bien, décréta Saladin. Tu n'auras pas la vie sauve, car tu as cherché à me dissimuler la vérité, mais comme je suis bon je consens à t'éviter de trop souffrir.

— Merci, Votre Grâce, clama l'insurgé en lui baisant les pieds.

— Qu'on l'écartèle avec huit chevaux au lieu de quatre, ordonna Saladin.

— Pitié, splendeur de l'Islam ! J'ai un fils et une femme !

— Et moi j'avais un oncle, répliqua Saladin, qui commençait à soupçonner que Chirkouh n'était peut-être pas mort d'indigestion. Emmenez-le !

Puis, prenant Tughril et Taqi à part, il leur dit :

— Rassemblez nos meilleurs hommes, allez bloquer les issues des casernes égyptiennes et mettez-y le feu ! Quand les gardes noirs apprendront que les bâtiments où vivent leurs familles sont en train de brûler, ils se dépêcheront d'y retourner. Vous n'aurez plus alors qu'à les y cueillir avec nos archers. Exécution !

Tughril et Taqi le saluèrent puis sortirent préparer la contre-insurrection. Resté seul, Saladin passa en revue les événements de ces derniers mois. Le décès de Chirkouh ?

— Un empoisonnement, certainement...

Et la mort de cette « femme qui n'existait pas » ? Il se caressa le fin bouc de barbe qui lui poussait au menton et appela :

— Gardes !

Deux soldats accoururent.

— Ramenez-moi le messager. J'ai des questions à lui poser...

Pendant que le malheureux copte était soumis à la torture, les hommes de Saladin incendièrent les casernes des troupes restées fidèles à al-Adid. Ces casernes étaient de grandes bâtisses en torchis, qu'un flambeau et quelques pots de naphte changèrent en d'ardents brasiers. Un vent de panique souffla parmi les rangs des gardes noirs, qui regagnèrent leurs demeures au pas de course. Croyant d'abord à un incendie d'origine accidentelle, ils ne se méfièrent pas. Mais quand une de leurs escouades fut fauchée par les flèches des soldats de Damas, ils décidèrent de se soulever sans attendre les Francs. Les coptes les imitèrent. Puis Morgennes, Galet le Chauve et Dodin le Sauvage.

Sans le soutien des Francs, il était presque impossible de triompher. Cela dit, grâce à leur courage et à leur détermination, les insurgés auraient pu l'emporter si le calife ne leur avait pas retiré son appui au dernier moment.

— Le chien ! ragea Dodin le Sauvage. Au lieu de nous aider, il a fait massacrer ses propres troupes par sa garde personnelle !

— Pour se faire bien voir de Saladin, dit Morgennes.

L'insurrection était en passe d'échouer.

— Que faire ? demanda Galet le Chauve.

— Il faut battre en retraite. Seuls, nous ne sommes pas de taille à résister.

— Quelqu'un a dû parler, ou bien le messager s'est fait prendre, ajouta Dodin.

— Sans Amaury, nous sommes perdus.

— Partons, fit Morgennes.

Les trois hommes reculèrent en direction de Fostat, louvoyant entre des bâtiments qui n'étaient plus que des brasiers. Il faisait si chaud que l'air en était trouble. Dodin le Sauvage et Galet le Chauve avaient du mal à respirer. Plus âgé, ce dernier s'était fait distancer.

— Dodin ! Morgennes !

Morgennes ralentit le pas. C'était la voix de Galet le Chauve. Où était-il passé ?

— Dodin ! Morgennes !

Morgennes se tourna vers Dodin le Sauvage, qui courait à côté de lui :

— Dis à Azyme de fuir. Je vais chercher Galet.

— Mais...

— Ne discute pas. C'est un ordre.

Morgennes avait l'air si déterminé, que Dodin détala vers le monastère Saint-Georges, où attendait le chef des insurgés. Là, trouvant Azyme, il lui dit :

— Tout est perdu ! Il faut partir !

Gardant son sang-froid, Azyme décréta :

— Pas sans Morgennes et Galet.

— Mais c'est Morgennes lui-même...

— Partez si voulez, mais moi j'attends Morgennes.

Un craquement attira leur attention. Dans l'embrasure de la porte, une forme s'était dessinée. Pâle, vêtue de blanc comme un fantôme, c'était Guyane. Voyant les visages effarés des deux hommes, elle demanda :

— Morgennes est en danger ?

*

— Par ici ! cria Galet le Chauve. Morgennes, à moi !

Le vieux Templier se trouvait sous un mur effondré. Le feu était si proche que ses vêtements commençaient à roussir. Morgennes courut vers lui, et fut traversé par une vision. Celle d'un enfant franchissant un fleuve pris en glace. L'heure des explications était-elle arrivée ? Le temps de la revanche ?

— Morgennes, sauve-moi !

Morgennes regarda Galet, et se sentit tout à coup incapable de l'aider.

— Je ne peux pas...

— Aide-moi !

Morgennes eut une nouvelle vision. Celle d'un Galet encore jeune, et qui chargeait son père et sa sœur, lance en avant.

— Pourquoi ? demanda Morgennes à Galet en le voyant haleter.

— Pourquoi quoi ? souffla le vieil homme.

— Pourquoi as-tu tué ma sœur et mes parents ?

— Mais de quoi parles-tu ? Tu es fou ! Sauve-moi ! Tu ne vois pas que mes braies sont en train de flamber ? J'ai les jambes en feu ! Pitié, pitié !

Morgennes s'agenouilla auprès du vieux Templier et regarda de droite et de gauche. Autour d'eux, les flammes étaient si hautes qu'elles formaient comme de nouveaux murs, incandescents.

— Pourquoi serait-ce à moi de te sauver ? demanda Morgennes en baissant la tête. Ce n'est pas moi qui t'ai placé sous ce mur. C'est lui. Pourquoi ne lui demandes-tu pas de t'aider ?

— Lui ? Mais qui ?

— Ton Dieu.

— Mais de quoi parles-tu ? sanglota Galet le Chauve, les joues trempées de larmes. Ne sommes-nous pas amis ?

— Je ne sais pas, dit Morgennes en avançant la main vers la jambe de Galet, où des flammes couraient.

— Et moi qui le croyais !

Morgennes ne dit rien. Il ouvrait et fermait la main au-dessus des petites flammes sans paraître en souffrir, laissant passer entre ses doigts quatre flammèches qui ressemblaient aux quatre petites langues d'une hydre miniature.

— Quel est ce sortilège ? éructa Galet.

Il comprit alors qu'il était condamné, et cracha :

— J'avais vu juste, au Krak des Chevaliers ! Tu es le fils du Diable ? Avoue-le !

— Si pour toi le Diable est un homme paisible, qui se donne à son travail, à sa femme et à ses deux enfants, alors oui, le Diable est mon père. Et tu peux te réjouir, car c'est toi qui l'as tué, toi et quatre autres cavaliers.

— Mais de quoi parles-tu ? Je croyais que tu m'en voulais à cause de la pantoufle de Nur al-Din ! Prends-la ! Elle est à toi ! Je te la donne !

— Tu ne comprends donc pas ?

— Non ! éructa Galet, à l'agonie.

— Te souviens-tu de cinq chevaliers qui s'en prirent, autrefois, à une malheureuse femme vivant à l'écart du monde avec son forgeron de mari, sa fille et son garçon ?

— C'était donc toi ?

— C'était nous.

— Alors, je vais mourir. Car oui, j'ai péché. Mais je te demande de me pardonner, Morgennes. Car ce que j'ai fait, je l'ai fait pour Dieu.

— Qui te le rend bien.

— J'étais jeune, Morgennes ! Je croyais faire le bien. Châtier un traître qui avait eu l'audace de renier sa foi pour s'accoupler avec une chienne juive !

Il y eut un craquement plus assourdissant que les autres. Des pierres s'abattirent sur le sol. Une pluie de poix s'attacha aux vêtements de Morgennes et de Galet, grésillant sur les casques, les hauberts, trouant la chair de Galet, mais laissant celle de Morgennes à peu près indemne.

— Pardonne-moi.

— Je ne peux pas, dit Morgennes. Crois-tu donc que j'ai oublié ? Je n'ai rien oublié, la douleur est toujours aussi vive.

Une gerbe d'étincelles gicla sur son visage, lui causant – pour la première fois de sa vie – une profonde brûlure. Portant la main à sa figure, il sentit quelque chose de poisseux. Sa chair ?

— Demande à Dieu de te pardonner, Galet. Moi je n'ai pas ce pouvoir.

Galet le Chauve avait fermé les yeux. Il attendait la mort. Puis, comme Morgennes se relevait et s'éloignait de lui, il eut un râle et murmura :

— Je te pardonne. Puisse Dieu te pardonner aussi.

Morgennes partit en courant. Autour de lui tout brûlait. Les êtres et les choses, les animaux, les végétaux. Mais dans sa tête et dans son âme, c'était l'hiver et il courait dans la forêt.

Il lui tardait de parvenir au fleuve.

55.

> « Trois mois n'étaient pas encore écoulés que Soredamour reçut en elle semence et graine d'homme qui fructifia jusqu'à son terme. »
>
> (CHRÉTIEN DE TROYES, *Cligès*.)

Le Nil est un serpent.

Un immense dragon, dont la tête est à Alexandrie et la queue dans l'inconnu. Car à sa queue correspond la source du Nil, qui n'a jamais été découverte.

— Si l'on en croit la Genèse, dit Morgennes à Guyane en allumant une bougie dans la cabine de la felouque où ils naviguaient depuis qu'ils avaient fui Le Caire, le Nil serait l'un des quatre bras de l'immense fleuve créé par Dieu pour arroser le Paradis.

Il se tourna vers Guyane, lui passa la main dans les cheveux et l'attira doucement contre lui.

— Mais ce n'est qu'une thèse parmi d'autres. Pour les ophites, le Nil est le Serpent qui a jadis tenté Ève. Un dieu qu'il convient d'adorer, puisqu'en offrant le savoir à l'humanité il l'a libérée de l'esclavage.

— Pour moi, le Nil est notre amour, murmura Guyane.

— Pour moi aussi, dit Morgennes.

La felouque filait maintenant depuis plusieurs jours vers le sud, vers la ville de Crocodilopolis – maintenant appelée Abou Simbel –, où les ophites avaient eu leur base, en des temps reculés.

— N'est-ce pas dangereux d'aller là-bas ? demanda Guyane en regardant au-dehors la lune couler en pluie d'or sur les eaux scintillantes du fleuve.

— D'après Azyme, non. Car il n'y a plus d'ophites à Crocodilopolis depuis que l'Égypte a été conquise par les Arabes, c'est-à-dire depuis cinq siècles. La ville est aux mains de chiites, qui continuent de résister à Saladin. De là, nous pourrons reprendre la lutte.

Guyane ne fit aucun commentaire. Mais pour elle, cette lutte était vaine. Elle posa la main sur la draconite qui se trouvait à côté d'elle, et dit à Morgennes :

— Je l'ai bien regardée, et je la trouve de plus en plus étrange.

— Pourquoi ?

— J'y vois une sorte de têtard, comme un dragon en miniature, sans les ailes...

Morgennes prit la pierre et l'observa. Il s'y mouvait bien une forme, mélange de blanc, de gris, de noir et d'or, mais de là à y voir un têtard...

— Désolé, je ne vois rien.

Guyane eut un sourire et ajouta :

— Ce n'est pas là le plus étrange. Le plus étrange, c'est ceci.

Elle fit tourner la pierre dans ses mains, sous les yeux de Morgennes. Mais il voyait toujours la même forme, comme si la pierre n'avait pas bougé.

— Je sais, c'est effectivement très étrange, dit Morgennes. Tu as beau la tourner et la retourner dans tous les sens, on voit toujours la même chose.

— Les lois de notre monde ne sont pas pour elle.

— Et toi, de ton côté, que vois-tu ?

Guyane plongea son regard dans celui de Morgennes, et lui dit :

— Une magnifique petite fille.

Morgennes en eut le souffle coupé.

— Et si je te demandais en mariage, accepterais-tu ?

— Me le demandes-tu ?

C'est à ce moment-là qu'on frappa à la porte, et qu'Azyme leur dit :

— Nous sommes arrivés. Préparez-vous à débarquer.

Quelques instants plus tard, une poignée d'ex-insurgés épuisés se retrouva dans le port à moitié en ruine de Crocodilopolis. Le ciel était mauve et la lune de crème. Guyane regarda autour d'elle, prit l'ourlet de sa robe dans une main et donna l'autre à Morgennes, qui l'aida à mettre pied à terre. Leurs pas résonnèrent tristement sur les blocs de pierre ébréchés du ponton, où achevaient de pourrir quelques barques en roseaux.

— Je n'aime pas cet endroit, fit Guyane. C'est trop calme.

— Le calme avant la tempête, dit Azyme en s'approchant, une corde à la main.

Ayant attaché sa corde à un poteau, il écarta les bras et leur déclara :

— Sachez, mes amis, que c'est ici que tout commence, et se termine... Nous sommes au point de confluence des deux Égyptes, la basse et la haute. C'est ici que se nouent les mystères, et que tout peut basculer... Alors, faites bien attention. D'anciens dieux vous observent.

Comme pour appuyer ses paroles, des cris de grues retentirent dans les airs.

Dodin le Sauvage débarqua à son tour, avec l'unique acolyte d'Azyme ayant réchappé au massacre. Les deux hommes portaient une chaise, sur laquelle était assise la femme d'Azyme.

— Ne la faites pas tomber, dit le vieux copte.

— Ne vous inquiétez pas, répliqua l'acolyte.

Dodin, lui, ne dit rien. Il n'avait pas ouvert la bouche de tout le voyage, et continuait de souffrir de la perte de son vieil ami, Galet le Chauve. Galet, dont il avait été l'écuyer. Galet, qui l'avait adoubé. Galet, qui n'était plus.

« Je vengerai ta mort ! »

De temps à autre, il caressait le manche de sa courte dague – cette miséricorde trouvée en France, et qui avait été son premier trophée. Morgennes l'avait souvent interrogé à son sujet : « D'où te vient-elle ? Qui te l'a donnée ? Est-ce un petit garçon ? Une petite fille... ? »

Dodin avait toujours pris soin de ne pas lui répondre. Même quand leurs rapports s'étaient améliorés. Il y avait un je-ne-sais-quoi dans les questions de Morgennes, une façon d'insister qui lui faisaient froid dans le dos. La même sensation qu'il avait ressentie un jour lorsqu'un serpent lui avait frôlé le pied. Or Dodin détestait les serpents, et tout ce qui s'en approchait. Les crocodiles faisaient partie du lot. Il n'avait donc aucune envie de s'attarder ici, Crocodilopolis fût-elle devenue Abou Simbel et habitée par des gens normaux.

Après avoir déposé la femme d'Azyme sur le rivage, il tourna son regard vers la vague ligne verte qui bordait la falaise, un peu plus au sud. Elle marquait le début de la jungle et des territoires inconnus.

— Trouvons de quoi nous ravitailler, dit-il. Et puis filons à dos de chameau vers la mer Rouge. Ensuite, nous remonterons vers Aqaba, et de là vers la mer Morte, puis Jérusalem. Il ne faut pas rester ici. L'Égypte et tous ses dieux, anciens, nouveaux, ses pharaons, ses animaux, vont nous tomber dessus...

— C'est surtout Saladin qui risque de nous tomber dessus, dit Azyme. D'après ce que je sais, il a envoyé une dizaine de felouques à notre poursuite.

— Raison de plus pour ne pas nous attarder, ajouta Dodin.

Depuis leur fuite précipitée du Caire, ses cheveux avaient totalement blanchi. Son regard, sa bouche, qui arboraient jadis un air si cruel, semblaient à présent plus marqués par l'épuisement que par la haine. Dodin le Sauvage était devenu Dodin le Las. Celui-qui-n'en-peut-plus. Il était si fatigué que, comme il aimait à le dire : « Même assis, je ne tiens plus debout. » Dodin n'était plus rien sans Galet. Il ne voulait pas s'appesantir sur la question – pas maintenant. Mais il savait qu'un jour ou l'autre il lui faudrait y répondre : « Que s'est-il passé au Caire entre Morgennes et Galet ? Comment Galet est-il mort ? »

Après les hommes, ce fut au tour des singes de quitter la felouque. Durant le voyage, ils s'étaient relayés à la poupe, à la proue et au sommet du mât pour y tenir le rôle de vigies, une main au-dessus des yeux, scrutant l'horizon pour donner l'alerte en cas de danger.

Mais de danger, il n'y en avait pas eu. À peine un vague frémissement de crocodile ici ou là, mais rien de très inquiétant.

Une fois à terre, Frontin se mit à danser sur place, sautant d'une digue à l'autre, grimpant sur les épaules d'Azyme, en redescendant, le tirant par son manteau, courant voir Morgennes, lui postillonnant à l'oreille en criant.

— Désolé, Frontin, mais je ne parle pas ton langage !

Azyme rit. Guyane les regarda, et se désola :

— On dirait qu'il cherche à nous dire quelque chose.

Morgennes ajouta :

— Si Gargano était là, il nous dirait quoi. Car il prétendait parler aux animaux...

Au nom de Gargano, Frontin tapa dans ses mains et fit une pirouette.

— Gargano, répéta Morgennes.

Frontin courut dans tous les sens, plus excité que jamais. Il haranguait les autres singes, qui venaient tous agripper Morgennes par les braies comme pour l'inviter à les suivre. Morgennes écarta les bras, et dit :

— C'est bon, c'est bon ! Je vous suis !

Il se laissa guider par les petits singes, traversa une ville étonnamment déserte, et arriva au pied d'un immense escalier. Bordé de statues de dieux à tête de crocodile, il montait vers une cataracte, frontière entre la ville et la jungle. Les marches étaient si anciennes qu'elles devaient dater de l'époque héroïque où les pharaons venaient se reposer à Crocodilopolis. Mais un détail intriguait Morgennes. De curieux copeaux de bois étaient éparpillés çà et là sur les dalles géantes. Qu'est-ce que c'était ? Il en prit un entre ses doigts, et le reconnut aussitôt.

— Du bois de gopher !

Un bois d'une extrême rareté, qu'on ne trouvait que dans la Bible. Il s'agissait du bois avec lequel Noé avait construit son arche. Et ce bois, Morgennes l'avait déjà vu. Où ? Dans le musée de Manuel Comnène, à Byzance. Il se rappelait cette grande salle, et les massues des Nephilim...

Se tournant vers ses compagnons, il leur dit :

— Gargano et la Compagnie du Dragon blanc sont passés par ici. Peut-être à bord de l'Arche de Noé...

— Comment le sais-tu ? demanda Dodin.

— J'ai mes sources, fit Morgennes.

Dodin lui jeta un regard mauvais, et la tension monta d'un cran.

— J'ai peut-être une idée, dit Azyme.

Tous firent silence pour l'écouter.

— Savez-vous ce qu'il y a de l'autre côté de cette ville ?

— Non.

— Si, dit Morgennes. Un grand vide. Un blanc immense, et peut-être bien le Paradis. D'après Hérodote et Ptolémée, il y a le Nil, plusieurs chutes importantes, des marécages, et puis... Les rares expéditions à s'être aventurées par là-bas ne sont jamais revenues. Mais, d'après Marin de Tyr, l'explorateur qui est allé le plus en amont du Nil, on trouverait de gigantesques montagnes. Et notamment celle de la Lune, dont les dimensions n'auraient rien à envier à celles des monts Caspiens.

— Les monts Caspiens ? fit Dodin. C'est là que l'Arche de Noé s'est échouée. C'est là aussi, dit la légende, que Ciel et Terre se touchent. On prétend même que les abords de l'Ararat seraient défendus par des myriades de dragons, et qu'à son sommet se trouverait l'une des entrées menant au Paradis.

Morgennes balaya ces inepties d'un revers de la main, et déclara :

— Balivernes ! Je le sais, j'y suis allé. Il n'y avait rien de tout cela.

— Vraiment ? s'enquit Azyme. Alors, pas de dragons ? C'est décevant...

— Pas de dragons, assura Morgennes. Sinon en peinture.

— Et pas de Paradis non plus ? demanda Guyane avec un fin sourire.

— J'ai bien trouvé le Paradis. Mais c'était dans tes bras, fit-il en l'enlaçant.

— C'est gentil, dit-elle.

— Vous deux, il va falloir songer à vous marier, dit Azyme.

Morgennes et Guyane ne répondirent pas, mais les sourires qu'ils échangèrent valaient mieux qu'un consentement. Azyme se voyait déjà célébrer leur union, une bien curieuse union, avec en guise de témoins une demi-douzaine de singes, un acolyte, une femme et un Templier... Mais quand Morgennes et Guyane cherchèrent Dodin, ils ne le virent nulle part. Il avait disparu ! Quelques traces, dans la poussière, laissaient penser qu'il avait dû remonter la piste de Gargano et de la Compagnie du Dragon blanc, et qu'il s'était enfoncé dans la jungle.

— Qu'est-il parti faire ? demanda Guyane.

— Patience, ma mie, dit Morgennes. Nous le saurons bien assez tôt, car dès demain matin, à l'aube, nous lui emboîterons le pas. S'il veut nous précéder, grand bien lui fasse. Mais je comprends qu'il ait besoin d'être seul, car il doit faire son deuil...

— Comme toi de tes devoirs envers ton roi...

Elle lui caressa le visage, non loin de la petite marque blanche qu'il avait au menton. Morgennes eut subitement la sensation d'être brûlé. Mais c'est à peine s'il tressaillit.

— J'ai effacé ma dette envers Amaury, dit-il en repensant à la mort de Chirkouh. Je ne lui dois plus rien.

— De toute façon, dit Azyme à Guyane, il vous croit morte.

— Morte ?

— Tout le monde, de Damas au Caire, en passant par Jérusalem, vous croit morte. Il n'y a que nous pour savoir que vous êtes encore en vie.

— Alors, morte pour morte, soyons-le, si c'est pour être la femme de Morgennes.

Et c'est ainsi que, dans la douce quiétude d'une ville déserte, au crépuscule, Morgennes et Guyane échangèrent leur consentement, sous un drap de soie noir qu'ils tenaient chacun d'une main, l'autre servant à serrer celle de l'être aimé.

— Que rien jamais ne vous sépare, mais qu'au contraire tout vous rapproche, les joies comme les épreuves.

— Rien ne nous séparera jamais, dit Guyane. Ni les joies ni les épreuves.

— Ni la mort, ajouta Morgennes.

Se penchant sur Guyane, il lui donna un baiser puis lui lâcha la main pour caresser son visage. Comme sa peau était douce ! Il en aurait pleuré. La jeune femme avait les paupières baissées, et Morgennes la regardait, cherchant à boire son image, comme s'il craignait de la perdre – ou pire, de l'oublier.

— Jamais je ne t'oublierai, lui dit-il. Je t'en fais le serment...

Sans lui répondre, Guyane lui rendit ses baisers, cherchant à reprendre la main de Morgennes, secrètement navrée de ce qu'il ait osé la lâcher car elle y voyait un mauvais présage. Ils s'embrassaient, et s'embrassaient, tenant toujours au-dessus d'eux le drap de soie noire qui était comme l'écho de celui sous lequel ils s'étaient cachés, au fond du puits où était Dieu.

Azyme récita quelques prières, se désolant de n'avoir à sa disposition qu'une douzaine de bâtons d'encens pour célébrer leur union et éloigner les moustiques. « Il en aurait fallu douze mille. » Faute de mieux, il donna deux bâtonnets à sa femme, à son acolyte et à chacun des petits singes, en leur demandant de les tenir en l'air, aussi droits que possible. Les fines colonnes de fumée bleutée s'élevèrent verticalement vers le ciel, car il n'y avait pas un souffle de vent. Tout était calme, et depuis les hauteurs de l'antique Crocodilopolis, là où la jungle s'étendait, des rugissements de bêtes sauvages venaient rappeler à nos amis qu'ils ne bénéficiaient que d'une courte trêve. Le danger continuait de rôder.

Morgennes, lui, scrutait les différents horizons sans cesser d'embrasser Guyane. Il regardait le ciel et la terre, et voyait comme une grande phosphorescence blanche illuminer la jungle où Gargano, la Compagnie du Dragon blanc et Dodin s'en étaient allés – vers là où ils iraient demain matin. Qu'y avait-il plus au sud ? Morgennes se remémora les nombreuses légendes qu'Azyme lui avait racontées au sujet de cette « Terre brûlée », ce pays primitif d'où venaient les « Eaux de Nulle Part », et qui était pour les Anciens le Pays des Dragons.

56.

« Je veux en effet passer pour morte. »

(CHRÉTIEN DE TROYES, *Cligès*.)

Dès le lever du soleil, ils grimpèrent les marches du grand escalier qui menait du port de Crocodilopolis à la jungle. La petite troupe avançait vaille que vaille sous les regards immobiles des statues de crocodiles, et ne voyait nulle trace de vie autour d'elles.

— Pourquoi n'y a-t-il personne ? s'inquiéta Guyane.

— Les habitants ont dû monter dans l'Arche, rejoindre le pays de celle qui fut leur première reine, dit Morgennes en désignant le temple – vide lui aussi – de la reine Hatshepsout. C'était autrefois la reine de Saba.

Azyme caressa Frontin, qui se tenait perché sur son épaule, et décréta :

— Il n'est peut-être pas très prudent de continuer... Si Gargano lui-même estimait que c'était un endroit trop dangereux pour y emmener Frontin, qui sommes-nous pour nous y risquer ?

— Nous devrions nous séparer, dit Morgennes.

— Non, dit Guyane en lui serrant plus étroitement la main.

— Il a pourtant raison, dit Azyme. Quoi qu'il y ait là-bas, ce n'est pas un endroit pour une dame.

— Ni pour un religieux, ajouta doctement l'acolyte.

— Ce n'est un endroit pour personne, dit Morgennes. C'est pour cela que je vais y aller seul. Vous, vous m'attendrez ici. Nous aviserons à mon retour.

— Regardez ! s'exclama l'acolyte.

Il pointait le doigt vers le Nil, derrière eux, et plus précisément en direction d'une dizaine de felouques qui remontaient le fleuve à toute allure.

— Les Égyptiens !

— Moi je dirais plutôt les Damascènes, soupira Azyme.

— Que faire ? demanda l'acolyte.

Morgennes porta la main de Guyanc à ses lèvres, et y déposa un baiser. Puis il embrassa sa femme sur le front, la serra une dernière fois contre lui et lui dit :

— Tu vas redescendre cet escalier.

— Je veux rester avec toi.

— Tu attendras que les soldats de Saladin débarquent. Tu leur diras qui tu es, et qui était ton père...

— Je ne te quitterai pas.

— Chut, fit Morgennes. C'est un ordre.

— Non. Je ne suis pas tenue de t'obéir.

— C'est pour ton bien, coupa-t-il.

Il lui remit une mèche de cheveux en place, mais une légère brise la ramena sur son front. Morgennes eut un demi-sourire. Cette mèche était bien à l'image de sa femme. Douce, belle... Mais volontaire et déterminée !

— Écoute, lui dit-il. Les soldats de Saladin vont bientôt débarquer. S'ils te voient avec moi, ils nous tueront tous les deux. En revanche, toi, ils ne te tueront pas. Azyme est trop important pour être éliminé. Il se rendra, et sera fait prisonnier. Vous aussi, dit Morgennes à l'acolyte.

— On dit que Saladin sait faire preuve de clémence, commenta ce dernier.

— Et s'il nous interroge, nous lui dirons que tu es mort pendant l'insurrection, ajouta Azyme.

— C'est parfait, fit Morgennes.

— Non, répliqua Guyane. Pour moi la vie n'a aucun sens si nous ne sommes pas ensemble.

Voyant qu'elle ne céderait jamais, Morgennes décida de lui avouer que c'était lui qui avait tué son père. C'est à ce moment-là qu'une voix derrière eux s'écria :

— Il a tué votre père !

— Comment ? s'exclama Guyane.

Tous se retournèrent vers le sommet de la chaussée, par où descendait Dodin le Sauvage, une lance à la main et une gibecière dans l'autre.

— Morgennes a tué Chirkouh, répéta-t-il froidement.

Guyane se tourna vers Morgennes, les yeux embués de larmes, les lèvres tremblantes.

— Est-ce vrai ?

Morgennes détourna le regard. Alors, elle lui toucha le bas du visage, et l'implora :

— Mais tu ne savais pas, n'est-ce pas ? Tu ne savais pas qu'il était mon père ?

Morgennes lui prit la main, et la serra avec d'autant plus d'amour et de force qu'il savait que c'était peut-être la dernière fois.

— Tu savais ? Tu savais ? répéta Guyane.

Mais, déjà, ce n'était plus une question. Elle commençait à percevoir la vérité :

— Oui, tu savais ! Mais pourquoi ne m'as-tu rien dit ? Pourquoi, quand je me suis réveillée...

— J'ai eu peur, avoua Morgennes.

— Peur, mais de quoi ?

— Peur de ta réaction. Peur que tu ne m'aimes...

Il n'acheva pas sa phrase. Guyane l'avait giflé. Une puissante douleur irradia dans toute sa joue, le brûlant plus vivement que les flammes de Fostat.

— Assassin ! Menteur ! Je ne te connais plus ! Tu n'existes plus pour moi ! Et, morte pour morte, je considère que tu es mort toi aussi !

Elle éclata en sanglots, se cacha le visage dans les mains, et dévala les marches du grand escalier, en direction du port et des felouques égyptiennes.

— Prends soin d'elle, dit Morgennes à Azyme. C'est peut-être mieux comme ça.

— Promis, dit Azyme en serrant Morgennes contre lui.

— Il faut se dépêcher ! fit l'acolyte.

En effet, une première felouque venait déjà de toucher le port, et des soldats en débarquaient. L'acolyte trépignait sur place. Autour de lui, les singes – à l'exception de Frontin – tourbillonnaient dans tous les sens, impatients de déguerpir.

— Allez ! dit Morgennes.

Alors Azyme cracha au visage de Dodin le Sauvage, et repartit vers le Nil. Tandis qu'il s'éloignait, Morgennes vit Frontin se balancer sur son épaule. Le petit singe agita la main pour lui dire adieu, puis se blottit dans le cou d'Azyme. Il avait l'air très triste.

Enfin, Morgennes s'avança vers Dodin, et lui dit·

— Ne restons pas là.

Les deux hommes gagnèrent rapidement les hauteurs du grand escalier, qui donnait sur une immense voie ouverte dans la jungle, et par laquelle – semblait-il – un bâtiment était passé plusieurs mois auparavant. Probablement lorsque le Nil était en crue.

Avant de pénétrer dans les sous-bois, Morgennes se retourna une dernière fois vers la femme de sa vie, se promettant de la rejoindre après s'être amendé.

Elle était là, minuscule brindille habillée de blanc, tremblant dans l'air du matin, non pas à cause du brouillard, mais parce que Morgennes pleurait.

*

Tels étaient les derniers souvenirs que Morgennes avait de Guyane. Il se jura de ne jamais les oublier, heureux à cet instant d'avoir une aussi bonne mémoire, mais comprenant quand même à quel point il était important d'oublier. Car il espérait qu'avec le temps, justement, Guyane oublierait. Elle ne pouvait pas rester ainsi tournée vers le fantôme d'un père qu'elle n'avait jamais connu. Certainement, quand leur fille naîtrait, elle aurait envie que celle-ci voie son père.

Alors, il reviendrait.

En attendant, il cheminait dans la touffeur de la jungle avec Dodin. Ce dernier était lui aussi d'humeur sombre. Comme ils s'ouvraient une voie dans l'entrelacs de lianes et de branches qui leur barraient le passage, Dodin demanda :

— Pourquoi ne m'as-tu pas tué ?

— J'aurais dû ?

Dodin lui lança un regard mauvais.

— C'est de ma faute si Guyane t'a quitté.

— Et de cela je dois te remercier. C'est ce que je voulais. De toute façon, j'allais lui dire la vérité.

Morgennes écarta une branche, qui plia puis craqua devant lui.

— Ce n'était pas un accident, n'est-ce pas ? poursuivit Dodin en s'attaquant avec son épée à une liane aussi épaisse qu'un tronc d'arbre. Tu as trouvé Galet, et tu l'as laissé mourir au milieu des flammes ?

Morgennes ne lui répondit pas. L'air était humide et chaud. Diverses substances s'y agglutinaient, rendant pénible le simple fait de respirer. Morgennes et Dodin ne pouvaient s'empêcher d'avaler des moustiques, y compris par le nez.

— Tu es un menteur et un traître, bredouilla Dodin. Incapable d'être fidèle à quoi ou à qui que ce soit. Tu as trahi Amaury en lui volant sa future femme. Puis tu as menti à Guyane au sujet de son père. Ensuite tu as laissé mourir un vieillard, un ami, au milieu des flammes. Alors, qui suis-je, moi, pour que tu ne me trahisses pas ?

Morgennes s'approcha de Dodin, lui prit le bras et le tordit jusqu'à lui faire lâcher son épée. S'en emparant, il l'abattit sur la grosse liane que Dodin s'acharnait à couper, et la trancha d'un seul coup. Enfin, il entreprit de se débarrasser de sa chaîne, maugréant :

— Ici, elle ne me sert à rien. Garde ta lance, moi je prends ton épée...

— Tu ne m'as toujours pas répondu, dit Dodin en s'essuyant le front avec la manche. Pourquoi ne m'as-tu pas tué ?

Morgennes s'arrêta, et se retourna vers Dodin.

Le malheureux ressemblait à un misérable insecte, une pauvre chose sur le point d'être broyée, écrasée. On aurait dit qu'il attendait le coup fatal. Voulait-il mourir ?

— Tu n'as toujours pas compris ? lui demanda Morgennes.

— Non, je n'ai toujours pas compris. Et moi aussi, je suis comme toi. J'ai besoin de savoir.

La tête cernée par les moustiques, Dodin avait les yeux rouges, bordés de gros cernes noirs et sa chemise était trempée de sueur.

— De même que je n'ai pas tué Galet, dit Morgennes, je ne te tuerai pas. Mais si l'occasion m'en est donnée, je ne te sauverai pas. Ton Dieu s'en chargera.

— Tu es fou ! Je croyais que nous étions amis. Tu m'en veux encore, pour la pantoufle que je t'ai prise au Krak des Chevaliers ? Je croyais que c'était de l'histoire ancienne, oubliée !

— Oubliée ? C'est facile à dire... Mais non, de toute façon, ce n'est pas du tout ça.

— Mais alors, qu'est-ce que c'est ?

Comme Dodin le regardait en ouvrant de grands yeux, Morgennes lui raconta tout : son enfance, la venue de l'hiver et celle des cinq cavaliers, la traversée du fleuve pris en glace puis la mort de son père et de sa sœur. À la fin de son récit, il était aussi en sueur que Dodin. Ce dernier l'avait écouté avec attention, et s'exclama quand Morgennes eut fini :

— C'était il y a si longtemps ! Je l'avais presque oublié. Mais oui, c'est vrai. J'étais là, je l'avoue.

Il avait l'air las, abattu, et ne cherchait même plus à chasser les moustiques qui l'assaillaient.

— C'est si loin, poursuivit-il. C'était il y a une trentaine d'années. Vers 1146. Mes camarades et moi nous rendions en Terre sainte, pour y combattre aux côtés de Louis VII. Sagremor l'Insoumis, Galet, Jaufré Rudel, Renaud de Châtillon et moi-même...

— Sagremor l'Insoumis, le chevalier Vermeil, était avec vous ?

Dodin hocha la tête en regardant vers ses pieds, cachés par les hautes herbes.

— Et Jaufré Rudel, le poète ?

— Oui. Mais ce dernier devait découvrir, une fois arrivé en Terre sainte, qu'il était plus doué pour rimailler et aimer que pour se battre. C'est pour cela qu'on l'avait engagé – pour chanter nos louanges ! Il est rapidement reparti en France, où il est – m'a-t-on dit – devenu poète.

— En effet, dit Morgennes qui se souvenait très bien de Jaufré Rudel, qu'il avait croisé à Arras. Mais qui est donc Renaud de Châtillon ?

— C'était notre chef. À cette époque, il venait d'entrer au Temple et en portait l'uniforme. Depuis, il en a été chassé.

Comprenant que c'était lui, qu'enfant, il avait pris pour Dieu, avec son armure étincelante et sa cape ornée d'une croix, Morgennes demanda :

— Où puis-je le trouver ?

— Chez les Mahométans. Ils le retiennent prisonnier depuis plus d'une vingtaine d'années, dans leurs geôles d'Alep. Je ne sais s'ils le libéreront un jour. Ils le détestent. D'ailleurs, tout le monde le hait. Avec le temps, même Galet et moi avons fini par l'abhorrer. C'est un fou. Un dangereux fanatique, avide de gloire et de richesse. C'est lui qui avait eu l'idée d'aller massacrer les tiens. Comprends-moi, ton père vivait dans le plus grand des péchés, avec une juive ! Dans la région, c'était un fait connu. Avant de la rencontrer, ton père était réputé pour sa foi chrétienne. C'était un très grand chevalier. Ta mère a dû l'ensorceler.

— Alors, il était noble ? s'enquit Morgennes.

— Oui. Enfin, d'une petite noblesse. Mais il a renoncé à tout. À son nom, à ses rang, titres, honneurs, richesses, pour se commettre avec cette femme. C'était une sorcière, je te dis ! Elle nous avait humiliés.

— Je ne vois pas les choses de cette façon, fit Morgennes en écrasant quelques moustiques sur son visage.

— Non, moi non plus, fit Dodin. Plus maintenant. Mais à l'époque, j'étais jeune. Je venais tout juste d'être armé chevalier. La vie m'ouvrait les bras, et je croyais qu'en purifiant la Gaste Forêt de la seule juive qui y vivait je commettais une bonne œuvre. Pardon, Morgennes. Pardon. Tout ce que je puis te dire, si cela peut t'aider, c'est que ta mère est probablement encore en vie.

— Dis-m'en plus.

— Renaud de Châtillon l'avait enlevée et emmenée de force avec nous, en Terre sainte. Je suppose qu'elle s'y trouve toujours, quelque part. Cela fait des années que je n'ai pas entendu parler d'elle. Aux dernières nouvelles, elle était repartie auprès de sa famille.

— En Terre sainte ?

— Non, pas exactement. En Arabie. Car elle descendait d'une antique tribu juive établie dans les environs de Médine. C'est tout ce que je sais. Maintenant, si tu veux me tuer, fais-le. Je ne me défendrai pas.

— Je te l'ai dit. Ce n'est pas moi qui te tuerai.

Et il reprit sa route, s'ouvrant à grands coups d'épée un chemin dans la jungle par où était passé ce qui ressemblait à un navire gigantesque. Çà et là, des arbres avaient été abattus, et l'on voyait encore des restes de cordages et de rondins, ayant probablement servi à faire avancer l'Arche. Mais la forêt avait déjà presque tout recouvert, et les traces n'auraient pas été faciles à suivre pour quelqu'un de moins expérimenté que Morgennes. « Quel projet démentiel ! pensa-t-il. Mais que cherchaient-ils, dans cette *terra incognita* ? Le Paradis ? »

Un formidable grondement se fit entendre, loin devant eux. On aurait dit que tous les lions de la terre rugissaient ensemble, comme pour leur défendre d'approcher. Dodin rejoignit Morgennes :

— C'est effrayant ! Mais au moins, on dirait que cela chasse les moustiques. L'air est plus frais.

Effectivement, l'air était moins lourd, et de fines gouttes d'eau avaient remplacé les moustiques. Elles venaient se déposer sur les deux hommes, s'ajoutant à leur sueur, et rendant leurs vêtements spongieux. L'un et l'autre se débarrassèrent de leurs armures, et quelle ne fut pas la surprise de Morgennes d'entendre un cliquetis métallique répondre à celui que fit son haubert en s'écrasant dans l'herbe.

Fouillant la terre avec ses mains, il mit au jour un squelette encore équipé d'une armure et d'un vieux bouclier qui paraissaient dater de l'époque romaine.

— Il doit s'agir d'un des soldats envoyés par Néron à la recherche des sources du Nil. On dit qu'ils ont trouvé des marécages... Probablement tout près d'ici...

— Morgennes ! Viens voir !

Morgennes, qui s'était agenouillé pour mieux observer le soldat romain, se releva et regarda dans la direction que lui indiquait Dodin. Un pan de brouillard lui cachait la vue – mais il percevait, provenant de l'autre côté, le grondement d'un fleuve s'écrasant sur des rochers.

— Ce doit être par là ! En avant !

Les deux hommes plongèrent dans un mur d'ombre et de brume, où ils progressèrent pendant un long moment. Enfin, ils débouchèrent sur un spectacle à faire pleurer les dieux eux-mêmes : le Nil tombait d'immenses falaises semblables à d'imposants dragons de pierre. Elles étaient si hautes qu'à côté d'elles, même les plus grands arbres ressemblaient à de frêles arbrisseaux.

— La première des six, dit Morgennes, qui se rappelait avoir lu qu'une série de six cataractes, toutes plus formidables les unes que les autres, séparaient Crocodilopolis des marécages de « Noir Lac », où la piste des sources du Nil se perdait.

— Ne me dis pas, souffla Dodin, qu'ils ont réussi à passer par ici, et à faire monter l'Arche jusqu'en haut !

— Allons voir ! haleta Morgennes.

— Garde-toi ! cria Dodin.

Un mouvement dans l'eau avait attiré son attention. Des crocodiles ! Pareils à d'inoffensifs troncs d'arbres, ils se laissaient dériver vers le rivage, en direction des deux hommes. Pourtant, des restes de jambes, de bras et de torses, mélange de chairs pourries et d'os à moitié broyés, laissaient penser qu'ils avaient déjà fait bombance.

— Depuis combien de temps sont-ils là ? demanda Dodin, qui ne bougeait pas d'un cil comme le lui avait conseillé Morgennes.

— Quel étrange endroit, dit Morgennes. On dirait que les temps s'y mélangent. Ces corps sont certainement vieux de plusieurs mois, or on les dirait frais de la semaine dernière. Quant à la forêt, c'est comme si elle s'était reconstituée en une nuit. Regarde, on dirait même qu'elle n'a pas souffert du passage de l'Arche...

— C'est la forêt des dieux ! Ils vont nous tuer !

— Mais non, ou ils l'auraient déjà fait. En revanche, là où je suis d'accord avec toi c'est qu'à moi aussi elle me paraît divine.

D'ailleurs, cette forêt lui en rappelait une autre : celle qu'il avait vue dans ses rêves, au Caire. Une forêt qui ressemblait à un marécage grouillant de reptiles et de papillons noirs et blancs.

— Que fait-on ? demanda Dodin.

— On ne peut plus reculer sans tomber sur les hommes de Saladin. Je pense qu'il faut continuer, et retrouver Gargano, Nicéphore, Philomène et tous les autres.

— À moins qu'ils ne soient là, sous nos yeux...

Comme pour répondre à leurs questions, un crocodile sortit de l'eau et ouvrit grande sa gueule vers eux. Entre ses dents, Morgennes aperçut un bout de bois doré couvert de tissu – le bras d'un des pantins fabriqués par Philomène, le bras du chevalier saint Georges.

— Là-bas, dit-il en s'arrachant à la boue avec un bruit de succion. J'ai l'impression qu'il y a une sorte de cheminée, creusée dans la roche.

Il conduisit Dodin au pied de la cascade, et lui montra une faille ouverte dans la pierre, par où l'on pouvait grimper. Dodin lui cria quelque chose, mais le vacarme était tel que Morgennes n'entendit rien. Les chutes d'eau faisaient un bruit épouvantable, et la brume aveuglait les deux hommes. Marchant à tâtons, Dodin accroché à son ceinturon, Morgennes parvint jusqu'aux rochers. Là, il chercha une entaille où glisser ses pieds et ses mains, et entreprit l'ascension de l'imposant dragon de pierre.

Après moult efforts et écorchures, Morgennes et Dodin atteignirent le sommet. Les deux hommes s'étaient assurés à l'aide d'une corde, que Morgennes dénoua et réenroula autour de son torse.

— Incroyable ! s'exclama Dodin.

En effet, le spectacle auquel ils avaient le privilège d'assister était l'un de ces fabuleux tableaux que la nature réserve à une poignée d'élus. Une mer d'arbres entrecoupée de cataractes embrumées s'élevait par degrés jusqu'à l'horizon. Celui-ci se concluait par une montagne à la cime enneigée, si éblouissante qu'elle semblait de diamant. Au-dessus d'elle, une lune rousse et pleine était perchée en équilibre, et par un curieux effet d'optique menaçait de s'en aller rouler dans la mer de verdure. Au milieu, à mi-chemin de la première cataracte et de la montagne, une grande tache brune s'étalait, telle une lèpre rongeant la forêt.

— Les Marécages de l'oubli, murmura Morgennes.

Il comprenait enfin pourquoi personne n'avait jamais trouvé les sources du Nil. Ce n'était pas faute de moyens, de volonté, de chance ou de courage. Non. C'était tout simplement parce que c'était impossible. Elles étaient défendues par les dieux.

Mais le plus extraordinaire, et que nul avant eux n'avait contemplé, c'était le grand navire échoué au cœur des marécages. Il avait basculé sur le côté, tel un vaisseau tombé des cieux.

— Où sont les gens ? demanda Morgennes. Où sont les centaines d'Égyptiens qui ont aidé à le transporter jusqu'ici, et où est l'équipage ?

Dodin mit sa main au-dessus des yeux, et scruta la forêt jusqu'à l'horizon. Mais il ne voyait personne, et l'air résonnait de cris d'oiseaux et de bêtes sauvages, si forts qu'ils parvenaient à traverser la toile épaisse du grondement des eaux.

VII

LES MARAIS DE LA MÉMOIRE

57.

> « La vue de son épée brisée le rend fou de rage et il lance le tronçon qui lui reste au poing aussi loin qu'il le peut. »
>
> (Chrétien de Troyes, *Érec et Énide.*)

— Mais qu'est-ce que c'est que cette épée de m-m-merde ! pesta Amaury.

Il revenait de la mêlée, où la lame de Crucifère avait volé en éclats contre le bouclier d'un ennemi. S'approchant de Guillaume pour lui montrer le moignon d'épée qu'il avait à la main, il lui dit :

— Si jamais je retrouve P-p-palamède, sacrebleu ! je te jure de lui tordre le cou de mes p-p-propres mains !

Sous le coup de la colère, Amaury jeta ce qui restait de Crucifère en direction du champ de bataille, et ajouta :

— Cela n'a pas eu lieu !

— Majesté ?

— Je ne veux pas p-p-passer pour un roi ridicule.

— Mais, Majesté, loin de moi cette intention.

— C'est ce que je suis !

— Non, Majesté ! On vous a abusé, et vous vous êtes montré crédule...

— Qu'importe. Promets moi d-d-d'oublier cette scène.

Guillaume observa un instant de silence, le temps qu'Amaury se calme. Puis, comme celui-ci paraissait s'être remis, il lui dit :

— Majesté, lorsque vous m'avez commandé d'écrire le récit de votre vie, vous m'avez bien précisé de dire la vérité.

— Non pas, fit Amaury. Je t'ai juste demandé de ne pas mentir ! Ce n'est pas pareil. Tu n'es donc pas obligé de raconter qu'une fois de plus je me suis retrouvé avec une épée de p-p-pacotille, englué dans une expédition militaire qui s'achemine vers la déroute...

— Bien, Majesté. Comme vous voudrez...

Guillaume baissa la tête. À quoi ressemblerait sa *Gesta Amauricii* s'il devait en écarter tous les événements présentant le roi sous un mauvais jour ? Que resterait-il ? Il ne pouvait tout de même pas s'abaisser à rédiger l'un de ces contes où tout n'était que menteries. Une de ces sagas dont les Nordiques raffolaient...

Il se remémora les péripéties de ces derniers mois. D'abord, le fiasco de la précédente expédition d'Amaury en Égypte. Son incapacité à tenir tête aux pairs du royaume et aux Hospitaliers. Le pillage de Bilbaïs. L'arrivée de Chirkouh et de Saladin au Caire. L'échec de l'insurrection, la disparition de Morgennes et des conjurés. Puis, enfin, le retour inopiné de ce soi-disant ambassadeur du prêtre Jean, et le fabuleux cadeau qu'il avait fait au roi : Crucifère. L'antique épée de saint Georges. Une lame tueuse de dragon.

Grâce à elle, Manuel Comnène avait opportunément accepté d'envoyer une puissante flotte appuyer les troupes d'Amaury dans leur ultime tentative de conquête de l'Égypte.

— Crucifère, l'épée sainte. Mais c-c-comment savoir si c'est vraiment elle ? avait demandé Amaury, en recevant ce présent des mains de Palamède, dans la salle du trône de son palais, à Jérusalem.

— Regardez-la bien, Majesté, avait répondu Palamède. Sa lame est en forme de flamme, crachée par un dragon dont la gueule est la garde et le corps sa poignée.

— Ma foi, avait dit Amaury, si vous le dites. De t-t-toute façon, l'important ce n'est pas que moi je vous croie, mais que l'empereur des Grecs, lui, le croie...

— Il le croira !

Palamède avait raison. D'ailleurs, Manuel Comnène avait tout intérêt à le croire. Ainsi, après avoir informé Amaury que la petite-nièce qu'il lui avait promise en mariage avait disparu, il l'avait autorisé à conserver par-devers lui la lame de saint Georges. En échange, comme prévu, il avait ordonné à la flotte impériale de gagner les rivages égyptiens et de s'y placer sous le haut commandement d'Amaury. Ensemble, ils reprendraient l'Égypte aux Damascènes. Ensuite, une fois sa petite-nièce retrouvée, Amaury l'épouserait. Enfin, Manuel Comnène recevrait des mains d'Amaury l'une des plus belles pièces qui manquait à sa collection de reliques : Crucifère !

Mais pour Guillaume de Tyr, cette prétendue Crucifère ne valait guère mieux que le soi-disant rang d'ambassadeur, au service du prêtre Jean, de Palamède. C'était probablement une épée d'apparat, forgée à la hâte dans un souk du Caire, afin d'épater les badauds. Et les rois...

« Tss-tss », fit Guillaume dans sa barbe. « Je donnerais cher pour connaître la vérité... Et je ne serais pas étonné d'apprendre que Palamède n'est en fait qu'un conspirateur qui a tout intérêt à voir Saladin quitter Le Caire, et qui, après avoir manigancé pour que les Grecs n'interviennent pas, se démène maintenant pour les faire venir... »

Passant son bâton à tête de dragon d'une main à l'autre, Guillaume regagna les hauteurs de la petite colline au sommet de laquelle Amaury avait fait dresser sa tente. Depuis ce promontoire, on dominait toute la plaine avec, en contrebas, Damiette, au sud, le Nil, à l'est, le désert, et à l'ouest, encore le désert, mais cette fois aux mains des Égyptiens. Et donc de Saladin.

Guillaume grimpa, le dos plié en deux, une main sur la hanche. Une vive douleur aux genoux lui rappela qu'il vieillissait. « Ces exercices ne sont plus de mon âge. Je ne devrais pas quitter mon scriptorium. »

Une explosion le fit tressaillir. Une catapulte avait atteint sa cible : une muraille que les Francs visaient sans relâche depuis huit semaines, au grand dam des Byzantins. Ces derniers, menés par Constantin Coloman, voulaient donner l'assaut sans plus attendre : « Nous perdons du temps ! » fulminait Coloman. « Or c'est, après la nourriture, ce dont nous manquons le plus. Il faut frapper ! Maintenant ! »

Mais le gros des troupes à terre était constitué des fantassins et des cavaliers francs du royaume de Jérusalem. Comme d'habitude, Amaury cherchait à temporiser et s'adonnait à l'un de ses passe-temps favoris : la construction de machines de siège.

— Donner l'assaut c'est s'exposer à de lourdes p-p-pertes ! Tandis qu'en soumettant cette muraille à d'incessants b-b-bombardements, je puis espérer la faire s'effondrer tout en restant à l'abri. Alors, nos troupes n'auront plus aucune difficulté p-p-pour pénétrer dans la cité.

— Majesté, disait Coloman, je me permets de vous rappeler que ce côté de la cité est occupé par les coptes.

Les coptes ! Guillaume apercevait, derrière les hautes murailles à peine endommagées de Damiette, les grandes croix dorées de leurs églises. L'une d'elles, ayant reçu une pierre, était maintenant de travers. Combien de fois les chrétiens de Jérusalem avaient-ils trahi leurs cousins égyptiens depuis qu'Amaury était roi ? Assurément, beaucoup trop.

D'ailleurs, les coptes avaient rompu tout contact avec les Francs.

Ceux-ci avaient établi leur camp près du port de Damiette, où Palamède avait promis que les dragons arriveraient. Guillaume eut un sourire. À sa façon, Palamède non plus n'avait pas menti. Seulement, il n'avait pas dit *toute* la vérité. En fait de dragons, ce furent quatre cents nefs byzantines, des dromons, qui se présentèrent. Soit la quasi-totalité de la flotte impériale. De longs tubes métalliques, auxquels des artisans avaient donné l'apparence d'une gueule de dragon, étaient fixés à la proue des navires. Ils crachaient du feu sur les nefs adverses, vers lesquelles ils voguaient de toute la force de leurs ailes – c'est-à-dire de leurs voiles.

Il n'y avait là rien de mystérieux. Tout au plus un certain secret : celui de la composition du feu grégeois employé par les Byzantins. De plus, les dragons promis seraient de toute façon arrivés, puisqu'ils étaient la flotte byzantine. Les Francs s'étaient bien fait avoir. Une fois encore, ils avaient été manipulés. Depuis le début, Guillaume sentait planer une ombre au-dessus d'eux, comme si quelqu'un cherchait à faire entrer en collision les diverses puissances occidentales et orientales. Qui ? Dans quel but ? Guillaume l'ignorait. Mais il savait qu'à la table autour de laquelle s'étaient assis pour guerroyer Damascènes, Égyptiens, Byzantins, Francs de Jérusalem et d'Occident, quelqu'un d'autre s'était également installé, incognito...

— Excellence !

Guillaume, qui se demandait quel important personnage avait osé s'aventurer sur ce tas de boue, regarda autour de lui.

— Messire Guillaume !

Allons bon ! C'était lui ! Depuis qu'il avait été nommé archevêque de Tyr, Guillaume avait le plus grand mal à s'habituer au titre d'« Excellence ». Alors il regarda vers le bas de la colline, et vit Alexis de Beaujeu monter vers lui au pas de course, suivi d'une petite escouade d'hommes en armes.

« Dieu tout-puissant, se dit Guillaume. Que se passe-t-il encore ? »

— Qu'y a-t-il ?

— Il faut prévenir le roi ! répondit Alexis. Un malheur ! Un malheur est arrivé !

— C'est bien le moment ! Et lequel ?

Alexis de Beaujeu s'arrêta à la hauteur de Guillaume pour reprendre son souffle, et ne réussit qu'à bafouiller :

— Mort... Il est mort !

— Mort ? Mais qui ? demanda Guillaume, soudain devenu blême.

À en juger par l'agitation d'Alexis, il craignait que ce ne fût l'héritier du trône : Baudouin IV. Mais Alexis bredouilla :

— Oméga ! Oméga...

— Oméga III, dit Guillaume, soulagé. Comment est-ce arrivé ?

— L'animal s'est creusé dans la terre un passage menant à l'une des tentes où nous celons nos provendes. Il s'y est rempli la panse...

— À se la faire péter, conclut pour Alexis un jeune mercenaire arrivé de Gascogne.

— Bon. Je vois. Laissez-moi annoncer la nouvelle au roi. (Puis, donnant sa bourse à Alexis.) Tenez. Tâchez de me trouver un autre chiot. Un basset. Brun !

— À vos ordres, fit Alexis.

Et il repartit avec ses hommes en direction du campement, une vaste étendue de tentes plantées dans la boue.

« C'est mauvais, songea Guillaume. Très mauvais... Si les Byzantins apprennent que nous avons encore des provisions, et que les chiens du roi les pillent alors que nous ne leur donnons rien, ils risquent de très mal le prendre. »

Cela faisait plusieurs jours que les Byzantins, qui n'avaient embarqué que pour trois mois de vivres – ce qui semblait amplement suffisant pour ce type de campagne –, n'avaient plus à se mettre sous la dent que des pousses de palmier, quelques noisettes et des châtaignes. Par crainte de se retrouver lui aussi à court de nourriture, Amaury avait refusé de partager les vivres que son armée avait emportés. N'y avait-il pas, quelque part dans son esprit, l'idée que si la disette s'aggravait, les Byzantins seraient obligés de regagner Constantinople, les laissant – eux, les Francs – seuls vainqueurs du combat ? N'y avait-il pas cette idée que s'il venait à partager ses vivres, ils se retrouveraient non pas « un » mais « deux » à souffrir de la faim ?

Oui, c'étaient probablement là les idées un peu folles qui avaient germé dans son esprit. Car si Amaury était un roi ambitieux, c'était aussi un roi qui confondait un peu trop souvent ses rêves et la réalité. Ainsi, l'ouvrage commencé par Guillaume ressemblait-il de plus en plus à l'énumération d'une longue, très longue série d'échecs.

Telle était la vie d'Amaury. Une suite d'insuccès, sur laquelle de nombreux revers, déboires et fiascos étaient venus se greffer. Ses seules réussites avaient été l'Égypte, dont il avait fait, le temps de quelques mois trop courts, un protectorat franc. Et son fils. Celui-ci était un jeune homme bourré de qualités. Droit, honnête, courageux, intelligent. Et bon. D'ailleurs, Guillaume savait qu'il n'était pas pour rien dans ce succès, et s'en enorgueillissait en secret.

Mais alors qu'il atteignait la tente royale, une explosion dans la plaine le fit sursauter.

« Une autre pierre de catapulte ? »

Non, cette fois, c'était plus grave. Un souffle gigantesque, une chaleur, de la lumière – quelque chose d'extraordinairement puissant s'était produit dans le port de Damiette, en face duquel la flotte byzantine avait mouillé l'ancre. Une chaîne, courant d'une extrémité à l'autre de l'entrée du port, empêchait la flotte de pénétrer plus avant dans la ville, et donc de la prendre d'assaut. Cela faisait des mois que le Nil permettait aux Égyptiens de ravitailler Damiette. Des mois qu'ils rigolaient en regardant les Francs et les Byzantins s'épuiser à les conquérir.

Et maintenant, depuis les murailles du port, les soldats et les marins de Damiette ricanaient en regardant brûler un à un les dromons byzantins. L'un des leurs – un dénommé Taqi – avait réussi à s'introduire à bord d'une des galères grecques, et à retourner son arme contre elle : le feu grégeois ! De prédatrices, les nefs byzantines étaient devenues proies. Les voiles s'étaient embrasées aussi facilement que du papier, et le bleu des eaux du port avait été remplacé par le brun des Byzantins sautant de leurs navires en feu. On ne voyait plus d'eau nulle part, et même les têtes des marins disparaissaient sous les rats, qui eux aussi cherchaient à échapper aux flammes.

— Majesté ! cria Guillaume. Majesté !

Amaury sortit comme un fou de sa tente, et n'eut pas besoin de Guillaume pour comprendre ce qui s'était passé. Un incendie était en train de ravager la flotte de ses principaux – de ses uniques ! – alliés. Il fallait les sauver !

— P-p-passelande ! appela Amaury.

Un page amena un cheval, tout harnaché.

— Souhaite-moi bonne chance ! cria Amaury à Guillaume en grimpant en selle.

Puis il éperonna sa monture et dévala la colline en direction des rives du Nil, où étaient amarrés quelques dromons encore indemnes. Mais pour combien de temps ? Car déjà le vent se levait et portait vers les Francs des odeurs de chair, de bois et de toile brûlés. Perdus. Ils étaient perdus. Des larmes coulèrent sur les joues du roi, qui se sentit soudain très las. « Allons ! Ressaisis-toi ! Pense à ton frère ! Pense à ton père ! »

Amaury talonna Passelande, et se dit : « Pense à ton fils ! »

— Pour Baudouin ! Pour Baudouin !

Il porta la main au côté pour dégainer son épée, et se rappela qu'il l'avait jetée. Dépité, il maintint son triple galop, arriva à proximité d'une des nefs byzantines, et précipita son cheval en direction de la passerelle qui permettait d'accéder à son bord – et par où l'équipage débarquait, affolé.

Incapables de manœuvrer tant le chenal était encombré de navires, fuyant l'incendie qui s'étendait à tous les bâtiments de la flotte impériale, les marins formaient un flot continu de personnes empêchant les secours d'arriver.

— Restez à votre p-p-poste ! cria Amaury en leur donnant des coups de pied pour les empêcher de fuir. Et laissez-moi p-p-passer !

Mais un colosse nordique, répondant au nom de Kunar Sell (l'un des mercenaires formés par Coloman, et qui avait fait partie des gardes de Manuel Comnène), mit sa lourde hache sur son épaule et dit au roi :

— Majesté, il faut fuir ! La flotte est perdue !

Sur ce, Constantin Coloman courut vers eux en s'écriant :

— Majesté ! Kunar Sell ! Suivez-moi, j'ai besoin de braves pour faire la part du feu !

Amaury et Kunar Sell s'entre-regardèrent, et suivirent Coloman. Aussi à l'aise sur ses nefs que sur terre, Coloman bondissait de pont en pont, jusqu'au centre du foyer.

— Ces salopards ont incendié le cœur de la flotte. Il faut que vous m'aidiez à rallier le plus de marins possible, afin de saborder les navires au contact des flammes !

— Ta hache ! ordonna Amaury à Kunar Sell.

Celui-ci regarda le roi sans avoir l'air de comprendre, mais Coloman cria :

— Fais ce qu'il te dit ! Donne-lui ta hache !

Kunar Sell tendit sa lourde hache à Amaury, qui pour la première fois parut content de l'arme qu'il avait.

— Prends ceci, dit Coloman à Kunar Sell, en lui donnant un sabre d'abordage. C'est ce que j'ai trouvé de mieux.

Kunar Sell soupesa le sabre, fit quelques passes avec, s'aperçut qu'il était de fort mauvaise qualité, haussa les épaules et fila rejoindre Coloman, qui le hélait :

– Par ici ! Par ici ! Byzantins, avec moi !

Amaury, quant à lui, galopa sus aux navires les plus proches du port égyptien et de ses redoutables balistes.

— À moi, les Francs ! À moi !

Seule une poignée d'hommes le rejoignit, parmi lesquels Amaury fut ravi d'apercevoir Alexis de Beaujeu.

— Quelle b-b-bonne surprise ! s'exclama-t-il.

— Majesté, justement, je vous cherchais pour vous dire...

— Ce n'est p-p-pas le moment ! Il faut sauver la flotte...

Il n'eut pas le temps d'achever sa phrase qu'une poutre enflammée s'abattait entre Alexis et le cheval d'Amaury. Ils ne durent d'avoir la vie sauve qu'à leurs excellents réflexes, qui les firent, pour l'un, se jeter en arrière, et pour l'autre, se cabrer. Une fumée noire s'éleva du navire, qui craqua de toutes parts.

— Sabordons-le ! cria Alexis.

— Non, fit Amaury. C'est trop tard.

Suivis par quelques braves, les deux hommes passèrent sur le pont du navire jouxtant le leur afin d'en rompre les amarres et de l'envoyer par le fond. Pour ce faire, ils descendirent dans les cales, et donnèrent de violents coups de hache, d'épée et de lance dans la coque du navire, en espérant le faire sombrer. Par chance, les dromons étant des sortes de galères à coque plate, bâties pour la navigation côtière – ou fluviale – plutôt que pour la haute mer, elles n'étaient pas trop difficiles à saborder.

Un premier navire fut ainsi envoyé rendre visite aux crabes, sans avoir eu le temps d'enflammer son voisin. C'était une première victoire. Mais il en faudrait beaucoup, beaucoup d'autres pour espérer sauver ne fût-ce que le dixième de la flotte byzantine. Alexis et Amaury avaient l'impression de lutter contre la peste. Comme ils n'avaient aucune idée de la façon dont l'incendie se propageait aux différents navires, ils se contentaient d'essayer d'en sauver un maximum – ce qui les amenait à s'approcher dangereusement des murailles de Damiette, où des serveurs pointaient des balistes dans leur direction. Deux dards filèrent. Le premier se ficha non loin d'eux, dans un banc de rameurs, l'autre se perdit dans les eaux du port.

« Quelle guerre étrange », se dit Amaury en observant les dromons. « Heureusement que ce n'étaient pas de vrais dragons, car la défaite eût vraiment été trop humiliante... »

Il y avait tant de fumée qu'Amaury et Alexis n'y voyaient pas plus loin que le bout de leur nez, et qu'ils devaient constamment garder une main libre pour tenir devant leur visage un morceau de tissu imbibé d'eau. Amaury frappait à grands coups redoublés sur les coques des bateaux où ils avaient pris pied, ordonnant à Alexis et à ses hommes de couper les cordages reliant les nefs entre elles, et d'en jeter les passerelles à la mer. Dès que le navire sur lequel ils étaient commençait à couler, Amaury s'assurait que sa petite équipe était passée saine et sauve sur le bateau le plus proche. Ensuite, il remontait sur Passelande et le faisait reculer de quelques pas afin de prendre assez d'élan pour sauter sur la nef voisine. Combien de fois manquèrent-ils de mourir, cernés par les flammes ou transpercés par un projectile ? Nul ne le sait. Ce qui est certain, c'est qu'Amaury et Alexis de Beaujeu firent plus que contribuer à aider Coloman et Kunar Sell à protéger la flotte byzantine. Les relations entre le puissant Empire et le petit royaume franc de

Jérusalem, qui menaçaient de s'envenimer, furent sauvées grâce à eux.

Nous étions à la fin de l'automne de l'an de l'Incarnation de Notre-Seigneur 1169, et la bataille était finie sans avoir réellement commencé. Damiette avait été sauvée grâce à un courageux gamin : Taqi ad-Din.

Amaury regagna son campement à la nuit tombée, seulement accompagné d'Alexis de Beaujeu et d'un autre soldat. Tous les autres membres de leur petite équipe étaient morts. Eux-mêmes étaient fourbus, meurtris, brûlés. Passelande avait le crin roussi. Quand il l'eut confié à un valet, Amaury tourna les yeux vers le Nil, où des navires achevaient de se consumer tandis que d'autres dressaient dans le lointain leurs voiles de rescapés. Ils s'en repartaient vers Constantinople.

— Grâce à vous, Majesté, dit Guillaume à Amaury en s'approchant de lui, l'échec n'a pas été total.

Mais Amaury ne lui répondit pas. Il pleurait. Pour lui, les coques incendiées des dromons byzantins figuraient les longs corps de dragons à l'agonie, qui ne trouveraient la paix que dans les fonds marins.

58.

« Il entendait bien une voix l'appeler, mais il ne savait pas qui l'appelait ; il pensa que ce devait être un fantôme. »

(CHRÉTIEN DE TROYES, *Lancelot ou le Chevalier à la Charrette.*)

Morgennes s'accroupit, effleura la surface de l'eau, puis porta la main à sa bouche. L'eau avait un goût de limon, un goût de terre acide.

— Le Nil a amorcé sa décrue, dit-il à Dodin.

Mais, lorsqu'il se retourna, Dodin n'était plus là. Morgennes se redressa et écouta les bruits de la forêt, tous ses sens à l'affût. La nature était étrangement silencieuse, comme si les oiseaux avaient oublié de piailler, les fauves de gronder. Il n'y avait rien, rien qu'un ronflement sourd, qu'il ne trouvait pas rassurant.

— Dodin ! appela Morgennes.

Personne ne répondit, et son cri s'englua dans la touffeur végétale.

Alors Morgennes compta une dizaine de battements de cœur, et repartit sur ses pas. Depuis combien de temps marchaient-ils dans cette jungle, en direction des marécages ? La lumière avait du mal à pénétrer dans ces sous-bois, et certaines journées étaient aussi obscures que des nuits. Dodin avait depuis longtemps perdu le fil des jours. Mais Morgennes, lui, savait. Cela faisait sept semaines et... Non, sept jours.

Non.

Sept mois... Se sentant légèrement troublé, il se toucha le front du bout des doigts, et murmura :

— Toi, tu m'as l'air fatigué...

Fatigué. Oui. Ils étaient épuisés, l'un et l'autre. Mais seul Dodin avait montré les signes d'une extrême fatigue. Morgennes, lui, était entièrement tendu vers son but – atteindre les marécages et le navire qui gisait en son sein, retrouver Gargano. Le franchissement des dernières cataractes avait été particulièrement éprouvant pour les deux hommes, et Morgennes avait dû à plusieurs reprises porter Dodin sur son dos.

Mais alors, où était Dodin ?

Morgennes refit à l'envers une partie du trajet qu'ils avaient effectué pour venir jusqu'ici. Et pourtant, comme dans le Labyrinthe du Dragon, il avait l'impression que la nature avait changé. Cet arbres, aux racines si hautes et si énormes qu'elles ressemblaient elles-mêmes à des troncs d'arbre, n'était pas là quand il était arrivé, quelques heures plus tôt. Mais était-ce vraiment ici ? Ou bien, n'était-ce pas quelques *jours* plus tôt ?

Morgennes ne savait plus.

Ses forces l'abandonnaient. Même sa mémoire, sa si précieuse alliée, semblait s'être envolée, sucée par les innombrables sangsues qui lui couvraient les jambes. Pour la tester, il se remémora chacun des moments passés avec Guyane, et s'aperçut avec soulagement que dans le domaine de l'amour sa mémoire était indemne.

— Je me souviens... Oui, je me souviens...

Morgennes éprouva soudain une vive douleur, comme si la foudre l'avait frappé. Dodin ! Dodin avait disparu voici plusieurs jours, et il était parti à sa recherche !

— Allons, en route !

Il fit encore quelques pas dans la brume, contourna l'immense banian devant lequel il venait à l'instant de passer, et se demanda s'il n'avait pas déjà vu cet arbre, quelque part... Mais quand ? Levant les yeux, il aperçut alors, pendus dans les hautes, très hautes branches de l'arbre, une dizaine de pantins gris pâle, mâles et femelles. Leurs membres se balançaient au gré du vent, et le doux cliquetis de leurs articulations faisait une étrange chanson, qui disait : « Comme nous, tu es comme nous... Clic, clic, clic... Comme nous, tu es comme nous... Clic, clic, clic... Et tu nous rejoindras bientôt... Clic, clic, clic... Bientôt, bientôt... »

« Je deviens fou, se dit Morgennes. Je perds la raison. Allons, réfléchissons. Que disait-on au sujet de ces marécages ? Qu'on y perdait la mémoire ? »

— Je n'oublierai pas, je n'oublierai pas...

« Mais, que font ces pantins là-haut, dans les arbres ? Voyons, mais c'est évident ! Personne n'est allé les pendre ! C'est juste que comme le Nil était plus haut, beaucoup, beaucoup plus haut, l'Arche a navigué au-dessus d'eux, puis quelqu'un les a jetés dans l'eau. Alors, ils ont coulé et se sont pris dans ces branches... »

L'un de ces pantins oscillait dangereusement au-dessus de lui, ses pieds regardant au nord, à l'est, puis de nouveau au nord, puis de nouveau à l'est... Cette vision macabre donna des frissons à Morgennes, qui s'appuya contre les racines de l'arbre et cria :

— Dodin !

Mais cette fois, c'était un appel au secours. Morgennes avait la tête qui tournait, comme s'il voyait la forêt par les yeux du pantin, avec sa mer infinie d'arbres et quelque part au pied de ce banian verdâtre, Morgennes lui-même, en train de se chercher. C'est alors, à l'instant où il était persuadé d'avoir définitivement perdu la tête, qu'une mélodie retentit. Une douce et belle musique d'orgue.

— Je connais cette musique, et je connais cet orgue... C'est celui de Philomène ! Celui dont les tuyaux se terminent par des gueules de dragons, et dont Nicéphore aimait jouer, lorsque nous nous arrêtions.

Curieusement, cette musique le rassura. Elle semblait s'adresser directement à lui, à son âme. Elle disait : « Viens par ici. Fie-toi à moi, je suis ton guide. Viens, tu seras en sécurité. Par ici... C'est chez toi... »

Morgennes quitta son arbre, jeta un dernier coup d'œil aux pantins, et marcha vers la musique. « Et si ce n'était qu'un leurre ? Un piège tendu pour me perdre ? Comment savoir si je ne suis pas déjà tombé dedans une dizaine de fois ? La musique m'éloigne de l'arbre, m'attire à elle tel un chant de sirène, puis s'interrompt brutalement, me laissant au milieu des marécages. Cela s'est-il déjà produit ? Combien de fois ? Est-ce ainsi que Dodin et moi avons été séparés ? Mais ai-je seulement le choix ? »

Dans le doute, Morgennes marcha en direction de la musique. Il reconnaissait à peine le paysage qu'il traversait – arbres trop grands, fourbus d'être si vieux, n'ayant plus de place où mourir, et tombés dans les branches d'un cadet. Branchages entremêlés, se nourrissant à tous les troncs, s'entresuçant les uns les autres, s'étreignant, se griffant, à la fois geôliers et prisonniers d'eux-mêmes. Lianes zébrant l'obscurité, emplissant les vides que les arbres n'avaient su combler ; mousses, lichens, champignons ; sol spongieux, détrempé, où l'on progressait à mi-pas. Tentacules brunâtres, grandes toiles d'araignée, dont on ne savait plus qui des végétaux ou des animaux les avaient tissées. Peut-être les deux ? Murs de moustiques, où les bras battaient l'air. « Autant chercher à ouvrir la mer Rouge », songea Morgennes.

— Il me faudrait un miracle... Guyane ! Pourquoi t'ai-je quittée ?

Puis il se rappela subitement que c'était elle qui était partie. Il aurait dû la retenir. L'attraper par le bras et lui dire : « Ne t'en va pas. Pardon. Pardonne-moi. Je ne sais pas ce qui s'est passé. Si j'avais su, je n'aurais pas agi ainsi. J'allais tout t'avouer, mais je n'en ai pas eu le temps. J'allais tout te dire ! »

Par moments, dans son délire, il avait l'impression que c'était ce qu'il avait fait. Il lui avait parlé, l'avait prise dans les bras et lui avait tout raconté. Au début, cela avait été difficile, puis elle avait fini par l'écouter. Alors, enfin, elle lui avait pardonné. La serrant contre lui, il lui avait caressé les cheveux, lui disant : « Rentre chez toi. Repars auprès des tiens. Va en France, va trouver Chrétien de Troyes, c'est mon meilleur ami. Attends-moi chez lui. Prends soin de notre enfant. Je reviendrai dès que possible ! »

En vérité, c'est ce qu'il se rappelait lui avoir dit.

Après avoir marché pendant une éternité, Morgennes déboucha sur une vaste clairière marécageuse. Les Marais de la Mémoire, également appelés « Noir Lac » à cause de la teinte lustrée de leurs eaux, qui étaient noires comme du charbon, et où rien, pas même les étoiles, ne se reflétait. De-ci, de-là, des clapotis signalaient la présence de crocodiles. Leurs corps se fondaient si bien dans la boue qu'ils étaient presque impossibles à repérer. Quelle taille avaient-ils ? Difficile à savoir. Mais le dernier que Morgennes et Dodin avaient aperçu avait ouvert une gueule assez grande pour engloutir un cheval.

En plus des crocodiles, l'endroit grouillait de serpents. Ils glissaient silencieusement à la surface de l'eau. L'un d'eux s'approcha de Morgennes et passa sur sa botte. Bizarrement, il n'eut pas peur. Il *savait* que ce serpent ne lui ferait pas de mal, tout comme il *savait* que les crocodiles le laisseraient tranquille.

Peut-être était-ce à cause de la musique ? Avait-elle le pouvoir d'endormir les reptiles ? De leur ôter toute envie de nuire ? Mais non, Morgennes se trompait. Car il y avait, çà et là, des ossements. À en juger par leur état, certains devait être vieux de plusieurs siècles. Os à moitié rongés, abandonnés, îlots formés par un tas de squelettes, désordres de cages thoraciques et chaos de crânes aux orbites évidées. Impossible de faire un pas dans ces marécages sans faire craquer un os sous sa semelle. Ce sinistre spectacle lui en rappela confusément un autre, dans la cour d'un palais, à Jérusalem. C'était il y a bien, bien longtemps. Un roi fêtait son couronnement. Et une troupe de théâtre était tombée à point nommé pour y jouer une pièce narrant... le combat d'un chevalier contre un dragon ! Morgennes en était sûr à présent : ces marécages, Noir Lac, cachaient une grotte où vivait un dragon. Portant la main au côté, il s'empara de la petite épée qu'il avait prise à Dodin, et se prépara à combattre.

Mais l'heure n'était pas au combat. D'ailleurs, la musique retentissait toujours, de plus en plus distinctement. Cherchant à s'orienter dans ce dédale sans couloirs, Morgennes repéra quelques branches d'arbres qui dépassaient de l'eau comme autant de bras appelant au secours. L'Arche ne devait plus être très loin, il en avait la conviction. Des dizaines de lumières blanches s'allumèrent autour de lui. Il ne savait pas si elles étaient proches ou lointaines, petites ou grosses – mais elles étaient fort nombreuses. Elles flottaient dans l'air, sans faire de bruit. Curieusement, cela l'emplit de bonheur. Il avait l'impression d'une présence réconfortante, et se rappela sa mère – elle était sortie sur le perron de leur petite demeure, et l'appelait : « Morgennes, viens manger ! »

Elle appelait aussi sa sœur, mais ne la nommait pas.

D'ailleurs, comment s'appelait-elle ? Morgennes eut beau chercher dans sa mémoire, il ne s'en souvenait pas. Oubliés, également, les prénoms de ses parents. Mais il revoyait très bien sa mère, ses longs cheveux arrangés en une natte pendant dans son dos, son tablier immaculé, et ses mains, douces et fines – ce n'étaient pas des mains de paysanne.

Son père, portant son marteau sur l'épaule, s'en revenait de la forge. Les « clang ! clang ! clang ! » et autres « ting ! ting ! ting ! » s'étaient tus, et seul subsistait le vrombissement du foyer – que son père gardait constamment allumé.

Jamais il ne l'avait éteint. Peu importait la quantité de bois qu'il devait y enfourner, son père ne laissait pas le feu mourir. Morgennes eut un vague sourire. « Qu'avait donc ce feu de si particulier ? Pourquoi était-il si précieux ? »

Soudain, il entendit une voix. C'était sa sœur, elle l'appelait :

— Morgennes !

Il regarda de droite et de gauche, demanda

— Où es-tu ?

Mais il n'y avait personne. Ce devait être un fantôme. Une fois de plus, il délirait.

Alors, en désespoir de cause, il se mit à siffler la douce mélodie de l'orgue, et cela lui rendit quelque force. Ragaillardi, il reprit sa route en direction de l'Arche.

Des ombres se dessinèrent devant lui.

Plusieurs hommes et femmes à la peau foncée, oscillant entre le bronze et le noir, étaient accroupis dans l'eau, tête baissée, au milieu des sangsues. Ils rappelaient les adeptes de la secte des ophites – ces mêmes centaines de personnes qui avaient adoré le Serpent sous les yeux de Morgennes, au temple d'Apopis. Cela lui parut être dans une autre vie. Étaient-ils venus là en quête de la Queue du Serpent ?

Morgennes marcha parmi eux, cherchant à croiser leur regard. Mais tous avaient les yeux vides. Les petites lumières jouaient au-dessus d'eux, les illuminant un court instant avant de les renvoyer dans l'ombre. Sauf que ce n'étaient pas des lumières. C'était...

Il en attrapa une, la serra dans son poing et pencha la tête pour l'observer. C'était un petit papillon blanc. Mort, apparemment. Morgennes lui souffla dessus. Alors le papillon se secoua doucement, devint noir, puis s'envola, semant dans son sillage de fins nuages de poussière noire et blanche – qui clignotait bizarrement. Morgennes se rendit compte que les lumières pulsaient au rythme de la musique d'orgue, qui jouait toujours, de plus en plus près de lui. Bêtement, sans savoir pourquoi, il appela :

— Dodin ?

— Par ici ! lui répondit une voix flûtée.

Ce n'était pas sa sœur, mais une voix qu'il connaissait... Celle de Nicéphore ?

— Nicéphore ? appela Morgennes.

— Morgennes ? Par ici !

Morgennes courut, puis trébucha sur un corps et tomba de tout son long dans la vase, où son visage s'enfonça. La bouche grande ouverte pour crier, il ne put proférer un son, mais ce qu'il vit lui fit horreur : cinq cavaliers, dont un portait une grande croix rouge sur sa tunique blanche, poursuivaient un homme, sa fille et son petit garçon. L'homme, c'était son père. La fille, sa sœur. Et le petit garçon...

Morgennes battit des mains, chercha de nouveau à crier, mais ne réussit qu'à avaler plus de boue. Il allait mourir. Tout l'oppressait. Il étouffait.

Ses jambes n'étaient plus les siennes, ses bras ne lui appartenaient plus. Sa tête, à peine. Déjà, son champ de vision se réduisait dangereusement, et il sentait une main froide lui enserrer le cœur, une main qui disait : « Je vais t'emmener dans l'Autre Monde ! »

C'est alors qu'une lumière se mit à briller dans les profondeurs de la vase. Elle se manifesta d'abord sous la forme d'une main, qui lui caressa le bas du visage. Et cette main était douce. Elle disait : « Vis ! Vis, mon frère ! Je t'aime, va ! »

Morgennes tendit les bras devant lui, cherchant à l'agripper. À qui appartenait-elle ?

Un visage apparut. Celui de sa sœur.

Au début, elle parut minauder, jouant avec ses doigts sur le devant de sa robe, puis elle éclata de rire comme elle le faisait si souvent quand elle avait fait une bêtise, et déclara :

— Tu ne me reconnais pas ? Tu ne dis rien ?

— Si. Que fais-tu là ?

— C'est ici le Royaume des Morts, et c'est là que je vis...

Elle était translucide, et au travers de son corps Morgennes voyait la boue des marécages.

— Mais...

— Je t'ai toujours aimé. Malheureusement, la vie n'a pas voulu que nous naissions tous les deux, et je suis morte pour te laisser vivre... Je suis la sœur jumelle que tu aurais dû avoir.

— Ma petite sœur jumelle ? J'aurais donné ma vie pour toi !

— Je sais.

— Pardon, lui dit Morgennes. J'aurais tellement aimé que tu vives !

— Mais j'ai vécu. Car Dieu m'a permis de revenir. Il avait entendu ta souffrance, et celle de nos parents. Il nous a permis d'être ensemble. La petite fille qu'ils ont eue par la suite, ta petite sœur, c'était moi !

Elle caressa fugitivement la croix de bronze que Morgennes portait sur son cœur.

— Je délire ! Ou bien suis-je mort, moi aussi ? demanda Morgennes en s'avançant vers sa sœur.

— Non. Mais à présent il est temps pour toi d'oublier. Il est temps que tu vives !

— Pas sans toi !

— Que les morts soient avec les morts, et les vivants avec les vivants ! fit-elle d'une voix tranchante, l'index levé en un signe impérieux.

Puis elle le repoussa des deux mains, vers la surface des marais, et lui dit :

— Cours, Morgennes, cours !

Morgennes regroupa ses forces, banda ses muscles, et poussa un cri :

— Vivre !

Et le petit garçon qui avait jadis couru de l'autre côté du fleuve courut à nouveau, pour sauver sa peau. Morgennes se sentit tiré vers le haut. Il s'abandonna, se laissa faire, puis poussa avec les pieds, poussa avec ses jambes et tout son corps – soudain, ses forces revenaient. Morgennes renaissait.

Crachant, toussant, expectorant, il leva la tête et vit Gargano penché sur lui. Le géant l'avait sorti de la vase. Puis il le prit dans ses bras, et le porta, dégoulinant de boue, au camp du Dragon blanc.

Morgennes ferma les yeux. Tout n'était-il pas parfait ? Tout n'avait-il pas enfin été résolu ?

Un feu de brindilles crépitait, ce qui le réveilla. S'arrachant à sa torpeur, il vit Gargano en train de faire rôtir une autruche, tandis que Nicéphore jouait de l'orgue. L'engin était en piteux état, et couvert de limon.

Morgennes chercha l'Arche des yeux. Elle était là, presque à portée de main ! C'était une merveille aux proportions majestueuses, encore plus énormes que celles de la plus haute des cathédrales. Morgennes avait l'impression de se trouver au pied d'une montagne. Et soudain, il se rappela. Le mont dont il avait entrepris l'ascension, quelques années plus tôt, était bien l'Ararat – au sommet duquel l'Arche aurait dû se trouver. Sauf qu'au moment où Morgennes s'en était approché, l'Arche en avait disparu. En effet, accomplissant un exploit digne des bâtisseurs de pyramides, des centaines d'individus l'avaient arrachée du lieu où elle s'était échouée...

Après avoir recouvré ses esprits, Morgennes déclara .

— Il me faudra du temps pour comprendre ce qui m'est arrivé. Mais je crois que j'ai vu un fantôme... Ce même fantôme qui avait tant effrayé Chrétien, à Arras.

Sans cesser de tourner sa broche, et tandis que Nicéphore continuait d'arracher à l'orgue quelques douces plaintes, Gargano déclara :

— Bénis soient les sentiers qui t'ont mené jusqu'à nous !

— Justement, fit Morgennes en se passant la main sur la joue, je vous cherchais...

— Et c'est nous qui t'avons trouvé ! fit Nicéphore.

— Comment avez-vous fait ?

— Ce sont les papillons qui nous ont montré la route.

— On parlera après, la viande est cuite. On va bientôt pouvoir manger, dit Gargano en se léchant les babines.

— Et toi, lança Nicéphore depuis le tabouret de son orgue, comment nous as-tu retrouvés ?

— Vos traces n'étaient pas difficiles à suivre, et le destin m'avait lancé vers le sud de l'Égypte. Additionnez les deux, et me voici !

Nicéphore eut un sourire, puis tourna l'une des pages de sa partition, et continua de jouer.

— Ces papillons sont vraiment extraordinaires, dit Gargano en désignant l'un d'eux avec la pointe de son couteau.

Ils se nourrissent des champignons qui poussent sur ces arbres. Ce sont des *vita verna*, une espèce très particulière, réputée donner l'immortalité à qui les consomme. Mais ce n'est pas vrai. Ils vous tuent sur le coup. En guise d'éternité, c'est celle du dernier repos...

Nicéphore plaqua quelques accords discordants, qui troublèrent Morgennes.

— Que fais-tu ? Tu ne joues plus ? demanda-t-il.

— Pardon, j'avais la tête ailleurs... Cela fait des jours et des jours que mes doigts courent sur ces touches, et je n'en puis plus.

— Je vais vous relayer, proposa Gargano.

— Non. Mange. Tu as joué cinq jours et nuits de suite. C'est à moi de prendre le relais. Oh, et puis j'en ai assez de ce manteau !

D'un geste brusque, Nicéphore releva le capuchon qui lui tombait sur le visage. Et Morgennes vit alors que Nicéphore n'était pas un homme, mais une superbe jeune femme, aux traits magnifiquement dessinés – byzantins, pour être précis.

— Par saint Georges ! Il va falloir m'expliquer !

— Ne t'inquiète pas, répliqua Gargano en mordant à pleines dents dans un cuissot d'autruche. C'est ce qu'on va faire. Mais d'abord, il faut quitter cet endroit, ce Royaume des Morts... Et pour ça, tu tombes à pic !

59.

« C'est pourquoi, toute impératrice, même de très haute naissance, est gardée à Constantinople, comme une prisonnière. »

(Chrétien de Troyes, *Cligès*.)

Nicéphore ôta de ses cheveux la longue broche en or constellée de diamants qui les retenait attachés. Secouant la tête pour les démêler, elle les fit couler sur ses épaules. Soyeux, lustrés, ils étaient aussi beaux que des cheveux de princesse. Et, en vérité, c'est ce qu'ils étaient. Car Nicéphore ne s'appelait pas Nicéphore, mais Marie Comnène.

— Je suis la petite-nièce du basileus de Constantinople, confia-t-elle à Morgennes. Mon grand-oncle s'appelle Manuel Comnène. C'est l'homme le plus puissant de l'œkoumène...

— Je le connais, dit Morgennes.

Marie hocha la tête, et le regarda avec un doux sourire.

— Je sais, souffla-t-elle. J'étais au courant de tout... Avant, avant...

— Avant quoi ? demanda Morgennes.

Elle se leva et eut un geste de la main pour désigner à la fois l'Arche, les marais et l'orgue – dont elle avait cessé de jouer.

— Tout ceci ! Il faut que tu saches, cher Morgennes, que depuis toute petite je n'ai qu'une obsession : être libre. J'ai toujours refusé d'être l'otage de la vie politique. Un cadeau plus précieux que les autres, destiné à sceller l'amitié des puissants. De plus, contrairement à mes sœurs et cousines, je ne supportais pas de rester enfermée dans un gynécée. Mais à part un mariage arrangé, seul mon oncle avait le pouvoir de m'en faire sortir. Grâce à lui, après avoir juré de rester déguisée, j'ai pu goûter au plaisir des voyages et de l'aventure. C'est pourquoi j'ai tenu à le remercier en lui offrant ce dont il rêvait le plus : un dragon ! Oui, j'ai conçu le projet fou de capturer une créature remontant à la nuit des temps pour la lui offrir, afin qu'il l'ajoute à sa collection et qu'elle en soit le plus bel ornement...

Marie parut se perdre dans ses réflexions, puis reprit le fil de son discours :

— Cette créature est tenue comme bienveillante par les Asiatiques, et comme maléfique par les Occidentaux. Nous autres, qui sommes à mi-chemin de l'Asie et de l'Europe, la tenons pour autre chose, située au-delà du bien et du mal.

— Je crois savoir de quoi vous parlez, dit Morgennes.

— Je parle des dragons ! Ce monstre que la chrétienté – Rome, en particulier – a pourchassé dans le monde entier pour l'éradiquer, et que les Asiatiques ont traqué pour sa graisse, ses dents, sa langue, ses écailles, ses griffes ou son foie... Le monde s'est vidé de ses dragons, il n'y en a plus nulle part. Les seules traces que nous avons d'eux sont celles contenues dans les livres, les récits, et dans certains tableaux et peintures hérités de l'Antiquité. Mais en étudiant les textes, je me suis aperçue que saint Georges n'avait pas tué de dragon ! Il l'avait épargné, et après lui avoir passé autour du cou la ceinture de la princesse qu'il venait de délivrer, l'avait conduit jusqu'au roi qui l'avait chargé de le vaincre. Là, le dragon fut jugé puis relâché. Il vit donc encore aujourd'hui, dans ces marécages, au pied des Monts de la Lune. Pour le transporter, j'avais besoin d'un bâtiment hors du commun, en bois de gopher... Or il n'en existe qu'un : l'Arche de Noé. Celle-ci avait en outre déjà fait la preuve de sa capacité à contenir un dragon, lors du Déluge. Seule l'Arche pouvait résister à son souffle et à ses coups de griffes. C'est pourquoi, peu avant de venir en France prendre livraison de cet orgue auprès du père de Philomène, j'étais allée chercher l'Arche, en haut de l'Ararat. Pendant que nous voyagions, les arsenaux de mon oncle s'activaient à remettre l'Arche en état, ce qui leur demanda plusieurs années.

Elle désigna l'Arche de Noé, et conclut :

— Ils ont fait de l'excellent travail. Avec elle, nous disposions du bâtiment idéal pour nous rendre dans la terre des dragons, c'est-à-dire en Éthiopie. Une contrée qui bien avant l'islam, la chrétienté et le judaïsme, avait connu un autre type de culte : celui du Dragon. Oui, Morgennes, c'était une expédition insensée, je le sais. Mais elle était mue par la reconnaissance – celle que j'éprouvais pour mon oncle. Je savais que nous avions très peu de chances de réussir, mais je comptais, pour l'emporter, sur ces fabuleux appâts : cet orgue, et cette partition.

— Vous devriez continuer à jouer, lança Gargano à Marie Comnène. Les dernières notes ont presque terminé de résonner...

— Tu as raison, dit Marie.

Elle se remit à jouer, n'utilisant que les touches les moins endommagées, même si par moments certains tuyaux laissaient échapper quelques fausses notes.

— Cet orgue, comme tu le sais, a été restauré par le père de Philomène. Notre projet la fascinait, et elle était enthousiaste à l'idée d'y participer.

— Où est-elle ? demanda Morgennes.

— Elle nous a abandonnés voici longtemps, quand nous sommes passés par Le Caire. Mais en vérité, je crains qu'elle ne nous ait trahis bien avant. Car j'ai découvert qu'elle travaillait en fait pour les ophites, et notamment pour l'un d'eux, dénommé Palamède. Philomène avait bien essayé de me convaincre de leur donner mon dragon, mais après avoir compris que je ne céderais jamais, elle a préféré tout saboter...

Morgennes se leva, s'approcha de Marie Comnène, et regarda par-dessus son épaule.

— J'avais vu des schémas représentant l'Arche, à Constantinople, dit-il. Je connaissais déjà l'orgue. Et cette partition ne m'est pas inconnue... C'est celle que votre oncle m'avait demandé de voler. Elle était censée attirer les dragons. J'ai toujours pensé que c'était impossible.

— Jusqu'à présent, lui dit Marie, elle n'en a attiré aucun.

— Alors, pourquoi continuer à en jouer ?

— Parce que au cours de notre malheureuse expédition, appelons-la un naufrage, nous nous sommes aperçus qu'en traversant ces marais, notre mémoire s'effaçait. Aucun être humain normalement constitué ne peut atteindre les Monts de la Lune sans se perdre lui-même. Et comme il est impossible de passer par la côte orientale...

— Pourtant, je me rappelle avoir consulté à Alexandrie les travaux de Marin de Tyr, dont Ptolémée s'est inspiré, et qui mentionnaient ces montagnes, la source du Nil et la Queue du Serpent... Il y était même fait mention de ces marécages, mais pas de cette particularité.

— Et pour cause ! Ceux qui s'y sont risqués l'ont oubliée ! En vérité, rares sont ceux à s'y être rendus et à en être revenus... Certaines personnes, pourtant, y vont de temps en temps, dans le plus grand secret.

— Des chasseurs de dragons ?

— Non. Des artistes, et des cuisiniers.

Morgennes eut l'air surpris.

— Ces champignons en forme de petite lune spongieuse, qui poussent dans ces marécages, sont très prisés par les amateurs de thé. Ils donnent, quand on les infuse, une saveur spéciale à ce « thé des dragons », ainsi nommé car on prétend que seuls les dragons peuvent l'ingérer sans mourir ! On raconte aussi qu'il rend immortel, mais ce n'est qu'une légende. Personne ne l'a jamais vérifiée...

Morgennes, qui avait bu de ce thé à Constantinople, ne fit aucun commentaire. Mais il comprit mieux maintenant pourquoi il avait failli succomber à l'ingestion d'une simple tasse de thé. Ce qu'il comprenait moins, c'était pourquoi il avait survécu. Et pourquoi Constantin Coloman en buvait chaque jour...

— En plus des champignons, ne sont-ils pas intéressés par les papillons noirs et blancs, dont ces marais pullulent ?

— Absolument, fit Nicéphore. Comment le sais-tu ?

— J'ai de bonnes raisons de penser que mon père et l'un de ses amis sont venus dans ces marais, il y a des années de cela. Je crois qu'ils en ont rapporté plusieurs petits champignons, ainsi que de la poudre de papillon... Qui a servi depuis à peindre des icônes, ou a été donnée en infusion à certaines personnes, dont ma mère. Mais comment ont-ils fait pour ne pas succomber à la malédiction des marais ?

— Peut-être utilisaient-ils une armure spéciale ? D'antiques gravures montrent Alexandre le Grand descendant dans les eaux du port de Tyr à bord d'une cloche de cristal. Qui sait ? Peut-être une sorte de bulle de cristal, posée sur leur tête, leur a-t-elle permis de ne pas respirer l'air empoisonné des marais...

— Fascinant ! s'exclama Morgennes.

— Je crains que tout cela ne soit plus pour moi, soupira Marie. Nicéphore est loin, maintenant. Les marais l'ont englouti. Et il ne reste plus que moi, Marie...

Pendant un instant, elle parut chanceler, et se passa la main sur le front.

— Allons, levez-vous, princesse ! lui lança Gargano. Allez vous restaurer, et laissez-moi expliquer à Morgennes comment nous avons fait pour nous retrouver là.

Marie ne se le fit pas dire deux fois, et quitta son siège. Elle marcha jusqu'au feu de camp, où elle saisit une tranche d'autruche, qu'elle attaqua de bon appétit.

— Il faut que tu comprennes, dit Gargano en plaquant quelques délicats accords sur les touches de l'orgue, que pour une raison que nous ignorons, cet orgue – dont nous ne cessons de jouer depuis notre naufrage – nous épargne les pertes de mémoire. Tant que nous jouons, nous continuons d'être nous-mêmes... Alors nous jouons sans arrêt. Malheureusement, nous nous en sommes rendu compte trop tard, et nous n'avons pas pu éviter aux habitants de Crocodilopolis d'être réduits à l'état de fantômes, errant dans ces marais. Quand les premiers furent atteints, les autres, croyant qu'il s'agissait d'un maléfice lancé par Philomène, jetèrent tous ses pantins par-dessus bord...

— Je les ai vus, dit Morgennes.

— Ensuite, nombre des habitants de Crocodilopolis que nous avions engagés pour nous accompagner dans cette expédition, et qui étaient ravis de nous suivre à cause des liens les unissant au culte du Dragon, perdirent la tête à leur tour. Nous n'étions plus assez nombreux pour manœuvrer l'Arche, qui devint notre prison. Et deviendra notre tombe si tu n'y remédies pas. Enfin, alors que nous naviguions au quart de notre vitesse normale, le Nil amorça sa décrue. Et ce fut la fin. Nous nous sommes échoués ici. Et je ne nous vois pas attendre sa prochaine crue. Il faut que nous partions, et vite !

Il montra à Morgennes l'une des touches cassées de l'orgue, ainsi qu'un tuyau à moitié tordu.

— Il est en train de rendre l'âme...

— Et c'est pour ça que vous comptez sur moi ? demanda Morgennes.

— Oui. Dieu t'a mis sur notre route. Ta mémoire est si exceptionnelle que si nous nous dirigeons vers les Monts de la Lune, qui est le chemin le plus court pour quitter les marais, nous avons peut-être une chance d'en réchapper. Qui sait s'il n'existe pas un passage menant vers la côte orientale de l'Afrique, et que personne n'a découvert ?

— Pourquoi ne m'avez-vous pas parlé de vos projets avant ? J'aurais pu vous aider !

— Morgennes, un autre destin t'attendait. En outre, je te rappelle que tu rêvais d'être fait Templier, et donc chevalier. Et puis, nous devions garder notre mission secrète, car les ophites – nos pires ennemis – avaient des espions partout. En Khârezm, dans les monts Caspiens, à Constantinople, en Terre sainte, et bien sûr en Égypte. Eux qui ne rêvent que du Grand Dragon et de son retour, crois-tu qu'ils nous auraient laissé mener à bien notre projet ? D'ailleurs, ils ont gagné Philomène à leur cause, ce qui signa l'échec de notre expédition... Ainsi, leur dieu ne finira jamais dans une cage, au beau milieu du zoo de Constantinople.

Gargano plaqua quelques nouveaux accords, qui vibrèrent un certain temps. Puis il tourna la tête vers une femme agenouillée dans la boue, regard éteint et mains posées sur les cuisses.

— Qui est-ce ? demanda Morgennes. Que lui arrive-t-il ?

— Une habitante de Crocodilopolis. Elle est en train de se changer en arbre. C'est un processus assez lent, mais malheureusement irréversible...

Sur le conseil de Gargano, Morgennes s'approcha de la jeune femme. Ses cheveux et sa peau cuivrée commençaient à prendre une teinte végétale, mordorée. Elle gardait la tête baissée, et ne la leva pas quand Morgennes lui adressa la parole. Comme elle ne réagissait pas, il la toucha du bout des doigts.

Elle était aussi froide qu'une plante. C'est alors qu'il vit ses genoux. Ils n'étaient pas simplement posés sur le sol – ils s'enfouissaient dans la boue, telles des racines. Regardant autour de lui, Morgennes s'aperçut qu'elle n'était pas la seule à se transformer en arbre. D'autres avaient les bras collés au corps ou étaient tordus dans des positions impossibles. Les crocodiles ne les attaquaient pas parce que ce n'étaient plus des êtres humains.

Morgennes laissa tranquille ce qui avait été une femme, et fit quelques pas à l'intérieur des marais. Des arbres qu'il avait jusqu'à présent à peine regardés lui apparaissaient maintenant sous leur vrai visage. Dans leurs troncs, leurs racines et leurs branches, Morgennes voyait se dessiner, ici un bras, là une tête, ailleurs une jambe. Un torse figurait le départ d'une souche.

Soudain, Morgennes repensa à Dodin. Dans quel état était-il ? Mettant ses mains autour de sa bouche, Morgennes appela encore :

— Dodin ! Dodin !

Allons, se morigéna-t-il, c'est inutile. « Si ça se trouve, il ne sait plus son nom... »

Dieu avait eu sa revanche. Restaient, quelque part en France, Jaufré Rudel, et au Moyen-Orient, dans les geôles d'Alep, ce mystérieux Renaud de Châtillon – auquel il comptait bien rendre visite, un jour prochain.

— À condition de quitter ces marais...

Morgennes courut vers Marie Comnène, et lui demanda :

— Comment se fait-il que je ne sois pas atteint ? Est-ce à cause de ma mémoire ? De la musique ?

— Je l'ignore. Mais le simple fait que tu sois arrivé jusqu'ici et que tu nous aies reconnus prouve que tu es quelqu'un de spécial, Morgennes. Qui sait, peut-être es-tu une sorte de dragon ?

— Cela ne me fait pas rire, dit Morgennes. De plus, je me permets de vous faire remarquer que vous êtes là vous aussi, Gargano et toi. Et que les marécages m'affectent... Mais, peu importe. Je vais vous sortir d'ici. Que faut-il faire exactement ?

Marie eut un geste las en direction de l'orgue et décréta :

— Bientôt, nous ne pourrons plus tirer une seule note de cette splendide œuvre d'art. C'est cet orgue qui aurait mérité d'être ajouté à la collection de mon oncle. Pas le dragon...

Elle inspira une profonde bouffée de l'air fétide des marais, et poursuivit :

— Quelque part, plus au sud, les marécages s'interrompent...

— On est alors dans la jungle...

— Oui, c'est de nouveau la jungle, et l'on retrouve le Nil – ou du moins l'un de ses affluents. Il faudra le remonter. Une vieille légende arabe, que je te raconterai si je m'en souviens encore, prétend que son cours devient souterrain, et qu'il traverse la montagne. Mène-nous vers la mer Rouge. Toi seul peux nous sauver.

— Je ferai tout mon possible, dit Morgennes.

Il laissa Marie rejoindre Gargano, et tandis qu'ils jouaient à quatre mains une mélodie syncopée, au rythme de laquelle les papillons noirs et blancs virevoltaient, créant dans l'air des figures étonnantes, il s'approcha d'un tronc d'arbre, à la recherche d'un champignon.

— Il y a quelque chose que j'aimerais vérifier, se dit-il à mi-voix.

Ayant trouvé un champignon de la taille d'une noix, et après avoir éprouvé avec ses doigts le moelleux de sa chair, il l'engloutit d'un seul coup.

— Si je suis un dragon, je n'en mourrai pas !

Il ferma les yeux, et s'abandonna au tumulte qui montait en lui.

60.

« Tu as en toi ce que tu cherches, mais il n'y est pas tout entier. Une partie se trouve dans ton corps, l'autre est devant toi. »

(CHRÉTIEN DE TROYES, *Philomena.*)

Ensuite, tout se déroula comme sa sœur le lui avait annoncé.

Morgennes, Marie Comnène et Gargano parvinrent à sortir des marécages, mais ne les quittèrent pas indemnes. Alors qu'ils marchaient en direction des Monts de la Lune, dont la blancheur était si étincelante qu'elle perçait à travers les fumées nauséabondes des marais, Morgennes se remémora ce qu'il venait de vivre.

Mais se le *remémora-t-il* vraiment, ou continuait-il de le vivre – une partie de son âme étant restée à jamais prisonnière de Noir Lac ? Il ne devait jamais le savoir.

Il avait eu le sentiment d'être en contact avec sa vie entière, de sa naissance jusqu'à sa mort, et même au-delà. Ce qu'il « vécut » alors ne devait jamais l'abandonner. Il en sortit transformé. Le Morgennes qui se sauva des marécages n'était plus tout à fait celui qui s'y était aventuré.

Après avoir avalé le champignon, Morgennes s'était vu tomber à ses propres pieds et sombrer dans les eaux de Noir Lac. Marie Comnène et Gargano s'étaient précipités vers lui, mais en dépit de leurs efforts, n'avaient pas réussi à l'empêcher de s'enfoncer dans la vase, au plus profond des marais.

Morgennes, qui s'était comme dédoublé, était à la fois en train de sombrer et d'assister aux vains efforts que déployaient Marie et Gargano pour le sauver. Et il ne savait quoi penser. D'ailleurs, il ne pensait pas.

Au fond des eaux se trouvaient sa sœur, ainsi que moult autres personnes qu'il ne connaissait pas – peut-être ses ancêtres, ou tous les morts du monde entier.

Sa sœur vint vers lui en flottant :

— Je t'avais dit de t'en aller. Ce n'est pas ici un endroit pour les non-morts. Il faut que tu repartes.

— Les non-morts ?

— Tu n'es pas encore mort, que je sache ? lui fit remarquer sa sœur.

— Non.

— Alors tu es un non-mort.

Ensuite elle désigna l'immense amas d'ombres aux allures anthropoïdes qui s'agglutinaient autour d'eux, comme des fleurs de pissenlit autour de leur pistil, et lui apprit :

— De même qu'eux, nous, moi, sommes des non-vivants. C'est comme ça.

— Alors, nous sommes dans les limbes ?

— Si tu veux. J'aimerais t'expliquer, mais tu ne pourrais pas comprendre...

— Pourtant je te comprends.

— Parce que je ne te dis pas tout. Et puis, *tout* Morgennes n'est pas là. Une partie de toi est restée là-haut, dans le monde. Tandis que toi...

— Moi ? Quoi ?

Une image traversa l'esprit de Morgennes. Il se revit, quelques années plus tôt, dans les cuisines de Coloman, allongé sur sa paillasse. Galline et moi étions en train de le veiller. Curieusement, Morgennes était là lui aussi, avec nous. Et il se regardait. Et puis il se revit enfant, courant auprès de ses parents. Ensuite il se revit sur la petite tombe de sa sœur jumelle... Enfin, il aperçut un fœtus, minuscule ébauche d'être humain, contre lequel une autre ébauche se blottissait. Ils étaient deux. Ils n'avaient pas beaucoup de place. Pourtant, ils étaient bien. C'était au creux du ventre de leur mère.

— Tu es ici, poursuivit sa sœur. Avec nous. Mais en partie seulement.

— Je ne comprends pas.

— Il n'y a rien à comprendre. Quand on est mort, le temps cesse d'exister. Il n'y a plus ni avant ni après. Quand on est mort, ce n'est pas *pour* l'éternité. C'est *depuis* l'éternité.

Elle tourna sur elle-même, telle une ondine au fond d'un lac, et poursuivit :

— Un jour tu sauras, mais ce n'est pas pour tout de suite. Veux-tu connaître la date de ta mort ?

— Non. Cela ne m'intéresse pas.

— Tu as raison. C'est tout à fait inintéressant.

— Comment peut-on sortir d'ici ? demanda Morgennes. J'aimerais te présenter à ma femme. Viens avec moi.

— Non. Ceux qui sont là n'en partent pas. La vie ne nous fait pas défaut. Pas tout à fait. Ou pas vraiment... Nous sommes entre nous, nous parlons, nous discutons. Nous essayons d'améliorer notre sort et le vôtre. Et puis, nous sommes au courant de tout...

— Mais il doit quand même y avoir un moyen de s'en aller ?

— Pour quoi faire ? Tout est là. Et ce que nous ne voyons pas, les arbres nous l'enseignent.

Elle lui montra des racines entremêlées, certaines fines comme des ficelles, d'autres plus grosses que des piliers de cathédrale. Ces pelotes de racines couraient d'un continent à l'autre, mettant aussi bien en relation les chênes de la Gaste Forêt avec les palmiers de Damas, que les tamarins du Caire avec les oliviers de Constantinople. Et ce n'étaient là que deux exemples, parmi une infinité d'autres.

— Les arbres du monde entier sont reliés par leurs racines. À la surface de la terre existent quelques endroits, comme celui-ci, où l'on peut communier avec les vivants et les morts. Tu veux communier ?

— Non. J'aimerais rentrer chez moi...

— Où est-ce ?

— Je ne sais plus trop. Il faudrait que je retrouve ma femme pour le lui demander. Elle, elle le sait...

La sœur de Morgennes eut un nouveau sourire, et posa un doigt sur les lèvres de son frère.

— J'ai toujours été là, avec toi, le sais-tu ?

— Je crois que oui.

— Mais maintenant, je vais te laisser.

— Alors, adieu.

Elle l'enserra étroitement et lui dit :

— N'oublie pas de pardonner à Dieu, puisqu'il m'a fait revenir auprès de vous...

Morgennes posa la tête sur la poitrine de sa sœur et souffla :

— Merci. Et pardon. Pardon, petite sœur, d'avoir vécu, et de t'avoir abandonnée, ici, seule au milieu des morts.

— Des non-vivants.

— Des non-vivants.

— Tu sais, tu es là toi aussi. En partie du moins, puisque nous sommes liés... Nous te murmurions à l'oreille tout ce que tu aurais dû oublier... Nous étions ta mémoire, ta si incroyable mémoire. Et une partie de ta force également. Mais je crois que tu fais bien de t'en aller. Si tu t'en vas, tu oublieras. Tu redeviendras un homme comme les autres. Nous ne serons plus là pour t'aider.

— J'ai besoin que tu m'aides à traverser, juste une fois, ces marécages.

— Je t'aiderai. Nous t'aiderons. Nous serons là, avec toi. Ensuite, lorsque tu auras atteint la lisière de la forêt, nous nous séparerons. Mais si parfois une bulle de mémoire remonte à la surface de ton esprit, pour y libérer ses informations, il ne faudra pas que tu t'inquiètes. Si tu as des intuitions, des prémonitions, c'est juste que nous t'aurons soufflé la bonne réponse, aujourd'hui, et qu'elle aura mis un peu de temps à arriver... Maintenant adieu, mon tendre et bien-aimé frère. Tu vas me manquer.

— Tu m'as manqué depuis toujours. Adieu petite sœur.

Morgennes remonta brusquement à la surface. Il se réveilla dans la vase, face tournée contre l'eau. Marie Comnène et Gargano l'agrippèrent et l'aidèrent à se redresser. Morgennes toussa, cracha. Il avait des algues et de la boue plein la bouche. Il vomit.

— Comment te sens-tu ? demanda Marie Comnène.

— Bizarre. J'ai l'impression de m'être retrouvé puis aussitôt perdu.

— Eh ben mon vieux, lui lança Gargano, on peut dire que tu es un sacré veinard ! D'habitude, personne ne survit à l'ingestion de ces satanés champignons.

Morgennes eut un vague sourire et lui montra les centaines de petits papillons noirs et blancs qui voletaient autour d'eux.

— Eux, ils ont bien survécu !

— Ce n'est pas pareil, dit Marie Comnène. Les larves dont ils sont issus se nourrissent de ces champignons. Autant dire qu'ils en sont les enfants, immortels...

Soudain, après s'être remis d'aplomb, Morgennes leur demanda, alarmé :

— Et l'orgue ?

Gargano et Marie Comnène échangèrent un regard, à la fois étonné et horrifié.

— On l'a oublié ! s'exclama Marie.

— Quand tu es tombé, on a couru vers toi, et on n'y a plus pensé...

Les trois amis regardèrent l'orgue, qui semblait plus vieux que jamais. Alors, comme un soldat qui aurait monté la garde jusqu'à l'arrivée de la relève, à bout de forces, le vieil orgue rendit l'âme. L'un des tuyaux à gueule de dragon se détacha de l'instrument, et tomba dans les marais. Puis ce fut le superbe pédalier, un système unique au monde mis au point par le père de Philomène, qui se rompit et chut à son tour dans la boue. Le reste de l'orgue se disloqua juste après.

— Il faut partir immédiatement, dit Morgennes.

— Partir ? s'enquit Marie.

— Pour quoi faire ? ajouta Gargano.

— Bon. Je vois. Votre mémoire est en train de s'effacer... Sans perdre un seul instant, il déroula la corde qu'il avait autour du torse, et l'attacha à Marie et à Gargano.

— Faites-moi confiance. Restez près de moi, mettez vos pas dans les miens et tout ira bien.

Après s'être assuré de la solidité des nœuds, il se dirigea vers le sud. Pour la première fois de sa vie, il devait faire d'importants efforts de mémoire. C'était pour lui à la fois nouveau et étrange. Mais pas désagréable.

— Voyons, voyons, se dit-il. Par où faut-il aller ? Ah oui ! Par ici, suivre l'éclat des Monts de la Lune.

Morgennes mena la marche à travers les marais, sans cesser de parler. Il leur disait tout ce qui lui passait par la tête, et leur parlait beaucoup d'eux. À Marie, il rappela l'accoutrement dont elle était affublée, la première fois qu'ils s'étaient rencontrés. Et Marie s'en souvint. À Gargano, il raconta leurs longues soirées, passées à boire du vin et à discuter. Gargano prétendait parler le langage des animaux.

— Te souviens-tu de Frontin ?

— Et comment ! fit Gargano. Un sacré plaisantin ! Malin comme tout, et débrouillard. C'est le meilleur compagnon que j'aie jamais eu...

— Alors, pourquoi l'avoir laissé à Azyme ?

Gargano ne se souvenait pas d'Azyme. Mais il dit à Morgennes :

— Je suppose que c'était justement parce que je l'aimais, ce Frontin. Je ne voulais pas lui infliger ça. Aimer quelqu'un, c'est aussi accepter de le quitter. Ou d'en être séparé.

Morgennes ne fit aucun commentaire, mais Marie lui demanda :

— On te surnommait le « Chevalier quelque chose », mais je ne sais plus quoi.

— Le « Chevalier à la Poule », sourit Morgennes.

— Tu avais une poule ? s'enquit Marie.

— Mais oui, fit Gargano. Je m'en souviens. Une toute petite poule rousse, qui vous aimait beaucoup, quelqu'un et toi...

Il ne se rappelait plus qui était cet autre « quelqu'un » que la petite poule aimait tant. D'ailleurs, il ne se souvenait plus du nom de celle-ci. Mais il se rappelait ceci :

— On parlait beaucoup de toi, elle et moi. Chaque matin, j'allais la trouver, m'étonnant de ce qu'elle n'ait toujours rien pondu. La pauvre, elle était terrorisée... Mais elle appréciait que tu la protèges. Et elle avait un rêve ; car oui, c'était une poule qui rêvait.

— Et de quoi rêvait-elle ? demanda Morgennes.

— Qui ça ? fit Marie.

Gargano et Morgennes regardèrent Marie. Ses yeux commençaient à se voiler. Il fallait faire vite !

— Elle rêvait, souffla Gargano, d'être aux oiseaux ce que les chevaliers sont à la piétaille. Un bel oiseau de proie ! Mieux, un faucon pèlerin ! C'était son rêve secret...

Morgennes sourit à nouveau. Galline en faucon ? Ma foi, pourquoi pas...

Ils avaient si bien progressé que la lisière de la forêt apparaissait maintenant, se dessinant nettement devant eux. Les arbres étaient si hauts qu'ils leur cachaient le faîte de la montagne, dont la lumière étincelante continuait quand même de percer à travers la végétation.

— Nous arrivons ! dit Morgennes. Tenez bon, mes amis ! Tenez bon !

Et il tira sur sa corde, afin de les inciter à presser le pas. Mais Marie était épuisée, et semblait comme éteinte. Alors Morgennes regarda Gargano, et lui demanda :

— Tu sais encore courir ?

— Bien sûr, fit Gargano.

— Je vais prendre Marie sur mes épaules, et nous allons faire le reste du chemin au pas de course.

— C'est parfait, dit Gargano.

Morgennes s'approcha de Marie, et s'apprêta à la soulever. À sa grande surprise, elle lui parut incroyablement lourde. En réalité, elle ne l'était pas tant que ça. Mais Morgennes n'avait plus la même force qu'autrefois.

— Gargano !

— Qui m'appelle ? demanda le géant.

— J'ai besoin de ton aide !

— Aucun problème, répondit le géant qui commençait à avoir l'air hagard.

Morgennes lui demanda de prendre Marie Comnène sur ses épaules, ce que Gargano fit sans broncher. Puis ils coururent dans les marécages, prenant garde à éviter les trous d'eau, bondissant par-dessus les troncs d'arbres, faisant bien attention à ne pas trébucher ni se prendre les pieds dans la corde qui les reliait l'un à l'autre. Enfin, ils atteignirent la jungle, et se mirent à couvert sous les arbres. Les deux hommes étaient hors d'haleine, mais sains et saufs.

— On a réussi ! fit Morgennes.

Gargano, qui reprenait son souffle, à demi plié en deux, ne répondit pas. Il avait déposé Marie à ses pieds, où elle s'était endormie.

— Comment te sens-tu ? demanda Morgennes.

— Je crois que je vais bien... Merci, mon ami. Je n'oublierai jamais ce que tu viens de faire.

— J'y compte bien ! Et Marie ? ajouta-t-il en la regardant.

— Je crois qu'une nuit de repos lui fera le plus grand bien. Mais Nicéphore le Grand et toute la Compagnie du Dragon blanc appartiennent désormais au passé.

Le passé. C'est alors que Morgennes se souvint de...

— Dodin !

Il avait crié si fort que des oiseaux s'envolèrent des arbres en piaillant, pour tournoyer au-dessus d'eux. Gargano lui-même sursauta.

— J'ai oublié Dodin ! fit Morgennes. Il faut que j'y retourne ! Je ne peux pas l'abandonner dans ces marais...

— Si tu y retournes, fit Gargano d'un air sombre, tu n'en reviendras pas.

— Écoute, fit Morgennes, j'ai beaucoup réfléchi. D'une certaine façon, Dodin et ses amis m'ont fait ce que j'ai fait à... (Il dut faire un effort pour retrouver son nom.) Guyane. Si je ne suis pas capable de pardonner à Dodin, comment Guyane me pardonnerait-elle ? Je dois sauver Dodin !

Il leva les yeux vers le ciel, et demanda pardon à Dieu d'avoir douté de Lui.

— Morgennes, ne pars pas. Dodin n'en vaut pas la peine...

— Oh que si. Toi, pendant ce temps-là, tu vas veiller sur Marie, et la conduire auprès d'Amaury. Tout ce que je vous demande, c'est de suivre le Nil, quand vous l'aurez retrouvé. D'après les écrits des Anciens, il passe sous la montagne. Il y a là-bas un souterrain... Explorez-le. Qui sait, vous trouverez peut-être une route menant vers la mer Rouge ?

Gargano frotta ses grosses mains l'une contre l'autre, prit l'air ennuyé et décréta :

— Non, Morgennes. Je vais t'attendre. Je te donne trois jours. Si au bout de trois jours tu n'es pas revenu, alors je partirai.

— Très bien. Dis-moi, Gargano, j'ai une dernière faveur à te demander.

— Tout ce que tu voudras.

— Je sais que c'est compliqué. Mais, je t'en supplie, retrouve Guyane. Elle doit se trouver quelque part Égypte, probablement au Caire. Protège-la. Surtout, protège son enfant. Elle est enceinte... Il se peut qu'elle m'en veuille, ou qu'elle soit fâchée contre moi. Alors, je t'en conjure, ne lui parle surtout pas de moi, ou elle te chasserait. Ne lui dis pas que c'est moi qui t'ai envoyé à elle, pour la protéger. Et si possible, conduis-la en France. Là-bas j'ai un ami, celui qui avait cette poule. Il s'appelle... Chrétien de Troyes.

— Je te le promets, dit Gargano en crachant par terre.

Puis il ouvrit grands les bras et sourit largement :

— Alors, comme ça tu vas être papa !

Morgennes parla à Gargano de son futur enfant. Il n'avait aucune idée du nombre de jours, semaines ou mois qui s'étaient écoulés depuis que Guyane était partie, mais il savait que sa fille devait naître aux alentours de la Noël. Deux jours avant, à en croire les coptes.

— Le jour où la Tête et la Queue du Serpent s'embrasseront, murmura Gargano.

— Que dis-tu là ? fit Morgennes. De quoi parles-tu ?

— D'une vieille légende. D'après les ophites, le jour où la Tête et la Queue du Serpent s'embrasseront, le monde tremblera... Ce jour est supposé annoncer la victoire des Fils du Serpent. Et ce jour-là doit justement tomber deux jours avant Noël, à la Saint-Ouen.

Gargano expliqua à Morgennes que la Tête et la Queue du Serpent étaient les termes employés par les ophites pour décrire les orbites de la lune et du soleil.

— Je crois que je l'ai su, dit Morgennes. Azyme m'en avait parlé...

— Qui ça ? demanda Gargano.

— Le nouveau maître de Frontin.

— Ah, fit Gargano. Je vois...

Le géant avait l'air un peu triste. Aussi Morgennes décida-t-il de ne pas différer plus longtemps leur séparation. Il lui posa la main sur l'épaule, et lui dit :

— À dans trois jours, au plus tard.

— À dans trois jours, répondit Gargano.

61.

> « La nuit, ces pierres précieuses brillaient d'un tel éclat que l'on se serait cru en plein jour lorsque le soleil du matin luit. »
>
> (CHRÉTIEN DE TROYES, *Érec et Énide.*)

Morgennes était mort, c'était une évidence.

Après avoir attendu en vain plus d'une semaine dans la forêt, à la lisière des marécages, Gargano décida de partir. Marie aurait aimé attendre encore un peu, mais Gargano lui dit :

— J'ai promis à Morgennes de veiller sur les siens... Et puis je dois vous accompagner auprès du roi Amaury, à qui votre oncle vous a promise...

— Mon oncle ? demanda Marie.

Gargano poussa un très profond soupir. Cela faisait plusieurs jours déjà qu'il essayait de raviver la mémoire de Marie. Mais elle avait oublié une bonne partie de son ancienne vie...

— Vous êtes la petite-nièce d'un très grand empereur. Vous ne vous rappelez donc pas ?

— Pas très bien, confia Marie avec un timide sourire.

— Vous rêviez d'être libre.

— Je ne le suis pas ?

Gargano prit un air penaud. Il se sentait à la fois honteux et coupable, parce que Nicéphore lui manquait, et que

Marie l'intimidait. Alors il raconta à Marie comment Nicéphore et lui s'étaient connus.

« J'étais en train de dormir, sur ma montagne, dans les monts Caspiens, quand un convoi m'a roulé dessus. Et s'il y a bien une chose que je déteste, c'est qu'on abrège mon sommeil. Or je dormais depuis à peine six siècles et demi, alors qu'une bonne nuit de sommeil, pour moi, c'est environ mille ans. Autant vous dire que j'étais de fort mauvaise humeur quand les chariots chargés de matériel et de vivres me meurtrirent le dos, m'obligeant à me mettre de côté pour les laisser passer. Vos ouvriers crurent à un éboulis – et je ne cherchai nullement à les en dissuader, quand ayant pris l'apparence d'un homme je vins les interroger sur les raisons de leur présence en mon domaine. Car je dois bien avouer que, plus que tout, je suis curieux comme une fouine...

— Où allez-vous ? demandai-je à l'un de vos fantassins.

— Secret d'État, me répondit sèchement le garde en cherchant à avoir l'air aussi peu impressionné que possible.

— Hmm, grommelai-je en faisant craquer les jointures de mes doigts.

Mes mains étaient si énormes – elles faisaient deux fois la taille de leur tête – que vos soldats pâlirent, et reculèrent.

— Qui êtes-vous ? me demanda l'un d'eux, d'une voix chevrotante.

— Et que faites-vous ici ? risqua un autre.

— Conduisez-nous à votre chef ! s'enhardit un troisième.

— Non, répliquai-je. Vous, conduisez-moi à votre chef, ou il vous en cuira !

Et je tapai du pied, si fort que sur des lieues à la ronde toute la terre trembla. Deux soldats coururent chercher Nicéphore, tandis que les autres m'encerclaient, non sans se tenir à prudente distance. »

Marie écoutait Gargano. Elle était si fascinée qu'il lui importait peu de démêler le vrai du faux.

« Je m'était assis, poursuivit Gargano, car j'étais encore dans les bras de Morphée. Mais j'avais à peine eu le temps d'esquisser un bâillement que déjà un drôle de freluquet s'était approché de moi. D'allure accorte, souriant, les mains posées sur les hanches tel un capitaine à la proue de son navire, ce mirliflore s'était enquis :

— Bien le bonjour, messire le géant. Puis-je savoir à qui j'ai l'honneur ?

“ Bonjour. ” Il m'avait dit bonjour ! Et il m'avait appelé messire ! Avait “ l'honneur ” de s'adresser à moi ! Sacrebleu, ce gaillard me plaisait ! Me redressant de toute ma hauteur, je lui tendis la main afin de le saluer. Malheureusement, encore mal réveillé, j'avais mal calculé ma taille et faisais une bonne trentaine de pieds de long lorsque je me dépliai.

Effrayés, les humains reculèrent en brandissant leurs piques, sauf le damoiseau. Qui se contenta de pencher son buste en arrière, afin de ne pas perdre le contact avec mes yeux.

— Je ne voulais pas vous déranger ! dit-il en souriant, les mains autour de la bouche.

Puis il me tendit la main à son tour :

— Je m'appelle Nicéphore, et je suis le chef de cette expédition. Ravi de faire votre connaissance, messire... ?

Je lui pris délicatement la main, en m'efforçant d'être aussi doux que possible, et lui murmurai :

— Gargano.

— Vous avez le même nom que cette montagne ! s'étonna Nicéphore.

Je me grattai la tête, et déclarai benoîtement :

— Normal, puisque c'est moi.

— Formidable, un génie des lieux ! s'enthousiasma Nicéphore sans rien laisser paraître de sa surprise. Cela vous siérait-il de vous joindre à nous ? Vous verrez du pays ! Et puis, nous payons bien ! Combien de cailloux voulez-vous ?

— C'est tentant, mais je n'ai pas fini ma nuit, répondis-je. Ne pourriez-vous pas repasser tout à l'heure, à mon réveil ?

— Combien de temps vous faut-il ?

— Trois cents de vos années.

— Malheureusement non, répondit Nicéphore. Je le regrette, croyez-le bien. Mais je puis vous fournir en boissons qui vous fouettent le sang ! Allons, venez ! J'ai plein de belles histoires à vous raconter. Je suis sûr que vous mourez d'envie de les entendre, n'est-ce pas ?

— Je ne sais pas trop, dis-je. Des histoires, j'en connais des tas. Mes amis les marmottes et tous les autres animaux de la région m'en racontent par milliers.

— Vous savez donc le langage des animaux ?

— À force de les entendre discuter, j'ai fini par l'apprendre.

— Vous nous seriez très utile. Que puis-je faire pour vous convaincre de nous accompagner ?

Je m'assis sur mon séant, ce qui fit trembler la montagne alentour, et me pris le menton dans la main pour m'aider à réfléchir.

— Je pourrais venir, mais il faudra que ce soit court.

— Nous n'en avons pas pour longtemps, répondit Nicéphore.

— Combien de temps ?

— Une quinzaine de nos années. Peut-être moins !

— Et que comptez-vous faire ?

Nicéphore désigna la longue file de chariots équipés de toutes sortes de matériels, ainsi que les architectes, les savants, les ouvriers, les soldats et les artisans qui les accompagnaient, puis la centaine d'ânes chargés de fardeaux qui fermaient le convoi, et déclara :

— Enlever l'Arche de Noé.

— Elle est juste à côté, dis-je. Un peu plus haut sur votre droite. Elle gâte le paysage, ça c'est certain. L'en retirer serait une excellente chose. Mais il vous faudra neutraliser ses gardiens, et je doute que ceux-ci vous regardent les bras croisés démonter ce qui pour eux est plus qu'un temple, une précieuse relique, un objet de culte...

— J'ai de quoi les convaincre, répondit Nicéphore en montrant un chariot chargé d'or. Et si ça ne suffit pas, nous avons également ceci, ajouta-t-il en désignant six autres chariots, emmanchés d'un long tube répliquant l'apparence d'un dragon, et qui servait à cracher du feu.

— Que comptez-vous faire avec l'Arche ?

— Sauver le dernier des dragons.

— Ah ! Alors c'est décidé, je vous accompagne... Moi j'aime bien les dragons. Ça fait longtemps que je n'en ai pas vu... »

— Et c'est ainsi que Nicéphore et moi nous rencontrâmes, quelques années après la fondation de la Compagnie du Dragon blanc. Ensuite, après que l'Arche eut été volée, au prix d'un long et sanglant siège au cours duquel périrent moult habitants des monts Caspiens, je rejoignis la Compagnie du Dragon blanc. J'avais pris goût à l'aventure, et décidé d'écourter ma nuit.

Gargano se tourna vers Marie et expliqua :

— J'avais pensé me rattraper en faisant une courte sieste, dans huit ou neuf de vos siècles...

— Et qu'advint-il de l'Arche pendant que la Compagnie du Dragon blanc parcourait la frange occidentale de l'Europe, à la recherche des meilleurs artistes ?

— Plusieurs centaines d'artisans s'affairèrent à la remettre en état, dans le secret des chantiers navals byzantins. Ensuite, Nicéphore et moi nous rendîmes dans le comté de Flandre, prendre livraison d'un orgue magnifique. Il avait été restauré par un talentueux Maître des Secrets, appelé Philomène...

— Quelle fable ! dit Marie en secouant la tête. Mon bon Gargano, j'ai du mal à te croire. Tu serais donc une montagne ? Et moi j'aurais été un beau jeune homme, en fait la petite-nièce travestie d'un empereur byzantin ?

— Hm, hm, fit Gargano.

— Prouve-le.

— Comment ?

— Reprends ta taille originelle.

Gargano parut gêné, et avoua :

— C'est que... J'ai oublié comment faire. Ce long séjour dans les marais m'a perturbé...

Marie haussa les épaules et sourit. Elle ne le croyait pas. Pour Gargano, ce n'était pas un problème. Mais il fallait partir. Alors, il se redressa, la souleva délicatement par les hanches et la déposa sur ses épaules.

— En route, princesse !

— Où allons-nous ? demanda Marie.

— Au Paradis !

Gargano était dérouté par la nouvelle personnalité de Marie. Car autant Nicéphore savait se montrer entreprenant, audacieux, provocateur, autant Marie – qui le tutoyait – était douce, calme, réservée. Il aimait bien les deux. Mais Nicéphore lui manquait.

Pour Gargano, les Marais de la Mémoire avaient fait de nombreuses victimes : Nicéphore, les habitants de Crocodilopolis et, bien sûr, Morgennes. Ils marchèrent ainsi, Marie sur les épaules de Gargano, pendant de nombreuses journées. Un matin, Marie entendit la plainte d'un cours d'eau, et demanda à Gargano de s'orienter vers lui.

Ils avaient retrouvé l'un des affluents du puissant Nil. Ses eaux bleues charriaient de petites feuilles rouges et jaunes provenant des arbres qui poussaient au pied des Monts de la Lune.

— Suivons-le, fit Gargano.

Conformément à ce que lui avait dit Morgennes, au bout de quelque temps le Nil plongea sous terre. C'était un prodigieux spectacle : juste avant de disparaître, le divin fleuve s'engouffrait dans une faille en forme de bouche, creusée dans la montagne. Cette trouée, ornée sur chacun de ses flancs et sur sa face principale de statues gigantesques de pharaons, constituait l'ultime ouvrage bâti par les anciens habitants de cette contrée. Ceux-ci vivaient à l'époque où hommes et dragons cohabitaient paisiblement, avant que les armées de Rome, d'Athènes et d'Alexandrie ne viennent semer la zizanie parmi eux.

Quatre-vingt-cinq statues de bronze hautes d'environ vingt toises dominaient le fleuve, rappelant la puissance du roi Am Kam, légendaire souverain de cette partie de l'Afrique. Gargano avait l'impression de se faufiler entre les pieds de ses cousins. Dans leurs mains, parchemins, livres et instruments de mesure remplaçaient les armes que l'on trouvait habituellement sur de telles statues, car le pouvoir d'Am Kam reposait sur la justice et le droit, et non sur la force et les armes. Héritier de la reine de Saba, également connue en Égypte sous le nom d'Hatshepsout, Am Kam avait régné sur Thèbes et sur Axoum il y a fort longtemps – et l'on disait qu'il y avait rapporté l'Arche d'Alliance.

Après avoir taillé une pirogue dans un tronc d'arbre évidé, Gargano et Marie remontèrent cet affluent du Nil au cours d'un périple qui tint plus du voyage vers l'Enfer que vers le Paradis.

La faille s'engouffrait sous terre, conduisant le Nil dans un réseau de canaux souterrains qu'on aurait dit creusés par des Titans. De hautes voûtes se perdaient dans l'obscurité, et des myriades de chauves-souris passaient au-dessus de leur tête en piaulant. Plusieurs fois, Marie – trop effrayée pour ramer – se blottit contre Gargano, qui s'efforçait de maintenir leur pirogue à flot.

Enfin, alors qu'ils naviguaient depuis plusieurs heures déjà à contre-courant, ils entendirent le grondement d'une chute d'eau et se trouvèrent entourés par un épais brouillard. Des gouttes d'eau en suspension leur faisaient l'impression d'une pluie immobile – d'une averse qui ne tombait pas, et qui ne s'arrêterait jamais.

— Quelle horreur ! s'écria Marie. On va mourir noyés !

— Mais non, dit Gargano. Au contraire, c'est de bon augure...

Comme ils n'y voyaient goutte, ils furent contraints d'avancer lentement, pour ne pas risquer d'endommager leur pirogue. Au bout d'un moment, ils heurtèrent un rocher, puis un autre, et encore un autre. Ils comprirent alors qu'ils étaient arrivés au maximum de ce qu'il était possible de faire en bateau. Ils n'iraient pas plus loin.

— Descendons ! fit Gargano.

— Mais où ? Il y a de l'eau partout !

— On va nager. Restez à côté de moi. Je vais essayer de gravir cette falaise. Il y a peut-être une issue, tout en haut.

Après avoir placé Marie sur son dos et l'y avoir fermement arrimée à l'aide d'une corde que Morgennes lui avait donnée, Gargano commença l'ascension de cette septième et ultime cataracte; cataracte dont personne n'avait jamais entendu parler, et qui ne figurait sur aucune carte. Mais l'eau avait lissé la pierre, rendant l'escalade impossible. Gargano finissait toujours par glisser – et quand il ne glissait pas, il était chassé par l'incroyable quantité d'eau qui leur tombait dessus, et menaçait à chaque instant de les engloutir, Marie et lui.

— Autant escalader une rivière! se lamenta-t-il quand, pour la troisième fois, il retomba au pied de la cascade bouillonnante.

Chaque tentative se soldait par un échec. C'était un exploit que personne ne pouvait accomplir seul.

— Il nous faudrait de l'aide, conclut Gargano.

Marie eut une idée en voyant une chauve-souris effectuer un piqué. La désignant, elle proposa :

— Elles pourraient peut-être nous aider?

— Excellente idée!

Puis Gargano se gratta la tête :

— Mais comment?

— Elles pourraient nous porter?

— Nous sommes trop lourds.

— Alors elles n'ont qu'à transporter cette corde au sommet, et l'attacher à un rocher, fit-elle en dénouant celle avec laquelle Gargano l'avait amarrée sur son dos. De cette façon, nous aurons moins de mal à grimper...

— Excellente idée!

Aussitôt dit, aussitôt... Non, ce ne fut pas fait. Car les chauves-souris entendaient négocier.

— On se demande qui leur a appris à marchander! s'étonna Marie. Que veulent-elles?

— Oh, rien que je ne comprenne... Elles veulent dormir, et pour cela elles veulent un peu d'obscurité.

— De l'obscurité? Mais il n'y a que ça ici!

— Il faut croire que non, fit Gargano en souriant de toutes ses dents, ce qui dessina dans la nuit de ces cavernes une étrange et effrayante mosaïque – car il avait les dents phosphorescentes.

— Il y aurait une sortie ?

— Mieux que ça, poursuivit Gargano.

— Mieux ?

— Des tas et des tas de sorties, parce que nous sommes au fond du cratère d'un ancien volcan.

— Ce n'est pas très rassurant.

— Elles disent qu'il dort depuis longtemps, mais surtout, qu'il a des dizaines de milliers de « Lumières-embêtantes » dont elles veulent qu'on les débarrasse.

— Des « Lumières-embêtantes » ? Qu'est-ce que c'est ?

— Des diamants ! À foison. Les chauves-souris veulent que nous les prenions, ou du moins que nous fassions en sorte qu'ils cessent de répercuter la lumière de l'extérieur. Elles disent que les diamants et la lumière les gênent pour voler.

Marie étreignit Gargano, puis ce dernier dit aux chauves-souris qu'ils acceptaient de les « débarrasser » des diamants. Au besoin, Gargano provoquerait un glissement de terrain, de façon à les enterrer. Rien de très compliqué, en somme.

— Je n'aurai qu'à taper du pied, expliqua-t-il.

— Quand même ! fit Marie. Prends garde à ne pas taper trop fort. Je n'ai pas envie que la montagne s'écroule, ni que le volcan se réveille.

Deux grosses chauves-souris emportèrent donc leur corde tout en haut de la chute d'eau (dont elles leur apprirent au passage le nom, *Mosioatounya*, ce qui signifiait : « Fumée-qui-gronde »), puis trois petites chauves-souris choisies parmi les plus habiles nouèrent la corde à un éperon rocheux.

Ensuite, Gargano reprit l'ascension de « Fumée-qui-gronde » en s'aidant de la corde, sous les encouragements des chauves-souris qui voletaient autour d'eux pour lui prodiguer des conseils. Même ainsi, ce ne fut pas facile. Gargano avait enfilé une solide paire de gants. Mais la corde était si tendue, et le trajet si long, qu'à mi-parcours ses gants se déchirèrent. Il dut terminer en tenant la corde dans ses mains nues, ce qui lui arracha la peau et quelques cris de douleur. Serrant les dents, il continua de grimper, s'efforçant de cacher sa souffrance à Marie.

Quand ils atteignirent, au bout de trois quarts d'heure d'une ascension exténuante, l'éperon rocheux auquel la corde avait été fixée, Marie et Gargano se congratulèrent chaleureusement. Puis Gargano se lava les mains dans les eaux du Nil, ôta sa chemise et la déchira pour s'en faire des bandages. Enfin, après s'être remis de cette rude épreuve, ils suivirent les chauves-souris vers les « Lumières-embêtantes ».

D'étroites galeries couleur nuit, puis une aube étonnante. Au sein de grottes immenses, où voletaient des chauves-souris, des diamants par milliers formaient une voûte céleste des plus stupéfiantes. Éclats de pyrite, blocs de platine ou d'argent, mottes d'or ou de cuivre en constituaient les astres et les constellations. Gargano et Marie ne savaient plus où étaient bas et haut. Ils avaient l'impression de marcher au beau milieu du ciel, la tête à l'envers, de l'autre côté du décor que Dieu montrait aux hommes. Mais s'ils étaient dans les coulisses, où étaient les comètes et les anges les tirant dans de lourds chariots d'or ?

— Quelle beauté ! Faut-il vraiment détruire toutes ces merveilles ? s'enquit Marie les yeux écarquillés.

— Je l'ai promis aux chauves-souris, dit à regret Gargano.

Marchant les bras écartés pour ne pas perdre l'équilibre, ils avançaient de corps céleste en corps céleste, progressant dans des lieux à la beauté terrible. Soudain, ils débouchèrent dans une immense caverne au fond de laquelle les « Lumières-embêtantes » découpaient des formes, vaguement humaines.

— On dirait des hommes, dit Gargano.

— Cela me rappelle quelque chose, dit Marie en tremblant de tous ses membres. Allons voir de plus près...

Un courant d'air leur apprit que la sortie n'était pas loin. Mieux, la température était montée de plusieurs degrés – signe que la surface était proche. C'est alors qu'au détour d'un astre ils tombèrent sur un corps.

— Regardez ! s'écria Gargano. Un squelette !

Marie aperçut, gisant dans un coin de la caverne, le cadavre d'un être humain. Il était vêtu de restes de vêtements, à la mode grecque de l'Antiquité. À côté de lui, dans ce qui ressemblait à l'ancêtre des besaces, elle trouva plusieurs feuilles de parchemin collées entre elles. Une écriture les recouvrait.

Marie les parcourut rapidement, et manqua s'évanouir.

— C'est extraordinaire ! Sais-tu qui est cet homme ?

— Non, pourquoi ? Je devrais ?

— Le roi des philosophes. Tu n'as jamais entendu parler de Platon ?

— Non, avoua Gargano.

— Le mythe de la caverne, cela ne te dit rien non plus ?

— Non, dit encore Gargano. Mais vous, n'est-il pas étrange que vous vous en souveniez ?

— Peut-être... Cela dit, je sais encore parler grec ! Et latin !

Marie se releva, et expliqua à Gargano que d'après Platon – philosophe grec ayant vécu plusieurs siècles avant Jésus-Christ –, le monde n'était que leurres et tromperies.

— Nous ne voyons que des ombres... Des ombres de marionnettes promenées devant des feux par des esprits malins, et que nous autres, malheureux êtres humains enchaînés, prenons pour la réalité. Rien de ce que nos sens nous montrent n'est vrai. Tout est faux, et l'on a plus de chances de rencontrer la vérité dans les fables que dans cette prétendue réalité...

Elle promena son regard autour d'elle, cherchant à prendre la mesure de ce lieu incroyable.

— Dans son journal, Platon dit qu'il est venu ici en quête des derniers – et plus puissants – dragons. Les dragons-fables, encore appelés *draco fictio* ou dragons-lunes. Ils sont ainsi nommés parce qu'ils peuvent, à l'instar de la lune, modifier leur apparence. Mais ils sont plus forts qu'elle, parce qu'ils ne sont pas limités à un croissant ou à une galette. Ils peuvent prendre toutes sortes de formes, y compris celle d'un poème, d'une chanson, ou de n'importe quelle œuvre d'art.

Gargano l'écoutait, fasciné. Marie s'approcha du squelette, et ramassa une coupe, renversée auprès de lui. La montrant à Gargano, elle poursuivit ses explications :

— Nous sommes ici dans la grotte qui a inspiré à Platon son célèbre mythe de la caverne. Et c'est là qu'il a décidé de revenir pour mourir, en buvant cette coupe de ciguë. D'après ces papiers, il avait découvert cette caverne au cours d'une expédition géographique et militaire, menée par Cambyse, et dont il devait être l'unique survivant... D'après ces papiers, toujours, il existerait une sortie tout près de nous, qui donnerait sur la mer Rouge. En fait, il faudrait traverser un cimetière, et la sortie se trouverait juste derrière...

— Un cimetière ? Mais qui peut être enterré par ici ?

Marie agita la liasse de parchemins sous le nez de Gargano :

— Des dragons !

VIII

CRUCIFÈRE

62.

« Personne n'aurait pu deviner en effet qu'à cet endroit se trouvait une porte qui, fermée, était parfaitement cachée et invisible. »

(CHRÉTIEN DE TROYES, *Cligès.*)

Guillaume de Tyr se trouvait dans sa bibliothèque, où il passait ses journées à compulser des montagnes d'ouvrages depuis qu'Amaury l'avait chargé de retrouver la véritable Crucifère. Soudain, une ombre traversa la page qu'il était en train de lire. Pensant que sa bougie s'était éteinte, il releva la tête. C'est alors qu'un vent froid lui griffa le dos, et que son fauteuil et sa table se mirent à trembler. Craignant qu'un esprit malin se fût introduit dans la pièce, Guillaume empoigna son bâton à tête de dragon, et en donna un grand coup devant lui. Dans le vide.

— Rien !

Rien, si ce n'est qu'il venait maladroitement de renverser sa chandelle. Au moment où la flamme s'éteignait, la terre fut ébranlée par une forte secousse. Si forte que Guillaume dut s'agripper à son écritoire pour ne pas tomber, tandis qu'autour de lui parchemins, papiers et palimpsestes roulèrent hors de leurs cases, boîtes, étagères, rayonnages pour se répandre au sol en un triste fatras.

— Comme s'il n'y avait pas assez de désordre comme ça, dit Guillaume à haute voix pour se rassurer.

Il y eut une accalmie, durant laquelle le jour ne revint pas. Puis un vent glacé parcourut la pièce, souleva la masse de papiers qui gisaient au plancher et les envoya tourbillonner autour de Guillaume.

— Par saint Georges ! s'exclama-t-il en se cramponnant de plus belle à son écritoire.

Une autre secousse fit écho à la première, comme si celle-ci n'avait été qu'une mise en bouche et celle-là le plat de résistance. Tel un vieux corps soumis à rude épreuve, l'église de Tyr craqua, gémit, hurla – mais ne rompit point. Ses murs se fendirent, une partie de son toit s'effondra, son sol s'entrouvrit, mais sa charpente tint bon.

Dans la cité, à en juger par les cris qui montaient aux oreilles de Guillaume, il n'en allait pas de même – les larmes des hommes se mêlaient aux sanglots des femmes, aux braillements des bambins et aux fracas des demeures, pour dire l'agonie, la misère et la mort.

— L'Apocalypse ? se demanda Guillaume.

Mais il ne trouvait nulle réponse, ici, accroché à son écritoire. Un nuage de poussière s'abattit sur lui, et il jugea préférable de ne pas rester là. Mais où aller ?

— Seigneur, éclairez-moi ! pria-t-il en toussant.

Et Dieu lui répondit. Une fissure apparut dans l'un des murs de son scriptorium, et un filet, puis un flot de lumière inonda la pièce.

— Alléluia ! s'exclama Guillaume.

Sans lâcher son précieux bâton, il rampa vers la fissure qui ne cessait de s'agrandir, et par où l'éclat de ce qu'il croyait être un incendie illuminait la pièce – sauf que ce n'était pas un incendie. Il y avait, dans une chambre secrète, un lutrin sur lequel un livre était ouvert – un livre en feu !

Guillaume frémit d'horreur et se précipita pour sauver l'ouvrage, mais se brûla les doigts en le touchant. Reprenant son souffle, il esquissa un signe de croix et prononça un double *Pater*. Coïncidence troublante, les secousses cessèrent et – petit à petit – le jour revint.

— Miracle ! s'écria Guillaume. Merci, ô Dieu tout-puissant ! Grâces te soient rendues !

Dehors, le soleil brillait avec une ardeur renouvelée. Pressé de se faire pardonner, il réchauffait la terre engourdie par l'hiver, chassant de ses rayons cette étrange et courte nuit où une lune diabolique avait régné. La Tête et la Queue du Dragon, après s'être embrassées, se séparaient de nouveau. Pour combien de temps ?

— Nous verrons cela plus tard, se dit Guillaume.

Avide d'étudier sa découverte, il observa le livre en flammes. Une forte chaleur s'en dégageait, et lorsque Guillaume en approcha de nouveau la main, il s'y brûla une seconde fois.

— Imbécile ! se tança-t-il. Mais pourquoi le lutrin ne brûle-t-il pas ? Serait-il en gopher ? Ce bois est réputé résister au feu...

Prenant une petite plume blanche venue opportunément se poser sur son écritoire, Guillaume la jeta dans les flammes – où elle fut aussitôt carbonisée.

— Intéressant...

Sans se laisser déstabiliser, il posa le menton sur son bâton, et réfléchit. C'est alors qu'il se rendit compte que le plafond de la petite alcôve n'avait pas été noirci par les flammes du livre, ce qui était tout à fait inhabituel.

— Très intéressant.

En outre, le livre ne se consumait pas.

— Vraiment très intéressant !

Ce n'était pas un feu normal.

— Probablement, le gardien du livre...

Enfin, ses yeux s'étant réaccoutumés à la lumière, Guillaume regarda autour de lui, et constata que les murs, la voûte et le sol de la petite pièce étaient concaves, comme l'intérieur d'un œuf. Plus étonnant, ils étaient entièrement décorés. Une carte s'y trouvait peinte, à la mode ancienne. Guillaume crut repérer, à la hauteur de sa tête, sur sa droite, une représentation de la Méditerranée. En vérité, le monde entier s'y étalait, et Guillaume le contempla pendant de longues minutes, avant de poser le doigt sur sa propre ville, Tyr, et de suivre un itinéraire en pointillés qui menait jusqu'à... Lydda – la ville où saint Georges avait été inhumé. Mais où exactement, nul ne le savait, même si plusieurs fausses tombes avaient été entre-temps mises au jour. Malheureusement, aucune ne recélait de Crucifère – à supposer que celle-ci reposât auprès de son défunt propriétaire.

Guillaume venait de déchiffrer une inscription en grec, juste au-dessous de Lydda, dans les faubourgs de la cité. Une inscription mystérieusement ornée d'une croix.

— Par l'Église et la messe ! s'exclama-t-il.

Il ferma les yeux, se demandant pourquoi maintenant ? Pourquoi ici et pourquoi lui ? Car c'était une découverte incroyable, capable de faire – enfin – basculer le cours de l'Histoire dans un sens favorable aux Francs.

Alexandre le Grand, qui d'après la légende avait ordonné la fabrication de Crucifère selon des procédés qui, même à son époque, étaient déjà fort anciens et mystérieux, était en son temps venu à Tyr. Se pouvait-il qu'il eût également ordonné l'édification de cette étrange alcôve en forme d'œuf, voire du bâtiment qui désormais faisait office d'église ?

Ce n'était pas impossible.

Car de quand datait-il ? Les fondations de l'édifice étaient biens antérieures à la venue du Christ, évidemment. Quant à l'église de Tyr proprement dite, elle avait été l'une des toutes premières de la chrétienté. Jusqu'à présent, elle avait plutôt bien résisté à l'Histoire et aux intempéries, mais avait eu à souffrir, comme tous les lieux de culte de la région, de plusieurs pillages et tentatives d'incendie. Que des prêtres aient décidé, autrefois, de murer cette niche n'avait rien d'extraordinaire. Probablement avaient-ils voulu mettre à l'abri leurs trésors.

Et ces trésors, quels étaient-ils ? Une carte et un livre.

La carte indiquait l'emplacement de la tombe du principal héros de la chrétienté, et certainement bien d'autres choses encore ; quant au livre...

— Bah, se dit Guillaume en rouvrant les yeux, un fin sourire aux lèvres. Nous aurons tout le temps, plus tard, de l'étudier dans le détail.

À condition de trouver un moyen de résister aux flammes... Et il repensa aussitôt à Morgennes, dont je lui avais raconté comment il s'était emparé, à Arras, d'une broche chauffée au rouge.

Seul problème, Morgennes était mort.

C'est alors que des bruits de cavalcade et de poings tapés sur la porte résonnèrent dans le scriptorium. Guillaume se retourna précipitamment, et courut vers l'entrée.

— Scellez cette porte, ordonna-t-il aux acolytes venus s'enquérir de son sort. Qu'on la garde jour et nuit ! Et que nul ne pénètre dans cette pièce, sous aucun prétexte.

Il parlait, bien entendu, de son scriptorium. L'affaire était trop grave pour être confiée à un subordonné. Surtout, il devait en référer au roi.

Et vite !

C'est pourquoi, malgré sa peine et à la grande surprise de ses administrés, il ne montra rien de ses sentiments aux habitants, durement éprouvés par ce séisme.

Et c'est ici, tandis que Guillaume chevauche à toute allure vers le Krak des Chevaliers où le roi s'est réfugié – le temps qu'on désinfecte son palais –, qu'une parenthèse s'impose.

Il me faut vous parler de ce jour funeste et heureux à la fois, de ce 23 décembre 1169, où plusieurs événements d'une importance majeure pour le déroulement de notre histoire se produisirent. *Quatre* événements, en vérité, dont il est impossible de dire lequel eut lieu en premier, ni si l'un fut la cause des trois autres.

Avant de les détailler, je vais commencer par les énumérer, rapidement, et dans l'ordre qu'il me plaira. En l'occurrence, celui du plus grand au plus petit nombre de personnes les ayant subis.

Premier événement : une éclipse. Tierce venait à peine d'être sonnée, quand la lune avala le soleil. La terre fut plongée dans l'obscurité pendant plusieurs minutes, au cours desquelles le sol trembla – c'est là le deuxième événement.

Un séisme d'une puissance considérable ravagea la Terre sainte, faisant d'innombrables victimes, causant de terribles dégâts ; mais épargnant une jeune maman en train d'accoucher – c'est là le troisième événement.

Il se déroulait au Caire, où sous la docte supervision de Moïse Maïmonide, Guyane peinait à mettre au monde son enfant. Après plusieurs jours d'un éprouvant labeur, la fille de Morgennes naquit enfin. Moïse Maïmonide, qui n'avait jamais assisté à pareil phénomène, raconta plus tard que la petite Cassiopée, après être restée au fond du ventre de sa mère pendant un temps incroyable, en était sortie si rapidement qu'on aurait pu croire qu'elle en avait été expulsée par un coup de pied au derrière.

Quatrième et dernier événement : sur la côte orientale de l'Afrique, Gargano avait tapé du pied.

Mais tout cela s'était peut-être produit dans un autre ordre, et pourquoi pas l'inverse de celui que je viens d'énoncer ? C'est à chacun de décider. Pour ma part, je ne me prononcerai pas, même si je pense que Gargano a subi l'influence des étoiles : celle des voûtes constellées de diamants dont il venait de sceller les accès, conformément à la promesse faite aux chauves-souris.

Guillaume ne savait rien de ces deux derniers événements. Pour lui, Morgennes et Chawar étaient morts ; ainsi que Galet le Chauve, Dodin le Sauvage, la femme qui n'existait pas, et bien d'autres vaillants personnages dont les destins s'étaient mêlés à celui du roi et au sien. Le seul qui n'était pas mort, à sa connaissance, était Palamède – cet escroc qui, une fois encore, avait cherché à les rouler, Amaury et lui, pour les jeter contre une Égypte désormais acquise à Saladin.

Mais il y avait toujours un espoir. Car Saladin n'était pas Nur al-Din, le sultan de Damas. Et d'ailleurs ce dernier se méfiait de ce jeune vizir, dont l'ascension avait été trop rapide à son goût, et qui menaçait d'éclipser la glorieuse lignée que Nur al-Din et son père avaient mis tant d'années à établir.

« Mais si nous avons Crucifère, pensa Guillaume, alors tout peut changer. Si cette épée est vraiment celle de saint Georges, et si elle a les fabuleux pouvoirs que les Anciens lui prêtent, alors le cours des événements peut s'inverser. L'Égypte peut encore, pourvu que l'on agisse avec discernement, être reprise. L'Égypte aux mains des Francs, Damas ne tardera pas à tomber. Après Damas, ce sera Bagdad. Les Francs n'auront plus rien à craindre. Mais pour cela, d'abord, il faut un roi – un roi à l'autorité incontestée. Il nous faut Crucifère. »

Guillaume lança sa monture au grand galop vers le levant. Il ne traversait que des successions de ruines et de villages sens dessus dessous, mais ne les voyait pas. Son but, c'était le Krak des Chevaliers – qui lui aussi avait été durement éprouvé par le séisme.

On le voyait passer telle une flèche, sans s'arrêter. Jamais cheval n'était allé aussi vite. On aurait dit le Diable ! Les hommes se signaient en frémissant, certains que la terre ne s'était ouverte que pour le laisser sortir, et se signaient encore, quand dans son sillage arrivait – quelque temps après – une troupe de personnages masqués.

Ceux-ci demandaient, dans une langue où pointait un fort accent arabe :

— Avez-vous vu un cavalier ? Vers où allait-il ?

Invariablement, les paysans répondaient en tendant le bras vers l'orient – là où Guillaume se rendait. « Comment se fait-il, se demandaient les paysans, que ces démons ne sachent pas où va leur maître ? »

Alors les cavaliers – montés sur des juments alezanes de petite taille, coursiers rapides fort appréciés des musulmans – repartaient aussi vite qu'ils étaient arrivés, non sans couper le bras de celui qui leur avait indiqué la route à suivre, en expliquant :

— Tu y repenseras à deux fois avant de montrer sa route à un autre que nous ! Et avise-toi de tenir ta langue, sinon nous te la couperons aussi !

Ainsi, le tremblement de terre et le passage de Guillaume se doublaient-ils, pour les paysans, d'une nouvelle misère – un bras coupé, quand tant de bras manquaient à l'appel.

Guillaume, lui, ignorait qu'il était espionné. Depuis des mois déjà, des soldats appartenant à une unité d'élite nouvellement créée par Saladin gardaient un œil sur lui. Cette unité s'appelait le Yazak, et à sa tête avait été nommé, en remerciement de ses nombreux exploits, un noble et vaillant jeune homme : Taqi ad-Din.

Taqi, accompagné d'une poignée de soldats, parmi lesquels Tughril – l'ancien garde du corps de Chirkouh –, chevauchait donc sur les traces de Guillaume, en espérant que ce dernier les conduirait vers Crucifère. Qui ne devait tomber à aucun prix entre les mains des ennemis de l'Islam, et encore moins entre celles des ophites.

Car ceux-ci, bien que totalement anéantis au Caire, avaient encore des ressources. À partir d'une base secrète, située quelque part dans le désert du Sinaï, ils continuaient de harceler les Damascènes. Mais ce que Saladin ignorait, et qu'ignorait également Taqi, c'était à quel point les ophites étaient résistants et capables de s'adapter. Surtout quand il s'agissait pour un fils (Palamède) de venger son père ; surtout quand ce fils avait en son pouvoir une jeune femme (Philomène) capable de lui fabriquer à peu près n'importe quel artefact, une femme pour qui la mécanique n'avait aucun secret...

Guillaume tira sur les rênes de sa monture. La bave aux lèvres, les jambes flageolantes, son coursier menaçait de s'écrouler. Agitant sous le ciel son bâton à tête de dragon, Guillaume espérait que les vigies du Krak le reconnaîtraient et le laisseraient approcher.

Le Krak ne semblait pas avoir trop souffert. Seule une tour s'était effondrée, entraînant un glissement de terrain qui avait englouti les découvertes effectuées auparavant. Mais révélé d'autres trésors, issus des entrailles du Djebel al-Teladj, et notamment de nouveaux ossements de dragons.

Au milieu de ces derniers, Amaury était comme un fou. Il gesticulait, braillait, parlait sans arrêt de cette légende de la cour du roi Arthur, qui voulait que Merlin eût prédit à un roi que les malheurs le frapperaient tant qu'il ne se serait pas débarrassé des deux dragons luttant sous les fondations de son château.

— Ici, bégayait Amaury, ce ne sont pas deux d-d-dragons qui nous posent problème, mais des dizaines. Les Arabes ont bien raison de dire que le Krak est comme un os posé en travers de leur gorge... Cette montagne est pire qu'un p-p-poulet ! Elle fourmille de petits os, hein mon chéri ?

Ce disant, il donna une aile de poulet au jeune chiot qu'il avait dans les bras. Oméga IV ne fit qu'une bouchée du morceau, et Alpha II, qui tournait en jappant autour des pieds d'Amaury, réclama sa part de pitance.

— Majesté ! s'exclama Guillaume en poussant sa monture vers le roi.

Guillaume continuait de brandir son bâton, afin que les archers du roi ne le prennent pas pour cible. Ici, on craignait plus que tout les Assassins, qui se montraient de plus en plus envahissants.

— Guillaume, que fais-tu ici ? demanda Amaury en le voyant galoper vers lui.

— Un miracle !

— Un malheur, tu veux dire !

— Non, Majesté, un miracle ! Un miracle, vous dis-je !

Interloqué, Amaury dévisagea Guillaume. Le vieil homme qu'il avait choisi pour rédiger la chronique de son règne et pour éduquer son fils était-il devenu fou ?

À l'instar des meilleurs cavaliers du royaume, Guillaume bondit de sa monture avant même qu'elle ne se soit arrêtée, mais roula plusieurs fois sur lui-même en touchant la terre, se meurtrissant vivement le dos, les jambes et les épaules.

— Je n'ai plus l'âge pour ces bêtises, murmura-t-il par-devers lui, tout contusionné.

Le roi l'aida à se relever, et lui demanda :

— Mais que t'arrive-t-il ?

— Il faut partir, sans plus attendre !

— Pour aller où ?

— À Lydda. J'ai trouvé le tombeau de saint Georges ! Je sais où se trouve Crucifère !

63.

« N'ayez pas peur. »

(Chrétien de Troyes,
Guillaume d'Angleterre.)

Qu'est-ce qu'un cimetière? C'est un lieu où l'on dort.

Le mot « cimetière » vient du latin *cœmeterium*, qui vient lui-même du grec *koimêtêrion* – qui signifie : « lieu où l'on dort ». Un cimetière, en somme, c'est un dortoir. Il ne faut pas s'étonner, alors, si pour beaucoup de mes contemporains la mort s'apparente à un long et profond sommeil, dont on se réveillera – au choix : quand Il reviendra (1), pour sauver la patrie (2), à la fin des temps (3), ou bien encore, mais c'est moins glorieux, parce qu'un nécromant nous y aura contraint (4). Rien d'étonnant non plus si de nombreux souverains ont souhaité que leur ultime chambre à coucher rivalise de beauté avec les splendides palais où leur vie s'écoula.

Ainsi, des pyramides égyptiennes au Saint-Sépulcre, en passant par les vastes nécropoles de Rome et les tertres funéraires d'Angleterre, l'Histoire déborde d'exemples de sépultures bien plus belles que des demeures ordinaires.

Car l'au-delà des rois vaut mieux que l'aujourd'hui des paysans.

Et après tout, pourquoi pas? Qu'y a-t-il d'indécent à vouloir défier le temps? En contemplant ces monuments, c'est son avenir qu'un peuple admire – ce qui lui survivra. Les pharaons sont morts, mais leurs tombeaux sont toujours là.

Jésus succomba, mais le tombeau où il séjourna – brièvement, il est vrai – peut se visiter.

D'autres n'ont pas de tombe. Logiquement, leur trépas fait débat. Car être mort c'est être mis dans une tombe ; et inversement. Ainsi du terrifiant calife d'Égypte al-Hakim, ou de certains imams adorés par les chiites. Pour vivre toujours, du moins sous forme légendaire, il faut donc s'abstenir d'être mis en terre.

Disparaissons.

Mieux. Partageons le destin d'Alexandre le Grand, pour la dépouille duquel Ptolémée bâtit un tombeau prodigieux que nul n'a jamais découvert.

Quoi de plus beau qu'une tombe imaginaire ?

Une mort imaginaire ?

Amaury galopait en tête de ses cavaliers, Guillaume et Alexis de Beaujeu chevauchant juste après lui, dans les sabots de Passelande. Depuis qu'il avait essayé, au Saint-Sépulcre, son cercueil, il se cherchait une épitaphe. Quelque chose comme : « Je dors. F-f-foutez-moi la paix. »

Mais le fait d'aller, enfin, fouler la terre du tombeau de saint Georges – ça, c'était excitant !

— Je suis t-t-tout content ! lança-t-il au paysage, sans se soucier des paysans au bras coupé qu'il croisait, à intervalles réguliers. Hâtons-nous ! s'exclama-t-il en talonnant Passelande.

Alexis de Beaujeu, qui chevauchait Iblis, était le seul à ne pas se laisser distancer malgré l'âge avancé de l'étalon que lui avait offert Morgennes. Les autres chevaliers, à cause du poids de leur armure, du manque de souffle de leur destrier, voire des deux, disparaissaient peu à peu à l'horizon, masqués par les nuages de poussière que produisaient Passelande et Iblis.

— Majesté, dit Alexis de Beaujeu à Amaury une fois qu'il l'eut rattrapé, vous devriez ralentir...

— En voilà une idée ! s'exclama Amaury. Et p-p-pourquoi ?

— Vous n'aimeriez pas arriver seul à cette tombe.

— Craindrais-tu que j'offusque saint Georges ?

— Non, Majesté. Je crains seulement pour votre vie. Et la région grouillant d'espions, je n'aimerais pas que cette tombe soit, en plus de celle d'un saint que j'adore, celle de mon souverain.

— Merci, mon bon Alexis. Mais cette « tombe », comme tu dis, est trop b-b-belle pour moi. Je n'y mourrai pas, je le sais.

— Sire...

— En p-p-plus, ce n'est pas une « tombe », mais un tombeau.

— Sire, pardon, mais je ne comprends pas.

— Une « tombe », mon cher Alexis, c'est bon pour le commun des mortels. Pour toi, pour moi... Une tombe, ce n'est qu'un panneau sur un trou. Mais un « t-t-tombeau » ! Cela te pose un homme ! Un tombeau, c'est un monument.

Alexis n'était pas sûr d'avoir saisi la nuance. Surtout, il se demandait pourquoi le roi se disait si peu digne d'un tombeau – si une telle chose était mieux qu'une tombe.

Puis il repensa à Morgennes, dont il chevauchait l'étalon – autrefois celui de Sagremor l'Insoumis... Ce même Sagremor qui, il y avait bien longtemps, presque dans une autre vie, avait été son maître. Le premier chevalier au service duquel il s'était mis. « Que tout cela est loin, pensa Alexis. Qu'il est loin le temps où, pleurant sur la tombe de mes parents, un fantôme m'était apparu pour me commander d'aller en Terre sainte... »

Parti sur-le-champ, Alexis avait renoncé à tout. Y compris à son héritage. En tant qu'aîné de la famille, il aurait dû recevoir de son père un superbe domaine, une vingtaine de bourgs, de vastes forêts giboyeuses et une douzaine d'étangs. Las, il avait tout abandonné à son jeune frère, dont il devait apprendre bien plus tard que le fantôme, c'était lui.

Son frère s'était caché sous un drap, et avait su trouver les mots pour l'envoyer se croiser, l'écartant ainsi de la succession. « Qu'importe, se disait Alexis. Dieu me voulait en Terre sainte. Et ce fantôme, même faux, a été le moyen que Dieu a employé pour me faire connaître Sa volonté... C'est très bien. »

En vérité, hormis Guillaume de Tyr, personne ne comprenait mieux Amaury qu'Alexis. Mais les deux hommes avaient rarement l'occasion de s'entretenir, et maintenant encore moins qu'autrefois, depuis qu'Alexis de Beaujeu était entré dans l'ordre des Hospitaliers, et qu'on l'avait muté au Krak.

Après plusieurs heures d'une chevauchée éprouvante, la petite troupe arriva dans les environs de Lydda. La ville avait beaucoup souffert, comme toute la région, du tremblement de terre. Des failles avaient ouvert en deux des petits bois, jetant les arbres à bas, crachant de fins nuages de poussière dans l'air sec de la fin décembre. On ne pouvait respirer sans tousser, et durant plusieurs jours, une pellicule ténue, mélange de sable et de cendre, viendrait se déposer sur tout. Ce n'est qu'au mois de mars que ce désastre serait lavé, par une pluie torrentielle. En attendant, on avait une impression de fin du monde, une sensation de sale, renforcée par l'air affligé des miséreux que l'on croisait sur sa route.

Des gens tendaient le bras pour réclamer un bout de pain, quelques grains de blé. La nourriture des animaux – l'orge et le millet – était pour eux un vrai festin. Ils s'en gavaient à pleines mains quand, touché par leur détresse, Amaury ordonna qu'on leur versât la ration des chevaux.

Enfin, ils entrèrent dans Lydda même, où des maisons gisaient effondrées, et où une grande tranchée allait en s'élargissant des faubourgs de la ville jusqu'à ses premiers bâtiments.

— C'est ici, fit Guillaume de Tyr, qui tâchait de faire correspondre les souvenirs de la carte vue dans son scriptorium avec ce qu'il avait sous les yeux.

— Je croyais que les anciens ne bâtissaient jamais leurs sépultures au sein des villes ? s'étonna Amaury.

— C'était le cas, dit Guillaume. Comme l'a dit Platon : « Nulle part les tombeaux, que le monument funéraire soit quelque chose de considérable ou de minime, ne doivent occuper aucun emplacement qui soit propre à la culture. » Mais la ville a grandi. Et puis à la mort de saint Georges, les chrétiens qui l'avaient côtoyé préférèrent l'inhumer *ad sanctos,* c'est-à-dire au sein même de l'église de Lydda...

Or, la première église de Lydda avait été bâtie sur les fondations d'un ancien temple dédié, comme la grande mosquée de Damas, à Zeus/Jupiter. Alexandre le Grand avait ordonné qu'on l'édifiât afin d'acheter l'aide du puissant roi des dieux. Bien lui en prit, car en moins d'une saison Alexandre avait conquis le Proche-Orient.

— C'est ici ! Regardez, fit Guillaume.

En vérité, il aurait fallu être aveugle pour ne pas remarquer la petite ouverture qui se découpait dans la terre, au milieu d'une couche de gravats. On aurait dit un cul de poule. Ce qui avait été enfoui par les ans venait d'être mis au jour par le tremblement de terre. La tranchée ressemblait à la trace laissée par la quille d'un navire quittant la plage pour gagner le large. Une double muraille, née de masures écroulées, la bordait de part et d'autre. Une foule debout sur les bords de la plaie regardait le roi et ses hommes avancer à cheval.

Tout était silencieux. Les chevaux ne bronchaient plus. Du haut de leur funeste piédestal, les habitants de Lydda se demandaient quel nouveau malheur cette profanation allait leur attirer. De vieilles folles aux yeux hagards suivaient le roi, la bave aux lèvres, en murmurant des imprécations.

Le roi marchait sous leurs regards, et ne donna pas l'ordre de les chasser.

Depuis combien de temps s'était-il tenu à l'écart des femmes ? Il compta sur ses doigts. Une, deux, t-t-trois... Cela faisait six années qu'il avait demandé à ne pas croiser de femmes. Et voici qu'il en revoyait de nouveau, quelques-unes. Elles lui faisaient pitié. Surtout, il se sentait lui-même misérable. « Je n'ai régné que sur un demi-royaume. Je ne suis qu'un demi-roi. »

Il poussa un profond soupir et atteignit l'entrée du mausolée. Un cercle de pierre en scellait l'ouverture. Sur son fronton, on lisait : « *Mememto mori.* » C'est-à-dire : « N'oublie pas la mort. »

Par une cruelle ironie du destin, les Arabes appelaient Amaury « Mori ». Ainsi, pour un roi aussi désemparé qu'il l'était en cet instant, cette inscription pouvait se lire : « N'oublie pas Amaury. » Était-ce ici sa tombe ?

Il appuya la main sur la porte de pierre ; mais elle ne bougea point.

— Ouvrez-moi ça ! commanda-t-il à ses hommes, en leur ordonnant d'attaquer la lourde porte au marteau.

Bientôt, celle-ci céda, et une sorte de râle jaillit du tombeau. Sur les digues de gravats, la plupart des habitants prirent leurs jambes à leur cou. Seule une minorité resta. Non par courage, mais par désespoir. Les murs de leur cabane s'étaient mêlés aux pierres d'un tombeau ? Eh bien, dorénavant, ils habiteraient ici. Ils y vivraient, et y mourraient.

— Crucifère, me voici ! murmura Amaury.

Et il entra le premier dans la tombe, une torche à la main.

Alexis le suivit, puis Guillaume, puis la dizaine d'hommes de l'escorte royale.

Ils commencèrent par descendre un court escalier dont les parois s'ornaient de peintures représentant le combat, puis le martyre, de saint Georges. À gauche, saint Georges quittait sa Cappadoce natale – cette région de montagnes où les habitants vivaient dans des trous creusés à flanc de parois. Ensuite, saint Georges se mettait au service de Rome, combattant les hérésies partout où elles se trouvaient. Il finissait par arriver dans une petite cité terrorisée par un dragon qui exigeait qu'on lui donnât chaque année une pucelle à dévorer. Quand toutes furent croquées, sauf la fille du roi, celui-ci décida finalement de résister et supplia saint Georges – qui passait par là – de vaincre le monstre.

Sur la droite du petit escalier, on pouvait admirer le combat de saint Georges et du dragon, qui s'avérait être une femelle. Si elle s'attaquait à la cité, racontait la fresque, c'est que ses habitants avaient volé ses œufs et tué son mari. Aveuglée de douleur, l'infortunée dragonne ne faisait que se venger. Quand il comprit quels malheurs étaient les siens, saint Georges fut saisi de pitié. Il fit un pacte avec elle. Il ne la tuerait pas. Mais en échange, elle devrait se convertir à la chrétienté, cesser de tourmenter les habitants de la cité, et rendre la princesse à son père.

La dragonne accepta ce marché, et pour tromper les habitants de ladite cité, se prêta même à une comédie où on la voyait, tel un petit chien tenu en laisse, suivre saint Georges à l'intérieur de la ville, puis s'en faire chasser par tous les habitants à grands renforts de signes de croix. Sa tâche accomplie, saint Georges repartit dans les marais de Noir Lac où vivait la dragonne. Quand il revint pour la seconde fois à la ville, à tous il dit :

— J'ai réussi.

Ce n'était vrai qu'à moitié.

Par la suite, saint Georges devait être torturé à cause de sa religion, et mourir en martyr. Ses partisans avaient construit ce tombeau, l'y avaient enterré, et l'avaient – croyaient-ils – à tout jamais scellé. Car nul ne devait savoir que saint Georges, en vérité, n'avait point occis de dragon. En éclatant au grand jour, cette information risquait de lui faire perdre sa couronne de saint.

Or, pour ses adorateurs, nul n'était plus digne que lui d'en être un. Car ses adorateurs étaient, outre les coptes (qui croyaient que saint Georges avait tué son dragon), les ophites – qui savaient qu'il l'avait épargné.

— Tout cela est extrêmement intéressant, marmonna Guillaume de Tyr. En effet, pour Isidore de Séville, un tombeau « *est quod mentem maneat* »...

— P-p-parle français, s'il te plaît, fit Amaury. Rien n'est plus agaçant que ces lettrés qui s'expriment en latin sans t-t-traduire. Que veux-tu p-p-prouver ? Que tu sais le latin ? Eh bien c'est fait.

— Pardonnez-moi, Sire. Parfois la raison s'égare et rend ce qu'elle a appris *comme* elle l'a appris. Je voulais dire qu'un tombeau est le lieu où réside l'esprit, la mémoire, des défunts... Il n'y a donc rien d'étonnant à ce que saint Georges nous apparaisse ainsi, dans toute sa vérité, au sein de son tombeau. On ne saurait trouver lieu plus approprié...

— Gardez-vous ! cria soudain l'un des chevaliers d'Amaury.

Ils venaient de déboucher dans une grande salle, bordée sur chaque côté par trois petits escaliers, menant chacun à une grande porte circulaire. Au pied de chacun des six escaliers se trouvait un gong, et près du gong un lourd marteau de fer, suspendu au plafond par une chaîne. Si le garde avait crié, ce n'était pas à cause de cette succession d'escaliers et de gongs, mais à cause d'une douzaine d'ombres qui avançaient en sifflant dans leur direction.

— Des morts vivants !

— Attention, fuyez vite ! cria le chevalier.

— Il en arrive de partout ! brailla un autre.

L'un d'eux, voyant une ombre marcher vers lui bras tendus, dégaina son épée pour la pourfendre. Mais l'ombre le frappa si violemment au visage que sa tête fit un demi-tour. Ainsi vit-il, avant de succomber, Morgennes entrer dans la tombe, les cheveux et la barbe en bataille.

— N'attaquez pas ! cria Morgennes.

Alexis se tourna vers lui, surpris et heureux à la fois, et s'exclama :

— Nous te croyions mort !

— Désolé !

— Mais d'où arrives-tu ? lui demanda Amaury, éberlué.

— Du Krak, Majesté ! répondit Morgennes en dévalant les marches menant à l'intérieur du tombeau, et remarquant au passage que saint Georges et le dragon le suivaient du regard.

Comme les ombres s'approchaient dangereusement du roi, deux des plus puissants chevaliers du royaume brandirent leur épée.

— Formez le cercle autour du roi, cria l'un d'eux.

— Non ! hurla Morgennes. N'ayez pas peur ! Elles ne sont pas nos ennemies...

— Traître ! lui cria un autre chevalier.

Mais Morgennes se contenta de hausser les épaules, et courut au milieu des ombres sans paraître les craindre.

— Voyez, c'est un mort vivant lui aussi, dit un Templier qui avait croisé Morgennes au pied du Krak.

— Moins que toi dans pas longtemps, rétorqua Morgennes.

Effectivement, l'une des ombres venait de mettre en pièces le bouclier orné d'une grande croix que le Templier opposait à ses coups, l'obligeant à reculer.

— Aidez-moi, beaux doux frères ! appela-t-il. Et vous, messire Guillaume, qu'attendez-vous pour prononcer votre *vade retro* !

Tandis que six ombres s'attaquaient aux chevaliers, Guillaume, désemparé, regarda Morgennes afin de recueillir son avis. Morgennes secoua la tête, montra la fine dague – une miséricorde – qu'il avait au fourreau, puis la grande croix de bronze qu'il avait au cou, et dit à Guillaume :

— Ne touchez pas à vos armes. Nous ne sommes pas venus ici en ennemis, mais en quéreurs de pardon. Si saint Georges nous juge indignes de son épée, eh bien tant pis pour nous. En attendant, montrons-nous droits et intègres. N'ayons pas peur de la mort.

— Plus facile à d-d-dire qu'à faire ! s'exclama Amaury.

En effet, hormis Guillaume, Amaury, Alexis et Morgennes lui-même, tous les courageux chevaliers qui avaient suivi leur roi jusqu'ici et avaient juré de donner leur vie pour lui, la donnèrent effectivement. Les ombres formèrent une haie d'honneur aux quatre survivants, les escortant vers un septième et dernier escalier placé au fond de la nécropole, juste en face de l'entrée. Cet escalier était précédé lui aussi par un gong, et menait à une porte ronde, en bronze comme les six autres.

Les quatre hommes regardèrent le gong et le marteau, dont la masse avait la forme d'une lune. Le gong, quant à lui, montrait un serpent dont la tête suivait un long et sinueux labyrinthe l'amenant à se mordre la queue.

— Sa tête a la taille du marteau, fit remarquer Alexis de Beaujeu.

— C'est exact, dit Guillaume en approchant le marteau de la tête du serpent. Les deux coïncident.

— Il faut peut-être frapper la tête avec le marteau...

— La tête ou la queue ? demanda Morgennes, se souvenant de la prophétie des ophites, qui annonçait un important bouleversement pour le jour où la Tête et la Queue du Serpent s'embrasseraient.

— Elles ne font qu'une..., dit Alexis.

Guillaume de Tyr observa longuement Morgennes. Il semblait revenu d'entre les morts, tant il était couvert d'éraflures et de blessures, et tant sa barbe et ses cheveux avaient poussé, dans le plus grand désordre.

— Mais comment nous avez-vous retrouvés ? lui demanda-t-il. On vous dirait tout droit sorti des neuf Enfers !

— Vous n'êtes pas loin de la vérité... J'étais en route pour le Krak, où je savais que se trouvait Sa Majesté, lorsque des paysans m'ont renseigné...

— Allons, fit Amaury. N'embête pas Morgennes avec ce genre de d-d-détail. Pour l'instant, occupons-nous d'ouvrir cette porte.

Joignant le geste à la parole, Amaury se saisit du lourd marteau et l'abattit sur la tête du serpent. Un son puissant résonna dans toute la tombe, chassant les ombres aussi sûrement que si l'appel de la soupe avait été sonné à Saint-Pierre de Beauvais. Comme par magie, la tête et la queue du serpent se séparèrent, et le reptile coula sur les bords extérieurs du gong, y laissant un grand cercle de bronze.

Un chuintement se fit entendre au-dessus d'eux. La porte du septième caveau s'était ouverte, basculant probablement dans une fente placée sur le côté. L'escalier cédait la place à une petite estrade, où se trouvait un trône. Là, un squelette était assis – un squelette sans tête !

— Saint Georges est mort décapité, rappela Guillaume à ses trois compagnons, qui regardaient le squelette, les yeux écarquillés.

— Ce ne peut être que lui, dit Alexis. Saint Georges ! Il tient une épée dans ses mains ! Regardez-la, on dirait qu'elle brille !

— C-c-crucifère, souffla Amaury. Mon épée !

— N'oubliez pas, Majesté, murmura Morgennes, que cette épée ne doit en aucun cas être tirée du fourreau pour occire...

Il retenait Amaury par la main, et le roi le regarda, surpris.

— Pourquoi donc ?

— Celui qui vainc ne peut l'emporter par la force. Seul le pardon permet de triompher...

Il paraissait si convaincu qu'il était impossible de ne pas le croire. Mais comme Amaury paraissait hésiter, il se retourna vers l'entrée du tombeau, indiqua la série de fresques disposées le long de l'escalier, et ajouta :

— Avez-vous oublié ce que dit cette histoire ? Saint Georges n'a pas tué ! Jamais il ne permettra qu'un meurtrier ait son épée... Crucifère est une épée sainte. Elle ne peut appartenir qu'aux plus preux chevaliers, ceux qui, comme lui (fit-il en désignant le squelette), n'ont pas peur et savent pardonner.

Amaury baissa les yeux et déclara :

— Cela me va. C'est aussi ma philosophie. Car j'ai p-p-perdu le goût du sang, et quelle qu'en soit la couleur, je le trouve toujours mieux à battre dans un cœur qu'à désoiffer les vers de terre.

— Bien parlé, Majesté, dit Guillaume.

— Bien, et suffisamment. Car il est t-t-temps de vérifier si je suis digne de cette relique.

Amaury tendit la main vers le pommeau de Crucifère. En vérité, cette épée n'avait rien à voir avec le jouet que lui avait donné Palamède, peu avant le siège de Damiette. Elle était d'une longueur intermédiaire, à mi-chemin entre la lourde et longue épée à deux mains maniée par les chevaliers, et le glaive des soldats romains. Une cannelure creusée dans sa lame en allégeait le poids, et elle avait le bout et les côtés effilés, ce qui permettait de frapper de taille et d'estoc. Enfin, une sorte de médaille était insérée dans son pommeau. On y voyait une lune entourée d'un serpent se mordant la queue.

Sans savoir qu'il s'agissait du symbole des ophites, Amaury tendit la main vers l'épée, lorsque Morgennes l'arrêta :

— Attendez ! N'y touchez pas !

— Quoi encore ? s'énerva Amaury. À croire que tu n'as pas très envie d'être ad-d-oubé...

Morgennes ne commenta pas cette dernière remarque, se contentant d'insister :

— Demandez-la-lui.

— Comment ?

— Demandez à saint Georges la permission d'emprunter son épée. Ne la lui prenez pas. Pas sans son accord.

Alors, tandis que Guillaume murmurait une prière pour le repos de l'âme de saint Georges, Amaury s'agenouilla auprès du squelette sans tête, leva les yeux et fit cette requête :

— Saint Georges, p-p-permettez-moi d'emprunter votre épée, pour le bien de tous les hommes, et... de tous les p-p-petits animaux, qu'ils soient ou non montés à bord de l'Arche de Noé...

Les doigts qui enserraient l'épée relâchèrent leur étreinte, et Amaury regarda saint Georges. Était-ce une illusion ? Le fruit de la fatigue ou de l'excitation ? On aurait dit que saint Georges avait penché le torse en avant. Amaury prit Crucifère, tira sa propre épée de son fourreau et la plaça entre les doigts du squelette :

— En échange, p-p-prenez la mienne. Ce n'est qu'une épée très banale, peu digne de vous... Mais elle m'est chère néanmoins... Je vous la confie. Prenez-en soin.

Sur ce, les quatre compagnons redescendirent l'escalier qui menait à la grande salle, enjambèrent les corps de leurs camarades morts au combat contre les ombres, et se dirigèrent vers la sortie du tombeau.

— Il faudra que je songe à en faire resceller l'entrée, dit Amaury. Quant à toi, cher Morgennes, il va falloir que tu t'expliques. Tous te d-d-disaient mort !

— C'est un peu vrai, dit Morgennes.

— Eh bien, dit Guillaume avec un sourire. Je crois que quand nous serons de retour à Tyr, vous pourriez m'être de quelque utilité.

— Ah bon ? fit Morgennes. Et en quoi ?

— Il s'agit de m'aider à lire un livre, dont les pages sont en feu.

— Ma foi, si je le puis.

— Pas si vite, intervint Alexis. Morgennes doit d'abord nous raconter ce qui lui est arrivé après l'insurrection du Caire.

— Cela promet de b-b-belles soirées, s'enthousiasma Amaury.

— Je ne sais pas, rétorqua Morgennes. Je ferai de mon mieux. Mais ma mémoire n'est plus ce qu'elle était, et je crains de...

Il s'interrompit brutalement, car quelqu'un venait d'entrer dans le tombeau de saint Georges : Taqi ad-Din, suivi des soldats du Yazak.

64.

« Il lui dit qu'il lui a conféré le plus haut ordre, avec l'épée, que Dieu ait fait et commandé. C'est l'ordre de chevalerie, qui doit être sans vilenie. »

(CHRÉTIEN DE TROYES,
Perceval ou le Conte du Graal.)

— La suite ! fit une voix dans la foule.

— On veut savoir ce qui s'est passé !

— P-p-patience, dit le roi. Vous saurez tout en temps voulu ! Mais d'abord, l'heure est aux réjouissances ! Vive Morgennes !

— Vive Morgennes ! cria la foule.

Douze coupes s'entrechoquèrent, tachant de vin les mains qui les tenaient. Douze coupes allèrent vers douze bouches, qui les vidèrent d'une gorgée ; lèvres décorées par une paire de moustaches, lèvres honorées par une courte barbe ou distinguées par une forêt de poils, toutes exceptionnellement bien peignées, parfumées, luisantes de beurre, et à présent souillées de vin. Ces douze bouches appartenaient aux douze plus fameux chevaliers du royaume : les onze chevaliers invités par Amaury à prendre place autour de sa Table Ronde, et Amaury lui-même.

Manquait une treizième bouche, qu'Amaury salua en levant sa coupe, désormais vide.

— Morgennes !

Morgennes mit la main sur sa poitrine et se pencha en avant, le rouge au front. Après avoir surgi, à Lydda, tout crotté et la barbe en broussaille, il était maintenant vêtu de blanc – symbole de pureté – rehaussé de rouge – signe du sang qu'il lui faudrait verser au service du roi. Ses chausses étaient noires – comme la terre où sa vie avait commencé et s'achèverait – et sa ceinture était blanche, afin qu'il n'oublie jamais de se garder de la luxure. Ses ongles avaient été coupés, ses doigts massés, ses mains curées. Son corps, enfin, avait été frotté pendant de longues heures par d'expertes jeunes femmes, qui lui avaient laissé un peu de leur odeur sur le corps.

Morgennes était un autre.

Il pensait à son père, dont il comptait retracer le parcours en Terre sainte. Il pensait à sa mère, quelque part en Arabie. Il pensait à sa sœur, dont il sentait la chère présence battre au plus profond de son cœur. Et il pensait à Guyane...

Morgennes leva les yeux et aperçut l'éclat des douze coupes tournées vers lui. Elles brillaient comme une couronne d'étoiles, dont il était le treizième et dernier joyau. Alors le roi dit :

— Honneur à toi, Morgennes !

— Honneur à vous, Majesté ! répondit Morgennes.

La salle cria d'une seule voix :

— Vive le roi ! Vive Morgennes !

Enfin, après de longues acclamations, Amaury dégaina Crucifère, la leva pour la montrer à tous, puis la remit au fourreau. L'heure était solennelle. Tout le monde se taisait, sauf, aux pieds de l'immense table ronde qu'Amaury avait rapportée d'Alexandrie, Alpha II et Oméga IV – qui se poursuivaient en jappant.

— Chut ! leur fit Baudouin, en prenant Oméga contre lui.

Le chiot lui mordit le doigt, mais Baudouin ne réagit pas. Il n'avait rien senti.

— Vilain ! fit Baudouin en donnant une tape sur le museau du chien.

Guillaume de Tyr était inquiet. Visiblement, l'enfant n'avait pas eu mal quand le chien l'avait mordu. Était-ce normal ? Prenant la main du petit prince dans la sienne, il l'observa attentivement. Pour que Baudouin ne se doute de rien, il lui désigna les décors de l'estrade, où des artisans avaient reconstitué le tombeau de saint Georges afin d'expliquer comment Amaury avait récupéré Crucifère.

La cérémonie allait bientôt commencer. Ensuite, la pièce reprendrait.

Alors les coudes s'entremêlèrent, les poitrines se frôlèrent, les jambes se mélangèrent. Des « Poussez-vous ! », des « Laissez-moi passer ! », des « J'y vois rien ! », des « Mais où vous croyez-vous ? », des « Messire, s'il vous plaît ! » retentirent en un sourd brouhaha. Un gamin de six ans se glissa entre les jambes des aînés, escalada un obèse, descendit le long d'un maigrichon, et réussit à se faufiler au premier rang. Ce gamin s'appelait Emmanuel et n'avait qu'un rêve : être fait chevalier. Rêve impossible, car il n'était pas noble. Mais qu'importe. Aujourd'hui, Emmanuel était aux anges. Les yeux grands ouverts, il regarda Amaury s'approcher de Morgennes.

Celui-ci se tenait humblement agenouillé. Tête baissée, il attendait le baiser de son roi – qui était occupé à lui fixer ses éperons.

— Puissent-ils te rendre ardent au service de D-d-dieu ! déclara Amaury.

Morgennes frémit. Sur quel cheval allait-il les étrenner ? Car il n'avait plus de montures. Celles dont il s'était servi pour rallier le tombeau de saint Georges avaient rendu l'âme, épuisées, et Iblis appartenait désormais à Alexis.

Suivit un chuintement familier : celui de Crucifère sortie de son fourreau. Amaury brandit sa magnifique épée, la tint en l'air un instant puis la rabattit brutalement sur Morgennes. À gauche il fut frappé, puis à droite. Violemment. Ses épaules encaissèrent le choc, il serra les poings, les dents, mais ne cilla pas.

Alors le roi lui dit :

— Relève-toi Morgennes, meilleur q-q-qu'auparavant !

Une larme roula au coin des yeux de Morgennes. Il était chevalier ! À trente-cinq ans passés. Jamais individu n'avait été adoubé si tard. C'était une première.

Dans la foule, Emmanuel souriait béatement. Il n'avait que six ans, mais savait déjà qu'il venait de vivre l'une des plus belles journées de sa vie...

— Majesté, réclama-t-il alors d'une toute petite voix, nous direz-vous enfin pourquoi ? Vous nous aviez promis ! L'histoire de Morgennes. Et celle de Crucifère...

La foule rit de son audace. L'humeur était à la fête, aux réjouissances. Amaury, amusé de ce qu'un enfançon lui ait adressé la parole aussi directement, répondit :

— En effet, j'ai promis. P-p-place au spectacle !

Des troubadours, qui interprétaient les rôles de Guillaume de Tyr, d'Amaury, d'Alexis et de Morgennes, montèrent sur la scène où l'on avait recréé le tombeau de saint Georges.

Émerveillée, la foule écoutait le roi raconter comment, alors qu'il s'apprêtait à se battre contre les Sarrasins, Morgennes l'avait mis en garde :

— Majesté, non ! N'oubliez pas : dans ce tombeau, qui se bat périra... Venez avec moi !

Guillaume de Tyr, Amaury et Alexis avaient suivi Morgennes au plus profond de la tombe, non loin du squelette de saint Georges. Comme prévu, lorsque les soldats du Yazak avaient pénétré dans le tombeau, les ombres s'étaient animées et jetées sur eux. Et logiquement, les Sarrasins s'étaient défendus. Ne pouvant tuer ce qui était déjà mort, ils avaient été taillés en pièces.

Les ombres ayant mis les Sarrasins hors de combat, Morgennes avait proposé au roi de regagner Jérusalem.

— Alors, dit Amaury à la foule suspendue à ses lèvres, nous t-t-traversâmes l'étrange mêlée, où des morts se donnaient de nouveaux camarades.

Il ferma les yeux.

— En vérité, je m'interroge... Étaient-ils tous d-d-décédés quand nous quittâmes le tombeau ? Je n'en suis pas certain. Il me semble avoir vu un jeune Mahométan ramper dans notre direction... Mais je n'ai pas le souvenir qu'il ait pu sortir du t-t-tombeau. La dernière image que j'ai de lui, c'est celle de sa main ensanglantée posée sur la fresque du grand escalier.

Amaury promit d'envoyer très bientôt une expédition murer ce tombeau, après l'avoir vidé des cadavres qui s'y trouvaient. Surtout, il promit d'envoyer à Saladin ses plus sincères condoléances. Le jeune vizir d'Égypte devait encore raffermir son pouvoir, mais Amaury songeait déjà à l'utiliser contre Nur al-Din...

La pièce s'acheva, sur le triomphe d'Amaury. Les troubadours furent ovationnés, et on leur demanda de rejouer la partie où Morgennes surgissait dans la tombe pour sauver le roi – ce qu'ils firent.

Morgennes étant enfin armé chevalier, bien des personnes vinrent le féliciter. Guillaume de Tyr et Alexis de Beaujeu, évidemment, mais également Guillaume de Montferrat, Balian d'Ibelin, Renaud de Sibon, ainsi que deux des chevaliers que Morgennes avait croisés jadis au Krak : Keu de Chènevière et Raymond de Tripoli – dont la rançon avait été payée, et que les Damascènes venaient de libérer.

Tous le congratulèrent et le pressèrent de prendre place sur le dernier siège libre de la Table Ronde.

— Chevalier, lui dit Alexis de Beaujeu, je suis heureux de t'accueillir parmi nous. T'es-tu choisi une devise ?

— Oui, dit Morgennes. « Mort pour mort. »

— Souhaites-tu nous en livrer le sens ?

— Non.

— Ma foi, dit Raymond de Tripoli. C'est son droit. Beaucoup de chevaliers, qui ont fort belle devise, gardent pardevers eux sa signification.

— Sans compter, dit Guillaume de Tyr, qu'en plus de donner une nouvelle chance au royaume, Morgennes a sauvé l'un de ses compagnons d'armes, Dodin le Sauvage. Il faut lui rendre grâce de cet exploit qu'il a payé très cher, si j'ai bien compris...

— Racontez-nous, beau doux sire, fit une voix.

Morgennes jeta un coup d'œil en direction de la scène, et vit que le décor représentant le tombeau de saint Georges avait été remplacé par des marécages. C'était son tour de monter sur scène, et de raconter son histoire :

— Une fois sorti des Marécages de l'oubli, je savais qu'y retourner signifiait prendre le risque de me perdre. Pourtant, il y avait un homme, quelque part au milieu de ces marais, que je ne pouvais me résoudre à abandonner. Ce n'était pas n'importe qui...

Il marqua une pause, et regarda la foule.

Les gens l'écoutaient, buvant ses paroles, s'efforçant peut-être de se remémorer le « Chevalier à la Poule » qu'il avait été autrefois, mais n'y arrivant pas.

Morgennes cherchait quelqu'un du regard.

Dodin.

Quand il le vit, l'air hagard et les yeux dans le vague, soutenu par deux Templiers, Morgennes le salua discrètement et reprit son discours :

— Il s'agissait de Dodin le Sauvage, avec qui Galet le Chauve et moi-même avions rendu moult services à Sa Majesté, lors de notre séjour au Caire. Dodin s'était perdu dans ces marais. D'ailleurs, je crains que son âme ne s'y trouve encore, et je suis bien conscient de n'en avoir rapporté que l'écrin.

Nouvelle pause de Morgennes. Il semblait avoir du mal à poursuivre. Mais cette histoire, il l'avait promise. Pourtant, il doutait. Se souvenait-il de tout? Sa mémoire n'était plus aussi fiable qu'autrefois. Elle était devenue *normale.*

— Je marchais, sans tenir compte ni des heures ni des jours, me nourrissant de mousses, de racines et de champignons. Je mangeais ce que je trouvais, sans me demander si c'était bon ou mauvais. J'arpentais ces marais, en long, en large et en travers. Et jamais, jamais je ne trouvais Dodin... Jusqu'au jour où, croyant arracher un peu de mousse à une souche d'arbre, je me rendis compte qu'il s'agissait d'un homme. C'était lui! La végétation avait commencé de l'engloutir. Je m'étais juré de le sortir de là, mais cette souche était-elle encore lui ? Aussi l'ai-je appelé, comme si son nom pouvait le ramener à la vie : Dodin ! Dodin !

Morgennes cria, comme autrefois dans les marais de Noir Lac. Dans la grande salle du palais, Dodin fut saisi par des sanglots. Les Templiers l'escortèrent au-dehors. La foule s'interrogeait. Morgennes reprit son récit :

— Je retirai la mousse du corps de Dodin, mais ce n'était pas suffisant. Il avait pris racine. Que faire ? N'ayant aucune arme sur moi, j'avisai à sa ceinture une dague. Celle-ci. (Il montra la miséricorde.) M'en saisissant, j'entrepris de couper tout ce qui se pouvait couper, tranchant, grattant, prenant bien soin de ne pas toucher les chairs, mais au contraire de les épargner. Après avoir arraché tout ce qu'il avait de végétal, je libérai Dodin – qui me tomba dans les bras. Il respirait à peine. Mais j'avais bon espoir de le sortir vivant de ces marais, car il n'était pas mort. Quelque chose d'humain vivait encore en lui. La preuve, sa bouche s'entrouvrit, laissant échapper un filet de sève, et il me demanda : « Pourquoi ? »

Morgennes se tut, parut fouiller dans ses souvenirs, et continua :

— « Pourquoi m'as-tu abandonné ? » me demanda Dodin. Me reconnaissait-il ? Ou bien me prenait-il pour Dieu ? Il me regardait, les yeux à demi ouverts, en bredouillant des paroles incompréhensibles. Parmi celles-ci, je crus distinguer : « Pardon... » Me pardonnait-il ? Ou me demandait-il pardon ? En tout cas, je lui dis : « C'est moi qui te demande pardon, tout comme je pardonne à Dieu, avant d'oublier... » Puis je le soulevai de sa gangue de boue, dont il sortit tout poisseux.

Morgennes marqua une nouvelle pause, avant de reprendre :

— Où ai-je trouvé la force de retraverser ces marais ? Je l'ignore. Mais je savais que revenir sur mes pas, à l'endroit où j'avais laissé Gargano et Marie Comnène, était suicidaire.

— Qu'avez-vous fait ? lança alors Emmanuel, assis jambes croisées, au plus près de Morgennes.

— Je suis retourné vers Crocodilopolis. J'ai donc retraversé les six cataractes qui séparaient ces marais de l'antique cité des ophites. Ensuite, j'ai volé des chevaux, et j'ai franchi le Sinaï pour regagner la Terre sainte.

— Menteur ! C'est impossible ! cria un Templier dans la salle.

Tous se tournèrent vers lui.

— C'est toi qui as empoisonné Dodin ! C'est à cause de toi qu'il est dans cet état ! Tu paieras !

— Ça suffit ! coupa le roi. S'il avait fait ce que tu dis, Morgennes n'aurait pas pris la p-p-peine de ramener son corps !

— Morgennes a peut-être oublié, mais nous, les Templiers, nous n'oublierons pas !

La foule se mit à le huer. Alors il quitta la salle, suivi par tous les Templiers.

— Je suis désolé, dit Amaury à Morgennes.

— Ce n'est rien, dit Morgennes en descendant de scène sous les applaudissements. Je m'y attendais.

Une fois qu'il eut rejoint la salle, où un formidable banquet était servi, Morgennes dit à Guillaume de Tyr et à Amaury :

— De toute façon, je vais partir. Je dois aller en Arabie, à la recherche de ma mère. Et puis surtout en France, à la recherche de...

Il ne termina pas sa phrase. Alors, Amaury lui dit .

— Avant que tu ne p-p-partes, j'ai quelque chose à te d-d-demander. Une ultime requête !

— Pour cet enfant, intervint Guillaume de Tyr en caressant les cheveux du petit Baudouin.

Morgennes s'agenouilla aux pieds du prince et lui demanda :

— Sur quel sommet dois-je vous emmener cette fois-ci, Majesté ?

— Je crains que ce ne soit pas aussi facile que d'escalader les p-p-pyramides, dit Amaury.

— Ni aussi amusant, ajouta Baudouin.

— Vraiment? demanda Morgennes.

— Il y va de sa vie, lui chuchota Guillaume à l'oreille.

Voyant l'air grave qu'avaient le roi et son plus proche conseiller, Morgennes se releva et leur dit :

— J'affronterai la mort pour la lui épargner.

Post-scriptum

« C'est ici que finit le conte. »
(Chrétien de Troyes, *Érec et Énide.*)

Quelqu'un frappa à ma porte.

— Qui va là ?

— Gargano ! fit une voix caverneuse.

Trop surpris pour répondre quoi que ce fût, je manquai tomber à la renverse et me précipitai pour ouvrir la porte de mon scriptorium.

— Gargano ! C'est bien toi ?

Le géant m'étreignit à m'étouffer.

— C'est bon de te revoir, dit-il en me fixant du regard.

— Entre plutôt !

Gargano entra en baissant la tête, suivi d'une femme à la beauté altière et d'une fillette qui semblait avoir dans les quatre ans et me rappelait quelqu'un, sans que j'arrive à savoir qui.

— Tu n'es pas venu seul ? Tu as amené des amies ? Tu as bien fait...

— Je te présente dame Guyane et sa fille, Cassiopée.

— Soyez les bienvenus en mon humble demeure !

— Nous avons eu le plus grand mal à vous trouver, me dit Guyane.

— Oh, dis-je. C'est que j'ai beaucoup voyagé... Après Saint-Pierre de Beauvais, Arras et Troyes, je me suis finalement fixé ici, à la cour de Marie de Champagne.

Un mouvement dans mon dos attira mon attention. C'était la fillette. Elle s'approchait de la cassolette où j'avais mis de l'encens à brûler.

— Attention, c'est chaud !

La fillette recula la main, mais sa mère me dit .

— Ne vous inquiétez pas, elle ne se brûle jamais.

— J'ai trouvé ! m'exclamai-je. Je sais à qui elle me fait penser !

Gargano me regarda en roulant de grands yeux, ce qui m'incita à me taire.

— À qui ? me demanda Guyane.

— À saint Marcel... Un saint qui avait le pouvoir de manipuler des objets chauffés au rouge sans se blesser.

Gargano m'adressa un énorme sourire. Apparemment, j'avais bien répondu.

— Et ça, qu'est-ce que c'est ? demanda Cassiopée en montrant l'œuf qui trônait sur mon écritoire.

— Oh, ça ? Ce n'est rien, malheureusement. Je l'ai trouvé dans les monts Caspiens. Tu peux le toucher si tu fais attention. Mais je crains qu'il n'éclose jamais. Cela fait trop longtemps...

La fillette prit l'œuf dans ses mains, et le caressa doucement.

— Regardez ! s'exclama-t-elle. Il se fendille !

Je n'en croyais pas mes yeux. C'était un miracle. La coque se craquelait. À l'intérieur se devinait la forme, non pas d'un poussin, mais d'un autre oisillon. Un bébé oiseau de proie ? Étrange...

— Eh bien, dis-je à la fillette. À croire qu'il t'attendait !

— Que c'est beau, fit Guyane en s'approchant de sa fille. Tiens-toi droite, Cassiopée. Et ne le fais pas choir...

— Maman ! s'exclama la fillette en ouvrant de grands yeux. Il faut lui donner un nom !

La jeune femme me regarda.

— Eh bien...

— Allez, insista la fillette. Et toi, tonton Gargano, tu ne dis rien ? S'il te plaît !

— Pourquoi ne demandes-tu pas à son propriétaire ? grommela Gargano.

— Oh oui, oui ! s'enthousiasma la fillette.

Le rouge me monta aux joues, et je proposai :

— Et si nous l'appelions Galline ?

— Galline ? fit Guyane. Ce nom me semble plus approprié pour une poule...

— Vous n'avez pas tort. Mais c'est pour moi une façon de rendre hommage à un ami très cher dont j'ai entrepris, dis-je en posant la main sur le manuscrit auquel je travaillais, de raconter la vie.

— Comment s'intitule votre livre ? me demanda Guyane en le regardant.

— Oh, mentis-je, il n'a pas encore de titre...

Ce disant, je rangeai mon ouvrage dans une armoire, de crainte qu'elle n'en vît la couverture. Car je lui avais donné le titre du livre que lisait le gardien de l'Ultime épreuve, dans les monts Caspiens : *Morgennes.*

GLOSSAIRE

Abds : esclaves noirs formant le gros des troupes égyptiennes.
Basileus : empereur des Grecs. (Ici, Manuel Comnène.)
Besant : monnaie d'or ou d'argent, d'origine byzantine.
Céphalotaphe : coffret destiné à garder une tête coupée.
Chrysobulle : chez les Grecs, acte de loi, déclaration de privilège ou édit signé de la main du basileus et scellé d'or.
Chrysotriclinos : chez les Grecs, salle du trône impérial.
Draconocte : chasseur de dragons.
Dromon : galère byzantine, manœuvrée par des rameurs.
Felouque : petit bateau à voile.
Gynécée : chez les Grecs, appartement réservé aux femmes.
Litterati (singulier : litterato) : les lettrés, ceux qui savent le latin. (Par extension, désigne le plus souvent les moines, les hommes d'Église.)
Losengier : un bonimenteur, qui passe son temps à dire des fariboles, des menteries.
Maille beauvaisine : monnaie ayant cours à Beauvais.
Miséricorde : sorte de dague très fine, permettant de passer à travers les défauts des armures.
Nephilim : dans la Bible, ce terme désigne les géants qui ont jadis peuplé la Terre.
Œkoumène : surface habitable de la terre.
Ost : armée féodale.
Pougeoise : monnaie valant à peu près la moitié d'une maille.
Rusticus : manant, paysan.
Samit : tissu épais servant à confectionner bliauts, manteaux, couvertures, tentures...
Scriptorium : pièce où les moines écrivent.
Turcopoles : mercenaires, souvent d'origine proche-orientale, dont les services étaient loués par les Templiers ou les Hospitaliers.

INDEX DES PRINCIPAUX PERSONNAGES

Al-Adid : calife d'Égypte.
Alexandre III : pape.
Alexis de Beaujeu : écuyer puis chevalier de l'ordre des Hospitaliers, ami de Morgennes.
Alpha II : basset d'Amaury.
Amaury Ier de Jérusalem : roi de Jérusalem, père de Baudouin IV.
Azyme : prêtre copte, haut fonctionnaire égyptien.

Baudouin IV : jeune fils d'Amaury.

Chawar : maître des ophites et vizir du calife al-Adid.
Chirkouh le Volontaire : général de Nur al-Din. Oncle de Saladin. Également surnommé « le Borgne » ou « le Lion ».
Chrétien de Troyes : moine et écrivain, ami de Morgennes et narrateur de cette histoire.
Constantin Coloman : mégaduc byzantin, « Maître des Milices ».

Dodin le Sauvage : chevalier de l'ordre des Templiers.

Frontin : petit singe, ami de Gargano.

Galet le Chauve : maître du Temple de Tortose.
Galline : petite poule rousse, amie de Chrétien de Troyes et de Morgennes.
Gargano : sorte de géant, charretier du Dragon blanc.
Gautier d'Arras : écrivain, rival de Chrétien de Troyes.
Gilbert d'Assailly : maître des Hospitaliers.
Grosseteste : évêque d'Arras.
Guillaume de Tyr : homme d'Église, diplomate et précepteur de Baudouin IV.
Guyane : fille d'Aliénor d'Aquitaine et de Chirkouh le Volontaire, surnommée « la femme qui n'existe pas ».

Iblis : cheval de Sagremor l'Insoumis, de Morgennes puis d'Alexis de Beaujeu.
Ibn al-Waqqar : médecin particulier de Nur al-Din.

Jaufré Rudel : poète, rival de Chrétien de Troyes.

Kunar Sell : mercenaire, garde du corps de Manuel Comnène.

Manuel Comnène Ier : empereur des Grecs, basileus de Constantinople.
Marie Comnène : petite-nièce de l'empereur Manuel Comnène.

Marie de Champagne : fille d'Aliénor d'Aquitaine.

Massada : célèbre marchand de reliques, établi à Nazareth.

Morgennes : héros de cette histoire.

Nicéphore : mystérieux personnage, d'origine byzantine.

Nur al-Din : sultan de Damas. Principal ennemi d'Amaury.

Olivier : esclave du marchand de reliques Massada.

Oméga III : basset d'Amaury, remplacé plus tard par Oméga IV.

Palamède : mystérieux personnage, soi-disant « ambassadeur extraordinaire » du non moins mystérieux prêtre Jean.

Passelande : cheval d'Amaury.

Philippe : médecin et ambassadeur extraordinaire du pape Alexandre III.

Philomène : jeune femme muette, « Maître des Secrets »

Poucet : supérieur de l'abbaye Saint-Pierre de Beauvais.

Sagremor l'Insoumis surnommé le « Chevalier Vermeil » à cause de la couleur de son armure.

Saladin : neveu de Chirkouh. Vaillant jeune homme...

Shyam : étrange cuisinière d'origine indienne, « Maître des Épices ».

Sibylle : femme de Thierry d'Alsace.

Sohrawardi : sage, compagnon de Nur al-Din.

Taqi ad-Din Umar · neveu de Saladin.

Thierry d'Alsace . comte de Flandre. Mari de Sibylle.

Tughril : garde du corps de Chirkouh, ami de Taqi et de Saladin.

Les citations de Chrétien de Troyes placées en exergue des différents chapitres du livre sont extraites des *Œuvres complètes* de Chrétien de Troyes dans la Pléiade (Gallimard, 1994) et du *Perceval ou le Roman du Graal* édité en Folio (Gallimard, 1986).

Les citations de la lettre du prêtre Jean proviennent du livre d'Istvan Pieter Bejczy, *La Lettre du prêtre Jean, une utopie médiévale* (Imago, 2001).

Quant aux énigmes, beaucoup proviennent du livre de Borges, *Essai sur les littératures médiévales germaniques* (Christian Bourgois éditeur, 1998).

PETITE BIBLIOGRAPHIE

Parmi les ouvrages consultés pour l'écriture de ce roman, en plus de ceux déjà cités dans les autres tomes du *Roman de la Croix*, je tiens à signaler :

ABSALON, Patrick et CANARD, Frédérik, *Les Dragons, des monstres au pays des hommes* (Découvertes Gallimard, 2006)

BARRUCAND, Marianne (sous la direction de), *L'Égypte Fatimide, son art et son histoire* (Presses de l'Université de Paris-Sorbonne, 1999)

BARTHELEMY, Dominique, *Chevaliers et miracles, la violence et le sacré dans la société féodale* (Armand Colin, 2004)

BELON, Pierre, *Voyage en Égypte* (Klincksieck, 2004)

BRODIE, Fawn, *Un diable d'homme : Sir Richard Burton ou le Démon de l'aventure* (Phébus, 1992)

BUFFET, Charlie, *Ararat, la quête de l'Arche* (in *Le Monde*, édition du jeudi 3 août 2006)

CAHEN, Claude, *Orient et Occident au temps des croisades* (Aubier, 1992)

CANNUYER, Christian, *L'Égypte copte, les chrétiens du Nil* (Découvertes Gallimard, 2000)

CHATEAUBRIAND (de), François-René, *Itinéraire de Paris à Jérusalem* (GF, Flammarion, 1968)

DELACAMPAGNE, Ariane & Christian, *Animaux étranges et fabuleux* (Citadelles & Mazenod, 2003)

DELAVILLE LE ROUX, Joseph, *Les Hospitaliers, en Terre sainte et à Chypre (1100-1310)* (Geuthner, 1999)

FLORI, Jean, *Chevaliers et Chevalerie au Moyen Âge* (Hachette Littératures, 1998)

HUGON, Anne, *L'Afrique des explorateurs, vers les sources du Nil* (Découvertes Gallimard, 1991)

JACQUES DE VORAGINE, *La Légende dorée* (Gallimard, Bibliothèque de la Pléiade, 2004)

JEANROY, Alfred, *Anthologie des troubadours, XIIe-XIIIe siècle* (la Renaissance du livre, 1927)

KAPLAN, Michel, *Tout l'or de Byzance* (Découvertes Gallimard, 1998)

LE GOFF, Jacques, *Saint Marcel de Paris et le dragon* (Quarto, Gallimard, 1999)

MIQUEL, André, *Ousâma, un prince syrien face aux croisés* (Fayard, 1986)

NERVAL, Gérard (de), *Voyage en Orient* (Folio, 1998)

NICOLLE, David, *Saladin and the Saracens Armies of the Middle East, 1100-1300* (Osprey Publishing, 1992)

NICOLLE, David, *Knight Hospitaller (1), 1100-1306* (Osprey Publishing, 2001)

PASTOUREAU, Michel, *Une histoire symbolique du Moyen Âge occidental* (Le Seuil, 2004)

PRIVAT, Jean-Marie (sous la direction de), *Dragons, entre sciences et fictions* (CNRS éditions, 2006)

SCHLUMBERGER, Gustave, *Les Campagnes du roi Amaury Ier de Jérusalem en Égypte* (Plon, 1906)

SCHWARZFUCHS, Simon, *Rachi de Troyes* (Albin Michel, 1991)

SCHWARZFUCHS, Simon, *Les Juifs au temps des croisades* (Albin Michel, 2005)

VAUCHEZ, André (sous la direction de), *Dictionnaire encyclopédique du Moyen Âge* (Éditions du CERF, 1997)

VERCOUTTER, Jean, *À la recherche de l'Égypte oubliée* (Découvertes Gallimard, 2007)

ZINK, Michel, *Introduction à la littérature française du Moyen Âge* (LGF, 1993)

Autres ouvrages : *L'Étrange et le Merveilleux en terres d'Islam* (Éditions de la Réunion des Musées Nationaux, 2001) ; *L'Égypte* (Guides Gallimard, 2005) ; *Terre sainte* (Guides Gallimard, 1995).

Pour plus d'informations sur la bibliographie,
rendez-vous sur le site : www.leromandelacroix.com

MUSICOGRAPHIE

J'ai écrit mon livre en écoutant *Kundun,* de Philip Glass, et Conan le Barbare, de Basile Poledouris.

Sinon, aux lecteurs curieux de découvrir la musique de cette époque et de ces lieux, je recommande vivement les œuvres suivantes :

— *Le Jeu de Robin et Marion* (Adam de la Halle, Ensemble Perceval, sous la direction de Guy Robert, chez Arion)
— *Paris Expers Paris* (Antoine Guerber, Diabolus in Musica, Alpha Productions)
— *Les Croisades sous le regard de l'Orient* (Ensemble Al-Kindî, collection *Le Chant du Monde*)
— *Egypt – Music of the Nile, from the desert to the sea* (collectif, chez Virgin)

REMERCIEMENTS

Un grand merci à Xavier Richomme pour avoir dessiné la carte de *Morgennes.*

Merci à celles et ceux qui sont venus m'écrire sur le forum du site Internet de mes livres.

Vos remarques et vos encouragements m'ont profondément touché, et même parfois bouleversé. Sans vous, la tâche aurait été plus rude.

Merci de m'avoir aidé à aller de l'avant.

J'espère qu'on se retrouvera sur : www.leromandelacroix.com ou sur : www.david-camus.com

TABLE

www.david-camus.com
www.leromandelacroix.com

Cet ouvrage a été imprimé par la
SOCIÉTÉ NOUVELLE FIRMIN-DIDOT

FIRMIN DIDOT
GROUPE CPI

Mesnil-sur-l'Estrée

pour le compte des Éditions Robert Laffont
24, avenue Marceau, 75008 Paris
en février 2008

Dépôt légal : février 2008
N° d'édition : 47439/01 – N° d'impression : 88321
Imprimé en France